MEMORY HOUSE
记忆坊文化

Sweet & Loving

甜妻

上

咬春饼 著

江苏凤凰文艺出版社
JIANGSU PHOENIX LITERATURE AND ART PUBLISHING, LTD

图书在版编目（CIP）数据

甜妻 : 全 2 册 / 咬春饼著 . -- 南京 : 江苏凤凰文
艺出版社 , 2019.1（2024.3 重印）
ISBN 978-7-5594-1733-6

Ⅰ . ①甜… Ⅱ . ①咬… Ⅲ . ①长篇小说 – 中国 – 当代
Ⅳ . ① I247.5

中国版本图书馆 CIP 数据核字 (2018) 第 279785 号

甜妻（全 2 册）

咬春饼 著

选题策划 北京记忆坊文化
特约策划 绪 花
特约编辑 诗 杰 绪 花
责任编辑 白 涵 刘洲原
营销编辑 杨 迎
封面绘图 Pigsney 舒先生
封面设计 80 零 · 小贾
版式设计 段文婷
出版发行 江苏凤凰文艺出版社
南京市中央路 165 号，邮编：210009
网 址 http://www.jswenyi.com
印 刷 环球东方（北京）印务有限公司
开 本 880mm × 1230mm 1/32
印 张 16
字 数 467 千字
版 次 2019 年 1 月第 1 版
印 次 2024 年 3 月第 9 次印刷
书 号 ISBN 978 - 7 - 5594 - 1733 - 6
定 价 58.00 元（全二册）

目录

Contents

第一章 酸

简哲从手术室出来的时候天色已黑，下午连续做了三台剖宫产手术，站得她腰酸背疼。回办公室换好衣服，陆平南给她打了个电话，问：“你在哪儿呢？”

简哲等电梯：“刚下班，怎么？”

那头歌声震天，陆平南声音也大：“你来紫提，六楼包厢，赶紧地。”

简哲问：“你是不是喝酒了？”

可那边太吵，电话挂了。

陆平南上个月动了个阑尾炎手术，手术虽小，但简哲还是担心他喝酒伤身。市一院离他说的地方倒不是太远，简哲剥了两颗奶糖先垫肚子，这个点车流少，二十分钟就能到。

南区是成片的娱乐场，霓虹映夜。简哲找去六楼，一进包厢就被混浊的烟味呛得偏头，里头嬉笑一片："真的随叫随到啊！"

有人吹口哨："那啥，押输了的自觉罚酒！"

简皙有点蒙，满场子搜索陆平南。陆平南醉醺醺地从人堆里站起来，耷拉着手指着她："我……我说了你们还不……不信，这妞漂亮吧，老子让她来哪儿，她就得乖乖过来。"

他动作夸张地挽起衣袖看表："二十五分钟，没超时，就问你们服不服！"

敲桌声、吆喝声："服！"

陆平南挺得意，踉跄着走向简皙，拽住她的手往里拉："来来来，陪大家喝个酒。"

简皙用力甩他的手："陆平南你别犯病！"

僵持之下，包厢里有了嘘声："陆总魅力不行啊。"

这话听着就刺激，陆平南酒劲儿上头："闭上你的嘴！"他转过身看向简皙，压低了声音提醒，"都是我朋友，别让我丢面子！。"

简皙没说话，静静地看着他的眼睛。陆平南被她盯得发毛，急躁道："怎么了这是，玩玩啊，别扫兴。"

陆平南的脸在明暗不一的光里显得格外模糊，简皙和他相识于大学，男人的模样还和以前一样好看，鼻挺眼亮，在哪儿都像自带柔光。

简皙苦笑说："我在手术室待了一下午到现在连一口水都没有喝，我怕你出事把车开成飞机，结果你跟我说玩玩？"

简皙边笑边看这个她喜欢的男人，顿时如鲠在喉："陆平南，十年了，你能不这么欺负我吗？"

简皙声色动容，陆平南被激得火气直蹿，把酒杯往桌上一搁："还来劲儿了是吧，脚是你的，车是你的，你接到电话可以不来，还有，你别总拿感情说事，我一早就摆明了立场，你自己一厢情愿！"

包厢里杂音渐小，大家都望过来。

陆平南挺直背脊，说话更大声："简皙，男欢女爱都是你情我愿的事，这里都是我朋友，玩不起就别来，高高在上摆脸子有意思吗！"

他开口的时候酒味扑面，陆平南开了家小公司，学了不少商人的厉色，这番话说得理直气壮，像声雷，震得简皙目瞪口呆。

“碍眼，你给我出去！”陆平南指着门。

包厢门是敞开的，靠近大厅，看热闹的不在少数。羞愤直冲脑门，让人一刻也不想多待。穷奢极欲的声色之所，连电梯里都是璀璨的镜面墙。简皙低头进去，难受得再也忍不住地蹲在地上。

大一时，简皙对陆平南纯属暗恋，后来表白，他也不明着表示，说些暧昧不清的话听起来是拒绝，细想又觉得有希望。

陆平南就是有这种本事，在人模人样和人渣败类之间自由切换。想到这儿，简皙捂着嘴干呕了一声，旁边的女孩飞快地往后退。

简皙抬起头，哑着声音说：“别怕啊，我不会吐出来。”

说完她挣扎着站起，手术室站了一下午连饭都没吃，这会儿姿势突然变化，胃里塞了千斤顶似的，疼得她脸色骤变。

“站稳了！”后背挨了道重力，简皙这才没摔倒。

但这力气，简皙“嗞”的一声，回头皱眉：“你打我干什么？”

“打”她的男人个头高，眉目宽阔的样子藏不住吊儿郎当。他没说话，眼神不屑，倒是他身边的小青年笑出了声儿。

走出电梯，林加再也忍不住：“差点没笑裂，燃哥你手劲儿也太不知道收敛了，人家美女以为你打她！哈哈！”

贺燃瞥他：“你嘴巴再张大点，可以吞人头了。”

“不是，燃哥，你没事儿扶人干吗？”

贺燃掏出烟盒，拿出一支咬在嘴里：“你小子想的那点儿龌龊事我还不知道？我要是想泡妞，就刚才那情况，压根不会出手扶，直接让她撞我怀里。”

林加直点头：“亲密接触大法好，这个好。”

贺燃重重弹了下他脑门：“行了，还想不想要钱了，好好盯人。”

贺燃今晚有正事在身，说起来也是亲戚情面，热心帮忙。林加的表舅是包工头，这两年搞区域建设，顺应时机，工程做得风生水起。一水泥公司的老板欠了债主六十多万不还，林加的表舅说了，只要他们能要到钱，按两成的比例付报酬。

他们盯了三四天，基本摸清了欠债人的情况。刚在六楼盯梢，无意间听见一喝高了的男人放大话，说是半小时内，能让一大美女随叫随到。贺燃当时坐在大厅沙发上打牌，简晳从电梯里一路跑过去的时候，他闻到了长发飘然的香味。

柔柔软软的，大概是兰花。

林加还在絮叨个不停："赚到这笔钱，我要去换手机，阿坡7得了。"

贺燃被他蹩脚的英语整得发毛："好好说话，来，教你。"

他抽烟，在烟雾里眯缝了双眼："跟哥念，艾——粉——儿——7。"

林加笑得前俯后仰，笑了一会儿突然打住："燃哥，燃哥，那女人。"

贺燃漫不经心地侧头，咬着烟，烟灰聚了好长一截没有弹。

是简晳又返了回来。

"我喝了酒，没法开车，我在二楼等你。

"我八点才从手术室出来，一天都没吃饭就来见你，代驾？我没带钱。"

她边出电梯边给陆平南打电话，故作凶状却还是藏不住让步的妥协。

可说着说着，简晳声音扬高："陆平南！"

这声喊叫，凶悍，愤怒，委屈。

看戏的人收敛了笑意，贺燃把烟夹在指间，烟气慢吞吞地升空。

简晳握着手机，眼眶子通红，那边绝情地把电话挂断。她维持着这个姿势十来秒，泪眼模糊，起先还能咬着唇不哭出声，但一偏头，正好撞上旁边人的眼神，就怎么也忍不住了。

简晳蹲在地上，长发垂顺遮眼。

没多久她就站起身，左右环视，最后目光落向桌上的空酒瓶。她走过去，顺手操起一个，掂了掂觉得不够，又拿起另一个，然后疾步如风到电梯处，按了六楼。

“去报仇了啊？”林加感叹，“酒瓶子往人脑袋上砸呢。”

贺燃又拿出一支烟出来抽，第一下没点着，他转头吩咐林加：“我有东西忘了拿，你在大厅等我。”然后也往电梯口去。

简皙重回包厢，啤酒瓶背在身后。

陆平南揉了把脸，极不耐烦：“你还想干吗？”

简皙努力平复呼吸：“我要你向我道歉。”

“没事吧，简皙？”像是听到大笑话，陆平南乐极了，“你脑子是不是烧坏了？刚才那话没听懂？多大的人了，成熟点行吗？知道我为什么不喜欢你吗？就是特别假正经，玩不起。”

简皙看着他的嘴唇一张一合，心底最后那点侥幸和容忍在崩盘。

陆平南眯缝了眼睛，看到了她手上的酒瓶，“嗬”了一声：“想用这个打我啊？”

简皙握着空瓶，手心冷得冒汗。

陆平南跟她杠上了，加上喝多了酒，尽犯浑，袖子一捋手搁腰上，阴阴地笑道：“来来来，往这儿打。”他又换了个姿势，用食指戳自己的脑门，吼她，“有本事就往这儿砸！砸啊！谁不砸谁孙子！”

简皙原本只是想给他一个台阶下，如果陆平南答应送她回家，如果陆平南愿意说一声对不起，那她一定毫不犹豫地原谅。

简皙心凉，在他的咄咄逼人下，手跟抽了力气似的越来越虚。脚正发软，手心突然一空，酒瓶竟被人抽走。

简皙急忙回头，一个高大的身影挨近她，声音不耐且嫌弃：“有点眼力成吗，你拿错东西了，这瓶子是我的，你用这个！”

贺燃咬着烟说完，往她手里塞进一瓶开了盖的啤酒，满当当的酒水随着动作晃了些出来。像是有了一个台阶让她能够安稳落地，简皙举起手，把整瓶的啤酒对着陆平南的脑门倒了下去。

“哎妈呀！简皙你傻了吧！”

陆平南气急败坏地甩头，酒水顺着头发丝儿狼狈地下坠，这啤酒还是冰的！

简皙把酒瓶丢到地上，抽出纸巾擦手，最后把用过的纸巾揉成一团狠狠甩向陆平南的脸，转身就走。

贺燃特意晚了两分钟才离开，简皙已经没了影。

“燃哥，咋这么久！”林加一见人就咋呼，“我都上了三趟厕所。”

贺燃左手一伸，两根手指戳住他的胸口，把人给定住：“洗手了没？”

“我又没用手指擦屁股，洗什么手啊。”林加笑道，“开玩笑的，洗了洗了。”

贺燃摸烟：“行了，我接到消息，姓张的会去金单大厦，明天早点起。”

金单大厦在市中心，他们是去要钱的。说起来，贺燃做这行也有两个年头，专帮信贷公司收烂账，欠债的都是老油条，对付的手段也少不了。

两人骑着小铁驴回牙蹄路，百来米的一条道到头，像是一个掀了盖的盒，尽头连着天，明月当空仿佛触手可及。

他先送林加回家，隔老远就看见门口停了辆越野，双闪灯亮了一下，从车窗伸出个光头脑袋，咧嘴笑时，左眉那道刀疤像是会动的蜈蚣：“哟，燃哥也在呢。”

林加打招呼：“阿龙。”然后从摩托车上蹦下来。

林加站在越野车旁，和光头谈着什么，还时不时地点头。交谈很简短，光头拍了拍林加的肩：“那行，在家等通知，小子好好干。”又冲贺燃摆手，“燃哥，走了啊。哦，对了，昨天喝酒的时候嘉爷还念叨你呢，特盼着你回去当左膀右臂。”

贺燃叼着烟，要笑不笑：“嘉爷抬举，承蒙他还看得起，改天见着他了我再亲自道谢。”

光头嘿嘿两声，开车走了。

“燃哥，那咱明天九点见。”林加从兜里摸出家门钥匙。

贺燃呼出一口烟，长腿撑着地，问：“姓龙的找你啥事？”

林加“嗨”了一声：“没事，说是缺人手找我看两天场子，就两天。”

贺燃眉头皱出一道褶，半信半疑。

林加直拍胸脯：“这不刚好有空，挣点儿闲钱，咱舅的正事儿保证不耽误。”

贺燃身体前倾，似警告：“他们那伙人什么样，你心里得有数，别走弯道儿，弯了，就直不回来了。”

林加嘿嘿笑：“哥，你不就直回来了吗？”

贺燃脸色微变，林加赶紧说：“放心吧，我明白，哥你早点回，别让外婆等急了。”

林加转过身，手里的钥匙叮当响。

贺燃叫住他：“少钱了跟我说。”

林加背影一顿，稍纵即逝，转身笑哈哈地说：“我妈身体最近特争气，没事！不差钱。”

林加爹早死，剩一个得了尿毒症的老妈。这些年的辛苦钱都花在了医药费上。眼见着再过俩月，林加媳妇儿又快生了。

贺燃望着他精瘦的背影消失在转角，才发动摩托车。

第二天简皙早班，不到八点，诊室门口已经排起了队。

市一院是三甲医院，妇产科向来人多，简皙年前从急诊调到门诊，每周还有两天手术。九点一过，做完检查的又都拿着结果来看诊。

“宝宝发育得挺好，符合孕周，注意胎动。”

终于只剩最后三个产妇，手机响，简皙拿起一看，是陆平南，她犹豫半秒还是接听：“喂，什么事？”

陆平南一顿咆哮：“你别太过分！”

简皙一头雾水。

“昨晚你浇了我一头的啤酒还好意思跟人诉苦？你弟大清早的跑来我公司闹，有病就去看病，别冲我发神经！”

陶星来是她弟弟，二十出头，性格带炸，生得一副好相貌，立志成为影帝，进圈一年，如今还只混到四线小鲜肉水平。

简哲皱眉，跟病人示意抱歉，然后走到窗户边。

陆平南火气大，噼里啪啦一阵叫。简哲听明白了，陶星来知道了昨晚的事，气不过找上门报仇，骂他臭不要脸。

眼下，陶星来正当着合作伙伴的面，一个人可劲儿地表演。

“就你这人品还做什么生意，去当人渣里的弄潮儿吧！”

陆平南捂着手机，一边克制不住怒意，一边悄悄地从侧门溜身逃走，压低声音道：“你赶紧过来！把你弟弄走！”

话毕，简哲隐约听见陶星来的声音：“渣男你还敢跑，站住！”

挂断电话，简哲迅速处理完剩下的病人，然后驱车赶去金单大厦。

十点，金单大厦地下停车场。

石柱后边不起眼的角落，黑色摩托车停在两辆小车的间隙里。

“燃哥燃哥，那个是不是？”林加抬了抬鸭舌帽的帽檐，指着电梯口问。

贺燃眯眼一看，确定是欠债的人：“对。”

他摘了嘴里的半截烟，碾熄在地上，把口罩迅速戴好：“他的车就是前面这辆大众，等人到车门，我们就上去。”

林加操起唬人用的铁扳手：“好嘞！”

但很快，贺燃发现那人身边有随行的，晚了几步从电梯口出来，西装革履，小白脸的长相。

贺燃拧眉：“邪了。”

倒不是因为多了人不方便行动，而是那人昨晚才会过面，正是陆平南。贺燃压下心底骤升的莫名情绪，对林加说：“换法子，用泼的。”

林加拎起准备好的红颜料比了个“OK”的手势。他们刚准备行动，右前方又横过来一辆吉普，贺燃低斥一声：“凑热闹呢！”

人从驾驶座里蹦下来，亚麻色的裤子挽了个边儿露出脚踝，最闪眼的是那身花纹大衣。以陶星来的气质精神，穿成这样也不显得突兀，拎着墨镜的手一指，直接把陆平南拦了下来。

离得远，贺燃只看到他们是在争吵，但具体的听不清。

林加问："燃哥？"

贺燃想了想，说："行动。"

他拎着扳手，林加提起桶子快步向前。陆平南和陶星来骂战不休，那位欠债的在一边看热闹，突然肩膀一重，他回头，对上贺燃的脸。

宽大口罩把贺燃的长相遮了大半，他嗓音沉下去："你就是王老板？"

欠债人不明所以："是啊，我是啊。"

一旁的陶星来和陆平南也暂停争吵看了过来。而最先反应过来的竟是陆平南，他一见贺燃打响指的动作就知不妙——

贺燃身后的林加猛地向前，把满桶的鸡血往王老板身上泼。与此同时，陆平南为求自保，条件反射般地将陶星来推了出去。

鸡血四溅，号叫炸天。

"陆平南你个王八蛋！我这身貂巨贵！"陶星来最近在一个古装剧里演男五号，吊威亚经验不少，于是连蹦带跳敏捷躲开，只沾了两滴在脸颊。

"啊呀喂！别……别打我，别打我！"

王老板口鼻里全是鸡血，看贺燃拎着铁锤立马求饶。贺燃半蹲身体，拍了拍他的脸："见着这锤头了吗？砸核桃特好使，欠的钱赶紧还，不然下次就往这儿开瓢。"又弹了弹对方的脑瓜子，"听清楚了？"

那人吓得腿软，哆嗦得话都忘记说。陆平南拿出手机："叫保安！"

贺燃横眼一扫，目光如刃。

"有……有种别走！"陆平南被这记眼神震了震，强装冷静。

贺燃虽然戴着口罩，但眼睛微弯，能看出他是在笑，而且这笑极尽不屑。突然，拐口转来一道车灯。

“哥，有人！走！”林加飞快捡起桶子。

贺燃会意，刚欲迈脚，那车却一把甩在他们前面拦住了去路。白色奥迪，简皙推门下车：“你们干什么？我已经报警了！”

贺燃拧眉：“来得真是时候。”

简皙看到他，顿住，举在耳边的手机本能反应般地收了回来。

“打啊，挂了干什么，抓住他们！”陆平南瞧见她挂电话的动作，不可置信。

“你吼什么吼！”贺燃眼神凶悍，指着陆平南。

就这一对视，陆平南瞬间反应过来：“是你啊……”

贺燃眉浓，眼廓狭长，十分好辨认，陆平南认出来了，冷笑道：“难怪不报警了，老相识啊。昨晚一个递啤酒，一个往我头上倒，两个人挺带劲儿！”

简皙握着手机，表情冷了下去，贺燃也一时无言。

陆平南窝火，那份屈辱压根没散，阴阳怪气地说：“我说简皙，你就算在我这儿受了挫，也别自暴自弃啊，瞧瞧你现在认识的都是些什么人，败类、渣子，掉不掉价啊你？”

“陆平南。”简皙出言打断，“说话别太难听。”

“我难听？”陆平南指着贺燃，“你认识的人做事就不难看啊？往人身上泼鸡血，跟踪恐吓，真有本事，真有素质。对了，你们干这行要不要考个证什么的？我公司保洁员的儿子，初中没毕业，麻烦你给介绍下这工作。”

贺燃很平静，表情未见一丝波澜。简皙却捏紧了拳头，白净的指节绷成了淡青色，她有些恍然，像是突然抽身而出的看客，看着陆平南这张英俊的脸，却说着最刻薄的话。

她竟然喜欢了这个男人十年？简皙的指甲掐进肉里，越掐越用力。贺燃看着她渐红的手，皱起眉头，然后走过去：“拿着。”

那把吓人用的铁锤，被硬塞进了简皙手里，手里有了东西，她便没法再掐自己。简皙抬眼看贺燃，他却轻描淡写地移开目光。

电梯口处突然骚动，一群保安往这儿奔来。陆平南幸灾乐祸，扬了扬手机：“为民除害。”

贺燃动作迅速地往摩托车前跑，但出口的地方已经被简皙的车给拦住了，摩托根本走不了。

“燃哥，怎么办？”林加着急地问。

贺燃左右环视，真没逃的地儿了。

突然——

“上车。”简皙说。她拉开车门坐上驾驶座，“还愣着干吗？”

贺燃迟疑两秒，但很快做出决定，对林加说：“走！”

装鸡血的桶子，口罩扳手全部丢进车，贺燃坐上副驾，门还没关紧，简皙油门一踩轰的一声出去了。

陆平南脸色铁青，保安队长气喘吁吁地赶来：“陆总，人呢？”

“来得这么慢。”他恨得咬牙切齿，“你们吃白饭的啊！”

车从地下停车场开出，驶入大道。

简皙开了半边车窗，风灌入，把她耳边的碎发吹得乱飞。贺燃注意到，座椅靠背上搭了件白大褂。

后座的林加嘴快：“你在医院上班啊？”

简皙“嗯”了声：“对。”

“你别说，我从小对医生有阴影，那针头还没过来，我就能吓出尿来。”林加摸了摸头，套近乎地问，“姐，你在哪个医院？下次打针我就找你，见到美女，再痛我也能忍。”

简皙说：“你可能没这个机会。”

林加问：“为啥？”

“我在产科。”

“……”

坐副驾的贺燃低头低笑，抬起头面色如常：“靠边停吧，我们下车。”

正好前面有个公交车站，简皙停在站边。贺燃没急着开车门，而是从裤袋里摸出钱包，抽了张五十递过去。

简皙不解：“嗯？”

“把你车弄脏了，你去洗洗。”贺燃说，“洗车钱。”

刚才上车的时候，装鸡血的桶子把后座弄得稀糟。简哲往后瞧了眼，也没那么严重，笑了笑说：“小事，坐垫是皮的，擦擦就行。”

贺燃坚持：“拿着。”

简哲和他对视了番，败下阵来：“好吧。”

她接过钱，顺着话开了玩笑：“快过年了，洗车涨价了。”

贺燃嗤笑一声，拉开车门：“去牙蹄路，那边洗车三十五。”

简哲说：“挺了解行情啊。”

“也没。”贺燃说，“我晚上都在那块干兼职。”

简哲看他答得正儿八经，笑了笑就没再接话。

关上车门，贺燃走了。简哲低头系安全带，突然有人敲玻璃，她抬头，贺燃微微弯腰，站在外边。

“嗯？”简哲滑下车窗。

俯身的缘故，从这个角度看去，贺燃鼻梁笔挺，配上利落的寸头，衬出了名副其实地俊朗。

他说：“刚才的事，多谢了。”

简哲嘴弯了弯，指了指副驾上的五十元：“不用，你已经付过报酬。”

贺燃乐了：“对，你还多赚了十五。”

这时手机响，是医院的电话，简哲连忙接听：“主任。”

科室通知她下午两点有台手术，等挂断电话，车前空空。简哲左看右看都没再见贺燃人影，她努努嘴，低头看见车门储物格里的一把铁锤。是在停车场她用指甲掐自己时，贺燃塞给她的。

回医院这一忙，又是连续工作，临近年底，挑日子剖腹产的孕妇特别多，简哲连吃饭都是在休息室，除了睡觉仿佛就没见过天日。

等忙完已是三天后，简哲拖着一身疲惫下班，陶星来的电话杀到。

“姐，妈打你电话老没人接，不尊老可是不行的啊。”

简哲揉了揉颈椎：“刚要给她回呢，我在手术室快累晕了。”

“什么日子啊，扎堆生孩子呢。”

“这次还有个三胞胎，都是女孩。”简皙把手机夹在脸和肩膀处，顺手翻看记录。

“清一色啊，孩子爸的枪法准。”陶星来提醒道，“行了，说正事，爸妈让咱俩晚上回家吃个饭，我这边录完节目就过去。”

简皙本来就是打算晚上回趟家的。

下班后去取车，她看到后座上那已经干涸了的鸡血才猛地发现，忙起来连车都没空洗。

时间尚早，洗个车吧。简皙弯身系安全带，又看见储物格里的那把铁锤，锈迹斑斑，在她车上倒显突兀。简皙把锤子拿起，放手上掂了掂，他说的地方叫牙蹄路？

牙蹄路是市里唯一没有改造的区域，人多路窄，边上全是平房改建的小门面，这还没到高峰期，车开进去就很费劲儿了。这里真有几家洗车店，一台高压水泵，两个装满肥皂水的大桶，工具简易。

简皙慢慢开车，边开边留意路边，快到街尾的时候，她眼睛一亮。

一家叫“老赵车行”的店外头站了两三个人，他们有说有笑地聊天。简皙一眼就看到了贺燃，他个头最高，双手反靠在一辆拆了俩轮胎的卡车上，这个姿势把他的胸膛撑平，外套里的底衫都显得紧绷。

简皙滑下车窗，按了下喇叭。

贺燃跟着望过来，表情惊讶。

一个三十出头的男人跑了过来：“修车吗？”

看来是老板，简皙问：“你们这儿洗车吗？”

老板说：“可以可以，你看洗哪种，我们还可以给车做美容。”

简皙说：“三十五的那种。”然后她看向贺燃，笑着对他招了招手。

老板反应过来：“你们认识啊？”

贺燃走过来，拍了拍他肩膀：“老赵，帮她洗吧。”

简皙把车开到位置，又把包和外套拿下来：“这地方还挺好找。”

她边说边穿外套，伸衣袖的时候身体往前挺，胸前的形状勾勒清晰。贺燃挑眉，移开眼：“你还真来这儿洗？”

“你说这儿便宜。”简皙笑着说，“我们那块都死贵死贵的，还得办会员卡。”

贺燃望着她那辆奥迪A6，脸上写着别说瞎话。

简皙还是笑：“你在这家店做兼职啊？”

贺燃说：“是我朋友，偶尔会来帮个忙。”

“你这帮忙给不给工资的？”简皙问。

正在洗车的老赵吆了声：“给钱伤感情，一分也不给。”

贺燃说：“那我宁愿跟你伤感情。”

简皙听得笑，细长的眉眼弯起来：“我都忘了。”她想起来，“你还有东西在我这儿。”

贺燃不明所以：“什么东西？”

简皙跨过湿漉漉的地面，从车里把铁锤拿出来：“还给你。”

贺燃：“……”

简皙诚实地说：“其实来洗车是顺便，主要是还东西。”

“这玩意儿不用还。”贺燃有点无语。

“你靠这个吃饭。”简皙说。

贺燃笑得不行：“家里有很多，不差这一把。”

简皙不在意，直接把锤子丢了过去。

“杀人呢。”骂归骂，贺燃还是眼明手快地接住了。

简皙双手环抱，搭在胸前：“我第一次见到现场版催债，你们装备还挺齐全，你做这个很久了？”

贺燃点点头，也没说实话，顺着话茬吊儿郎当道：“不比你工作时间短。”

简皙问：“除了泼东西，还会怎样？”

“你能想到的烂招，都用过。”贺燃说得无所谓，摸出烟盒抽出一支，看了眼她，“怕了？”

简皙白他一眼：“怎么可能，我从不欠债。”

贺燃咬着烟笑：“继续保持，做个好公民。”

简哲穿了件杏色的修身风衣，里头是浅灰羊绒衫，正好露出漂亮的锁骨，两道弯弧不突兀。贺燃垂眼，能看到一根细链坠入她的衣领间，心想，还真有人皮肤白成雪似的。

“来来来，喝杯水吧。”这时，从屋里走出一个女人，手上端着两杯热茶。

贺燃连忙接过：“嫂子你悠着点。”

女人扶着腰：“没事没事。”

简哲的目光落在她高隆的腹部上，随口一问：“快生了吧？”

一旁擦车的老赵接话：“那可没，下个月的预产，早着呢，老婆你赶紧歇着。”

简哲又盯了会儿，看她肚子的位置，嘱咐了句：“还是多注意。”

只当是客套话，老赵妻子笑了笑，指了指板凳：“坐会儿吧。”然后进了屋。

贺燃食指夹烟，抖抖烟灰，问：“你平时工作忙吗？”

简哲说：“忙，特别忙，都快忙死了。”

贺燃被她这夸张的回答逗笑，又问：“你是护士？”

简哲说：“你看呢？”

贺燃点头：“这么年轻，应该是。”

简哲刚要说话，突然从屋里传来沉闷声响——

“嘭！”

紧接着是女人的痛叫：“哎哟！”

老赵最先反应过来，丢了洗车工具奔进屋，贺燃掐了烟随后。

十来平方米的屋里，一地散落的修车工具，老赵妻子捂着腹部直叫唤，边上站着两个不知所措的小孩。

“我抽死你们，让你们乱撞人！”老赵举着巴掌火气冲天。贺燃抓住他落下的手腕：“行了行了，打人有什么用，还是赶快看看嫂子。”

话还没说完，贺燃就愣住了。瘫倒在地的女人大喘气，脸色苍白，嚷着疼。而她双腿也不利索，垂在那儿跟面条似的直打哆嗦。

"别去扶她，让她躺平！"简哲跑过来，蹲在地上，轻轻触摸了她的肚子，"胎动频繁，赶紧送医院！"

老赵这下彻底结巴了："医……医院？那我……我先去叫车。"他手抖得差点把手机颠地上。

简哲看着产妇两腿间渐渐浸透出来的血，心里一冷，这是胎盘剥落的症状。

"来不及了，你们抬她头和脚，尽量保持平躺，上我的车！"

老赵和贺燃没敢耽误地照做，简哲飞速倒车，方向盘一打，夺路飙出。

在她连闯两个红灯的时候，贺燃再也忍不住提醒："喂喂喂，第二个了。"

简哲速度不减："是吗？看着，马上就是第三个。"

老赵妻子已经陷入半昏迷，浅色的裤子上染红半截。

简哲空出一只手，拨通科室的电话："主任，我这边有名产妇情况紧急。"

她这一通电话及时，到了市一院，担架已经等在门口，老赵妻子被立刻推进手术室。

"小妹，小妹，我老婆会不会有事！"老赵已快急出眼泪，拖着简哲的胳膊死死的。

简哲抿了抿唇，如实说："她出血量太大，你们做好心理准备。"

老赵脸色惨白，简哲见惯生死，并没有太多情绪表现，刚准备走，又被老赵叫住。老赵飞快地往她手里塞了一个红包："小妹，我知道你跟医生熟，求求她一定要救我老婆，不够的话我马上去取钱。"

简哲赶紧推辞，但老赵十分坚持，力气大得让她直皱眉。

"老赵，你冷静点！"贺燃见状，扯开他，"别把人手弄伤了。"

简哲得以脱身，揉了揉发疼的手腕，对贺燃说："这台手术我主刀，放心，有情况我会让护士及时通知你们家属。"

说罢，她脱了外套直接丢给贺燃，护士已经准备好无菌服等在门口。简哲快步过去，熟练地把长发绾成一个髻。走廊尽头，手术室冷然肃穆，只有头顶的白炽灯照亮前路。

贺燃看着简哲的背影，像一轮纤白的月，在他眼里隐隐跳动。

手术一做近三个小时。验证了简哲的判断，孕妇受重力撞击导致胎盘剥落，出血面积扩大，宫腔积压缩小，再耽误一下，胎儿就有窒息的危险。

母子平安后，简哲才让护士去通知家属。等所有事情处理完毕，简哲拖着疲惫的身体走出手术室，发现走廊的座椅上坐着贺燃。

她倦色难掩，诧异道："你还没走？"

贺燃站起身："老赵他们去病房了，人高兴得都忘记跟你说谢谢。"顿了下，看着她，"多谢。"

简哲笑了笑："等我就为了说谢啊？没事，本职工作。"

"还有你的车又被弄脏了。"他说，"要不我帮你洗车吧。"末了还加句，"我亲自动手。"

本要拒绝的，被他最后这句话逗笑，简哲说："那行。"

车里血腥味重，简哲开了窗门，散了会儿味才坐进去。

他们又回到老赵的店，贺燃说："你等我一会儿。"

简哲"嗯"了声，看着他的背影与夜色融为一体。没多久贺燃就回来了，手里还多了个饭盒："手术室里也吃不上东西，太晚了，你凑合吃点儿，是我外婆做的酒酿丸子。"

简哲"啧"了声："多不好意思，让你洗车，还吃你东西。"她笑，"我赚大了哟。"

贺燃也笑："赚吧，该你的。"

简哲是真饿了，坐在小板凳上吃得呼哧呼哧："你不吃吗？"

贺燃给水泵通电，拿起水枪开始洗车："家里有，回去吃。"

他换上雨鞋开始擦车："你多大？"

"二十六。"

"这么年轻能当医生？"贺燃停下动作。

"我读书早，中间还跳了几级。"简哲腮帮鼓鼓，嚼着糯米丸，

“从小学到硕士，我都是班上年纪最小的。”

贺燃说：“年纪小受欺负。”

简皙捧着饭盒看他：“你肯定欺负过比你小的。”

贺燃拿着毛刷，手指尖有水坠下：“牙尖嘴利，看出来了，没人敢欺负你。”

简皙吃得快，拿着饭盒走过去：“哪儿有水龙头？我把碗洗一下。”

贺燃伸手：“给我吧。”

没等她动作，贺燃直接把饭盒从她手中抽了出来，然后对着水枪一番冲刷，没几下就干净了。贺燃把碗搁在一边，又从车里把坐垫和脚垫都取出来清洗，外坪上只一盏不算亮的灯，淡光罩在男人身上，静默得只听见水声。

等车洗完，贺燃却发现墙边的椅子上，简皙竟然坐着睡着了。连续三天高强度的工作劳心劳力，她实在是累得不行。

贺燃擦干手走过去，发现她嘴角边还有没拭干净的糯米渣，闭上的眼勾出两条上扬的眼廓，简皙长相不算艳丽，但气质淡然很吸人。这么白净的女人，从脸到脖颈，好像一碰就能掐出水来。

他“嗤”了一声：“心真大，也敢睡。”

简皙这一觉不到十分钟就醒了，她猛地睁眼，正好撞见贺燃低头点烟。

暗红火星在他指尖燃了又灭，贺燃瞥她一眼：“醒了？”

“不好意思。”简皙坐直身子，睡眼蒙眬着。

“本来想再过五分钟就把你叫醒，晚上风凉，睡久了要感冒。”贺燃起身，咬着烟递过车钥匙，“早点回去。”

简皙从凳子上站起，才发现坐久了脚一阵麻，重心顿时不稳踉跄了下。贺燃眼明手快扶了她一把，掌心贴在简皙的手腕上，一个热，一个凉，反差的触感让贺燃的手微颤。

他说：“站不实啊，医生，你得补点儿钙。”

简皙边乐边上车：“顺便再炖点儿大骨汤是吧？”

“行了，快走吧。”贺燃拿着烟的手对她一摆，“路上小心，别再闯红灯了。”

简皙系安全带：“今天的事是特殊情况，再晚十分钟，老赵爱人就够呛。救人的时候，什么都是次要的。”

咔嗒轻响，安全带系好，简皙回头冲他笑：“拜拜。”

月夜作掩，却掩不了贺燃眼里微微跳跃的火光。

十点过后，市中心的路况顺畅。简皙有点困，空出右手去储物格里拿木糖醇，结果一摸手感不对，她抽出一看，愣住。

是钱。

六张，工工整整地叠在一起。

里头还夹了张字条，上头写着：“今天你闯了三个红灯，不够的日后再补。”是贺燃洗车的时候，放进来的“罚款”。

简皙盯着纸条好一会儿，没想到这男人长相凶巴巴的，字却意外地好看。简皙失笑，把纸条搁回原处。救人是她的本职工作，久了，本职便变成了本能，换作任何时候，她都会那样做。这都是些平常普通的事情，并没什么特别。

简皙把这事儿抛之脑后，可老赵爱人出院的那天，两口子手提水果篮来到简皙办公室。

“简医生，这顿饭你一定得赏脸，如果不是你，我老婆孩子就都完蛋了。”老赵不顾简皙的再三拒绝，十分坚持。

简皙连声说不用，老赵也是轴脑筋的人，直接把她堵在办公室：“我不管，你不答应我就不走了。”

简皙说：“赵哥你别这样，真的不用。”

话还没说完，老赵直接往地上一躺，双手张开摆成了个大字，特硬气地说：“反正我就不走了，踩死我也不走。”

简皙望着地上的大老爷们哭笑不得：“我去还不成吗。”

老赵数秒之间，一跃而起：“成成成，我最听医生话了。”

贺燃忙活了半个月，终于把手头这笔烂账给债主要了回来，周六总算能补个懒觉。他醒来是九点，老太太正在揉面团，花袄子把她裹得像个喜庆的不倒翁。

“咱家煤气烧完了，你去充罐回来，外婆给你炸十个春卷。”

“吃那么多，喂猪啊。”贺燃刷牙洗脸。

“喂成猪才好咧。”外婆弓着背，粗短的手却十分灵活，“嫌弃我，就赶紧找个姑娘，唠唠叨叨的，我也很烦的。”

贺燃边刷牙边拧松螺丝，把空罐卸下，含着满嘴白沫：“要真找着了，您把这唠叨劲儿分一半给她。”

外婆迈着小脚，端着满盆的春卷往灶边递：“你倒是找个回来啊，小狼崽子操心死我了。”

贺燃充完煤气回来的路上被香味勾停脚步，看着老赵在厨房里头忙碌：“哟，哥们儿，几百年没见你下厨房了。”

老赵系着围裙正在剥蒜，探头从窗户喊：“对了，正要给你打电话呢，中午来我家吃饭。”

“啥好事？”

“今儿个我请简医生，感谢救命恩人，你俩不也认识吗，来作个陪。”

贺燃提着煤气罐的手一顿：“简皙？”

“对啊，就是她。”老赵剥好蒜，转身又去拿韭菜，“得了，我没空跟你说，按点来。”

贺燃把煤气罐拎回家，飞快换好后就进了卧室。

外婆坐沙发上钩毛衣，边钩边往屋里瞧：“哎哟，你在干什么哟？”

贺燃裸着上身，下身是松垮垮的家居裤，腰腹的肌肉紧致。他手里掂着两件衣服：“哪件好看？”

一件灰色，一件藏蓝。老太太指着灰色的线衫：“这个好，看着就暖和。”

贺燃毫不犹豫地选择了那件藏蓝色的：“我中午去老赵家，您自个儿吃饭。”

十一点四十，贺燃出门，到老赵家门口的时候，正好碰见停车的简皙。只是她遇到了些麻烦，车卡在坡上，怎么也倒不进去。

简皙开车技术还行，就是怕这种不上不下的停车，她弄了半天，不但卡不准位置，还直接把车斜在了路中间，前后都是大石墩，进退两难。

“你上哪儿考的驾照？”贺燃敲了敲她的车窗，高大的身影遮住了面前的光。

见到他，简皙先是一愣，然后面有愁色：“是要我回炉重考吗？”

贺燃瞥她一眼：“是找驾校退钱，教成这样还敢收费？下来，我帮你。”

简皙听话地下车，站到一边，贺燃坐进去。

男人的手青筋隆结，在方向盘上来回动了几把，车就乖乖地挪到了该待的位置。贺燃下车后把钥匙递给她，简皙接好。

等了一会儿，他开口问：“你也不说点儿什么？”

“嗯？”简皙，“说什么？”

贺燃啧了一声：“夸我啊。”

简皙：“……”

“简医生来啦，快请进，快进屋！”老赵的声音热烈，从门口迎来。

简皙从后备厢里拿出礼物，笑着打招呼：“老远就闻到肉香了，这是我给宝宝的。”

老赵家是自己建的楼房，阳台和客厅相连，种了不少花草。进屋后，简皙逗了逗孩子，又帮老赵爱人检查了下刀口的恢复情况，才走到客厅。

贺燃在阳台上抽烟，烟味儿随风散了去，空气里都是淡淡的味道。他背对着，肩宽腰窄，藏蓝色的外套衬得身材硬阔。

简皙走过去：“我发现你很爱抽烟啊。”

贺燃手指捏着半截烟身：“不爱。”

“那还抽？”

“不想戒。”见她过来，贺燃把烟掐熄在花盆的泥里，反过身靠着栏杆，这个姿势让窄劲的腰身显得更加利落。

“你和老赵认识很久了？”简皙问。

“两年。”贺燃说，“我搬到牙蹄路的时候就认识了。”

简皙又顺着话问：“那你以前住哪儿？”

“新柏区。”

“那边发展不错啊，怎么搬了？”新柏是城市里发展最好的一个新区，这两年房价涨上天。

贺燃瞥了她一眼，声音淡：“住不起了。你问这么多，查户口呢？”

简皙愣了愣。

贺燃勾嘴笑：“问了这么多，换我问。”

“为什么？”

“公平。”贺燃笑容绽大，“就照着你刚才的问题答一遍，哥绝对不让你吃亏——你住哪儿？”

简皙：“……”

贺燃拿烟头点了点栏杆，架势坚持。

简皙拨弄着一盆杜鹃，说：“医院附近的公寓，上班忙，我自己租的房子。”

“你们医院不给分配宿舍？”

“分啊，但上下班都待医院，像坐牢。”简皙答得一本正经，贺燃却一笑：“说得好像你坐过牢一样。”

简皙很快反问：“你不也没坐过。”

贺燃沉默，眼神似是而非。简皙心一沉，手上的劲儿忘了收，直接把一朵花给摘断了。

“什么目光。”贺燃给了她一个放心的笑，“我没在里头蹲过。”

简皙“哦”了声，面无变色。但她实实在在地感觉到了，自己那颗沉下去的心，莫名其妙地又复了原。

“简医生，马上开饭！”老赵的声音混着菜香一块儿传来。

“走吧。”贺燃迈开脚步。

“贺燃。”

“嗯？”他侧身，不明所以。

简哲歪着头，披肩的长发伴着一阳台的阳光倾斜到右肩，说：“伸手。”

贺燃在原地蒙了好一阵，被她嘴角的微笑牵引着，竟不由自主地照做了。他伸手。简皙握拳的右手移到上面，然后一松，一朵红艳艳的杜鹃坠向贺燃的掌心。

“你要的夸奖。”她轻飘飘地丢下话，径直走向客厅。

贺燃眉目松动，看着手心的大红花，是刚才在门口他帮忙倒车时，没有讨到的夸赞。上一秒擦肩而过时她怎么说来着？“贺教练，你超棒的。”简皙的声音柔软，嘴角还带着温淡的笑——太有杀伤力。

贺燃抬眼，简皙背影窈窕，勾出纤细的腰身，两条腿被牛仔裤一勾，又长又直。奇了怪了，还没入夏呢，怎么这么热呢。

老赵做了满桌菜，鸡鸭鱼肉样样齐全。简皙不像大多数女人，为了保持身材避免吃荤。相反，她酷爱肉食，大荤不忌口。

简皙十分捧场，每尝一道菜都赞不绝口：“赵哥你以前是厨师吧，味道好赞。”

老赵心花怒放：“完全自学成才。”

他爱人给简皙夹了块猪尾巴：“简医生，喜欢就常来吃，你这么年轻就能主刀，你更厉害。”

“我上学早，中间又跳了几级，该实习的阶段一个都没落下。”简皙语气轻松，“放心，真凭实学，我没有走后门哟。”

饭后，小娃饿了，老赵爱人去喂奶，简皙顺口一问：“奶够吃吗？”

“够是够，但左边的很胀痛，孩子吸又吸不出来。”老赵爱人喂完孩子，把他放回小床。

两人走到客厅，简皙说：“那你得多注意，就怕乳腺堵塞，万一发炎就不能喂了。”她想了想，“我认识一个催乳师，很有经验，你可以找她看看。回头我把号码发给你。”

老赵两口子连声道谢。

简皙告别：“谢谢你们的午餐，我先走了。”

贺燃起身：“一起。”

两人一前一后出了门，简皙拿出车钥匙：“需不需要送你？”

贺燃的家离这儿不过两百米，上次洗车的时候他说过。简皙也就出于礼貌客气一问，她手已经拉开车门，准备坐上去。

哪知贺燃说：“好啊。”

简皙哑然，发现贺燃正看着她，眼神风平浪静。

她只得点头：“上车。”

不到两分钟就到了，一栋两层高的平房不新不旧，门口站着老太太，特费劲儿地抓着一只鸡。那鸡扑腾翅膀，扯着嗓子“哦哦”叫，老太太被它的翅膀扇得直眨眼。

贺燃飞快推开车门跑过去：“外婆你干吗呢？”

他一说话，惊着了老太太，鸡竟然挣脱了钳制，一顿乱飞。

“鸡哟鸡哟！”外婆痛心疾首，矮胖的身体一摇一摆要去追。

贺燃制止住：“我去！您给我站着。”

贺燃手脚长，追着鸡一按一抓都没捞着，那鸡受了惊吓，起劲儿地发疯。突然一阵长长的鸡鸣，然后是翅膀疯狂扑打的声音。

只见简皙半蹲着，单手抓着它的两只翅膀，轻松极了：“还跑呢。”她走向贺燃，递过去，“给。”

那鸡一脸不情愿，扯着嗓子“咯咯咯”地抗议。

贺燃接过：“行啊，身手了得。”

简皙笑笑：“小意思。”

“哎哟，抓住了就好，乡下老母鸡，四十八一斤呢。”外婆颤颤颠地小碎步过来，一看简皙，顿时眉开眼笑，“谢谢你啊，好姑娘。”

贺燃介绍：“这是我外婆。”

简哲亲近地打招呼：“外婆好。”

小老太的眼睛发了光，看着简哲不移开半秒：“好好好，姑娘进屋坐，外婆给你吃红薯片。”

“行了行了，您别忙活。”贺燃一把拦在两人之间，打断了她的喋喋不休，“这鸡是要宰吗？”

外婆不高兴他插嘴，嘟囔道：“炖鸡汤，给你补补。”

贺燃不乐意：“我不用补。”

贺燃脱了外套卷起衣袖，扯动间，小手臂上的青筋纹理清晰。他眼一瞥，盯住旁边的简哲：“你笑什么？”

偷笑的简哲立马收起嘴角，挑眉，不语。贺燃皱了下眉，先干正事。他把那只大母鸡啪地一下按在地上，左脚不知轻重地踩住它的脑袋，手一伸：“拿刀来。”

外婆颠颠地递过菜刀，念叨说：“杀好点，杀好点，鸡脑袋也是要的呀，你不吃我吃。”

简哲一见他这架势，心里五味杂陈：“一刀下去，砍了它的头？”

贺燃理所当然：“不然呢？”

简哲：“你就是这样杀鸡的？”

贺燃：“对啊。”

简哲比了下大拇指，一言难尽，她舔了舔嘴唇，实在是看不下去：“把刀给我。”

贺燃迟疑，简哲白嫩的手掌朝他伸着：“拿来啊。”

抢过菜刀，简哲放手里掂了掂，然后一手拿刀，一手抓鸡，极为熟练地把鸡脖子往下翻，右手扣住。拔掉脖子上的几撮细毛，然后用刀深深一划，刀口下翻，鲜红的鸡血哗啦啦地朝瓷碗里流。整个过程利落、干净，并且不急不忙。事情做到底，拔完毛后，简哲索性把鸡给开膛破肚。

外婆在旁赞不绝口：“这年头会干活的姑娘不多了哟。”

贺燃也惊讶地问：“你还会干这个？”

简哲把剖好的内脏搁在碗里，说：“忘记我的专业了吗？我大一就在解剖室涮肠子了。”

贺燃：“……”

简皙抬眼，笑道：“怕了啊？”

“你一个女孩子弄这个，没点儿担心？”贺燃摸出烟，咬在嘴里，外婆和简皙俩女人在场，他没点燃。

简皙的袖子挽起，露出两截纤细手臂，她抬手蹭了蹭耳边的碎发，说：“我第一次见到尸体，后面两个月没敢吃肉。”

贺燃：“那现在呢？”

“我可以在解剖室啃鸡腿。”

贺燃把烟从嘴里拿下，沉默了两秒，终于笑了。

简皙拧开水龙头，掌心来回搓刷着，提大声音对里屋喊了句：“外婆，我走了！”

贺燃送她上车，帮她看了下路，倒车摆正后，简皙滑下车窗笑了笑，没说再见。

进屋后，外婆追着问姑娘是谁，贺燃烦不胜烦，躺床上睡午觉躲过唠叨。可半小时都没睡着，脑子跟牵了绳似的，不由自主地往简皙身上想——

送老赵妻子去医院，连闯红灯的样子。

一身白大褂从手术室出来，像天使一样。

杀个鸡跟切牛排似的，也是很服气。

贺燃一想到这些，起身摸了支烟，抽得又凶又急。他拿出手机，给老赵打过去：“让嫂子接电话。”

简皙没直接回去，而是去商场给妈妈挑了件羊毛衫，下周是她的生日。

办完事已近晚饭的点儿，路上接到陶星来的电话。

“姐，你在哪儿呢？”

“八水桥这边。”简皙戴着蓝牙耳机，等绿灯。

“我也在附近，一块儿吃饭？”

“你不怕被粉丝认出来啊？”简皙笑着应，“说个店名，我去找你。”

“不怕啊，我全面伪装了。”陶星来说，“今儿想吃辣的。”然后报了一个店名。

简皙在路口掉头，赶去和弟弟碰面：“我到了，你人呢？”

“回头。”

陶星来正从保姆车上下来，简皙见到人十分之无语。陶星来一八六的身高，穿了件深色大衣，高挺的鼻梁上架了一副墨镜。

“大晚上的你戴墨镜，就怕没人认出你是吧？”简皙嫌弃。

陶星来去揽她的肩：“我眼睛发炎呢，见不得光。”

简皙躲开他的手：“离我远点儿，我不想成为你的绯闻对象。”

陶星来很受伤：“姐，我要哭了啊。”

简皙揉揉他脑袋：“都二十三了，还跟小孩似的。”她空出肩膀，大方说，“来，揽吧。”

“你不怕上头条啊？”

“不怕啊。”简皙无所谓道，“反正你不红，没狗仔拍。”

这回陶星来真要哭了。

姐弟俩一个随父姓，一个随母姓，陶星来原是法律专业，进娱乐圈的契机是大三时做了个平面摄影的兼职，阴错阳差地进了行。为此，陶溪红极为不满，简言清倒是开明，只提醒他注意分寸。

落座后，简皙颇为熟悉地点了几道陶星来爱吃的菜，并让他摘了墨镜，一看不禁惊讶：“都肿成这样了？看医生了吗？”

“看了，点眼药水呢。”陶星来的桃花眼变成了小笼包。

“眼药水估计消不了炎，我帮你跟秦医生说下，你明天去他那儿看看。”

“我不去。”陶星来拒绝。

“嗯？”简皙不解。

“谁让他长得比我帅。”

简皙手机响，叮咚一声是短信，她边划屏幕边说：“你爱去不去，变严重了看你还怎么。”

“我演的就是个盲人，我靠这个拿影帝。”

简皙嗤笑一声：“评委又没瞎。”

她目光落向屏幕，一条短信：“老太太让我谢谢你，说鸡杀得好看，炖出来的汤格外香，她今天吃了三碗饭。”

看完最后一个字，简皙眼里含笑。

很快，又一条新短信：“虽然我也不知道这狗屁理论是怎么得来的。”

简皙嘴角上扬，笑出了声。

陶星来眯着眼睛啃猪蹄：“看什么呢？刷我微博啊？被我的自拍帅哭了吧。”

简皙翻转屏幕，盖在了桌面上，她没搭话，心里在想，贺燃是怎么知道她手机号的？

牙蹄路。

贺燃握着手机，重复着两个动作——

解锁，锁屏。

解锁，锁屏。

最后一条信息停在四十分钟前，她在开车没空看，还是手机没电看不到？

又等了十分钟，贺燃没耐心地把手机丢床上，觉得碍眼，又拿枕头盖住。他拿起桌上的烟盒，打开一看已经抽完，心更烦了。贺燃拿外套，冲屋外喊了声：“外婆，我去买包烟。”并且决心不带手机。但走到门口，心跟拴了根绳似的紧绷绷。贺燃躁了半秒，认命地返身回来，拿开枕头黑着脸重新拾起手机。

真不想承认，是怕万一她回复了，没能第一时间看到。

见到信息不回复，真没礼貌，我才不会和你一样没礼貌。正乱想，屏幕突然一亮，叮咚一声，这动静差点让贺燃失手丢了手机。

“那你呢，吃了几碗饭？”

加标点才十个字，却跟长了脚似的，蹦蹦跳跳从手机里跳到了贺燃眼睛里。贺燃打字时手还有点抖，迫不及待却又佯装镇定的感觉，原来是这样啊。

外婆的吴侬软语从屋里传来：“你咋还没去买烟哪？”

贺燃“啧”了一声，心想，跟简医生聊天，还买什么烟啊！

城市另一边，香榭公寓。

简皙把车钥匙搁在鞋柜上，看着手机上那迅速回过来的短信，笑容不减。

“那你呢，吃了几碗饭？”

“一锅。”

简皙握着手机，把外套毛衫都脱在了床上，深蓝色的内衣把胸裹出了深沟，成套的内裤上绣了朵蝴蝶。她赤脚边走边松头发，进浴室前想了想，还是先把短信回了：“是吗，吃了一个锅？”

发完，她自己先笑出了声儿，估计是和陶星来吃个饭，传染上他神经兮兮的臭毛病了。不到十秒，贺燃竟然打了电话过来，简皙略有停顿，但还是接听。

她开门见山先说话：“锅好吃吗？”

贺燃的声音压不住笑意：“下回分你一个盖，尝尝就知道。”

简皙“嗯”了一声，嘴角往上扬。

短暂的沉默后，贺燃问：“简医生还在上班？”

“没，在家呢，正准备洗澡。”

贺燃顿了下：“那你先忙，我挂了。”

手机握着，半天都是烫的。贺燃咽了咽口水，开了点窗户，风呼啦涌进，他眯缝了双眼。

外婆从门口经过，叫嚷道：“哎哟，开什么窗哪也不怕感冒，赶紧关上，赶紧地。”

这回贺燃倒是照做了，从柜里拿了条干净的内裤：“我去洗澡。”

外婆盯着他背影，纳闷道：“哎？吃完饭后不是才洗过的吗？”

每逢周一，看病的人最多。妇产科医生都排了班，不到一小时上午的号都挂完了。忙也罢，最怕碰见不讲理的病人，简皙一大早就遇着一个指控她乱开化验单的，说什么现在的医院为了钱太黑心。

简皙耐心解释："糖耐是孕中期必做的检查，你爱人体重已经超标，属于血糖的高危人群。"

"我不管！瞎说！"孕妇丈夫极其激动，"吃多了糖才会血糖高，我老婆从不吃糖，你们别想蒙我！"

"这个和你吃不吃糖没有半点关系，如果超标不控制，后果会……"

"你什么医生啊，会不会看病啊，退号，我要挂老教授的，年轻的就是不懂！"男人粗暴打断，把她桌子敲得咚咚响。

一路骂骂咧咧，出了门还能听见。简皙被吵得头疼，揉了揉太阳穴，吩咐护士："叫下一个。"

这小护士是刚分来实习的，青涩实诚："简医生，就这样你还不发飙啊？"

简皙笑了笑："这样就发飙？那我每天都能吵上几架，早累死了。"

"你脾气真好，换作我肯定跟他杠。"

简皙拿起下个孕妇的病历，神色平静："在妇产科熬上一年，你就跟我一样了。"

小护士的眼神崇拜又懵懂，趁着短暂的空当问："简医生中午吃什么菜？我让姣姣待会儿订餐。"

简皙点了个清淡的蒸豆腐，昨天在老赵家吃得太好，早上起床脸上冒了一颗小痘。

毫不意外，中午等她有空，饭菜已经冷透了。简皙把外卖放微波炉里加热，等待的间隙她揉着颈椎，坐诊久了不可避免地落下职业病。为此，陶溪红给她在健身馆办了张年卡，缴了五年的钱，强迫着她每周锻炼两次。

明天轮夜班，简皙正想着晚上去健健身，手机在兜里振动，她拿出一看，顿住。"陆平南"三个字跃于屏幕。

简皙接通，语气微冷："什么事？"

"没事就不能问候一下你啊，皙皙，吃饭了吗？"陆平南的声音轻松，像极了温言善语的老朋友。他就是有这种本事，翻起脸来能往死里给你捅刀子，好起来，一句话就能戳你心肝。

这么多年了啊，他让人死去又活来的功夫从未退化。

简皙态度不由得放缓了些，说："吃了。"

"我出差了一个星期刚下飞机，晚上我来接你下班好吗？请你吃饭。"

简皙握着手机，耳朵条件反射般地窜出一股热流，瞬间化解了上次在KTV的郁气。

"我今天值班，七点才交接，在食堂吃。"

"那没事，我接你下班好了，回头见。"陆平南接话极快，几乎不给她反驳的机会。

微波炉叮地一下，饭菜热好。犹豫在简皙心里画了个百转千回的圈儿，她"嗯"了声，同意了。

下午的孕妇相对较少，来的大多是做胎心监护的，简皙在监护室里待了阵，再处理了一个急诊送上来要求保胎的孕妇后，刚好七点下班。而陆平南很准时地等在医院门口，一身浅杏大衣倚靠着卡宴，帅气逼人。

他小跑着过来："累不累啊？还要不要再吃点儿东西？你们医院真忙啊，我等了十五分钟，急诊都进去三辆救护车了。"

他边说边拿过简皙手中的包，简皙挣了下，还是被他拎走。陆平南殷勤地拉开车门："你的车做保养还要几天？"

"明天就能取。"简皙的车昨天送去4S店了，都是打车上下班。

"那我明儿早上送你。"陆平南坐上副驾，伸手从后座拿出一个精致的纸袋递给她。

简皙并没有接。陆平南深吸气，说："皙皙，上次是我不对，喝了酒就发疯，你别记心上。这个算是赔罪的礼物。"

简皙的目光从纸袋移上他的脸，大学时，哪怕他多看她一眼，她的心都会怦怦得快要炸裂。长大了，成年了，经历了，最难抵挡的还是最初的心动。这份心动跟着时间推移，那些出现过的异性，暂时都不足以替代。

简皙认心。

她接受了这份礼物："谢谢。"

陆平南肩膀一松，这两个字的意思就代表简皙原谅了，简直百试不爽。

到了香榭公寓，简皙拿起包："回去慢点开，明早上不用……"

话还没说完，陆平南突然探身过来，声音擦过她的耳垂："别跟我客气。"

他的手横过简皙腰间，解开她的安全带。简皙下意识地躲开，而陆平南已经正襟危坐了。

下车道别，直到尾灯消失不见，简皙心里的小鹿才渐渐消停。她转过身，一个黑影突然从路边的梧桐树后闪了出来。

简皙差点叫出声，直到看清来者的脸——皱着眉的贺燃。

她松了口气，拍了拍胸口："吓死我了，还以为是……"

"是什么？"贺燃眼神中充满蔑视，"劫财？劫色？"

简皙被他这冷冰冰的语气堵住了话，夜风凉，她双手环抱，食指勾着那个精致的纸袋，问："你怎么来了？"

贺燃嗤笑，他个头高，在暮色里更显压迫："这路是你修的？怎么，只准小白脸来，爷们儿不让来？"

这辣油似的回答让简皙心口发堵，她看到贺燃手里提着个东西，套了两三个塑料袋，于是转移话题，问："拿的是什么？"

"管得着吗你？"贺燃一想到刚才她和陆平南在车里的画面，就抑制不住地冒火。

简皙耐住性子，保持笑脸："真送锅盖给我尝啊？"

路灯的光倾泻而下，把贺燃的脸罩在光影构成的三角形里，阴暗交织，阴晴难定。他嘁了声："简医生，自作多情一次就算了，怎么，被那小白脸虐得还不够？还想再找一个受受？"

简皙脸色当即冷了下去，擦肩就要走。贺燃顿觉挫败，铆足劲儿地刺激：“那男人有什么好，值当你一而再地喜欢？有点品位成吗？”

简皙停下脚步，微微侧头，哼声一笑：“我就喜欢长得帅的，你管得着吗？”

原话奉还，贺燃哑口无言。简皙重新迈步，高跟鞋踩在水泥地上，像低八度的琴音。

“他那叫帅？”贺燃声音骤大，提着塑料袋在她背后嚷，“油头粉面就叫帅？信不信老子的腹肌比他骨头还要硬！”

简皙猛地转身：“贺先生请你自重。我和你认识不到两星期，为了一堆破事儿产生无法避免的交集，这非我所愿。萍水相逢，我以后还能对你有个好印象，但你再对我朋友胡乱评价——对不起，我会讨厌你。”

平日人车不断的道路，今晚竟安静得出奇。贺燃沉默片刻，突然嗤笑，居高临下的眼神极为不屑：“你讨厌一个人，还要跟他说‘对不起’？简医生，真会装。”

隔街传来汽车鸣笛，像是一道旨意，暂停片刻的道路终于有车驶来。大灯在闪，飞快而过。借着时间极短的灯光，贺燃镇住，他看到简皙忍着眼睛里快要夺眶的泪。

“你又有什么资格？我们很熟吗？真把自己当回事！”简皙撂下话转身，把眼泪给生生逼了回去。

直到女人纤细的背影消失在小区大门处，贺燃立在原地也没有动弹一下，安静了，理智也回来了。贺燃从衣袋里掏出手机，翻出简皙的号码毫不犹豫地拨过去。

“对不起，您的号码有误，请查证后再拨。”

有误？怎么可能有误，只是对方设置了黑名单，不想制造错误罢了。贺燃提着袋子的手堪堪捏成实打实的拳头，就在刚才简皙笑问“是不是真送锅盖给我尝”的时候，他没来得及说：是啊，不仅有盖，还有锅。锅里有热腾腾的鸡汤，是外婆下午熬的。而这次的鸡，是照着她上次的方法杀的，杀得比任何一次都要好。贺燃垂手，把鸡汤放在了路边，他双手插袋踢着石子儿，走了几步又回头，自己的身影被路灯拉得真长啊。

简哲回到家，把手机搁桌上，想了想拿起又检查一遍，确定贺燃的号码躺在黑名单里才放心。心情被他搅弄得稀糟，却全然不同于工作时面对无理的病患。从医久了，最重要的是把工作与生活划分开来，简皙接受过心理培训，已经能做得很好。

她把今晚所有的过错，都归结于贺燃太过分。还不到八点，简皙决定去健身馆。她换好衣服出门，到那儿步行十分钟，从侧门过去是最近的。简皙出了楼道，一路往右，到大门时，人跟恍住似的，脚步竟犹豫了。

他应该走了吧？简皙心里冒出的第一个想法。又想，这不废话吗，这么久肯定走了。

简皙的脚步踟蹰了几秒，还是选择往大门那边绕远路。

笔直的道伸展着，路灯数盏整齐划一，简皙沿着原路走得慢，其实这路一眼就能看到头，早已没了人影。简皙盯着自己的鞋尖，说不出什么感觉。

又走了几步，突然看见路边有个熟悉的东西，塑料袋包了好几层。简皙走过去，认出是刚才贺燃提着的。她拿起打开，崭新的保温瓶？简皙愣了愣，继续揭开瓶盖，热气升腾，汤水微晃，竟是黄灿灿的鸡汤。

今晚的健身，简皙铆足了劲儿，帅气教练都忍不住提醒："哎哎哎，悠着点啊，简医生，你这样特伤韧带。"

简皙把跑步机减速，气喘吁吁："你不总嫌我懒吗，勤快一点你又唠叨。"

教练给她递了瓶水："过犹不及，再说了，机会有的是，陶总又给你续了五年费。"

简皙呛住，咳了半天才说："万一你们这店开不到五年就垮了呢？"

教练笑道："陶总说了，不会垮，真开不下去了，她收购。"

简皙真是服了她妈。

把自己折腾到筋疲力尽，简皙回家泡了个澡，出来后，她看着桌上被自己拎回来的鸡汤，犹豫一番还是拿出手机，点进了黑名单。

产科永远人满为患，从无淡季旺季之分，尤其是市一院这种三甲大院，预约做个四维检查都要提前两个月。简皙一天都泡在手术室，接连做了五台剖宫产手术，全都是女娃娃。累一点无妨，手术顺利平安就是最大的欣慰。

昨天科室约好今天晚上聚餐，倒也巧，今天工作都顺利，十分配合地能让大家按时下班。

老规矩，吃完饭后就去唱歌，携家带眷的不在少数，单着的也就那么几个。实习的小护士口快："简医生，你怎么不带男朋友啊？"

简皙笑着说："太帅了哟，我得藏着自己欣赏。"

小护士挺来神："是不是上次来接你的那位？我看到啦，穿浅色大衣超帅的。"

话一出，立即引来话题，同事都问："谁啊？哪个？"

简皙还是笑："都说啦，男朋友是要藏起来的，露脸的肯定不是喽。"

大家笑笑过后投入娱乐。简皙揉了揉颈椎，手机提示有新短信，拿起一看是10086，简皙按熄屏幕，压下心里的微动。

一个星期过去了，贺燃没再联系过她。

简皙嫌闷，去包厢外透气，站在窗户边就能听到混合在一起的嘈杂歌声。简皙向外望，穿梭不止的车，醉醺醺被搀扶着的人，卖玫瑰的也特别多，她的目光扫过一根石柱。楼下三四个男人站在石柱边，石柱很大，能够遮拦身影，但简皙在三楼，他们的行为被她尽收眼底。

左边稍矮的那个她有印象，像是上次跟在贺燃身边一起要债的小弟。几个人鬼祟小心，手法极快地交换着什么，然后很快就离开了，简皙也没放在心上。待了几分钟正准备回包厢，旁边的电梯叮的一声打开，走出来的正是刚才的那几个人。

简皙这会儿看清楚了，的确是跟过贺燃的林加。他被一个彪形大汉搂住肩膀："放心，老弟，绝不会出事，你就好好干。"

林加眼底有犹豫，却还是不断点头，他手插在衣袋，很用力地捂着里头的东西。

简皙心里没底，但一定不是什么好事。她隐在墙后，摸出手机，毫不犹豫地拨通一个电话。

贺燃正在老赵店里帮忙，猛一看来电人，不顾满手机油飞快接听，语言组织不清地喊了句："有事？"

硬邦邦的，说完就后悔了。可听了几句，贺燃表情突变："把地址发给我，我马上到！"又凶戾地警告，"你给我回你同事那儿，不许乱跟。"

简皙一边瞄那伙人，一边碎步跟："你来之前我帮你看着。"

"简皙，你敢乱动，我对你不客气！"

电话挂断，简皙握着手机蒙了半天，从没一个男人这样凶过她。

这幢楼里玩啥的都有，一楼舞池，三楼K歌，往上就是养生保健。林加他们又进了楼梯间，从门缝里，简皙看到他们是往楼下去的。舞池炫目，光影晕人，男男女女扭成了软麻花儿。简皙跟着他们进了一条长走廊。她假装在卫生间门口打电话，眼睛却不停地瞄向走道尽头。

高大个头声音大："林老弟，这批货卖完了，老大分你这个数。"五根手指得意扬扬立在空中，"特别看得起你。"

林加隐隐感觉到了什么，但利益诱惑足以麻痹很多东西。

他应答："让嘉爷放心，我不会出纰漏。"

还是高大个："弟妹快生了，你妈妈的病也需要花钱，这个弟兄都知道，绝不亏待你。"

简皙挑了重点听得一清二楚，也彻底明白这小弟没走正道。一沓红票子，一包巴掌大的粉末在两人手中快速交换。简皙来不及考虑就绕了出去："呀，在这儿都能碰见你啊！"她笑颜以对，是冲林加。

林加发蒙，嘴巴半张，进行到一半的交易飞快收手，高大个眼珠子都快瞪出来了。

简哲语气亲近："上次你把工具落我车上了，正好，现在可以还给你。"她轻松得真跟偶遇似的。

林加打了个激灵，本就胆怯，有人拉一把，理智恢复了八成。立刻咧嘴笑，边笑边向简哲靠近："对对对，我就说少了个扳手，还以为燃哥私吞了。"

两个人并排了，默契十足地共同往外走。

简哲说："你跟我出去拿吧，我同事都还聚着呢。"

"喂，等等！"

简哲背脊一僵，高大个声音跟雷鸣似的："林老弟，这样不合适吧？"

林加飞快转身，把简哲挡在身后，笑道："我先去拿下东西，等会儿再来找您。"

"走了还能回来？"大高个阴冷冷的，皮笑肉不笑，"我可是给过你时间考虑的啊，是你自己主动给我打电话说要做的——今儿个这货，你必须给我担了！"

简哲无辜地问："什么货啊？酒吗？那正好我好多同事在，我买了吧。"

"闭嘴！一唱一和演双簧呢！"高大个指着简哲，吼道，"再多事儿给我小心点！"

粗暴的手指浮在半空没三秒，就被另一只手挡开。贺燃跻身站了过来，把简哲彻底护在身后，眉峰下压，隐着一座随时会爆发的火山，

"再乱指，你试试！"

"燃哥。"林加像是成绩不及格的小学生见到了家长，毫无底气。

贺燃回头怒骂："还有脸叫我哥？！"

大高个被贺燃唬了下，气势顿灭："哟，燃哥也来了啊，我不知道这位小妹跟你是熟人，算我错，算我错。"

他嬉皮赔笑，锋刃在后半句：“但凡什么事都得讲个道理，加弟答应接生意，我这货都出手了，临阵脱逃不太合适吧？”

贺燃目光阴鸷，在这色泽不明的灯光笼罩下更显戾气逼人。他眯缝了双眼，语气如霜：“临阵脱逃怎么了？玩的就是你！”

大高个脸色绷紧，几个小弟跟后边，面子实在挂不住：“别仗着嘉爷看得起就目中无人。姓贺的我告诉你，离了嘉爷，你还有什么资格狂？”

贺燃冷淡一笑：“那你倒是看看，我狂不狂得起来！”话毕，他举起拳头往前狠狠一砸，大高个的下巴瞬间被揍了个朝天。

场面骤然大乱，林加要冲上去帮忙，贺燃喊道：“滚！把她给我带走！掉一根头发我抽死你！”

简皙被这突然的打斗惊呆，又被贺燃的话喊回了魂魄。她甩开林加的手从包里掏出手机。

某个小弟厉声叫：“她要报警！”

对方的围攻转移方向，逮着简皙就要下手，贺燃低骂一声，推着高大个连人撞了过去，在拳头落下的前一秒，死死抱住简皙。

嘭，闷声肉响。隔着男人宽阔的胸膛，简皙感受到了震动。

贺燃脸色一青，但手劲儿未松半分。局势急转直下，对方本就人多，拳脚全都落在贺燃身上。音乐声、叫骂声、起哄声，简皙甚至还听到了骨头咔咔响。这些节奏交织在一起形成了巨大的恐惧，简皙在这份恐惧里心惊胆战，唯一能够稳住她心神的，是贺燃胸腔剧烈的心跳声。

情况急转直下，正僵持，一个男声：“在我地盘动手，是不是得报个备啊？”

大高个那边收手抬眼，像是见到鬼畜，惊弹起身：“骁……骁哥。”

逆光的走廊口，光影束束如飞，身着黑色衬衫的男人笔直站立，后边排开两行保镖。大高个顿时孬成一包子，点头哈腰认错：“骁哥对不住了，误会误会，我们这就走，这就走。”

“等等。”陆悍骁冷笑着，“打了我家姑娘的，自个儿站出来。”

他目光移到简皙身上，走过去，伸手揉了揉她的脑袋：“从小到大都不让人省心，付我工资了没？”又瞥向旁边的贺燃，不算高兴，“贺总，你也可以松手了。”

贺燃轻声一笑，抱着简皙没动分毫。

两年不见，陆悍骁这哥们儿，还是这么碍事讨厌。

陆悍骁做生意起家，在这城市混出了高度，吃喝玩乐的地方多的是人脉，他自己虽不涉足，但有点眼力的都忌他几分。

那高大个吓得哆哆嗦嗦，怎么着也不是。简皙突然说：“没人打到我。”这是实话，那拳头都被贺燃挡了去。

陆悍骁围着她的脸蛋左右上下地看，确定没伤才罢休，对大高个颤出一个字：“滚！”

贺燃这才摸着下巴嘶了一声：“真疼。”

简皙咬着嘴唇，后怕涌上来，嘴硬说：“谁让你挡的。”

贺燃被噎住，缓了气才说：“就你这细胳膊细腿的，我不护着你，你明儿就能休病假了！”

简皙也不知道自己在置气什么，头一偏：“管得着吗你。”

贺燃愣了愣，反应过来后心一软，微微低头压着声儿问：“还为那晚上的事生气？嗯？”

简皙抬眼，冷淡道：“什么事？我早就忘了。”

“对不起，哥跟你道歉。”贺燃突然轻声，“我不该凶你。”

方才的防备一击而垮，她被勾出了莫名的委屈，低下头不发一语。

“哟哟哟，哪晚的事啊？你俩搞的什么事啊？”陆悍骁听个不明不白，若有所思。

贺燃斜了他一眼：“不关你的事儿。”

陆悍骁也不恼，往贺燃肩上拍了拍：“脾气还这么暴，真当自己爆米花了。”

他是看准了他受伤的地方，专挑那儿拍，贺燃暗骂，阴险。

陆悍骁晚上本在上头玩牌，一个后来的朋友随口说起楼下有人闹事，里头还有个特漂亮的女人。牌友顺着话问有多漂亮，结果这一描述，陆悍骁奇异的直觉作祟，带着人就下去了。

重新要了个茶座，陆悍骁领人进去："要喝什么自己点。"

"你们先喝。"贺燃声音冷硬，转过背，对准身后的林加就是一拳头。

林加倒地，捂着脸不敢吭声。

"那伙人干的什么勾当，你别说不知道。林加，你脑袋挂脖上太重了是吧？想摘下来给人当球踢？嗯？！"

林加眼珠子通红："燃哥，我……"

贺燃抬脚就是一踹："我什么我！你自个儿想死往那儿跳！"他指着窗户愤怒地说，"别连累人！放心，你死了，你那生病的妈和要出生的孩子，我铁定不会管！"

"燃哥，对不起。"林加声音哑涩，喉咙眼像是插了十几根牙签。

"我不要你的对不起，跟她说！"贺燃拽住林加的后衣领，拖着人往简皙面前一甩，"幸亏简医生，不然你就等死吧！"

简皙皱眉，盯着贺燃。

"又在心里骂我了是吧？"贺燃毫不畏惧，冷笑，"女人最好少管闲事，明知山有虎还往山上走，不是勇气，是蠢。"

简皙脸色微变，陆悍骁当即对门外吩咐："要杯冰水。"对贺燃说，"你需要降火。"

贺燃坐在沙发上，脸色臭。简皙觉得这人简直没法儿沟通，径直绕过他，对陆悍骁说："我走了，同事还在等我。"

"同事？那叫上来一块儿玩。"陆悍骁向来慷慨。

"不用，科室聚餐，催了我几个电话了。"

陆悍骁替她拉开门："去吧，改天我去看望咱爸妈。"

一听"咱爸妈"三个字，贺燃猛地抬头。

简皙点了点头："好。"

关上门，陆悍骁瞥了眼贺燃："我身上都快被你看出窟窿了，怎么，看上我小妹了？”

贺燃手脚张开，大剌剌地靠在沙发上：“我跟你认识这么久，从不知道你有个妹妹。”

“你狼心狗肺的德行，我拎得清。”陆悍骁笑笑，掏了支雪茄扔过去，“两家老爷子是战友，老革命感情，简皙从小跟我后头跑，小丫头就是我亲妹。后来她出国念书，这几年才见得少。”

贺燃点燃雪茄，腮帮鼓了下。陆悍骁笑了笑：“真看上了？”

贺燃：“不行？”

陆悍骁倚在床边，双手懒散散地搭着，指间的雪茄火星暗红：“贺燃，我这妹妹跟你玩过的那些女人不一样。”

“我没想玩。”

陆悍骁笑着弹了弹烟灰：“尝新鲜？我让人给你找几个好的。”

贺燃目光如刃，一字一句重复：“我没想玩她。”

陆悍骁一怔，轻描淡写地避过这茬话题：“你从遥省到这边，为什么不来找我？”

“找你看我有多落魄？”贺燃嗤声，“我烂命一条，没啥好看的。”

陆悍骁手一顿，无可奈何：“当年如果不是贺严阴了一把，你也不会……”

“过去的事别再提。”贺燃不耐烦地打断。

“只要你想，再起家不是难事，只要你一句话，”陆悍骁重情重义，“我挺你。”

贺燃是真烦了，结束话题，起身说：“别扯些有的没的。我问你，简医生爸妈是做什么的？”

陆悍骁神色微凛：“认真了？”

“告诉我。”

“她妈妈做生意，她爸，”陆悍骁顿了下，斟酌了用词，“是公务员，简皙还有个弟弟。”

高知家庭？和贺燃猜的差不多。

隔壁还有牌局，陆悍骁说："陪我玩两把。"

"没钱。"贺燃撂下俩字，拉开门就走了。

简皙这边，平日工作节奏紧，好不容易放松了，个个跟脱缰的野驹似的。简皙是开车来的，不用喝酒，但刚才被那么一闹，玩的心情也没了。

突然手机响，新短信："出来。"

简皙没理。过了两分钟："我伤口疼得厉害，帮忙上个药。"

简皙按熄屏幕，又按亮，看了一遍又一遍，边起身边回复："在哪儿？"

她拉开门，手还在门把上，抬头就看见一脸瘀青的贺燃。他靠着墙，左手拎着个塑料袋。

简皙走过去伸出手："给我。"她打开塑料袋瞄了眼，"买这么多药膏？"

贺燃"嗯"了声："药店老板推荐的。"

"他诈你钱呢。"简皙抿了抿唇，"跟我来吧。"

她的车里常年备了个医药箱，小伤小痛足以应急用。两人坐在车里，简皙拿出一瓶碘酊一包棉签："那些都不实用，先用这个消消毒。"

贺燃把脸凑过去："下手轻点，别想着在这事儿上报仇。"

简皙和他对视，一个目光明晰，一个鼻挺眼深，没几秒，两人都笑了。

那笑容踩在同一频率上，简皙清了清嗓子："我没你那么粗鲁。"

贺燃沉了一晚上的脸色终于放软："我是男人，皮肉糙，你跟我比？"

她没接话，沉默地给他抹碘酊。车里放了精油，是柠檬淡香，大概是气氛太过柔和，贺燃再说话的声音也放温和了。

"上次在小区门口，我说话不好听。"

"嗯。"简皙说，"你知道就好。"

贺燃眉尾上挑："就当我胡说八道，不过有一句是真的。"

简皙眉间皱了下，回想了番：“哪句？”

“我腹肌比小白脸那儿还硬。”

简皙手一顿，然后毫不犹豫地往他伤口上用力戳。

贺燃处变不惊，没一点儿痛色，反而抓住她的手腕：“我说真的，你怎么看上那小白脸的？”

简皙没说话。

“就因为他帅？”贺燃语气认真，“就凭在KTV那一次，他就配不上你。”

陆平南喝醉酒和别人打赌，让简皙半小时内随叫随到，这事儿不爷们儿，太丢份。贺燃看她越发沉默的脸，索性拿过棉签，自己熟练地上药。

“你俩上学时候认识的吧？”

“你怎么知道？”

“年纪小才容易受迷惑，以为一往情深才叫守贞，其实在没心的人眼里，就是犯傻。”

简皙觉得贺燃说这句话的时候，脸上的笑是自嘲。她静下心来，慢声说：“我喜欢了他十年，大一的时候他在台上演讲，我还记得题目叫《教育体制改革如何创新》。”

贺燃不屑一嗤：“毛都没长齐就当专家，脸真大。”把碘酊瓶盖拧紧放回药箱，“什么爱了十几年，长得帅啊，都是假的。你要抽身当个看客，绝对也会认为自己做的事真蠢。”

简皙一时无语。

“不是对方优秀，而是你不敢踏出这个圈子审视自己。”贺燃瞥她一眼，“听傻了？”

“也许你说的是对的。”简皙别过头，手搭在方向盘上，“这么多年我习惯了。没有出现过比他好的。”

“死心眼，活受罪。”贺燃压了压脾气，“你知道一个男人喜欢一个女人会怎样吗？”

简皙想了想：“记得每个纪念日，送花送礼物。”

贺燃却笑出了声："不怪你，是你经历太少，那小白脸儿对你不好。真正喜欢一个女人，会死不要脸地追她，受不得别人碰她，打架把她护在怀里，想把她摁在桌上没日没夜的……"

贺燃望着她，嘴角淡淡上扬："简医生，小白脸给过你这些感受吗？"

简皙垂眸，盯着自己的手。

"那你想不想试试？"贺燃又问。

"嗯？"简皙一时没绕明白，"试什么？"

"被男人疼。"

车里是安静的，眼神是炽热的，胸口的跳动是呼之欲出的。简皙的意识渐渐明朗，而贺燃下一句便证实了答案。

他一字一句地说："怎么办，老子特别想疼你。"

短暂怔然，简皙在贺燃坦荡的注目下飞快移眼。很奇怪，没有吃惊，没有厌恶，像是一种微妙的猜测得到了应验。

"嗬，没吓着？"贺燃用玩味的眼神看着她，这倒是出乎意料，"我以为你会跳起来骂我，臭流氓。"

简皙忍着笑："我都二十六了，这点儿定力还是有的吧。"

贺燃问："追你的男人多吗？"

简皙想了想："怎样才叫多？"

"今年有几个？"

"我算算。"简皙伸出右手，一根一根掰指头，"元宵节约我去泡温泉的，情人节给我送玫瑰的，五一请我吃饭的，啊，还有儿童节……"

她像煞有介事的模样把贺燃逗乐了："一本正经地扯，别数了，我知道。"

简皙抬头："你知道什么？"

"追你的不少。"贺燃说，"因为这么好的女人，谁不想要谁眼瞎。当然了，那小白脸除外，他脑子被驴踢了，智障十年从没好过。"

简皙笑了。

这些年追她的的确不少，医院的同事、长辈的适龄亲戚，还有过两次不咸不淡的相亲。非得定义，贺燃也不过是其中之一。但这个男人的坦荡，却没有让气氛有过半点儿尴尬。简皙垂眼，还是有必要说清楚："对不起，我暂时不考虑感情问题。"

"无所谓。"贺燃，"你同不同意都影响不了我。你过你的生活，我追我的人。你喜欢就受着，不喜欢——也受着。"

贺燃单手拎起外套，右手臂的瘀伤最明显，他用左手推开车门："回同事那儿吧，开车来的就别喝酒了。"

背影走远，没有再回头。

简皙这才回过神，盯着那个药箱，又看了看窗外，回想刚才贺燃说的话，心里的石头这会儿还没挪开。

回到包厢，实习小护士拖住她问："简医生，你哪儿去啦？一晚上你好忙呀。"

简皙拢了拢耳边的头发，笑着说："没有呀，就接了几个电话，都被你发现啦。"

"小简来唱一个，咱们科室的金话筒。"主任晕乎乎地喊话。

简皙欣然："好啊，给大家三十秒准备。"

小护士不解："准备什么呀？"

"捂紧耳朵呢！"

气氛欢愉，笑声连绵。散场已近十一点，简皙是少数清醒的人之一，帮着一块儿把同事送上车后才离开。

一晚上闹腾终于落下帷幕，简皙掩嘴打了个哈欠，抬眼突然愣住，像是见了鬼："你……你还没走啊？！"

白色奥迪旁边，黑色机车更惹眼，贺燃靠墙站着，嘴里叼着半截烟，瞥她一眼说："就走。"说走还真没耽误，他动作利索地跨上机车，轰一声飙出，往着出口方向转眼没了影。

简皙坐上驾驶座，以为刚才是幻觉，自言自语道："我没喝酒啊。"然后转动方向盘，把车倒了出去。

停车场出口有段上坡，她开上去后才把速度提上来。深夜的路况好了不少，简皙开了半边窗户过风，下个转弯看后视镜的时候，她差点一脚急刹。后面的黑色机车像个尾巴，鱼跃般穿梭在车流中，而始终不变的，是与简皙保持可见的距离。

是贺燃！

简皙的车速慢下来，后头的机车也跟着慢；她快，他也快。简皙才算明白，这男人是在送她回家。

搁在仪表盘上的手机亮了，是条短信："好好看路，别看我。"

简皙一时无语，但手心还是有一点点湿意冒出。

中心路段，即便夜深车辆仍多。贺燃握着油门的手松弛有度，遇红灯时他长腿撑地，隔着头盔看前面的白色车身。贺燃的嘴角往上扬，那条短信之后，简皙的车速明显慢下来了呢。

把人送到香榭公寓外头，贺燃就悄无声息地闪去了小路。到家已过零点，小老太裹着花棉袄，坐在床上织毛线，一听门响赶紧下床："哎哟要死呀，回来得越来越晚了。"

贺燃右脸有伤，为了避免外婆的轰炸机，他快步进卧室把门一关："洗个澡。"

小老太的唠叨隔着门板依旧威力无穷。贺燃衣服裤子全脱，光身赤脚地走去冲澡，片刻出来后，手机正在撒欢地响个不停。

他接听："老姚。"

老姚并不老，比贺燃还小个两三岁，但脑子机灵，上蹿下跳攒了不少人脉信息，贺燃收债的活不少都是老姚给介绍的。

"燃哥，这回单子好做，对方是个水泥厂小老板，欠了东家十五万一直不还。那老板有房有车还得起。估计吓唬吓唬就成，你有空接没？"

贺燃单手套裤子，卡在大腿处空不出手提："接。你把名字、地方发信息给我。"

"好嘞，不过燃哥，这债东家要得紧，最多给个三五天时间。"

贺燃答应："行。"

讲完事，贺燃又随手套了件T恤往床上一躺。他点开手机，给林加

Sweet & Loving
甜妻
贺老大
情话语录
/
「我是医生，只会治病。」
「不。」贺燃望着她，「你能救我的命。」

Sweet & Loving 甜妻
贺老大
情话语录
2
我对你就一个要求。
求你在我这里横行霸道一辈子。

Sweet
&
Loving
朝夕是你，
百岁，也是你。

打了个电话。

“燃哥。”林加声音胆怯。

“到家了？把自个儿想明白了？”贺燃声音沉下去的时候十分严肃。

那头“嗯”了声：“哥，对不起。”

“对得起你老娘和媳妇儿就成。”贺燃摸出烟咬在嘴里，“再问你个事。”

“燃哥你说。”

贺燃问：“你上次给你媳妇买的啥礼物，就是把她吓哭的那次。”

林加小声辩解：“那不是吓哭，是感动哭的，买了条水晶项链。”

贺燃挺直背，盘腿坐床上：“这玩意儿女人喜欢？”

“喜欢啊。”林加颇有经验，“但你得选那香港进口的，价格贵更喜欢。不是，燃哥，你问这干吗？”

贺燃清了清嗓子：“送我家老太太。”

天气预报说，这周连续艳阳天，虽已入深秋，但六点刚过天色已经大亮。面包车开出牙蹄路了，老赵还在纳闷儿：“我老婆孩子去做复查，你凑什么热闹啊？”

正在开车的男人拍了拍方向盘：“免费的司机你要不要？”

“到市一院也就半小时不到的车程，再说了，我驾龄还比你长。”老赵嫌弃道。

“就你话多！吵死了！”后座抱着娃娃的老赵爱人弹了下他脑门儿，“什么眼色，真以为人家乐意给你当司机啊？”

老赵爱人凶了番，立马换了脸色，笑着问贺燃：“也不知道简医生今天上班没？”

贺燃：“上。”

“你咋知道？”老赵问。

“猜的。”

简皙今天在门诊。开了半边的诊室门像一道窄窄的取景框，贺燃一眼就看到穿着白大褂的简皙在和患者交谈。她脸上始终带着笑，大概是职业缘故，贺燃总觉得这种笑有着奇妙的复原力。

温和，淡然，从容。

护士叫："九号。"

老赵两口子递上病历本，护士核对了信息，然后让出路："请进。"

诊室门完全敞开了，抽空喝水的简皙眼睛一抬，突然顿住。

双手斜插裤袋的贺燃走在最后面，也望着她。

"简医生，又来麻烦你了。"老赵爱人抱着小奶娃，笑嘻嘻地坐在她对面。

"这不叫麻烦，你们挂号排队也久等了，产后四十二天了吧？"

简皙很快投入工作，问了些情况，几分钟后把诊疗卡递回去："先去排队，下边检查的人多。"

老赵两口子抱着娃走了。简皙看着一直杵在门边没动的贺燃，他声音淡淡的："别赶我，我是帮他们开车的。"

得了吧，他那心思压根没打算藏着，目光直白全定在自己身上。

简皙无奈："你去外边等，来看诊的都是孕妇，你个男人站在这里不方便。"

贺燃点点头："你忙你的，我不打扰。"说完就真退去门外了。

办公室的空气仿佛瞬间减压，简皙整个人都轻松不少，没空多想，新的病人又敲门。超声室那边排号都排到了下午四点后，老赵他们决定先抱着孩子回家，到点再过来。贺燃没跟他们一块儿，站在医院走廊上，一等就是两个小时。

简皙从办公室出来，根本没想到贺燃还在这儿："你怎么……"

"两小时二十分。"贺燃却瞄了眼手机，打断她，"这么长时间你不用上洗手间？憋久了对身体不好。"

贺燃笑着把路让出来："先去洗手间，出来再说。"

简皙深呼吸，看着他："贺燃，是不是昨晚我说得不够清楚，我现在……"

“你说得很清楚。”贺燃神色平静，“但喜不喜欢是你的事，追不追是我的事。”

简哲觉得这话听起来似乎又没毛病，以前流利畅快的拒绝词调，到贺燃这儿就像碰到了块大铁板。她从洗手间出来，贺燃站在远一点的窗户边，咬着根本没点着的烟。

简哲看着他由远及近走过来的身影，心里乱鼓齐响。要说些什么？怎么说？是不是要再直接点？还没来得及组织语言，手上突然一凉，被贺燃塞进了一个东西。

“抽奖中的，拿去给你玩。”他说得无所谓。

简哲低头一看，是个四方小盒子，她本能地不要，贺燃却往后退了一大步，两手插进屁股上的口袋中，摆明了概不退货。

“拿着。”贺燃声音沉，“磨磨唧唧干什么。”

简哲：“……”

贺燃的眉梢里露出得意劲儿：“简医生，这还是香港进口的呢。”

简哲：“……”

简哲觉得这东西是退不掉的，索性不浪费时间，手心一收，捏着盒子放进了白大褂的口袋里。回到办公室，手机在左兜里振了下，简哲极快地扫了眼，来自贺燃：“给点儿面子，别丢垃圾桶。”简哲一怔，随即失笑，她把盒子放进抽屉，关到一半手又顿住，最后还是拿出又放回了衣兜。

贺燃下午还有正事，出了医院在路边随便吃点儿东西，骑着摩托赶去北区。

昨天老姚介绍的那单业务，欠债人的水泥厂和住房都在城北，十五万欠额不算多，加之债主给出五个点的报酬比例，这单算得上轻松好做。据老姚给的资料，老板叫谭宗，虽做的是技术含量欠缺的水泥生意，但这人也算是吃过墨水的文化人，看身份证的照片，眉庭宽阔一表人才。

家是自建的三层楼房，看外观也算不上什么富贵。贺燃有了大致的判断，他围着楼房溜达一圈，门口玩皮球的应该就是谭宗三岁的女儿，守着她的是个坐轮椅的老太太。

贺燃注意到，老太太的下肢半截儿都没了。他摸出烟点着，咬在嘴里半天没动，突然肩上被人拍了把，贺燃回过头。

“兄弟，我知道你是过来要债的。”正是欠债的谭宗。

贺燃拿下烟捏在手里，微眯双眼将他打量了番才开口：“那我也不兜圈子，欠债还钱天经地义，咱们都是混口饭吃。”

谭宗的神色气度，与平日那些欠债人不同，他不慌不急更是不躲避，点点头说：“说得在理，钱，我一定会还。”停了下，继续道，“这栋楼房已经托人去变卖，需要一个星期周转，劳你和上头传句话，给我这个时间去变现，到期了我一定把窟窿补上。”

贺燃没当即表态，他一直不动声色地审视谭宗，眼神、语气、字里行间的破绽。像是看出了他的疑虑，谭宗又说：“我在这里住了十几年，一家老小全都在这儿搁着，跑不起，也跑不动。一码归一码，别去叨扰他们，就当我拜托了。”

贺燃的视线再次移到门口那断了半截腿的老太太身上。他眉头微挑，碾熄烟蒂，丢了一句“好自为之”便转身离去。

贺燃回到摩托车边上，给老姚打了个电话。

“燃哥，啥事？”

贺燃把事情说了一遍，对方答应给雇主传个话。没过五分钟，老姚就回电话了。

“哎哟我的哥，上头老板说了，钱必须三天内要到，这姓谭的是老油条，套路玩得溜，老板让你先去吓吓他女儿。”

贺燃跨上摩托车，想也没想：“行，这单我不接了。”

“不，不，不是燃哥。”老姚急了，“上头特别指定你，再说了就是吓吓，这不都是你们常用手段吗。”

火气唰地一下拔高，贺燃声色骤厉：“你去问问，我贺燃要债从不恐吓老人小孩！”

“对对对，我说错话了，你别气。”老姚又语重心长道，“燃哥我跟你说实话，上头那人惹不得。”

“惹不惹得我说了算！”

贺燃在行业里有点名声，办事效率高，但同时脾气不好，直来直往从不怕得罪人。这件事他真没放在心上。一路风驰电掣又从城北回到自家，家里空空的，就他一人。不用说，外婆肯定跟人去超市抢打折货了。

贺燃给简皙发了条短信：“下班来接你。”

意料之中的没回音，他把手机揣兜里，转道去了林加那儿。可没到半程，贺燃才走到巷子口就慢下了脚步。这条巷子连通一块废弃多年的荒地，是步行过去的必经之路。虽是白天，但这会儿的行人都跟被屏蔽了似的。贺燃对危险的感知十分敏锐，他放慢脚步眼观四路，在经过一个拐口时果然——

两个人从后边蹿出，拎着钢管往贺燃后背一砸。贺燃眼明手快地抓住了一个人的手，却挨了另一个的这一棒，痛苦顿时蔓延。

“够狠！”贺燃捂着肩，反击起身，但拳头只伸到一半他就顿住。

前面五六米，三辆黑色车如潜伏在白昼的刀疤，十来个黑衣壮汉依次排开，最中间的是一个穿着唐装的男人。贺燃咽了咽唾沫，一开口就是满嘴的血味，喊了声“嘉爷”。

嘉爷笑着对他点了下头，十二月站在这风口，风能割脸：“哟，你这肩上是怎么了？”

贺燃稳住劲儿，忍着痛直起腰杆，大气不喘地说：“变天，关节痛犯了。”

嘉爷还是笑，边笑边朝他走来：“咱哥俩认识三年，我怎么不知道你还有这毛病？”

贺燃立在寒风里，面色如常：“嘉爷做大事，我这小角色不劳您记挂。”

嘉爷却笑开了怀，可笑着笑着他突然操起手下早就准备好的钢管，对着贺燃的肩膀一挥。

砰的一声皮肉响，贺燃头皮都爹了。挨了两下的右肩跟断掉一样，他脑门冒汗，手心死死握成拳，硬是没屈腿倒在地上。

“知道我为什么打你吗？”嘉爷把钢管掂在手里，像是刚打完高尔夫球。

贺燃无言。

嘉爷冷笑一声：“我让你去收债，你脾气倒挺大。”

“是你。”贺燃抬头，眉间深褶如刻印。

“我头回见到这么犟的，一听是你，呵，那就难怪了。”嘉爷啧啧感叹。

贺燃心想，不过是自导自演带了笼子等人跳。他面上还是疏淡的笑，好声道：“嘉爷，承蒙您还看得起，但我能力有限，您莫见怪。”

“已经见怪了，如何？”

贺燃没再说话，反而站得更直，两手垂下，脚步微迈，是准备挨打的姿势：“我还是那句话，您高兴就好。”

嘉爷眸色一冷，旁边手下蠢蠢欲试。半晌，他走到贺燃面前，已然变了番脸色，亲切至极：“你要是能回来帮我，才是天大的高兴。放心，我不逼你。”

他假惺惺地笑着，眼神一使，泱泱手下都上车撤离。贺燃这才松了弦，捂着剧痛的肩膀急喘息。回想嘉爷走前最后那句话，不逼他。贺燃冷笑，这种人他太了解，烂招多到让人发指。

果然，天色刚淡，警察就找上门来了，在确定贺燃身份后，说：“我们怀疑你绑架债务人女儿，并实施了威胁恐吓。请你跟我们走一趟接受调查。”

第二章 涩

市一院。

简皙临下班接了个有流产先兆的孕妇，安顿好后已快晚上八点，手机短信几条未读，简皙在看到四小时前贺燃那条“下班来接你”的信息时，手指犹豫。

这么晚了，他还会等吗？很快否定掉，简皙觉得自己很可笑，他等或不等，跟她没有半点儿关系才是。

换好衣服下班，刚走到大门手机在包里响。简皙无法解释有电话进来的那一瞬间，心哐一声猛蹦的原因。拿起一看，不是贺燃，是个陌生号码。简皙接听：“哪位？”

“简医生？简医生，我是林加！”那头急急地说，“上次在KTV你帮过我。”

“我知道。”简皙顿了下，“你，有什么事？”

林加的语气都像要哭了：“简医生，我知道这事不该来麻烦你，燃哥也不让，但实在是没法了，我……我……”

“贺燃？”简皙打断，皱眉，“你慢点说，他怎么了？”

“有人做证他绑架恐吓小女孩。他昨晚接了个要债的活，那孩子就是欠债人的女儿。

“小女孩是上午十点不见的，但燃哥说……”

林加的话被简皙打断：“我上午见过他，十一点之前他都在医院。”简皙已经坐上驾驶座，毫不犹豫地问，“他被关在哪里？我马上过去，我愿意做证。”

到派出所是在一小时后，城市的远郊。

简皙下车就注意到，派出所门口站着五六个流里流气的青年，大冷天的，其中一个还穿着短袖，手臂上的龙虎文身十分吓人。

一见到简皙，他们吹口哨，呵笑不止，不知谁喊了句：“别多管闲事啊！”

“简医生！”林加从派出所门口飞奔而来。

简皙对那伙人的警告熟视无睹：“贺燃呢？”

“我带你去！”林加领着人往里头走，“燃哥死活不让我去找你，说如果我找了你，这辈子就不做兄弟了。但我不能看着他被人陷害。”

一听这话，简皙心绪复杂，只得轻声宽慰：“没事，我为他证明不在场就好。”

可还没到审讯室，从某个房间传来一阵桌椅倒地的巨响，警察厉声：“你想干什么！不许动！”

又是一阵磕碰声，似乎还有棍棒打在身上的动静。

简皙正分辨，右前方的屋里蹿出一个人影。简皙眼睛都睁圆了，正是贺燃。他戴着手铐，愤然挣扎，后边是拿着警棍惊慌失措的警察。

“你给我滚回去！”贺燃冲简皙厉声吼喊，“这种地方是你来的吗！”

简皙压下心跳，克制着解释：“十点钟的时候你明明在医院，我……”

“我要你做什么证？！”贺燃已经被警察拽着往屋里拖，饱含怒意放低嗓音，“回去！”

被他一凶，简皙觉得莫名委屈，眼眶都红透了。贺燃看她的反应，气焰顿灭，半哄着说：“听话。”

嘉爷既然挖了个坑给他，就是往死里弄。他可以忍，可以受，可以承担这莫名的罪，但是简皙不可以，他不能让她受半点儿伤害。念及此，贺燃又硬了心肠，换上一副恶狠的面孔，对旁边的林加说：“再不把她带走，信不信我搞警察，到时候关个一两年，我看你内疚不内疚！”

这事贺燃真干得出，林加白着脸，推着简皙就往外走。外头起风了，鸡飞狗跳瞬间安静了，林加沮丧极了。

“简医生，对不住了，燃哥就是这脾气，他不让我来找你，就是怕你受牵连，那帮人根本不是人。”

简皙心情极差，不想说话。

林加鼻子通红，勉强振作：“谢谢你，我再去想办法。”

“你有什么办法？”一直沉默的简皙终于吭声。

“我……”林加拳头握得死紧，“我找他们说理去！”

“等等。”简皙把人叫停，“你待着别动。”

记得贺燃提起过，林加的老婆快生了，一家老小全靠他养活。简皙拢了拢耳边的碎发，走向车边：“给我两个小时的时间，有情况你再打我电话。”

林加木讷地点了下头，看着白车如白剑开离视野。

市政府办公大楼。

虽过晚上九点，但灯火通明，忙碌起来不分昼夜。简皙坐电梯去九楼，被告知人员还在会议厅开水利水电方面的专题会，她只好在接待室等。

十分钟后，会议厅动静渐大，两扇红木门从里至外被推开。清一色的黑色正装有序出来，走在最前面的正是简严清，他边走边低声和身边的人交谈。

“简市长，需要您紧急批复。”秘书长递过红头文件，“还有张部长的调令书。”

简严清颔首：“先回办公室。”

简皙从接待室出来，喊了声“爸爸”。

简严清略感意外，抬手示意了一下：“去办公室等我。”把手头的事解决完毕，又把紧急文件审阅签发，他才对秘书说，“今天先到这儿，明天会议如期召开。”

简皙等了十五分钟，其间秘书给她拿了点儿水果。简严清回到办公室，松了松领带：“今天有空来看爸爸了？”

简皙放下手中的热茶，站起身直言道：“爸爸，我想请你帮个忙。”

“嗯？”简严清绕到办公桌，端起桌上的茶杯抿了一口，“你说。”

简皙将事情始末说了个大概，言简意赅地抹去了贺燃不许她做证的事。简严清听完久未发言。简皙有点急，刚要再开口，简严清已经拿起私人手机拨了出去。

城北郊区。

派出所的审讯室里，贺燃手脚加铐，被束缚在审讯凳上，白炽灯明晃晃地对着他眼睛。

“十二月十八日上午九点，你把受害人绑至互同巷的民房里，其间对女孩父亲实施了电话威胁，是否属实？”

对桌办案人员义正词严，神情严肃。

贺燃极轻一笑：“属实个屁。”

刚落音，后头的男子不动声色地按住他受伤的右肩，贺燃顿时额头冒汗：“你大爷！”

那人按着原处又是一用劲儿：“让你狂！”

男人目光凶狠，还要动作，敲门声响起。一个便衣男子行色匆忙，进来后在办案人耳边悄声说了几句。对方神情紧张，连忙起身指着贺燃："放人！"

办案人员不可置信："啥？你可别弄错！明明就……"

"我说放人！"他越过木桌，急急给贺燃解铐。

贺燃敛下剧痛，眸色迟疑。很快，一切归于宁静。他按着肩膀，脚步缓慢地往外走，夜深露重，风呼呼而来。

嘉爷这手段还是一如既往地下三烂，贺燃见怪不怪，舔了舔后槽牙，吐出一口带血的沫子。还没走下派出所的台阶，一辆白车平缓驶来堵住了去路。贺燃神色微闪，简皙滑下车窗，冷淡地看着他，两人对视，贺燃的眼神从惊讶到平静，最后浮出调侃的笑意。

简皙被他盯得火冒三丈，没好气地说："我就来看看你胳膊断了没。"

贺燃偏着头，故作委屈道："断了哎。"

"断得好！"简皙转过头，手指抠着方向盘。

贺燃也不急，由着她沉默，他费劲儿地从兜里摸出烟放嘴里咬着。

简皙轻微叹气，无奈地又偏过头说："还不上车。"

贺燃挑眉坐上副驾，拳打的伤痕横在脸颊，更添几分痞性。

简皙转动方向盘，侧脸很美很冷，贺燃把烟放回烟盒，靠着椅背闭目说："看见有药店就放我下来，我这胳膊疼得厉害，得买点儿药。"

简皙语气冰冷："疼死活该。"

贺燃微喘，忍着肩胛上的痛道歉："对不起，老是凶你。但我说实话，那种情况你不能出头，弄我的不是什么好人。"

"我看你就不是好人。"简皙气没全消，但他一解释，心里还是好过些。

贺燃身上的伤不轻，他没再吭声，忍着疼说："前面就有药店，停车吧，你早点回家。"

简皙车速不减，唰地一下开了过去。

“喂，陈主任，我是小简。”简皙拿出手机打电话，笑意盈盈，“这么晚了还打扰您真不好意思，对，我有个朋友伤了手，想找您给看看。那好，我十五分钟后到。”

挂断电话，她表情又变冷了。贺燃嗤笑：“去四川学过变脸吧？这技术登峰造极。给哥找后门了？哎，简医生，其实你还是不怎么讨厌我的，对吗？”

简皙的手不受控地握紧方向盘，她压下骤乱的心跳，冷言道：“我只是不和你一般见识。”

贺燃眉毛微挑，心头的喜悦跟开了盖的可乐一样，吱溜溜冒气泡。他坐直了些，脑袋往简皙身边靠，热乎的气息洒向她脖颈：“医者仁心啊，简医生。”

简皙皮肤一阵麻，呼吸都乱了套。贺燃恢复原样，清了清嗓子：“前边什么都没有，你踩急刹干吗？”

“闭嘴。”

嗬，贺燃心想，还恼羞成怒了呢。

医院骨科。

贺燃照了片子，被医生详细检查了番后，拎着一袋药结束看诊。

“开后门就是方便，别提是晚上，就算白天看病，不排个两小时队别想出来。”贺燃拎着药包，走在简皙后面，“我说，你能慢点吗，刚夸你医者仁心来着。”

简皙停下，双手交叠在胸前：“你这人……”

“我没看错人。”贺燃打断她，隔着短短两米，他的神情变得温柔，“嘴硬心软又善良，手长腰细还漂亮。”

简皙愣了愣，然后哭笑不得，还挺会押韵。两个人你看我，我看你，一晚上的不快竟然在无声的对视里沉默散去。

简皙抿了抿唇，说：“走吧，我送你回去。”

贺燃朝她走来，带着歉意说：“对不起，本来说接你下班的。结果这一晚上净干些糟心事了。”

“不用对不起，你来不来都无所谓。”

贺燃啧的一声：“你这女人，专往人心里捅刀子。”

简皙摇了摇车钥匙：“趁我没改变主意，上车。”

“家里就一个老太太，我这样子回去能把她吓出心脏病。”贺燃说，“你走吧，我自个儿找地方待一晚。”

简皙收紧钥匙，问：“你带钱了？”

贺燃笑：“早被条子搜走了。”

“没钱你去哪儿开房？”

“自动取款机那儿能避风。”

简皙不置可否，一言不发地往前走，贺燃看着她的背影纤细如弯月一点一点缩小。他垂眸，鞋尖在地上用力摩了两下，正准备离开——

“喂。”是简皙。

贺燃回头，简皙远远地站在那儿，但声音十分清晰：“我家就在附近，你睡沙发。”

十个字，平静，冷淡，却给贺燃会心一击，他有说不出的安然和满足。

“沙发有点小，你拿两条椅子堵着，这是被子枕头，要是还冷，那儿还有条羊绒毯。”简皙交代完，把东西放在沙发上，“哦，你看电视吗？遥控器在下面。”

贺燃身量高大，空气似乎都被他夺去大半。简皙淡化他的存在感，就要回卧室。

“简医生，”贺燃问，“我能不能借你浴室洗个澡？”

“可以。”简皙说，“等等，我拿条毛巾给你。”

等人去卧室，他才打量这套房子。五六十平方米一个人住足够，装修也很新，简洁整齐，左边是面照片墙，三张照片都是简皙和一个男生。

“那是我弟弟。”简皙从卧室出来，手上搭了条蓝毛巾，“他比我小三岁。”

贺燃移开目光：“姐弟感情很好。”

“被逼的，巨烦。”简皙习惯性吐槽，“小孩似的。”

“脑子还是身体？”贺燃接过毛巾，笑着侃。

“身高一米八六的巨婴。”简皙也笑。

贺燃挑眉：“跟我一样高啊。”

“你有一八六？”简皙看了他一眼。

贺燃挺不乐意：“什么眼神，怀疑啊？来来来，比比看。”

“真不像，我看你最多一米八五。”简皙走过去，左手在他和自己的脑袋之间比画，“你看，我手还能够得着，换作陶星来就……”

简皙打住，发现贺燃笑意横生，一点也不掩藏地看着她。太近了，两个人太近了，一个拳头的距离，好像下一秒就会撞进他的怀抱。

贺燃压低声音，那嗓音碾过她的耳垂：“被你发现了，我真的只有一米八五，简医生，你好厉害啊。”

简皙猛地后退，贺燃嘴角轻飘飘地勾起：“我去洗澡了。”

简皙下意识地提醒道：“你把门锁好！”

“怎么？”贺燃侧过身，没个正经，“怕控制不住自己啊？”

简皙不解：“什么？”

“控制不住冲进来看我。”贺燃说，“没关系，你想看，我能给你摆出十八种姿势，不收钱。”

简皙哭笑不得：“你！”

“你笑了就好。”贺燃语气温和，声音也归于平静，“说了要疼你，可总是一堆破事让你不高兴。”

他坦荡的好感和直白的表述如此普通，普通得没有辞藻修饰，没有花言巧语，可这久违的赤诚意外地让简皙觉得舒坦。

她若有所思又不反驳的样子让贺燃轻轻笑了起来：“简皙。”

她抬起头：“嗯？”

贺燃在她晃神的时候已经脱了上衣，青紫的伤印和坚实的肌肉混在一起，呈现了一场极佳的视觉盛宴。他隐着笑，脸上是淡淡的温柔和自信：“其实你对我有点来劲儿，是吗？”

简皙条件反射般地推了把贺燃。

“哎哟。”疼得他五官都拧成一团，“恼羞成怒了是不？”

“再乱说你就睡大街！”简皙转身去厨房，没再搭理。

在厨房接了半杯水一口喝光，还觉不够，又接了半杯。简皙捧着杯子往外瞄了一眼，浴室门关上了，她也莫名其妙地松了口气。自己这是怎么了，引狼入室吗？简皙自嘲地一笑，摇了摇头，捡起案台上的两颗维生素和水吞服。

贺燃洗澡很快，十来分钟就出来了，头发湿漉漉的，衣服还穿的原来的，挺不客气地说：“简医生，帮忙上下药。”

简皙站在窗户边，正在回陶星来的微信，她侧过头，眉间聚着忍无可忍。

贺燃说：“肩膀后面我够不着。”

简皙“嗬”了声：“都一米八六了手还这么短。”讽刺归讽刺，人还是朝他走去，“药呢？”

一支消肿，一支化瘀，还有一包消炎的。贺燃费劲儿地脱掉上衣，皮肤上留有未干的水渍，他的肉收得很紧，脊骨凹成一条浅弧没入腰胯。贺燃腰上有文身，在内侧，这个位置倒是少见。简皙斜眼：“你还挺潮啊，文的哪个女孩的名字吧。”

贺燃笑，把肩膀搭下来些方便她上药：“没，这种傻事我不会做，我腰上受过伤，疤痕难看，文个遮遮丑，毕竟还没娶老婆。”

简皙目光再次移上去，仔细看，真的有道很长的暗红色的疤，她问：“是刀伤？”

“一米砍刀划的。”贺燃声音平淡，“差点就摘肾了。”

简皙手顿了下，上完最后一支药才问：“那些人为什么陷害你进派出所？”

“以前有点过节。”

“你帮他们做过事。”简皙平平静静，“而且不止过节这么简单，恩怨很大。”

贺燃低笑：“简医生，你混社会的啊？哎哟，轻点轻点，疼疼疼！”

简哲收了手劲儿，站起身，走了两步又停住。

“我有个问题一直想问你。”

贺燃坐在沙发上穿衣服：“你说。”

“那一次在紫提，你为什么要帮我？”简哲转过身，面对着他。

“听实话？”贺燃靠着沙发，懒懒地说，“因为你漂亮啊。”

简哲无语。

贺燃稍稍坐直，客厅灯光柔，把他的脸也衬得软和了些：“当时你气冲冲地拿了个啤酒瓶，我敢肯定你不敢往渣男脑上砸，真是活该被他往死里欺负。”

简哲手拽在一起没吭声。

“那小白脸姓陆？啧，油头粉面。”贺燃极为不屑，“喝点儿酒就拿自己当个王。”

“你别这么说他。”简哲眉眼动了动，心里仍是不服气地为陆平南辩解，“他是个很有才华的人。”

“会弹钢琴会打篮球就叫有才华？但他欺负你，消费你的感情，这就硌硬人了。”

简哲突然抬起眼：“那你为什么喜欢我？”

贺燃目光不闪躲，任她看个够，平静地说：“在老赵家你救他老婆那一次，我就看上你了。当时就觉得，这女人该我疼。”

简哲微怔。贺燃忍着笑，调侃道：“脸红了？啧，别躲了，都红到脖子了。”

简哲提神定气，收住情绪正声道：“我不能给你什么。”

“可我就是想要，怎么办？”

“那我也不能给你任何。”简哲抿了抿唇，“别把时间浪费在我身上。”

贺燃还是笑：“浪不浪费我说了算。”

他越是从容淡定，越让简皙乱了分寸："我是医生，只会治病。"

"不。"贺燃望着她，"你能救我的命。"

这半认真半玩笑的语气，说完他自己先笑了起来。简皙的无语表情已经发挥到极致，她无奈地耸肩，转过身当即苦脸，心里默念两遍："要死了要死了。"碰上个绝世牛皮糖。

贺燃突然开口："简皙，你不试一试怎么知道。"

"我要知道什么？"

"被我疼的感觉啊。"

贺燃眉目分明，他微微笑着，眼睛借着头上那垂直倾斜的灯光，演变出与他形象反差极大的温柔。

简皙回到卧室，关上门。

一扇门，隔开两个人，细细腻腻的情绪还是止不住地往心口涌。正发呆，手机在兜里响了一下，简皙掏出一看，微信的好友申请。

两个字：贺燃。

紧接着从客厅传来一声："医者仁心啊，简医生！"

简皙没忍住笑了出来，一晚上的煎煮油炸瞬间都化成温暾的凉白开了。客厅里的贺燃握着手机，没几秒，那边就通过申请。他挑眉，这才真正放松下来，往沙发上一躺，点开了简皙的微信。

简皙的朋友圈很简单，基本上一个月才发条动态，最近的一条是二月八日："有人说我杀的鸡死相优美，胃口大开，克制不住吃了一锅饭。"

贺燃笑了，这是他第一次给她发短信的那回，原来她也印象深刻。返回聊天页面，贺燃发："以为你会转发那些养生之道。"

很快，简皙回："中老年的兴趣爱好，我还挺年轻。"

贺燃嘴角往上，继续回："女人不都爱自拍吗，翻遍你朋友圈一张也没见着。"

"都是熟人，天天见面已经很腻了，饶了别人的眼睛。"

贺燃盯着屏幕，手指蜷在半空停顿着，最后打了行："求你别饶我。"

十秒，二十秒，一分钟。那头迟迟未回复。就在贺燃准备再发信息时，手机振动，简皙传来了一张图片，是一头跪在地上磕头的猪。

贺燃彻底笑开了怀："自画像挺美，收了当屏保。"

这次简皙真的没再回复了。贺燃垂眸敛眉，按熄屏幕，捡起被子一角随意搭在肚子上。客厅的灯很暗，融融的暖黄光芒好像能嵌进梦里。

卧室里的简皙看了几页书，十一点刚到也准备睡觉。睡前她又刷新了朋友圈，手指刚往下拉就顿住。三十分钟前贺燃发的，配图是那张跪在地上磕头的猪，文字描述是一个表情：

一颗红彤彤的、跳动的心。

第二天，简皙从卧室出来的时候被满桌的早餐吓了一跳。

贺燃站在桌前摆碗筷："你今天不用上班啊？"

简皙揉了揉脖颈，说："不用，我休息，这些都是你做的？"

"面条是，牛奶、包子是下面买的。"贺燃递给她一双筷子，"尝尝。"

简皙想到什么，问："你昨天不是说没带钱吗？"

"上宾馆的钱不够，买两个包子还是可以。"贺燃凑近了些，经过一晚的休整，他的精神已经复原，"你别太感动。"

简皙哭笑不得："我感动得都要掉眼泪了。"

她接过筷子坐在桌边，面条很简单，切了碎肉和几片青菜，闻起来很香。她吃了一口，味道无功无过。

贺燃"啧"了一声："等了半天，你都没夸我一句。"

"你就那么喜欢被人夸？"

"我喜欢被你夸。"贺燃说得脸色镇定，又给她打开牛奶推过去，"喝吧。你今天有什么安排？"

简皙咬着吸管慢慢咽："回家。"

"你家在哪儿？"

简皙瞄他一眼："我不告诉你。"

贺燃嗤地一笑："防我呢？"

“对啊，防狼。”简哲也不客气。

“有本事就把我防牢了，一旦给了我机会，我可就赶也赶不走了啊。”贺燃说得轻飘飘，似真似假也没个正形。

简皙被牛奶噎了一下，没忍住喷了出来。

“咳咳咳！对……对不起。”

鲜白的牛奶沾了贺燃满脸，他皱眉：“简医生，你想搞事呢？”

简皙还在咳，边咳边笑：“谁让你乱说话的。”她抽了两张面纸递向贺燃，“快擦擦。”

贺燃没接，用手直接往脸上一抹，然后起身去厨房洗手。简皙挂着笑，冲他背影说：“柜子下面有消毒液。”

吃完早餐，简皙收拾了一下，今天是妈妈生日，她把前几次逛街看中的衣服都放一块儿，问贺燃：“你回家吗？我会路过牙蹄路，可以捎你一程。”

贺燃站在门口，双手斜插着口袋：“你家在市郊？”经过他们那儿都是出城的路。

简皙点点头：“老宅在那边。”

两人坐电梯下楼，刚走到楼道外，一个声音传来：“简皙。”

路边上，陆平南推开车门下来，脸上的笑意在看到贺燃时瞬间凝固。简皙意外他怎么来了，杵在原地半天没迈步。

陆平南表情悻悻然，自作主张地判定，指着贺燃说：“他又来骚扰你了？”

贺燃神色平静，什么都没听见一般。简皙张了张嘴，突然什么也不想解释了，干脆沉默着。

陆平南双手往后撩，撑开外套搭在腰上，暗骂讽刺道：“也不看看自己什么德行，狗皮膏药。”马上又转了脸色，对简皙殷勤道，“我记得今天是阿姨生日，我给她买了份礼物。”

陆平南今天穿着工整，白色的呢子衣加持，豪车帅脸，像极了白马骑士。

简皙迟迟未动，贺燃把她的犹豫不定全部看在眼里。

“喂，”贺燃用肩膀推了推她，“发啥子呆。”

简皙瞥他一眼，眼神里藏着欲言又止。

“你不是喜欢这小子吗，人家献殷勤来了，你又婆婆妈妈。”贺燃要笑不笑，“上啊，别认㞞！”

简皙沉默了一下，大概是受到这话推动，下意识地朝陆平南走去，走了两步又回头问：“那你怎么回去？”

贺燃冲她摆手：“别操闲心。”

简皙的背影像一只欢愉的蝴蝶，而陆渣男的笑脸透着耀武扬威的讨厌劲儿。贺燃摸着空空的口袋，好像心也跟着缺了一大块似的。他从刚才装出来的镇定和洒脱里回过神来，接替而来的是巨大的心灰意冷。

贺燃用鞋尖狠狠磨地，再抬起头时却愣住。

马路对面是一脸气急败坏的陆渣男，而迎面走来的竟是简皙，她脸上表情沉静，但对比刚才分明是带了笑。

“你怎么又回来了？不带小白脸去见家长了？”贺燃强行压下心底的暗喜，不屑地说，“㞞包。”

简皙走到他面前：“我就㞞，管得着吗你。”然后拿出车钥匙，步履轻快，“还不上车。”

贺燃蒙了半天，才抑制不住内心的狂喜跟过去，心想，谁说管不着，你以后都归老子管。

从这儿到牙蹄路二十来分钟的车程，前半段两人谁都不说话。最后还是简皙憋不住，轻轻点了下刹车：“你干什么老是笑？”

这男人从上车起，表情就没正经过。贺燃看她一眼：“好好开你的车，别总看我，实在喜欢，靠边停，我让你看个够。”

简皙手一抬，忍得不行：“行了行了，你别说话。”

贺燃眉目放低，视线从她脸上移到车窗：“为什么不和姓陆的那小子一起？”

“我先答应你的，送你回家。”简皙说。

贺燃笑了笑：“对我上心了？”

“诚信而已。”简皙有点无语。

贺燃"哦"了声，看她突然在方向盘上抠紧的手笑着不说话。

简哲被这目光盯得浑身发紧，差点急赤白脸，没好语气地说："你别想多了。"

贺燃这回彻底低声笑了出来："我没多想啊。"

简哲指着路边："我就在巷子口停，不进去了。"

贺燃利索地下车，扒拉着一大袋跌打损伤药晃了晃："慢点开。"

他走了，周遭的气压好似减轻一大半，简哲觉得自己终于能畅快呼吸了。

简家老宅在涟水，其实就算步行的话，有条小路离这儿只要十五分钟。但开车还得走一截盘山公路。简哲到的时候，陶星来远远地对她招手："陶影帝亲自接驾，姐你是不是快哭了？"

简哲好笑："吓哭了。"

陶星来不太满意这个回答，绕过来帮她开车门："是我亲姐吗你？"

"早就不是了。"简哲还是笑，"影帝今天不用上节目？"

"老陶生日，这点良心我还是有的。"陶星来手搭在她肩膀上，两个人往宅子里走。

简哲提着礼物："爸呢？"

"在书房。"

进了屋，陶溪红正和她那群老年团挚交搓麻将，简哲挨个打了招呼，然后揽住她的脖颈，亲昵地说："妈妈，生日快乐哟。"

陶溪红满眼喜色，捏了捏她的手："好孩子，张妈炖了燕窝，去尝尝。"

简哲揽拥妈妈的姿势没有变，看了看桌上的牌，伸手一点："打这张。"

陶溪红顺势把那张八条推了出去："听闺女的。"

又看了一会儿牌，简哲才上二楼。二楼是卧室和书房，最里边的那间就是简严清的，简哲轻轻敲门然后推门。屋里红木家具成套简洁，木头与书纸的混合香味像岁月陈酿后的清酒。一体的大阳台上盆栽有致，十点的阳光正入室，简严清坐在书桌前，面前文件数本。

“爸，休息日还这么忙啊？”简哲反手合上门。

“小哲来了。”简严清背脊挺正，放下手中文件，温和颔首，“到年底了，市里事情多，医院工作还好吗？”

简哲走到桌前，给空了的茶壶倒满水：“还行，反正天天有人生孩子。”

简严清点了下头：“你妈妈前几次给你打电话，你都在手术室，一个人在外面要注意身体。”

“知道了，爸爸。”简哲走到木凳后面，伸手给简严清按肩膀，“你也是啊，老简同志，没事的时候跟陶星来去玩玩跳舞毯、抓娃娃什么的。”

简严清难得地大笑，威严肃穆的形象一扫而光：“爸爸老喽。”

“老了也是帅哥呀。”简哲神色娇俏，按了会儿，手劲儿放缓，“还有上次的事，我朋友让我跟您说声谢谢。”

“父女之间不谈谢字。”

简严清身份特殊，印象里，这个女儿自小乖巧，律己守则，这是第一次开诚布公地有求于他。顿了顿，简严清又问：“后来老徐跟我说，你那个朋友是个男的？”

“嗯。”简哲声音很轻，“以前他帮过我。”

“好了，时间差不多了，我们也下去跟老友聚聚。”简严清没再多问，起身领着简哲出了书房。

陶溪红老远就在招呼：“老简来看看，给我出谋划策，这牌打哪张好？”

陶星来耳力惊人，从门口吆喝：“老陶你作弊犯规啊，不许请神枪手！”

“臭小子。”陶溪红笑骂道，“行了行了，你们父子俩一边玩去。”

说归说，简严清还是面带笑意地走向牌桌。一家四口、三五老友为寿星庆生，无须冠冕堂皇，也无须阿谀奉承，晚饭正餐过后，陶溪红那边的牌局继续，简严清把时髦男孩陶星来叫去书房顺毛。

简皙一个人落得空闲，在外头院子里散步。简严清在，所以按惯例有武警在老宅附近巡警。简皙拎了一满盆洗好的草莓给徐队长，然后沿着马路溜达。

这儿算是半山腰，走路都是下坡，走着走着，简皙发现自己已经到了山脚。简皙晚上喝了点儿酒，吹着十二月夜里的冷风，抬头便是醉眼观星。

也不知道那个男人在干吗？牙蹄路上屋舍亮灯，简皙踏着灯影经过一家一家的门，贺燃家就在前面，两层楼房直立在夜色中。

简皙隔着四五米就不走了，她觉得好笑，没事来这儿干吗？

找贺燃？她脑子有病吗？

看房子？她脑子还是有病吗？

正想着，房子外面有了动静，贺燃高高大大的身影从门里出来，手上提着一个塑料桶。大冷天的，他就穿了件薄薄的打底衣，下头连长裤都没套，直接一条平底裤。

光影和距离的勾勒下，他的身材坚硬扎实，线条利落干净。刚才的犹豫一瞬间扫光，简皙笑着喊出声："快下雪了，不冷啊你？"

贺燃猛地一怔，以为洗澡蒸蒙了听错声音，直到眯眼看清了人："哎哟！"

简皙双眼眯缝，亦步亦趋走过去。

贺燃赶紧放下桶，迎过来伸出手："慢点慢点，社区这两天修水管，挖了个大坑还没填。"

他话还没落音，简皙就蹦了过来。

"哎哟我去！"贺燃眼明手快，一把抓住她的胳膊，简皙连蹦带跳地撞进了他怀抱。

"怦！怦！怦！"简皙脸贴着他的胸口，极短的一擦而过，但还是清晰地听见里头的心跳声。

简皙抽身离远了点，贺燃搓了搓手指，笑侃："真不想松。"

简皙故作凶状："你先进去换身衣服。"

“我刚洗完澡。”贺燃神色复杂，“喝酒了？”

“对呀，我妈生日喝了一点点。”简皙挥手，“你快进去。”

“你也进屋坐，外头冷。”贺燃说。

“不了，我就是路过。”简皙看了看手表，“马上就得回去。”

“等着我。”贺燃二话不说，扎头进了屋。

大概是酒劲儿起来了，这么冷的天，简皙也不觉得冷。贺燃出来的时候手上还多了个保温杯：“这天儿冷人，给，喝点儿热水。”

简皙不要：“手心都是热的呢。”

“瞎说。”贺燃训斥，直接抓起她的手掌捂了捂，确实，温暖细腻，没一点儿寒意。

简皙还没反应过来，他已经自动放手：“没瞎说也给我把热水喝了。”

这下简皙倒是不好说什么了，可不说点儿什么又觉得不甘，于是小声嘀咕：“凶死了。”

贺燃冷飘飘的：“谁是凶？为什么死了？”

简皙乐不可支：“你故意的啊！”

说是这么说，但她还是拧开杯盖，水温不冷不热，近于微烫。简皙喝完后把杯子还给他：“那我走了，爸妈还在等呢。”

“我送你。”贺燃理所当然，“不许说不，我从不让女人一个人走夜路。”

简皙耸了耸肩，两个人并排迈步：“情史丰富啊，贺老大，你还送过谁？”

“不告诉你。”贺燃嗤声，“你又不是我媳妇儿。”

简皙横了他一眼：“不想跟你说话。”

“我想跟你说话，想得要死。”贺燃低低地笑了出来。

冬夜清冷，月亮当空尤显旷然，简皙收紧了胳膊，把自己抱得严实了些。贺燃问：“冷？我去借个车送你回去。”

简皙摇头：“不用，真的没多远。还有啊，你千万别脱外套给我穿。”

贺燃一缩手："什么都被你看穿了。"

简皙咯咯地笑了起来，贺燃的目光落在她脸上，然后又把目光移开。但很快他的脚步停下，简皙听到他低骂了一声。

远处的车辆大灯直射而来，简皙被刺得睁不开眼，下意识地用手挡了挡。

"贺燃，巧啊。"一个男声隐着笑，语焉不详，装偶遇。

"嘉爷，是挺巧。"贺燃往前一步，把简皙完全护在身后。

"既然碰巧，就择日不如撞日去我那儿坐坐？"嘉爷皮笑肉不笑，强迫的意味十足，他往前伸头，看着贺燃身后的简皙，"哟，还有朋友呢？"

贺燃顿时浑身绷紧，气压降低数度："不是朋友，一邻居过来借点儿东西。"

车辆大灯的光束里，看得见微尘团雾乱撞，站在嘉爷旁边的一个手下借着角度看清了简皙的样貌，突然说："嘉爷，这娘们就是上次在派出所给他做证的那个。"

嘉爷目光瞬间含了寒意："你还挺有胆儿啊。"

"嘉爷，这事跟我这邻居没半点儿关系。"贺燃沉声，铿锵甩话，"以前多有得罪，用拳头还是讲道理，您一句话的事，我贺燃无条件奉陪！"

"好大的口气。"嘉爷冷笑，"你两年前搞掉我一批货，阴了我一把，你小子记住，这仇没完！"

贺燃拳头握紧，青筋隆于手背："话还是要讲清，那事我没做过。"

"行啊，没做过，那咱哥俩找个地儿好好说。"嘉爷语气阴寒，要笑不笑，悟了意，旁边那几个大汉已经蓄势待发，棍棒毫不掩饰。

贺燃深知今晚无望，他转过身，长臂一伸，大力揽住简皙的肩膀，把她死死地压在自己的胸口。男人低沉有力的声音自头顶往下："别怕，我保护你。"

简皙拼命让自己剧烈喘息的呼吸归于平静，一个字一个字："我不怕，打伤了我有医保。”

贺燃胸腔微震，是在笑，然后把她压得更紧：“乖女人，老子爱你。”

那边三五个人如冬夜潜伏的怪兽，拎刀弄棒向他们靠近，贺燃早已捡起脚边的一条水泥钢筋，就在这时，数道手电筒的强光从这座废旧坪地的风口扫射过来：“什么人在那里！”

简皙一惊，大喜临头，从贺燃怀里挣着抬起头：“徐队长！”

听到回答，那人快步走来，最前面的正是警卫部队的徐锦：“简小姐，简市长见你外出太久，让我们出来找找。”

军装笔挺的徐锦对简皙敬了个标准的手礼，又问：“这些人是？”

“路过的。”简皙轻描淡写，“我们回去吧。”

她转过身，深吸了口气，对沉默的贺燃说：“我走了。”

而直到她走出牙蹄路，也没听到身后的男人再说一句话。

徐队长的四个随从跟在后面，简皙和他并排。

“那群人走了吗？”

“走了。”

徐锦眼明耳聪，五分钟前，他看到远处的马路上三辆车错落开过。简皙放了心，那他们不会再去找贺燃的麻烦了。

回到老宅，陶星来正在摆弄蛋糕，一见她就不满嘟囔：“你散个步还能失踪啊，就等你了。”

简皙呢子外套上还有露水，屋里暖，她打了个战：“才吃过饭多久你就饿了？还混不混娱乐圈了啊？”

“什么用词啊，我这不叫混，是事业。”陶星来手一合，“爸，妈，还有老年团的仙子们，快来吃蛋糕！”

简皙笑骂：“傻兮兮。”

大灯按熄，暖光浮墙，映着蜡烛的光圈，在生日歌里陶溪红收获了五十二岁。陶溪红早年做洗洁精发家，公司发展至今，已成中东部地区日化产业的翘楚，这两年才逐渐放权，大有退居幕后的意图。

闹腾过后，陶溪红把简皙叫到一旁：“皙皙你来一下。”

“就来。”简哲吃完最后一口蛋糕，擦了擦嘴。

“小陆挺懂事，还给我打了电话说生日快乐，”陶溪红的寇色指甲精致鲜艳，伸手把简哲的碎发拢去耳后，“妈妈知道你喜欢他很多年，他最近是不是有那个意思？”

“哪个意思？”简哲乍一听没懂。

陶溪红笑了笑：“男人总要经历些才知道懂事，妈妈觉得，他对你还是有心的。”

简哲许久没说话。

“约个时间，让他到家里来吃个便饭。”陶溪红说，“你和星来都乖，从不刻意提起爸爸的身份，如果你和陆平南那孩子有缘分，知道了也没什么。小哲？怎么不说话？”

简哲垂下眼眸，心思难辨：“再看吧。”

陶溪红拍了拍她的肩：“约好了告诉妈妈。”

简哲回到卧室闷头倒在床上。一闭眼，满脑子竟不是“陆平南要追自己”了，而是一小时前的牙蹄路，被那个男人护在怀里时听到的心跳，像一阵阵霸道的雷声。

只是刚才走的时候，他似乎一点儿也不高兴？那张不爽的脸，好像下一秒就会凶她。简哲失笑，为了乱七八糟的事情搅在一起这么久，就记得他脾气暴。简哲翻了个身，拿起手机点开微信，贺燃的头像是个火把的图案。

“回去了吗？”

打了又删，删了又重打，斟酌半天，最后还发了个“摸摸头”的表情。

很快就有了回复：“没。”

“外头吹风啊？挺冷的。”

“我媳妇儿才能管我。”

简哲笑出了声，充满疑虑的坏情绪一扫而光，她抱着手机在床上滚了两圈，面朝天花板，打字回：“会不会好好说话了。”

贺燃回：“会。”

简哲盯着屏幕，聊天页面的状态显示“对方正在输入”。对话框一闪，从下往上蹦跶而出：“你要是管我，我肯定服你管。”

简哲心口抑制不住地狂跳，手机没握稳，咚的一声砸在了自己的脸上。“嗷！”简哲痛叫，赶紧去找掉落的手机。

贺燃最新的一条信息，两个字：“下来。”

简哲以为自己看走眼，连鼻子的疼都忘记，待反应过来，她几乎连滚带爬跳下床，走到窗边用力扯开窗帘。

路灯下，贺燃站得远，他靠在一棵树上，低头看手机。察觉到二楼的动静，他抬起头，眼睛瞬间有了光。

简哲没打字，直接一条语音：“我马上来，等我啊！”

连喘带蹦的，贺燃听后勾起嘴角，把手机收进衣服兜里。

“哇，飞毛导弹啊！”陶星来刚好从厨房端出燕窝，看着简哲从面前一闪而过，啧啧称奇，“鞋都穿反了。”

简哲拉开大门，三步作一步跳下台阶，贺燃咬着烟，看着女人拔足狂奔，笑容满脸。

“你怎么来了？”简哲伏腰喘气，在他面前站定。

贺燃把烟从嘴上拿下，笑着说：“其实你走的时候我就跟在后边了，看你安全进屋才放心。”

简哲“嗯”了声，低头磨鞋底，贺燃目光跟着下移，皱眉说：“鞋子都穿反了。”

“走得太急没注意。”简哲摸摸脑袋，挺不好意思。

她飞快地先脱掉一只鞋，单脚站立准备换过来，人正摇摆不稳，贺燃的手牢牢地把她扶住：“换吧。”

有了支撑，简哲把身体一半的重量都交了过去，鞋子换好，她抬头冲他笑，礼貌地问：“要不要进去坐坐？”

贺燃眼廓向上飞，嘴角弯弯：“你爸妈问起来，你怎么说？说我是你男朋友啊？”

他调侃，试探起来直接又坦率。简哲抿了抿唇，伸出食指往他肩上一戳：“美得你。”

“还动起手来了。”贺燃啧啧啧，“别以为我不敢收拾你。”

简皙歪头，嘴上含着笑，两个人静静的，这几秒钟谁也不说话了。

“回去吧。”

“进去坐坐吧。”

两个人异口同声，踩在同一个音频上连语气都是一模一样。贺燃笑出了声，简皙也别过头，弯嘴拢了拢被风吹飞的头发。

“不坐了，我走了。”贺燃顿了下，然后压低声音倾身向前，“下次家里只有你一个人，我再坐，你要我坐一晚上都行。”

耳郭发热，一圈一圈地，简皙正色横了他一眼，转身就往屋里走。背对着贺燃，她才往上咧嘴，那嘴角直到进了家门都还没收拢。

老宅一晚过后，陶星来六点不到就去电视台赶通告，简皙七点半到了医院，白大褂刚换上，就瞅见诊室外已经排起了队。实习护士又换了一批，手脚麻利，做事也井井有条，很招简皙喜欢。四点的时候收到陆悍骁的短信，甩了个地址，让她下班后来玩。

陆悍骁也是个大奇葩，大姓世家，家族关系盘根错杂，他硬生生地从这种正统世家里长成歪瓜裂枣不走正道，吊儿郎当的皮囊下，还有点心狠手辣的本事。

简皙想了想，今晚也没别的安排，于是答应了。下班后开到金城公馆已快七点，一到门口就有侍者接待。报了陆悍骁的名字，侍者轻车熟路地领着人往VIP楼层走。

最大的包厢，还没到门口就听到里头号歌不断。简皙推门，靠门边的几个人回头咦了声，讪笑打趣：“哟！美女！”

吧台上的陆悍骁见人进来，一把推开牌局，边起身边指那几个人：“一边去，那是我妹。堵车了啊，这么晚？”

简皙嘟囔：“对啊，桥西那边追尾，堵死了，我还没吃饭。”

陆悍骁穿着件臊气的黑衬衫，揽着她的肩去到隔壁的小包间：“饿谁都不能饿我妹，哥给你叫吃的。想吃啥？蒜蓉虾？”

简皙答：“炒面。”

一声吩咐，十来分钟不到，侍者就拎着一大袋外卖送过来，除了炒面，还有简皙爱吃的所有菜式。简皙埋头吃得呼哧呼哧，陆悍骁给她揭开加热过的蜂蜜柚子茶，递过去说：“别噎着，吃多少都有。”

“你朋友还在，回去吧，我不用陪。”简皙腮帮鼓鼓。

“他们跟你能比吗。”陆悍骁咬着雪茄，眉浓眼深，“吃你的。”

简皙把一颗彩椒扒在一旁，问了句：“你和贺燃很熟啊？上次我看你们好像认识很久了。”

陆悍骁点燃雪茄，漫不经心道：“十几年的交情。”

简皙没料到这么长时间，她抬起头，好奇地问：“我怎么从不知道你有这么号朋友？”

“你多乖，品学兼优，我保护你都来不及，怎么会让你接触我这个圈子的人。”陆悍骁呵呵笑了起来。

“贺燃多大？”

“跟我同年。”

那就是二十九，简皙想了想又问：“他是本市人吗？”

“不是，遥省临川人。我和他是做生意的时候认识的。”

“他还做过生意？”简皙皱眉。

陆悍骁看简皙被烟味呛得咳了下，于是反手按熄雪茄，他轻声笑道：“那是你没见过几年前的贺燃，在遥省是个人物，生猛得很。”

简皙隐隐明白贺燃身上那张狂不可一世的气质由何而来了。

“他被家族里的一个表哥给坑了，几千万的生意打了水漂，还差点惹上经济官司。我那时在国外，回来后才听说，人也找不到了。”

高楼起，高楼塌，一朝一夕，天地变色。

贺燃也曾笑傲琼楼，挥金如土，翩翩凌然公子哥，而墙倒不嫌众人推，背城而去只留下黯然传奇。陆悍骁掐了掐眉心，语气降了温：“他那表哥小人得志，抢了贺燃的家业，还抢了他女人。”

一直沉默的简皙突然抬眼：“女朋友？”

“名义上的青梅竹马。”陆悍骁轻蔑地说，“跟他表哥搞在一起。也是贺燃拦着，不然我早找人做了这对狗男女。”

简皙垂眸敛眉，心底泛起酸涩，世间之事从不圆满，真遗憾，老天给了这个男人一颗糖的甜，又抽刀见红地赐他痛心噬骨的苦。

陆悍骁静静地看着她：“小哲，贺燃喜欢你，你呢？你怎么想？”

简皙揪紧了手，紧了又松开，坦承道：“我不知道。”顿了顿，她声音小且颤，“我觉得，我可能还是喜欢陆平南。”

陆悍骁闻言轻拧眉头，摸出火柴，低头又划燃雪茄：“瞎下结论，好好想，别被一些附加的东西蒙蔽了心。”他平静又笃定，“感情这东西，你看错了，就是找死。”

简皙半天没有动，筷子挑着一片蘑菇。陆悍骁走过来，挨着她坐在沙发扶手上：“小皙，你对贺燃是不是真的动心了？”

简皙放下筷子，抬头看着他的眼睛：“没有。”

陆悍骁笑了下，打了个响指起身：“就当哥瞎操心，走吧，去玩玩。”

简皙跟在他后面，一进包厢，就有哥们儿递来一瓶啤酒：“老陆的妹妹就是大家的妹妹，来来来，喝酒。”

“滚开。”陆悍骁抢过啤酒，挡在简皙面前，“别沾我光，就你这基因，求不来这么漂亮的妹。”说完，他仰头吹光本是简皙的酒，然后空瓶一甩，指着屏幕吆喝，“这谁点的《喜欢你》啊，又向哥表白！”

简皙找了个空位坐下，拿出手机百无聊赖地刷，刚点进微信就振动了一下，是陆平南的新消息：“皙皙你在家吗？我来接你吃夜宵好不好？”

简皙往上翻了翻聊天记录，半个月前开始，陆平南主动联系她的次数越来越多了。这在以前，一定会让她欢心至极。

“我不在家，不好意思。”

“你在哪儿？健身吗？”

简皙心底突然生出一片逆鳞，她手指停在屏幕上，把打了一半的句子全部删掉，直接发了个位置地图过去。等了两分钟，没等来新信息。音乐嘈杂，也不知谁在鬼喊《青藏高原》，吧台边的陆悍骁臊气逼人，黑衬衫松开两粒扣子，旁边的包厢公主投怀送抱却始终被他挡开。

又过了一个小时，简皙的手机响，陆平南发来了微信："皙皙，我在楼下等你，你慢慢玩，待会儿送你回家。"

简皙打了个战，也不知怎的，鸡皮疙瘩顺着指尖往上爬，说不出什么滋味。她仔细分辨了番，觉得还是欢喜比较多。

简皙回："那好，我就出来。"

她拿起包，起身跟陆悍骁打招呼："我先走了啊。"

陆悍骁一点也不意外，笑着说："有人来接你了？"

这哥们儿也是个爱热闹的，瞒着简皙给贺燃发了条短信报告地址。

也没多想，简皙应了声："嗯。"

到了楼下，风一个劲儿地吹，陆平南站在大厅里，璀璨灯光映着他的脸。

"皙皙。"他兴奋得招手，迎上去说，"跟朋友聚呢？"

简皙笑了笑："大晚上你也不嫌难跑啊？"

"接你，怎么都不算难。"陆平南挑了下眉，"我打车来的，所以你要先送我回去喽。"

简皙一愣，失笑说："我这是给自己找麻烦啊。"

"怎么样，送不送啊？"陆平南耸了耸肩，"我可是一分钱都没带。"

"送送送。"简皙摇了摇车钥匙，"走吧。"

说是送他，上车后还是陆平南开车，今晚他话特别多，总是在说上大学那会儿的事。

"最美好的还是学生时代，朝气蓬勃的，什么事都有干劲儿。"

简皙偶尔接话："是啊，时间一大把，哪像工作后。"

"我那个时候心高气傲，不懂事，不懂珍惜身边人。"陆平南放低声音，缓缓道，"皙皙，我挺对不起你的，现在我才知道你是多么好的女人，你可以不可以……"恰逢红灯，车子停住，陆平南转过头，眼神幽邃而深情，“给我一个机会，我会把欠你的都补上。”

简哲微怔，一时不知道说什么，好半天才说：“你不欠我什么啊。”

少女心的喜欢和迷恋，那些年都散在青春芳华之中，都是自愿的啊。陆平南一听，一把握住她的手急急道：“哲哲，我就是这么后知后觉，我喜欢你，真的。”

简哲起先还挣了下，但陆平南握得特别紧，她也就任之了。男人的手保养得当，不像贺燃的那么粗粝厚实。

简哲心猛跳，迅速掰正窜歪了的心思。十字路口红灯时间特别长，就在这时，轰隆隆的油门加速声戾气十足地从后侧方传来。眨眼工夫，黑色重机车嗖一声飙过。简哲睁圆了眼睛，隔着挡风玻璃盯住那个背影，是贺燃！

一定是他！

陆平南没看清人，皱眉嘀咕：“这种社会不良人士就该抓起来。”

简哲飞快地把手从他掌心抽回，目不斜视看着前方。陆平南见她神情怪异，也没再打铁趁热地追要结果了。陆平南家在一处中档公寓，到了之后，简哲坐回驾驶座：“我先走了。”

“哲哲，我对你是真心实意的，希望你能给我机会。”陆平南手撑着车窗，目光闪动，望着她。

简哲和他对视，不闪不躲，最后笑了笑说：“回去吧。”

陆平南看着尾灯消失在拐角，这才松开西装扣，负手抱胸吊儿郎当，家里的电话适时打来。

“喂，妈，回来了，回来了。”他边听边往小区走，“放心吧，她喜欢我这么多年，肯定答应。”

“你可得抓紧了啊，人家爸爸是市长，追到简哲，咱们一家就发达了。”

“没问题。”陆平南十拿九稳，“这女人也厉害，认识这么久从不提起她家，我还以为就一般家庭。”

“还是妈妈厉害吧，你表姑妈在公安厅办公楼做保洁，听到领导给下头打电话要求放人，还提到简皙的名字，幸亏她留神告诉了我。后来稍微一查，就发现简皙爸爸的身份了。”

挂断电话，陆平南吹着口哨走小道，得意劲儿还没消，突然脖子一疼被人勒住。

“哎哟！”陆平南吓得大叫，那人大掌捂死他的嘴，低声恐吓，“想死？”

陆平南被挟持到死角，一个趔趄倒地，他惊魂未定地看着来人：“是你。”

贺燃咬着烟，眼神凶戾，走过去抓起他的衣领：“小白脸，少给我惹她！”

陆平南一听就明白了，顿时放松下来：“哦，简皙啊。”他眼神挑衅，“你信不信啊，我现在让她上床，她肯定脱得光光等我来……”

话未说完，贺燃的拳头狠狠揍上他的脸。陆平南痛得眼泪都飚了出来：“凭你也敢喜欢她，要不要脸啊穷光蛋！”

贺燃不顾他的哀号，拳打脚踢悉数奉上：“你还是男人吗？”

陆平南没半点儿还手之力，像个挨打的沙袋：“神经病，你争不过我的，哎哟，痛！救命，救命啊！”

动静太大，引来了物业的保安，手电筒的光亮伴着声音：“谁在那里？”

贺燃眉头紧锁，走前不解气地又狠狠踹了陆平南一脚：“给我记住了，你敢玩她，我弄死你！”说完，他快步闪进树丛。

简皙第二天在住院部值夜班，邪了门似的，一晚上产妇状况不断，她几次准备小憩，护士就匆忙敲门说，这个见红了，那个胎心不对。到八点接班的时候，她才从手术室出来。这种站着就能睡着的状态，太久没有过了。

简单地洗漱，正准备换衣服下班，陆悍骁一个电话急吼吼地杀来：“小皙你在哪儿？”

声音太大，简皙把手机搁远了些：“累死了，累死了，忙了一通宵还在医院。”

“陆平南这人你认识吧？”陆悍骁问。

“认识啊。”简皙奇怪，“怎么啦？”

陆悍骁停了下，说：“他要告贺燃。”

陆平南是个混了几年的小商人，阴险狡诈一个也没落下，昨晚挨了打连医院都没去，直接在物业那儿调出监控，去派出所报了案。贺燃刚回家就被拘留，外婆一把年纪，吓得差点进医院。

简皙开快车赶去派出所，陆悍骁找了关系，两个人能和贺燃见上一面。简皙让陆悍骁先进去，她站在外面给陆平南打了个电话。

陆平南避重就轻，把贺燃昨天打他的事儿添油加醋说了一遍。简皙越听越冷，等挂断电话，人跟漏气的气球似的，一种莫大的委屈和失望笼罩全身。等她进去，贺燃和陆悍骁正面对面地坐着。贺燃瞥她一眼，漫不经心地，又轻又无畏。

那股气再也控制不住地直冲脑门，简皙走过去，压着怒意说：“你没事去打陆平南干吗！”

一听这个名字，贺燃顿时也冒了火：“看他不顺眼。”

简皙双手撑着桌子，倾身向前：“你有毛病啊？不顺眼就打，你是不是只会打架！”

贺燃嗤笑：“是啊。”

“被拘留你好过了？”

“特别好过。”

简皙的手指抠着桌子角，紧紧地，她的眉眼冷得快要掉冰碴。贺燃心里也来气，想到昨晚他大老远地骑摩托车赶去接她，想给她一个惊喜，结果眼睁睁地看着她和陆平南走在一起笑靥如花。

贺燃瞪着她，毫无温度。简皙脸一偏，眼眶子就酸了，眨巴两下，眼泪滴滴答答地坠在手背上。

沉默在旁的陆悍骁不乐意了，冲着贺燃：“你好好说话成吗？”

“关你什么事？”劈头盖脸五个字，贺燃心里头拧巴一团，火气全往他身上撒。

简哲手背一抹，倔强地不让眼泪再落下。不管就不管！谁还稀罕似的。她转身刚要走，贺燃带刺儿的声音响起："简哲。"

简哲没吭声，但脚步还是止住了，就听他继续说："我后悔了——后悔昨晚没把姓陆的打死。"

简哲一顿，像是被刺挑中了心头，"不甘心"三个字让她也浑身带刺："我告诉你，就算你把陆平南打死，我也不会喜欢你。我和他认识十年，你呢？你什么都不是。"

说完，她逞强地转过身，再也没回头。

人走了，一屋子的硝烟味还没散干净。陆悍骁坐在凳子上，丢给贺燃一支烟："把人气走就舒坦了？"

贺燃抽得又凶又急，一口下去，烟身燃了小半截。

"小哲脾性向来温和，难得有人能把她气哭。"陆悍骁竖起拇指，隔空给贺燃点了个赞，"明明喜欢得要命，说话还这么浑蛋，找死呢，嗯？"

贺燃的眉头没有松开过，最后一口烟抽完，烟尾巴往桌上一按："帮我给她带句话。"

陆悍骁出来的时候，简哲正靠着大门口的石柱发呆。递过去一瓶拧开盖的水，陆悍骁笑着说："姓贺的王八蛋真不是个东西，还敢凶你，让他关个一年半载的才解气。"

简哲扫了他一眼："你也犯病了？"

"刚认识他那会儿还不到二十岁，我俩互看不顺眼。那晚喝多了酒，我俩还打了一架。"

简哲问："谁赢了？"

"肯定是我啊！"陆悍骁侃道，"他被我揍得跪在裤裆下求饶。"

"你打不过他的。"简哲声音淡，"比浑蛋和流氓，你赢不了他。"

"啧，给点儿面子成吗？"陆悍骁眉目松展，停了会儿，又说，"贺燃这事我来处理，姓陆的那边，你不用去。"

"我没打算去。"

陆悍骁笑笑，也不揭穿："这块地区我还熟，你放心，他出得来。"

"我哪里担心了？"简皙语气稍提，划清界限的刻意感十足。

"好好好，没担心没担心。"手机响，陆悍骁边说边接起，"李局，到了？行，我就在那儿等你。"收了电话，陆悍骁拍了拍简皙的肩，"我先去办事，你自个儿开车慢点，回头给你发短信。"

"爱发不发。"简皙刚要走。

"哦，对了。"陆悍骁又停住，"贺燃托我给你带句话。"

简皙背对着，没转身。

"他说，就算不选他，也别选那姓陆的。"陆悍骁原话相传，的确有要事，然后小跑着进了派出所。

陆平南住院的地方就在她上班的地方，市一院外科。简皙进病房之前留了个心眼，先去了趟医生办公室。正好主任当班，和简皙算得上认识。

"这种不必接收住院，是病人自己强烈要求的。"主任直接把病历给简皙看。

进病房的时候，陆平南懒靠着枕头正在刷手机，边看边笑，手指流利地打着字。简皙站在门口十几秒，他都没意识到。

"咳！"简皙轻轻咳了声，笑着走进来，"好些了吗？"

陆平南显然吓了一跳，手机立马丢在枕边，瞬间浮上痛色："皙皙你来了啊。"

"我来看看你。"简皙捧着花束，放在矮柜上，"怎么样？医生怎么说？"

"肋骨断了两根，脚也崴了。"陆平南嘿嘿笑，"你能来看我，我特别开心。"

简皙面容无异色，眼神淡淡的，嘴角还弯着："骨头断了？那挺严重的。"她问，"被谁打的？"

"叫贺燃。"就等着这句了，陆平南回答得极快，"就是那个总缠着你的男的。"

简皙假装回忆，拖出长长的尾音："哦，是他啊。"

"就是他！"陆平南一肚子火，"就是社会渣滓，少了这些人，社会不知道该有多安定！"

简皙听着他的牢骚，一字未发。气氛似有似无地飘着尴尬，陆平南赶紧收嘴。简皙笑了笑："那你好好养伤，有需要帮忙的地方尽管说，我尽力。"

见她要走，陆平南急急道："皙皙，一块儿吃中饭啊。"

"谢谢，不用了。"简皙起身。

"那我出院了请你吃饭。"

简皙没答应也没拒绝，陆平南也不知道她听见了没。从医院出来，简皙直接回公寓，澡都没洗就趴在床上，身体累，脑子也乱，一闭眼就是贺燃那张狂妄的脸，睁开眼更不得了，旧片段一帧帧碾过——

在酒吧他的出手相助。

在小区门口不欢而散的对话。

在车里拽拽的告白。

还有那晚的牙蹄路，被他压在怀里时那句"老子爱你"。

简皙闭上眼，下意识地拽紧了绒毯。

这男人，真的好烦啊。

这一觉是被电话吵醒的，简皙捞起手机，糊着眼睛看屏幕，是陆悍骁。

"嗯？"她接听。

听出了声音的怪异，陆悍骁问："在睡觉啊？"

"嗯。"

"就跟你说一声，人出来了。"陆悍骁言简意赅，简皙一听就明白，迷糊的睡意也清醒了小半。

她久未吭声，陆悍骁又说："都八点了，别睡了，出来吧，一块儿吃个晚饭。"

简皙手指紧了又松，最后道："不吃了，家里还有泡面。"

挂断电话，陆悍骁冲贺燃摇了摇手机："她不想见你。"

贺燃咬着烟，狠狠地抽。

“我了解小哲，她是真生气了。”陆悍骁说，“我也纳闷，你喜欢她好好追就是了，没事去干情敌做什么？你也别怪她，毕竟是她那么多年的梦中情人。”

贺燃冷哼。

“别不服气。”陆悍骁跟着点燃烟，滑下玻璃窗散味儿，“一手好牌被自己打得稀烂。”

“这么爱讲道理，怎么不去改行当老师？开车，去吃饭。”

这顿饭吃得沉默寡言，陆悍骁是个能侃的话痨，一晚上光他一个人叽里呱啦地即兴表演了。吃完后，贺燃让服务员再打包一份外卖。

“你没吃饱啊？”陆悍骁递过卡结账，“攒着当夜宵呢？别想敲竹杠啊，我整天忧国忧民挣个钱容易吗！”

“傻吗你？”贺燃蔑视地说。几分钟后，他提着外卖也不让陆悍骁送，甩了个背影说，“走了。”

那通电话后，简皙没马上起床，而是又睡了个回笼觉，磨磨蹭蹭一小时后才去洗澡。换好衣服准备下楼找点儿吃的，门刚拉开，她顿住。

地上一个塑料袋，三个一次性饭碗整齐堆叠。

她蹲下一摸，还是热的。

万千情绪齐刷刷地涌到胸口，有点不知所措，有点委屈，甚至还有一丝清晰的后悔之意。简皙拿出手机，微信的新消息：“别吃泡面了。”

这几个字像是一把对准了锁孔的钥匙，利利索索地打开了堵住的心门。简皙的手在聊天框里打了又删，删了又打，觉得怎么说都不太合适。正犹豫，手机嗡嗡振动，吓得她差点脱手。

贺燃来电。

简皙抿了抿唇，决定要摆正姿态，声音要冷漠，她深吸气，接通：“喂。”

那边没吭声，只有细细的电流和彼此的呼吸在耳朵里打转，而上一秒的高冷志向瞬间崩盘，没来由地，简皙就这么红了眼眶。起先还能忍，可忍了几秒就哽咽出了声儿。

贺燃沉声道：“听话，别哭。”

而眼泪欺软怕硬，更是有了放纵的理由。简皙再也不压着自己，哭得像个受尽委屈的小孩儿。

“简皙。”

“谁让你下午凶我的？！我上了一通宵班没睡觉，一晚上我接生了三个婴儿，一下班就赶过去看能不能帮你，你的态度和陆平南又有什么区别！”

简皙一股脑地控诉，哭得都打嗝了。贺燃知道，一个女人在男人那儿栽过为期十年的跟头，哪怕如今风轻云淡，也难以掩盖灰头土脸的脆弱。自己凶巴巴的样子，让她害怕。贺燃咽了咽唾沫，一开口嗓音也是哑涩：“简皙。”他一字一字地说，“我不会是第二个陆平南。”

简皙哭得胃难受，听到这话更是要死，于是飞快地挂断电话，提着外卖一抽一抽地进了屋。十分钟后，简皙的情绪总算稳住，她洗了把脸，坐到餐桌前打开外卖。水晶虾饺还有一碗粥，余温尚在。

手机响了一下，贺燃发来一只点头哈腰的猪在道歉的表情，以及一句话：“我换了一辆新摩托，明天来接你下班。”

简皙反复看了两遍，总算破涕为笑了。

第二天转班回门诊，简皙一整天都笑意盈盈。实习小护士揪着空当好奇地问：“简医生，我发现你今天心情特别好哟。”

“是吗？”简皙边笑边写病历，“被你发现了。”她放下笔，对小护士勾了勾手，“想知道为什么吗？过来。”

小护士还挺当真，小脑瓜凑得近近的。简皙在她耳边压低声音说：“我昨天中彩票啦。”

“大奖啊？！”小护士惊乍。

“嘘！”简皙食指竖在唇边，神神秘秘，“小点儿声啊，可多钱了。”

“有多少？”小护士猜，“五百万？”

简皙摇手。

“五十万？”

还是不对。小护士迟疑了下：“五万？”

简皙咧嘴笑，明灿灿的像朵向日葵：“六等奖呢。”

“六等奖多少钱？”

“五块哟。”

“……”

这一天心情跟安了螺旋桨似的，哪怕下班的时候又来了几个看诊的，简皙也没觉得多难熬。因为临下班前半小时，贺燃就发来了微信，他到了，就在楼下，多晚都会等。原来被人等待的感觉，是这么安然。

六点半送走最后一个产妇，简皙换衣服下班。门诊其他的医生差不多都走了，只有保洁阿姨在走廊上进进出出。简皙换上浅蓝色的呢子衣，把头发从衣领里拨出来，发香萦绕，心情极好，刚准备转身拿包，却被人从背后一把搂住。

简皙惊慌地叫了出来：“啊！”

“皙皙，是我。”是陆平南！

他把人抱得特紧：“喜欢这个惊喜吗，我在国宾订了位置，走吧，一起吃晚饭。”简皙忙不迭地把人推开，可手还刚只抵住陆平南的肩，就看到门口站着的人。那双黑漆漆的眼睛盯着他们挨紧的身体，短暂的失魂后，取而代之的是心灰意冷。

简皙下意识地要解释，话还没出口，就听贺燃慢悠悠地一笑：“你俩继续。”

他一转身，简皙回了魂，脱口而出：“贺燃！”

砰的一声巨响，贺燃一拳打在门板上，语气如降霜：“简医生，这段时间打扰了，以后我不会再骚扰你。”说完，他走得头也不回。

一室凉肃。简皙怔怔地盯着那扇门，她刚才忘记告诉他：知道你要来接我，我特意没开车，十二月的大冷天我也不怕，想坐着你的新摩托去兜兜风。顺便告诉你，贺燃，我们在一起吧。

陆平南走过来，双手搭在简皙肩膀上："怎么又是他啊，哪儿都有他，做人能讨厌到他这份上也是……"

简皙缓缓仰起头，看着他的眼睛。陆平南立刻噤声了。她的眼神很冷，里头还有几丝掩盖不住的伤心。

"我们去吃饭吧。"陆平南笑起来，故作轻松。

简皙躲开他伸过来的手："不用了。"

"那我送你回去啊。"陆平南黏着跟上去，"不想吃饭吗？那我们吃西餐，或者泰国菜？"

"我什么都不想吃！"简皙突然大声。

陆平南怔住。

"我不用你送我回家，我也不想跟你去吃东西，你刚才的举动很没礼貌，你听明白了吗？"简皙把情绪一股脑地倒出来，"你走吧，我今天工作很累。"

走出医院，天寒风冷，人总算冷静了些，她突然在想，如果贺燃又回来了，自己还有没有勇气对他说出那句"我们在一起"。

稍稍设想一番，简皙觉得，应该是说不出了。女人的勇气如履薄冰，错过那一刹那的激勇，那么，本就谨小慎微的选择会重新堕入两难的境地。

简皙去乘地铁，等车的时候点开贺燃的微信，聊天时间停留在牙蹄路的那一晚。简皙的手指在聊天框来来回回几次，主动联系，少了那么一点儿勇气，不去联系，又觉得不甘心。这种进退两难的状态就像把人丢在锅里煎煮油炸。简皙手一定，心一横，发了条微信过去："贺燃。"

但系统提示：对不起，对方未添加您为联系人，请重新申请添加好友。

贺燃把她给拉黑了？！简皙脑子一白，心里头的那点儿矜持就如同一座薄薄的玻璃房子，此时此刻，被贺燃手指轻轻一推，噼里啪啦碎成了渣。

牙蹄路。

贺燃去老姚那儿结账，把上个月要债的分成拿到手，算下来小一万出头。老姚留他吃夜宵："东街开了个烧烤店，老板娘可美了，燃哥去尝尝？"

贺燃点了点钱，塞进裤袋里："尝烧烤还是尝老板娘？"

老姚哈哈大笑："老板娘你认识，原先是李家的媳妇，丈夫死了好几年，她可不止一次在外放话，说最欣赏你这种男人。"

贺燃哼声一笑，没说话。

"不管是烧烤还是老板娘，只要燃哥你想尝，一箭双雕小意思。"

贺燃慢下步子，瞥了一眼老姚："有什么好尝的，又不娶来当老婆。"

老姚一听挺来劲儿："除了嫁过人，当老婆还真合适，长得带感又能干，手里头也攥着钱。"

"那叫什么带感，你是没见过漂亮的。"贺燃不屑。

"漂亮的又看不上咱们。"老姚眼珠子溜溜转，"当然了，燃哥见多识广，什么女人没见过。"

贺燃心想，废话！全天下最好的女人，三小时前还被我拉黑了呢。刚夸完自己，失落排山倒海而来。他可以在喜欢的女人身上花费时间去等待，但决不允许女人两边游离讨好。贺燃压下翻涌的气血，都说医者仁心，他这颗心都快被简皙挖走了。

这一个星期冷出了新高度，漫天雨帘伴着能把人割死的寒风，让看诊的感冒孕妇多出五六成。实习小护士觉得简医生这个礼拜高冷得不行，平日里的温和都跑没了影，除了看病就诊，多说一句话算她输。

"糖耐结果超标，你这体重必须要控制了，合理膳食，不要认为吃得多才叫有营养。"简皙边说边写病历，"营养过剩全胖自己。"

孕妇家属连连点头："那医生，麻烦您给开点儿钙片补补。"

"你不缺钙，不要乱补。"简皙确认了对方的血检结果，"多吃蔬果，适当散步，宝宝发育符合孕周。”把病历本还过去，简哲对护士说，“叫下一个。”

白大褂里的手机嗡嗡作响，简哲拿出一看，是陆悍骁。

“等一下再叫。”简哲按住小护士，然后接听，“有事啊？”

陆悍骁“嗬”的一声乐道：“没事就不能找你啊？”

“我这儿真忙着呢。”简哲说，“没事我就挂了啊。”

“别别别。”陆悍骁问，“你今天不值夜班吧，下了班到我这儿来吃饭，给你一个敲竹杠的机会。”

简哲脚尖轻点，把滑椅推开了些，边揉颈椎边说：“行啊，不过你得来接我，我没开车。”

“车呢？做保养去了？”

“对啊。”

“那行，五点半我来接你。”

挂断电话，简哲敛垂眼眸，她没说实话，车并不是做保养没开，而是不想开。潜意识里住着一个万一，万一贺燃哪天骑着他拉风的新摩托出现，还能有理由让他送自己回家。陆悍骁这哥们儿也是一身臊气，三十不到的年龄，有钱有权有背景，什么都能玩也特能搞事情。

简哲的电话刚挂，他又打给贺燃：“燃燃，过来嗨，36D任你挑！”

贺燃多了个心眼，问他：“还有哪些熟人？”

“小丽，春春，阿娇，玫瑰。”陆悍骁侃起来没完。

贺燃冷淡淡地评价：“傻子。”

“放心吧。”陆悍骁收起玩笑，“我妹不在。”

贺燃骂了一句：“谁问她了，你要点儿脸行吗？”

“我妹妹太多了，你怎么知道我说的哪一个。再说了，我只要钱，我不要脸。”陆悍骁哈哈笑道。

贺燃换衣服出门，骑着他那辆新摩托牛轰轰。“匪焰”是南边儿新开的公馆，装修服务都是顶配，老板是陆悍骁的发小，留了最大的包间给他。陆悍骁也重义气，叫了一大帮人捧场，极其热闹。为了接简皙，他还特意定了个闹钟，并且在简皙来之前，坚决滴酒不沾。

陆悍骁四点半就闪了，贺燃问人："姓陆的哪儿去了？"

"接他的小妹妹去了。"

贺燃心头一沉，觉得陆悍骁可能又要作妖。刚到六点，果然——"慢着点啊，这儿有台阶。"陆悍骁的声音随着门推开后，越发清晰。

他领着简皙踏进包厢。贺燃看到人，觉得自己整个人都燃了。

简皙也是一僵，然后转过头，隐隐怒瞪着陆悍骁。

"小皙你找地儿坐，有什么事招呼我。哎？那边喝酒的，谁敢不叫我啊？"

溜得倒快。贺燃心里把他鄙视了千万遍，大剌剌地坐回沙发，演了个视而不见。沙发很长，连着到拐角，窗帘安得厚重，哪怕是白天，这里也能弄出个迷夜的效果。

简皙站在原地不动，陆悍骁这货良心发现，又绕回她跟前，这不还没开口，就被简皙嚷了番："你烦不烦啊！叫我来吃饭，饭呢？"

完蛋了，陆悍骁知道简皙真生气了，他赶紧放下酒杯，对那帮朋友喊话："吃饭吃饭，完事了再来玩。"

行事向来高调嚣张的骁大爷，此刻跟个献宝的傻帽儿似的，围着简皙哄。贺燃跟在后边，极轻地勾了下嘴角："狗腿子。"

散了饭局，走了一部分人，等回到包厢，又新来了一批朋友。简皙坐在吧台边，陆悍骁护在她跟前，不准别人敬她酒。

"你烦不烦啊！"简皙推他，"平时天天待产房，好不容易出来玩，你又在这儿捣乱，我嫁不出去就是你害的。"

陆悍骁"啧"了一声，巴不得地说："说真的，明天之前你还嫁不出去，我娶你啊。"

简皙当没听见："我去洗手间。"

在洗手间用冷水抹了把脸，简皙双手撑着池子边沿，深呼吸了几下。贺燃把她当空气，从进门起就没用正眼瞧过她，跟那群人玩得挺自在，又是喝酒又是唱歌的，还有个细腰女人用手指勾他的脸。一想起这些，简晳觉得心跟放空了般，自己就像个小丑。人家转个身就能天涯何处无芳草。

再回包厢，简晳愣住，这芳草已经开成花园了。一排的美女整齐站着，绝色姿态，玲珑有致，前边站着个西服男，正对陆悍骁点头哈腰。

“这都是林总安排的，咱们这儿最漂亮的公主任骁爷挑。”

陆悍骁性子大气，从不拂人脸面。他负手踱步，笑起来眉眼如桃花，手指一点：“你，去陪他喝几杯。”

贺燃没答应也没明着拒绝，用余光瞥见门口站得笔直的简晳，也跟负气似的，索性全身放松倚在沙发靠背，大手张开搭着两边扶手。

美女笑里有媚劲儿，挨着贺燃坐下去：“喝白的还是喝红的？”

贺燃没回答，而是直接用嘴唇贴向她手里的酒杯，稍一用力，就着她的手喝了小半口，笑起来，痞气横生，语气不重，但字字勾人：“你有什么，我就喝什么。”

美人儿顿时笑得花枝乱颤。而门口的简晳跟被雷砸了似的，本能地夺路而逃。贺燃心一沉，不仅没有报复的快感，反而越来越气恼。贺燃刚准备起身，包厢门又打开了。

一身白衣的简晳，像是汇集了八方风雨，利利索索地走到贺燃面前，站定。

“你，”她用鞋尖碰了碰美女的高跟鞋，面不改色地说，“给我让开。”

简晳声音不算小，引来旁人侧目。那美女觉得有失面子，索性来了个装聋作哑。此刻的简晳也是勇字头上一把刀，刀刀能毙人性命，她又重复：“耳朵不好吗？我们医院的五官科很有名，给你个电话预约挂号。”

美女混迹风月场，什么大场面没见过，女人怼女人，谁尿包谁就输，于是怒瞪：“你！”

“对，是我，我让你走开。”

一旁的陆悍骁没忍住，笑容挂脸上。他这个简小妹还和小时候一样，骂架从不点炮放火，总能用这种软刀子划得你没脾气。再看贺燃，嚯！还挺淡定，正眼不瞧的。

“哥哥，”美女转移战术，哄好后台比啥都管用，她趴在贺燃身上更紧更近，“还喝酒吗？”

贺燃都还没说话，简皙抢先一步答：“他不喝。”

美女当没听见，把手里的酒杯往贺燃唇边贴，笑得娇滴滴：“你尝尝这个。”

简皙也没耐心了，伸手夺过酒杯，往桌上重重一放，然后正色看贺燃：“你出来，我有话跟你说。”

其实她很怕，她怕这男人真狠心了不跟她走。所以简皙率先转过身，像交了试卷却对答案没把握的小学生，有点忐忑，有点期待，想逃，想知道。

幸好，贺燃还不算太人渣，跟着她走到外廊。简皙站定，回过头，贺燃离她一米远，咬着烟风轻云淡，存了心地折磨她。

“那天我不知道陆平南……”

“哪天？”贺燃语气挺冷，把简皙好不容易攒起来解释的勇气打压下去。

贺燃看她低头沉默：“说话啊。”

简皙抿着唇还是没动。

“不说？那我回去了。”贺燃假装要走，擦肩而过才一半，简皙急了：“就是你来接我的那次，我不知道陆平南会过来。”

贺燃停住脚步，侧头冷哼：“那你俩这是意外的相遇，高兴得必须用搂搂抱抱来表达爱意，嗯？”

简皙张嘴想解释，却不知怎么说，最后只挤出三个字：“我没有。”

这可怜巴巴的模样儿，让贺燃差点缴械投降。他心里暗骂一声，心想，你要是敢哭，我就敢马上吻你。贺燃故作冷静，语气依旧高冷：“说完了？我可以走了？”

简皙快被他弄死了，又气又委屈，索性心一横，大跨一步把贺燃给截住，问："你故意的是吧？"

"我故意什么了？"

"故意这样冷我。"

贺燃嗤笑得还挺逼真："简医生，你别想多。"

简皙彻底豁出去了，肾上激素能把女人逼得万夫莫敌。她双手环胸，背脊也放松了，誓要一个结果："好，那我问你，你那天说的是不是真的？"

贺燃咽了咽唾沫："我说什么了？"

"说以前多有打扰，而以后再也不来骚扰我。这句话是不是真的？"

贺燃脑子打了个短暂的结，觉得这女人可能要搞事情了，他还没斟酌用词，就听见简皙轻声一笑："不说话？那好，不说话我就当是真的。"

贺燃沉默。

"那我们今天就把话说清楚。"简皙暗暗深吸气，作为理工科生引以为傲的逻辑思维和魄力此刻重新上线。

"我俩有过的交集以后再也不提，今后碰见了也别打招呼。至于之前你对我信誓旦旦的喜欢，我想也用不着跟你道谢，因为你来我往也算扯平。"

简皙一段话说得大气不喘，把贺燃听得有点蒙。最后那个"你来我往"是几个意思？

——我喜欢你。

——我也喜欢你。

贺燃把"你来我往"给拆解拎清，身体里的火焰都快烧得噼里啪啦了！

简皙表面淡定，其实心里快崩溃，她甩下最后一句话："就这样吧，我想也不用跟你说再见了。"

贺燃说："对，不用说再见。"

简皙离崩溃又近了一厘米，她觉得自己必须得走了，不然能当场哭出来。一步还没迈出，手臂一紧，就被一股悍力拽得趔趄，贺燃竟将她一把抱住，恨恨道："找死呢，嗯？"

他的声音又热又沉，碾压过她白嫩的耳垂："不说再见，因为以后每一个白天黑夜，我都是你睁眼见到的第一个男人。"

这话在脑子里轰轰烈烈地爆炸，简皙眼眶瞬间就热了："臭流氓。"

贺燃低低地笑："流氓在抱你，你挣开呀。"

"我不听你的。"简皙咬着唇，还挺负气。

贺燃穿插过她的手掌，十指交叠，然后紧紧收拢紧扣："那天看到陆平南搂着你，我嫉妒得快疯了。"

简皙鼻尖一酸："你说走就走，都不给我解释的机会，还把我拉黑。"

"要么拉黑你，要么打死姓陆的，你自己选。"贺燃的唇贴上她的耳郭，"简医生，杀人偿命，你想当寡妇吗？"

简皙才不上当："你又不是我老公。"

"哎，乖，老公在。"贺燃挺会捡漏子，避重就轻地认定最后两个字是在叫他。

简皙有点想打他，但心底又冒出莫名其妙的甜，她想从怀里出来，又被贺燃按着后脑勺不让动："我有话跟你说。"

"我以前做过生意，算不上什么正经男人，后来生意失败破产，两年前才从遥省到这儿来，家里就一个外婆。"贺燃的手搭在她腰上，很轻，"我现在没太多钱，但我之前攒下来点儿积蓄，可以付首付买个三室的房。"

简皙"嗯"了一声，听见怀抱里的心跳声怦怦响。

"在别人看来，我就是个混社会的。你好好考虑，还愿不愿意跟我在一起？"

后半句，贺燃的声音都有点发抖。简皙的嘴角抑制不住地往上翘，她把脸一扭，完完全全埋进了他胸口，那声回答也染了笑，轻松又娇俏。

她说："混社会就混社会，谁怕谁呀。"

两人回到包厢，陆悍骁差点看傻眼："你俩的手握那么紧干什么？！"

贺燃白他一眼："管得着吗你。"

简皙赶紧冲准备发飙的陆悍骁做了个嘘声的动作："嘘。"然后仰头对贺燃说，"他管不着。"

陆悍骁蒙在那儿。

这胳膊肘都往外拐上天了。陆悍骁看明白了，贺燃这玩意儿捷足先登。他挺不满意："小皙你可别得罪娘家人，以后你哭的时候，还得求我为你撑腰呢。"

贺燃心平气静，和声道："她都为你哭丧了，你还怎么撑腰？从棺材板里跳出来吗？"

陆悍骁心想，简直臭不要脸呢！简皙忍着笑，她就知道，比流氓和无赖，没人比得过贺燃。

"那谁，在点歌台边上的哥们儿，给我点首歌。"陆悍骁说。

"行嘞，啥歌？"

"就那个《光棍好苦》！"

简皙笑得不行，走过去推了把陆悍骁："喂，玩够了没？"

"我没玩够，他玩够了。"陆悍骁指着贺燃，"这小子，定心了。"

简皙脸上的笑跟朵花儿一样，陆悍骁看了好一会儿才移开眼睛，有那么一瞬间的错觉，他安静的样子，好像能避开方圆十里的飞尘。

"生个女儿吧。"陆悍骁突然说。

"嗯？什么？"简皙没懂。

"如果你和贺燃最后能够修成正果，生个女儿。"陆悍骁眼细眉挑，似是而非道，"让我再看看你小时候的样子。"

简皙一时愣住，夸张闹腾的前奏飙起，有人喊："陆儿，你的《光棍好苦》。"

"来了，俩麦克风都给我，男女声我一个人包办！"

贺燃从洗手间回来，便叫着简皙先走了。

“我饿了，我们去小吃街行吗？”

贺燃看她一眼：“晚饭没吃饱？”

“被你闹得，光顾着生气了。”

“我闹你哪儿了？”贺燃逗她。

“心啊。”

贺燃牵住她的手：“你这女人，就是不说老实话，早点承认喜欢我会死？”

“谁让你老凶我。”

“啧。”贺燃摸了摸她的头，“记仇。”

这边拐个弯就到小吃街了，简皙买了几串小食和两杯蜂蜜柚子茶，递给贺燃一杯又指着串肉尖儿上的白菜叶说：“我不爱吃菜叶。”

其实她也就随便说说，贺燃听见了，评价道：“不仅记仇还挑食。”然后他拉过简皙的手腕，微微低头，就着她的手咬掉肉串上的白菜叶。简皙被他自然而然的动作怔住。

“快吃，冷了味道就不好了。”贺燃催促。

她这才回过神，慢吞吞地吃着烤肉。两人一前一后，贺燃突然停下，简皙差点撞上他的背。

“哎！怎么了？”

贺燃转过身，突然凑近她的脸，要笑不笑地说：“我们这算不算间接接吻啊？”

就知道逗人，简皙抬了抬下巴，毫无怯色：“算啊，你想怎样？”

贺燃微怔，随即失笑：“不怎么样，走吧。”他挺直背刚要迈步。

“等等。”简皙声音清透，“不公平，你还没问我呢。”

贺燃好笑：“好好好，那我问你，你想怎样？”

就等这句了。坦荡和勇气把简皙衬得明媚动人，她一字一字道：

“我想吻你呀。”

说完，她举着满手的肉串儿攀附在贺燃的肩膀上，仰头贴上了贺燃的唇。男人的唇不细腻，有一种粗糙的纹路感，简皙的舌尖忍不住地尝了一下，就像点火器打出了火星，贺燃脑海嗡地一响，炸成了火树银花。

简皙很快松开他，脸色红成了朝霞。贺燃显然没回魂，几秒之后，他一声叫嚷：“我被你强吻了？”

不自然的尴尬在这声喊叫里退场大半，简皙也放松下来：“强吻你怎么了，都男朋友了还不让人亲啊？”

“让让让。”贺燃勾着她的腰，用力往自己身上一带，“犯规了啊简医生，不行，我得亲回来才公平。”

简皙的反驳抗议都淹没在贺燃的唇齿间。同样是舌头，他就是比她有劲儿，简皙甘拜下风，这风月之事的节奏全然被他主导。贺燃吻得深且动情，几秒而已，足够沉沦。松开她，简皙已经气喘不已，贺燃脸色也不自然了几分，揽过她的肩往前走。

简皙个儿高，浑身绵软纤细，贺燃的掌心滚烫烫的。

“你。”简皙犹豫了番，不知道怎么开口。

贺燃利索承认：“对。”

“……”

“这种情况还这么冷漠就不是男人了。”

“……”

这时候说什么都多余，简皙力求声音平静镇定：“挺晚了，回家吧。”

“回你家还是回我家？”贺燃问。

又一个不要脸的语言陷阱，简皙才不上当：“回医院上班。”

贺燃低低一笑：“说真的，你穿白大褂的样子特别好看。”

简皙心里头挺美：“有多好看啊？”

贺燃只笑不答。

简皙有点跟不上他这斗转星移的流氓气质，索性不说话了。两个人返回原路去取车，终于见到了那辆拉风的新摩托。贺燃给简皙戴上一顶小号的安全帽，再把她额前的碎发拨到耳后："这帽子是我新买的，专挑了个粉色，喜欢吗？"

"不喜欢。"简皙答得干脆，"我都二十六了，没这么多梦幻少女心了。"

"啧，夸我一句不行啊？"

"不行，你拽得都快上天了。"简皙扬了扬下巴，"再夸几句，岂不是火箭发射了。"

贺燃笑骂："牙尖嘴利的小东西，幸亏舌头是软的。"

简皙简直服了，这男人总有能把流氓话说得脸不红心不跳的本事。他长腿一跨上了摩托车，然后戴好安全帽："坐好了？"

简皙点了下头："好了！"

油门轰一声一拧，加快速度，整个人都往上颤颠，迎面的寒风倒让人无比兴奋。简皙双手环上贺燃的腰，风再烈，也吹不散他身上独特的味道。

他们从淮海路一直往东，在车马盈门的花花世界呼啸如风。天气是冷的，霓虹是闪的，呼吸是炽热的，身前的男人也是真实的。简皙把他搂得更紧，贺燃稍稍侧头，声音在空气里微颤："这么大力，你腰斩我呢？"

才不管，简皙像条黏人的鱼儿，贴着贺燃宽阔的背。遇到红灯，漆黑的野摩托在一众小车里极其吸睛。贺燃单脚支地，推上安全帽的面罩，转过头对简皙说："再抱紧点。"

"为什么？"

"爽。"

简皙被逗乐，伸手往他肩上用力一戳："你爽点哪有这么多。"

这个红灯时间很长，贺燃摘了皮手套，抓住她的手捂在掌心："这么软，你没长骨头啊？"

温暖的触感包裹到指尖，在这闹市街头简皙还有点不好意思。

"挣什么挣，跟我拔河比赛呢？"贺燃不满，"手都冻成冰碴了，别动，我给你捂捂。”

摩托车穿梭在两道中间，左边是辆私家车，右后边是辆大体积的保姆车。保姆车上的某双眼睛快要瞪了出来，陶星来揉了又揉，一声“我靠！我姐？”他脸都快贴到窗户上了，确定了一遍又一遍，“真是我姐啊？！”

行啊，摩托车上的两人举止亲密，够野的！陶星来赶紧掏出手机，把电话打了过去，只见简皙一系列拿手机的动作，陶星来跃跃欲试，就等着接通了！

“对不起，请您稍后再拨。”

简皙直接掐断来电，没接。

陶星来可来劲儿了，发了一条带火花的短信过去：“今晚敢挂影帝电话你真棒棒，明早我去市委找简市长上访。”

到了小区门口下车后，简皙才看到陶星来的信息。她没忍住笑出了声：“毛病。”

贺燃正停车，一听皱眉：“又骂我？”

简皙赶紧解释：“没有，是我弟。”

“混娱乐圈的？”

“对，他瞎玩。”

“你弟弟是不是有点那个倾向？”贺燃问得直接，“长得比女人还清秀。”

简皙彻底笑开了：“他不是gay！比尺子还直！”说完，就回拨了电话过去。陶星来接得飞快：“天哪姐，你谈恋爱了啊，谈就谈呗，怎么可以挂我电话，你良心不会痛吗？”

简皙单手环腰，踢着路上的小石子儿笑道：“不痛啊。”

“我不想和没人性的女人说话，如果你想解释摩托车上的事，我还是可以勉为其难地听一下的。”

简皙快要笑死，她看了一眼斜靠在车边低头点烟的贺燃，火光一闪，如星如幻。

“星来，姐姐很喜欢他。”简皙的声音软得像刚摘下来的棉花，听得陶星来竟然有点感慨，酝酿了一会儿情绪，他问：“有多喜欢啊？和我比呢？是不是还差一张黑龙江到海南高铁票的距离啊？”

简皙轻声笑了笑，低声骂：“贫嘴玩意儿。”

“人长得还挺带劲儿，就是路子有点野，在摩托车上就敢对你耍流氓，如今不正是市里的道德宣传月吗？顶风作案就是你们不对了，这不是打老简的脸吗？”

陶星来侃起来没完没了：“我不管，要他请我吃饭，我就不举报。”

“行啊，再约时间。”简皙边说边走向贺燃。

“那是肯定要约时间的，毕竟我档期挺满。”陶星来叽歪。

讲完电话，贺燃掐熄才抽一半的烟。简皙晃了晃手机：“刚才在路上，被我弟弟看到了。”

贺燃“嗯”了声：“明天约他喝酒。”

“他小孩儿，别教坏他。”简皙抿了抿唇，说，“时间不早了，你也回去吧。”

“赶我？”贺燃要笑不笑，“不请我上去坐坐了？”

简皙看着他。

贺燃突然把脸凑近了，压着声音说：“简医生，我好怕黑呢。”

简皙的眼神在月色下，如烟如水。

“好。”她说，“那你上去坐坐呀。”

贺燃静了两秒，笑起来：“胆挺肥啊。”

简皙心里有底，将他一军：“怎么样，敢不敢啊？”

“不敢。”贺燃挺给面子地服软，“我怕你对我图谋不轨。”

简皙也笑了起来：“尿包。”

“对你，尿一点我认。”贺燃摸摸她的头，“外头冷，快上去。”

像是一种默契，简皙就是敢肯定，贺燃虽然看起来挺放飞自我，但内里的品性还是坚实可靠。

“那，明天见。”简皙小声说。

“好，明天见。”贺燃双手入兜，重新跨上摩托车。

两人的距离一点一点变宽，在彼此眼中，对方都像是夜色里最惹眼的光亮。

“简皙，”贺燃叫住她，“明天你几点……”

“我五点半下班。”简皙先知一般，把他还没说完的问题抢先答了。

她眼睛亮晶晶的：“你来接我下班吗？我不开车行吗？”

贺燃眉间松动：“好啊。”

送走简皙，贺燃到家已快十二点。外婆给他留门，见人回来又开始念叨：“小野崽子，成天瞎转，回来得这么晚，下次我把锁给换喽。”

贺燃习惯这唐僧念经了：“有您这么固执的小老太婆吗，把孙子逐出家门够黑暗啊。”

“臭小子，就嘴上来劲儿。”外婆裹着花棉袄，迈着小碎步去厨房端出一碗酒酿丸子，“趁热吃，吃饱了再揍你。”

贺燃接过，仰头咕噜两下就喝光：“您又不给放糖。”

“吃糖多了长蛀牙。”

贺燃乐死了：“李春瑶老同志，我在你眼里永远是个三岁小孩儿是吧？”

外婆推了推鼻梁上的老花镜：“三岁怎么了，你还没三岁孩子听话呢，小狼崽子，给我找个孙媳妇回来，我才懒得管你。”

贺燃去厨房洗碗，开着水龙头说：“找到了。”

“又瞎说。”

“您不信就算了。”贺燃把碗收进柜子，擦了擦手走出来，“我去洗澡。”

老太婆嘀咕了两句：“苗儿长歪了，你妈怎么给了我个冒牌孙子。”

贺燃洗完澡出来，外婆已经熄灯睡了，桌上还给他留着一杯冒着热气的枸杞水。

第三章 甜

今天简皙在住院部，带着一帮实习生查房。

“二十三床要特别注意，双胞胎，明天剖宫产，胎心监测得要勤一些。”简皙轻声交代，几个学生唰唰唰地记录。一圈下来已是半小时后，刚到办公室，简皙就收到陶星来的短信：“姐，晚上我录节目，有票，给你个机会目睹小陶影帝的风采。”

“几点？”

“六点半开始，都是大腕儿。”

陶星来前一段时间在一部大戏里演男四号，经纪人给他卡了位，在宣传周期里都能跟团队露脸。那部戏里有个老戏骨，还挺有分量。简皙有点兴趣，问他：“票有几张啊？”

“两张，把那野男人叫上，录完节目让他请我吃饭，顺便给他提个醒。”

看完短信，简皙乐死了。跟陶星来聊完，她给贺燃打电话，那头接得飞快。

“怎么了？”

“晚上有时间吗？我们去电视台看节目，我弟送了两张票。”

“去吧，看完之后我请你弟弟吃个饭。”

简皙站在窗户边，身子浸润在半边阳光里，笑道：“他还让我给你提个醒。”

“什么？”

“他说，他可是一顿能吃六只帝王蟹的人。”

电话那头，贺燃笑得呼吸微乱，由衷感叹：“你弟这风格，挺像李春瑶。”

简皙问：“李春瑶是谁啊？”

贺燃还在笑：“我外婆。”

住院部比门诊稍微好一些，意外情况相对较少，简皙能够按时下班。贺燃到得早，今天他穿了件黑色短款皮夹克，硬挺极了。简皙一眼就瞧见了他，跨坐在摩托车上，眼睛也盯着医院大门。

简皙冲他招手，步履轻快地小跑过来。贺燃从摩托车上下来，笑着对她张开手臂：“简皙，来！”

简皙一见他这姿势就笑了，跑得更快了些，扑通一声扎进了贺燃怀里。贺燃手劲儿一紧，轻轻松松把她抱起：“哟，我媳妇儿！”

简皙被他抱住转了小半圈，笑成了花儿：“谁是你媳妇。”

“你不当啊？”贺燃捏了捏她鼻子，“不当我就找下家了啊。”

简皙把头埋在他肩膀上咯咯笑：“还有备份呢？”

“海了去。”贺燃在她耳边压低了些声音，“你就拿捏我，我不怕你。”

简皙把头抬起，眼神亮闪闪的：“你知道我在医学院的时候，成绩最好的是哪一门吗？”

“哪门？”

“解剖学。”

贺燃正儿八经的表情：“那我得去定做一条铁皮裤，免得你下手无情。”

这话听得简皙有点想拿手术刀了。

从这儿到电视台挺远，骑摩托车不实际，简皙又没开车，于是两个人坐地铁过去。换乘一趟，到的时候正好赶上入场。

陶星来还挺厚道，弄了两张前排票，舞台触手可及，就是没座位，全都盘腿坐地上。费劲儿拿到前排票的都是狂热铁粉。剧里的大腕明星被安排在头和尾登台，陶星来没什么名气，和一帮配角中间走场，全靠颜值撑着，倒也赢得不少欢呼。

简皙把手掌道具冲陶星来拍得啪啪响，特卖力。贺燃有点吃味：“看不出你还追星。”

“本来我弟就没几个粉丝，做姐姐的当然要捧捧场。”简皙说，“我才不追星呢。”

贺燃心里好过了些。

这时，主持人语气隆重：“欢迎徐亦度！！”

顿时，声嘶力竭的尖叫如沸腾的水，身边的简皙几近失控：“天呀，腿跟电视上一样长！”

不是不追星的吗？贺燃心里打翻了一卡车醋，酸溜溜地说：“是吗，他有没有腹肌？”

“有的有的。”简皙挺来劲儿，满眼男色诱人。等反应过来，心里咯噔一跳，要完。贺燃的脸都成千年寒冰了。简皙立马对他笑脸如花，还挠了挠他的手掌心，酥酥麻麻的美人计，贺燃就吃这套。

他反手抓住手腕，把简皙拉近了些，压着声音说：“大长腿和腹肌我都有，你看别人的那是过干瘾。”

听完这话，简皙又有点想拿手术刀给他放放血了。

录节目一般都挺折磨观众，一个环节NG次数一多，就像在看无聊的重播。节目组只围绕主演大咖做文章，配角只是偶尔露露脸，玩游戏也无法全上。陶星来挺倒霉，全程板凳成员。

贺燃问简皙：“不应该啊，你弟弟背景这么牛，也没混个主演？”

简皙明白意思：“他还真不走后门，全凭自己实力争影帝。”

贺燃顺着话就问："你爸爸还挺无私。"

"他从没凶过我们，也不讲大道理，是个很温和的男人。"

所谓言传身教，慈父爱子大概就是这样。简严清择道从政，政绩出色，却能将公私分明，游刃有余。贺燃若有所思，简皙突然凑近："想问我爸就直说，不用拐弯抹角哟。"

贺燃有点想揍她，跟个人精似的。又过了一个小时，节目录制基本完成，后面留了十分钟给粉丝追星。狂热铁粉手持纸笔，跟春运抢票一样冲向舞台，有点名气的都被围得水泄不通，看这实力，就知道他们微博没有买粉。

陶星来就有点惨了，和两个演反派的丑角被晾在人群外，冷得都可以搭台演白毛女。而那张鲜肉脸都快愁成鲜肉饼了。

贺燃看了一会儿，简皙习以为常，拉了拉他衣袖："我们去外面等他，待会儿人多。"

"等下。"贺燃捡起别人掉在地上的笔，两步跨上舞台，朝陶星来边走边喊，"我特别喜欢你演的皇太子，给我签个名！"这语气神态，活脱脱的大龄粉丝。

"我天！"陶星来揉了揉眼睛，有点受惊，他什么时候演过皇太子？贺燃嗓门大，声音又自带低音炮特效，这一喊，吸引了不少追星的学生族注意。大腕有保安护着，真正签名成功的数量有限，人群起哄似的转移目标，冲向陶星来。

管他是不是大明星，赚个签名再说。贺燃功成身退，陶星来过了把火瘾，签名签到手软，不知道的还真以为他是什么大牌。

简皙乐得不行："你也不嫌搞事啊。"

贺燃揽过她的肩，把人拉进怀里："我得讨好小舅子，以后见你爸妈也能有人拉个票。"

简皙没说话，小脸都快埋在他胸口了。贺燃啧啧啧："还不好意思了，怎么，你不想带我见家长？"

简皙倒是说了实话："看你表现。"

贺燃原本就是玩笑试探，他挺能理解女人的心思，这才刚开始，得给真心多一点的时间。

“我肯定好好表现。”贺燃笑着侃，“我的大长腿和腹肌也会好好表现。”

简皙今晚总想拿手术刀给他开开颅。两人在电视台侧门等了一会儿，陶星来终于来了。

“累死本星的手指了，签了一管墨水呢。”陶星来穿着黑白格大衣，贺燃猛一看还以为是移动的俄罗斯方块。

“姐，你兜里带笔了吗，都给我。”

“给你干吗？”

“万一又有粉丝找我签名，我没笔多不礼貌。”

简皙快笑死：“哪有明星自备纸笔，倒贴着给粉丝签名的？”这偶像打折也太狠了吧。

陶星来不乐意：“我不想和玷污我敬业精神的女人说话。”

“给。”一直看戏的贺燃突然递过去支黑水笔。

“你看看，你看看，学着点别人。”陶星来赶紧接好放进衣服口袋里，然后伸出手，“你好，想必你也知道我了吧，毕竟我正当红。你呢，怎么称呼啊？”

贺燃笑了笑，没握手，而是对他击了个掌，动作超帅，说：“姐夫。”

还挺嚣张，陶星来心想，路子够野的啊！但是刚才在演播厅受了他好处，现在翻脸有损气质，于是装傻说：“这姓挺特别，还有姓姐的。”

贺燃就这么无语了。简皙憋着笑，打圆场：“陶影帝还吃不吃帝王蟹啊？”

说起吃就来劲儿，陶星来说：“谁不吃谁变螃蟹。”

只是这货有点作妖，大晚上的非要去五星级酒店吃。简皙暗地里掐了他一把，警告道：“想搞事是吧？”

“我就帮你探探他经济什么水平。”陶星来把自己柔光美化，装委屈，“真是的，不识好人心呢。”

简皙不跟他开玩笑。

陶星来到底有些犯怵：“你眼神在给我下毒，走吧，去老街夜宵摊。”

一顿伪海鲜烧烤吃下来花了五百多，贺燃买的单。趁他去结账的空档，陶星来压低声音严肃说：“姐，这男人特拽，不怕事，你得注意了。”

“注意什么？”

“把持住。”陶星来神叨，“可别被他身上的男人味迷昏了头脑。现在的女孩子啊，一个个可不让大人省心了。”

简皙快被他故作老成的语气笑死，拎起桌上的一只螃蟹腿扔过去：“怎么还没把你撑死呢。”

“撑了撑了，正是因为吃多了才会找事儿嘛。”

吃完夜宵，陶星来还要赶去片场赶凌晨三点半的一场戏。贺燃和简皙打车走，下车后又把人送进小区。走着走着，贺燃突然笑了，由衷感叹：“你弟把我当情敌了。”一晚上说话挟枪带棒的。

简皙解释：“他打小画风就不太对，你别放心上。”

“他小孩，我觉得逗。”贺燃声音淡，“但他对我印象其实是不错的。”

“你还挺自信。”简皙笑。

“放两年前，老子男女老少通吃。”两年前的贺燃堆金积玉，也有钱有权。

“但可惜了。”

“可惜什么？”

夜色里的贺燃笑起来，如远星骤闪，他凑近简皙耳边沉声道：“可惜千年王八栽在你手上，我现在清心寡欲得只想吃你。”

简皙脑海轰的一声像炮仗爆炸，情人之间，连说话都是动情的，有点震撼，有点忐忑，甚至还有点脸红心跳的期待。

上了电梯，送到家门口，两个人沉默着。

“进去吧。”

“坐坐吗？”

这两句同时出来的话把本就暧昧不明的气氛往沸腾的方向指引。贺燃呼吸都急促了，胸口一起一伏，如加重的鼓点。

简皙咬了咬唇，抖着手掏钥匙，开了门。她踏进去，转过身，手还放在门把上，对贺燃说：“到家了发个短信，那，路上小……”

字还没说完，整个人就被贺燃用力抱住。简皙被撞到墙上，后背震痛，前胸受压，贺燃的呼吸喘在耳朵边，烫得像火：“简医生，我有点不舒服，你给我检查一下行吗？”

简皙声音在抖，但双手不由自主地攀上他的肩膀，一路往上，搂住了脖子，问：“你哪儿不舒服？”

贺燃隐着笑，慢慢低下头，五个字都落在她唇上：“腹肌太硬了。”

两个人贴紧了，体温拔高，把冬夜的寒冷都驱散了去。贺燃轻轻咬着简皙的下嘴唇：“热得都出汗了。”

简皙垂眸敛眉，小着声儿说：“真的吗，那我摸摸。”

简皙把手从上头抽出，往下探去，然后撩开他衣服的下摆，跟软蛇似的一路往上，男人软韧的腰窝，曲滑的脊柱，皮肤竟然这样细。简皙贴贴手指：“真的出汗了。”

贺燃抵着她的额头，轻轻笑了：“你要玩死我。”

简皙抬起眼睛，和他对视着，周遭是安静的，眼里却是沸腾的。她说：“……对啊。”然后重新勾上贺燃的脖子，踮脚吻了上去。

舌头交叠在一起像是即兴表演的夜场戏，贺燃恨不得把她生吞入腹。简皙“嗯”了一声，说“好疼”。贺燃捧着她的腰稍一用力，就把人抱离了地面。简皙心里的那道防线早就崩溃了，意识到接下来要发生的事，她的身体已经在配合准备。

贺燃压着声音：“不舍得我走？”

简皙抬起头，眼神如春水。

“迟早有天我会死在你手上。”贺燃忍得额头冒汗，“你乖，再等等。”

简皙一愣，咬紧了唇："你舍得走？"

贺燃用毅力撑着，憋着最后一丝理智说："不是现在，不在这儿。"

简皙不解。

"没准备，不安全，不想你吃亏。"

"……"

"再说，我女人第一次，只能在我床上。"

简皙脑子轰的一声刹那空白。情和欲退散了些，她有点不服气："谁告诉你的。"

贺燃笑："你不是第一次？"

简皙挺想打他。贺燃食指按着她的眉心："尿包。"

"大男子主义。"简皙嘀咕。

"明天去我家？"贺燃突然说。

简皙心情有点复杂，还真是说到做到，这男人挺会撒野。

"想什么？"贺燃皱眉，"带你去我家见见外婆。"静了几秒，突然凑近，"还想跟你约会。"

简皙把他一推："想得美。"

贺燃也不恼，笑呵呵地说："好好好，不约你就是了，让你占点儿便宜，你来约我。"

简皙哭笑不得，伸手拦住他凑过来的吻："你怎么……"

"对啊，我就是脸皮厚还不要脸。"贺燃吃死了她，"不服气啊，那你来咬我呀。"

再腻歪下去明天就得看牙科了，送走贺燃好久，简皙的脸还是发烫的，跑到厨房喝了两杯冷水，心扑通跳个不停，冷静下来，她发现自己对贺燃的容忍度几近无穷，像是一种本能的靠近。这种感觉甚至和喜欢陆平南的那些年都是不一样的。

贺燃用男人的体温和心跳，给了简皙真实的心动。想得正起劲儿，陶星来的电话打了过来。简皙放下玻璃杯，走到客厅接听。

"我可是来查岗的，你在家还是在建民旅馆？"

"我在来打你的路上。"

“可别去随便开房，女孩子要保护好自己。”

一和他对话，简皙就有点想死：“影帝赶紧去拍戏，我要睡觉了。”

“姐，你对他是认真的吗？”陶星来不贫了。

简皙握着水杯的手指轻轻地摩挲着杯壁，说：“我很认真。”

“他是做什么的？”

“收债。”简皙不打算隐瞒。

“这职业我觉得还蛮酷。”陶星来停了下，问，“那爸妈那边，你打算怎么办？”

“合适的时候，我会让他们见面。”

陶星来其实有点不明白，即使简皙在陆平南身上花费了十年，也从未如此明确地去规划一个清晰的未来。

“姐，你就这么喜欢这个男人吗？”

“喜欢啊，如果你非得问有多喜欢，”简皙声音淡淡的，“只要在一起，我就想往好的方向去努力。”

不谈结果，不算回报，只要过程你我尽力，就很美好。陶星来情窦未开，听得有点抽象。

“我真要睡了，明天早班呢，挂了啊。”简皙松开头发，拿出睡衣去洗澡。

第二天，她特意穿了件新买的裙装，百褶样式很是柔情。昨晚贺燃说，今天要带她去见外婆。虽然这邀约也没被确定，但简皙心里还是存了个万一。

贺燃的电话是五点打来的：“我在门口等你。”

这让简皙瞬间满血，她拎起早就收拾好的包，飞快下楼，嘴上还在逗他：“对不起啊，我晚上临时要加班。”

贺燃的声音都快冒火了：“你跟领导请个假。”

简皙忍着笑，走出医院大门：“没要紧事不让请。”

“去男朋友家见家长还不要紧？！”

“哦，我都忘记这事了。”简皙捂着手机，轻手轻脚从背后靠近贺燃。

“我们昨晚不都说好了，今天去我家的。”贺燃有气没处发，干着急的样子像个没讨着糖的小孩。

简皙忍不住了，猛地拍了下他的肩膀：“很凶嘛，贺老大。”

贺燃转过身，眼神愣愣的，反应过来后：“耍我？”

“让你体验一下欣喜若狂的感觉呀。”简皙笑着看他。

贺燃的目光在她身上扫了圈：“穿裙子了？真好看。”

简皙心里都快美死了，但不能表现出来，于是无所谓地说：“买了很久，早上随便穿的。”

贺燃咧嘴，轻声说：“哎？裙子上的标签怎么还在啊？”

糟糕。简皙心想不妙，难道昨天忘了拆？这架子是端不住了，她挺不好意思地说：“这是第一次穿。”

贺燃凑近了：“特意穿给我看的？”

简皙问他：“好看吗？”

“不穿更好看。”

流氓话甩了就走，留着简皙一个人在原地飘飘然。待她反应过来追上去：“帮我把标签撕掉呀，后面够不着。”

贺燃的背影仿佛都染着笑：“不好意思我看错了，后面没有标签。”

天气太冷，贺燃没骑摩托车，简皙开车，边开边找超市：“我空手去也不太像话，买点儿水果吧。”

贺燃说：“不用，我外婆不在家。”

简皙问：“她去哪儿了？”

“社区搞了个关爱老人活动，带他们去燕桃山拜大佛了。”

那地方简皙知道，在市郊，算是短程旅行：“既然她不在家，我也不用去了。”

“老太婆有什么好看的，我带你去周围转转。”贺燃指着路，“右转。”

贺燃带她去了牙蹄路附近的江边，沿江两边都是私人摆的游乐设施，比游乐场小一号，大人小孩都能玩。贺燃指着一个跳跳椅：“玩吗？”

简皙看了一会儿，那椅子一启动，就上蹿下跳像袋鼠，越到后面幅度越大，玩的人尖叫声不断。贺燃已经去买票了，十块一张，买了两张。他们第二轮坐上去，老板给系好安全带，简皙有点紧张：“能不玩了吗？”

“怕什么，我陪着你。”贺燃摸了摸她的手。

老板按下开关，椅子一圈圈地转起来，先慢后快，到最后，跟发疯的袋鼠似的，猛地蹦高又落下，简皙被颠得差点吐出来，又刺激又害怕，叫嚷着，兴奋得像个孩子。五分钟后下来，腿都使不上劲儿了，贺燃单手扶着她：“还能不能走？不能我就抱你。”

“能能能。”简皙立刻站直。

“啧。”贺燃说，“还防着我呢，我被你亲了，还被你摸了，现在又是几个意思？”

简皙哭笑不得：“你还挺委屈啊。”

“当然委屈。”贺燃睁眼说瞎话，“老子腹肌都被你摸平了。”

简皙伸手打他：“我什么时候摸过你腹肌了？”

贺燃抓着她的手，往自己平坦硬实的小腹上一放：“现在啊。”

简皙掌心跟着了火一样，噼里啪啦烧遍了四肢百骸。贺燃不再逗她，捏紧她的手牵着往前走。过了这个游乐场，前边就是小吃街。

“吃凉面还是卤粉？”

“卤粉。”

贺燃招呼老板，付了钱后又去隔壁饮品店买了两杯蜂蜜柚子茶。

贺燃低头吃面，见她没点儿动静，问：“怎么不吃？”

简皙咬着吸管，小声说：“我不饿。”

“浪费。”贺燃皱眉，伸手拿过她的卤粉，二话不说低头吃。简皙默默地摸了摸自己的小腹，才不能吃，不然胃鼓出来就不好看了。

“你脸红什么？”贺燃看着她。

简皙咳出了声：“呛的。”

贺燃眉目微拧，像是明白过来，突然说：“去我家坐坐吧。”

简皙没说话，“嗯”了一声，起身拿包。

两人一前一后，影子借着路灯投射在水泥道上，简皙的高跟鞋每一步都像踩在心跳上。贺燃打开门，按亮灯。屋里摆设普通简单，尽收眼底，但整洁干净，还有一股淡淡的中药味。贺燃把人领进屋，从鞋柜里拿出一双崭新的拖鞋：“随便坐。”

简皙在门口换鞋：“外婆真的不在家啊？”

贺燃去厨房倒水，拿着水杯出来：“明天下午回。”

简皙“哦”了声，走到客厅中央，看着电视柜上摆着的两张照片。

“这是你？”简皙指着左边那张。

“对，三岁。”

“好胖。”简皙又回头看了眼贺燃，“长变样了呀。”

“嗯，变帅了。”

简皙勉强同意，又指着右边的，那是一张合影，外婆抱着小贺燃，边上还有个男人。

“我外公，去世十年了。”贺燃说，“车祸，没挨过去。”

简皙眼神中充满歉意，坐到沙发上。贺燃突然走过来，两手搭上沙发扶手，把她结结实实困在里头。他声音沉到了嗓子眼：“简医生，今晚别走了，行吗？”

简皙心跳狂乱。贺燃眸色深了，轻轻捏过她的下巴，低头吻了上去。简皙身体往后仰，被他压在沙发上，有了支撑，两个人都投入得不能自拔。贺燃呼吸剧烈，手在她腰上克制地抓捏。

简皙本能地轻“嗯”一声。贺燃用舌头堵住她的嘴：“真想现在办了你。”

简皙搂着他的脖子，分开后，唇瓣上还有晶亮的水丝。

“我先去洗个澡。”贺燃撑起身子，不掩饰地摸了把裤子，简皙不自然地移开眼。他迅速蹿去卧室，拿了套干净的换洗衣服出来：

“待会儿睡衣穿我的。”

然后没多停留，进洗手间关上门。稀里哗啦的水声隔着门板蒸腾而来，简皙揉了揉自己的脸，深吸气。她在国外念了几年研究生，加上学医，对生理伦理这事看得很开，感觉对了，身心投入也是人生的一种极致享乐。

至于感觉这个词如何定义，真有点仁者见仁了。比如喜欢陆平南的那几年，她对他更多的只有情窦初开的精神寄托，像可远观的偶像，用一颗心静静欣赏就能自我满足。可贺燃不同，他总能用男人范的野蛮劲儿去表达爱意，可以为她干架，也会因事凶她，还能带她诚实认知男女的情意波动。这种真实和强烈的存在感，给简皙一种迫不及待想要看到未来的心动。

正出神，贺燃洗澡出来，浑身裹着热腾腾的水汽，好像只差简皙的一把火，就能燃成三丈高。简皙抱着衣服一溜烟从他身侧跑过，小声说：“我去洗澡。”

贺燃挑眉，看着她落荒而逃的背影胜算十足。果然，等了五分钟。简皙崩溃的声音从里头传来：“为什么都是冷水？”

贺燃忍着笑，敲门：“你不是躲我吗，来，开门。”

窸窸窣窣穿衣服的动静，简皙把锁解开，觉得自己放进了一匹狼。贺燃家这热水器开关也挺奇葩，往左往右都是冷水。

“热水的开关在这里。”贺燃伸手，打开墙上的白色按键。

简皙试了试：“热了。”

话音刚落，就被贺燃从背后一把抱住。他的嘴唇贴着简皙细嫩的脖颈，薄薄的热气均匀喷洒：“做吗？”

这种直白到露骨的言简意赅，轻易点燃了本能的欲望。简皙身体软了：“我还没洗澡。”

“我帮你洗。”贺燃勾嘴，手从她的外套里伸进去，蓦地一僵，紧着嗓儿问，“不冷啊？”

“洗澡嘛。”简皙颤着声音，“谁知道你家不出热水。”

贺燃低声失笑：“简医生，你没机会喊停了。”

像是受到鼓励，简皙“嗯”的一声轻喃。她仰头猛地吭声，十指按在贺燃短短的板寸头上，似痛苦，又藏不住极大的欢愉。

这一程，如梦如幻，是她二十六年人生里从未有过的体验。

如果再给简皙一次机会，打死她都不洗澡。谁家洗澡洗丢半条命的？最后还是被贺燃从洗手间抱出来放床上的。

“你别碰我。”简皙挡开男人的手。

“你这女人，鸳鸯出浴了就不认人了？”贺燃手捂着她的肚子。

“我身上全被你弄青了！”简皙有点崩溃，“我明天还要出差呢！”

贺燃一顿：“出差？去哪儿？几天？”

简皙还生气，才不告诉他。

“不说那就再来一次。”贺燃作势去揉她。

“去南溪！三天！”简皙怕死了他，跟小学生回答问题似的。

贺燃脸色并没好转，嘀咕道：“去这么久。”

“市里的活动，下乡义诊。”

贺燃不情不愿地松开手，正儿八经地搂住人：“家里有喉糖，等下拿给你吃两颗。”

“我嗓子没发炎。”简皙费劲儿地翻过身，回抱住贺燃，脑瓜子在他胸口蹭来蹭去。

“胡说。”贺燃挺享受她的亲昵，臭不要脸至极，“你刚才，嗓子都叫破音了。”

“……”

“不记得了啊？”贺燃笑着说，“我给你提提醒。”他清了清嗓子，可劲儿地表演。简皙脸皮轰的一声爆炸。

“睡吧。”贺燃不再逗她，“出差这三天，我会每天给你打电话。”

简皙第二天得赶早，但她实在没力气下床拿手机设闹钟，挣扎了几番，眯眼休息的贺燃一把搂住她的腰：“动来动去地干什么？睡觉！”

简皙的头埋在被子里，声音沉沉闷闷的：“我明天起不来。”

“几点？”

“五点半。”

“这么早？”

“下乡的地方远，医院大巴车六点半出发。从你家赶过去也要时间。”

贺燃的手指在简皙腰上画圈圈：“睡吧，再早我也能叫醒你。”

简皙“嗯”了声，刚闭眼，后面的男人又不安分了，大腿夹住她的小腿肚，稍一用力就翻身到了上面，由上而下的目光含了情。贺燃手掌探进她的腰下，轻轻一垫，简皙就被他翻了个边。

“我怀里不睡，睡枕头干什么？睡吧，明天五点半叫你。”

简皙枕着贺燃的呼吸，一夜好梦。第二天五点，简皙是自己醒来的。贺燃睡得沉，俊朗的侧面像是沉静的湖。简皙轻手轻脚掰开他环在腰间的胳膊，赤着脚下床。洗漱换洗都没带，她得更早地回公寓准备。

简皙迎着初生的昼色踏出门，微凉的露气扑了个满面。她拿出车钥匙，刚拉开车门。

“简皙。”

贺燃声音懒懒的，从屋门口传来。

简皙吃惊地回头：“你醒了？”

大冷天的，贺燃赤着上身，一条短裤松松垮垮套在腰间，身后是明黄的家灯。

“我看你睡得沉，就没叫你。”简皙快步走向他，“快进屋，太冷了。”

贺燃惺忪未散，揉了两把脸说：“我送你。”

“别别别。”简皙拉住他的手，“真不用，我开车没事的。”

贺燃见她执意，也就不勉强。

“十六号回？”

“对。”

"到时候给个时间，我来接你吃饭。"

简皙笑道："好啊。"

贺燃说："去吧，慢点开。"

简皙刚要转身，手心一紧，被他塞进了个东西。

"喉糖。"

贺燃甩下话，轻飘飘地回了屋。简皙被这两个字勾得心猿意马，一想起昨晚浑身就疼得慌。"老流氓。"简皙暗骂，收紧手心，又忍不住笑了起来。

回公寓收拾了几件衣服，再快速冲了个澡，六点二十，简皙赶到医院。大巴车停在门口，车上还挂着红色横条，宣传爱心下乡义诊的善举。简皙连续参加了三年，算是种子选手。科室护士招呼她："简医生，坐这儿来。"

简皙走过去坐窗边，护士小声笑："今天李院穿得一言难尽呢。"

白呢子外套里还搭了件水绿色的衬衫，还有脚上那双尖头皮鞋。

"意尔康。"小护士眼睛挺厉害。

简皙乐得食指比在唇边："嘘。"

这时，手机在兜里振动，是贺燃。

简皙一看名字便笑了，接听问："起来了？"

"起了，一个人撸床单没劲儿。"

简皙往窗户边坐了点："不跟你说了，我边上有同事。"

"啧。"贺燃挺不满，"把我用了就丢一边，说都不让说了。"

简皙有点想打他："睁眼说瞎话啊。"

"睁眼不说瞎话，睁开眼睛就是想你。"

左边是同事，右耳是甜言蜜语的撩拨。这种反差的快感，让简皙动心动情。贺燃低声笑了出来："不逗你，在外面自己注意身体，我昨天下手重了点，如果疼得厉害，自己找点儿药擦擦。"

简皙咬着唇，轻轻地"嗯"了声。

太乖了。

挂断电话，贺燃从柜子里找出新床单换上。他刚把旧床单泡盆里，林加就在敲门了：“燃哥，走，吃葱油饼去。”

贺燃甩了甩手，拿起摩托车钥匙走出去：“走吧，我请你。”

林加笑嘻嘻的：“那我吃两份。”

“出息。”贺燃跨上摩托车，等林加坐稳了问他，“家伙都带齐了吗？”

“齐了。”林加拍拍斜挎的大包，“泼的吓的敲的一个不落。”

贺燃点点头，拧动油门，马达声轰轰轰划破清晨。这两天林加接了个要债的活，债主不算大方，只给两个点的分成，但数额上了六位数，算下来也是不小一笔。贺燃和林加搭伙了两年，说起来还是他师父。林加把欠债人情况都摸清了，准备上午来个公司突袭。

“我查过了，停车场是个监控死角，十点那人会来取车去高铁站。”

林加把装备家伙又清点了一番，贺燃拿出铁扳手掂了掂，说：“快到点了，把口罩戴上。”

黑色大口罩把脸遮去大半，看得清的只有眼睛。等了一会儿，欠债人从电梯下来。林加拿紧了铁棍，贺燃把扳手背在身后：“上！”

林加跑前头，过去对那人就是一推：“牛啊，欠钱不还，还敢开这么好的车？”

欠债人顿时抱头蹲下：“哎哟，别打我，别打我！”

贺燃紧接而上，再次厉声威胁：“欠债还钱，听得懂人话吗？啊？”边说边用铁扳手戳他脑门儿，力道不算轻，足够施加恐惧。

“听得懂，哎妈呀，疼疼疼。”

“哥们儿，你在南阳小区养了个小三，你老婆还不知道吧？”贺燃拍他的脸，一下一下地，“都五十岁的人了，还有劲儿呢？省点儿精气神，用来仔细想想你该什么时候还钱。”

欠债人吓尿：“求求你们别告诉我家里人。”

“明天下午三点前，把钱打到这个账户。”贺燃两根指头夹着一张纸，甩向他的脸，“晚一分钟，我这手机就自动给你老婆发短信了。”

说完，贺燃站起身，林加踹了地上的男人一脚：“没骨气！”

那人忍着没动，等林加收脚，他猛地起身，同时手从裤袋里摸出一把中型收缩刀。

“林加！”贺燃见到寒光，大骇，伸手把林加推开。刀刃挨着他的手背亲密擦过，本该垂直插向林加的刀偏移了方向。

“燃哥！”林加吓蒙，摔在地上赶紧起身。

贺燃左手一手背的血，顾不上，抬脚先把欠债人的刀给踹翻。见他不放弃地还要去捡刀，又是一脚踢飞匕首。林加抓起铁棍就要往那人脑袋上抡。

“你脑子被驴踢了吧！住手！”贺燃急出一身冷汗，自个儿的伤口都血流成河了，没空管，赶紧拖住林加。

做这行危险常有，最怕失控，脑子一上气，就容易失手。这种灰色行业，你玩脱手，进了局子就交代不清了。

“林大傻，傻大加，长点儿脑子成吗？！”贺燃冲林加一番吼。

欠债人跟疯了似的，破罐子破摔，爬起来按开车锁。眼见着他往车里坐，贺燃拽住林加赶紧转身。

“跑！这玩意儿要撞人！”

摩托车已经没法回头去骑了，只能往前面奔。停车场空旷，没什么地儿藏人。果然，身后油门声音轰鸣，箭在弦上一般。

呜的一声，伴随着轮胎磨地的尖锐，小车患了失心疯，横冲直撞而来。贺燃大喊：“林加，往右闪开！”

林加听了话，朝右面跑，那车走的是直道，贺燃来不及刹住，只得继续前奔。

“燃哥！”林加急愤，眼见就要撞上了！

“你大爷！”贺燃憋着一口气，右手都成了血掌。他长腿一跳，咚一声跨上前方的大众车，踩着前车盖两步蹿到车顶，躲过了追压。回头一看，欠债人挺执着，方向盘一甩，车扭开掉了头，看样子是要跑路。

“收手！”贺燃呵住林加，很快骂出了声。只见那车掉了头，飚向了贺燃停在那头的摩托车。

他才买半个月的新摩托——“哐！砰！”被小车狠狠碾压在了地

上，惯力撞出五六米。欠债人探出头，嚣张表态：“把我逼得无路可走，咱们一块儿死！来啊！谁还不要命了！”

撂下话，又牛轰轰地开走了。

“燃哥！”林加跑来，“赶紧去医院，你这手肯定伤筋了！”

“别嚷嚷。”贺燃皱眉低斥，“快走，来人就死。”

两个人推着半残废的摩托车，要死不活地离开事发地。从医院出来日光已落幕。贺燃的手沾腥带血，披着夜色回牙蹄路。怕老太婆吓晕，他没回自个儿家，去了林加那儿。

“燃哥，要不是你推我一把，我就躺尸了。”林加十分内疚，跟犯错的小孩一样。

“行了行了，大老爷们儿废个屁话。”贺燃咬着烟，没好脾气，“幸亏没伤到骨头，这茬事就当过了。”

林加不服气：“我找老板要医药费。”

“你脑子进可乐了？再摇两下是不是就得爆炸了？”贺燃皱眉，不耐烦，“懂不懂规矩？嗯？”

当然懂，要债这行，风险自负，真出事，东家才不会管你半毛钱。他们这是卖命活，全靠老天成全。贺燃重重吸口烟：“多久没碰到神经病了，发起疯来野得老子害怕。”

这话让林加笑起来，一晚上的压抑总算轻松些许。一根烟还没抽完，贺燃的手机响，丁零丁零，是微信的视频聊天请求。贺燃的表情由阴转晴，咬着烟笑。他起身，按了接受，那头稀里哗啦的电流声，画面切过来的时候还有点卡。

“你进的哪座山头呢？”都卡出新宇宙了。图像没同步，声音倒是听得真切，简皙握着手机，满地跑找信号。

“你吃饭了吗？”信号强了些，贺燃能看清屏幕里的脸，他叼着烟笑着说，“我眼光就是好，这小脸蛋往里头一装，都这么清秀漂亮脱俗。”

简皙乐得眼睛亮晶晶的：“你在干吗？”

“还能干吗，想你呗。”

信号又弱了，画质像被刀片划过似的。简皙着急，又满屋子跑找信号，这山村比想象中偏远，住的地方基本失联。科室主任正好路过门口，跟几个同事一见简皙这架势："简医生，跳广场舞呢？"

简皙笑了笑："对哎，演猴。"乐得大家哄然。

主任走掉了，贺燃笑着说："猴会爬树，你会吗？"

简皙在走廊上把手举得老高，只有这样才有两格信号："我这上蹿下跳为了和你视频，比猴爬树卖力多了。"

那头贺燃低声笑出了音："傻子，昨晚谁最会耍无赖的？嗯？"

幸亏走道上没人，简皙有点崩溃，贺燃还在笑："下回换我耍耍无赖。"

"这话你就不能留着回家说？"

"回家还用说？"贺燃哈哈哈，玩笑够了，终于正经聊天，"累吗？今天都忙些什么？"

"帮村里的孕妇做检查。比我去年来的时候要好多了。"

简皙说的都是琐碎事，贺燃时不时地逗逗她，两个人你来我往，乐得不行。

冬夜村庄，月色为伴。简皙裹着大衣，站在冷风穿堂的走廊里一点也不怕冻，对屏幕里的男人笑得如星似幻。贺燃不耍流氓的时候，是温柔沉静的，有一种内敛的力量给人安定和护佑。

她在侃侃而谈，眉眼融入月色中。贺燃静静听着看着，原来爱情就是她手里那面亮着的屏幕，在夜里，在风里，如一盏不熄不灭的永明灯。

贺燃怕她冻感冒，说："简皙，发短信吧。"

挂断后没几分钟，简皙发来了一段挺长的语音。贺燃点开，竟然是她清唱的一首歌。简皙声音很好听，柔婉而有韧劲，在这安静的夜里，格外催情。她咬字清晰，落音准确，贺燃听得很清楚，每一句歌词，每一声呼吸，都痒在了他心里。

怪这夜色撩人风光，

怪这夜色如烟淡淡，
时间漫长我把你想。
我在他乡望着月亮，
你在何方眼看天亮。

贺燃控制不住自己，听了一遍又一遍，嘴角弯着，全是幸福的模样。

那头的简皙洗澡出来，看到屏幕被一条信息霸占——

“等着，回来要你。”

过了几秒，简皙发了个表情过来，是张被雷炸黑的脸。贺燃笑了，回过去：“睡吧。”

一旁的林加有点蒙，眼睛眨巴眨巴：“燃哥，简医生啊？”

“嗯。”贺燃把手机搁桌上，“下次见面叫她嫂子。”

“我不叫，就叫姐，显年轻。”林加笑道，“啥时候的事，都没见你动静呢。”

“她看上我很久了，但拧巴着，才答应没多久。”贺燃谜之自信，摸出烟，林加赶紧给他点上：“燃哥，我觉得简医生特别好。”

“当然，不然我怎么稀罕她稀罕得要死。”贺燃弹了弹烟灰，把手上的绷带缠紧了些，突然说，“把手上这桩活儿结了，我打算换个事挣钱。”

林加不可置信：“哥，你不收债了？”

“不收了。”

“为什么？”林加无法理解，“以你这两年在圈里打出的名声，可不愁没活接啊。”

贺燃没说话。

“虽然辛苦，但好歹钱挣得够，加上你都经验丰富了，也不算太危险。”

“不危险？”贺燃抬眸，瞥了眼自己受伤的手，“今天晚一秒，这刀子就往你身上捅窟窿了。”

这回轮到林加沉默了，好一会儿，他才问："是不是为了简医生？"

烟气升腾，薄薄一层弥散半空，成为此刻唯一的动静。贺燃的指腹捏着烟尾，转了两圈，终于承认："她有体面工作，接触的人都是往上走的，咱们收债虽然也能图个温饱，但说出去还是遭人笑话。我想跟你嫂子好好走下去，让女人难堪，这不男人。"

林加低着头，眼眶子都有点红了。贺燃看他一眼，声音轻："你别多想，生活本来就是垃圾玩意儿，能好好活着，就是本事。"

林加眼里有了泪花："其实我都知道，好多人都瞧不起我，也就这两年挣了点儿卖命钱，但在人家眼里，我还是个混混。"

"混怎么了？你养活这个家，丢人？"贺燃拍了拍他的肩膀，"出息点！眼泪比女人还多。"

"我也不想的，但我没法子。"林加用手背蹭了把脸，鼻涕眼泪糊了一手，"我妈那病一个月透析就得六七千，娃出生也就这几天了。"

不仅得挣钱，还得挣多一点。贺燃看得明白，但人事天命面前，安慰和劝解都是无力的废话。他两手搭在林加肩膀上，伤口疼得叫嚣也不松开。

"你给我记住了，养家糊口是男人的责任，老天爷给你摆了这一道，你没法怪它。"贺燃声音淡，却有力，"以后有需要哥帮忙的地方，哥会尽力，一定。"

林加的情绪稳住了："那燃哥，你想换什么工作？"

"没想好。"贺燃说，"我不干了，但手上的资源我都给你，老姚那边介绍的，也都转你身上。你听我一句劝，过了这个坎，也收手找个正经活。"

林加点头答应："燃哥，你休息吧，我明天载你去换药。"

"我去洗个澡。"

一天鸡飞狗跳，身上都腻了。伤着的手抬高没沾水，简单冲洗了番，贺燃回屋给陆悍骁打了个电话。

“我正想你呢，燃燃。”陆悍骁醉意醺醺，一接通就来劲儿了，“来不来玩啊。”

贺燃把手机拿远了点，里头在蹦迪：“你给我找个安静的地方说话。”

没多久，陆悍骁声音正常了点：“说说说。”

“我问你，简皙她家怎么样？”

陆悍骁一听就明白：“她爸管事的，她妈卖洗洁精的。”

贺燃有点想揍他：“好好说。”

“洁犀日化，她妈开的。”

贺燃没忍住爆了句粗口，这企业太出名了。

“我是你兄弟呢，你咋能这么顽皮呢。”陆悍骁叫嚷，“行了行了，成全你，308房，小陆招待所等着你。”

贺燃把手机丢床上，算好时间，觉得那头屁放完了，才重新拿起。

“我丈母娘性格怎样？”

“强。”

“我岳父呢？”

“牛。”

“我那影帝弟弟呢？”

“逗。”

“你觉得她家能同意吗？”

“我觉得你挺臭不要脸。”陆悍骁太吃味了，“什么你岳父你丈母娘的，我妹妹答应了吗？”

贺燃大爷似的：“别废话，爱帮不帮。”

“我敢不帮吗？你都要非礼我了。”陆悍骁哈哈哈，“放心吧，也没那么吓人，她家氛围挺好的，她妈妈没事的时候就爱练练拳击，别担心。”

贺燃有点想跳进屏幕，送他一根爱的双节棍：“不说了，挂了。”

“别别别，燃燃，来帮我挡酒。”陆悍骁叫道。

“傻子，喝成二百五。”贺燃说，“改天来找你谈正事。”

陆悍骁脑子还有点短路，握着手机心想，二百五不就是傻子吗？骂人还带双份的，这燃燃还和以前一样野，从不吃亏。

简皙下乡的地儿挺偏僻，这是年前院里最后一次爱心活动，市一院的妇产科是省重点科室，搞事情从不作秀，扎扎实实地干活。这回住的地方条件不好，窗户玻璃缺缺磕磕，一整晚都往里头灌风。简皙和两个小护士住一间屋子，她们刚毕业，稚嫩，十分活泼。

“简医生，你刚在外边是和男朋友打电话吗？”

简皙正在泡脚：“对，是视频，信号不好。”

“简医生，你男朋友是上次在医院门口接你下班的那个？”小护士来神，好奇地问。

“哪次？”

“开卡宴的。”

都以为是陆平南，简皙说：“不是，我男朋友没开车。”

简皙待人和气，没什么摆谱的架子，小护士胆子大了些：“简医生，你和你男朋友怎么认识的？”

简皙笑：“查户口啊小姑娘。”

护士年纪小，忽然情绪低落了：“我觉得毕业后，好多事情身不由己。出了校园，我爸妈就觉得我是大龄女青年，一个劲儿地催我找对象。”

简皙静静听着。

“其实我也想找男朋友，但省城和我们小地方不一样，有钱的、漂亮的真多，我没本地户口，也没钱，我喜欢的看不上我；喜欢我的，说实话，如果他太差劲，我也怀疑自己会没勇气陪他从零开始。”

简皙脚擦脚，水面晃晃荡荡，她声音轻：“没别的，只是这个人你不够喜欢。”

小护士不明白，眨巴眼睛看着她。

简皙笑着说：“喜欢的程度和勇气是对等的，当你的感情到了一定浓度，心甘情愿的陪伴就会自然而然地发生。不需要刻意，更不需要自我说服。”

小护士似懂非懂：“简医生，你好明白啊。”

“我吃过亏呀。”简皙语气轻松。

她在陆平南那儿吃过一个叫暗恋的亏，学生时代浓烈炙热的喜欢，在得不到回应的岁月里，慢慢地做着减法。直到遇见贺燃，他推动着这道算数题，让结果归零，让感情新生。想到这儿，简皙心里跟嚼了蜜桃似的，甜汁在身体里横冲直撞，她拿出手机，给贺燃发了个“么么哒”的表情过去。

很快，贺燃回复了，语气还挺凶：“别找事，不然回来要你死。”

“流氓。”简皙低骂，却抑制不住地笑出了声。

义诊活动在两天后准时结束，主任在大巴车上开恩了：“这次活动能够圆满完成，并受到市里领导的高度赞赏，离不开各位同仁的努力，晚上聚餐，然后去老地方唱歌！”最后音儿往上飚，“可以带家属！”

鼓掌声吆喝声响彻整个车厢。简皙摸出手机，给贺燃发微信：“晚上科室有活动，你和我一块儿去吗？”

贺燃没回复，而是直接打电话过来：“到哪儿了？”

“刚出发。”

“你们有什么活动？”

“唱歌。”简皙问，“你想来吗？”

“我想见你。”贺燃说，“我这边有点事，忙完就去。”

简皙应：“好，到时候我把地址发给你。”她把头扭到一边，压低了声音，“那，晚上见。”

贺燃低低笑：“乖。”

简皙被他的笑勾得脸发烫，“嗯”了声：“拜拜。”

过了好久，身边的小护士结束了和同事的聊天，回过头“咦”

了声："简医生，你很热啊？"不然怎么拿张报纸扇风，扇得还挺来劲儿。

"燃哥，给，喝点儿水。"林加见贺燃不讲电话了，才递过去一瓶，"你要有事就先走，我这里一个人没事。"

贺燃拧开瓶盖："我答应了陪你把这桩活干完，再说了，这个欠债人猛得很，你一个人要吃亏。"

林加点点头："燃哥，佣金你拿七成。"

"别给我作。"贺燃皱眉，摸出一支烟咬在嘴里没点，"都归你，行了，盯着人。"

上次在停车场虽被欠债人划伤，但接了的任务硬着头皮也得上。两个人得了消息，在街口蹲点了一下午，说是那人晚上会来应酬。冬日的天色一到下午五点就迅速变沉，水雾蒙蒙特别冻人。

欠债人果然出现，前呼后拥一大堆人，不是动手的好时机。贺燃说："跟着，找机会。"

两人鬼鬼祟祟跟踪其后，看清了饭店名和包厢后，守在大厅等时机。又是一个小时，林加半道接了个电话。讲完后，他对贺燃一摆手兴奋道："燃哥，可以收工了！钱还卡上了，老板刚收到！"

贺燃起身："确定？"

"没问题的，老板亲自打过来的。"林加拿手机给他看，"158的号码。"

贺燃拿出自己的手机，核对无误后，放下一颗心："走人。"

林加心情大好："哥，吃肉串去。"

"不去。"贺燃双手插裤袋，脚步加快，"我得回去亲我老婆。"

林加手机又响了，贺燃停了会儿，侧耳。

"老板，是，我是。啥？行行行，我们没走。"林加神情急切，"燃哥，那人要炸，钱没打全！"

贺燃眼浮厉色："走，堵人！"

两人往二楼包厢跑，贺燃道："你守楼梯口，上边我去。"

分工行动，终于在楼上散席的时候把欠债人拦截。贺燃满身戾气，紧唇抿嘴，操起一根扫把："给我站住！"他屈膝，把扫把往膝盖上一折，瞬间断成两截，尖头的那段往墙上一甩，"管闲事的先管好自己的命！"

本来蠢蠢欲动的朋友都犯怵了。欠债人吓得往楼下跑。贺燃一把没抓住，大喊："林加！"

"在这儿呢！"林加跳出来堵住。但对方也是个猛汉，拿起栏杆上的一盆栽砸向林加的脸。"哎哟！"林加吃痛，让他给逃走了。贺燃从后头赶上，怒道："追！"

七点，科室聚餐近尾声。小护士扯了扯简皙的衣袖："咱们主任疯了呢。"

简皙小声告诉："他喝点儿酒就这样，信不信待会儿去KTV，主任能表演广场舞。"

小护士乐得捂嘴笑。

"大家吃饱了吗？"主任醉意上脸，红扑扑的，"吃饱了就转移战场，向KTV进军！"

十来个人走向外面，简皙把围巾戴上，小护士挽着她的手。

"简医生，你这围巾是巴宝莉的哎！"

"别人送的。"

"男朋友啊？"

"啧啧啧，又查户口了。"

边走边闲聊，有说有笑。但刚走出饭店，就听到前面传来叫嚷声："打架了，打架了！"

不知是谁广而告之，大家都凑过去看热闹。小护士拖着简皙往前边挤："让一让，让一让。"

简皙哭笑不得，只得跟着往前，结果这一抬眼，就跟劈了雷一样。三五米远，好几个人扑腾扭打，手脚乱飞，叫声彻天。一个矮胖中年人被摁在地上，骑在他身上的男人很是嚣张。贺燃抓着欠债人的头发，使劲儿往后拉："敢打老子弟兄，我废了你！"

"呀，那人被打得好惨，眼睛都肿了。"

"都是些混混，看看那凶悍样子。"

"嘘，你小点儿声，小心挨打，他们可暴躁了。"

"怕什么，报警都抓起来。"

耳语交接不断，像是一道分明的界限。人们站在至高无上的正义方，鄙夷唾弃那群他们眼中的败类。

小护士叫了好几遍："简医生，简医生？"

简皙什么都听不见，目光定在干架干得酣畅淋漓的贺燃身上。而听到那句"简医生"，挥拳正爽的男人身体僵住，不敢置信地侧过头。

视线相对，如火又如冰。

最先反应过来的是简皙，她迈步，眼神义无反顾地朝贺燃靠近。

贺燃暗骂一声："邪门！"飞快起身，"林加，撤！"然后没看简皙一眼，抓着滚落一圈灰的外套向反方向跑。

贺燃身上有伤，昨天被刀划破的手掌也裂开见了红。他不能回头，不能去相认，他心里只有一个想法，让自己滚得远远的，一定不可以让他的女人承受恶意的目光和连带的委屈。

一定不能。

简皙被他刻意的生疏杀了个措手不及，站在原地灵魂出窍一般。贺燃他们沿着小道跑上天桥，逃命似的十几分钟后才停下，贺燃气喘吁吁，撑着天桥栏杆大喘气。

他手机在振，一遍又一遍。林加催促："燃哥，接啊！"

贺燃心里拧巴一团，跟摸了个烫手红薯似的，最终还是不忍心，重重按下通话键。他还没开口，简皙带着哭腔的声音传来："贺燃你浑蛋！"

贺燃张嘴，却一个字都说不出。

"你躲我干什么？"简皙特别崩溃，"你躲也没有用，我都告诉同事了，这个打架的混混就是我男朋友！”

贺燃心一抖，就像多年蒙尘的旧机器被重新唤醒，动了，活了，热了：“简皙……”

“记起我名字了？那你回头啊，回头。”

贺燃飞快转身，天桥那端，红了眼的简皙一身白羽绒服，跑得呼吸剧烈。她踏上最后一层阶梯，委屈地看着贺燃。

“你好难追，不认我，还不等我。干吗，想分手啊？”

贺燃咬着后槽牙，腮帮紧紧的，起先还是用走的，最后越跑越快，一把把人抱住。简皙撞了个满怀，她声音哑：“跑啊，怎么不跑了，好马不吃回头草，你还回头干什么？”

贺燃轻轻笑出了声，说：“吃你啊。”然后搂紧简皙的腰，低头落了吻。

舌头是滑的，气息是热的，手里的女人，是他的。

这个吻是在贺燃的一声吃痛里结束的。“嘶！”他疼得被迫松开简皙，“咬我干什么？”

简皙偏开头，气还没消干净。贺燃抵了抵受伤的舌头：“牙齿还挺厉害。”

简皙微微低头，眼眶子通红。贺燃拉起她的手腕：“来来来，往这儿打，打我的脸。”

简皙把手用力抽回来，恨恨道：“无赖。”

贺燃突然地凑近，鼻尖挨着鼻尖，轻声说：“对不起啊，我那样子一点都不帅，太给你丢脸了。”

简皙转过头，看着他：“俗气才不帅。”

贺燃彻底笑出了声。简皙没想闹别扭，她挺能理解贺燃的临阵脱逃，男人心里头的那点儿自尊和面子，都是因为一颗想保护她的心。简皙鼻尖有点酸，她牵起贺燃那只受伤的手：“我可不是关心你，我就看看它断了没。”

贺燃憋着笑，装得特委屈：“断没断不知道，反正不能自力更生了。”

简皙没能掩盖住心疼，心像融化了一样软："绷带都起了毛边，我带你去医院重新扎扎。"

贺燃刚想说不用，就看见简皙一双眼睛直溜溜地盯着他。到底心虚，于是顺从地答应："行是行，但我不去你们医院。"

简皙脑仁有点疼："走吧，我家有医药箱。"她的目光掠过贺燃，看向林加，"你呢，有没有事？"

"他没事，我都替他挡了。"贺燃对林加说，"你自己回。"

林加连连点头，跑过来笑呵呵："嫂子好。"

简皙打招呼。

"嫂子，我有个事想麻烦你。"林加挺会抓机会，挠了挠脑袋说，"我媳妇快生了，就这几天，想问问你们医院床位紧不紧张？"

简皙说："那得排队，这样吧，你把身份证信息发给我，我明天帮你预约登记一下，有床位了我就通知你。"

"好嘞，谢谢嫂子。"林加眼睛笑弯了。

"臭小子，脑瓜转得倒是快。"贺燃拍了拍他的头，"快走。"

把人给打发了，简皙和贺燃打车回公寓。下车后，贺燃说："你等我会儿。"

简皙没来得及问，就看到他的背影往便利店的方向跑。小区门口路灯是兰花形状，黑色灯柱，镂空的罩，明黄的光亮从里边渗出。快过年了，物业已经在灯上挂起了红色福结。简皙的目光在中国结上巡视了一圈，再转回原处，就看到贺燃从便利店走出来，手上还拎了点儿东西。

"买的什么？"简皙问。

贺燃只是笑，没回答："外头怪冷的，先回去。"

袋子挺小，里头的东西四四方方，简皙以为是烟。两人出了电梯，贺燃等她开门。

"这房子你租了多久？"

简皙拿出钥匙："来医院工作就租了。"

"装修很新。"

"租的时候是个毛坯房，我妈给我弄的装修。"

"有这钱怎么不买下来？"贺燃皱眉。

"其实我妈在这附近有两套房，但太大了，再买也没必要，凑合租个小的住住就行。"简皙打开门，屋里清淡的香味扑面而来。

"再说了，这房子我住得少，就回来睡个觉。"简皙给他拿了双拖鞋。

贺燃一看："新的？特意给我买的？"

简皙"嗯"了声。

"你这是逼我同居啊？"贺燃从背后贴过来，把正在换鞋的简皙抵得直往前。抵到墙上，没路了，特好要流氓了。贺燃低头就要吻她，简皙头偏开不让："手都快断了还不老实。"

"嘴又没断。"贺燃轻捏她的下巴，舌头往唇上舔了圈儿。

简皙呼吸加急。贺燃嘴角微弯："这大气喘的，是想跟我胸贴胸？你软，我硬，天生一对啊，简医生。"

简皙没忍住，终于笑了起来："你别闹。"

"我去冲个澡。"贺燃离开她的唇，"待会儿我们再来好好闹。"

洗手间传来水声，简皙回卧室准备收拾换洗衣服，瞥见桌上那个购物袋，贺燃在便利店买的东西。简皙顺手拨开看了眼，竟是两盒安全套。她顿时不是滋味了，没好意思说，其实她已经在网上买好，就在梳妆台上。

贺燃裹着浴巾就出来了，洗干净的内衣裤拧成俩麻花："在哪儿晒衣服？"

简皙伸手："给我吧，你坐那儿，我给你上药。"

等晒完衣服，简皙还给他弄来套睡衣。

"我弟的，你凑合穿。"

是套骚蓝色的系带款，说真的，贺燃挺嫌弃。

"手给我看看。"简皙挨着坐下，沙发陷下去一小圈。还好，伤口不深，消毒上药再包纱布，贺燃巨享受。刚弄好，他就不老实起来，膝盖跪在沙发上，腰上的浴巾就稳不住往下滑落。简皙被他困在手臂里，清新的沐浴香被体温一蒸，她都快醉了。贺燃的吻从额头开始，轻轻点，到了鼻子，慢慢啄，再往下，唇对唇，就是情和欲的打火石。

"别卷得这么紧。"贺燃闷着声儿，含含糊糊，"出差才三天，跟没吃饱似的。"

简皙想抽手，被贺燃拽着不让："还想逃，不厚道啊，宝贝。"

简皙笑着抬起头，轻轻咬了口他的下巴："谁逃谁笨蛋。"

贺燃乐了，呼吸带着体温匀在她脸上："我看啊，你笨，我有后面那个字儿。"

简皙松开身体，闭眼准备迎接他的到来。夺命敲门声——"姐，你在家吗？姐，开门啊！"

贺燃差点吓痿。

简皙赶紧起身："我弟来了。你快穿衣服。"

贺燃体会到崩溃的滋味了。简皙恼火地磨蹭走到门边，看贺燃黑着脸穿好衣服，才把门拉开。陶星来闪亮登场："怎么这么久啊，等得我胶原蛋白都流失了呢，可别藏着什么小野人。"

他左腿刚进屋，右腿就差点跪地上："真有人！"

简皙烦死他了："进不进来啊，不进我就关门了。"

陶星来拎着一个精致纸袋："姐，亏你一年级的时候还是三好学生，对我一点都不好。我拍完戏就来给你送草莓了。"

简皙脑仁疼，让出路："进屋吧。"

陶星来乍一看贺燃的脸还有点害怕，怎么回事，严肃得跟要炸碉堡一样。他贼溜溜地打招呼："嗨。"

贺燃点了下头。这动作不情不愿的，陶星来脑补一出大戏，拖着简皙到一边："姐，你俩是不是要耍流氓了？我得提醒一下，你可是拿过小学一年级三好学生的人。"

简皙快被他逗死，哭笑不得地说："你个脑瓜子成天想些什么玩意儿？"

“心忧天下呢，你又不识好人心了。”陶星来拿了个草莓，吧唧吧唧地嚼，“不跟你说了，我要找他聊聊天。”

简皙脑仁儿更疼了，赶紧跟出去。陶星来长的就是男版的简皙，清秀得跟国家5A风景区似的，贺燃心里再想爆炸，一看到他那张脸便没了脾气。

“燃哥，人生就是巧，时隔三四天，咱们又见面了，这是国外带回来的草莓，你尝尝。”陶星来献宝似的，递上一颗颜值最高的。

贺燃接过：“谢谢。”他一口塞嘴里，嚼得五马分尸。陶星来心里犯怵，总觉得贺燃没有对自己伸出友谊之手。

“休假了？”贺燃问。

“没假，我档期满得都快溢出来，纯属过来看看我姐，毕竟我俩感情好。”

陶星来语气挺炫耀，把归属划分得明明白白，拐着弯地告诉贺燃，我可还没认可你。贺燃表情平平淡淡，看不出个所以然。

陶星来转头看简皙：“姐，我今天就睡你这儿了，这么晚，我一妙龄准影帝走夜路不安全。你就不用特意把床让给我啦，我睡沙发就好。”

简皙心肝疼，抓起沙发上的抱枕扔过去：“就一床草席，你垫地上睡！”

陶星来无所畏惧，对贺燃提议：“大晚上怪无聊，咱们来玩斗地主吧？”

简皙拗不过他，贺燃倒是爽快：“行啊。”

陶星来心里美死了，从小到大，他数学成绩可好了，拿过社区小学奥数比赛第二十八名呢。

于是三个人围着茶几打起了扑克。陶星来头把是地主，但牌超烂，没两分钟就一败涂地了。简皙也算怀恨在心：“输了的画脸。”

她从包里掏出口红，手不留情地在陶星来脸上画了把大叉叉。第二把贺燃当地主，其实他牌也不好，但他算牌厉害，把两方的剩牌弄得一清二楚，险中取胜也是让人服气。陶星来把脸凑过去：“下手轻点儿，她这口红特贵，别惹她心疼。”

贺燃眉目松展，直接给他的鼻头全部涂红。简皙笑死：“别演戏了，明天进马戏团吧。”

“到你了，别得意，可不许差别对待。”陶星来不服。

贺燃拿着口红，似笑非笑望着简皙。简皙坐他对面，探过身子，轻抬下巴。贺燃伸手，口红在她唇上柔软地描着。

“黑幕！”陶星来受伤害，“这哪是惩罚，变态秀恩爱呢。”

两人听而不闻，简皙嘟囔：“涂这么多，待会儿好难洗。”

贺燃故作凶状：“多什么多，待会儿我亲干净就是了，别动，受着！”

陶星来觉得自己快要窒息了。

“不玩了。”他不想自取其辱，“吃草莓。”

简皙早就习惯弟弟的套路了，摸了摸他的头：“就你事多，行了，我去洗澡。”

客厅里剩贺燃和陶星来沉默地待着。陶星来一个人嘀咕：“我姐姐平时只宝贝我一个。”

贺燃听出来，这货吃醋了。

小时候，家里大人都忙得不见人，姐弟俩自然亲近，感情深厚，眼见着姐姐胳膊肘往外拐，陶星来太不适应。

“你不喜欢我？”贺燃摸出烟，咬在嘴里没点燃。

被这突然的直接弄得心咯噔，陶星来反倒真情流露起来：“谈不上不喜欢，就是有一点点感伤。”

贺燃闻着烟草味过干瘾，声音平静：“我会对她好。”

“你准备怎么对她好哎？早中晚都说说看，我给检查检查。”陶星来看着他，语气虽闹，眼神却真。

贺燃把烟塞回烟盒，抬起头：“我会给她挣一个好生活，你们给我一年时间，我还你们一个交代。”

顿了顿，他一字一句说：“如果这个世界对她不好，我一定第一个为她拼命。”

简皙洗完澡出来，一看以为自己花了眼。陶星来和贺燃竟然坐一块儿聊得神采飞扬?

“那后来呢？后来呢？哇，太牛了。”陶星来宛如一根热情小粉丝，扭过头对简皙说，“姐，你一边去，别打扰我听故事。”

贺燃也是有过火焰般嚣张过去的男人。陶星来听入神了，欲罢不能。简皙耸肩摊手，拿吹风机去吹头发。贺燃看着她窈窕的背影目光灼灼，好一会儿才移开眼，略为烦躁地啧了声。

陶星来只觉一股怨气扑面而来。贺燃压低声音，似警告似威胁：“小子，下回别晚上过来，打扰我和你姐，该死。”

陶星来心疼自己，这也太扎心了。

洗手间里，简皙头发刚吹到七成干，她的手机响，陆平南来电。吹头发的动作没有停，呼呼的热吹风声音和手机铃声掺和在一起。她没有接。

陶星来在喊：“姐，草莓只剩最后一颗了，我留着给你吃。”

简皙拔了插头，把吹风机塞进柜子里，走出来说：“一袋草莓就剩一颗，下次你也别过来，自己留着吃就行了，反正结果都一样。”

“我怎么觉得你在讽刺我呢？”陶星来不服气，“这年头献殷勤都得不到表扬了，姐夫，这就是你工作没到位，女人啊，可得好好管管。”

简皙笑死：“你少说两句，我谢谢你的草莓还不行吗？”

陶星来伸手，捏着最后一颗凑到简皙嘴边，简皙倾身，就着他的手一口吃掉：“嗯，挺甜。”

“当红明星深夜亲自送来的，能不甜吗？”陶星来说什么都得夸夸自己，他转头看向贺燃，“别理她，我们继续说男人的故事。”

简皙绕到贺燃后边，手随意搭在他肩膀，被他握住，揉着手指的关节玩。简皙觉得痒，刚要抽回来，手机又响了。陆平南一遍又一遍十分执着。贺燃坐沙发上偏头，看着简皙走去了卧室。客厅里，陶星来缠着贺燃聊天，估计有一阵磨叽。电话不响了，陆平南发来了微信。

“小晳，怎么不接电话？是在忙吗？”

简晳站在窗边，问他：“你有什么事？”

“我刚从杭州出差回来，给你带了礼物。”

“谢谢，不用了。”

“我开车给你送过来。”

“对不起，我睡了。”

陆平南又接连发来几条，无关紧要，简晳按熄屏幕，又抱出两床被子走到客厅。

“姐，怎么是两床啊？一床给我保保暖就行，留一尊肉体给你暖床。”陶星来贫起来没完没了，“你们可别不好意思，毕竟我二十三岁了，男男女女就是那么些事，我看得开。”

“要死了。”简晳把被子扔他身上，“沙发你们自己分，晚上别乱动，不然明早我又去地上捡人。”

陶星来问贺燃：“你真跟我挤沙发？”

贺燃点点头，笑道：“挤。”

“我天。”陶星来语气夸张，“姐，你好可怜，他都不愿意为你暖床。”

简晳敲了敲他脑袋：“就你事儿多。”

贺燃觉得这两姐弟跟演小品似的，乐得他往沙发上一仰，看他们斗嘴。简晳洗完澡换了身绸质睡衣，屋里暖气足，胸前皮肤白花花一小片，看得贺燃口干舌燥。但毕竟陶星来在，怎么说也是未来小舅子，这第一晚的印象还是要正人君子一些。

十点半，简晳回卧室睡觉，客厅亮了盏荷花夜灯，里头点了海洋味的精油。

沙发是L型，陶星来睡在长的那截，扭来扭去跟拍打戏似的。

“贺姐夫，第一次就让你陪我睡，怪不好意思。”陶星来特爱聊天。

贺燃单手枕着后脑，闭眼佯眠：“你们两姐弟第一次都给了我，不好意思的是我才对。”

陶星来听得脸红，彻底闭嘴了。贺燃沉沉笑：“逗你的。你和你姐的姓怎么不一样？”

“我随妈，她跟爸。”陶星来说，“我打小就看出来了，我家重女轻男，伤心死我了。”

贺燃也好奇：“一般都是男孩随父姓。”

“跟你说个秘密，”陶星来压低了声音，挺正式，“我外公当年可反对我爸妈结婚了，我爸穷得哐当响，我妈又是独生女。后来生了我，我爸直接让我姓陶，我外公才乖。唉，这中老年爱情故事，可肝裂断肠呢。”

贺燃本来听得还很投入，被陶星来最后那句话逗笑，真是个活宝。

“行了，你睡吧，别乱滚掉地上。”贺燃嘱咐他，“放心，我不打呼噜。”

陶星来简直秒睡，梦里还吧唧吧唧嘴。贺燃起身，给他掖了掖被子，把小白腿给盖住。

简皙卧室里的灯还亮着，透过门缝闪闪一条线。贺燃走过去站在门口，心猿意马磨死大丈夫。荷尔蒙正在蠢蠢欲动，咔嗒一声，门锁竟然开了，门缝一点一点变宽，光亮柔柔软软地探进了贺燃眼里。简皙的手从里头伸出来，白嫩一截，水绿色的睡衣袖子挽了两三圈。然后勾住贺燃的手指，把他牵进了卧室。贺燃太满意这动静了，嘴唇贴着她额头，边亲边说：“对我上瘾了？嗯？”

简皙急促的呼吸就是最好的答案。凌晨两点，贺燃终于从简皙卧室出来，心满意足地睡上沙发。陶星来又踢被子了，小白腿全搁外头吹风，贺燃刚准备给他盖上，就听准影帝呓语：“我做梦梦见我姐在房里哭，可崩溃的那种。”

贺燃看他闭着眼睛，估计是梦话，配合着胡言乱语一句：“没事，感冒了，明早喂她两粒喉糖。”

陶星来嘀咕两句，翻个身又磨牙去了。

第二天，简皙上班差点迟到，都是贺燃臭不要脸的错。门诊那儿已经排了六七号人，简皙一上午都觉得心浮气躁，分心分到了太平洋，好在繁忙的工作让她没时间瞎想。好不容易看完号都快七点。贺燃晚上有事，早上说了不来接她。简皙换好衣服打卡下班。

刚出电梯，就被人一声喊："小皙！"只见陆平南从他的卡宴车边跑来，精心挑选的骑士款短大衣很出彩。

简皙愣住："你怎么来了？"

陆平南笑得好看，递上一个礼品纸盒："说了给你送礼物，我在杭州买的，看看喜不喜欢。"

挨不住他的催促，简皙只好接过打开，里头是一串金玉手链。简皙合上盖，还回去："太贵重了，我不能收。"

"给你的，再贵也值得。"陆平南又把东西推给她，还试探地去握她的手，"好凉啊。"

简皙猛地把手抽回，太快了，那串手链掉在了地上。气氛瞬间尴尬。陆平南捡起，无所谓地说："没事，不喜欢就不要，我再给你买别的。"

简皙打断他，轻声说："师哥。"

这个称呼一出口，两个人都安静下来。大二那年，简皙总是甜甜糯糯追着他，少女心思都在这两个字里。说实话，此刻的陆平南觉得胜利在望。多少年了，她又叫他师哥了。他强压欣喜，柔声答应："嗯？"

简皙抬起头，说道："我不会收你任何礼物，以前不懂事，一厢情愿给你造成不少麻烦，对不起。"

陆平南听得一抽一抽的，心觉不妙，赶紧表态："其实我一直就很喜欢你，小皙，虽然我浑蛋明白得晚，但我是真心的。"

简皙眼神平静："师兄，我有男朋友了，我很喜欢他，很幸福，也祝你找到对的人。"

这是风口，冷风一阵阵地刮。

陆平南不敢相信，心思一转，提高了语气："是不是那个打架的男人？"

简皙没说话，就是默认。

“没事吧你？”陆平南笑里带刺，“那就是社会人渣，就会打架闹事，还有他干的那活，收债可是犯法的！”

简皙直视过去：“他不是人渣。”

“你是不是脑子犯浑？啊？二十好几的男人不去找正经工作，成天混社会，信不信我报警，他能判刑了都！”

陆平南气急败坏，不甘心成为贺燃的手下败将：“别被他表象迷惑，这种男人别指望他私生活检点，没准儿……”

简皙猛地抬眼，直直看着陆平南，冷硬，介怀，还有一丝可悲的失望。最后她一个字也没说，转身沉默离开。

“小皙，小皙，你听我说。简皙！”

陆平南吼叫没用，背影还是义无反顾地离他而去。

“妈的！”陆平南气疯，走回车边，狠狠砸了下车身。他烦躁地抓了抓头发，到手的远大前程就这么断片了，太不服气！简严清出身寒门，书香满腹，是有才有德的政客，任职的五年，政绩出色，走得稳稳当当，只要他想，市政大楼绝对不是政途的终点。攀上这么一个爸，下辈子都发达。陆平南窝火至极，稍微冷静一点，他掏出手机，拨通了一个号码。那头接通。

陆平南声音里带笑：“陶姨。”

简皙开车驶上大道，开窗吹了一路风才平静下来。大学，毕业，工作，这没有贺燃参与的十年，哪怕到后面她对陆平南的感情由浓转淡，也始终心存一份美好的印象。但刚才，陆平南用最尖锐的态度，戳破了她心里最后的那道线。

所托非人的挫败感让简皙心烦。路过市委大楼，简皙靠边停车，给简严清打了个电话：“爸爸，你吃饭了吗？”

“吃过了。”

简皙“哦”了声，兴致不高。过了一会儿，简严清说：“上来吧，我看见你的车了。”

简皙到办公室，简严清正在看文件："来了？我让秘书打了份盒饭，你垫垫肚子，晚点我带你去吃茶点。"

矮桌上有一个不锈钢饭盒，热乎乎的。简皙揭开盖，是胡萝卜炒肉，她说："不用您陪了，每次都是看着我吃，怪没劲儿的。"

简严清抬起头，暂停批示："小皙，工作不顺心？"

老革命的洞察力就是惊人，简皙被看穿，"嗯"了声："没事。"过了会儿，她抬起头问，"爸爸，你欣赏什么类型的男人？"

简严清重新拿笔批文件，顺口说："对你好就行。"

"如果他没钱，很穷。"

"事在人为。"简严清声音厚重，"男人的肩膀比钱财可贵，爸爸就一个要求，对我女儿忠诚负责是第一位。"

简皙听得心头暖暖的，对号入座了番，觉得贺燃特别合适。简严清工作繁忙，简皙没多打扰，待了一会儿准备走。

"小皙。"离开前，简严清忽然叫她。

简皙手握在门把上："嗯？"

"约个时间，把他带来给家里看看。"简严清隔着宽阔的办公桌，看着她说。

简皙一怔，心事都被看透了。她点头："爸爸，我会的。"

"开车注意，回去吧。"简严清面色平静，颔首轻言。

简皙受了老同志的精神洗礼后，心情总算明媚了些。

刚准备开车，她收到贺燃的短信："来我这儿吗？"

简皙笑着回："你那儿有什么好东西？我看看值不值得去。"

很快，屏幕亮起。

"有一个想把你往死里弄的男人。"

简皙看到这条信息，差点手抖把手机丢地上，每次和他发短信都是全程高能。贺燃再发来一条："如果你在家就算了，难折腾，明儿中午我来接你吃饭。"

简皙想了想，回了个"好"。然后她把车掉头，挑了个路边超市买些牛奶、水果，又转道开去牙蹄路。

贺燃正在家陪小老太看电视，他被电视剧的内容整得都快疯魔了。

“为什么这剧只要男女主情感迷离，天空就会下大雨？”

外婆看得太入神，一直念叨：“作孽哟，多好的孩子，那个女配太坏了。”听到贺燃的话，呵斥他，“你个臭小子懂什么，下雨那是自然现象，人家拍戏还得挑天气，多不容易。”

贺燃有点无语：“那都是用水管洒的。”

“就你话多。”外婆才不信，“不看一边儿去，真是吵吵得要命了。”

贺燃起身，夸了一句：“天真可爱。”

他拿着烟盒和打火机，准备去窗户边。刚把窗打开，就听到敲门声。外婆离得近，忙不迭地去开门，小脚步迈得像个不倒翁：“来了来了。肯定是隔壁的小燕送胡椒粉来了。”

贺燃没放心上，咬着烟准备低头点火。

“咦，哎呀！”拉开门的外婆语气词接二连三。

简皙裹着夜色和寒风，站在门口笑着问好：“外婆好，请问贺燃在家吗？”

“在的在的，快进屋。”

简皙提着水果和牛奶：“这是给您买的。”

“来就来嘛，还带什么东西，瞧你客气的。”

贺燃嘴里的烟差点没咬住：“你怎么来了？”

屋里屋外温差大，简皙直搓手取热：“我来看看外婆呀。”

“坐坐坐，那儿有火盆。”老太太热情招呼，满脸喜色，转道去了厨房。

“冷吗？”贺燃走过来，握住她的手，“结冰了都。”把她手塞火盆上，还捂着没放，“别动。”

贺燃问：“不是说不来的？”

“查岗不行啊？”简皙小声说，俏生生地看着他。

贺燃笑：“紧张我啊？不用查，明天你去刻个章，把我浑身都盖上戳，简医生专用。”

简皙听得心里美，瞄了眼厨房：“外婆在干吗？”

“八成给你做好吃的。”贺燃闹她，“大晚上的你主动登门见家长，是不是喜欢死我了？”

简皙不好意思极了，捏住他的鼻子下狠劲儿：“是是是，我爱死你了，满意了没？”

“不满意。”贺燃捉住她的手放在唇边，舌尖舔了舔如葱指头，“这样的惊喜多来两回，白天黑夜轮着来。”

简皙赶紧去堵他的嘴：“有完没完啊？”

“怎么能完？”贺燃眉眼里的笑意如四溅的飞火，“还有一辈子呢。”

这话挠得简皙心里又痒又酥，飞快地在贺燃脸上亲了一口。贺燃愣了片刻，反应后说：“我又被你强上了。”

简皙抬了抬下巴，挺得意：“受着。”

没多久，外婆端出一碗酒酿丸子：“来来来，喝个热的暖暖身。”

简皙赶紧迎上去接着：“谢谢外婆，您别忙了，坐下休息吧。”

“不忙不忙。”她把贺燃挤开，非得挨着简皙坐，笑呵呵地问，“从哪儿过来的？”

“市政府。”“挺远，累不累？”

“不累。”简皙嚼着一颗糯米丸，“外婆您做得真好吃。”

“喜欢吃就常来，我天天给你做。”

贺燃看着小老太婆高兴得都能起飞了，看来对简皙一百个满意。这女人也乖，长相和言谈都是老年组喜欢的路子，把老太婆哄得比她跳一晚上广场舞还开心。贺燃见她俩聊得眉飞色舞，有点吃味：“座谈会能结束了吗？你们这全程女性话题，照顾一下家属的感受成吗？”

“行行行，我这老太婆就是话痨，你们小年轻自个儿玩去。”外婆又转头看简皙，“明儿来家里吃饭，我去买只土鸡。”她压低了声音，正正经经地眨眼，“以后鸡腿都留给你。”

简皙忍住笑，抬手做保证：“遵命，一定吃完。”

把简皙领进自己卧室，贺燃感叹：“怎么我觉得你一来，我这家庭地位直线下降了。”

“那我再也不来了。”

“那你得来，不然有人会死。”

简皙隐着笑：“谁会死？”

贺燃一步步挨近她，把人逼到墙壁无路可退，又要耍流氓：“你说谁？嗯？”

简皙跟烧着火一样，激动起来手就没个轻重，重重一捏。贺燃痛叫：“简皙你怎么回事啊，跟我玩心狠手辣是吧？！”

简皙快要笑死，没一点愧疚：“我们医院男科也挺有名，明天带你去看看。”

“看个屁。”贺燃疼得还在皱眉，“你不给我个交代，我跟你没完。”

简皙轻飘飘的：“好啊，没完就没完。”

贺燃抬高下巴：“胆肥了？嗯？不怕我了，是吗？”

简皙“哦”了声：“那就不怕吧。”

贺燃也不恼，抱着她的手从背脊往下。简皙破功，把他一推：“老流氓！”

贺燃低声，似笑似警告：“下次再跟我横试试。”

简皙服软，小声说了句：“试试就试试。”

贺燃没了脾气，笑道：“浑身都软，就嘴儿硬。”

简皙在他卧室溜达了圈，一张床一张书桌，肉眼可见，十分简单。墙角有个衣柜，外婆白天给拉开透透风，上层是叠得整齐的内衣裤，下面挂了几件外套。贺燃从背后搂住她：“简医生，请尽情视察领地。”

“一点点大的地方有什么好视察的。”简皙乐的，“挺整洁，都不像男人住的地方。”

这话说得。贺燃皱眉："你还看过别的男人房间？"

"多得很。"简皙轻轻升音，"你有意见也忍着。"

"死女人。"贺燃在她腰上用力一掐，沉着声音问，"今晚别走了，嗯？"

简皙脸热："不要。"

"不要走啊？"贺燃对着她耳垂吹气。

"外婆在家，你别闹。"简皙躲开。

"老人家精明得很。"贺燃说，"我这混账德行她会不知道？"

"我明早要上班呢。"这儿离医院远，明早保准迟到。简皙才不上当。

贺燃轻轻笑："你不留，我就找别人了。"

"谁还拦着你了？"简皙说，"尽管找，让我见识一下你的老相好。"

贺燃低声："为我吃下醋会死？嗯？"

简皙转过身，仰头看着他："说真的，我是你第几个？"

贺燃拧眉，半天才缓缓舒气："怎么，想搞事了？"

"十根手指数的完吗？"简皙玩闹话。

贺燃还挺仔细地一想，郑重道："超得有点多。"

简皙脸有点垮下去了。

贺燃也不忍心再逗她，刮了刮她鼻子："怎么回事啊，开两句玩笑，脸上就写上字了。"

简皙嘀咕："写什么了？"

"吃醋呗。"贺燃沉默了一下，坦然道，"有过想法的以前就一个，但都过去好多年了。再说，我也过了年少轻狂的心境，玩不动了。"

简皙没吭声。贺燃手搭上她的肩膀，把人给掰成面对面："有想法要告诉我，乖。"

简皙眼睛亮，带笑带情地望着他，然后突然踮起脚，在他耳朵边说了句："贺燃，我好喜欢你。"

七个字，淡得像水，却能解了男人心头的渴。简皙的十年，平顺如春风，温暖和心意在另一个人身上雕琢。贺燃的十年，狂傲嚣张，堆金积玉，也有过触手可及的爱情和期望。他们在各自的人生里，经历背叛、落魄、失落和求而不得，却能在时空某一处相遇。

人生酸苦辣都是铺垫，遇见简皙，便凑齐了甜。

贺燃眼眶又热又暖："简医生，你今天很嚣张啊。"

简皙又亲了亲他的耳朵："不可以啊？"

贺燃搂着她："可以得不得了，没别的，我对你就一个要求。"

他拉住简皙的手按在自己跳动的胸口上，说："求你在我这里横行霸道一辈子。"

手机的振动才制止住简皙快要崩落的眼泪。贺燃拿出电话一看，是林加。

"燃哥，在哪儿呢？老姚他们在赛车，你来看吗？"

贺燃按了免提，看着简皙。简皙很感兴趣，冲他点点头。

"行，我一会儿过来。"贺燃答应。

"老地方，燃哥，那待会儿见。"

讲完电话，简皙追着问："什么赛车？机车？人多吗？刺激吗？"

贺燃笑着走到衣柜边，拿了双皮手套："还行。"

简皙迅速把围巾戴好："走吧。"

机车比赛就在牙蹄路边上，是个私设的带赌博性质的黑赛。今天规模还挺大，三轮赛制，九台机车。到场边就听到嚣叫的油门声。贺燃是老熟人，走哪儿都能碰见打招呼的。简皙被他牵着，感叹道："你混得还挺有水平。"

贺燃把手握得特别紧："冷吗？"

"有你牵我就不冷。"

"今天你太乖了。"贺燃紧了紧她的手。

老姚隔老远冲他们招手："燃哥。"他身后泱泱一堆人，也都跟着喊。

贺燃走过去挨个打招呼：“几点开始？”

“十来分钟，马上。”老姚看到了简皙，笑呵呵的，“哟！嫂子好！”

简皙和气地伸出手：“你好。”

贺燃拦开他俩，赶着老姚：“去去去，一边去。”

结果这帮人齐刷刷地高喊：“嫂！子！好！”

简皙踟蹰不定，蛮紧张地往贺燃身边靠。贺燃笑骂了声：“一群野崽子。”

两个人溜去赛台上，看了下车手名字和介绍，贺燃问她：“玩玩吗？押一个。”

押钱的人特别多，围了三四圈，光大腿的高挑美女大冷天就穿了个短裙，特别带感地在台上吆喝造势。简皙凑近贺燃耳边大声问：“谁厉害些？”

贺燃指着第二个：“他，刚冒出头的，车技不错。”

简皙掏出钱包，冲到人群里，边跳边给主持人递钱：“押二号，押二号！”

贺燃有点蒙，动如脱兔啊。简皙押了两千没一点犹豫，回头对贺燃说：“只要是你说的，我无条件相信。”

“傻姑娘。”贺燃通体舒畅，揽着她腰问，“你想不想也体验一下？”

“体验什么？”

“比赛。”

只见贺燃两步跨上赛台，和一个管事模样的人说着什么，没多久，他就返回来：“走，带你兜兜风。”

选了台备用机车，炫酷的金属漆色，简皙兴奋极了：“可以吗？真的要载我？你能拿第一吗？”

贺燃直接：“当然不能，我以前一个人能够玩命，但我载着你，得把你护得平平稳稳。”

感动压过兴奋，简皙戴上专用比赛头盔：“我酷吗？”

贺燃也戴上："没我酷。"

简皙坐上后座，搂住他的腰，大声说："我不怕！"

贺燃笑死："谁问你怕不怕了。放心吧，我俩垫底，目的就是带你过过瘾，绝不超过六十码。"

"那不是降低比赛的质量了？"

"没事，你能拉高比赛的观赏颜值。"贺燃反过手，压了压她的头，"谁家媳妇这么美啊！"

简皙用头盔碰了碰贺燃的头盔，撞得嘣嘣响，她更大声了："贺老大家的！"

声音随风入夜，荡得贺燃心头翻江倒海，起了大浪。

信号枪两发砰砰，顿时，油门马达响彻天际。前边的炫酷车手如离弦的箭，一眨眼就没了影。叫嚷声，尖喊声，把这冬夜的寒冷堪堪驱散。贺燃载着简皙，四平八稳地骑在最后。他们所经之处，笑闹声哄堂。戴着头盔不能说话，简皙只得把贺燃搂得紧紧的。好像这一刹那，她拥抱住的是全世界。

每隔五百米燃放的信号烟花，沿路后退的迷离人影，耳边有风声，有赛车轰鸣声，还有男人狂热有力的心跳声。简皙闭上眼，心里一片白花花的光。在这光芒万丈里，她好像看到了未来的模样。

没有意外，两个人勇夺最后一名。摘下头盔，周围都是起哄的笑叫。

老姚说："燃哥，对不住了，本来兄弟要押你赢，但良心实在有点痛。"

林加说："我太崇拜你了哥，能把机车骑成小电动的效果，牛死了。"

还有人叫嚷："燃哥，啥时候请街坊邻居喝喜酒啊？"

简皙觉得自己快升天了，原来和幸福握手言和的感觉，是这样啊。

"简皙。"

"嗯？"

她抬头，迎来了一个吻。

耳边炸了，心也炸了，四肢百骸都炸了。简皙听到身体里噼里啪啦的动静，眼里全是贺燃全心投入的样子。甜腻的快感，多久都不嫌烦。

第四章 咸

两人的唇分开时，简皙下意识地搂住他脖子。

贺燃沉声："弄这么紧，怕我走啊？"

她"嗯"了一声，猫爪子挠心似的，贴在他耳边轻哼哼："没亲够。"

贺燃笑得身体微颤："那你今晚还走吗？嗯？"

简皙低着头，小声说了句。贺燃愣住，反应过来觉得自己会死在她手里。他按住简皙的后脑勺，用力往自己怀抱里拥。

简皙舔了舔唇，把头埋在他肩膀。贺燃拍拍她："你手机响好久了，先接电话。"

简皙从包里拿出一看，脸色微敛。她接通："妈妈？"

贺燃摸烟的动作一顿，静静看着。

陶溪红声音冷冽而平静："小皙，你在哪里？"

简皙答："在外面。"

那头迟迟没说话，安静，诡异。简皙拧眉，像是一种直觉。

她缓缓转过头。

黑夜里的奔驰滑下车窗，驾驶座上的陶溪红目光如霜降。陶溪红放下手机，在车里等待着。简皙很快恢复平静，小跑过去，隔着车窗微微探身："妈，你怎么在这儿？"

陶溪红表情还算温和，说："新工厂最近忙着筹办，和几个业务部门开会到现在。"

原来是路过。简皙心里稍稍松了些，陶溪红的目光淡淡瞥向不远处的贺燃："小皙，你呢？和朋友？"

简皙考虑了一会儿，轻声答："是。"

陶溪红还是笑，直接问出口："男朋友？"

"是。"

这一回，陶溪红用沉默回应。简皙能够清晰明显地感觉到气氛以一种敏感又尖锐的方式慢慢转变。她说："妈妈，我让他来见见你，他叫……"

"回家。"陶溪红打断她，"开车来的？去取车。"

简皙心往下沉，手扒在车窗上，语气急了："妈妈，我……"

"回家。"

陶溪红是个名副其实的女商人，早年独挑大梁，把一个小作坊性质的生产线发展成如今的洁犀日化，多年磨砺，早就练就了不怒自威的气质。

简皙知道，妈妈对贺燃是不满意的。

她的不情不愿被陶溪红看得一清二楚："小皙，妈妈今天很累，晚上陪陪妈妈好吗？"

几米之外静静看着的贺燃，此刻把头盔挂上摩托车把手，大步朝这边走来。陶溪红的位置正好与他面对面，她的眼神防范而疏离，贺燃也不畏惧任何目光的检阅。

他在陶溪红面前站定，与简皙并排比肩："伯母您好，我是贺燃。"

陶溪红轻轻颔首，客气礼貌：“你好。”

“外头冷，伯母，去家里喝点儿热茶坐坐吧？”

陶溪红笑容温淡：“谢谢，不用。”她移眼看简皙，似暗示似警告，“小皙。”

贺燃态度和气，点头说：“那好，改天我再来拜访伯父伯母。”他起身，手轻轻搭了下简皙的腰，像是无言的安抚，“跟你妈妈回去吧。”

简皙点点头，绕去副驾坐了上去。车里，陶溪红也不再关心简皙有没有开车过来，而是直接往家的方向开。到家后，陶溪红直接去楼上：“你跟我来。”

简皙垂眉敛眸，换好鞋后跟了过去。母女俩坐在茶室，陶溪红从柜子里拿了个小木盒：“这是从你姨妈的农庄里摘回来的，我还是头一回喝。”

简皙已经升起了炭火，接过一小瓣茶饼放上头烤炙。陶溪红把烧开的水倒入茶具，边动作边问：“那男的是做什么的？”

简皙说：“管账。”

陶溪红“嗯”了声：“在哪个公司？”

“小公司。”

“你们认识多久？”

“两个月。”

“两个月？”陶溪红抬眼，收回了手，烫好的茶具冒出缕缕热气。

“小皙，妈妈不反对你谈恋爱。”

简皙手顿住，静静等着。

“妈妈不是不开明的家长，年轻孩子，适当的感情经历是好事。但在这个过程中，你要拿捏好分寸。”陶溪红缓缓道，“你从小到大没让我们操过心，妈妈知道你懂事。”

简皙握着瓷杯，十指紧紧。

“小皙，在终身大事上，一定要慎重。”一锤定音，这就是陶溪红最后的态度。

事情说开了，有些东西反倒有了方向。头上那层压了一晚上的乌云，此刻被简皙的一个灵台清明扫得干干净净。她把茶杯轻轻放在桌上，隔着淡薄升空的炭火气十分平静。

“妈妈，我很喜欢贺燃，和他在一起很快乐。”

陶溪红直视她的眼睛，试图从中找出破绽，几秒之后，她眉目微皱：“你很快乐？好吧，我承认，带你飙车骑摩托，当着那么多人与你有亲密的动作，这对女人来说，的确很动心。但是小皙——生活最终要回归现实。”

陶溪红用词锋利了些，继续道：“那个男人没有正式工作，没有稳定的收入。当然，妈妈不是看不起，但他都快三十了，还这么飘忽不定，是不是太不负责了？”

简皙一时语噎。陶溪红没再说，一场攻心计的谈话，游刃有余，张弛有度。她准确地控制节奏，十拿九稳。半晌，简皙终于抬起头：“妈，是陆平南告诉你的吧？”

这回轮到陶溪红微微无措，很快：“谁说的不重要，重要的是事情本身。”

“他不是没有钱，他有存款，足够付首付买房，他不是没有工作能力，更不是玩物丧志，如果这些就是您所谓的‘重要’，那么在我看来，已经绰绰有余了。”

陶溪红闻言轻嗤，再说话时，脸色严肃：“他是帮人收债的，这种游离于法律边界的灰色职业，小皙，不谈别的，你有没有想过，日后你爸爸可能会因为这些细枝末节的杂事而遭受非议？”

简皙心猛跳，感觉自己的喉咙被什么东西钳住，那么多要解释的话，一句都说不出了。

茶香渐升，混在高压的安静里，让人透不过气。唯一的动静，就是半空中薄薄弥散的热气。

陶溪红缓了缓，给她倒了一杯茶：“行了，你也别有压力，妈妈只是把一些道理说在前头，恋爱当然可以谈。”她淡淡叹气，“我还以为你会和陆平南那孩子走到一起。”

简皙当即冷脸：“不可能。”

陶溪红只当她是叛逆任性，话到即止：“饿不饿，我让阿姨煮点儿粥。”

“不用了，妈妈。”简皙起身，“我今天值夜班。”

“让司机送你。”

“不用了。”简皙手放在门把上，“我打车。”

她结束这场表面平和的谈话，没有争执和怄气，就像一个拳头实打实地砸在她心里，闷声不得发泄，最是难受。简皙从老宅出来，刚出大门，就看到五六米远的路灯下，陆悍骁正靠着车门抽烟。

“这儿！”一见着人，他赶紧熄了手里烟，举手招呼。

简皙走过去：“你怎么来了？”

陆悍骁拉开车门：“还能怎么，救驾呗。”

简皙迟疑，坐上车。

“贺燃打电话给我，让我来你家看着点。”陆悍骁系好安全带，慢慢转着方向盘，“跟你妈摊牌了？”

简皙“嗯”了声。

“她不同意吧？”陆悍骁笑着说，“我还是了解她的，我家老爷子说，你妈当年可是大院里的霸王花。”见简皙兴致不高，陆悍骁避过这茬话题，“想去哪儿？”

“随便。”简皙不想回家，心里乱得很，“跟你混。”

陆悍骁接到贺燃电话的时候，身上还有应酬，陪几个采购商吃喝玩乐，中途抽身，按他这身份不太合适，于是带着简皙回到公馆。陆悍骁公司几个管事的副总都在，关系铁，笑闹着问：“老大，也不给介绍介绍？”

陆悍骁把简皙挡在身后，他为人向来大方，手一抬，门口的侍者乖巧上前。

“让你们领班把人叫进来。”陆悍骁交代。

没多久，一长溜的美女鱼贯而入，个个极为高挑，极有素养地统一甜言："各位老板好。"

陆悍骁手一挥："任挑。"

投了所好，在座的客户和副总个个眉飞色舞，气氛炒到顶点。陆悍骁领着简皙，往高脚椅上坐着，吧台处就两张凳，摆明了谢绝他人。简皙要酒喝，陆悍骁啧啧两声："情场失意，酒场放纵啊？"

话是这么说，他还是没拦着，弄了杯浓度小的递过去。简皙仰头就是半杯："口渴。"

陆悍骁拉都没拉住："哎哎哎！你悠着点。"

"我挺意外的。"简皙呼吸染着微醺的酒香说，"我以为我妈是过来人，她会理解这些。"

陆悍骁推了碟甜点放她面前："性质不一样，你爸那时虽然穷，但清清白白走的都是根正苗红的道，贺燃不同，人生跟洪湖水浪打浪似的。"陆悍骁塞了满嘴蛋糕，鼓着腮帮子道，"看起来是不怎么靠谱。"

简皙心快烦死了："你是不是队友啊？"

"这不废话吗，我跟他的交情，山崩地裂，海枯石烂。"

简皙把酒喝得光光，没搭理。

"咱们兄妹说句私心话，小皙，如果你纯粹只是想谈个恋爱，那这都不是问题。"陆悍骁理性分析。

简皙却突然说："我是认真的。"

陆悍骁顿时无言。

"你们这些假设都不存在，不用举例了，道理我都明白，但我不会屈服任何人的指点。"简皙晃了晃杯中酒，红色的液体挂在杯壁上，欲走还留。她轻声笑，脸比酒红："哎呀，真是烦死了，我对他的企图可大了。"

陆悍骁怔然："什么企图？"

简皙嘟囔着："霸占他一辈子啊。"说完，她自顾自地笑了，拿起蛋糕上的樱桃放嘴里，嚼得汁水横冲。

好久，陆悍骁才缓过劲儿，这企图，足以让任何男人嫉妒得发疯。

没太长时间扮演伤心男孩，陆金主就被客户拉去敬酒了。酒过三巡，简皙起身去洗手间。

镜面墙折射着光，把走道上照得金碧辉煌，被酒劲儿一蒸，简皙有点犯晕。她从洗手间出来，嫌热，解开外套的扣子，手还没碰上，就听到一个熟悉的声音：“你烦不烦啊，都说了我在应酬，别老是打电话行吗？”拐角通往大厅，陆平南就站在那儿举着手机，满脸不耐烦。

其母越逼越紧，越催越急，非得让他落实好简皙的事。

“你总得给我时间吧，我也想当市长女婿，但她现在心不在我身上，我能怎么办？”

简皙脚步停下，挨着墙，屏息听。

电话那头又是一阵唠叨，陆平南这回彻底来火了：“你就知道说说说！什么叫我不抓紧机会！几年前我就试过她了，摸她手都不愿意，这种人还能谈什么男女朋友？又不是封建社会了！”

“我今天都上她妈那儿告状了，说她交了个混混男人，她妈肯定不同意。”陆平南的情绪由暴躁转至嘚瑟，被醉意一逼，语气生生成了阴狠，“我要不到这女人，别人更别想要。”

陆平南边应答边转身，一抬眼：“妈呀！”手机差点扔地上。简皙就站在他身后，目光逼人。

“小……小皙，你……你怎么来……”陆平南飞快挂断电话，口齿不清地说。

他的话还没来得及画上句号，啪的一声清晰皮肉响。简皙的巴掌狠狠甩向他的脸。陆平南被打蒙了，不可置信地看着她。动静太大，引来周围人的侧目，叽喳议论，戏谑笑声，让陆平南颜面尽失。

“你！”一肚子的火都碾碎在牙齿间，却也知道理亏，没底气脱口。

简皙声音冷，跟刀子似的：“恶心。”

这声刺激，陆平南彻底丧心病狂了：“简皙你有完没完！还来劲儿了是吧！”他举高手，这一巴掌刚要落下，手腕就被人从后头死死捏住。

“哎哟！疼疼疼！”

陆悍骁面色铁青，把他的手扭到弯曲：“连她都敢动，你想死？嗯？”

陆平南哪有空回答，只知道喊疼。

“什么来头就敢在这里横，信不信我废了你！”陆悍骁手劲儿没松，当真说到做到。

简皙站在那儿，眼眶都红了。

“小皙！”陆悍骁大嚷，就看到她转身跑了。陆悍骁丢下陆平南，最后在电梯口找到了简皙。她靠墙蹲着，头埋进了膝盖，肩膀一抽一抽的。

陆悍骁心里不是滋味，蹲下去：“丑成这样，看贺燃还要不要你。”

简皙总算抬起头，脸上都是泪。

“存心让哥心疼是吧？”陆悍骁也蹲下来，和她肩并肩。

简皙问：“我眼光是不是很差劲儿？竟然喜欢过这样一个男人。”

“太正常了。”陆悍骁声音淡，“人是会变的，踏入社会，接触金钱，道德沦丧的人还少吗？”但你喜欢上他的时候，他还是没被污染过的少年啊。有的人会跟着外界一起变，而有的人，会永葆初心，停留在你心动的那一刻。陆悍骁陪了她一会儿，手机响，他拿出一看，“哎哟我去，查岗的来了。”

“你接吗？”陆悍骁问。

简皙点点头，伸出手，接通后，只听见劈头盖脸的吼声：“我等你电话一晚上，你都不给我回个信。她人呢？还在家吗？被她妈说了吗？有没有事到底？你倒是给我吭声啊！”

贺燃语速飞快，是真急。简皙心头一热，眼泪满眶。

“陆悍骁你死了啊！说话啊！”贺燃更没主心骨了。

简皙张了张嘴，哑着声音：“贺老大。”

那头一怔。

听到爱人的声音，所有的情绪都化为委屈，简皙软着声音问：“你在哪儿？我想见你。”

安静的短暂几秒，电话里似有风声。贺燃费劲儿地从小区的大槐树上跳下来，这棵树是视线最广阔的地方，只要简皙出现，他就能第一眼看见。

“老婆，我在你家楼下。”

简皙挂断电话，转身问陆悍骁要车钥匙。

“我不给，你喝酒了，我找人送你回去。”陆悍骁立场坚定。

简皙着急：“你给我喝的那叫果汁好吗？快给我。”

“不给不给就不给。”陆悍骁负手环胸，笑得吊儿郎当。

“你不给是吧？”简皙也不怕，伸手就去挠他。

“痒我！”陆悍骁弯腰，扭肩，腿还直哆嗦。简皙把他挠到墙角，在他衣服兜里找到了钥匙。陆悍骁怕痒，是他帅气人生里的一个隐疾。

“我这清白男儿身就被你给毁了。”

简皙嫌电梯难等，直接走的楼梯。

“喂，你开车慢点！那车我才买回来三天！”

简皙心里特别急，半小时的车程只花了二十分钟。她老远就看到贺燃的身影伫立在朦胧夜色里，被小区路灯一笼罩，像极了电影里一帧帧切过的慢镜头。贺燃在原地抽烟，看到车灯就转过身，确定了来人，他快步迎来。简皙急急下车，没几步就被贺燃搂了个满怀。

“你妈骂你了吗？心情是不是难受了？你千万别跟父母闹矛盾，说什么你就听着，受了委屈，你就回来揍我，我给你发泄。”

贺燃说得飞快，把人抱得很紧。简皙头埋在他胸口，闻言抬起头，刚要笑，就愣住。

“你脸怎么了？”这会儿借着光近了才发现，贺燃脸上好多道横横竖竖的小血口子。

“没什么。”他转过脸，用手抵了抵鼻子。

“跟人打架弄的？”简皙问。

贺燃把头重重一点，表情豁然开朗："对，对，打了一架。"

简皙冷冷笑："是和奥特曼还是灰太狼啊？"

贺燃没忍住笑出了声，说了实话："爬树弄的。你们小区那棵大槐树，看着光秃秃，爬上去到处都是枝丫，划了我满脸。"

他语气轻松，简皙却听得不是滋味，沉默了，低头了，鼻尖就这么慢慢酸了。贺燃一看不对劲儿："怎么了这是，还哭上了？被我爬树技能感动的？"

简皙哑声："贺老大。"

"哎哟我天。"贺燃一阵感慨，赶紧把她重新搂进怀里，"乖乖乖，老大不是在这儿吗？"

简皙觉得满心都是蜜糖，撒娇道："我饿了。"

"你晚上没吃饭啊？"

"在我爸那儿吃的，胡萝卜炒肉，不爱吃。"

贺燃满嘴答应："行，回家我给你做面条。"

简皙闷声说："我要吃两碗。"

两人回公寓之后，贺燃直奔主题，拉开冰箱一看，食材还算多。

"西红柿鸡蛋行吗？"

简皙正在卧室换衣服："行，鸡蛋打两个。"

贺燃笑："还挺能吃。"

简皙走出来，一晚上的不快在他面前都化成了孩子气："今晚我受伤有点猛，不吃多点儿好不了。"

贺燃这回没笑，他低头搅鸡蛋，筷子和碗轻轻碰着，低声说："简皙，让你受委屈了。"

"不委屈。"简皙快问快答，蹿到贺燃面前，挺正式地把两手搭在他肩膀上，"跟你在一起就不委屈，真的，我保证。"

贺燃嘴角弯着，眼里全是她飞扬的神采，纯真炽热，灼心极了。他举着碗筷，手不得空："做什么保证啊，你说什么我都信。"

"真的啊？"简皙突然把脸凑近，鼻尖都快蹭上鼻尖了，"我说什么你都信？"

“真的。”贺燃继续搅鸡蛋。

“我觉得你长得挺丑。”简晳突然正儿八经道。

贺燃瞥她一眼，也不恼：“哦，丑就丑呗。”

简晳愣在那儿。

贺燃绷着笑，风轻云淡地在她耳边落话：“我看你对我挺来劲儿。”

简晳身子就跟过电似的，手在他腰侧轻轻一掐：“怎么练的啊这腹肌，磕手疼。”

贺燃笑：“年轻时候喜欢运动折腾，请了个私教一周去几趟，用钱堆出来的能不硬吗。”

简晳看着他把锅架上，倒油加热，西红柿切得整整齐齐，捏了一片塞嘴里，问：“你以前做什么生意的？”

“什么都做一点，运气好，正好那两年碰上政策扶持，靠地产发了家，之后也在国外倒腾公司收购，有些企业市值一夜能翻好几倍，我们就从中低价买股，操盘获利。”

贺燃说这些的时候，正好水开，锅盖一揭，热气奔向油烟机。他把准备好的面条匀进锅里，没一点儿波澜起伏的情绪。简晳张了张嘴，有些事情想问又不敢问。

那后来呢，为什么会落魄？

贺燃像是看穿了一般，继续娓娓而谈：“我公司的失利，与管理、资金链这些都没关系，一个刚从国外回来的堂兄，被引荐到公司，他有才，为人也过得去，我渐渐放了一些权给他。结果就是他吃里爬外，让当时的一桩业务直接巨额亏损，我难辞其咎，在董事会上被弹劾出局。”

他边说边用筷子轻轻搅动面条，无关紧要的语气，没有一丝遇挫的悲伤。贺燃感觉到腰上的软手把他抱得更紧了，于是侧头笑道：“心疼老公了？”

简晳微微咬唇：“谁是你老婆了，臭不要脸。”

虽然背对着，但能感觉到他的笑容在放大：“铁石心肠，你是不是没看过爱情小说啊？我这标准的男主范，你不心疼？”

简皙拧眉，嘴角却弯着：“谁让你当小说男主角了，你是我一个人的。”

贺燃听得心里美，腰上的紧箍感一路攀岩，把心脏撞得哐哐响。

“简皙，”他哑声问，“你真的就这么喜欢我？”

“喜欢啊。”

“我暂时不能给你一份好生活。”

“在这个‘暂时’结束之前，我能养活自己。”

贺燃夹面条的手有点抖，从指尖到手腕，控制不住一般。简皙毫不犹豫地将手覆盖上去：“贺老大，再动面条就撒了。”

两个人的手相交相叠，统一频率地将面条夹进碗里，简皙抬头冲他笑：“好香！”

这一晚，贺燃没有留宿在她家，借口有事，陪她睡着后，便起身离开了。回到牙蹄路，贺燃在门口抽了支烟。这两日天气回暖，无论白天黑夜，日光与月光齐齐亮堂，老人说这叫开雪眼，应该就快迎来今冬的第一场雪。

贺燃的烟只抽到一半，门吱呀一声被推开，外婆的嗓门又绕梁三日了。

“我一闻这味道就知道肯定是你躲门口抽烟，大冬天的，你熏蚊子呢？”

贺燃靠着门栏笑：“蚊子没熏着，熏出了一个老太太。”

“你就贫。”外婆扯着他的胳膊往屋里拖，“给我进屋去，冻感冒了我还得给你熬姜汤，别给我找事儿！”

贺燃俯身将烟头往地上碾熄，然后又捡起丢在了门口的垃圾篓里：“小老太你力气很大啊，跳广场舞跳的吧。”

外婆去厨房端甜酒，出来就看到贺燃在翻箱倒柜地找着什么：“哎哟，你又给我捣乱，起开起开，我给你找。”

贺燃袖子挽了半截，平静道：“外婆，我那身西装哪儿去了？”

外婆一怔，目光定在他脸上，半晌才说：“在柜子里。”

衣服被收拾保养得很好，有棱有角地叠着，外婆从箱底拿出来撑开，还跟新的一样，三年前贺燃事业破败，自那以后，他再也没穿过正装。

“行了，您早点睡。”贺燃接过衣服，笑着对外婆说，“明天我出去找工作，中午别给我留饭菜。”

外婆嘴上说着：“成天不归家，我还懒得留呢。”但她衰老的脸上，岁月痕迹此刻遮挡不住声色动容。

第二天，贺燃按着之前累积下来的招聘信息，从条件最好的一家开始。年底不是招聘热期，他也算早有准备，在以电话方式与人事员取得初步联系后，再拿着简历上门应聘。

“您的学历是本科，对不起，我们管理岗位最低要求是硕士。”

“您的管理经验有十年，抱歉，我司暂时没有合适岗位。”

“对不起，我们需要相应的业务证书。”

一上午跑了几家，托词几乎一致。贺燃西装笔挺，头发修剪齐整，一身正装足以将气质全然烘托。时隔三年，贺燃再次踏上征途，有心去承受尖锐的现实。

事情的转机出现在下午，正当他准备空手而归，明日再战时，一家做电动车的公司给他打来了电话。负责人以咆哮般的声音、指点江山一般的语气通知贺燃被录用了，并给了他一个地址，让其马上赶到。

地方贺燃知道，离他待的地方不算远，是家中档饭店。打电话的人，自称王总，长相和声音有异曲同工之妙。

“你你你，现在进入我们的考核期，明天我跟下面说声，给你把入职手续办了。”王总体胖，大肚腩鲜有外套能扣上。他把贺燃往饭店一包厢里领，用简短的时间交代了番，“今儿是跟政府部门吃饭，带你长长见识，多多学习，待会儿敬酒的时候，看着点眼色。”

贺燃差不多知道自己今天的角色了。做生意最怕和政府部门打交道，尤其是基层一些分属职责机关，屁大点的官位，官腔拿捏得比谁都厉害。

“来来来，让我们齐举酒杯，敬主任！那谁，把酒都给满上。”

贺燃是在江湖厮混了这么多年的，这点套路一清二楚，懂得投其所好，也深知酒桌“文化”。倒酒前必须敬杯，领导说话那可是圣旨，最爱看别人巴结谄媚。贺燃是个懂路子的人，大小领导轮番陪下来，早就超了一斤白酒的量。他尚且撑得住，去洗手间缴了两次水费，继续神采奕奕卖力表现。

王总对他赞不绝口，直夸他有眼劲儿：“叫……叫贺燃是吧？把税务的领导伺候好喽，我们公司就需要你这种储备人才。”

贺燃也是客气殷勤，抢起酒杯仰头干净：“还得多仰仗王总关心。”

王总觉得特有面子，笑哈哈地拍着贺燃的肩：“好好好，那个，等下去唱歌，你得让李主任把酒喝好喽。”

贺燃二话不说，把自己酒杯满上，抬手对着上座的主任一伸：“难得有机会跟您这种人物学习，我干了，您随意。”说罢仰头，五十多度的酒精烫过喉道。

贺燃手指暗暗抠紧了桌角，才把胃里的翻涌给压下去。一轮鸡飞狗跳的饭局持续到快八点才结束。完事后又一堆人前呼后拥着去了楼上的KTV，吃饭时候干的是白酒，这会子轮到啤酒了。贺燃撑着一股劲儿，硬是没当场倒下，最后帮着把醉醺醺的贵宾主任给抬上车，一身大汗却发现，车不够坐了。

王总佯装抱歉：“小贺啊，那就委屈你了，看方不方便打个车走，回头车费找财务报销。”

贺燃笑得客气：“领导，您忙你的，我自个儿招呼自己。”

“懂事懂事！”王总眼角皱纹斜上飞，胖墩墩的身子往车里钻，“一定给你报销啊！”

贺燃不停点头，帮着关上车门，直到车灯消失在拐角，他终于扛不住地倒在地上。酒精后劲儿起来了，头是昏的，胃跟压了千斤顶一样直往下扯。贺燃挣扎着摸出手机，打给了陆悍骁。那头很快接了：“哈喽，我的燃，我在市图书馆看书呢，要不要一起来接受熏陶啊，哈哈。”

贺燃颤着声音，脸色发白：“哥们儿，我撑不住了，把我弄走快。”一句话是极限，他伏跪在地上哇啦一声吐得昏天暗地。

陆悍骁人在城东，没法马上赶去，他直接找了就近的熟人，赶紧去接贺燃。

过了十一点，贺燃在医院吊水到第二瓶，呕吐的症状才稍稍止住。

陆悍骁觉得这人太魔幻了：“你是不是毛病啊，大晚上的买醉，我刚看到你都快吓呆了，你以为你还鲜嫩啊？演什么《情深深雨蒙蒙》？”

贺燃人还是醉的，身体的不适让他眉头紧皱。陆悍骁又拿起诊断书看了看，感叹了声：“急性胃穿孔，牛啊燃燃！”

如果贺燃此刻有点体力，一定跳起来把吊瓶塞他嘴里。陆悍骁啧啧两声，门口一阵稀里哗啦的动静。简皙从妇产科跑下来，身上的手术服还没来得及换下，推门一见病床上蜷缩成一团的贺燃，差点没昏过去。

陆悍骁一晚上被这两口子整得都快疯了：“你怎么冒出来了？！”

“我同事告诉我的。他……他怎么喝成这样了？”

“我不知道。”陆悍骁说，“你也别急，吊着水呢，没事。”

简皙走到贺燃面前，蹲下，仔细瞅他的脸，小声喊了句：“贺老大。”

闭眼的人像是有所反应，眉头动了动，缓缓睁开眼，轻声道：“简皙。”

“嗯。”简皙哑着嗓子应了句。

他费劲儿地扯出一个笑：“以后出去不用跟人介绍老公是混混了。”

简皙一顿。贺燃笑容更深了：“我找到工作了，以后你喜欢什么，我都给你买。”

贺燃说完这句话，差不多又昏睡过去。简皙拿起他的病历出去找值班医生问情况，拜托多加照看后，她得赶着回科室。

“你就放心吧，你男人就是我男人，有我照顾，保他玉体安康。”陆悍骁用轻松的语气安抚住简皙的心，“赶紧去上班。”

等人走了，陆悍骁才回到贺燃边上，坐在木板凳上跷起二郎腿：“得了，醒吧。”

几秒之后，病床上的男人睁开眼睛，精气神倒好多了。

陆悍骁说：“今晚没个一斤半，没法把你磨成这样，你要找工作，为什么不来找我？”

贺燃偏过头看着他，脸色一白，眼眸跟点了墨似的：“你给我介绍了资源人脉又怎样？别人看的是你面子，这些都是一时，再说了，你玩的那些路子太野，我没想往那方向走。”

“这话说得我都想揍你了。”陆悍骁有点受伤，“你可以看不起我的人，但绝对不能看不起我的钱。”

贺燃缓缓转过头，眼睛看着天花板：“你跟我不同，你再怎么玩，都有后台撑着，但这个底气我没有。我要是出了什么事，就算你能帮我兜着，这人情隔了两三道，求起人来你也为难。”

他深吸一口气，平静道：“哥们儿，有了简皙，我就输不起了。”

陆悍骁沉默，急诊留观室里，只有吊瓶的药水在一滴一滴下坠。

“行，你有人爱你有理，我就在旁瞎嫉妒。”陆悍骁拂了拂膝盖上本就没有的灰尘，极轻的一声叹气，“你找的什么破公司，我回头给你查查。”

贺燃没应答这话题，只说：“你也回去吧。”

“我可不走，我得帮你换吊瓶。”

“不用，我能自己按铃。”

陆悍骁马上就伸手把床头的呼叫铃给放远了：“你够不着。给我一个守护你的机会，我特意来陪你，你怎么还撵人了呢，可别不好意思，哥们儿除了钱，有的就是义气。”陆悍骁也是个能侃的主，没完没了起来。

贺燃太阳穴胀痛："我最后没被酒喝死，反倒被你吵死就太亏了。"

吊完六瓶水，已近凌晨两点。贺燃睡了一觉，人总算舒坦了些。陆悍骁坐在那儿打游戏，见他醒了，说："我上去看过了，小皙还在手术室接生，估计天没亮出不来。你真回去？不住两天院？"

贺燃坐起身："我没事，扛得住，叫医生来吧。"

被陆悍骁送回牙蹄路，贺燃轻手轻脚开了门，生怕惊醒睡着的外婆。结果门一推开，他吓了一跳："哎！大晚上的您不睡觉，坐客厅修炼呢？"

外婆脸上的倦色瞬间消退，生龙活虎站起来："小兔崽子，工作第一天也不按时回家，我还以为你去搞传销了。"

贺燃进屋换鞋，带上门笑道："有时间就多去跳广场舞，别瞎想有的没的。"

"我还懒得想呢，快过来烤火，锅里还有酒酿丸子，我给你热热。"外婆披着大棉衣去厨房。

贺燃望着她的背影，笑骂："越老越磨叽，操一辈子心不嫌累。"

"工作好不好啊？见到领导了吗？可得控制脾气不许打架听见没。"

贺燃接过热腾腾的夜宵，就听老太太一番唠叨。

他端起喝了一大口，大声道："在个做电动车的公司做助理，好着呢，放心放心。"

"那可好。"外婆不停点头，"助理好，助理好，正经活，有出息。"

贺燃低头，勺子和碗壁轻轻碰着，他说："这就叫有出息了？"

"当然啊！"外婆女高音，语气里拖出长长的得意，"你以前干的活一点也不好，别看我人老，心里都知道的，钱来得快有什么用，栽进去，可就不好出来喽。"

贺燃默默无言，只用鼻音颤出一个字："嗯！"

"吃了就去洗澡，我给你泡杯蜂蜜水醒醒酒，外头不容易啊，不容易。"外婆指着沙发上一叠干净衣裳，"都给你放那儿了。"

客厅只亮着一盏小灯，昏昏黄黄的灯光刚好照亮旧旧的餐桌。贺燃的身子浸泡在这柔光里，艰难地低下了头。

第二天七点，贺燃换下昨天那身西装，穿了件短外套去公司报到。公司名字挺奇葩，叫"千里马电动车"，在城市三环边上，地理位置还算便通。贺燃转了一趟地铁，早早地等在了人事部。这公司规模不大，租了一层楼当办公点，人事经理是个三十往上的女人，人叫肖姐，见着贺燃很是热情。

"这是工牌、门禁卡，助理岗位每个月有一百块话费补助。实习期三个月，转正后你就能拿正式工资。"

贺燃点头道谢，不卑不亢，也没一丝巴结畏惧的心思。坦荡与平静能让一个男人的气质升值，加之贺燃长相带感，宽肩窄腰下那双长腿一撑，放哪儿都是扎眼的风景。很快，来了个大帅哥的消息成为公司女职员的热点话题。

昨晚上那位王总喝多了，一天都没来公司，贺燃落得清闲准时下班。他走出公司大门给简皙打电话："你在哪儿呢？"

简皙接得飞快，声音染着笑："你回头呀。"

贺燃一转身，就看到一身白色呢子衣的简皙站在马路对面冲他招手。绿灯一亮，贺燃便急不可耐地跑在了第一个。简皙看他远奔而来，伸出手："燃哥，我要抱抱！"

贺燃心都化了水，冲过来就把人一把抱离地面转了小半圈："叫我什么呢？嗯？"

简皙被转得咯咯笑："贺燃，老贺，燃哥，燃燃，贺老大。"

"很嚣张啊，简医生。"贺燃故作凶状，往她臀上一拧。

简皙又疼又好笑，赶紧改口，在他耳朵边轻轻一声："好痛啊，老公。"

贺燃耳朵都爆炸了，全身循环过电，就听到简皙又哼唧："抱抱不够，还要亲亲。”

她微噘的唇，合出一个漂亮的圆，等着贺燃来填满。一低头，就是一世界的温柔。

“嗯，别吃我舌头。”

贺燃被她吸得舌尖发麻，低声诱哄：“热情的沙漠啊，宝贝。”

简皙捧着他的脸，眼睛笑得弯弯的：“你第一天上班的奖励。”然后她踮起脚，小声说，“今晚去我家，不走了行吗？”

贺燃逗她：“你准备用什么留住我哎？”

简皙低垂眉目，经过他身边绕去驾驶座，轻飘飘丢了句：“你怎么用我，都行。”

贺燃后知后觉，笑骂了一声：“妖精。”

上车后，简皙说：“我买了好多菜，回家做饭吧。”

贺燃往后座一看，几个装满食材的大塑料袋，还有一瓶红酒。

“你下厨？”

“可以啊，但我不会太复杂的菜，一些家常小炒你别嫌弃。”正好碰上红灯，简皙拉上手刹，从储物格里拿出一瓶牛奶。

“给我这个干吗？”贺燃接过，一看是儿童QQ星。

简皙转头望着他笑：“祝你从今以后茁壮成长！”

贺燃恨不得把她往死里亲，伸手捏捏她的脸：“好好好，一定努力工作，以答谢你一奶之恩。”

简皙哭笑不得：“那我赚大了。”

贺燃用吸管把奶给戳开，递到她嘴边：“张嘴。”

简皙就着他的手，咬着吸管吸得刺溜刺溜。回到公寓，简皙在出门接他下班之前，就把葱姜蒜都备好，一进门就去厨房忙活。贺燃把人堵在门口，耍赖似的抱着她不让走：“我肚子不饿，先让我抱抱。”

简皙偏头躲他的吻：“别闹。”

贺燃手从她衣摆伸进去，呼吸微沉：“自个儿的媳妇儿都不能闹了？嗯？”

正难舍难分，手机铃声不应景地响起。贺燃低骂，拿出一看，是公司王总。他松开简皙，走到一边接听。王总开门见山："小贺啊，你到宝山饭庄来一下，咱们给徐总接接风，你打车，半小时要到，要个发票，回头找财务报销。"

贺燃望着简皙，面有难色。

"没事，你去吧。"简皙轻松笑道，走过来捏捏他的手，"晚饭吃不成，就留着回来给你当夜宵。"

贺燃点点头，眼神中充满歉意。简皙也没耽误，穿外套穿鞋："这个点难打车，在哪儿，我送你去，不许说不，不许愧疚，不许觉得我委屈。"

她蹲在地上，头发顺着侧脸垂到膝盖："我就是你的专职司机，哪怕去跑滴滴打车，我也只接贺老大的单。"

就这样，贺燃在简皙的目送下，踏进灯火辉煌的饭店大门。他在门口停住回头，隔着鼎沸人声，简皙滑下车窗还没走。得到目光巡礼，她眼睛一下子变亮，对他摆手，示意他别停留。很快，简皙收到一条微信："开车慢点，等老公回家，乖。"

王总专门负责公司销售，但他是个不怎么靠谱的货色。这是贺燃和他吃的第二顿饭局，已经看出了他的不着调：巴结谄媚，格调尽失，沾染了太多市侩丑陋的嘴脸。今天这个客户听说大有来头，手里拽着几百万订单的生杀大权，王总脸都快给对方当板凳了，一个劲儿地让自己公司人敬酒。

贺燃是夹着尾巴装老实人，有求必应："您这号人物我在业内久仰大名，今天真是高兴，酒肉香，朋友真，干！"

他说话中听，到了场合，骨子里天成的豪迈仗义气质展露无遗。客户被哄得身心舒坦，笑眯眯地对王总说："你是找了个好助手，好眼光！"

王总挺得意："那是，几百份简历里，我一看他就顺眼。"

饭局结束后，王总又领着人往楼上早就安排好的包间去："都是新来的，一定让您舒服。"

客户醉酒脸红，心领神会地笑眯眯。王总又拍拍贺燃的肩："表现不错，挑一个去，最漂亮的那个别选，留给客户。"

这档子事，贺燃看得太多，他客气回绝："领导，您玩好就行，我门口抽根烟，有事你们叫我。"

"嘿，那怎么行！"听见话的客户醉醺醺地不乐意了，手往贺燃脸上一指，"必须玩。老王，咱们这生意能不能做成，可是要双方共同努力的啊。"

话的意思太明显，王总赶紧暗示贺燃："听见没，赶紧的，别坏事。"

他们在大厅，动静不算小，走走过过到处都是人。贺燃抬头的无意之间，看到前面走进电梯的一个背影似乎有点眼熟。没空多想，领班叫了六七个小姐过来，个个脂粉厚重。被排给贺燃的小姐，心里都快美开花了，对着那张英俊的脸，倒贴都愿意。

客户特重口，左搂右抱着两个进了房。王总把贺燃也往里头推："别惹客户不痛快，这是公司职责，磨叽什么！进去！"

贺燃不想惹事，顺从着进了房间。一进去，那小姐就去解他的皮带，被贺燃的瞪眼给吓住，毫无温度的五个字是今晚他俩的唯一交流："离我远一点！"

一个小时后，客户那边完事，贺燃斗地主也打到了全区第一。

"以后这种应酬难免，好多人想出来，我都不带他。"王总拍着贺燃的肩膀，邀功似的说，"小贺你啊，得努力，得多为公司做贡献，大好前程才会等着你嘛！"

"是是是。"贺燃点头殷切应答，帮他们拉开车门，笑着提醒，"领导，上车。"

"你住哪儿啊？要不挤一挤，把你送回去。"王总语气假惺惺，霸着后排座位的身子却没动。

贺燃平静从容："不敢麻烦领导，我自己能回去。"然后又跟司机打了招呼，"哥们儿慢点开，一定要把王总平安送达。"

酒肉散去，贺燃收起八面玲珑的面具，低头用鞋底磨着地上的石子。短暂的几秒迷茫后，他没多停留，准备打车回家。刚往前走几步，就看到几米远的地方有车在用大灯晃他。

贺燃用手挡了挡：“想上天吧！”他刚准备发飙，那车还响起了喇叭，声音有点熟，贺燃一愣，不可置信地再抬起头。

大灯不晃了，白色车身像一阵温柔的风缓缓吹了过来。简皙下车，揉着疲惫的眼睛：“滴滴打车，贺老大，照顾一下生意呗。”

贺燃差点倒地：“你……你怎……你怎么……”

打断他的结巴，简皙说：“我来接你下班啊，你肯定得喝酒，我担心你，我在家待不住。”

冬夜风寒，一阵阵地吹，贺燃眼眶酸了。简皙歪头，冲他笑，在原地张开双手：“过来给老婆抱抱。”

贺燃跑过去，脚步迈到最大，用尽全身力气把她圈在怀里。哪怕被紧箍得不能呼吸，简皙也觉得幸福至极。她小声问：“你刚才是不是要哭了啊？”

贺燃没吭声。简皙想抬头，被他一把按住后脑勺，沉声说：“别动。”

简皙很乖，轻轻说：“你是男子汉，想哭的时候只能去一个地方。”

贺燃压下了情绪，笑着问：“去哪里？”

霓虹耀尽这天地间的清欢，风把她的声音拉得又远又长。

简皙拍拍贺燃的肩，说：“我怀里。”

过了好久，贺燃才闷声道：“角色转换啊，简医生。”

简皙趴他肩头笑：“你脆弱的时候我来守护。”

“我哪里脆弱了？”

“喝酒喝得都进医院了还不脆弱啊？”简皙把头抬起了些，看着他说，“这个工作好辛苦，一定要做吗？”

贺燃点头：“做。”

简皙望着他，眼神宁静。

贺燃没有压抑自己，摸摸她的头：“简皙，我想去见你父母。如果他们愿意见我，也不至于聊天的时候太冷场。”

他自嘲的语气甩不掉心事的重负：“你想啊，到时候你爸妈问我，在哪儿上班，家里是做什么的，在市区有没有房子，有没有车——我总不能老是重复‘没有’两个字吧，那就太不酷了。”

夜风里，贺燃的声音是故作轻松地往上扬的。但简皙一语不发，慢慢低下了头。

“其实他们不是这样的，我爸爸说，只要男人肩膀有担当就是一百分。”

贺燃没忽略她语气里的不确定，却装作没识破，牵起她的手说：“那我幸运了，有个开明的岳父大人。”

两人开车回家，快到小区的时候竟然下起了雪。简皙特意在路边停了会儿，滑下车窗伸出手，凉丝丝的冰粒在手心化成水，她一脸悦色：“今年的第一场雪。”

贺燃催促：“行了，别伸手了，当心冻感冒，明天路上如果结冰，就别开车上班。”

“我明天轮休。”简皙关上窗，继续往车库开，“你的专属司机就要上岗啦。”

贺燃乐的：“不用你送，多给我睡会儿。”

简皙摇头，哼唧哼唧押韵道：“不管雨雪天晴，都与老贺同行。”

贺燃靠在座椅上，心里笑得不行，但还是装凶状：“好好说话。”

简皙点了点刹车，回头轻声：“我爱你呀。”

贺燃一愣，被这四个字撩拨得头脑一片空白，肢体慢慢回魂后，他牙齿都快碾碎：“我这辈子算是死你手里了。”

简皙倒车入库，再把方向盘打正，一听这话，飞快倾身，在贺燃脸上亲了一口：“那就让你死彻底点。”

贺燃蒙了。简皙瞥他一眼：“还不下车？”

她左手刚放上车把，右手臂就被贺燃握住拽进了他怀里。贺燃深邃的目光定在她脸上，然后嘴角弯着，特不要脸地转过右脸："偏心，亲完左边，右边的也要。"

被他这男色勾引震住了，简哲呼吸加急，有点扛不住地说："我想踩油门。"

贺燃快笑死了，不跟她闹："走吧。"

简哲开门后，在鞋柜上的小竹篓里翻找，拎出一串钥匙递给他："你公司离我这儿近，拿个钥匙，有事也方便。"

贺燃接过："哟，包养我了啊？"

简哲边走边脱外套："得了吧，就算包养，我也要选个好看的。"

贺燃没作声，走到她背后，蹲身揽人，直接把简哲打横抱了起来。

"你最近太嚣张了，太久没被收拾了？嗯？"

简哲吓得直叫唤，赶紧把他脖子搂得紧紧的，在他耳边小声说："你今晚好好收拾我，行吗？"

简哲的眉眼十分清爽，也就在他怀里，才会染上一层动情的颜色，被高鼻梁一撑，就是名实相符的秀色可餐。贺燃低头吻住她的唇。贺燃力气一松，又用舌尖抵着她的口腔绕圈似的舔。

其实贺燃在这方面算不上温柔，霸道又直接，而像这样细腻又温柔的爱抚，简直让人难以招架。快乐事过后，贺燃掰正她的肩膀："几次？"

简直不要脸，简哲头一闷，扎进枕头里："一次都没有！"

贺燃笑出了声："不老实的东西，说句真心话怎么到你这儿就变得这么难呢？"

"你要脸别这么大，我天天把你夸上天。"

"我脸一点也不大，我跟你打赌，周边十大小区，再找不出一个我这么英俊的男人。"

"贺燃！你要死啊！"

"对啊，帅死了。"

简哲崩溃地在床上滚了两三圈："天啊。"

"哎！我在。"贺燃飞快地答应，目光灼热如炬。

看她闹，听她笑，为她努力挣一个火中生莲。对，从今以后，我就是你头顶上塌不下来的天。

简哲隐隐体会到其中的意味深长，她坐起来，捧着贺燃的脸乖乖道："你不用太辛苦，我很好养的，花不了太多钱，顿顿白菜豆腐还养颜败火呢。"

贺燃的神色一下子变得有些复杂，目光像是闪了电，在明暗交替的眼神变化里，简哲窥见了他心里最根本的情绪：心疼。贺燃落寞地低下头，自事业惨败至今已过三年，他从未有过后悔和怨恨。但这一刻，他遗憾了，遗憾自己没有在金碧辉煌的人生里遇见简哲。

"对不起，让你受苦了。"

简哲立即捧高他的脸，两手心热火火地揉搓着："这叫什么苦啊，你见过开奥迪A6的苦难人民吗？我活得可郁郁葱葱了，美死了都。"

深夜两点，云雨过后就是酣眠，简哲呼吸平顺，被贺燃从后面搂在怀里。太过投入和困乏，才没有留意到矮桌上屏幕朝下的手机。

两小时前有一条短信，来自陶溪红："小哲，妈妈在门口。"

等简哲看到这条信息已是天大亮。贺燃上班去了，桌上还留了温热的油条稀饭。简哲有点蒙，顾不上早饭，换了衣服便开车出门。她在十字路口靠边停，拨了一个电话："李秘书，我是简哲，我想问一下，我妈妈今天在公司吗？"

得到否定回答，简哲掉头，回老宅。简哲走得急，出门忘记带钥匙，她直接按了密码，一推门，飘来浓郁的炖肉香。做饭的阿姨一见人很是吃惊："哟，简小姐回来了？"

简哲打了招呼，问："我妈在家吗？"

"在的在的，夫人在二楼。"

陶溪红在阁楼花园里摆弄草木，对简哲的到来一点也不意外，指了指地上的小铲子："哲哲，搭把手，把那个递给我。"

简哲深吸一口气，决定开门见山：“妈妈，你昨晚来找我了？”

“啊？”陶溪红反应过来，“哦，对，给你带了点儿夜宵，顺道送上去。”她点到即止，话也不说满，平平静静地摆花弄草。

简哲再次深呼吸，坦白道：“我昨晚和贺燃在一起。”

起风了，一长溜的盆栽打理得当，枝繁叶茂随风轻摇。陶溪红把最后一棵文竹喷上水，才慢慢抬起头，目光落在简哲脸上，轻轻地“嗯”了声。简哲刚要再说话，就听到推门的动静，她回头，是陶溪红公司的人。

“陶总，这是您要的资料。”递上一个浅褐色的牛皮纸袋，人便离开。

陶溪红这才停下手里的活，摘了粗棉手套，保养得当的手指未见丝毫皱纹，她坐回藤椅，轻靠椅背，把纸袋里的东西拿出，然后毫无温度地念：“贺燃，1987年出生，籍贯遥省。”

简哲身体一僵，缓缓抬眼。陶溪红掀开下一页：“华中科大本科毕业，2007年在深圳自主创业，倒卖盗版光碟赚取第一桶金，之后成立公司，涉足房地产、金融，2014年因项目巨额亏损负直接责任，被董事会弹劾卸任。”

简哲太阳穴胀痛，哑涩着声音：“妈。”

陶溪红瞥她一眼，目光继续落在纸张上：“为人狂妄，行事开放，私生活复杂，家庭关系混乱。”陶溪红顿了下，极轻一声冷哼，“姚怡芝，前女友，自小就是邻居，青梅竹马。”

念完了，简哲的拳头握得死死的。她嘴唇发白，颤着声音问：“妈妈，你这样做的意义是什么？”

陶溪红语调上提：“意义就是，你看不清的地方，我来帮你看清。”

简哲慢慢抬起头，眼眶通红：“难道你查的这些东西，就不有失偏颇吗？你对他有偏见在先，只会挑出他不好的一面。”

陶溪红不为所动，声音平静，态度却坚硬：“他可以没钱，可以不务正业，可以有那些乱七八糟的过去，但我决不接受他时至今日还不思进取，私生活泛滥！”

“他没有。”简哲稳住情绪，和母亲对视，底气十足地说，“他有工作，有存款，有家人，有住处，不是不思进取，个人生活更不混乱。”

“你错了！”陶溪红突然厉声，激烈的言辞再也不藏掖在嗓子里，“昨天晚上，淮海路宝山饭庄五楼，他和一个女人进了506号包间，一个小时后才出来。”

话音落下，简哲没有半分犹豫和考虑：“不可能。”

“我亲眼看见的。”

“那也不可能。”简哲眼眶里还有一层薄薄的水雾，坚定和信任却绽放亮光，她说，“妈，我信他。”

陶溪红有一刹那的震动，马上被压制，嗤笑道：“信他？饮食男女同处一室，谈天说地聊人生？简哲，如果这就是你的相信，那妈妈无话可说。”

简哲咽了咽唾沫，不再发言对峙，眼神里却撑着一股不服输的倔强。陶溪红多年历练，情绪和心思早就达到收放自如的境界。但此刻，她对女儿，既心疼，又心硬。

“还是那句话，妈妈不是势利家长，一个男人穷不要紧，但他必须对妻子忠诚！这是底线！”

陶溪红的话就像是冬日惊雷，闷重地砸在简哲心里。漫长的沉默后，母女之间这场算不上火光四射的谈话，硝烟余味却未散未退。半晌，简哲目光坚定地抬起头，落地有声道：“没有什么可以撼动他在我心里的位置，钱不可以，你不可以，谁都不可以。”

简哲眼眶通红，轻声说：“妈妈，我爱这个男人。”

陶溪红震惊到无以复加，还有一丝微妙的不服，她终于逼问：“简哲，爸爸妈妈你也不要了吗？”

简哲的眼泪瞬间就淌了下来：“一定要这样俗气地让我做选择吗？”

陶溪红顿时无言。

简哲慢慢地低下头：“如果一定要选，我告诉您答案——我不会背叛你们，但我也许永远走不出来——这样不快乐的女儿，你们还要吗？”

陶溪红就这么静静地看着她。手中的纸页缓缓垂落在脚边，安静得连呼吸声都能清晰听见。短暂的失控后，简哲很理智地道歉：“对不起。”

陶溪红轻描淡写的一声“嗯”算是带过：“妈妈不会逼你，更不会强迫你做选择，我只是告诉你一些你不知道的真相。小哲，爸爸妈妈培养你不容易，我们希望你过得好，而人生的选择，远比一时的情绪重要。”。

简哲缓缓垂眸，抿着唇一语不发。陶溪红把资料塞回纸袋里，搁在桌上，像是从未开启过。

“谈情说爱是两个人的事，但女人到了谈婚论嫁这个程度，你的付出和赌注，远远比男人要多，要大。”陶溪红声音平静，“别说什么他不会让你输，如果他真的疼爱你，就拿出本事和诚心，让我们信任和放心。但现在，我看到的，了解到的，只有不靠谱与不务实。”

简哲点点头，觉得这场谈话已经尘埃落定。母女俩谁也没有把谁说服，倒是落了个闷声响的不欢而散。简哲拿包，陶溪红留她：“小哲，吃了午饭再走。”

“不用了，我回医院值班。”找了个借口，简哲不再停留。

从家里出来，简哲没有目的地，她顺着大路开，不知不觉就开到了贺燃公司。把车停好，简哲就在公司楼下的餐厅坐着。离十二点还有近一个小时，她咬着吸管吸蜂蜜柚子茶。临近下班点，来往的人也多了些，本还空空的餐厅慢慢也忙碌起来。简哲觉得光叫杯果汁霸占个座位挺不好意思，于是招手喊来服务员点菜。

“红烧牛肉、清炒芦笋尖、野生鲫鱼汤，里面多放点儿萝卜丝。”最后又点了个甜点，简哲把菜单递过去，完了才发现，一桌子都是贺燃爱吃的菜。

唉，真是好想他啊。还差十分钟下班，简哲准备给贺燃发个短信，刚拿出手机，就看到落地窗外头，正对着的写字楼门口走出一堆男男女女。而最前头的，正是贺燃。简哲脸都快贴玻璃上了，仔细一数，六男三女，贺燃走后头，跟他一排的是个穿过膝长靴的女人。

看这外表特征，应该是贺燃跟她说过的人事经理。

简皙给他发短信："要不要我来接你，请你吃个午饭？"

"不用了，老公中午有饭局。"

简皙继续发："你不要我了。"

"我去，宝贝，手机掉了，不是本人？"

简皙一看乐了，别扭回去："没掉，我是你货真价实的么么哒。"

"乖，老公要忙了，晚上来找你。"

简皙看着一桌子贺燃爱吃的菜，沮丧极了，再想到早上和妈妈怄气的谈话，就更沮丧了。此时此刻，只有贺燃能赋予她强烈的存在感。简皙捏着手机，锁屏，解屏，心里的空洞深到无以复加。她点开聊天框。

"你跟谁吃饭呢？有没有女的？你是不是又得喝酒？"

一连串的问题丢过去，这一次，等的时间有点漫长，漫长到简皙的心跟漏气的皮球似的，有一种莫名的委屈，还有一股孩子气的埋怨，两者夹在一起，在她心里写了两个字：难受。

手机再次响起的时候，不是短信，而是贺燃直接打来了电话。简皙接得飞快，像个闹情绪却又生怕大人离开的小孩。

"你怎么回事啊，回个信息这么慢，饭就这么好吃？酒就那么好喝？你旁边是不是还有女的啊？你经理吧？你自己可把握好距离，别被香水熏得太狠，回家都是一身女人香，我才不会让你进我房间。"

简皙噼里啪啦倒豆子似的都不带喘气。电话那头安静得有点过分，她把手机左右猛烈摇晃，不可能啊，难道手机坏了？

"你再摇，手机就能炸出泡泡，不信试试。"

终于有声音了，但这声儿有点像现场直播。简皙皱眉，然后转过头，一看愣住。餐厅旋转门边，贺燃举着手机，眼神无奈又好笑。

“你怎么来了？”简皙惊讶，片刻的欣喜若狂过后，委屈和躁意又噌噌冒出了头，“你不是有饭局吗，这么快就出现，是不是骗我的啊，我要是不发个飙，你现在指不定和哪个熟女共处一室呢。”

“要命了。”贺燃笑着低骂一句，朝她走来，“今天吃炸药了啊？”

气死了，明明说的做的都是反话反动作，不过心情也确实是吃了几斤炸药。简皙低着头，一声不吭。贺燃当她还生气，耐着性子走到餐桌边，打趣道：“都是我爱吃的菜，你这是睹物思人？嗯？”

简皙小声：“你别看不起人。”

贺燃乐得伸手捏捏她的脸：“怎么了啊？”

“我‘怎么’可多了，你问的是哪一个？”

“啧。”贺燃牵起她的手，“怪老公没陪你吃饭？那我现在陪你吃行不行？”

“谁想和你吃饭了。”简皙闷声闷气，委屈得鼻尖都红了。

贺燃静静看着她，好一会儿才说：“公司来客户了，我陪着应酬，这桩业务和人事部有点关联，所以肖经理她也在。”

简皙把一早上的糟心事联系到一起，还是有点丧气，尤其听到贺燃主动解释男女关系，“宝山饭庄506房独处一小时”几个大字又在她心里哐当哐当。

“欲拒还迎，欲盖弥彰，你完了你。”

贺燃差点没笑死，凑近了，挨着她的脸低声警告：“闹，你就接着闹，再闹我就真不要你了。”

无论从语气还是表情上来看，这都是一句显而易见的玩笑话。但就像一座防洪大坝烂了个缺口，洪水哗啦啦激流勇进而来。简皙大声道：“不要就不要，谁还稀罕你呢，你赶紧抽个时间，去我家把那两盒没用完的套套拖走，你就回家抱着它们自己哭去吧。”

她说这些话时，情绪是崩溃的，眼睛里硬撑的都是泪光闪闪的委屈。贺燃平静地听她发泄，握着的手一直没松开。最后，他空出右手，绕到她脑后，一把将人圈在怀里。简皙的后脑勺被他不轻不重地按在胸口，贺燃淡声说：“乖，想哭就哭吧。”

简皙眼泪没撑住，全部贡献给了他肩膀。他们这桌靠角落，但人来人往的，也挺多人侧目。贺燃一点也不在意，只想给他女人一个温暖的拥抱。差不多了，贺燃嘴唇蹭着简皙的头发，在她耳边轻轻地说：“不要因为我，和你妈妈闹不愉快，不要和她生气，不要和她吵。”

简皙一怔，抬起头，哽着声音问：“你怎么知道的？”

贺燃笑：“我聪明啊。”

简皙吸了吸鼻子：“你为什么不怨她？”

贺燃笑得更深：“傻子，因为她是你妈妈啊。”

简皙眉心蹙蹙，可怜巴巴地望着他：“贺老大，你怎么这么好，好到我都想为你而战了。”

贺燃松开她，大拇指在她眼眶周围揉了好几下，把泪痕给揉干净了才说：“那可别，你好好的就成。”

简皙揉了揉鼻尖，情绪总算稳定了些：“你不是有应酬吗？”

“我家小母猫第一次跟我闹脾气，这么重要的历史时刻，应酬算个屁。”贺燃笑得贼帅气好看，“身为男主角，我当然要赶到现场配合演出了。”

“什么嘛。”简皙被逗笑，心上的乌云渐渐被阳光驱散，“哪有女朋友无故找碴，还这么高兴的。”

“太带感了。”贺燃直感叹，“我女朋友闹情绪跟演小品说相声似的，别人都没有，我能不高兴吗？”

简皙听后笑着骂他：“变态。”

“高兴了？”贺燃见她笑，总算安下了心。

简皙点点头，然后又低下头。贺燃看了看时间：“那行，我得赶过去，领导客户都在，你回去睡个午觉，晚上一块儿吃饭。”说完起身就要走，脚步迈得大又快，是真赶时间。

简皙一把抓住他的手，把人给阻拦下来。

“嗯？”贺燃转身，眼神迟疑。

“对不起。”简皙看着他，心酸又愧歉，小声说，“我心里难受，我只想见你，我太藏不住情绪了，对不起。”

她重复两声道歉，小心翼翼又害怕失去的模样，看得贺燃心疼。他用力反握她的手：“咱俩是要过一辈子的，一根红绳拴着，哪有谁对不起谁。简皙，你得放心。”

“放心什么？”

“你拿刀子往这儿捅，我都不还手，心甘情愿地受着。”

简皙的手，被贺燃握住，紧紧贴在他心口：“怎么回事啊，我以前很坚强的，看见尸体都不带感动的，跟你在一起后，我都能改行去淹雷峰塔了。”

贺燃笑出了声：“你这张嘴是不是很闲啊，成天给我瞎贫。哎，我真得走了。”然后摸摸她的头，“路上开车慢点。”

走出餐厅，贺燃的肩膀瞬间垮下来。最糟心的事情还是无可避免地发生了，简皙在她妈那儿受的委屈，想想也知道是为了什么。贺燃深呼吸，抬头望了眼不算蓝的天，心里头绵延的情绪跟化开的墨水似的，乱七八糟，擦也擦不干净。

贺燃一清二楚，简家最大的BOSS还没过招呢。他想起自己第一次问陆悍骁，简皙父亲是干什么的。陆悍骁这傻子说，是公务员。嗬，没毛病。陪完应酬后，贺燃翘了俩小时班，赶去了郊区的三宝亭。

自那次沉闷的谈话之后，简皙与母亲的关系一直不咸不淡。每周两次家照回，她和陶溪红不冷战也不怄气，说什么都应着。但针锋相对还是在不经意间流露而出。

周五晚饭过后，工作难得清闲，简严清也有空坐客厅一块儿看电视。正巧在播一部伦理片，女孩瞒着家人和流浪歌手扯证结婚，最后落得一个被抛弃的凄凉下场。

简皙烦得要换台：“演的什么乱七八糟。”

陶溪红端着花茶轻轻吹散热气：“艺术来源于生活，这种事情太多了，虽然逻辑有欠缺的地方，但还算还原事情本真。”

“这都是编剧编的，观众喜欢看狗血，不过是投其所好。”

“为什么喜欢看？”陶溪红抿了口茶，“那是因为大家习惯在别人的故事里找存在感。”

“只有心怀偏见的人才需要去找存在感。”简皙说，“真正独立清醒的人，自己活得郁郁葱葱，爱得爽爽快快，不需要去用别人的短处，来彰显自己的优越。”

陶溪红极轻的一声吸气。一旁的简严清终于发声：“你们两个是怎么回事，看个电视剧，还能上演一场辩论赛。”

简皙没说话，陶溪红倾身给老伴倒了杯凉茶：“熬了一下午，喝点儿，败火。”

这时，从门口传来一声轻快的叫唤：“什么败不败火的啊，谁火了，能火过我吗，我微博粉丝都突破十万大关了。”

陶星来身着清爽白羽绒服，帅气登场，逮着人就可劲儿地嘴甜：“哟，这位端庄大气的女人怎么这么像我妈啊，还有那位大爷，气宇非凡，一看就像城管队伍的管事人。”

简皙痛苦地闭上眼，这个弟弟，真是好吵啊。

“啧啧啧，那位假装睡觉的美女。”陶星来蹿到她面前，攀着肩膀自来熟，“不想看到我，是不是嫉妒我的美貌啊？不要有想法，一个爹妈生的，基因差不到哪儿去。”

简皙太崩溃了，心里本来就很烦，起身回了卧室。简严清微皱眉头：“把你姐都闹走了。”

陶星来有点受伤：“怎么了怎么了这是，一走走俩，不是我亲姐，总是我亲爹吧。这可太不爱护市民了，这市长也太好当了吧。”

简严清面不改色，迈步上楼，去书房看报告。

“妈，他们都走了，我是你亲生的，你可别抛弃儿子。”陶星来揽住陶溪红的肩，乖乖地按摩，“我可喜爱您了。”

陶溪红淡定地喝茶：“说吧，是缺钱了，还是缺钱了？”

“妈，您怎么跟爸和姐是一伙儿的啊。”陶星来按摩的手劲儿还让人挺舒服，“小陶女士，你这两天也不太乖啊。”

终于说到重点，陶溪红放下茶杯：“大人的事情，你少管。”

“那不行，我得子承父业，维护好城市秩序，联络好市民感情。”陶星来长松一口气，“妈，你还是名牌大学生呢，咋也搞封建社会那一套？”

陶溪红不乐意了：“你知道你姐的事？”

“我和他们可熟了，吃过饭睡过觉，他还帮我盖过被子。”陶星来一脸美好的回忆，“他人超好的。”

“我看啊，你们姐弟俩都不识人心。”陶溪红说，“他对你姐不忠诚。”

“没事吧妈，你还查过人家呢？长辈做错了也得一视同仁，这可就是您的不对了，怎么可以滥用老简的职权呢。”

陶溪红有点无言以对。

“不就是撞见他和一个女人进了包间一小时吗？”

陶溪红冷哼一声：“男女共处一室，别告诉我是在斗地主。”

“太聪明了您，就是在斗地主啊！”陶星来从衣服兜里掏出两张彩色的纸，递过去。

“这是什么？”

“JJ斗地主游戏，二十号晚上十点档的区域赛，第一名，15837214586夺冠，这个比赛是连续性的，没法中途退赛。”陶星来又递上第二张纸，“喏，这个号码就是贺燃的，我都给您把电话单打出来了。”

陶溪红无话可说。

“他真是在斗地主呢，什么也没做。”陶星来语重心长道，“您也是个见过大世面的老同志，做生意应酬不就是这么回事吗，又不是大老板，很多事情身不由已啦。”

这语气老成得让人想拿个砖头拍死他。

陶星来正儿八经地继续：“现在证据确凿，洗脱罪名，如果您还执意，那就是偏见。这样的女人，我们全家都不爱。”

陶溪红低头，看了那两页满满都是截图的纸，好像还真是那么回事。

“你看这男人多聪明，当时拿了第一还知道截个图发发朋友圈，不然可就洗不清了。”陶星来感叹道，“人生就是这么巧，一环扣一环，搞得我像陶尔摩斯一样。”

陶溪红皱眉：“别夸自己，你做不出这么有说服力的证据。”她抬起头，把东西搁桌上，“是贺燃让你来解释的吧？”

就等着这句了。陶星来飞快：“为了我姐，他都能抱着我的大腿边哭边求我牵线搭桥呢，感动死得了。”

陶溪红被儿子的胡说八道风格闹得太阳穴胀痛，一心想要让他闭嘴，于是直接满足了他今晚的最终愿望。

“行了行了，都是吃里爬外的，约个时间，让他来家里见个面吧。”

陶星来如释重负，伸出食指和中指，往亲妈面前一送：“欧耶。”

大功告成，陶星来屁颠颠地跑上二楼，推开门就嚷：“姐，你怎么回事啊，怎么可以不看小陶训老陶的现场直播呢？你是我亲姐吗？”

“不是。”简皙盘腿坐床上玩手机，头也不抬地打断。

“也是，毕竟我比你长得好看。”陶星来打开衣帽间，对着镜子整了整衣领。

简皙没理他，转了个方向，继续玩手机。

“天，你老土，多大的人了，还玩单机俄罗斯方块。”陶星来凑过去，伸眼一看，“哎呀，这个放左边，左边，对。”

简皙空出一只手，逮着身侧的抱枕堵住他的脸：“好吵。”

“你可别神气，我是有好消息的人，你要不要听啊？”陶星来把抱枕抱在胸口，下巴蹭在上头挺得意。

“不听，别说，不要告诉我，从这一刻起你不许讲话，不许哼哼，谁先说话就给一百块，现在开始。”简皙太了解这个弟弟了，不能顺他，否则蹬鼻子上脸能贫一晚上。

“我把咱妈给说服了。”陶星来抬起下巴，念诗似的语气，“姐姐的爱情由我来添砖加瓦搞装修。”

简哲侧过头："什么意思？"

"老陶不是怀疑贺贺哥和别的女人耍流氓吗，我有他斗地主的证据。"陶星来得意死了，把事情始末原原本本讲了一遍。

简哲皱眉："贺燃去找你了？"

"那可不。我在三宝亭拍戏呢，他在片场等了我好久，但我耍了一下大牌，才不为他吃里爬外。"

简哲伸出手，往他脑门上重重一弹："好好说话。"

"哎哟，疼！这手劲儿简直了。"陶星来一顿抱怨，继续道，"后来他抱着我大腿，声泪俱下，我看着可心疼了，一不忍心就答应了。这不，正好响应市里的'树新风，做好人'活动号召，我多给老简长脸。"

简哲扔下游戏，把陶星来给掰正，面对面地问："妈妈的误会解除了？"

陶星来点头："她要见贺燃。"

简哲震惊，然后喜上眉梢。

"见家长了，是时候破财了。"陶星来伸出右手，数着手指头，"老简喜欢收藏字画，陶总爱穿金戴银，陶影帝我追求不高，给个爱的大红包就好。"

简哲就像冬日回了暖，心里头的石头落地卸压。陶星来掏出手机，作势按号码："可得提前通知一下，让他心里有个数。"

简哲一把抢过："别闹。"

"你偏心得可真过分，爱他不疼我，我后悔死了，把从小到大的心头爱亲手送入敌人的怀抱，我……"陶星来还没说完，就被简哲一把抱住，她声音轻："星来，谢谢你。"

妈呀，这突然的幸福。陶星来都快老泪纵横了，给点儿糖就失去了立场，忙不迭地表忠心："姐，为你鞍前马后，我心甘情愿，只是事情办成后，能请我吃西湖饭馆的猪蹄吗？那个味道我超爱的。"

简哲快要笑死，拍拍他的背："吃多少都给。"

这边献完宝，陶星来又赶紧地故技重施，打电话给贺燃。但显然，贺燃的段位高太多，处变不惊，淡定极了。

陶星来有点无语："你怎么没点儿情绪波动呢？给我点儿互动啊，超尴尬的好不好。"

贺燃沉声一笑："谢了。"

这就完了？陶星来说："我还以为你要给我作首诗呢。没劲儿。你跟我姐商量一下，看什么时候过来家里一趟，我好通知我家皇太后。"

贺燃应了，说再联系。挂断电话，贺燃走出洗手间，正是吃饭高峰，来往的人一拨又一拨。他逮着空隙，在窗户边迅速抽了支烟，后来听到斜对面的包厢里王总大着嗓门儿喊叫："小贺，人呢？快进来。"他才掐熄还剩半截的烟，快步走了进去："在。"

王总喝多了，额头上都是细密的油汗，借着酒劲儿有点狂："你去哪里了啊？客户在呢。"

贺燃笑脸解释："去方便了一下。来，王总。"他殷勤倒酒，瓶身还没拿稳，就被一手拂开："去去去，懂不懂规矩，先去敬刘总。"

那客户刘总也是个不嫌乱的货色："那怎么行，叫小……小贺是吧，他可是你下属，先敬你是理所应当啊，快快快，给王总满上。"

贺燃握着酒瓶，暂时没动。王总热血上头，踩着别人的面子来彰显自己的本事："你们这帮年轻人，就是不懂事，没经验，事情不会做没关系，一定要多学习，多问，光不出声有什么用，一辈子没出息。"

老生常谈的官僚语气，惹得一桌子人哄堂大笑。贺燃在这些讥讽看戏中，保持冷静与微笑，仿佛被踩在阶下的不是他本人。他用忍耐，演了个片叶不沾身。

对座的人事经理肖姐打岔取乐："小贺，麻烦你叫下服务员，让他沏壶茶进来。"

贺燃出了包厢，跟服务员打好招呼，又走到窗边，接着抽他那剩下的半截烟。

“呀，在这儿抽烟呢？”高跟鞋敲击地面的声音伴着女声一块儿传来。

贺燃转过身，颔首轻道：“肖经理。”

“怎么，有想法啊？”肖姐比贺燃还大六岁，体态丰腴，穿着高筒靴，大衣里是薄纱材质的打底衫。她笑意盈盈，给他递了一瓶水，“别在意，他们都喝多了，开玩笑呢。”

贺燃反应平静，按熄烟头：“领导说什么都是对的，还有，谢谢你刚才帮我解围。”

肖姐遮嘴乐：“你多机灵啊，进公司第一天我就看出来了。”女人的目光在贺燃身上来回巡礼，最后停在他牛仔裤上，笑道，“嗯，你穿这条裤子好看。”

贺燃瞥她一眼，没说话。

“以后我跟王总说说，让他多提拔你，我们人事部每年都会设一个储备干部的名额，能够提高待遇。”肖姐突然拍了拍贺燃的肩膀，食指上的蓝宝石戒指闪着光，语焉不详的暧昧没藏掖着，“你可要好好表现呀。”

贺燃不动声色地侧了下肩，躲开了她的手，露出距离感十足的礼貌笑容：“肖经理，我先进去了。”

饭局继续，酒空又满，贺燃看着桌上你来我往的奉承，低劣可笑的夸词，换作早年，他一定不屑，但现在，他麻木着一颗心，静静受着，茫然且无力。散局已快晚上九点。肖经理从后面冒出来：“小贺，你住哪儿啊？我有车，可以带你一路。”

“不用了，肖姐，我和你不同方向。”贺燃直接拒绝。

“哪有，你住牙蹄路那边吧？”肖姐笑眯眯的，“顺路的，上来啊，我车才买没多久，你帮我看着点路。”

贺燃还没发声，醉醺醺的王总就在那儿扯着嗓子喊：“还不上去，这是命令。”

肖姐嬉笑：“哎呀，老哥，我就是给小贺找个方便，这边不好打车。”

贺燃不想再听啰唆，拉开车门，坐上了副驾。肖姐心满意足，眼神直勾勾的：“你可要帮我看路呀。”

一路上，这女人叽叽喳喳说个不停，似娇似喘，最后快到了，她突然急急道：“哎呀，这档怎么换不了了，小贺，你快帮我弄弄。”

贺燃对这浮夸的暗示充耳不闻，冷淡地负手环胸，盯着她按在档位上，迫不及待等他来握的手，极轻一声嗤笑：“我不弄，要死就死呗。”

肖经理的脸色瞬间垮下去，不高兴了。管她呢，贺燃下车连再见都没说，吹着口哨朝家的方向走。

与简皙父母见面的时间，暂定在二十四日晚上，家中设宴，说是便饭，但贺燃知道，这算是一锤定生死了。

简皙这两天都在医院值班，忙起来两人也没时间见面。陶星来被贺燃烦得都快崩溃了：“贺贺大哥，您能别电话轰炸吗？其实你是拿我姐做幌子，真正爱的人是我吧？先说明了，我可不搞基。”

贺燃笑着说：“对不住，我就再问一下，你妈妈喜欢什么颜色？”

“颜色？干吗？”

“我看到有条丝巾，中老年款，颜色还挺多。”

“我天，她要是喜欢金黄色，你是不是就去种太阳啊？”陶星来有点受惊吓，“妇女之友啊，贺贺哥，你在哪里看到的丝巾？”

贺燃说：“爱马仕。”

陶星来有些不好意思：“一个老年人，整这么时髦做什么，又不用谈对象。”

此刻的贺燃正在商场外面，透过落地窗看繁华街头来往的车和人，世界就是这么奇妙，当你有了牵挂，便淡化了付出感和得失感。

他的目光从人群抬高至蓝天，一碧如洗，就跟他的心一样宽阔高远。

陶星来听见贺燃轻声说：“小子，我这是爱屋及乌。”

他有点感动，贱兮兮地多嘴：“你给我爸拎了茶叶，给我妈买了爱马仕，那我呢，给我的见面礼是什么？”

贺燃笑：“一个姐夫啊。”

买下丝巾去付账的时候，贺燃拿出了钱夹内层里的一张卡。

“刷您四千八，先生请您签个字。”导购礼貌地把卡和票据递给他。

贺燃说了谢谢，拿起东西放手里拎了拎，长吁一口气。初次见面的礼物都备好了，贺燃寻思着还有什么纰漏，外婆也挺上心，自从知道他要去简皙家后，嘱咐个没停，贺燃嘴上说烦，但还是默默地把老同志的提醒记在了心里。

啧，搞得跟毛头小子似的。

约定日是周四，贺燃在几天前就跟领导请好了假，三点半的时候，正准备下班却被王总给叫住：“小贺，这假我不能给你批了，晚上有个客户到，你陪过去应酬一下。”

贺燃说：“王总，今天我家里有事，不能作陪。”

“那不行，客户很重要，你把事情往后挪挪。”

贺燃依旧和气，耐心建议：“能不能让小赵去，我这边有事走不……”

“你怎么回事！公司的利益重要还是你的私事重要啊！公司不赚钱，谁给你饭吃，谁给你发工资！”王总打断他，厉声道，“你是新员工，更要懂得集体意识，我看你这个思想就很有问题。”

贺燃脸上始终带着笑，看似温和，不发一语。这时，人事经理肖姐也从办公室走了出来，佯装调解：“贺燃，你就克服一下困难，公司在实习考核里会根据你的表现适当加分的。”

王总还在喋喋不休：“上级命令必须服从，在进公司的时候我就跟你说了，怎么搞的啊。”

贺燃不停点头，再点头。王总以为他服软了，扬起脖颈，像个战胜的将军一样：“四点出发，晚上再去订个包厢。”

“厢”字还没说完，他“哎哟”一声惨叫：“啊啊啊！”

贺燃操起桌上的水杯，把满满一杯水倒向了王总的头顶。办公室顿时惊叫连连。贺燃眼神中再无讨巧的迎合，揪着王总的衣领，手臂绷紧，把他举得脱离了地面。

“你他×别在老子面前装大爷，老子在外面混的时候，你毛都没长出来！”

王总吓得脸色发红，直嚷嚷：“你……你还想不想要工作了，哎哟哎哟！”

贺燃把他推到墙上，像挂衣服一样钉在上头：“你就是个傻子你知道吗？成天给人当孙子，自己的脸面往人屁股下头放，四十好几的人了，长点儿脑子成吗？你这做的不是生意，是没骨气！”贺燃此刻气场全开，“你给我听好了，这工作，老子不要了！”

“小贺小贺，你冷静一点。”肖经理踩着高跟鞋慌张劝架，攀着贺燃的胳膊，整个人都快贴他身上了，“那是你领导，有话好好说，好好说。”

“滚蛋，别碰我！”贺燃毫无怜香惜玉的意识，“别以为我不知道你那点儿心思，合着是个男人你就往上扑？我告诉你，就你这样的，我压根看不上，老子女人比你好一万倍！”

整个公司，鸦雀无声。贺燃横行张狂，戾气再不藏着掖着，没有一个人敢上去拉扯。最后也不知是谁喊来了保安，六七个人架着他往地上摔。贺燃猛力挣扎，但对方人多势众，他脸被人踩在地上，太阳穴青筋暴突。

简家，四点十分。一家子都在忙上忙下。

陶星来嚼着草莓，吧唧吧唧地说：“姐，谁说咱妈不紧张啊，都亲自下厨房了。”

简皙洗了几个苹果，摆着果盘：“你待会儿不许乱说话，收起你的笑话集，严肃点。”

陶星来舔了舔嘴唇：“那不行，我嘴不动会死。”

简皙捏了颗草莓塞他嘴里：“烦死你了都。”

“我知道你说的是反话，其实你爱死我了。”陶星来伸手去果盘里偷食，被简皙一巴掌拍掉，“不许吃，这是你姐夫的。”

陶星来太委屈了，冲着二楼书房直嚷嚷："市长，我要举报有人脸皮太厚！"

简皙心情大好，打算再去切两个橙子，贺燃喜欢吃。手机响的时候，陶星来递给她："给，你的情郎，估计是快到了，我去开门。"

简皙笑意满脸，接通："喂？下班啦？"

没几秒，她脸色沉了下去。贺燃说，让她开车来公司，还说，对不起。

简皙拿着钥匙出门，陶星来屁颠颠地跟后头，陶溪红在厨房里问："去哪儿啊？人不是快来了吗？"

陶星来说："年轻人的事，老同志少管，这样不可爱。"

简皙心急如焚，开快车在二十分钟内赶到贺燃公司。她跳下车，下巴都快掉地上，只见贺燃一身灰尘邋遢，脸上瘀青明显。陶星来跟了过来，一看就愣住，半晌，才眨巴眼睛道："姐夫，请说出你的故事。"

贺燃利索地直起身，看样子没有伤筋动骨。他抱歉地看着简皙："对不起。"

简皙置若罔闻，一个劲儿地围着他身上看："伤哪儿了？手疼吗？千万别忍着，不行我们就去医院。"

陶星来自作主张地帮他姐答了声："嘿嘿，没关系。"

简皙狠狠扫了他一眼，陶星来急忙举手："我错了。"

贺燃深吸气，艰难开口："我这样子，去见你父母不合适。"

"千万别啊。"陶星来一听就来劲儿，"你可别想毁约，皇太后都亲自下厨了，我闻见那味儿，炖了只大母鸡。"

简皙也没说话，目光闪烁透着犹豫。贺燃当然知道，他今天不去，以后可能就再也没有机会了；但去了，自己这狼狈不堪的模样，又能让结果好到哪里去。

陶星来就是个聪明蛋，兴奋地出馊主意："要不这样，假装是我把你给打了，到家后，姐你就告状，我就耍横，我爸妈保准骂我，心疼贺贺哥。"陶星来再一细想，觉得这点子可伟大了，"我可把话说前头，光靠我的精湛演技还不行，你俩也得配合演出。姐，你看我的眼神怎么有点像在看垃圾呢？喂，干不干啊？”

贺燃抬眸：“干。”

陶星来在回家的路上快速化了个“打架妆”，简皙的眉粉眼影都被他掏空了。

“陶星来，你少抹点儿行吗？这个色号我还是托人从国外带的。”

“那可不行，我得逼真。”陶星来把化妆品在自个儿脸蛋上晕开，还知道用胭脂调色，效果出来特别好。

陶星来拧巴着一张脸，哭丧着指向贺燃，食指在空中颤抖：“不许你欺负我姐姐。”

简皙一身鸡皮疙瘩，啪地一掌拍向他脑袋：“神经。”

“见过这么帅的神经吗？你凶我，还打我！我可告诉你，把我拍炸了，待会儿我就控制不住我的嘴了，乱说你可别怪我。”

贺燃拉了陶星来一把：“行了，别吵你姐开车，我感谢你。”

陶星来很好哄，看了看他，语气老成道：“你可以适当紧张，毕竟等下你要见的是市长。”

本是玩笑话，没想到贺燃就真的认真了：“你爸爸他，好相处吗？”

“比我妈妈好那么一点。”陶星来伸出右手，食指和拇指比画出一厘米的距离，“喏，就好这么一点点。”

贺燃咽了咽唾沫，一言难尽。简皙瞄了瞄，平日狂妄不羁的大爷们儿，此刻被整得畏首畏尾，想想也心疼，于是握上他的手，重重地捏了两下：“我在呢，别怕。”

一路忐忑行驶，终于抵达市委大院。这里是闹中取静的地方，窄短的一条路，两车道，路边是高大连绵的梧桐树。第一道大门警卫笔直站岗，还有公干巡逻车来回络绎。简皙的车牌是备过案的，所以畅通放行。

陶星来在升降杆抬起的那一刻说：“颜值高的人才让进，这是对我们仨的肯定。”

简哲快笑死，反手揉揉他脑袋：“你是大院里的一枝花。”

“可不是嘛，颜值撑起我市一片天呢。”

贺燃听他们俩姐弟插科打诨，心情却没有放松太多，再往里开两公里，就是第二道门，整队武警在院里巡视，两排民国时期留下来的老洋房外观简朴。下车后，简皙越发觉得陶星来这主意馊：“要不算了，别演戏了，就这么见吧。”

“你可别多嘴，女人，到男人后面去。”陶星来揉了揉脸，拿出钥匙开门。门缝一开，陶影帝瞬间入戏，脸一沉，眉目上飞，眼神里还有股委屈劲儿。贺燃跟在简皙后面，人在门外，就听到陶星来一阵嗷呜叫，紧接着是陶溪红的声音：“行了，你有戏拍就回片场，这样见客太不礼貌。”

陶星来处变不惊：“妈！别心疼我！我跟人打架了！唉，好气啊！”

简皙和贺燃进屋。

“妈妈。”

“伯母您好。”

陶溪红客气点头，应了这两声招呼，目光落在贺燃脸上，一怔。她先是让出路，迎接贺燃进屋坐，然后质问陶星来：“你在搞什么，出去这么会儿工夫，就给我惹事。”

陶星来挺来劲儿：“我舍不得我姐。”

“这是什么逻辑，你就去打人？”

“我姐原来只疼我一个人，现在他俩是一伙的，把我孤立，把我伤害。”

陶溪红神情严肃，低骂：“你胡闹！”

“我就闹。”陶星来越演越起劲儿，“我心理年龄十二岁，正是叛逆少年期，姐弟的感情你不懂，外敌侵犯，虽帅必打。”

简皙按之前对好的台本，掐准时间起身拉架：“别吵了，你有理行了吧，妈，这是贺燃。”

陶星来强行加戏，拦在陶溪红面前："别看他，看我。"

陶溪红烦死："星来！"

陶星来戏份结束，飞快上楼，谢幕退场。陶溪红被儿子闹得头疼，转而抱歉地看向贺燃："小贺别介意，他从小被我们惯坏了，你这伤要不要紧？小哲，去把药箱拿来。"

贺燃忙起身："不用了伯母，小擦伤，不碍事。"他双手递过礼物，"这是给您和伯父的，也不知合不合你们心意。"

"客气了。"陶溪红笑着接过，拿出她的那份打开，仔细看了番后，抬起头说，"谢谢，我很喜欢。"

简皙问："我爸呢？"

"在接水利厅的电话，应该快下来了。"陶溪红描眉精致，淡淡的妆容十分得体，她把果盘轻轻推向贺燃，"小贺，吃水果。"

贺燃也不推辞，大方地拣了片橙子。没多久，简严清从书房下楼："陶星来又怎么了，我在书房都能听到他在卧室又蹦又跳。"

"他闹呢。"陶溪红转头看着老伴，"真是长不大的孩子，你看，给小贺添了不少麻烦。"

贺燃起身，对简严清颔首："伯父，您好。"

简严清休息时穿着闲适，一身棉麻材质的夹袄很有垂感，被高个头一撑，少了平日的严谨稳重，举手投足间镶嵌了几分写意风流。他走过来，与贺燃握了握手："随意点，在家里没那么多规矩。"

简严清坐在单个沙发上，简皙乖巧地倒茶。

"我听小哲提过你很多次，对你赞赏有加，本来可以早点见面，都迁就着我的时间。"简严清态度温和，没有一点儿架势。

贺燃也是不卑不亢："伯父，您工作忙，也要注意身体。"

陶溪红手搭在老伴肩上："小贺挺客气，还给我们带了礼物，我先替你饱眼福了，是盒毛尖，隔着袋子那茶香就足蕴。"

简严清对贺燃点头："费心了。"

陶溪红说："年龄长一点就是懂事些，你看星来，过了年就二十四，还这么飘，小贺，有些时候多有得罪，你别见怪。"

贺燃说：“谈不上得罪，都是年轻人，在一起有话聊，有不同意见也很正常，小陶其实思想很活跃。”

陶溪红面有悦色：“小贺哪儿的人？”

“老家遥省。”

“那怎么会搬到这儿来？”

“在那边生意失败了，早几年心态不够稳，想着换个地方。”贺燃平静陈述，没有一丝遮拦和隐瞒。

这份坦承让陶溪红感到意外。简皙静静地给贺燃沏了杯茶，推到他面前，无言地安慰。

简严清说：“人都是在历练里成长起来的，这个值得赞赏。”

陶溪红又问：“你和小皙是怎么认识的？”

“洗车。”贺燃说，“后来我朋友爱人临时出了状况，简皙帮着送去医院，大人小孩才平安。”

简严清点头：“她是医生，从医者，该敬畏生命，小皙，你做得很好。”

聊了十来分钟，饭菜全部上桌。陶星来特自觉地下楼：“不用你们叫，我吃饭可自觉了。”

简皙倒果汁，头也不抬：“没人叫你。”

“我时刻留意着香味的，在楼上我就闻出是什么菜了，炖鸡、芦笋炒虾球、清蒸鲈鱼，你看，一闻一个准。”

陶溪红被他吵得头疼：“狗鼻子都没你灵。”

“狗鼻子有我的挺吗，我的鼻子可是整形医院的教科书范本。”陶星来挨着贺燃坐，还在入戏中，“别怕，我不会再揍你了。”

简严清略微提声：“星来。”

“你们怎么回事儿啊，一个个威逼恐吓的，帮理不帮亲，打击死我得了。”陶星来溜溜话一长串，还挺暖场。

平平顺顺的午饭，与贺燃的预料相符，没有尴尬，没有刻意的讨好，更没有藏刀的疏离。简严清周身带着一股沉稳清冽的气场，陶溪红精明能干，却也懂事明理。贺燃暗暗松了一口气。

饭后，贺燃坐客厅，继续和长辈聊天。简皙端了碗樱桃上楼，陶星来盘腿坐木地板上玩游戏。简皙拿起一颗樱桃往他嘴里塞："今晚你表现棒，记你一功。"

"一功能兑换一盘红烧猪蹄吗，你可答应我了，不许耍赖。"陶星来嚼得吧唧吧唧。

"好好好，我明早六点就去给你排队买。"

陶星来心满意足："破店一天限量一百份，买不到你就完蛋了。对了，贺贺哥呢？"

"和爸妈聊天。"

"你可别以为过关了，吃饭的时候，妈的目光可不友善，总盯着你男人，观察他的一举一动。"陶星来忧伤脸，"女强人好可怕，超能脑补。"

简皙倒不觉得有什么："我已经很感谢妈妈了。"

"不过说真的，贺贺哥不怕母老虎，特淡定。"陶星来换了个姿势，趴在地板上玩游戏，"气场一点也不输。"

简皙心里隐隐得意，又塞了颗樱桃放他嘴里。

一个小时后，贺燃告辞："伯父伯母，时间不早了，就不打扰你们休息了。"

陶溪红起身："你回去也要花时间，那我就不留你了，让小皙送送你。"

简皙从楼上下来："妈，星来说他晚上睡家里。"

"随便他吧。"陶溪红拿出早备好的回礼，递给贺燃，"这是我托人从湘西带回来的一些补品，我听小皙说，你家里还有一位外婆，拿给她老人家，当是我们的心意。"

贺燃推辞了一番，还是接过。等车子驶出市委大楼，贺燃说："你靠边停一下。"

简皙问："怎么了？"

车还没停稳，贺燃就急不可耐地搂过简皙，吻得又凶又猛。

简皙舌头吃痛，气也喘不过来，推着他的肩膀含糊拒绝："大街上好多人呢。”

贺燃没敢过火，收了分寸，压着声音说：“擦的什么口红，跟妖精似的，我都惦记了一晚上。”

简皙心里一片甜，勾着他的脖颈主动贴了上去：“再亲一下，还没亲干净呢。”

贺燃头一偏：“不给。”

简皙抿了抿唇，可怜兮兮地望着他：“贺老大。”

贺燃装冷酷：“老什么大，叫老公。”

简皙挺直背脊，手搁在方向盘上，有一搭没一搭地敲着：“爱给不给。”

“鬼机灵。”贺燃笑骂，飞快亲了一下她脸颊，“喂不饱你了。”

重新开车上路，八点刚过，城市正热闹，夜色灯影混杂着白昼还未散尽的余温。

“见过我爸妈了，紧张吗？”

“见着人就不紧张。”

“不信。”

贺燃烟瘾犯了，抽出一支咬在嘴里没点燃。

“我当时想得很清楚，他们不喜欢我、不赞同我们又怎样，敢把你嫁给别人，我就敢去抢新娘——反正，这个女人我要定了。”

简皙手指微颤。贺燃咬着烟，滑下一点车窗过风，他的寸头干净利落，露出了饱满的前额，有风，他微眯双眼，淡然又从容。

“简皙。”

“嗯？”

“这个城市你最喜欢哪个地方？”

恰遇红灯，车身缓停，简皙转过头：“什么？”

贺燃说：“我想买房，买在你喜欢的地儿。”

这个消息有点突然，简皙一时不知怎么回答。来往路人穿梭于马路，光影折叠隐隐投映在车窗前。贺燃的脸被衬得明暗交叠，轮廓柔和，他转过头，灼灼目光如星如火。

“房子我来买，你只要住进来，给我一个家，好不好？”

贺燃轻声说：“简皙，我们结婚吧。”

呼吸停滞在空气里，简皙忘了一切。直到后头车辆不停按响喇叭催促，她才如魂回体，手忙脚乱地调整坐姿。

“哎哟。”贺燃被这一脚油门给猛到了，“别激动，慢点来。”

简皙没吭声，手指头捏着方向盘，关节发白。贺燃被她这反应弄得也有点忐忑，这会儿冷静一想，觉得心里没底。

“行了，别被吓着，主要是见家长给激动的。”贺燃清了清嗓子说，“现在条件还不成熟，求婚也不正式，等我把事情都给安排好，再带外婆去拜访你爸妈。”

简皙已经云里雾里，心尖儿发颤。贺燃一个人在那儿做安排：“结婚是大事，你家那边的亲朋也得给个名单，看需不需要一家家上门送礼。还有房子，弄个装修也需要时间，简皙，你要不要……”

他转过头，愣了愣：“你很热啊？额头上都冒汗了。”

简皙深呼吸：“不，不热。被暖气吹的。”

贺燃覆上她放在档位上的手，感受她的紧张，感受她的心跳，感受她下意识的反应，不用说话，不用回答，贺燃知道，她心动了。简皙把车停在牙蹄路路口，贺燃把她掰正：“后半段跟木头人一样，你这是高兴，还是悲伤啊？”

简皙冲他眨眨眼，额头不冒汗了。贺燃揉了揉她的耳垂：“喂！傻了啊？”

简皙的笑容像清泉波纹，她一把搂住贺燃，飞快地在他脸上亲了一口。

贺燃皱眉：“怎么只亲一边脸呢？来，还有这儿。”他指着另一边，凑得近近的。

简皙捧住他的脸，亲眼睛，亲鼻子，亲左右脸，最后亲了亲他的嘴唇。贺燃被她弄得痒：“你亲狗呢。”

简皙笑出了声：“没这么丑的狗。”

贺燃表情变温和，慢慢吻住她，舌尖轻轻舔，简皙动了情，主动拉起他的手往自己胸口放。贺燃失笑：“鬼机灵，故意的是吧？知道我今晚得回家。”

简皙唇色通红，在他耳朵边撒娇，这直白的表达让贺燃通体爆炸，情人间的甜腻可以腾云驾雾，升天炸开成细碎迷人的烟花。贺燃觉得，死在此刻也足矣。

简皙推开他，笑着说：“好了好了，下车吧。”

“这还怎么下车。”贺燃低眸一看，恨不得掐死她。

简皙偷笑，又偷瞄，贺燃沉着脸，在车里坐了五分钟才缓过劲儿。简皙看着他的背影渐渐消失在巷子口，再也压制不住了：“啊啊啊！”她连声兴奋大叫，手舞足蹈，脚把车子踩得直摇晃。

“他向我求婚了！妈呀！太高兴了！”简皙像只打了鸡血的招财猫，揉着自己的脸心神荡漾。还说要带上外婆拜访，这就是提亲的意思啊！简皙忍不住笑出了声，越想越美，她反复回味贺燃那句“我们结婚吧”，甜得心里直冒泡。太投入，以至于车窗被敲响的时候，简皙吓得心脏蹦到了嗓子眼。

转头一看，差点魂飞魄散。贺燃站在车外，弯着腰，一脸无语地看着她。

简皙慌忙滑下车窗：“你……你怎么不吭声啊？”

“我站这儿都两分钟了，你想什么去了？”贺燃负手环胸，皱眉忍笑。

简皙心里咯噔一跳，那刚才自己失心疯般的反应，岂不是被他看了个全场。

丢死人得了。

简皙问：“是有东西忘记拿了？”

他点头：“对啊，忘了一样。”

“补品不是拿了吗，外套也穿上了呀。”简皙回头看后座，“那还有什么？”

“把头转过来。”

简哲疑惑地"嗯"了声，微仰脖颈，与他对视。

贺燃浓眉染笑，伸手进车窗，按住她的后脑，狠狠吻了上去。

简哲又气又羞，推搡他："耍流氓。"

贺燃舔了舔嘴唇："好了，现在没落东西了，开车慢点，到家发个信息。"

简哲点点头："明天见。"

直到尾灯消失在街角，贺燃才抬步回家。老太太从六点开始就守在大门口盼星盼月。远远见着贺燃，赶紧起身，颤巍巍地迎上去。贺燃一看就恼火，快步跑来："你这小老太婆怎么回事，大冷天的坐在门口演雪人啊？"

外婆"喊"了声，被贺燃搀着往屋走："我是怕你说错话，做错事，被人家家长赶出来，我可不得给你留门嘛。"

"你操的都是什么心，对你孙子有点信心行不行？"贺燃太不满意这份关怀。

"小哲家里人怎么样？对你好不好啊？有没有为难你？"外婆好多问题，很快又自问自答，"应该都是好人，不会势利眼。"

贺燃好笑："这么有信心？"

"看姑娘就知道了，知书达理，性格开朗，这样孩子家的父母不会太差。"外婆是过来人，但还是关心孙子，"你可没惹事吧？"

两人进了屋，把一城风雪挡在门外。贺燃说："她家人很好，很愉快的见面。"

"那就好，那就好。"外婆坐在火炉前，伸手取暖，"兔崽子，要安心了啊，可别再飘。"

贺燃突然默声，好半天，才抬起头："老太太，这几年，也苦着你了。"

外婆手一挥："这叫什么苦，跟红军长征二万五能比吗？我老喽，饭啊，是吃一顿少一顿，你啊，是见一面少一面。但孩子，你人生还有老长呢，可不能自个儿泄气。"

贺燃咧嘴笑，眼眸被暖炉里的火光映着，笼了一层淡淡的橘黄。外婆继续："我知道，你心里一直过不去三年前的那道坎儿。唉，我也心疼，但有什么法子，人生就是稀里糊涂，指不定哪天又中彩票。"

贺燃淡淡地笑："李春瑶，你还瞒着我买六合彩啊。"

"瞎贫。"外婆皱巴的手指上，那枚金戒指已经磨损发旧，贺燃看着越发心酸。

贺燃当年事业破败，才不到二十六岁，眼看高楼起，又随高楼塌，人间天上的反差就是朝夕之间。他从堆金积玉的万人崇拜，到艰难求生的独来独往，与父亲不和，父子反目，腹背受敌，世界即地狱，他穷得只剩一个外婆。

老太太一声长叹气："贺燃啊，正视，接受，改变。人生三步骤，你花了三年才好不容易进行到第二步。外婆害怕啊。"

贺燃声音嘶哑："您怕什么？"

"怕我岁数活不够喽，没法看见你振作的那一刻。"

贺燃喉咙哽得难受："李春瑶同志，你不乖啊。"

外婆起身去卧室，很快又出来，手里还拿了个红色的塑料袋。塑料袋有些年头，一圈圈地缠得很紧，贺燃看她打开，纸本一角露了出来。是存折。

"我也没什么钱，能给你的，我全留在这儿。除了我买棺材的钱不能给，你全拿去。"外婆往他手里塞，"小皙是个好姑娘，得给她一个家，别太寒酸。"

贺燃手指死死拽着，短平干净的指甲掐进肉里："我不要。"

外婆没理他，就往怀里塞。贺燃反手握住老人家的手，宽大的掌心用力再用力，他声音压抑又颤抖："您就好好给我活着，我要让您知道，什么是真正的骄傲。"

外婆泪光隐隐，手臂不停抖："好孩子，好孩子。"

又聊了一会儿，贺燃洗澡回卧室。他心里算了一笔账，这两年干讨债的活，攒了十九万存款，买个八十平方米的三房，付上首付。再努力半年，把装修费给凑齐，赶着明年国庆办婚礼。

这种感觉很奇妙，就像苦中作乐，却没有半点迷茫。贺燃心里甚至在想，如果前几年的一败涂地，只是老天爷用来交换简皙的筹码。那么，双手奉上，都嫌太慢。

贺燃掐着眉心，低低笑了出来。有外婆，有简皙，未来还会有孩子。

这才是家啊。

第二天，陆悍骁给贺燃回了个电话："哥们儿，昨晚我醉死了，你电话我真没听见。"

贺燃冷笑："你再这么浪下去，迟早肾衰竭。"

"我真喝醉了，再说，你的电话我哪次没接？"

"傻子！"贺燃都快恶心死他了，"报个地方，我有事找你。"

陆悍骁今天难得没有应酬，约贺燃在一家名不见经传的小地方吃午饭。

"别看这里不起眼，东西可好吃了。"陆悍骁吃着碟子里的酸萝卜，津津有味。

"你怀孕了吧，老吃酸的。"贺燃看不惯，"待会儿胃疼又叫唤。"

陆悍骁放下筷子，不再贪舌："昨儿在电话里什么事？"

"我准备买房。"

"买房？可以啊，差多少钱，报个数。"

"首付够了，装修不急。你对这块熟，有什么好楼盘？"

两个人聊了会儿，陆悍骁问："定下来了？"

"这么好的女人，谁不定谁傻。"贺燃手搭在椅背上，咬着烟点火，"对了，昨天的事，还没跟你道谢。"

"别虚伪。"陆悍骁嗤声，"别看我玩得开，其实有底线分寸，岁数不小了，哪还扛得住游戏人间，不过是逢场作戏走走过场，你知道的，我也不轻易认兄弟，认了，就是两肋插刀的情谊。除了小晳，你贺燃算一个。"

"昨天要是没有你，那公司不会放过我，送局子就麻烦了。"贺燃抽了口烟，在烟雾里眯缝双眼。

“一个副总正好在那楼里办事，他认识你，所以告诉了我。”陆悍骁说，“那个区我关系多，没耽搁你见市长就行。”

贺燃嚼着醋花生，桌上的手机响，他看了眼，是林加。

“喂，燃哥，忙呢？”

“不忙，什么事？”

“是这样的，我接了个活儿，酬金挺高的，但我一个人没准。”林加想让贺燃入个伙，把这债要到手，酬金对半分。

五万，贺燃掂量着这个数字，动了心：“行吧，回家我再找你细说。”电话挂断，他抬眼，“陆悍骁你有病吧，这都第四盘酸萝卜了，你玩生子呢！”

陆悍骁被他一吼，呛得直咳嗽：“尿都被你吓出来了。”

俩男人吃饱喝足，陆悍骁拭嘴，突然想起个事：“齐鹤这人你认识吧，是嘉爷的人。你公司昨天不是让你应酬吗，就是接待他。”

贺燃一怔。陆悍骁继续：“你和嘉爷的恩怨太深了，你在他手下混了一年，从底层打手做到左膀右臂，结果把人家儿子的命给做没了。”

“他儿子磕了药，发疯从楼上跳下来。跟我没关系。”

“可当时房里就你们两人，这锅你背定了。”

陆悍骁叹气：“我能明里拦着，但那人太烂，背地里，你自己多注意。”

这时，服务员敲门进来：“先生，您的菜打包好了。”

贺燃瞅了眼：“你没吃饱？打的什么菜？”

陆悍骁起身，拎着纸袋美滋滋的：“两盘酸萝卜。”

第五章 辣

市一院。

简皙今天待门诊，一整天心神不宁。贺燃知道她上班的时候特别忙，一般不会打扰，但简皙还是无数次地看手机，心想，这男人是不是得了健忘症啊，昨晚上还说要结婚，说完就没动静了。

难不成是反悔了？很有这个可能啊，毕竟他要流氓的时候什么话都说得出，也许只是玩笑话呢。简皙越想越心慌，越心慌就越瞎想，女人脑补起来是非常可怕的。简皙脑补到最后，生怕落了个空头支票的下场，心思一转，抠紧桌角暗暗做出决定。

她换衣服下班，开车直奔王府井商场。一楼白灯明晃晃，照得柜台里的首饰十分耀眼。简皙停在一个国外牌子的专柜前，低头认真看。

导购美女温言软语："小姐您好，请问有什么可以帮您？"

"我想看看戒指。"

“需要对戒还是单戒？”

简皙抿了抿唇，说：“结婚戴。”

“请您跟我来，对戒都在这边。”导购员介绍十分专业，“这款上面点缀的是圆钻，五组三连星，很清新经典，寓意是百年好合。”

简皙对比了两款，最后买下那对“百年好合”。

“一共两万三，请问您是刷卡还是付现？”

简皙拿出钱包：“刷卡。”

刚买完，就接到贺燃的电话，说他到了商场门口。简皙拎着纸袋，心跳如雷，朝门口走的每一步，都像踩在云端。自动门随着人来人往缓缓开合，简皙一眼便看到外坪上的贺燃双手插袋，背脊挺直来回踱步，目光时不时地落向商场。背后的巨大喷水池，在规定的时间点恰好亮起光，水柱直冲而上，如烟雾，似星幻。

贺燃看到了简皙，目光有了归属，他的笑容一点点放大。这一刻，简皙好像看到了未来的模样。

“怎么想起来商场了？有什么要买的？我给你买。”贺燃揽着简皙的肩，往她脸上亲了一口。

简皙被亲得有点紧张，拎着纸袋的手紧了紧，心里倒数：“3。”

“中午跟陆悍骁吃了个饭，他一个劲儿地吃酸萝卜。”

简皙静静听着，默数：“2。”

贺燃没发现什么不对劲儿，继续聊：“吃完还打包，爱吃酸，是不是有了？”

心在发烫，手在哆嗦，纸袋里的戒指在蠢蠢欲动。

简皙深呼吸，倒数计时：“1。”

“这小子越来越脱轨了……”

“贺燃。”简皙叫他，打断他。

“嗯？”贺燃侧身。

简皙黑溜溜的眼眸清澈又纯净：“我有东西要给你。”

贺燃一愣：“什么？”

“伸手。”

贺燃还愣着。

“快点啊。”

简皙有点急了，他越慢拍，她就越害怕，最后索性直接抓过他垂着的左手，摊开掌心，飞快地拿出戒指，急不可耐地往中指上一套。

贺燃惊呆了。套紧了，简皙便笑了，开心又大声：“从现在起，你就是我的人了！”她俏皮地伸出右手，五指张开，“看，我也有，夫妻款哟。”

贺燃沉默着，眼眸像是被点了一滴浓墨，化不开，深似海。简皙被他的反应弄得有点心慌：“吓到了啊，怎么不说话，我在向你求婚哎。”

话还没说完，就被贺燃拉进了怀里，死死圈着。不用解释，不用表达，不用多余的回应。

他的心跳怦怦怦如此有力，就是最好的答案。

静静依偎，燃情灼心。简皙感受到脖颈温热的触感在滑动，她侧过头，对着贺燃轻声：“老公，乖啊，你别哭。”

贺燃把情绪给强忍下去：“你这女人，怎么总是喜欢抢男人的戏？”

简皙有点不好意思，小声说：“怕你说话不算数。”

贺燃笑骂：“傻。”然后低头看中指上的男戒，把它调正。

简皙问：“好看吗？”

“好看。”

“喜欢吗？”

“喜欢。”

简皙压低声音，佯装迷离男音：“满意你看到的吗？”

贺燃被她逗得直笑：“有一种被宠爱的感觉。”

简皙挑挑眉，攻气十足：“收了我的东西，就要为我卖力，今晚，看你的表现。”

贺燃伸出手，捧着她的脸蛋往中间挤：“卖力不行，必须卖命，简医生，你别太嚣张啊。”

简皙被他弄成一副鬼脸，躲也躲不开：“拿人手短，吃人嘴软。”

贺燃把她拉向自己身体，低声说：“简皙，谢谢你。”

简皙脸色绯红，踮脚凑近他耳朵：“不客气，毕竟你平时也挺卖力。”

两人回简皙公寓，钥匙还没拿出来，贺燃就从后面搂着她，手不老实。

“哎哎哎，门还没关！”

贺燃把她推到门板上，两个人厮磨得大汗淋漓，简皙的背上一层汗水，贺燃压着她，笑她：“你出汗了。”

简皙咬着唇：“纯属热的。”

简皙第二天醒来，床边空空。她费力地下床，嘴角酸，下面胀，跟被车轱辘碾过似的。贺燃有事走得早，给她买好早餐搁桌上，春卷和小米粥，还洗了一个苹果。简皙坐下来边吃边看朋友圈，往下刷了几条就停住，贺燃早上六点发了一条动态：“牛奶就免了，毕竟昨晚睡前喝得有点多。”

字里行间没毛病，语焉不详的暧昧只有简皙才明白。陶星来这个小王八还给点了赞，并且留言道：“贺贺哥，每天坚持喝牛奶能长高吗？我想长到一八七。”

贺燃回复：“你看你姐最近长高了没。”

陶星来发了一串狂笑的表情：“长高两厘米她也是个矮子。”

简皙被这俩男人弄得心情复杂，冷冽回复，给陶星来丢了把滴血的菜刀。吃完早餐去换衣服，大腿实在酸痛，简皙选择穿方便的裙装，配上大衣和高跟短靴，她对着镜子照了照，心想，踮脚就能吻到贺燃的嘴，哪里矮了！

到了医院，护士告诉她，上次帮林加老婆预约的床位已经空出来，随时可以住院。简皙帮着垫付了押金，然后给贺燃打电话。贺燃接得飞快，听她用软绵的声音说完，笑道：“还行，嗓子没废。”

简皙怔了半秒，就听贺燃沉声提醒：“早上我往你包里放了两颗喉糖。”

简皙脸红了：“你晚上还来吗？”

贺燃声音低，带着勾人的磁性：“嗯？来干吗？”

那边停了一会儿，有轻微的风声。

简皙走到空旷无人的阳台，说：“我给你做饭吃呀。”

贺燃心满意足：“乖，下班来接你。”

挂断电话，他从洗手间出来，找到林加：“你嫂子说有床位了，明天中午前就让弟妹住进去。”

林加正在盯梢，一听可高兴了：“哥，替我谢谢嫂子，对了，生的时候，能让嫂子接生吗？”

贺燃拿出烟盒，拿出一根放嘴里咬着：“别想累死你嫂子。行了，盯人。”

这桩要债的活之所以报酬高，据说是因为对方有点社会势力，不怕事。前期准备林加都给弄清楚了，把拦人威吓的时间定在今天。

十点，欠债人按既定路线出门，贺燃和林加开着小破面包车，神鬼不知地跟着。欠债人进了一家证券公司，一小时后办完事出来，又开去美发店。这家美发店十分高档，走的是私人服务路线，所以位置不在闹市，较为偏僻。

贺燃与林加就选择在这个时候动手。整个过程十分顺利，没有被人发现，欠债人也没有过度反叛。林加十分高兴：“那人还挺好打发啊，三两句就怕得要命。就看下午前，老板能不能收到欠款了。”

贺燃抽着烟不发一语，今天的事情进行得太过顺利，他拉了拉林加：“这活你自己找的还是别人介绍的？”

“别人介绍的，说是从以前雇主那里拿到的联系方式。”林加嘿嘿笑。

贺燃眉头皱了皱，点点头：“你自己当心点。”

两人在家小餐馆吃过午饭，林加就收到了信息，他兴奋地递上手机：“燃哥！看！钱还了！”

“雇主通知的？”

“没，那个欠债的说还了。”

贺燃看了那条短信，后面还附了张汇款证明。林加满心高兴："太好了，明天我就能陪老婆去待产了，一定要当面感谢嫂子。"

贺燃"嗯"了声，还回手机。两人在路口分别，林加说去超市买点儿东西，贺燃回牙蹄路。但还没到家，林加的电话又打了过来。贺燃不以为意地接通，结果那头传来撕心的痛哭："燃哥！燃哥！哎哟！"

贺燃心紧："林加？"

"燃哥，我……我出事了！"林加在电话里忍痛哭号，"雇主说钱没收到，说是我故意报错了账号，被我私吞了，我没有！哎哟，别打我，别打我！"

贺燃握紧手机，没耽误半秒出了门。赶到这家废弃工厂的时候，林加已经被打得缩在地上直哆嗦。贺燃骂了一句："不把人当人是吧！"

边上三五个打手，一个个蓄势待发。这时，从侧边走出一个男人，哈哈笑地边走边说："这么多年还是很够义气啊。"

贺燃的目光落在那人脸上，半晌，冷冷笑道："嘉爷，你想引蛇出洞，何必大费周章。你是个人物，可别为难我这小邻居。"

嘉爷笑起来，深纹爬满眉梢，十分可怖："这小子坏了规矩，故意给错账号，谁知道把钱吞哪儿去了。"他慢步走向林加，鄙夷地扫了他一眼，然后抬脚向他软在地上的手踩去。林加痛苦大叫，疼痛折磨得他面部扭曲。

贺燃拳头紧握："钱总有个数，去向总能查明白，不过是费点儿心思，你实在没必要这样。"

嘉爷哼声，饶有兴致地看向他："阿燃，当年我可没亏待你，你要离开，我也没拦着。既然你决定走阳关道，那也别插手我的独木桥。除非你回来，咱们呢，继续做兄弟。"

话毕，他使出眼色，打手抡起棍棒，围着林加下手。贺燃岿然不动，眼睛里风暴渐聚："嘉爷，我贺燃没有吃你这口饭的本事。我话撂在这儿，我不会回去，但这人，今天我也一定要带走。"

他缓缓弯下腰，捡起地上的一根铁棒。不挨个千百刀，不能进江湖，而抽身离开时，没个万剑扎心，也别想抖干净。就在贺燃准备豁出去的时候，嘉爷却不按常理出牌，笑得神清气爽：“当年那么多人挤破脑袋往上蹿，我一眼就挑中你，你小子，有匪气，是个成大事的人。行了，咱哥俩别伤和气，不共事，也别撕破脸，人啊，你就带走吧。”

贺燃并没有卸下重负的轻松感，握着铁棍的手蓄势准备。嘉爷眼角的笑纹又深又长，像一条条扭动的蜈蚣。贺燃并不臣服于对方的讨巧。他与嘉爷恩怨的根本，是当年嘉爷儿子嗑药跳下窗户丢了命，即便事后有摄像头证明房间内贺燃的清白，但人的恨，总需要有嫁接的对象。嘉爷悉数算在了贺燃头上。这两年，明里暗里磕碰无数。可今天，他总是避重就轻，像是早有预谋一般。

贺燃心思重，对危险的感知十分敏感。嘉爷笑意不减，招呼手下离开，走之前，他忽然说：“阿燃，我听说你交了一个漂亮的女朋友，到时候摆酒，可别忘记老哥。”说完，便大摇大摆地离开。

贺燃的手心顿时冒起了冷汗，像是有一块石头，从天灵盖哐当砸到了心底。他往坏处稍稍那么一设想。

糟糕！

简皙！

市一院。

临近下班，简皙把事情都忙完，拿出一沓照片去护士站。上次陶星来从片场带回几个小鲜肉的签名照，那帮小护士可着迷了，简皙索性分给了她们。

“简医生，下次你能拜托你亲戚拿到陈宝宝的签名吗？”

“啊啊啊！我喜欢他，我也要！”

“还有小陆陆的。”

年轻姑娘沉迷于颜值不可自拔，简皙记下了名字，回头问问陶星来这些都是谁。

“行，下次我说说，拿到再给你们。”

大家可喜欢简皙了，漂亮温和，还经常给她们带小零食。

“简医生，吃根香蕉垫垫肚子。”护士热心地递了根帝王蕉给她。

简皙剥开就吃：“蛮甜的。”

和大家打了招呼，简皙边吃边下班。今天医院外边没车位了，所以她把车放在地下停车场。电梯到负一楼，叮一声滑开。手机在包里夺命似的响，简皙咬着香蕉接听，语气开心：“我下班啦，你到了吗？”

贺燃又凶又急：“回医院，别出大门！快！回去！”

“怎么了？”简皙不明所以，很快又担心地问，“我还在医院呢，在停车场，是不是你出事了？”

“别去取车！回办公室，我还有五分钟就到！”

这是贺燃第一次对她露出如此强悍的一面。简皙已经走偏了电梯五六米，停车场此刻安静无人。她提着一颗心，刚准备转身回去，就被迎面堵住的人给吓了一跳。此刻的贺燃飙着摩托，如梭如剑，在熙攘的马路上见缝插针。轰隆的马达如雷砸地，擦身的小车司机不由得骂道：“不要命了啊！”

电话还举在耳边，简皙的声音从里面惊炸入耳——“啊！”然后是手机掉地的闷声，一阵慌乱的电流沙哑后，没了回音。贺燃顿时大惊失色，头皮发麻。

简皙被一记重推倒地后，拳头和脚踢一个不落地落在她身上。这伙人有男有女，小太妹极其嚣张，使劲儿踹简皙的背：“很有钱啊，穿得美啊，最烦你这种能装的女人！”

动手的都是太妹，几个男的就在旁边讥笑：“你丫就是羡慕吧，哈哈。”

紫毛太妹被刺激得下手更狠，简皙嗞地倒吸气，那人一脚扎实踩向她的尾脊骨，尖锐的疼痛瞬间蔓延，她觉得自己下半身都麻木了。

“交什么不好，交个混混男朋友！就看你们不顺眼！”那些人你一言我一语，脏话满口，简皙用手死死抱着头，大口喘气抵抗这一波波的打踹。好几次，简皙挣扎站起又被踢倒，几双鞋底毫不怜惜地踩在她腿上。简皙身子不受力，从小被养得水嫩白皙，哪里受得住这样的折磨。

她又痛又怕，泪水混着灰尘从眼眶坠到鼻尖，再滑进了嘴里。有人踩她的手腕，简皙抽不出手，绝望和恐惧支离破碎。她一遍又一遍地喊贺燃的名字。

殴打持续了三四分钟，那群人才悻悻离开。简皙瘫软在地上，也不知是哪里流出的血，把她左边的衣袖全都染成了红色。贺燃最后是在视频监控盲区的角落里，找到了跟个血人似的简皙。他周身发冷，所有担惊受怕的急切，在眼见为实的这一刻，变成了艰难又愤恨的无望。

贺燃把人抱起，眼里全是血丝。怀里的人有了感知，费劲儿地睁开眼睛，低喃："老公……太疼了……"

贺燃从无望里回过神来，哑声说不出半句话，跟她受的苦相比，什么话都是多余。他眼睛通红，大吼一声。

简皙被送进急救室，贺燃被拦在外面，眼睁睁地看着墙上的工作灯亮起。陶溪红和陶星来赶来的时候，简皙刚做完全身检查，被送进观察室。

贺燃迎上前，刚开口："伯母。"

陶溪红在电话里已经了解了情况，此刻她眼神犀利，大声质问："她是上手术台的医生！你知道这双手对她意味着什么吗！"

贺燃颓靡，不发一语。

"贺先生，你和简皙并不适合在一起。"陶溪红对女儿的心疼，把对贺燃好不容易建立起的勉强一点好感，摧毁得干干净净。她的底线已经绷到极致，"我以一个母亲的身份，恳求你，离开她！"

陶星来赶紧把人拉住："哎哎哎！妈！咱们先去看姐。"

陶溪红甩开儿子的手，逼近贺燃："如果你连爱人的人身安全都无法给予，贺先生，你又有什么底气去承诺给她未来！"

这番直白又剖骨的坦言，几乎是瞬间冲毁了贺燃死撑的勇气。看着陶溪红锋利果决的背影急急奔向病房，陶星来跟在后头甚至不敢吭声。贺燃站在炽灯通明的走道上，紧握拳头，红透了眼眶。

简皙从观察室转到了普通病房，她醒来的时候，咝的一声嚷疼。

“姐，你终于醒了，演什么睡美人呢，吓死本陶了。”陶星来趴在床边，嘴没停。

简皙蹙眉：“哎，你好吵。”

“把你吵醒也是功德一件，你怎么样啊，跟个小血人一样，一个女孩子搞得这么酷干什么。”陶星来叽叽喳喳没完，但声音还是软了下来，小声说，“我可担心你了。”

简皙弯了弯嘴，精神尚好。吊瓶换到第三瓶了，一滴滴地注入身体。她的目光从瓶身移到陶星来脸上，轻声问：“贺燃呢？”

陶星来欲言又止，张了张嘴，说：“妈妈不让他来看你。”

简皙的脸色有点白，听后，她垂下眼睑：“妈妈肯定生气了吧。”

“换我我也气。”陶星来嘎嘣嘎嘣爆米花似的，“那伙人太牲畜了，什么玩意儿啊！”

简皙嫌他闹，缓缓别过头。陶星来有所收敛，汇报道：“姐，咱妈这回是真怒了，把贺贺哥训得站在走廊上号啕大哭呢。”

虽是夸张说辞，但简皙知道妈妈的性格，一定没让贺燃好过。陶星来指着病房门：“咱家陶总把公司保安队长都调来了，守着门口跟炸碉堡一样。贺贺哥进不来的。”

简皙深呼吸：“你得帮我。”

“帮什么？”

“让贺燃进来。”

“帮不了。”

陶星来心有余悸：“保安队长拿过全国散打比赛冠军呢，我可打不过。”

简皙不说话，委屈地看着他。

“哎呀，你别这样跟个流浪猫一样盯着我，我真打不过。”陶星来揪着自己毛衣外套上的两个大绒球，“再说，你都被连累成这模样了，还惦记着他呢。”

“星来。”简皙提高语气，眉间严肃，“不许你说他。”

陶星来捧着脸，心里头一点也不美滋滋：“好好好，帮你，帮你，我这就去送死给你看。”

好在这是一楼，房里的大窗户直通后边小花园，陶星来琢磨着让贺燃爬窗进来。他走出病房，里里外外找了两遍，结果都没见着贺燃的人影。

“可不是我不帮忙，真找不着人了。”陶星来回到病房，顺手给简皙倒了杯水。

刚才医生已经检查过了，简皙身上都是皮外伤，除了左手小拇指轻微骨裂，还有额头上一道被铆钉鞋划开的血口子，其他无大碍，就是皮肤青青紫紫，看起来怪严重的。一听说贺燃不见了，简皙顾不得身上的痛就要坐起来：“快把我手机拿来。”

贺燃的电话如她意料没有接，简皙赶紧打给陆悍骁。陆悍骁正忙，接通后先是跟别人说话：“别吵我，我女人电话——喂，小哲啊，啥事？”

简皙手疼得厉害，行动不方便，陶星来赶紧抢过手机，代说道：“骁骁哥！气死了！我姐被打了！”

简皙痛苦地闭上眼，真不嫌事儿多。果然，陆悍骁把纸醉风月抛之脑后，半小时内开快车赶到医院，踢门而入劈头盖脸一顿问：“伤哪儿了，疼不疼，严不严重，谁打的？！”

这些问题的答案都写在了简皙脸上。简皙瞅着他：“你别嚷，我还没死呢，找到贺燃了吗？”

“遣人去寻了。”陆悍骁知道她的担心，安抚道，“跟他有过节的就那么一个人，我喊人两边跟着，出不了事。”

简皙怕贺燃不顾后果，听陆悍骁这么说，心稍稍放松了些。她想坐起来，陆悍骁赶紧上前：“慢点慢点，扶着我。”他拿了个枕头给她垫着背，“这件事你和贺燃都不用管，我来处理。”

简皙被伤口扯得直皱眉：“你要怎么处理啊？”

陆悍骁声音仿佛冷到零度，平静得像风雪欲至，他说："打了你的手，就卸膀子，踢了你的脚，就给老子截肢。"

简哲背脊一阵恶寒，盯住陆悍骁："不许乱来。"

陆悍骁冷笑一声，极轻。简哲当场就跟他急了："陆悍骁，你还听不听话了！"

"唉。"好半晌，他终于长长叹气出声，"你就唬我，我还真就吃你这套，你说我是不是有毛病，自己给自己找事认了个妹妹。"

简哲低眉垂眸，盯住自己插针的手背，小声说："我心里没底。"

"嗯？"

"我怕他出事。"

"出不了，我看着。"

"不是这个意思。"简哲抬起头，眼里的迷茫和惧意再也不藏着掖着，"我怕他再也不来看我了。"

陆悍骁一怔。简哲又把头低了下去，没打针的手揪着被套，拧成了一圈圈的麻花。

贺燃哪里都没去，就在江边待了一晚上。

从医院到这儿其实挺远，他一路走，双腿跟没知觉似的，耳边有风声，扑面而来的是寒冷，还有站在江边上，那一阵阵冷冽如刃的江风。挨着，受着，都没了感觉。陶溪红在医院质问的那番话如万箭穿心，每一个字都扎在贺燃心尖上。

"贺先生，你们不合适。

"恳请你离开她，就当可怜一下为人父母的这颗心。

"一个男人，你凭什么去兑现你所承诺的未来。"

贺燃闭上眼睛，手里的烟一口燃尽大半截。他们的未来，如果是这样——

简哲与父母闹得不愉快，他俩苟且地享受欢愉。

简哲在医院受到无数非议，她丈夫是个烂账缠身的混混。

简哲和他挤在破房子里，除了短暂的欢爱，醒来后又是朝不保夕的生活。

所有的情绪都从“未来”这个词上有迹可循一般，把每一个点、每一种可能都串连成线，结成一张细密紧实的网，让贺燃重压之下难以透气。

简皙重塑了他对人生的信心。而在停车场看到她奄奄一息躺在地上的那一刻，贺燃第一次恨起了自己。

冬日的江面如静止的绸缎，偶有货船的闷声鸣笛。贺燃坐在木长椅上，两手撑着额头，周身散出寂寥和落寞。之前手机不停响，他就给调成了振动，后来又弄成了静音，搁在衣袋里，假装听不见。

夜色笼罩人间，空气的流动仿佛都慢了节拍。贺燃抽完最后一支烟，咬在嘴里，星火暗淡。他划亮屏幕，微信、未接来电、未读短信，十几条蜂拥而至。

“老公，你为什么不接我电话？

“你别冲动，我一点也不疼，真的。

“陆悍骁吵死了，你来帮我赶他走。

“贺燃，你来见见我，好不好？”

简皙每一个字都带着情，贺燃喉咙发哽，他身体里的理智和情感在纠缠拉扯，把有过的酸甜苦辣挨个儿回味了个遍。而最后的画面停滞在，简皙满身是血，搂着他的脖颈痛哼：“……我疼。”

亮着的屏幕突然黑了，贺燃没再犹豫，重新划亮。他说：“简皙，要不我们，算了吧。”

病房里，一直握着手机没敢松手的人，最后等来了这个决定。简皙有点蒙，反应过来后，连忙打贺燃的电话。机械单一的女声重复“请您稍后再拨”，提示对方关机了。惊吓和纠葛在安静的病房里结合成了一条引线，被贺燃这条信息一点火，轰然爆炸。简皙拔了还在吊水的针，顾不上手背冒血的针孔，穿着拖鞋急急开门。

陶溪红安排的保安把她拦住：“哎！简小姐！”

简皙挣不开，丧着一张脸使劲儿哀求。陶溪红上楼就看见这样的场面，她疾步向前：“小皙，你在干什么！”

“我要出去。”

“你在生病。”陶溪红提声，“你这样闹，身体怎么会好？”

简皙像是回了神，悲愤和难过全部沉了下去，她脸上是病态的白，眼里也蒙着一层水汽，望向妈妈，简皙渐渐红了眼圈：“好不了了。”

陶溪红没听清：“你说什么？”

简皙哽咽：“从今天起，我再也好不了了。”

这回听清了，陶溪红愣住，女儿的眼泪无声无痕，眼里的绝望，竟然让她恍如回到了旧梦。陶溪红猛然惊觉，如今的简皙，不正是年轻时的自己？

陶星来去护士站要包棉签的工夫，竟然发生了这么多肝肠寸断，他有点懊恼，急冲冲地跑过来：“怎么回事啊！妈，你又欺负我姐了！你看她都泪流满面了！”陶星来赶紧脱掉自己的外套，披在简皙身上扣得紧紧的，“姐，别怕，我和你一条战线，不分老幼，谁做错就怼谁！我可是光明使者。”

简皙坚定道：“我要去找贺燃。”

“走！找！”陶星来搀着她，直奔电梯，放狠话说，“谁敢拦我姐，就从我尸体上踩过去，妈，给我找块地，我要土葬。”

散打冠军队长一脸为难：“陶总，这……”

陶溪红迟迟未动，几秒之后：“走吧。”

如获大赦，姐弟俩乘电梯去一楼。陶星来担心死了：“你别跑，你骨裂呢，还想不想当医生了！”

简皙抽泣得根本说不出话来。陶星来跺脚：“爱情太可怕了，我断奶前一定不谈恋爱，你待着别动，我去开车，杀去贺贺哥的老窝。”

陶星来顾不上自己身上的偶像包袱，百米冲刺去取车。简皙没抱什么希望，机械地再打一次贺燃的电话。

竟然通了，铃声在耳边越发清晰。她顿住，右手举着手机，左手缠着绷带吊着脖子，不可置信地转过身。

一身风雪的贺燃，裹着夜色站在几米开外。他看着她，远远地，目光平静无波。简皙喉咙瞬间就充了血，黏稠难受悉数哽在唇齿间。

贺燃眉心一动，差点就软了心。他内心浮躁，强压翻涌，淡声说："站这儿干吗，回病房。"

简皙不说话，迈着脚步朝向他，其实她可疼了，腿上的瘀伤牵扯着肌肉，每一步都像踩在刀刃上。

"你别过来。"

"我不。"

"你还想被打吗？"贺燃说，"跟我在一起，你没好日子过。"

简皙胡乱抹了把眼泪，一瘸一拐："我不怕。"好不容易走到贺燃跟前，就听到他说："简皙，我们分手吧。"

"不分。"

"你听话。"

"不分就是不分！"简皙深吸一口气，对视他，"又不是不爱了，为什么要分手？"

"我爱不起你了。"

"爱得起，你爱得起。"简皙佯装轻松，急切保证，"我不疼，真的，我一点也不疼！"

这句话瞬间把贺燃丢进了油锅，简皙身上的每一道伤痕，都在可笑地嘲讽这句话的真假。贺燃啊贺燃，你有什么资格，让一个这么好的女人为你委曲求全。一番自问终于让他硬起心肠："你该有更好的生活，我这种男人，你别要了。"

简皙崩溃："你说喜欢就喜欢，你说不要就不要！为什么你们每个人都不问问我的感受，我身上的疼，根本比不过心里的苦。我要那么多钱干什么，我自己能挣，我要那么大的房子干什么，我自己可以买。我相信我男人可以东山再起，我愿意给你时间，但你为什么，不给自己信心呢？"

简皙红着眼圈，软音哽声："老公，你不抱抱我吗？"

贺燃太阳穴上的青筋暴跳，他死死攥紧拳头，齐整的指甲都能掐进皮肉里两三分，愿她平安无恙，宁可不再贪欢。最终，贺燃清了清嗓子，艰难开口："回去养伤，我们不再见面了，听话。嗯？"

简皙木然地呆在原地，贺燃走得头也不回。徘徊在医院门口接客的出租车见缝插针。他拉开最近一辆的车门，坐上去，让司机马上开车。深冬夜风透窗入鼻，霓虹随车动，一波三折跳跃在车窗和他身上。

车子驶出，先慢后快。

"贺燃！贺燃！"

简皙在后头瘸着腿，使劲儿追着车跑。声嘶力竭的喊声随风散了温，每一个音节都像是尖刀挑起心头肉。

出租车司机"咦"了一声："后面那人是不是你认识的？落东西了吧？要不要停车啊？"

等了半天也没听见后座儿的人吭声。司机就当没啥事，吹着口哨，调大了收音机的音量。午夜电台在放节目，正好切到一首情歌，这歌原唱是女的，被一个男声翻唱：

我都寂寞多久了还是没好，
感觉全世界都在窃窃嘲笑，
我能有多骄傲，不堪一击好不好。

听了几句，司机特别兴奋地聊天："这歌我知道！那啥明星唱歌的节目，我老婆每个星期都守着看，叫……叫什么来着，哥们儿你记不记得啊？"

司机抬眼，心里忽然咯噔一声。后视镜就像一个窄窄的取景框，照到后座的男人，他如软泥靠着椅背。

情歌渐入高潮：

明明你也最爱我，没理由爱不到结果。
只要你敢不懦弱，凭什么我们要错过。

只要不懦弱，凭什么要错过。

听到这一句，贺燃的眼泪再也撑不住，就这么掉了下来。

出租车司机一路都不敢说话，贺燃像一只压抑的困兽，噎着声自己跟自己较劲儿。

荡回牙蹄路，贺燃跟游魂似的开门，进门。外婆一听动静，摇着身子献宝似的说："这是我今天求回来的平安符，你和小哲一人一个。"

她手里提着两根红绳，转过身却愣住："哎？"

贺燃跟抽了精气一般，全无平日的神采。外婆不无担心："身体不舒服还是遇到不痛快的事情啦？"

贺燃回卧室，把门给锁上，扑通一声倒向床，整个人都蒙了。睁开眼睛就是简皙哭皱了的脸，闭上眼睛就是她追着车跑惊慌失措的画面。贺燃真真切切地体会到，什么叫作生不如死。外婆轻轻叩响了门板，然后便没了声音。没多久，挨着地面的门缝里，悄悄塞进一个东西。

贺燃枕着手，一眼就看到，是那个绣了他名字的平安符。这小老太婆很知趣啊，眼睛能望进人心里去，大概她也知道，孙媳妇已经没戏了吧。想到这儿，贺燃不由得笑出了声，但这笑实在太苦，苦到眼泪又在叫嚣了。

简皙是被陶星来发现的。她一个人坐在马路边，跟只流浪狗似的，手吊着绷带，腿也因为疼痛而不自觉地发抖。陶星来急死了，跳下车一顿骂："你还要不要命了，搞什么呢，啊？坐在地板上不嫌凉啊，马上就要下雪了，你坐这儿演雪人呢！

可简皙把头抬起来的一瞬间，陶星来的火气顿时没了影。她满脸泪，抽泣得直打嗝，陶星来蹲下来，凑近了才听清，简皙说的是："贺燃他不要我了。"

"不要就不要。"陶星来心疼死了，"今天他对你爱理不理，哼，明天让他高攀不起。"

"没有明天了。"简皙声音嘶哑，"再也没有了。"

陶星来心里一酸，眼巴巴地望着她："姐，别哭了好不好？你再哭，我就陪你一起哭。”他眼底泪花闪闪，“咱俩还缺一个饭盆，搁地上，没准有人丢钢镚儿呢。一块钱分你五毛，求你了，别哭了。”

简皙一头栽在陶星来的肩膀上，抽泣得更厉害。陶星来心疼自己的韩版大衣一秒钟：“失恋的女孩我来守护，爱情这玩意儿真是太可怕。”

天气寒冷入骨，他也没敢耽搁，抱着简皙往车上塞，赶紧回了医院。结果当晚，简皙就发起了高烧。四十度往上，用了药降下去，再停药就又烧起来。陶溪红急得隔一分钟就去摸她额头，陶星来都快崩溃了：“妈！姐都能煮鸡蛋了！可别烧坏脑子！”

“别吵，还不嫌乱呢。”陶溪红心急火燎，又出去找医生。

陶星来害怕极了，蹲在病床边跟小狗似的，可怜巴巴地对沉睡的简皙小说声：“你这么为难自己，贺贺哥又不知道，姐姐，不值得的。”

简皙紧闭双眼，烧得稀里糊涂，脸上是病态的潮红。

她没动。

陶星来抹了把眼泪，气死了，这一天流的泪，都快赶上他出生那日了。陶星来掏出手机，打给了他的陆陆哥哥。陆悍骁公司有急事，所以看完简皙就赶回去，刚好事情忙完，就接到了电话。

“我是不是上辈子欠了你们姐弟俩啊，一个磨人精，一个跟屁虫。”陆悍骁拿起车钥匙往外走，“等着，我就过来！”

陶星来嗯嗯哼哼，小心翼翼道：“陆陆哥，来的路上，能顺便帮我带份炸鸡翅吗，记得要六个，不然吃不饱。”

鸡翅到了，简皙刚降下去的体温又飚了上来。医生已经不敢连续用药，只嘱咐物理降温。简皙额头上盖着冰袋，烧得嘴唇都泛起白皮。

“我姐她心里堵着气，没疏通，郁火难散，自己为难自己，可怜死了。”陶星来丢下鸡翅，又来演《情深深雨蒙蒙》。

陆悍骁用手背碰了碰她的脸，低骂一声：“这热度，熏腊肉呢。”

“我妈急着要转院。”

“转个屁，她这医院是省里最好的。”

陆悍骁抽出一根雪茄，咬在嘴里过干瘾，他靠着桌子斜站着，沉默几秒后有了决定。陶星来一阵惊呼：“陆陆哥你要干什么！”

只见陆悍骁脱了自己的大衣，二话不说将病床上的简皙抱起，走之前还没忘把她裹严实。

“别跟来，我带你姐找药去！”陆悍骁直奔停车场，载着昏睡不醒的简皙开向牙蹄路。

已过凌晨一点，外婆有烧香拜佛的习惯，每月十五都会赶在零点前去庙里上香磕头，桌上留了一碗酒酿丸子，还有余温热气，贺燃颓了好久，才从床上爬起走到客厅。

“咚！咚！咚！”砸门声匪气尽显，总算拉回了贺燃的魂，他皱眉：“谁啊？”

外头没吭声，还是不停敲。

“找死呢！”贺燃的脾气一点就爆，急火火地拉开门，迎面就被一个拳头揍得倒地。

陆悍骁挽起袖子，一脸风雪。

浓稠的血腥味在唇齿间蔓延，贺燃被揍得火大：“姓陆的你发什么疯！”

陆悍骁两步向前，拽起他的衣领把人拖直了，往墙壁上推：“发你大爷的疯！你是不是跟小哲说分手了？是不是？”

贺燃大喘气，血从一边嘴角往下淌：“她被那群王八蛋打成那样，就是因为我！我不能再让这女人跟着我受苦了！”

“放狗屁！”陆悍骁又是一拳揍上他的侧脸，“你要真心疼，就好好振作起来，以前那个我认识的贺燃死哪儿去了，你瞧瞧你现在什么模样，对，在我看来，你就是配不上她！”

贺燃眼睛通红：“所以我才跟她分手。”

“你配不上，不是因为你没钱，而是因为你配不上小皙的勇气和用心！”陆悍骁气死了，“我这妹妹姻缘坎坷，老天瞎眼，一个渣男耗了她十年，一个你，伤透了她的心！”

贺燃只觉得耳朵边嗡嗡作响。陆悍骁拽着他衣领又把人给甩在地上："你还敢说分手，我告诉你，就算要分，也必须是小哲先开口！你个垃圾算老几！再敢这样伤她，我把你填海！"

贺燃回过神来，怒气爆裂，大吼一声一脚踹翻陆悍骁，反败为胜也给了他一拳头。

"你以为就你心疼她啊！她满身血躺地上的时候，我真想把自己一枪给崩了！"

"你崩啊，你倒是崩啊！"陆悍骁竟真从衣袋里扔出一把枪，银色枪身寒光乍现，咚的一声丢在桌上。

这是陆悍骁防身备用的家伙，从不明晃晃地亮出来，可见这次是真怒了。贺燃不说话，眼眶通红，这一次，是被眼泪逼的。陆悍骁也拉回了些理智，他把枪收好，沉声撂话："给我滚出来。"说完，便径直朝门外走。

贺燃停顿两秒，还是跟了过去。路虎停在门口空坪，陆悍骁拉开副驾驶的车门。贺燃眯缝了双眼，只看到副驾上有个人影。陆悍骁把简皙给抱了出来，大步走到贺燃面前，也不管他准备好没，甩手往他怀里一塞："欠下的烂账，你自己还！"

贺燃眼明手快，妥妥把人接住，护在胸口贴紧。他眉间有怒意："陆悍骁！"但很快，手里的触感就有了不对劲儿的地方。很热，隔着这么厚的外套，都能清楚感觉到。

陆悍骁冷冷哼声："我姑娘烧了一晚上，放心，没多高，四十度而已，也没啥事，医生用药退不下来，好了，你自己看着办吧。"

说完，他狂拽酷炫地坐上驾驶座，一把倒车，飞驶而出。贺燃吃了一嘴尾气，没敢耽误，抱着简皙赶紧进屋，把人往床上平放，借着灯光终于看清，简皙一张小脸捂得跟猴屁股似的。贺燃顾不上心疼，用手探了探她额头，完了，心疼的感觉又回来了。

简皙似乎闻到了熟悉的味道，这回终于肯睁眼，一看见是贺燃，立刻哼哼唧唧仿佛才知道疼一般，扭着身子往他身上蹭，又皱又红的脸找准胸口埋了进去。贺燃克制着，还是把她给摁在了床上："你就掏心挖肺让我心疼是吧？嗯？简皙，你真是好样的。”

简皙发烧是真的，人糊涂也是真的，没吭声，模样却十分可怜。贺燃去打了桶温水过来，然后挽起袖子，动手给她脱衣服。他已经完全忘记两人刚分手，动作娴熟得像是自家人。

简皙身上有伤，贺燃尽力避免，却还是会不小心蹭到，一剐蹭，她就皱眉嚷疼，贺燃心就跟着一紧，胡乱地道歉：“对不起，对不起。”

简皙跟被灌了迷魂汤似的，人不清醒，却本能地去搂贺燃的脖颈。贺燃费劲儿地撑着，不让她得逞，温水擦了一遍身体，他自己浑身也被汗湿透了。简皙闹得厉害，一会儿哭，一会儿嚷疼，一会儿叫老公，一会儿又骂他王八蛋，眼泪鼻涕一把抓，到最后，迷迷糊糊地直抽抽，说：“我不分手。”

贺燃被弄得没辙，只好一把将人抱住，腿夹着她的脚不让踢被子。

太奇妙了，简皙真的就安静老实了。贺燃默默无语，理智在游说，身体却很诚实，做不到无动于衷，也做不到硬起心肠。简皙身上跟着了火似的，好了那么一小时，后半夜，烧得更厉害了。贺燃暗骂一声，迅速跳下床，三两下脱掉衣服，光着膀子冲进了洗手间。

大冬天的凌晨之夜，他在冰冷刺骨的水里，不停冲洗，耐着寒冷，足足淋了十分钟。贺燃哆嗦着跑出来，钻进被窝，重新把简皙搂进了怀里。他的身体像一块天然的降温石，简皙本能地靠近，这既是救命的灵丹妙药，也是前世今生唯一的慰藉。

两具身体，是火与冰，是人间与天上，看似不可能相会，却在这一刻，共永生，奔永恒。

简皙的体温终于慢慢趋于平稳，发了一身冷汗。凌晨四点，贺燃翻身虚压在她上面，用额头轻轻碰了碰她的额头，这才松了口气。

简皙醒来的时候，家里空无一人。她头痛欲裂，几乎想不起昨晚发生的事，只记得陆悍骁把她跟包粽子似的，扛在肩上蹦来蹦去。

至于怎么在贺燃家，简皙想，肯定是送货上门，遭人拒收了。简皙情绪低落，身体也虚得很，她没多停留，一瘸一拐地出门打车。一身瘫软回到公寓，一通电话过去把陆悍骁骂了个狗血淋头，陆悍骁纳闷极了，不可能啊，自己又好心办坏事了？

简皙向医院请了一星期病假，天天蒙头大睡。陆悍骁算准了她消气的时间，在第四天晚上，拉着陶星来死皮赖脸地来了。简皙看到他俩就心烦："我受着伤呢，没空做饭。"

"不用你做，我叫了火锅，待会儿就送来。"陆悍骁坐在沙发上，跷起二郎腿。

陶星来提了好多水果："姐姐，我可关心你了。"

简皙白他一眼："得了吧，买的全是你自己爱吃的。"

洗了一盆草莓，陶星来一嘴吃三颗，满得都嚼不动了，只能摇头表示反驳。陆悍骁仔细瞅了瞅她的脸，满意道："不错啊，细白水嫩，看不出一点儿伤了。"

简皙没搭理，坐沙发上看手机。

"小皙。"陆悍骁嬉皮笑脸地凑近，轻飘飘地试探，"在看贺燃短信啊？"

一听这个名字，简皙瞬间发飙，把手机往桌上一扔："没有。"

"哟哟哟，还发脾气了。做哥哥的关心一下不可以啊，反正你俩都分手了。"

"陆悍骁！"简皙当场就跟他急了。

"叫我干吗？来，吃草莓。"陆悍骁优哉游哉地拿起两颗，抬起头刚要给，一看愣住。

简皙红着眼眶，恨恨地盯着他。

陆悍骁赶紧讨好："哥的错，不该提那个混账王八蛋。"

不说还好，一说，简皙又伤心了。可不是混账吗，说分手就分手，说不见就不见，这四天，就跟人间蒸发了似的。这时，站在阳台上的陶星来"嗷"了一嗓子："姐！快来看！"

陆悍骁"啧"了声："大呼小叫，你见鬼了啊？"

陶星来叫道："贺贺哥！"

贺燃？陆悍骁皱眉，赶紧跑过去，伸头一看："哎哟我去，真是啊！"

简哲坐在沙发上，背对着他们。

“小哲，你真不来看啊？”陆悍骁就这么敷衍地一问，挑眉道，“你还是别看了，免得待会儿吃不下火锅。”

陶星来跟着说：“就是就是，可得好好惩罚他，小时候没交作业都得罚站一节课呢，姐，别心软，让他站到天亮！”

陆悍骁和陶星来讨论：“像不像望妻石？”

陶星来笑得草莓都给喷了出来：“哈哈哈……”

简皙的情绪从惊吓到惊喜，再到委屈和负气，她真的不去看贺燃一眼了。陶星来从阳台跑到客厅，拎着一个大苹果挨着简皙坐。

“姐，吃个苹果补身体。”陶星来握着削皮刀，“技术高不高，看看小陶就知道，苹果皮儿薄又薄，甜得你呀嗷嗷叫。”

陶影帝贫嘴工夫已经登峰造极又步入新境界，自我点赞道：“我太有才了，高考语文五十二分可不是盖的，姐，你不来个掌声应应景吗？”他把苹果皮搁桌上，抬头伸手，“好了，张嘴，吃果果。”

陆悍骁兴奋地蹿到客厅：“来了，来了，混账贺燃憋不住上楼了！”

陆悍骁这个王八蛋趴在门板上，陶星来喂了亲姐满嘴苹果，便也赶去凑热闹。

“来了我可要怼死他！”

“你先怼，怼完我再动手。”

陶星来纳闷：“动手干吗？”

陆悍骁眼睛都不眨地盯着猫眼：“干他！”

陶星来说：“要干你干，我可不动手，毕竟我偶像包袱有点重。”

陆悍骁本就没指望他：“你闭嘴。”

陶星来背着墙，忘记手上的苹果是给简皙削的，放嘴边嚼得嘎嘣脆。简皙走过来，拽着陆悍骁的耳朵往后扯。

“哎哟哎哟，妈呀，疼。”

“你俩搭台子演戏呢？烦不烦啊。”简皙生气了。

“说，你是不是心疼贺燃了？”陆悍骁皱眉揉耳垂，“下手太狠了。”

简皙一听就发飙，提高声音冲他嚷：“我和他已经分手了，心早就不疼了，你们两个好三八！”

此话一出，陶星来被苹果渣子呛了一嗓子，咳个不停。陆悍骁讪讪地笑：“好好好，别动怒，身体还没好呢，待会儿又来个高烧不退，我上哪儿给你找药去。”

就这么一会儿的工夫，门外也始终没有任何动静。陶星来从门上的猫眼往外瞄，嘀咕道：“怎么没来呢？不可能啊？难道去二楼熟妇家修水管了？”

简皙懒得搭理，一个人走到阳台透气。冬夜的小区，路灯的光线暗淡，简皙心里有气，却管不住眼神飘向楼下。她盯着楼道出口，像是要盯出一个窟窿来。没几秒，贺燃的身影果然出现，从楼道出来，被夜色和灯光一映衬，生生烘出了个落寞。

贺燃上来过，在门口待过，听到简皙那句“心早就不疼了”，便把积攒起来的勇气丢得干干净净。

人在门外，却不敢敲门。

简皙心里不是滋味，咬了下自己的舌尖，把乱飞的情绪给痛回来。

后来送火锅的来了，三十几盒堆成了山。简皙都快烦死他俩了：“没见过来看病人，点一桌火锅还是特辣的人。”

陆悍骁埋头吃得呼哧呼哧：“别冤枉，我对你可是照顾有加，蛋炒饭没放辣椒，你多吃点儿。”

简皙坐桌边，低头吃着寒酸的蛋炒饭。陶星来边啃鸡爪边说：“姐，我不能陪你太久，十点钟还有戏要拍，想我了就给我打电话。”

“我不想你。”

陆悍骁赶紧说：“陶儿，我给你打，我想你。”

陶星来“嘁”了声，翻着他的小白眼说：“长得比我帅的男人，都离我远点。”

陆悍骁吃味："你也太双标了，以前贺燃在，你还主动往人身上黏，那会儿就不计较他长得比你帅了？"

"能比吗？"陶星来一脸美好回忆的表情，"贺贺哥会讲故事，斗地主也特厉害，我睡着的时候，还会帮我盖被子，我没得感冒全是他的功劳。"

简皙把筷子一搁："我吃饱了。"

陶星来是姐控，学样："我也吃饱了。"

陆悍骁一个人吃得不带劲儿，索性也不吃了，把桌子一收，终于要走。走之前，他没来由地问："小皙，昨晚的事你真不记得了？"

不说还好，一说就来气，简皙怒了："别以为我不知道，你把我当沙袋扛肩上甩来甩去的。"简皙把他推出去，"下次再点火锅，就不让你们进门。"

两个人都是开车来的，陆悍骁最近的心头爱是这辆进口的路虎，成天带它上街招摇。陶星来开了辆吉普，白色车身可清纯了。

"陆陆哥，路上好点开，别闯红绿灯。"陶星来说完，把车掉头，一溜烟飞得快。他待会儿有场雨中分手的戏要拍，得赶回片场，可车子刚转出小区，就被一个人拦了下来。陶星来一脚刹车，对方背着光，所以看不清长相。

"哦哟，想碰瓷是吧，也得问问我的行车记录仪准不准。"陶星来刚解开安全带，还没来得及蹦下车，副驾车门就被人拉开坐了上来。

陶星来揉了揉眼睛："我的天！"是贺燃。

贺燃体量高大，车厢顿时被存在感塞得满满。陶星来清了清喉咙："你……你想干吗啊？"

贺燃幽幽地看着他，全无平日的嚣张狂妄，陶星来甚至觉得，有点可怜。

车子飞驶上路，方向盘转得溜溜的。

"你想让我姐原谅你，这忙我可不能帮。"陶星来拒绝贺燃的诉求，踟了吧唧地说，"你知道我跟我姐是什么关系吗，出去要饭，一个钢镚儿我都能分她五毛。”

贺燃说：“就当我求你。”

“那也没门儿，你让我姐伤心又高烧，这罪名太恶劣，没法儿洗白。”

“看到她因为我被伤成那样，我对不住你们家，所以脑子一热，才说了那些浑话。”

陶星来左手控方向盘，右手食指对他摇啊摇：“你没戏了，你完蛋了，我姐已经不伤心了，你别求我，我——哎哟！疼！”

贺燃一把抓住他乱晃的手指，凑近，慢条斯理地把手搭上方向盘。陶星来好害怕：“你想干什么？”

贺燃沉着音，慢悠悠说：“帮不帮？嗯？”

说话的同时，他放在方向盘上的那只手，暗暗施力，车子顿时有点摇晃。摆明了，不帮我，OK，那就一块儿死。陶星来脑补出了一车两命的微博头条，想到自己有生之年还没拿到影帝，于是立马认㞞，出卖五毛钱的姐姐：“帮帮帮！姐夫，你怎么说，我就怎么做！”

市一院。

简皙去主任那儿销了假，恢复正常工作，她左手小指的骨裂还在恢复期，所以一个月内，科室没排简皙手术室的班。贺燃给她发了很多信息，最开始用微信，说的内容也利落。

“我错了，对不起。”

简皙冷漠装坚强，但那天傍晚，在看到这六个字后，眼泪还是没忍住掉了下来。贺燃一点一点撕开她的内心防线，尖厉又霸道，简皙难以招架。她心里气没消，直接把贺燃给拉黑。贺燃也不放弃，改成发短信。

“身体好点了没？手还疼不疼？

“给个机会让我跪针头，行吗？

“我每天抽自己两耳光，今天抽完左脸，右脸留给你。”

简皙最开始还伤心，后来连收到两天，她也能淡定地当在看冷笑话集。笑话冷，心却慢慢热了回来。

昨天起，贺燃改成打电话，不乱骚扰，每天早中晚三个，早上七点，中午十二点半，晚上下班的点。简皙一个没接，自动当成起床吃饭的闹钟。但还是出了纰漏，简皙失策接了一个。

那是贺燃用公用电话打的，听到她那声“喂？哪位？”的时候，贺燃差点喜极而泣：“你别挂电话！”

时隔一个星期，再次听到他的声音，简皙也有点蒙。一发蒙，就忘记挂断。贺燃在那边胡言乱语，一个劲儿地道歉认错，都可以想象他个大男人站在路边凄凄惨惨的模样。简皙手机搁耳朵边，边听边弯嘴，然后毫不留情地掐掉。快下班的时候，又收到一条陌生号码的短信。

“如果我和你真的没机会了。”

简皙翻来覆去地看，就这一句话，没头没尾的，吊足了人心。

她正纳闷，新短信接踵而至。

“如果我们真的就此别过，简医生，能出来打个分手炮吗？”

简皙没忍住，刚喝的水全部喷了出来。又来短信：

“永远不停，永远响亮，这一辈子，我愿为你力尽人亡。”

牙蹄路的贺燃已经实在没辙了，简皙心狠地把他的全部联系方式都拉进黑名单，他只能用外婆的老人机费劲儿地打字。简皙看到那一行字，终于笑出了声。

晾着吧，也该尝尝冷宫的滋味了。

第二天，简皙轮班门诊，因为是周六，所以人不是太多。看完十来个号，后面暂时没新号上来，小护士拿出早上带的烤饼干：“简医生，你尝尝，这是我自己做的。”

简皙也不客气，捏了一块放嘴里：“不错啊，奶味好浓。”

小护士美滋滋：“我多放了一半的牛奶，可香了，你再吃吃这个巧克力的。”

今天真仁慈，简皙吃到第三块饼干，才有新号上系统，小护士忙着收拾：“干活干活。”

叫了号，很快，门被推开，有人走了进来。

简皙目光还在屏幕上，点开新病例，例行公事地问：“叫杨心是吗？坐这儿来，孕六个月。”她边说边抬头，看到来人后，惊讶得嘴唇微张。

简皙眨了眨眼，惊恐极了：“陶星来？”

一身孕妇扮相的陶星来，戴了顶长假发，巴掌大的脸儿涂脂抹粉，衣服里塞进一口锅，撑得又大又圆。他捏着嗓子模仿女人声音，挺入戏地说：“嗯嗯，六七八个月了，大哥，扶我一下。”

“家属”贺燃也有点不忍直视，愣是没伸手。

她实在没勇气看陶星来第二眼，扭头对小护士说：“你先出去一下，帮我拿包棉签。”

小护士眼力惊人，飞快溜走带上门。

简皙说：“你有病啊陶星来！”

“我不这样装扮一下，能挂到产科号吗！你肯见他吗！”陶星来可不服气，“你的号死贵，十二块呢。”

“我给你退掉，赶紧走，别闹。”

“我不，你们门口保安叔叔可变态了，只准孕妇和家属进来。”

贺燃从进门起，目光就跟涂了万能胶一样，黏在简皙身上撕不下来。被这眼神盯得实在如芒在背，简皙终于赏了个余光给他。目光交汇，一瞬，一秒，贺燃就快烧起来了，按理说，陶星来这戏份就此应该结束，但他入戏太深，还没过足瘾。

“姐医生，我要做什么检查？是不是要抽个血照照B超什么的？”陶星来不浪费真人体验的机会，抚着肚子感慨，“女人怀孕真累，我顶着这口锅一小时，就腰疼得不行，母亲好伟大。”

简皙不想听他胡扯：“你想做检查是吧？好，等着。”

陶星来伸头瞅电脑屏幕：“姐，你在干吗？”

“给你联系脑神经科。”简皙又看向贺燃，“专家号，两个。”

陶星来不想演虐戏，于是一把脱掉假发，再把锅从大衣里掏出来，反手丢给贺燃：“你的忙我帮到了，见着了人，剩下的你自己搞定。”

陶星来走了，办公室就剩贺燃和简皙。

贺燃走过来，每近一步，简皙的心就跟着跳一下。她是坐着的，贺燃突然蹲下来，仰着头看向她。他声音缓而轻：“简医生，还能好心救救我的命吗？”

简皙强忍克制，演了个不为所动，冷漠与刻薄织了个惟妙惟肖的面具。她态度淡，语气也淡，转过头，毫不躲闪地直视贺燃。

“你跟我提出分手，我答应了。”

“简皙。”

“没有机会了。”

“那我重新追。”

“你哪儿来的自信和底气？”简皙冷冷的，“你有钱吗？你有房吗？你有车吗？”

贺燃去握她的手：“你就气我。”

指尖刚相碰，简皙就跟触了雷一样飞快把手挪开，但动作太大，力气没收住，手背甩在了贺燃嘴上，像给了他一巴掌。贺燃愣了，目光瞬间往下沉，简皙也没料到，欲言又止张了张嘴。但他脸色太差，简皙心里怄气，索性不了了之不搭理。

贺燃慢慢站起身：“对不起，我烦着你了。”

简皙别过头。

贺燃深吸气：“我知道错了，如果你问我，要怎么弥补，我说再好听也是空头支票，但如果你愿意再给我一次机会……”他缓了缓，才说，“简皙，我们马上领证，我一辈子对你好。”

简皙没绷住，眼泪在眶底打转。贺燃也没再逼她：“那我走了，不打扰你上班。对了，手别太用劲儿，骨头得好好养，有事就打我电话，再晚我都不关机。”

直到听见关门声，简皙才松了咬住的唇，转头盯着那扇门，打转的泪水啪地落在手背上。

简皙心烦一整天，都怪贺燃，来了又走，就不知道多坚持一下。下了班，她问陆悍骁要了地址，跑去蹭饭。

陆悍骁有饭局，几个想扒拉他做生意的供应商，出手阔绰，订在最好的饭店。简皙当他的跟屁虫，陆悍骁可不敢怠慢，使劲儿给她夹菜。饭后又去唱歌，简皙手指上还弄了个夹板，陆悍骁歌也不唱，就陪着她喝果汁。

“适可而止就行了啊，贺燃那德行我知道，你爱理不理久了，我怕他出事。”

简皙一听更烦：“他说走就走，再厚脸皮一会会，我就原谅他了。”

“明明爱得要死。”

“爱得要死怎么了？你有意见啊？”简皙意兴阑珊地趴在吧台上。

陆悍骁受不了，跳下高脚凳去洗手间，结果没两分钟就奔了回来：“皙，望妻石又来了！”

这回简皙没犹豫，赶紧说：“骗我你就死定了。”

她跑到窗户边，拉开窗帘一看，霓虹照亮半边天，颓靡的灯影里，贺燃只身一人，靠着栏杆静静抽烟。

陆悍骁明眼人，笃定地说：“他跟踪你了，小皙，甩了他！”

简皙当没听见，贺燃孤身的画面霸占了她全部视线，爱一个人，再大的生气都有时限，她对贺燃，无法冷战再多一天了。

于是简皙转身，飞奔下楼。

江面轮船鸣笛破夜，厚重的余音里，贺燃以为自己看走了眼。简皙站在几米远的地方，清清冷冷，看不出情绪。贺燃连忙丢了手里的烟，紧张又忐忑地望着她，像个领罪受罚的小学生。

简皙两手软软地环在胸前，一步步朝他走来。

贺燃呼吸急促，不敢眨眼。

站定了，很近了，简皙：“张嘴。”

虽然不懂接下来的套路，但这一刻，要他跳江都无条件执行。贺燃听话地张开嘴，眼见简皙飞快把手伸过来，很快，嘴里有甜在肆意蔓延。

简皙喂了他一颗糖。

她抬眼：“好吃吗？”

贺燃没吭声。

简皙又问："甜不甜？"

贺燃只点头，不停点头。点了的头也不太敢再抬起。

简皙弯了弯嘴，逼近他，在他耳朵边娇声说："你要死啊，糖就一颗，也不给我尝尝。"

贺燃还没反应过来，简皙的唇就稳稳贴了上来。

舌尖碰舌尖，是水蜜桃味儿的。

简皙试探了他许久，分开唇，仰着眼看他。贺燃算不上配合，舌头木愣愣的，跟石头人一样。

简皙问："怎么了啊？不想和好啊？"

贺燃默默地摇头。

简皙静了两秒，转过身："上去吧，陆悍骁在等我们。"

话刚落音，贺燃就从后面把她抱住，小着声音说："老婆，对不起。"

简皙眼热："嗯。"

"我以后再也不瞎折腾了。"

"嗯。"

"那晚我脑子抽筋了才那么混账。"

"知道就好。"

贺燃手臂的力气真大，简皙忍无可忍："你要勒死我啊？"

他没松："别动，给我抱一会儿。"

简皙难受地扭了扭头："不是，我身上的伤口好疼。"

贺燃赶紧放开手，心疼地看着她。简皙挑眉，对他这副做错认罚的模样十分满意。两人回包厢，一路上，简皙对他爱理不理，贺燃本就于心有愧，想打破冷战，但又不太敢说话。这种冷淡淡的气氛还飘着若有似无的心结。

和好了，但缝隙还裂在那儿。

刚到包厢门口，便能听见陆悍骁在里头开金嗓。他唱歌四平八稳，高音冲不上，低音下不来，纯属中间混混水平，偏偏人特自恋，麦克风对着沙发满座的陪客公主们："喝彩声儿最大的，待会儿我请吃夜宵！"

顿时，娇俏崇拜的女声震天，气氛瞬入高潮。

"傻×。"

"好傻。"

贺燃、简皙两人异口同声，尴尬了两秒，完全陷入冷场。陆悍骁跑过来，围着贺燃上下打量，笑着说："咦？你那晚还没被我打死呢？看来下手太轻了。不行，我得去报个散打班练练。"

贺燃没吭声，简皙却上了心，给了陆悍骁一记眼神刺杀。

"我好怕怕。"陆悍骁双手护胸，一蹦三尺远，感叹道，"小皙，打小我咋没看出来你是护夫狂魔呢？"

"你神经病。"简皙冲他嚷，甩手走去吧台。

等人走了，贺燃沉声警告陆悍骁："你别惹她。"

"怎么回事，不是和好了吗，还像闹情绪一样？"

贺燃点了点头："慢慢来吧，至少她还能给我机会。"

陆悍骁一阵鸡皮疙瘩，感慨道："动心不好玩，还是身体交流纯粹又快乐。"

贺燃不是滋味地舔了舔槽牙，一声喟叹："哥们儿，劝你一句，老大不小也该收收心了，乱混乱玩，小心捅出娄子。"

"能有什么娄子？"陆悍骁底气十足，"凭空跑不出来一个儿子。"他又佯装玩笑，蹭了蹭贺燃的肩，"你还得感谢我没收心，我要是收心早，还轮的上你追小皙？"贺燃眼色一沉。

"眼神杀人呢。"陆悍骁推了他一把，"那行，你俩结婚可别告诉我。"

贺燃觉得他又在说胡话了："你不来？"

"来干吗？"陆悍骁好笑，似真似假，语焉不详地反问，"来抢吗？"

贺燃抬脚去顶他腿窝，陆悍骁敏捷一躲："又来这招，去去去，哄你老婆去。"

简皙坐吧台那儿，正转着椅子玩。

贺燃挺识趣，给她递果汁：“草莓的，喝不喝？”

“不要。”

贺燃又换了一杯：“西瓜汁，好不好？”

“不好。”

“想喝蜂蜜柚子茶吗？我去给你买？”

“不想。”

远远的陆悍骁看热闹一样，差点没笑岔气。贺燃也不觉得有什么，简直千金难换老婆一笑，于是把所有的果汁每个味道都摆了一杯放简皙手边，再默默地坐离一米远，像极了求主人爱抚的流浪狗。

服务员又进来送吃食了，贺燃赶紧上去，挑了几样好的给简皙送去。开心果一颗颗剥好攒在碟子里，苹果一块块切成丁插上牙签，贺燃把这些往简皙面前轻轻推，一举一动都写着：“求你，赏个脸吃点儿吧。”

但这个脸，最终还是没挣到。简皙看都不看：“水蜜桃味儿的果汁。”

“没有。”

“我就要喝。”

“你刚才不是喝过了吗？”

贺燃轻飘飘地撂话，简皙张了张嘴，唇齿间的蜜桃味儿似乎还没散干净。贺燃把椅子搬近，挨着她坐下，要笑不笑的样子。简皙强装镇定，眨巴眼睛。

贺燃眉心动了动，眼神故意往下沉，深邃诱人的魅力顿浮于面。他没放过简皙的丝毫变化，显而易见的，看着她红了脸。

男色可餐，就不信不上钩。

贺燃笑了笑，什么都没说，起身要走。简皙纳闷极了，怎么撩人就跑啊，可突然地，贺燃倾身探过来，低头往她脸颊上重重亲了一口。唇是湿的，呼吸是炽热的，他低声说话：“水蜜桃味儿的，好闻吗？”

也不等回答，跟没事人一样走开了。简皙背对着，嘴角忍不住往上翘，心想，什么人啊，真够不要脸的。

骂归骂，她偷偷往那边一瞧，见着贺燃正在低头给她剥开心果，身量高大的男人认认真真地做着精细活，把一颗颗果仁放在碟子里。简哲挑眉，转过头舔了舔嘴唇，挺回味。

陆悍骁一声吼：“小哲，你的歌。”他递上麦克风，对着大家压了压手，“都给我闭上嘴，我妹开演唱会了！”

简哲也不怯场，脚轻轻点地，把高脚凳转了个边，人对着屏幕，闲适淡定。陆悍骁美滋滋地走去贺燃那儿，捏了粒剥好的往嘴里塞：“还没听过我妹唱歌吧？好听到爆炸。”

贺燃把满碟的开心果保护好：“你先炸一个我看看。”

陆悍骁也不恼，指向屏幕：“哟哟，唱的还是英文呢，你肯定听不懂，别怕，我给你翻译。”

音乐前奏响起，正式进入唱词，简哲的头随着节拍轻轻点着，举起话筒。一开嗓，包厢里就在陆悍骁的带领下鬼哭狼嚎起来。贺燃微感意外，真的很好听。

是首老歌，叫*Moving on*，节奏轻快，简哲唱到副歌，索性不看屏幕，自己打着拍子，声音清浅。

陆悍骁说：“听着，我给你翻译，上一句是‘你这个臭男人，我再也不要你了’。还有这一句的意思‘姓贺的你听着，要滚就滚远一点’。”

今夜弥补了陆悍骁读书时没能当上英语课代表的遗憾，他太来劲儿了：“这句是全歌高潮，翻译成‘啊，有多远滚多远’或者‘见鬼去吧，老娘才不爱你了’。”说完，陆悍骁自己捧腹大笑，“哈哈哈……”

贺燃暂时不想跟傻子说话，安静认真地听完简哲唱的歌，直到余音结束，掌声如雷，他才转过头，慢悠悠地鄙视陆悍骁，问他：“你说这歌是什么意思？”

“小哲这是借曲抒情，老娘不稀罕你了的意思。”

贺燃极轻的一声冷笑：“姓陆的你找死呢，我也是英语过了六级的人。”顿了顿，贺燃情绪微震，自豪又骄傲，“这歌唱的是，除了我，她不会再爱任何男人！”

太嚣张！陆悍骁捂着胸口：“不跟你们玩了，臭不要脸地秀恩爱。”

简皙唱完后，走到贺燃面前，冷淡地说：“把开心果给我装上，我要回家。”

贺燃差点谢天谢地当场给跪下，终于肯理他了，于是赶紧打包，黏着简皙后面走。送她回去的路上，贺燃开车，车里安静，茉莉味儿的精油香暧昧地催着情。

简皙不发一语，贺燃心不在焉。车里暖气足，简皙摘了围巾，V领羊绒衫露出小巧的吊坠，白皮肤往下延伸，没入引人遐想的浅沟里。贺燃吃了她一路的冷暴力，终于在停车场忍不住了，伸手一把揽过她，压在怀里狠狠地吻。简皙没法呼吸，只能任着唇被撬开，贺燃就像濒临死亡的鱼，靠着她的滋润才能活下去。

舌头太软了，把她翻来覆去地搅，汲着她嘴里的湿润，贺燃喘着粗气，压抑极了：“折磨我，你就折磨我，我快难受死了。”

简皙委屈：“你提分手的时候，就没想过我难受吗？”

“对不起。”贺燃亲了亲她的鼻尖，“简皙，对不起。”

“我不想原谅你。”简皙心口还堵着，她小声，“我要气死你。”

“气死你就没老公了。”

“没了最好，我重新找一个，比你帅比你有钱，你死了我也要气你。”简皙眼里有水光，才不想轻易放过他。

贺燃轻轻笑：“就这么盼着我死啊？你刚才不还对我情歌表白吗？”

简皙别过头，咬唇不吭声。

贺燃捧着她的脸，掰正：“我们好好的，好不好？嗯？”

简皙可怜巴巴地看着他：“好什么好，不许揉我的脸！”

“不揉不揉。”贺燃飞快地亲了过去，左边右边都没放过，“老公亲亲。”

“谁是你老婆。”连日的委屈化成了水，简哲举着拳头打他。

“别打，你手还没好呢！”贺燃赶紧握住她的手，“等你好了，踢我踹我揍我，这命你拿去。”

“我要你命干什么？”

简哲吸了吸鼻子，眼神终于软下来，存心找了个借口：“我要你跳舞给我看。”

贺燃僵硬了。

回到公寓，简哲开门把人领进来。贺燃有点紧张：“跳……跳什么舞？”

简哲淡定地换鞋：“你自由发挥，看得我满意，就原谅你。”然后轻飘飘地掠过他，收拾衣服先去洗澡。

浴室传来水声，蒸腾的水汽把门上的磨砂玻璃蒙住。贺燃挑眉望着浴室门，得了，豁出去了。

简哲以前挺爱给他买衣服，不分季节看顺眼了的就买回来。贺燃拉开衣柜，眉开眼笑。下面那层挂着的衣服里，有一半都是他的，样式简单大气，都是基础款。简哲眼光好，会穿衣打扮，贺燃心里特美，这些衣服霸占衣柜，宣誓主权，他定下心神，挑中了一件白衬衫。

简哲今天这个澡洗得挺优哉，泡在浴缸里，点了精油，还顺便敷了个面膜，半个多小时才磨蹭着擦身穿衣。

她拉开浴室门，裹着香气走了出来。客厅里空无一人，简哲皱眉，贺燃呢？

这时，卧室传来幽幽的乐声，是她常听的一本原版CD里的主打曲。虚掩着的卧室门，门缝一点点变宽，贺燃指节有力的手搭在门栏上，沉眸定色，正勾着魂儿似的望着她。

简哲看傻了眼，目光下移，顿时心如鹿撞。贺燃长裤褪下，两脚暴露在空气里，大腿筋骨利落，极富力量感。

卧室里的曲儿前奏过渡，渐入主题，节奏也变得轻松明快起来。只上半身盖了件白衬衫的贺燃，也开始随着这节奏慢慢扭，缓缓动。他的手垂在腿侧，一路往上，手指轻轻掀起了衬衫衣摆，腹肌坚实，人鱼线清晰两条。

一瞬间，简皙眼里都快起火了。

CD里的磁性男声用英文唱着：*I love you baby,trust in me when I say.*

贺燃跟着哼唱，声音低沉动情。白衬衫干净利落，把他的戾气拂去大半，整个人有了少年风采。他打着节拍朝简皙靠近，边走边解衬衫扣子，从中间开始，每松一颗，腹肌就清晰得多一分。

简皙脑子轰然，不由自主地往后退。贺燃勾嘴淡笑，继续跟着CD唱：*And let me love you baby, let me love you.*

他的眼眸如点了墨的深海，只看她一个，只有她一个，衬衫扣子全解，露出宽平均匀的胸膛。简皙被他逼到墙面，退无可退，紧张巴巴地望着他，脸色绯红。贺燃的唇蹭了蹭她的耳朵，简皙倒吸气，手指抠着墙寻找支撑。

她的反应被贺燃全然看在眼里。他越来越起劲儿，把她翻了个面，从背后环上她的腰，握住她的双手。音乐连绵动人，贺燃带着她一起，前后晃，左右摇，踩着节拍，跳起了不着调的舞。感觉到简皙的浑身僵硬，贺燃轻轻笑出了声音，在她耳朵边落字如火："简医生，这支舞好看吗？嗯？"

这语调，存了心地酥她。贺燃又把人翻转过来面对面，举起简皙那只没受伤的手，放在自己的下巴上。细长手指在他的掌控下，被迫抚摸着刚冒出的胡楂，硬硬痒痒很是勾心。贺燃抵住简皙的额头，悠悠地对她呼气。

简皙被炽热扑了一脸，手指又被移动到他凸出的喉结上。贺燃眼里的真诚和忐忑展露无遗，小声求她："老婆，和好吧。"

一夜之后，简皙觉得自己要死了，趴在床上，摸哪儿都疼。贺燃从背后抱着她，牙齿细细啃着她的肩膀："简皙，你怎么这么香啊？"

"我不香，我腥了，都赖你。"

"哪里腥了？我尝尝。"贺燃笑着掰过她的下巴，就要往嘴上亲。

简皙偏头躲开："你变态啊，全是你的味。"

贺燃很满意，老实下来，握着她的手十指交叉。卧室里，有情爱过后的颓靡余浪，简皙感受背后的心跳声，像极了催眠曲。在她快要闭眼的时候，贺燃说："我要去向你父母赔礼道歉。"

简皙"嗯"了声，眼皮合着，也没接话。

贺燃问："明天？"

"你不用这么赶时间送上门挨骂，我妈我了解，等她气消了点再说。"简皙想了想，猛地睁开眼，"不行。"

"怎么了？"贺燃问。

简皙翻身与他面对面，眨巴眼睛道："我户口本还在家里呢！"

贺燃好笑："要户口本干吗？"

"结婚登记。"

她声音轻，每一个字却像钟鸣。

"你怎么老看我啊？"简皙被他盯得不是滋味，心里慌慌的。

贺燃的目光灼灼，大气不喘，看起来怪严肃。简皙心里美，觉得他是被自己感动到了，于是动了动唇，等着他的吻。贺燃却忽然一笑，伸手往她嘴唇抚了抚："吃得都肿了。"

简皙顿了好久才反应过来："你能不能想点儿正事？"

"能啊。"贺燃说，"我成天想你。"

像是又被喂了一颗水蜜桃味道的糖，简皙忍着笑："就你不正经。"

"哪天我正儿八经了，你可能就不喜欢了。"贺燃把被子扯过去一点，裹得简皙紧紧的。

简皙往他胸上蹭："你能为我从良吗？"

"那可不能答应。"贺燃摸摸她的头，"我都为你宣誓了。"

简皙抬头，不太明白："什么誓？"

"昨天发的短信啊。"贺燃振振有词，"一辈子为你力尽人亡。"

简皙无语。

"不服气啊？"贺燃笑，抵着她额头又开始耍流氓，"又配合又乖。"

贺燃揉揉她的尾椎骨，还是笑："这很好，没什么不好意思，能让你快乐，我就快乐。"

简皙舔了舔唇，凑在他耳朵边小声说了句话。贺燃眉心微蹙，浑身跟通了电似的，鸡皮疙瘩一层又一层。他一溜烟就滑了进去："那我就再叫一次给你听听。"

好在第二天简皙休息，睡到十一点才醒。床边已经空空无人，简皙掐了掐眉心，冲客厅喊了声："贺燃？"

"起来了？"贺燃没走，在厨房忙着，"刷牙洗脸，早点吃午饭。"

简皙一身疼，走到厨房检查工作，切成丝的土豆，煎好的鲫鱼，还有个青菜汤，不得不提出表扬。

"宜家宜室啊，燃哥。"简皙贴着他的背，手环住腰，手探进衣摆里，轻轻揉他的肚脐眼玩。

贺燃躲了躲："别弄那儿，痒。"

简皙听话，幸福地说："燃哥，我娶了你吧！"

贺燃笑："胡说。"

"哟哟哟，还大男子主义了，爱嫁不嫁。"

贺燃捏了片切好的黄瓜，反手塞她嘴里："别闹我，去看电视，饭好了叫你。"

两人磨磨唧唧吃完饭，贺燃还赏了她一个大苹果，这才起身收拾桌子去洗碗。简皙心里头粉红泡泡直窜，问："这苹果是山东烟台产的吧？又甜，水又多。"

贺燃笑死了快："你这嘴很厉害啊，都能尝出产地。不过，这个不算甜，水也不算多。"

简皙没意识到，顺口问："哪里产的苹果水分最多？"

贺燃挺淡定，声音伴着水流哗哗声溅起大浪，他说："我身边儿的。"

简皙刚准备去厨房收拾他，手机响，陆悍骁打来的。简皙接听后还没说话，就听到里头传来尖锐哭喊的声音。她心头一紧："陆悍骁？"

轻微的电流杂音后，陆悍骁说："小皙，我在给你报仇呢，那帮打你的人我找到了。"

简皙皱眉："你在干吗？你别乱来听见没？"

"放心，绝不让这群小混混占便宜，把你打成什么样，翻个五倍好了。"

简皙当机立断："把地方给我。"

陆悍骁说了个酒店名字，走高架桥不算太远。贺燃和简皙赶到的时候，打手们正好中场休息。这间套房是两居室，陆悍骁坐在大厅闲适地看着电视，卧室里一片鸡飞狗跳，戾气逼人。一见着简皙，陆悍骁指着茶几边上的棒球棍："等会儿你用这个，自己解解气。"

简皙无言以对，听到里头的打骂声重新响起，等了两分钟，她说："算了吧，那些人年龄都挺小的。"

"就是因为年纪小，父母不管教，我来当当好人。"陆悍骁嗤声，"你以为我想为教育事业出把力啊？我最忌讳欺负我的人。"

一直沉默的贺燃在听到最后三个字后，终于说话："唉，小子。"

陆悍骁说："你别吃味，她小时候的开裆裤还是我给剪的，你一边儿去。"

简皙被他吵得头疼："不想理你，你要打就打吧，别出乱子。"

"死不了。"陆悍骁知道分寸，"蒙着脑袋的，见不到人。"

简皙感觉得到，贺燃一路都很沉默，他心里装了事。

"我先出去透透气。"她对贺燃说，"你和他聊吧。"

人走后，贺燃转过头，对陆悍骁说："行了，打得也差不多了，收手吧。"

陆悍骁看起来不着调，但心里明白得很，瞥了贺燃一眼："我知道，治标不治本，嘉爷那伙人不放过你，这次是简皙，也许下次就是陶星来。"

贺燃沉默。陆悍骁拍拍他的肩："要不把人约出来，我作陪。"

"这事儿你别掺和。"贺燃拒绝，"你生意做得大，得权衡很多方面，嘉爷是城北，你是城南，哥们儿，这浑水，我不会让你蹚。”

陆悍骁冷笑：“放屁，老子怕过谁？！”

贺燃说：“就算你硬碰硬，不也是图个表面和谐，他要是阴沟里搞事，照样防不胜防。”

这回，陆悍骁倒是听进去了。

“恩怨说到底，最后都要落到个人身上，行了，我自己解决。”贺燃拍拍他的肩，“还有，谢了，兄弟。”

陆悍骁不爱听：“滚蛋。”他起身，走到房间门口，敲了三声门板。里头得到指令，瞬间收了手，只剩哼哼唧唧的喊疼声。

贺燃走出来的时候，简皙特紧张地跑过来，把他上下打量了番。

“怎么，怕我动手啊？”贺燃笑道。

简皙诚实地点点头：“怕，你脾气太暴。”

贺燃伸手刮了刮她鼻子：“对老公有点信心，我不是只会打架。”

简皙一听便笑，挺直背脊，双脚立正，对他敬了个少先队礼：“遵命！”

今年农历春节来得有点晚，阳历二月四号才是除夕。按简家的规矩，过年都回老家，所以简皙和贺燃有好几天没见上面。自和好以后，简皙一直拦着没让贺燃去见爸妈，因为陶溪红对他的成见太深，简皙试着谈起过几次，都被母亲的言辞态度给逼了回来。

最激烈的是年前备办年货的时候，简皙试探地说：“妈，贺燃想来给你们拜个年。”

陶溪红当时正在插花，直接拒绝：“免了。”

简皙还要游说：“妈妈，我……”

陶溪红十分平静地打断：“小皙，你既然不听我的话，一意孤行去做你觉得对的事情，那么，你也不能苛求妈妈，去改变对一个人的看法。”

简皙甚至无力请求：“谁没有过去？谁没有过失败？妈，你不能揪着一个错误，就再也不给他翻身的机会了。这对他不公平。”

“公平？”陶溪红轻轻地嗤声，“你说得对，我就没打算给他公平。”

“他需要有多少钱、多大的房子、多好的车子，才能改变你对他的印象？”

陶溪红终于肯抬眸：“小哲，我们母女俩，不要为了一个外人争吵，行不行？”

简皙和妈妈对视了几秒，点头，再点头：“行，不吵。”

陶星来趴在墙上听墙角有一会儿工夫了，一见形势不太对，赶紧出来打圆场：“妈，还有没有西瓜味的奶糖啊？我可想吃了。”陶星来蹿了过来，对着陶溪红刚插好的花啧啧称赞，“太美了吧！妈，你是仙女！”

陶溪红嫌他闹：“你就使劲儿捣乱，我还不知道你那点儿心思。”

陶星来太不好意思：“影帝心思挺好猜，你知道也不奇怪。”

“行了行了，别来烦我。”陶溪红摘下手套，抱着花上了楼。

陶星来见简皙愁眉苦脸，心里头有点疼：“姐，我能借你一个肩膀用用。”

“去你的，我才不想哭。”简皙往沙发上一坐，仰头看天花板，“好烦啊。”

陶星来剥了颗牛奶味的糖，顺手塞她嘴里：“老陶让你心烦，小陶让你嘴里甜，就当玩了盘消消乐，砰砰两下两不相欠。”

结果好心办坏事，简皙是仰着的，那颗糖直接囫囵进了嗓子眼，呛得她一顿猛咳，岔气了都。陶星来吓哭：“怎么回事啊，姐弟默契都搞没了。”

简皙缓过气，骂他：“你还知道我是你姐呢！”

陶星来有个聪明蛋一般的脑瓜，将功赎罪出主意：“其实你和贺贺哥先斩后奏，把证给领了，老陶就拿你俩没辙了。”

“你点子最馊。”

“嗖嗖的多好。”陶星来越想越觉得可行，“咱家户口本都在妈妈那儿，直接问她要，凭我这贫嘴功夫，以及在她心中多年的爱子地位，我可以保证——是要不到的！”

陶星来继续：“那就只能智取。”

简哲懒洋洋的，随便听听：“怎么智取啊？”

陶星来说：“偷呗”

简哲冷笑：“真有智慧。”

陶星来不乐意了：“你这语气能真诚友善点吗？我在帮你呢。”

“好好好，我谢谢你，你偷到了记得给我。”简哲打着呵欠，没当回事地去厨房倒水喝。

三十除夕夜，简家团年饭在晚上。陶溪红做了一桌的菜，荤素搭配，颜色鲜艳。陶星来嘴可馋了，总是觊觎偷吃。简哲挡开他的手：“别拦着，我拍照呢。”

“你从不发朋友圈，拍照肯定是给贺贺哥看的。又不是你做的，可劲儿炫耀。”

简哲发送图片：“我不用炫耀，在家吃妈的，在外贺燃给我做饭，他手艺特别好。”

陶星来感叹：“太讨厌了，我喜欢他的理由又多了一个，下回让他做红烧猪蹄，我能吃三碗饭。”

简哲握着手机，在科室微信群里抢红包：“别打你姐夫主意，男人志在四方，我才不会让别人使唤他，他只能做给我吃。”

陶星来太受伤害了：“我是别人吗？我是别人吗！姐，这话说得我都有点不想帮你去偷户口本了。”

简哲被他逗乐：“行了行了，待会儿给你个大红包。”

“没上一万，别跟我说话。”陶星来摆弄碗筷，许愿道，“来年，我一定要拿到影帝！”

年夜饭上，一家人其乐融融，简严清在开饭前十分钟才结束工作回到家，肩上风雪未融，悦色拂面。他举杯敬每位家人，先对陶溪红说：“这个家，多年有你，我才放心。”

陶溪红跟他碰杯：“老简，你也注意身体，咱家这个后方根据地，我给你守得牢，请市长放心。”

陶星来赶紧抢戏，端起酒杯："爸，我呢，快夸夸我！"

简严清笑道："你啊，新的一年，个子是长不高了，脑子还能长聪明点才好。"

一家人哄堂大笑，陶星来不服："我就是个聪明蛋。"

简皙也起身，双手托杯，敬谢父母："爸爸妈妈。"

"小皙啊，"简严清点头，"平日工作辛苦，但救死扶伤是医生本职，爸爸希望你永葆初心，不忘根本。"

简皙点点头："我会的。"

酒足饭饱之后，简严清和陶溪红在看春晚，陶星来回房打游戏，简皙落得清闲，一个人走到院子里。

放烟花的人越来越多，时不时地响彻天边。简皙拿出手机，给贺燃发信息："嗨！"

很快，贺燃回她："嗯？"

"吃完饭了吗？"

"刚吃，外婆给了压岁钱，两百。"

"上交。"

"老婆，这是我的烟钱，不交行吗？"

简皙边笑边回："那你陪我过情人节。"

"怎么陪？"

"白天黑夜。"

此时的贺燃，正坐在沙发上，陪老太太看联欢晚会。他眉目染着温情，想了想，回复道："行，包夜五百。"

简皙的电话飞快打了过来，贺燃走到外面接听："哟，这么迫不及待地想包我的夜了？"

简皙大大方方地"嗯"了声："你在干吗？"

爆竹声此起彼伏，贺燃点了根烟，咬在嘴里，轻轻勾嘴："你猜？"

简皙说："看春晚。"

贺燃弹了弹烟灰，沉声笑："简皙。"

“嗯？”

“我现在一身酒气，想接吻。”

简哲耳朵酥了，二话没说，直接发了视频过去。贺燃接得很快，迎面就是简哲隔着屏幕的一个噘嘴吻。他乐的：“吓我一跳，视个频还能被强吻。”

简哲靠着院里的栏杆，举高手机，笑意盈盈地看着他。贺燃拿下嘴里的烟：“别举那么高，你手还没好，不用调角度，反正你脸小，怎么样都好看。”

简哲被他哄得身心舒坦，问：“外婆呢？”

“在屋里看小品。”

“你把视频给她，我要给她拜年。”

贺燃笑：“好。”

屏幕一阵晃动，入室，灯光变亮，画质也清晰许多。贺燃坐在沙发扶手上，搂住老太太的肩：“外婆，是简哲。”

老太太眯缝了双眼，一见着人像十分惊喜：“哟，是小哲啊。”

简哲冲她摇了摇手：“外婆，祝您新年身体健康，打麻将多赢点儿。”

“好好好。”老太太笑得合不拢嘴，“好孩子，我也给你留了个红包，你和贺燃一人一个。”

简哲开心：“真的呀，谢谢您。”

陶星来端着一盆草莓从屋里出来，特爱凑热闹地围过来：“是不是贺贺哥？我要跟他说话。”

简哲被他挤得直晃荡，敲了敲他伸过来的脑袋：“你真爱管闲事，这是贺燃的外婆。”

陶星来人可爱嘴又甜，很受中老年妇女群体的喜爱，他精精神神地叫人：“外婆好！哇，您年轻时一定是个大美人！”

外婆一看哪里冒出来的瓜娃子，心里可欢喜了：“都乖，都乖。你叫什么名儿啊？”

贺燃轻声：“小哲弟弟。”

“外婆，我叫陶星来！你有没有对我有点眼熟？我拍过好多电视剧，卫视台在播的那部宫斗戏，我演太子的小跟班！”

此人话太多，倒豆子似的，老太太听得云里雾里。贺燃把屏幕对着自己，笑着说：“外婆不看宫斗戏，只看打鬼子。小陶，新年好。”

陶星来跟见着偶像一样：“贺贺哥，半个月不见，你怎么又变帅了？简直犯规。”

贺燃都快笑死：“哥祝你新年拿影帝，粉丝数破千万。”

“行了行了，他贫起来能话痨一通宵。”简皙抢过手机，踢走陶星来，“玩你的游戏去。”

陶星来挺委屈：“我还没说够呢。”

简皙直接转了个边，对着漫天烟花和贺燃你侬我侬。

喊！等我偷到户口本，要你跪下叫陶大腕。陶星来脑补一下画面，心里顿时美翻天。他走到门口，再一回想：咦？贺贺哥的外婆，怎么有点眼熟啊。

来不及多想，陶溪红的声音从屋里传来：“星来，叫姐姐一块儿吃饺子。”

“她不吃，还求我把她那份也吃掉。”陶星来单方面决定，一溜烟跑了进去。

通完视频，贺燃握着手机想了想，又重新点开，找出陶溪红的手机号。

“伯母，祝您和伯父新年快乐，身体健康。”

这一行字，他来回看了三遍，最后在后面打了个括弧，写着“贺燃”。

发送成功后，他一晚上都把手机揣手里，生怕错过任何动静。动静倒是很多，短信电话拜年瞎掰的响个不停，但没有一条是陶溪红的。

简家。

陶星来扑哧扑哧吃了三盘水饺，陶溪红怕他撑着，愣是没给他再煮。贺燃的号码她没存，看到那条信息，眼里还是暖了下。平心而论，贺燃还算懂事，该有的礼数挺到位。简皙陪简严清看春晚，本来肚子饱，但被陶星来的吃相勾得心痒痒，于是也跑去餐桌："给我吃个。"

陶星来满嘴猪肉馅，夹了最后一个虾肉饺放她嘴里："姐，我对你是真爱。"

简皙抽了张面纸，伸手擦干净他嘴上的油光，最后摸摸他脑袋："你最乖，今年肯定拿影帝。"

零点钟声前后，外面的爆竹烟花已经燃放至最高潮。一家人到院子里，把寓意来年平安顺心的大礼花也给放掉，轰声震耳，璀璨星光擦亮夜色。

简严清给两儿女发了红包，陶星来真狗腿，信誓旦旦保证："爸，我一定会做一个对祖国有用的人！"

简皙憋着笑："谢谢爸。"

电视上春晚在倒计时："10，9，8……"

贺燃的电话打了进来，简皙兴奋地接通："正想你呢。"

他在笑，轻轻浅浅的："是吗？"

简皙嘴角弯着："特别想。"

时间倒数落在最后一秒，辞旧迎新一年一遇。满天烟花雨，昭示着盛世太平，喜乐安康。贺燃的声音如令人酣醉的夜风：

"老婆，新年快乐。"

【未完待续】

MEMORY
HOUSE

MEMORY HOUSE

记忆坊文化

Sweet & Loving

甜妻

下

咬春饼 著

江苏凤凰文艺出版社
JIANGSU PHOENIX LITERATURE AND ART PUBLISHING, LTD

图书在版编目（CIP）数据

甜妻：全2册 / 咬春饼著．-- 南京：江苏凤凰文艺出版社，2019.1（2024.3重印）
ISBN 978-7-5594-1733-6

Ⅰ．①甜… Ⅱ．①咬… Ⅲ．①长篇小说 – 中国 – 当代
Ⅳ．① I247.5

中国版本图书馆 CIP 数据核字 (2018) 第 279785 号

甜妻（全2册）

咬春饼 著

选题策划　北京记忆坊文化
特约策划　绪　花
特约编辑　诗　杰　绪　花
责任编辑　白　涵　刘洲原
营销编辑　杨　迎
封面绘图　Pigsney 舒先生
封面设计　80 零 · 小贾
版式设计　段文婷
出版发行　江苏凤凰文艺出版社
　　　　　南京市中央路 165 号，邮编：210009
网　　址　http://www.jswenyi.com
印　　刷　环球东方（北京）印务有限公司
开　　本　880mm × 1230mm 1/32
印　　张　16
字　　数　467 千字
版　　次　2019 年 1 月第 1 版
印　　次　2024 年 3 月第 9 次印刷
书　　号　ISBN 978 - 7 - 5594 - 1733 - 6
定　　价　58.00 元（全二册）

目录

Contents

第六章 辛

等贺燃打完电话，外婆已经在客厅对观音菩萨上香磕头了。小老太特别虔诚，双手合十在胸口，嘴里念着经文。贺燃饶有兴趣地看了一会儿，低头笑了笑，也走过去，学外婆的样子，双膝一屈，大大方方地跪在地上。

近了便听清，外婆念叨的是求平安。贺燃抱拳，对着观音像说：“大仙，麻烦您给保佑一下，保佑小老太婆精精神神。”

他停了下，声音放轻了些：“还有简晳，护着她好好的，如果非得有苦难，都算我头上，我皮糙命倔，多苦都能替她受。”

说完，他双掌伏地，给观音像磕了三个头。

后两天，走街串巷给邻里拜了年，这新年的大事儿就算完成了一半。初七，大部分人都结束了休假，开启忙碌的一年。简晳还有两天休息，于是陪陶溪红去了趟附近的古城短途游。这日，贺燃早早出门，打车去三环路上的一家茶庄。报了名字，服务生带他进了最里面的一间包房。推门，满屋的烟味扑鼻，贺燃适应了番，对着座上的人点头："嘉爷。"

"哟，阿燃来了啊。坐坐坐。"嘉爷穿了件夸张的貂毛皮衣，手上大金戒指戴了三个，"快给他泡个大红袍。"

贺燃落座，等着茶上桌，袅袅热气在他鼻尖散出一层薄薄的水汽。

他抬眸："嘉爷，茶就不喝了，我向来有话直说。"

嘉爷的皮肉笑也敛去三分，眯着眼缝看向他。贺燃说："我知道这两年，你对我误会深，虽然你不信，但我话还是要说清楚。你儿子，不是我推下楼的。"

嘉爷目光冷下去，哼声一笑。贺燃看着他，目光不躲不藏："你要证据，房间里的监控一清二楚，他自己磕了药，兴奋发狂，我拦他不住，那窗户没多高，踩着沙发就能上去。"

太痛苦的回忆让嘉爷厉声道："你住嘴！"

贺燃神色不变，语调平缓坚持道："我劝过他，别沾毒品，但你身边的那些人太不是东西。"

嘉爷抓起手边的茶杯向他砸去。杯子小，力气重，贺燃没躲，额头上顿时有了血丝。他无痛觉一般，抬眼对视："话我说最后一遍，你儿子，死得稀里糊涂，和我贺燃没有半点儿关系。你可以恨我，但都是爷们，别把事情搞到其他人身上。"

嘉爷闻言，松垮垮地笑起来："你女朋友身体恢复了？"

贺燃嘴角微抽，勉强维持的和颜悦色僵硬在这一瞬。他站起身，手猛地捶向桌面，倾身往前一字一句道："再动她，我跟你玩命。"

嘉爷被他眼里的狠劲儿给触到。贺燃盯着他："谁没当过亡命徒，你试试看，老子烂命一条，死也拖着你。"

嘉爷却忽然笑起来："你装什么装，现在来走阳关道，你洗得干净吗？你想清清白白从我这儿走出去，行，我给你个机会。"

一声招呼，就有手下拿着一把军工刀走过来。嘉爷使了个眼色，那人就把刀丢到贺燃面前。

"就算小儿不是你弄死的，但我那时候让你带着他，变成那样，你责任也推不掉。”嘉爷语气平静，就像在说一件再普通不过的事，“阿燃，这坎儿我没法过去，除非你给我一个交代。”

贺燃眸光定住，在等。

“要么，回我身边继续做兄弟，我不亏待你；要么，十根手指卸两根，从此两清，你自个儿选。”

说完，嘉爷抬手点了根烟，烟气升腾的那瞬间，包房里的人全副待命。贺燃盯着那把锋利的短刀，喜怒不形于色。这短暂的僵持和思考，极其磨炼一个人的意志。就在嘉爷觉得胜利在望，又将重新得到这位得力干将时——

贺燃说：“这么多人做证，混道上的，图一个信义。”他缓缓抬起头，目光逼近对方，“嘉爷，请你说话算话。”

贺燃捡起桌上的那把刀，几乎没有犹豫。他握紧刀柄，张开左手，刀锋举至半空，舔血的冲动在蠢蠢欲动。所有人的心都提到了嗓子眼，可就在这时，关着的门突然被打开，打断了所有。

嘉爷懊恼不悦：“哪个不长眼的？”

来人五十出头，一身黑色中山装十分得闲，嘉爷看清后，赶紧起身：“哟，袁局长。”

袁局长扫了一圈里头的人，对嘉爷这声殷勤的叫唤充耳不闻。他走到贺燃面前，边伸手去拿贺燃手里的短刀，边对嘉爷说：“老嘉啊，别太过头，有些事你可以称霸王，可有些人，你也得看清楚，今时不同往日，也该与时俱进了。”

袁局长话里有话，点到即止，但明眼人通透得很。嘉爷忙不迭地应声：“是是是。”

“还有你啊，年轻人，可别冲动。”袁局长笑着看贺燃，语气正常起来，说，“老简和我正好在这儿谈事，你进来的时候他就看到了你。”

贺燃反应过来，是简皙的爸爸。袁局带着贺燃离开包房。有不懂事的小弟问嘉爷：“为什么放他走啊？”

“为你个屁！”嘉爷恼怒，“你知道他旁边的人是谁吗？！市局一把手！马上要升职到省厅就任了！”

贺燃跟着人出来，刚准备道谢，袁局长拍了拍他的肩：“冠冕堂皇的话听得太多，你这小伙子就免了吧。有空去老简办公室喝茶，这种茶庄华而不实，少来点。”说完，也不给贺燃开口的机会，笑呵呵地走下阶梯，坐进了等候他的车里。

两辆车都是红字车号，贺燃目送它们驶远，有些人的话不需要说得太清楚，他的出现，就是一道坚不可摧的保障。贺燃明白，他在当年人生失利情况下所做的草率决定，和那些扯不清的恩怨矛盾，可能就此便一笔勾销了。

他是个雷厉风行的人，当天下午，便去了简严清那儿。

市委大楼2014年翻新重建，在经济新区，闹中取静，外表方正威严。简严清是早有安排，所以贺燃在保卫处登记身份证时，管事的走出来：“贺先生，请跟我来。”

电梯直升到二十五楼，里面整齐划一的办公室简洁大方，最大的那间，是简严清的。贺燃深呼吸，走进去，简严清背对着，正在倒茶，头也不回地说：“小贺来了啊，坐吧。”然后转过身，给他递了一杯，“这是毛尖，也不知道你喝不喝得惯。”

贺燃赶紧迎上去，双手接过：“谢谢简市长。”这是在市委，贺燃懂事明理，用的称谓十分守规矩。

简严清点点头：“就我们两个人，不用太拘束，叫我伯父吧。”

“伯父，您上午帮了我，劳您费心了。”

简严清端着茶杯，吹散热气：“为了小哲，再费心也是父母该做的。”

贺燃声音平静：“伯父，我很喜欢简皙，我会给她好生活，我会努力。”

简严清和颜悦色，合上杯盖，说：“简皙妈妈是女同志，想法会细腻很多，如果有不妥之处，小贺，你也别见怪。至于小皙的选择，我尊重她。”

贺燃动容：“伯父，我不敢见怪，伯母的考虑是周到的。”

简严清难得地面有笑意："你也别紧张，就当平常聊天，我喜欢听年轻人的想法。"

茶香和书卷味充斥着整间办公室，一老一少面对面而坐，侃侃而谈。但和谐光景并没持续多久，简家的电话打了过来。简严清接听，几句之后，他眉头紧皱："什么？你去偷户口本了？"

没错，陶星来信守承诺，真的去偷户口本了，可惜没有超常发挥，被陶溪红逮了个正着。这事儿说来话长，本来，陶溪红是要去医院例行体检，出门后想起身份证忘记拿，便又返了回来。一上楼，就看见陶星来在卧室里翻箱倒柜。

问题性质有点严重，陶溪红发大火，操起鸡毛掸子就要揍他。陶星来被揍得一身鸡毛，哭着给简严清、简皙打电话轮番告状。

简皙一听就头大："真打了？打了几下啊？"

陶星来风中哭泣："掸子都打断了。"

简皙这才放心："那就好。"

不管电话里的言辞抗议，简皙轻飘飘地挂断。她深吸气，这个惹祸精啊。

陶溪红做体检的医院就是他们这家，简皙起身，找去体检中心，准备给陶星来收拾烂摊子说说好话。结果刚进大厅，一眼就看到正在颤颤巍巍排队的老人家。

简皙看清了人，赶紧迎上去："外婆？您怎么来了？"

贺燃的外婆拿着缴费单，可惊喜了："哟，小皙啊。"

简皙挺紧张："外婆您身体不舒服吗？来，单子给我，我给您交费，这人太多了，您跟我走，医生我都认识，去给您打个招呼。"

外婆说："不用，大伙都是排队，你可别为难，我没事，就是说血压有点高，我来查查。"

简皙执意，搀扶着她："您年龄大了，有优先权的。"

外婆奇怪："什么优先权啊？"

简皙没好意思回答，心里说：家属优先权。

她一抬眼，看见陶溪红也到了，正进大厅。

“妈妈。”简皙冲她招手。

陶溪红摘下墨镜，刚要说话，眼神却一顿，盯着她身边的老人几乎不敢置信。简皙正纳闷，老看着贺燃外婆干吗？陶溪红的表情从吃惊慢慢转变成欣喜若狂，她快步走来，喊道：“李老师！”

简皙有点蒙。外婆眯了眯眼，仔细辨认了番，眼睛顿亮：“瞧瞧瞧，这是溪红。”

陶溪红在她面前站定：“老师，您还记得我呢，多少年没见了。”

“那得有几十个年头喽。”外婆握着她的手直拍，“世界可小，花多点儿时间，再远的都能碰见。”

陶溪红搀着她，连连点头：“李老师，毕业后我来找过您，但学校说您已经辞职。”

“教完你们这一届，我就不教书了。”外婆呵呵笑，“我那时候就看出来，你这孩子，大气，有出息，连女儿都培养得这么好。”

说起往事，最是唏嘘动容。提及女儿，陶溪红才想起边上的简皙，她转头问：“你怎么在这儿？”

“哦，她帮我交费呢，可乖了。”外婆帮着回答。

简皙暗暗吸气，心里渐渐有了柳暗花明的新生喜悦。她抬眼，看着陶溪红：“妈妈，她就是你经常提起的李老师吗？”

陶溪红“嗯”了声：“是啊。”

简皙抿了抿唇，说：“太巧了，她是你的李老师，也是贺燃的外婆。”

重逢的喜悦很快抵消这暂时的情绪，陶溪红说：“李老师，要不中午一起吃个饭，行吗？”

外婆点头：“行行行，叫上小皙一块儿。”

短暂的寒暄后，就去各自体检了。陶溪红稍快，做完检查后，又去找恩师，麻溜地带着她弄完剩下的项目。简皙中午提早了一会儿下班，带她们去了家中式风格的餐馆，找了个安静的小包间。

“牛肉炖粉皮，口感煲烂一点。再来个汤。”陶溪红递回菜单，对服务生交代说。

外婆倒是意外："那时候，你瘦瘦小小最不爱吃饭，挑食得很，但我每次做这个粉皮啊，你都能吃两碗白米饭，可乖了。"

陶溪红闻言笑起来："李老师，这么多年我吃过很多店的这道菜，可就是奇了怪了，都没您当年做的那个味儿。"

"这好办啊。"外婆顺着话说，"以后常来，带上你那一大家子，我让贺燃来接你们。"

简晳倒茶的手一顿，紧张地等待妈妈的反应。陶溪红垂眸敛眉，暂时没了声音。外婆怡然自在，悠悠继续："溪红啊，你当了母亲，凡事都得为儿女考虑，这点你做得特别好。"还对她竖起大拇指，"好妈妈，好女人。"

陶溪红不语，把简晳倒好的碧螺春，双手捧给她。外婆接了这杯茶，轻声叹气："我人老了，但心里明白，就像当年，学校因为你的身份问题，非得叱令你退学。"

陶溪红动容："李老师，那么多人反对，是您在校长面前为我做了担保，我才能继续上学。"

陶溪红祖辈算得上半个政治家族，动荡时期受到牵连，学校为防万一，有让陶家小辈退学的想法。哪怕陶溪红成绩优异，却也难逃此运。是贺燃的外婆，愿意给她做担保人，才勉强留住了她的学位。陶溪红不负所望，一路高歌猛进，出国深造，回来后白手起家，才有了今时今日的洁犀日化。

外婆吹凉了茶水，品了两口："嗯！好茶。对了，小晳，你去外边跟厨子说说，菜啊，少放辣油。"

找了个借口把简晳支开后，小厢房里只剩她们二人，外婆突然握住陶溪红的手。老人的皮肤粗糙而充满褶皱，用尽全身力气一般，她说："曾经啊，我赌你是棵好苗子，所以我愿意在你身上下赌注。谢谢你，让我赢得体体面面。"

陶溪红眼眶都湿润了："李老师。"

"这一次，恳请你相信我这个老太太一回。"外婆声音微颤，"让俩孩子在一起吧，我外孙，吃过苦，知道怎么疼人，他有本事有能力，差的只是一点点运气。”

陶溪红表情隐忍，点头，再点头。

“你不要怕小皙跟着贺燃受苦，我帮你看着他俩，嫁到我们家，我和贺燃一块儿疼她，让她拥有除了父爱母爱之外的幸福，这多好。”外婆诚恳又平静，轻轻拍了拍陶溪红的手背，“答应老师，行吗？”

话到了这个份上，外婆知分寸地不再游说，对着门外喊：“小皙啊，让厨子上菜吧。”

简皙守在门外，赶紧进来，四菜一汤，荤素搭配，主菜就是牛肉炖粉皮，炭火微烤，咕噜噜地冒着热气。一顿和气的午饭后，陶溪红盛情邀请恩师去家里做客，但外婆直摇手：“去，一定是要去的，但不是现在。”

陶溪红明白她的意思，但实在不放心一个老人挤公交。

“李老师，您就让我送吧，下次，下次我遂了你的心愿还不行吗？”

简皙不明所以，外婆却瞬间喜笑颜开：“那行，你送。”

等着两位长辈离开，简皙才赶回门诊上班。一个小时后，陶溪红把外婆送到了牙蹄路，她在车上给简皙打了个电话。

“小皙。”

“妈妈？”

陶溪红盯着映射在后视镜中自己的眉眼，尖锐的戾气如烟淡去，她极轻的一声叹息：“明天，让贺燃来家里吃饭吧。”

坐诊的简皙，此刻脑袋空白三秒，是家属的提醒，才让她回了魂。今日阳光大好，窗台上的绿萝随风微微晃，简皙敛眉，嘴角忍不住地往上翘。

冬日艳阳逼近了春天的味道。

人间回了暖，喜色上眉梢啊。

晚上的牙蹄路，偶有狗吠。吃完饭，贺燃把桌上的鸡骨头都扫进碗里，出门倒在巷子口，这里平日是流浪狗的聚集地，一闻见肉味儿，它们都摇着尾巴赶来了。贺燃看了会儿，颇有兴致：“今天心情好，让你们也开开荤，以后女主人上了门，天天杀鸡宰鸭，给你们吃骨头。”

他对着其中一只大黑狗：“我早看出来了，你是里头大哥大，给我记住，下次在路上看见简皙被欺负，就使劲儿去咬坏蛋。”

黑老大还挺配合，嗷嗷呜呜答应了两声，嚼着骨头咔咔响。

贺燃笑着站起身，回去了屋里。外婆刚把碗洗完，手上水珠甩了甩，走出来说：“明天去小皙家，你东西都备好了吗？”

贺燃帮着烧水，说：“备齐了，三个红包，她父母弟弟一人一个，还有份礼金。”

“礼金多少？”

“六万。”

外婆想了想，迈着小脚走进卧室，拿了个布包出来：“少了少了，这是我下午取回来的，你加在里边。人家家大业大，图的是个真心，但咱们该有的礼数还是要尽到。”

凑了八万，数字吉利。

外婆用很传统的红纸包好，再用米糊当胶水给封了口。

贺燃刚想说话，就被外婆打断：“不准不要，六万是你给的，两万是我这个老太婆的心意，这账我可记本上，明年啊，你连本带利地还给我。”

久未吭声，贺燃才点点头，像是许了一个庄重的承诺。

第二天。简家难得齐聚，就连简严清也特意计划早点归家。陶溪红一天都在厨房，准备着晚上的食材。陶星来偷户口本的罪名实在可恶，陶溪红至今没搭理他。

“我小陶第一个不服。”陶星来可伤心了，“明明你是罪魁祸首，干吗牵累影帝。”

简皙嗤他：“你智商太不稳定了，我懒得跟你说话。”

“我的天，你是因为长得没我好看，所以才挤对我的吧？”陶星来瓜子嗑了满盘，“以后有事别求我，少妇。”

简皙乍一听这新称号：“你最近挺嚣张啊。”

陶星来冲她做鬼脸，舌头伸得老长。

简皙乐的：“真像。你有没有考虑去演非人类啊？”

“骂我牲口。”陶星来一激动，满盘瓜子壳都撒在了地上。简皙赶紧起身，跑去厨房告状：“妈！陶星来又破坏卫生了！”

陶溪红正把炖好的牛腩端出来，没空搭理：“鸡毛掸子打折了，新的还没买回来。”

简皙笑着凑近脑袋：“哇，好香啊。”

“你不是说，贺燃喜欢吃牛肉吗，也不知合不合他口味。”陶溪红夹了一块给她尝。

简皙张嘴把肉叼走，赞不绝口：“好吃。”

陶溪红被夸，满意极了。简皙嘴唇微动，突然张手从后面抱住她：“妈妈，谢谢你。”

“傻孩子。”陶溪红拍了拍她的手背，“你是我女儿，我永远以你为重。也算是缘分吧，他竟然是我恩师的外孙。”

陶溪红觉得世事难料，笑着晃晃头：“当初没有他外婆，我就没法念书，有时候啊，你不得不信命运，总有千丝万缕的联系。罢了，我信我恩师的眼光，她培养出来的孩子，也许真有过人之处。”

简皙心里是软绵绵的感动：“妈妈，你放心，我会幸福的。”

陶溪红认真道：“这个承诺，该男人给。行了，去收拾一下桌子，先摆凉菜。”

贺燃四点半来拜访，正好在门口碰见简严清，一老一少笑着共进家门。

简皙迎面展露微笑：“爸爸。”

一旁的陶溪红看到这个场景，莫名地有些触动，她发现，哪怕多了一个贺燃，也很像一家人。

“伯母，小陶。”贺燃颔首打招呼。

陶溪红点点头，温和地笑：“大老远地赶过来辛苦了，来，吃饭吧。”

这场家宴平和简单，没有隆重的交付，也没有刻意的说辞，就如同久别归来的亲人相聚。饭后，大家坐在客厅，贺燃诚意十足地拿出备好的礼金。

他说："能遇见简皙，可能我这三十年的好运气，都交代给了她。"

简皙侧目，眼神柔软。陶星来捂着心脏，真心实意地对他偷偷比了个大拇指。贺燃深吸气，说："我以前发过财，也一无所有过，混账过，迷茫过，但我现在不会了，请你们相信我，给我适当的时间，我会为她挣一个好明天。"

简皙看着他，眼眶有些湿润，于是悄悄握住他的手，十指扣得紧紧。得到无声的支撑，贺燃情绪平复了些，他起身，毕恭毕敬地对简严清说："伯父，请求您同意，让我担下这个责任。"

短暂的沉默，在给浓情消化的时间。简严清也从沙发上站起，很郑重地接受了他的心意。他点点头："以后多担待，好好对简皙。"

两个男人，像在完成一场正式的交接。父亲、丈夫，两个男人就像平行时空的传承人，用爱和守护，静待一朵花开。陶星来觉得煽情戏份太催泪，他扭过头想缓解一下情绪，结果就看到身边的母亲，早已泪流满面。

"你看，这是小皙三岁，是不是特别白？

"还有这个，她初三，是不是特别高？

"看，她在英国念硕士，这群老外现在还和她有联系，是非常好的朋友。"

楼上书房，陶溪红拿出家庭相册，一张张地翻给贺燃看。简皙小时候就漂亮，和现在的模样出入不大。陶溪红笑容拂面，贺燃也颇有兴趣。一边的陶星来吧唧吧唧吃草莓："贺贺哥，你知道我们家的传家宝是什么吗？"

"嗯？"贺燃抬头。

陶星来指着自己，特别不好意思地说："嘿嘿嘿，就是我。"

简皙收拾好东西，进来正好听见这句，走过去敲敲他的头："正好要出去倒垃圾，你自觉去门口待着，等下把你一块儿倒掉。”

陶星来特别悲伤，去抱贺燃大腿：“姐夫，怼她！”

贺燃冲他和善地笑，然后掰开他的手：“以后我都听你姐的。”

“我的天啊。”陶星来扶着额头，他在家里的地位可能又要往后挪了。

在老宅住了一晚，第二天下班前十分钟，简皙去主任那儿请了半天假。回去的路上，还特意绕远路去商场，买了一身新裙子才回家。贺燃过来的时候，她正好在试衣服，在穿衣镜前心里美滋滋：“好看吗？”

腰上一软，就被贺燃从后面抱住，他沉声说：“好看。”

简皙反手掐了把他的腰：“难得这么正经，我以为你又要嘴贫呢。”

贺燃伸舌舔了舔她耳垂：“我也可以不正经，今晚？”

简皙咬了咬唇，飞快在他脸上亲了一口：“明天。”

明天，是他们领证的日子。

简皙设了闹钟，结果醒来时发现根本就是多余，这才五点一刻，人就没了睡意。贺燃睡觉有个陋习，特别喜欢摸着她的胸，她一动，他就跟捏海绵似的不让人离开怀抱。今天实在太早，贺燃瞌睡没醒，胸也不摸了，翻个身不作感想地继续睡。

“快点起床啦，不然就排不上号了！”简皙喊了好几遍还是没动静，索性跟条鱼似的钻进被窝，把他给折腾活了。

民政局八点上班，他们拿的号是第一。身份证，户口本，换来两个红本本。例行宣誓，登台合影，两个人今天穿的都是白色外套，衬得人清爽干净，十分上相。

最后钢戳咔嗒一盖——

夫妻同生，生死不离。

简皙拿着结婚证看了又看，好像要看出一朵百合花来，她笑个不停，拍了个照，往小半年没更新过的朋友圈上一丢。

两个字：“婚了。”

顿时，点赞数飙升，微信炸个不停。贺燃咬着烟没有点，笑着说：“秀恩爱啊？”

简皙看着他，轻声说：“秀老公。”她眉目间全是温情沉淀的笑，贺燃看得有些入迷。

贺燃眼热：“老婆。”

“嗯？”她抬头，笑容明亮。

贺燃抱住她，声音散在头顶：“我们接吻吧。”

他在这个世界上单枪匹马，一往无前，闻到的都是浓烈的酒味。而此刻，浮云散去，燥热沉淀，原来，这就是和幸福握手言和的感觉。

唇齿相依之后，就是百年好合。

两人牵手回家，初时的兴奋已经被强烈的存在塞满。简皙意识到，这就是过日子的真实感。晚饭过后，贺燃先洗澡，然后换简皙。他擦干头发，顺手拿起手机看了看朋友圈。

第一条就是简皙五分钟前发的，贺燃在心里念出那句话：

白茶清欢无别事，我在等风也等你。

他淡淡一笑，简医生今天连发两条朋友圈，看来对这个老公相当满意。想了想，也配合地发了一条。

简皙洗完澡出来，吹头发的时候正好看到，她一愣，随即笑出了声：“什么呀，还挺押韵。”

贺燃写的是：“粗茶淡饭有奔头，我在赚钱也赚你。”

得了，两个人都被幸福冲昏了头脑。简皙看了两三遍，最后还截了个图永久保留。她轻轻咬唇，看向衣柜，心里有了主意。

一夜云雨，酣畅淋漓。

简皙八点上班，今天愣是迟到了五分钟。去医院的路上，她使劲儿骂贺燃：“你能不能小点力气，非要把人折腾得下不了地才开心是吧？”

“你现在不是在地上吗？”

“那你就不能温柔一点？”

“我倒是想温柔。”贺燃笑，“但昨晚是谁又哭又叫求我的？”

到了，简皙解开安全带，问：“你真的跟我去上班啊？”

贺燃点点头：“嗯，我就在外头看着你，中午等你一起吃饭。”

“好，那你有事打我电话。”

“上去吧，我去帮你停车。”

简皙今天在住院部，换上白大褂，头发绾成马尾，再换了双工作穿的平底鞋，整个人干净又纤细。产科住院部人流量大，顺产的两天能出院，住进来的又是开了宫口待产的。简皙没排手术室的班，但忙起来也跟个陀螺似的。贺燃在门口看了会儿，看她亲切和气地回答家属的各种问题，看她耐心地教实习医生经验，甚至遇到脾气刁蛮的患者，也能做到以柔克刚。

不知是不是职业关系，简皙周身都散发着一股奇妙的复原力。贺燃看得有些入迷。

等候入院的产妇丈夫找他闲聊：“你老婆什么时候生啊？排到床位了吗？这个医院特别紧。”

贺燃笑了笑：“我老婆还没生孩子。”

“没到预产期就来住院了？保胎吗？”

“喏，那个，最漂亮的就是我老婆。”贺燃指着办公室里忙得不可开交的简皙，语气极其自豪，“不管你们生男孩还是女孩，都得她接生。”

那家属一看可佩服了：“那你真是好福气，家里有个医生太方便了。”

贺燃心想，可不是嘛，老子一辈子的福气都指望她了。到了十点后，简皙总算没那么忙了，终于能坐在办公室里写写病历。时不时地有人进出问问题，简皙总是被打断，却没有一丝不耐烦。

贺燃不作声地走进去，扒开围着她的家属，在众人的注目下，风轻云淡地放了几颗大白兔奶糖在桌子上。简皙甚至没来得及多看他几眼，贺燃就离开了。

很快，她手机有短信进来：“我看你说了半天话，吃点儿糖润润嗓子。”

简皙低头对着屏幕笑，没空耽搁，继续投入工作。贺燃在外头守了会儿，他看出来了，这种忙法，简皙的午饭肯定是没时间出去吃，于是跑外边给她点了个外卖，再三嘱咐少放辣椒，多搁香葱，都是简皙喜欢的口味，十二点送到。

贺燃给简皙又发了条信息，说中午去陆悍骁那儿，晚上再来接她下班。二十分钟后，简皙才回：“我还以为又能见识一次望妻石，结果你临阵脱逃了。”

这女人，还拿他俩闹分手的事酸他呢。

贺燃从医院出来，给陆悍骁打电话，请他吃饭。

“去你大爷的，你见过有谁请客请人吃盒饭的？”陆悍骁暴怒，“还是十块一盒，十五块的不让我点。”

贺燃一听可烦了，赶紧夹了块肉到他饭盒里：“吃肉吃肉。”

“吃你妹。”

“我没妹。”贺燃淡定回，“我吃了你妹。”

好气啊，陆悍骁捧着盒饭，坐在脏乱差的小餐馆里格格不入：“你早说不就得了，我以为你是新婚设宴呢，才没回办公室拿钱包。”

“理解一下，毕竟我和你不一样。”

“哪里不一样？比我穷？”

“我有老婆。”贺燃说。

陆悍骁心灵再次受到暴击：“再在我面前秀恩爱，我卸了你的摩托车轮子。”

“我今天没骑车，改天吧。你尝尝这个青菜，炒得还挺嫩，败火。”

“说真的，找我啥事？”陆悍骁收敛了玩闹，正儿八经地问。

“我记得你在沿海地区也有业务，帮我打听一些事情。”贺燃吞饭很大口，筷子没停过。

陆悍骁看向他：“怎么？想往那边发展？”

“还没定，不过有几个目标。”

“你爸早两年在那边混得还不错，我听说，公司都开了两三家。”

贺燃无神无色，平静道：“我没打算回去争家产。我妈和他离婚早，这些年没我什么事了，你方便的话就给我打听一下。”

“没问题，你要哪方面的？回头发个文档给我。”

陆悍骁还是挺感慨：“真没想过争回自己的东西？当年你公司可是奔着上市去的，都是被人算计了。瞧瞧你那烂人堂哥把公司弄成什么样，一手好牌洗得惨不忍睹，听说坑了好几个供货商，资金链早就出了问题。”

贺燃静静听着，没什么情绪起伏，就像在听《故事会》。陆悍骁猜不透他的心思，试探了一句：“还是因为姓姚的那女人？”

贺燃的筷子，顿在半空中，筷尖上夹着一片姜。陆悍骁心思细，接话道：“所以说，这女人也有好坏之分，姚怡芝她能和你堂哥这位奸夫合伙陷害你，贱字族谱上，她就能排名第一。同样都是女人，你看小皙……”

“别拿简皙跟别人比。”贺燃突然出声，眼锋尖利。

“是，没法比。”陆悍骁叹气，“哥们儿，你身世崎岖都能写本小说了。”

“滚蛋。”贺燃低头继续吃盒饭。

“你要买房了啊？看中哪个楼盘跟我说，我找熟人给你弄个内部折扣。”陆悍骁说，“差钱了，直接丢卡号，报数字。”

“钱凑合能紧点用，付个首付，装修往后挪挪。”

“那你和小皙的婚礼呢？”

“她说不办，出去旅行一趟。”

“嗬！有想法！贤妻！”陆悍骁不忘表扬一下自己的妹妹，“不过话说回来，她爸妈也不会让你吃亏啊。”

贺燃“嗯”了声：“我彩礼去了八万，他们直接回了一张银行卡。”

“多少钱？”

“我没查也没问。”贺燃说，“交行卡，香槟色的，看起来就挺贵。”

陆悍骁一听就懂：“那是超V卡，一百万起步。”

贺燃倒也不意外：“这钱我不会动。”

“挺男人啊。”陆悍骁调侃。

贺燃瞥了他一眼：“傻子。”

这钱不管是陶溪红的，还是简严清的，都跟简家脱不了干系。简严清如今身居要位，根基雄厚，但凡事有个万一，万一以后出什么变动，这么大数额的交易往来，总是个供人拿捏的把柄。这些想法贺燃没打算告诉别人，他用筷子戳着饭盒，只解释：“钱还够用，没必要动这层关系。”

陆悍骁立刻双手托脸，呈鲜花扮相：“哇，哥们儿，你说这话的样子，太爷们儿了，你是不是故意的，想让我爱上你。先声明，我不喜欢男人。”

贺燃冷冷的：“蠢货。”

二十块钱盒饭大餐过后，陆悍骁开着他那辆臊气的路虎送贺燃回去。下车时，他说：“对了，你看小皙哪天休息，告诉我，我请你俩吃个饭。”

贺燃抬了下手表示知道：“资料那事就麻烦你了。”

“不麻烦，就是请你别再让我吃十块钱一盒的盒饭了。”陆悍骁表情痛苦，“下次改吃十五块的，行吗哥们儿？”

贺燃笑：“我这养家糊口，您多体谅。”

两人聊了会儿，陆悍骁便开车走了。看着车尾消失在拐角，贺燃的情绪才有了震动。陆悍骁就是个人精，一挑便挑中他的要害，曾经的事业，曾经的女人，都跟高楼倒塌似的，每个人添砖加瓦，把他掩埋得痛苦淋漓。

谁说时间是最好的治愈大师，真正促使伤痕治愈的，只有自己。贺燃的一颗七窍玲珑心，也曾被伤得透透的。

简皙治愈了他的未来，那他也愿意，将过去掩埋。

罢了，人总是要向前看的。

贺燃沉沉呼吸，抬头望了望天，视线所及，梧桐树枝繁叶茂，虽密实，但挡不住阳光无孔不入地渗透，星星点点攀附在贺燃身上，将他的眸光衬得很亮。离简皙下班还有半小时，贺燃就等在了走廊上。

简皙在跟病患家属交代用药注意事项的时候，抬眼便瞥见门外的贺燃。她眉眼和嘴角轻轻地弯了起来。贺燃满脸暖色，手指比在唇边："嘘。"让她好好上班。

又等了一会儿，简皙收拾完东西心如插翅，从后面猛地抱住贺燃，兴奋地吓他："喂！"

贺燃捂住心口，夸张极了："别非礼我！我老婆比你美多了！"

简皙说："哦，不好意思，认错人了。"

她冷漠脸，假装要走。贺燃一把拉住她手腕："抱了就想跑？没这说法，过来！"

简皙憋着笑："干吗？"

"我要抱回来。"

说完，就微微蹲身，将简皙抱离地面，在她脸上亲了亲："证都领了，别想始乱终弃。"

简皙摇头。贺燃眼睛一瞪，佯装凶状："哟，还不同意呢？"

简皙却把嘴唇轻轻噘起："摇头的意思是没亲够。"

贺燃被哄得身心愉悦，爱人之间，凭一句话就能让心瞬间高潮。腻歪了一会儿，简皙手机响，她拿出一看，是陶星来，接通："什么事啊？"

"没事就不能找你啊？姐姐你都是人妻了，太冷漠姐夫可不喜欢。"

简皙手上拿了东西，所以开的是免提，贺燃听见了，凑近屏幕，沉声说："我挺满意。"

陶星来大声："我拒绝和长得比我帅的人说话。"

简皙乐的："说真的，找我有事？"

"真没事，就是有点想你。"

“天，求你别想我。”简皙说，“上次你说想我，就把我的车借走，闯了四个违章，还有上上次，也是说想我，结果我钱包就丢了。”

陶星来太受伤害：“不想和人妻对话。”

“那太好！我挂了。”简皙忍笑。

“爱挂不挂，反正你马上就能见到我了。”陶星来不慌不忙，“我正在你家门口呢，过来蹭个饭。”

简皙把手机移开了些，对贺燃轻声说：“弟弟来吃晚饭。”

贺燃比了个“OK”的手势：“我给他做红烧猪蹄。”

二十分钟后，三人会面。陶星来十指不沾阳春水，厨房对他来说，是高科技研究实验室。不帮忙就算了，还特别话痨。

“姐，你这溶溶豆还有没有啊？”

“没有。”

“姐，这百合花你刚买的啊？闻起来怪香的。”

“那是假花。”

“姐，我嗓子有点痒。”

“喷点儿花露水就不痒了，柜子里有六神。”

“一点也不爱我。”他蹿进厨房，围着贺燃转，“哇！这红烧猪脚太美好了吧，姐夫，你是不是恋足癖啊？猪脚都能做得这么棒。”

贺燃实在不懂这逻辑从何而来，他快笑死了：“我不恋足，就恋你姐。”

“不行，我得发发朋友圈。”陶星来拿出手机，咔嚓连拍，然后挑了几张发了上去。他美滋滋地汇报，“姐夫，点赞数破三了。咦？陆陆哥的这条留言语气不太美好。”

简皙正在剥蒜，随口问：“他说什么？”

陶星来念：“转个身你就为别人做红烧猪蹄，我在你心里就值十块钱盒饭，欠揍呢！”

简皙听到这句话，大蒜粒都从手中飞了出去。她狐疑地看向贺燃：“你和陆悍骁感情还挺特殊啊。”

贺燃嫌弃极了：“他神经。”

“你中午干吗只请他吃盒饭啊？”简皙问。

“因为我要养家。”贺燃切了几片生姜，放锅里擦了擦，“我没带他去吃麻辣烫就算不错了。”

简皙伸头好奇：“为什么要用生姜抹锅？”

“煎鱼的时候，鱼皮就不会粘锅。”贺燃把鲫鱼放进去，“小皙，帮我递两颗蒜。”

“给，这两个长得最好看。”简皙在旁边看了会儿，发现贺燃真的很会做菜。

陶星来跑过来：“什么味儿啊？一闻就是洞庭湖的鱼。”

简皙笑他：“你狗鼻子吧。”

“我可是美鼻。”陶星来一瞅，可欢欣了，“太香了吧，姐，待会儿给我用桶盛饭！”

“只有洗脚桶。”简皙嘱咐说，“吃完记得洗干净，我晚上还要用呢。”

“女孩子家家，这么恶心，我看你很大可能有隐疾。”

简皙也不理，直接从后头搂住贺燃的腰，头从身侧伸过去：“燃哥你说，我有隐疾没？”

贺燃边笑边翻鱼：“你姐一身皮肤白得跟雪一样，早看得透透，哪有什么隐疾。”

陶星来被喂了一嘴玻璃碴，心情不太美丽：“我蠢死了，都忘记你俩是一家人联手对抗外敌了。”

三菜一汤在半小时后上桌。陶星来特别作：“姐夫，咱俩喝两杯吧。”

简皙用勺子敲他脑袋：“喝什么交杯酒。”

贺燃爽快：“你想喝，我就陪陪你。”

“姐夫，你酒量怎么样啊？”陶星来嘚瑟说，“我能喝二两。”

“照你的数翻五倍。不过不能喝五粮液，这个牌子我一喝容易头疼。”

“品牌歧视呢。”陶星来收好玻璃杯，“算了，我就过过嘴瘾。”

简皙给他们俩每人发了一盒奶：“行了行了，自己人就免了，多伤身体。”

陶星来叼着吸管，反应过来挤眉弄眼道：“贺贺哥，你可得注意了，养肝护肾工程得抓紧啊。”

简皙一听他乱说话就心烦，夹了个藕丸子往他嘴里一塞：“求你闭嘴。”

陶星来舌头一卷，吧唧两下就将藕丸下肚：“我又戳中你的少妇心事了。”

贺燃全程沉默微笑，觉得这两姐弟对话太好玩，跟现场直播讲笑话似的。陶星来喝了两瓶旺仔，吃了三碗饭，直夸：“姐夫，我都要爱上你了，会做饭的男人像罂粟，好吃到我中毒。”

简皙忍不下去：“有完没完啊，什么时候走？”

“这都晚上了，我走哪儿去啊？你应该对我不放心才对。”陶星来转头吆喝一声，“贺贺哥，麻烦你再帮我递瓶奶，要草莓味儿的。”

离冰箱很近的贺燃，给他挑了瓶六个核桃：“给，补补。”

“天！”陶星来眨巴眼睛，“拐着弯地骂我呢，核桃补脑，我才不需要。”

简皙坐沙发上揉颈椎，闭眼懒得搭理。陶星来突然拿出一张卡，在简皙的脸前使劲儿扇风：“跪下，叫影帝！”

简皙猛地睁眼，刚要发飙，一见东西，气焰顿灭：“你给我信用卡干吗？我可没钱帮你还债。”

陶星来说：“拿着，这是我给你的结婚红包。”

简皙瞄了瞄，打趣道：“什么情况啊，现在随份子都改用卡了啊？里头有多少？少了我可不收。”

“就十块钱开卡费。”陶星来没好气，“我特意给你选了个红颜色的卡片呢。”

简皙不作感想：“拿回去。”

“你可别嫌少，里头六万六呢，够你买一个溜溜的土豪金了。”

陶星来硬塞到她手里，“等我登顶影帝了，再打发你多点儿。”

简皙笑：“我真不要，我们又不摆酒，你挣钱也不容易，大热天穿羽绒服，冬天还得跳河。”

“我不辛苦，这就是我的工作，我特愿意湿身。”陶星来突然凑近，压低声音小声说，“姐，拿好了，私房钱，以后就算离家出走，你还能住个三星级的酒店。”

“真的挺想打你。”简皙也不再推脱，“好了好了，收下了。”

陶星来如释重负：“密码是我生日。”

简皙有点蒙，茫然问：“你生日是几号？”

陶星来倍受伤害。

上门送礼钱，顺便蹭个饭，八点不到，陶星来走之前特意强调了十遍他的出生年月日，非得让简皙背出来，他才舍得离开。贺燃都快笑死了：“演小品呢。”

“他从小就这样不着调。”简皙掐着眉心，耳边仿佛还有陶星来的咆哮声，“模样正，嘴又甜，从家到学校五百米，每十米就有不同的人主动和他打招呼。他一天喝水都得用超大号水壶。”

太话痨，口干舌燥急需补水。

贺燃问：“你弟拍戏挣钱吗？”

“能挣，但不多。”简皙捏着那张卡，晃了晃，“这份礼金一上交，我估计他得一个月没钱买新衣服了。”

贺燃连忙说：“明天我还回去，你弟弟跟孩子似的，能把每天当成新年，一天一身造型不带重样。”

简皙挨着贺燃坐，往他身上贴，搂住脖颈仰头嘟囔：“你都没有夸过我，我穿衣服也很好看啊。”

贺燃表情沉静，嘴角的弧度慢慢往上，眼神勾着，从她的鼻眼往下瞧，最后似有似无地停在胸口。他一句话都没说，简皙已经开始自动脑补，低低呵斥：“流氓。”

贺燃还是笑，就这么看着她，鼻挺眼深，被灯光悄悄打出微暗的光影，说不出地深邃迷人。简皙心痒痒，搂着他的脖颈往下压了些，在他耳边轻声说：“我晚上的时候最好看，对不对？”

贺燃忍着笑，淡淡的一声“嗯”。

简皙被这个尾音挠得酥酥麻麻，手从他衣摆伸进去，摸到了尾椎骨：“那你想不想看？”

贺燃下巴微低：“嗯？看什么？”

“更好看的呀。”

动情就是这么顺理成章的事情，贺燃发现今天的简皙特别主动，跟只饥渴的小猫崽似的。哪怕到了最后，贺燃尚留理智：“等等，拿个……”

简皙直接一吻封喉，堵住了他的一切多余。

“贺燃，我想当妈妈了。”这句话说出口，就跟空气里的硝药都被点爆一般。

“媳妇儿，药别下这么猛。”

贺燃只当简皙说的是甜言蜜语，到最后，即使他真的没戴，也没遂了简皙心意。

第三天上午，陆悍骁就把贺燃托他查询的行业资料给找齐了。贺燃要的东西挺齐全，涵盖了很多方面，从物流运输到产业龙头，甚至是旧货市场。陆悍骁没看明白这哥们儿要搞什么事，问贺燃，他也只含糊带过：“没计划，先了解。”

“你以后准备单干啊？”

“有想法。”贺燃点头。

“算我一个，咱哥俩搭个伙过日子。”陆悍骁激动死了，“总算等到你醒悟了，你早该觉悟了。”

贺燃笑得淡，语气平静：“早不了，前几年摔得太惨，心态太差劲儿，我又不是圣人，真能够迅速看破红尘，那就不叫重新振作了，而是改行遁入空门。”

陆悍骁点点头：“有理，有理。”

贺燃粗粗扫了一遍资料，重新封好：“谢了，兄弟。”

“先别谢，毕竟我还等着傍你大腿。”陆悍骁嘴里没味儿，叫来服务员，“你们这儿有没有酸萝卜啊？”

“你有病，你上的是茶馆，不是餐馆。”

陆悍骁一想也对，挥手把服务生遣走：“不知道怎么回事，最近心里闷闷的。”

“好办，去简皙那儿看看，让她给你验验血，估计是个双胞胎。”

陆悍骁嬉皮笑脸：“那我分你一个。”

“滚。”贺燃斥他，“老子要生一个足球队。”

“我就说你怎么有决心从头再来了，原来是挣奶粉钱！”

贺燃默认：“别人孩子有的，我孩子也得有。”

这是一个男人内心最简单质朴的愿望，血脉一场，缘分天定，别让天使千挑万选的父亲，是个懦夫和失败者。简皙给了他一个未来，他不能让她输。

贺燃喝了口茶：“对了，你认不认识信杨集团的李信？”

“认识，不就前两年娶了个比他小三十岁的小老婆，他都快七十了，公司挂着名，但实权都是他老婆掌管。怎么？”

“你跟他熟吗？”

“有过几次交易往来，账目小，不算熟客。”陆悍骁问，“你想去信杨工作？”

“不。”贺燃低下头，“打听一个故人。”

陆悍骁喜笑颜开：“前女友？”

贺燃淡淡说：“不是。”然后起身，头也不回，“菊花茶我请了。”

“这么好心。”陆悍骁立刻倒戈心软，“要不要我送啊？”

贺燃远远地举起右手，左右晃了两下，拒绝得干干脆脆。陆悍骁走的时候，随口问了声服务员：“我们那桌消费了多少钱啊？”

服务员毕恭毕敬：“先生，两杯菊花茶搞活动免费送，只需座位费三十元。”

陆悍骁骂了一声：“抠门到犯规！”

虽然对贺燃又爱又恨，但他交代的事还是没敢怠慢。陆悍骁拿到了信杨集团那位年轻貌美管事人的行程。

“明天晚上八点，她在晚香有饭局。”陆悍骁打电话给贺燃，“还有啊，我给你提个醒，这少妇也是个不老实的，喜欢在外头玩小鲜肉，虽然你不鲜也不小，但没准人也有饥不择食的时候，你可别……喂？喂？”

贺燃不想听废话，直接把电话给挂了。筹划了一下时间，想和简皙第二天上午去看看楼盘。而对于买房的事，简皙并不是太赞成，她对贺燃说了实话：“其实我妈给我和弟弟每人都准备了房子，好像就是君山园。”简皙试探地说，“要不，我们就用那套做新房吧？”

君山园，市里有名的别墅区，2014年开盘的高端房产，陶溪红认筹了两套给一双儿女。贺燃听后没说话。简皙以为他生气，扒拉着他的手臂安慰道：“其实我一点也不在乎有没有新房子，我可以搬去你那儿，如果你愿意，我们住在现在的公寓也挺好。贺燃，要不我们别买房了，行吗？”

听出了她语气里的小心翼翼，贺燃捏了捏她的手，缓声说：“买吧，房子是妈妈给你的。”

“我的就是你的啊。”简皙说，“以后都是‘我们’，不再是我和你。”

贺燃把她的手握得更紧：“可是简皙，我想给你一个家。再说，房市这几年还有的发展，现在买也能当家庭投资。”

简皙知道，他后边那句话是可有可无的补充，男人心底最深刻的私心，不过就是想给他爱的女人一个天地。简皙抿了抿唇，配合了他的心意，顺从了这个决定。

“不过，我也能添一点儿钱，要不我们买个大一点的，以后有了孩子，再把外婆接来也够住。”

贺燃下巴顶着她的头顶，笑起来的时候鼻息微颤：“这么想给我生孩子？我现在可是一无所有。”

简皙松开手，抱着他的腰紧紧的：“谁说的，你不是有我吗？”

贺燃笑出了声："小蠢蛋。"

"别骂陶星来。"简皙接得飞快。

这话没毛病，贺燃顺着话问："你弟有没有过女朋友？"

"好像高二的时候暗恋过一个，光明正大的真没有。"

"你说，他哪天带回来一个真影后，说要结婚？"贺燃脑洞大开。

"那就结呀，只要他快乐就好。"简皙开明大度，"他在家太聒噪了，可怕。"

贺燃拍拍她的手："趁你休假，我们明天去看房？"

简皙想了想，答应了。

长市在周边同等级的省会城市里，算是风向标，加之这几年，市政班子下了不少努力，经济发展水平和生活环境都很可观，所以房价普高。贺燃考虑的楼盘都有一个先决条件，就是必须离简皙上班的医院近。综合下来，有三家是不错，不过这种地段，房价每平方米没个两万拿不下。

简皙目标明确，中意一百二十平方米左右的三室户型，看了几家，最后选择了离地铁口最近的中档小区。简皙有公积金，三成首付下来近八十万。

贺燃问："医生这么挣钱？"

简皙笑："工资不太高，我也不是省钱的人，我妈不是开公司的吗，给我和星来都分了点儿股份，上市的时候，我可是一夜暴富成简百万呢。"她挑着眼眉看贺燃，"以后你要是敢欺负我，我立刻换老公。"

"那我要是对你特别好，有没有奖励？"

"有。"简皙点点头，凑近他耳朵飞快地说，"我允许你把我往死里欺负。"

她说得娇娇气气，贺燃一听就懂，被惹得咬牙切齿："你等着。"

付了一万定金，还有些证明材料要准备，简皙晚上值班，两人在外边随便解决晚饭。

简皙问："你晚上是要回家吗？"

"还有点事。"贺燃说，"然后回去看看外婆，明早上再来接你下班。"

"不用，你多睡会儿，我自己回公寓。"简皙给他盛了碗汤递过去，"明天我也去看外婆，我托同事带了点儿虫草，可以炖鸡。"

"行，等我回来杀鸡。"贺燃把汤里的排骨夹给简皙。

"得了，还是我杀吧。"简皙太不信任他了，"你杀的一点美感都没有。"

"弄死不就行了。"贺燃说，"以后咱家这种杀鸡宰鸭的活，都给男人做，你不许动刀子了。"

简皙心里可美了，把排骨吃得干干净净。饭后，简皙开车去上班，贺燃看她走后，才打车去晚香。这家餐厅财大气粗，屹立在市中心位置，迎来送往的都是高端客户群。那位年轻貌美的女老总叫陈青，如果陆悍骁给的信息无误，此刻她应该在三楼的大包间赴饭局。

陆悍骁找人牵了线，但也是隔了一两层关系，算是给他作了引荐。贺燃等在三楼大堂，先是给陈青的助理打电话。第一次通了没接，第二遍才迟迟接听。

醉意阑珊的男人声音："喂？哪位啊？"

贺燃耐心解释："你好，我是许总介绍的客户，我姓贺。"

"哦，是你啊。"那边有嘈杂的人声，"行吧，我就出来。"

没多久，男助理从大包走出，他穿了一件果绿色紧身衬衫，扬高下巴打量着贺燃。

贺燃问："请问陈总她……"

男助理打断："现在离散局还早着呢，要不你改时间再预约。"

"没关系，我就等在外边，等陈总忙完。"

这位男助理本来就有点不着调，加上陈青也喝了酒，这个报告也就敷衍过了。

"随便你。"男助理没再多说，转身要走。

他手搭在门把上，拧开，推门，门缝渐渐变宽，一屋子的喧闹争先跑了出来。贺燃飞快地抬眼，极短的视线，看见好几位宴客。一头波浪大卷发的女人，正是陈青。就是这么几秒钟，她的目光无意地扫了过来。

晚上九点多，饭局终于散场，十来个人前后走了出来，两个高挑美女陪着男客户殷勤聊天。

“陈总，我已经订好唱歌的包厢了。”男助理围着陈青，极力讨好，“我让她们把歌都点好了，都是您爱唱的。”

陈青伸手摸了摸他的脸：“真懂事。”

贺燃等在走廊口，等人靠近，主动上前打招呼：“陈总。”

“咦？你还没走啊？”男助理脱口而出，眉头微皱。

贺燃没理，看向陈青：“你好，我叫贺燃。”他礼节性地伸出手，手掌宽平，指节匀称。

陈青垂眸，眼妆特别浓，她的目光在贺燃的手上扫了一圈，忽然勾嘴笑，握上去：“哈喽。”

她的表情饶有兴致，一点也不隐藏好感：“你找我呀？有事？”

贺燃谈正事：“对，其实我是……”

“一起来唱歌呀。”陈青笑着打断，“怎么样？”

贺燃片刻无言。这位女总经理似乎没打算给他考虑的时间，摇曳着身姿，十拿九稳地朝前走。快接近电梯，她看见贺燃终于是快步跟了过来。

陈青长得一般，喜爱浓妆，穿得也新潮，身上的香水味浓烈。就这么一会儿工夫，贺燃看出来了，这女人性格开放，路子特别野。那位男助理，应该是她包养的床伴，一晚上黏着她，生怕金主冷落。贺燃找了几次机会，想与这女人说事，但都被软钉子给碰闭了嘴。

事不过三，最后这次，陈总终于开始蠢蠢欲动：“你不陪我喝一杯？”

贺燃平静道：“我不跟女人喝酒。”

“有意思。”陈青烈焰红唇，弯了起来。

“陈总，我是想向你打听一个人，叫秦生，以前在贵公司营运部运输队当主管。”

贺燃话刚到一半就抛锚，因为陈青听而不闻，举着酒杯跟别人说话去了。

面对这份故意，贺燃的脾气开始躁动。

那位男助理充满敌意地看着他，他贴去陈青身上，讨好说：“青姐，我晚上陪你好不好？”

陈青晃了晃杯中酒，笑着凑近小声说话。男助理脸一红，有点紧张：“好是好，不过我怕您不舒服。”

陈青眼神往贺燃那边勾，这迷离灯光一衬，远处的贺燃更有男人味了，肩膀真宽，小腹收得真紧。陈青心旷神怡，拿了酒又走近他，佯装关心：“那人是叫秦生，对吗？”

贺燃抬眸：“对。”

“都辞职一年了哟。”

“陈总，你方不方便让人事部给我他的电话？”

“他欠你钱啊？”陈青玩味。

贺燃没回答：“如果不方便，我就不打扰了。”

“方便啊。”陈青笑着，“你急什么，现在我还挺忙，要不等下我们换个地方，我让人事经理查查。”

静默几秒，贺燃语气渐冷：“换哪个地方？”

陈青走近两步，都快贴着他的胸了，呵气道：“安静一点，就我和你。”

贺燃眸光暗沉，嘴角微弯：“行。”

混江湖的，话里意思都拎得清。房间就在顶层的套间，贺燃借口打电话，说是晚点来。他暗跟着陈青，冷眼看着她和男助理勾搭着上了楼。不急，贺燃在外面抽了根烟，顺便买了点东西，才淡定闲适地去房间。陈青兴奋地迎他进门，脸色因为酒劲儿和接下来的刺激而格外绯红。

这时，男助理正好从浴室出来，全身裸露，腰间松垮围着条浴巾。贺燃一看这架势，假装问：“三个人？”

“愿不愿意啊？”房里暖气足，陈青只穿了薄薄的纱衣。

贺燃说：“行，你先过来。”

陈青伸手就要搂他的脖颈，贺燃头一偏，完美闪避，毫不客气地抓住她的胳膊，往后狠狠一拧——

“啊！啊！”陈青吓得面容失色，“你绑我干什么？！”

贺燃拿出刚买的绳子把她给捆住，眼见那男助理就要逃，他一脚将人踢翻在地，再把这对狗男女弄在一起，摆出极其香艳的姿势，拿出手机咔嚓咔嚓十连拍。

“不要拍！别拍！你想干什么！”陈青厉声尖叫，害怕极了。

贺燃蹲下，把屏幕举在手里，对男助理说：“小兄弟，你这肌肉还有待锻炼啊，都被这老女人给榨干了。”

陈青喊道：“删掉！”

贺燃拧着她的下巴，手劲儿极重：“你想睡老子？做梦！明天九点前，把我要的东西告诉我，不然，这些照片可就传到你们公司内网上了。”

“报警，我要报警！”

“那正好，警察叔叔应该挺喜欢这些证据，再去你丈夫那儿问问情况。”贺燃啧啧称叹，“带不带感啊？”

陈青脸色一僵，咬牙：“无赖！混混！流氓！”

贺燃声音淡淡的：“知道就好。”

夜色朦胧，冬日渐近尾声，霓虹一层仿佛让这个花花世界回了暖。贺燃咬着烟，漫步在闹市街头，偶有风过，吹开他敞开的衣襟。他拿着那个新鲜活热的电话号码，默默看了很久。

烟气缓缓升空，像一层薄薄的纱。贺燃握着手机：“秦生，是我。”

市一院。

昨夜的产科还算太平，简皙做了两台顺产手术，临近天亮还能睡个两小时。她下班的时候，面色疲倦，贺燃早早地等在医院大门，手里拎着早餐，远远地对她笑。简皙走近后，把浑身重量都往他身上一搁，像软骨人似的：“好累呀。”

贺燃笑：“要不要老公给你亲亲抱抱举高高？”

本是玩笑话，不过简皙好像挺认真，抬起头，眨巴眼睛道：“好啊！”

贺燃亲了口她的右脸。简皙不满：“敷衍。”

贺燃又亲了口她的左脸，凡事讲个平衡对称。简皙噘嘴：“还差一个呢。”

初春晨光也抵不过贺燃眉眼里的温柔。他捧住简皙的脸，用力在她额头上落了个吻，轻声说：“给我老婆点一颗美人痣。”

简皙心里都是蜜糖，瞅了瞅他手里：“你买了什么早餐？”

“春饼。”贺燃说，“外婆赶早做的，里头放了很多你爱吃的黄瓜丝。”

简皙把车钥匙给贺燃，自己坐上副驾吃早餐。到了公寓，简皙默默去洗澡，贺燃发现，她这次洗澡特别快。果然，女人的手急不可耐地从后面搂住他的腰，身体贴得很紧。这个讯号明目张胆。

简皙跟鱼似的滑到他前面，眼神俏生生的：“做。”

贺燃深吸气，眼神暗，声音哑：“先说好，不许耍赖，不许哭，不许说不要，不许踢我，能做到吗？能做到，就做。”

简皙看着自己的男人，这么正儿八经地搞事情，简直都快沉迷死了。她点头：“能！”

贺燃微微蹙眉，总觉得有不对劲儿的地方，最近的鱼水之欢，简皙特别特别主动，换着姿势地弄他，简直都快反攻了。不过，自上次提出不想他戴套遭到拒绝后，简皙也没再提这茬事。事后，贺燃和她谈过生孩子的问题，他的建议是，缓一阵，等半年后再做计划。

简皙没同意也没拒绝，贺燃认为她是默认了。夜班加欢爱，体力都给耗成了负数，简皙连衣服都没力气穿，沉沉睡去。贺燃给她掖好被子，赤脚下床收拾，他低头准备拔下套子，可一看却愣住，顶端瘪瘪的，里头什么都没有。

贺燃皱眉，仔细一看，顿时哭笑不得。上边被剪开了一小道口子，形同虚设了。身后，均匀沉缓的呼吸声清浅，贺燃反身过去，在简皙耳边轻声说：“女人，你想搞事啊。”

贺燃没揭穿简皙的小心机，只是偷偷买了盒新的给偷龙转凤换掉了。之后的几天，简皙热情依旧，跟个喂不饱的小猫崽似的，又水灵又迷人。就这么过了半个月，直到有一天晚上，两个人睡下很久，简皙半道儿偷偷起床，做贼似的从抽屉里拿出一盒东西，然后溜进了洗手间。

身边没了熟悉的温度，贺燃也很快醒来，他一摸，人呢？走到客厅一看，卫生间掩着门，里头有光亮渗出，他才放心。可很快，他听出了不对劲儿的动静。

贺燃走近，站在门口，听仔细了，简皙在哭。

他吓得推门而入：“老婆？你怎么了？”

简皙身子一弹，没想到他会进来，哭皱的一张脸受了惊吓，便更委屈了。贺燃手忙脚乱，连忙蹲下，把她搂入怀里：“怎么了，怎么了？乖乖乖，老公抱抱。”

他这才看见脚边的一个验孕棒，白色棒身，显示区只有一条红色的杠。简皙带着哭腔，抽泣地喊了声：“小小燃什么时候来啊？”

贺燃浑身一紧，太心疼了。他打横将人抱起，回到卧室，重新把她抱住，不停地安慰，不停地亲吻。简皙就像一个没要到糖的小姑娘，挫败感带来的委屈悉数撒在贺燃心口。矮柜上的手机，屏幕无声亮起，是条新短信：“老大，事已谈妥，你尽早南下。”

直到简皙睡着，贺燃才点开短信。

秦生办事一如当年快准狠，他与贺燃算是生死之交，大学不打不相识的死对头，脾气一个比一个暴。就这样，从冤家变铁哥们儿，两人毕业后就去了深圳，一起卖过盗版光碟，摆过地摊。贺燃走的是创业正道，秦生比较邪门，就像一条社会泥鳅，在泥潭里投机取巧，不着调，却也积累了点儿小财。后来，贺燃公司迁至遥省，家大业大忙里忙外，秦生跑去了祖国大西北倒腾玉石，从此失联。就这两年，贺燃才听说，他又辗转去了信杨集团搞运输了。

这哥们儿，人生经历十分奇葩。贺燃发家之初，便是在深圳赚了个盆满钵满的起跑线，多少拽了点儿人脉和信息在手里。秦生帮他多方疏通，联系到一家当年与贺燃颇有渊源的供货商。

“下周五，约好吃饭。”秦生把地址发了过来，贺燃盯了很久，才按熄屏幕。

第二天，简皙已从昨夜一瞬间的崩溃失落里缓过劲儿来。她赶了个早，给贺燃做早餐，打豆浆。贺燃起床的时候，就倚着厨房门，静静地看着简皙的背影。灶上的锅里咕噜噜冒着热气，案台上是切好的西红柿和搅好的鸡蛋液。清晨的阳光清清透透，笼罩了她半边身子，说不出的安静美好。

“哎呀，站在背后也不出个声。”简皙回过身，吓死。贺燃从背后抱住她，用刚冒出的胡楂去刺她的脸。

“痒死了。”简皙笑着躲。

“别动，给我抱一会儿。”贺燃把头搁在她的肩上，轻声说。

灶上的水沸腾，气泡越冒越大。简皙拍了拍他的手：“水开了，煮面条好不好？”

贺燃没动，维持着十指相交的动作：“简皙。”

“嗯？”

“我可能要出去一段时间。”

“去哪里？”

“深圳。”

“深圳？”简皙仰头往后，抬眼看他，“去干吗？”

“那边有些老朋友。”

简皙久久未说话。贺燃的心在拔高的过程里，越发忐忑和不安：“老婆，我……”

“好啊。”简皙打断他，声音轻松，“没事，你去吧，我支持你。”

贺燃手搭在她肩膀上，将人掰正了，与她面对面，对视着，试探着从她的眼神里找出蛛丝马迹。简皙坦坦荡荡，接受着他的检阅。她笑：“我不骗你，你想做什么就去做。”

“小皙。”

“我真的没事，你又不是一去不回。”简皙偏着头，特别认真。

贺燃就这么看着她，这种注目礼太过直接和锐利，简皙撑了一会儿，终于撑不住地低下了头，故作坚强的态度软了下去，她小声问：“那你要去多久？”

“一个星期，也可能一个月，或者两地跑。”贺燃诚实说。

简皙点点头：“不是一去不回就好，我有假了，也可以来看你，深圳是吗？坐高铁很快的。”

“嗯，不超过半年。”

“半年多一点点也行的。”简皙抿了抿唇，委屈道，“就是特别遗憾。”

“遗憾什么？”

“都赖你。”简皙还惦记着怀孕未遂的事，“你是不是不喜欢小孩啊？”

“姓贺的小孩我就喜欢。”

简皙被逗笑：“美死你得了，松开，我下面条了。”

贺燃出发前两天，简皙瞒着他去了一趟楼盘。对于她的要求，售楼员十分为难：“简小姐，您既然交了定金，按规定，我们是不能退的。”

“不好意思，我家里临时有了变动，这房子我们暂时不要了。”

“我们之前的预售合同已经做了规定，请您理解。”

简皙想了想，说：“这样吧，那一万的定金我们不要了。”

售楼员这才态度宽松了些，游说道：“我们这个楼盘销售很紧俏，房价是一天一个价，我还是诚心建议您，早点购入安家。”

简皙道谢：“有需要我再联系你。”

就这样，简皙把房子给退了，去银行开了张新卡，把买房的钱取了个整数存里头。她开始帮贺燃收拾行李，几乎把所有能想到的东西都要装进去。贺燃站在边上，疑惑极了："这些瓶瓶罐罐是什么？"

"面霜、洗发水、风油精、花露水，还有个驱蚊的小灯。"简皙再三检查。

贺燃哭笑不得："宝贝儿，我一个大老爷们，不讲究这个。"

"你不干活就别说话。"没什么遗漏了，简皙把箱子合上，蹲在地上仰头看他，"车票身份证都带了吗？现金呢？"

贺燃笑着评价："管家婆。"

简皙很在意："外面不比家里，你一定要好好的，不许打架耍流氓。"

"闻到了妈妈的味道。"

"就你没正形。"简皙懒得理他。

贺燃蹲下来，跟她额头抵额头，轻声说："乖啊，别担心，我不是初出茅庐，险恶人心我比谁都见识得多。我答应你，不打架不惹事，但是来了事，我也绝不怕事。"

简皙点点头："好。"

贺燃继续："你好好上班，别一坐就是几小时不带动的。"

"好。"

"想吃好吃的，就去外婆那儿，她会给你做的。"

"好。"

"开车慢点，在家锁好门。"

简皙仰起头："喂，我闻到了爸爸的味道。"

贺燃笑道："你还真是不吃亏。"

这一晚，没有浓烈的情绪，没有暂别的伤感，甚至没有做爱。两人早早洗漱，贺燃抱着简皙，平静的呼吸，有力的心跳，从他的胸腔传到她的心里。就这么静默无声地依偎，不用任何言语和行动，都能看见岁月静好的影子。

第二天，简皙上早班，贺燃自己打车去的高铁站。上车后，他给简皙发了短信："顺利上车。"

早上是简皙最忙的时候，所以她没有回复。贺燃中途睡了会儿，醒来刚过武汉。他拿出手机，十点半的时候简皙回了条信息。贺燃看了几个字便愣住：“箱子里有张卡，房子咱们推后买，出门在外别委屈自己。不管遇到什么事，人平安就好。”

卡的密码是两人领结婚证的日期。贺燃默默把卡收好，放在钱夹最里层。他仰着头，靠着座椅，看起来像在闭目熟睡。他内心翻涌起惊涛骇浪，全部涌入了脸面。

他不想让人看见，自己红透了的眼眶。

下午两点，终点站深圳。

时隔近八年，贺燃再次踏入这座城市，就像一个圆，回到了起点。他一身零星，却心有所寄。

“贺燃！这儿！”出站口，一身黑衣的秦生身高体长，挥臂招摇。贺燃上下打量他，轻轻勾嘴。

“哎哟，你这是什么眼神，看爱人呢？”秦生大嗓门，直突突。

贺燃轻描淡写：“黑了，胖了，脸形变大了，声音也粗了。”他走近，又“哦”了声，“怎么好像还长矮了。”

“滚你的。”秦生特烦，迎面就是一拳头，“那还有人样吗？”

贺燃闪避，笑了笑，没说话，缓缓举起右手握成拳，懒洋洋问：“来不来一下啊？”

贺燃也是一样的动作，两人击拳，铮铮铁骨碰撞出闷响。

“不错啊，没生疏。”秦生说着说着，声音都有些发哽，“我现在能说一句沧海桑田吗？”

贺燃捶捶他的肩：“矫情。”

秦生开着一辆二手比亚迪：“对不住了，按着你在我心中的形象，我最多只能开个小三轮来接你。但今天正好送货，便宜你了，坐坐我这豪车。”

“你大爷。”贺燃笑骂。

从车站到秦生住处得有二十多公里，一路上，两人聊得天崩地裂，都是能侃的主，矿泉水都喝了三瓶。贺燃用幽默的语气，总结了一下这几年的经历，秦生无不感慨：“这就验证了一句话。”

“什么？”

“小人当道，祸害千年。”

贺燃摸出烟，咬在嘴里低头点火，然后看手机。

红灯停车，秦生伸长脑袋：“看什么呢？美女啊！”

贺燃没抓稳，手机被他夺了去：“还来！”

“我看看，哟，漂亮啊。”秦生说。

手机相册里简皙的照片，是一张穿纱裙在海边的生活照，十分清新自然。

“女朋友？”

“我女人。”贺燃正名，“老婆。”

“你结婚了？”

“嗯，领了证。”

“干吗的？”

“医生。”

“真想把你一脚踢下车。”

贺燃抢过手机，锁屏了，搁在衣兜里：“你这么矮，踢得动吗？”

“滚你的。”

一小时后，到了秦生的住处，他没在深圳买房，倒腾的那点儿钱全部投进了门面，据说要拆迁了，也算好运临头。简单地落了脚，晚上，他们和约好的供应商吃了个饭。此人姓李，以前是贺燃公司的一家建材供货商，但吃饭聊天的时候才知道，他已经改行去跑起了运输。

“贺总，自从你离开公司，新来的老总本事没几样，忽悠和乱来倒是麻溜。”老李是个直性子，有话就说，“可惜了，你那公司，我也算是看着它壮大起来的。”

贺燃很平静：“市场日新月异，企业发展有波动也很正常，对了，老李，你现在的业务主要是针对哪个地区？”

“往城镇那边走，一条线下来，得停四五个地方。”

“如果往外省走呢？”

“业务量自然会加大，但是难度也高，地头蛇、交通局、业内的竞争对手，哪一样都挺棘手。”

聊了一下午，老李说：“包条线路至少是这个数。”他伸出手指，比了一个数字，“货源什么的不用愁，主要是路上，咱们跑运输，吃的都是老天爷赏的饭。出个事，就全盘完蛋。”

贺燃回去后仔细斟酌考量，接下来的一星期，他开始满城市满政府部门地跑。交通局，运输管理局，物流公司，办证，疏通关系，秦生和老李为他提供不少信息，总不至于事倍功半。前期投入近七位数，贺燃就在市区租了个地下室，最主要的是省钱，再者，一是办事方便，二来晚上可以在市中心转一转，把商场、超市的情况都给摸清楚。地下室租金七百一月，便宜，但潮湿严重，一下雨，半面墙都在冒水珠。有一次，贺燃睡到半夜，天花板开始渗水直落到床上。

贺燃把木板床推到门口，顶着门，被褥湿了一半，他就翻了个边，盖着没湿的一角苦中作乐。跟简皙打电话的时候，贺燃睁眼说瞎话。

“你住的地方怎么样？”

“还不错，十六楼的电梯公寓，什么都有。”

“那你吃饭呢？”

“自己做，偶尔和秦生他们去外面吃。”

“累不累？”

“不累。”

“想不想我？”

“想。”

贺燃每次回答完这个问题，心里都会补充一句：正是因为想着你，所以才不觉得累。

就这么过了一个半月，所有的证件终于办齐全，贺燃把包线路的钱一付，身上现金只剩不到一千。这日，秦生和老李买了外卖和酒，到贺燃这破地下室里庆祝。进来一股霉味，灯泡因为潮湿，隔几天就得换一个。

三个男人，谁都不拿眼前的困境和窘迫说事，摇摇晃晃的小木桌一支，啤酒饭盒往上一摆，照样吃得嗨。

“来，兄弟，祝你从此生意大吉。”秦生举杯。

老李附和：“对，发大财。”

贺燃一口闷：“这话我爱听。”

正起劲儿，简皙的微信视频请求发了过来。贺燃的手机就搁在桌上，秦生一看这称呼：“哟，嫂子！”

他抢过就接通，画面糊了几下，信号有点缓慢，贺燃当场急着要去抢。但已经迟了，简皙已经看到这边的房子。画面卡顿，正好停在因为潮湿，所以都是黑斑墙壁的场景。

“哎哟哎哟，别打我，哥，哥，哥，嫂子挂了！”

贺燃抢过手机一看，的确。

“放心吧，嫂子没看到的，不然你把我脑袋卸下来。”秦生大咧咧地保证。

“你脑袋值几个钱。”转念一想，贺燃也只得暗自侥幸祈祷。祈祷简皙没有看见他这破烂地下室。

凭着老李在圈子里的熟悉度，帮着贺燃给一些有需要往外省货运的商家发了广告。第二天，就有业务上门了。现在的贺燃，几乎来者不拒，多远的地方都肯接。

第一趟距离不算远，走的是与深圳交界的惠州，由于贺燃打的是低价宣传，所以第一天开业，装箱率达到了七成。他测算了一下，纯利润应该有三千。货车司机是早前招好的，贺燃跟车押货，清晨三点出发，颠簸了十几个小时，终于完成货运回到了深圳。

出去时披星戴月，回来时繁星依旧。

南方之城，永远干净明亮，温暖有活力。

贺燃揣着第一笔收入，路上又接了几个要送货的商家电话，他在夜宵摊前边吃炒饭边回信息，隐隐约约地，摸到了“东山再起”这个词的尾巴。

“老板，买单。”贺燃放下筷子，把光溜溜的饭盆推远了些，继续低头看信息。

“来嘞，一共二十五。”老板可麻溜了，还给邻桌上了道菜。

贺燃摸出零钱：“再给我拿瓶水。”

“行。”老板边找钱边说，“那个人是不是等你的啊？”

贺燃乍一听没明白：“什么？”

“就马路对面啊。”老板往那边抬了抬下巴，“喏，穿白裙子的。”

贺燃浑身一僵，不敢置信地转过头。这一瞥，他人都快炸了。对面天桥下，简皙推着箱子一脸倦色。她只身一人来了深圳，贺燃押货途中，手机信号不灵，就是这么巧，简皙打的四个电话，他全都错过。

简皙围着他之前给的大概住址，来回找了四圈，即将崩溃放弃时，两人竟然就此遇见，她望着贺燃，双目对视的这一眼，终于泪流满面。

贺燃连水都没拿，推开椅子差点绊倒。简皙拎着箱子要过马路，被贺燃呵止住：“站那儿别动，车多。”

他手撑着栏杆，飞快地跃过，然后在汽笛鸣叫里穿梭，奔过来将简皙一把抱住。

“你怎么来了？一个人来的？几点到的？怎么不打我电话？”贺燃连番发问，又把她稍稍推远了些，上下打量个不停。

“我跟医院请了三天假，下了班赶最晚的飞机过来，我想看看你，我太想你了。”说到后半句，她声音小下去，抬眼看着贺燃，挺心疼，“你瘦了。”

贺燃笑：“没瘦，体重还是那个样，就是看起来肉紧了点。”

简皙一脸不相信。他牵起她的手：“不信你摸摸，我这腹肌扎手呢。”

简皙终于破涕为笑。贺燃拎过她的箱子：“走吧，我去给你开个房。”

“你不是租了房子吗？我不用住酒店。”

“酒店环境好一点，你跑过来够累的，好好休息。”贺燃牵着她往前走，手却从他掌心抽了出去，他回头，“怎么了？”

简皙坚持：“去你租的房子那儿，我想看看。”

贺燃言辞闪躲，被简皙的态度给弄得有点慌，想了想，还是默默答应了。走了五分钟，拐进一幢较旧的商场大楼，越走，简皙的心就越冷。贺燃时不时地提醒：“慢点，这边有楼梯。”

灯光渐暗，窄挤的走廊上只有一盏声控灯，走过去有五扇门，贺燃就住在最后那间。他拿出钥匙开门，简皙看着门口还没来得及倒掉的垃圾篓，里头全是吃过的方便面桶。贺燃说：“你先在门口站一会儿，屋里味道重，散一散再进来。”

他自己赶紧进屋，打开电风扇摇头吹，简皙紧跟着过来，这屋里的摆设一眼就能看完，木板床上一层薄薄的被褥，边上就支着一张矮桌，上头放了打火机和烟。简皙拿起那包烟：“你连牌子都换了。”

“啊？”贺燃回过头，“哦，没之前的好抽。”

能好到哪里去，简皙知道，不过是这种比较便宜。贺燃拧开瓶盖，给她递了一瓶水：“这什么表情啊？一点也不漂亮，别难受，我早出晚归，就在这儿睡个觉，没什么不好。”

简皙情绪一拔高，脱口而出：“我不要你挣钱了，你跟我回去。”

贺燃笑：“说什么呢，傻姑娘。”

简皙说：“傻就傻，我只知道我老公在这儿受苦，在这儿住地下室，天天闻着发霉的味道。”

贺燃表情夸张，掏了掏耳朵，说：“我靠，这么一听，好像我还挺伟大的。”他从后面扣住简皙的肩膀，小半力气压过去，低声说，“听话。两个月没见了，你想在这个地下室被我疼？”

简皙挣了挣，怪道：“谁想被你疼了。”

贺燃沉声笑，贴着她的耳朵说：“好好好，是我想被你疼。疼不疼我啊，老婆？”

万千情绪由思念主导，经不起一点撩拨，简皙浑身就像被灌入海绵，唯有靠着贺燃，才得以支撑。她转过身，搂住贺燃的脖子，踮脚就吻了上去。舌尖像是觅到了主人，迫不及待地解了渴。屋里潮湿闷热，两个人大汗淋漓，霉变的墙壁上，摇头风扇吱吱呀呀地仿若助兴，掩盖了床板发出的暧昧响声。

贺燃没坚持太久，很快就交代了。再后来，他气势汹汹，简皙吃力地受着，全身心地配合。

“太乖了。”贺燃喘着气，把她搂在怀里，一动，这床板也识时务地咯吱一响，像在附和同意。简皙额头上的薄汗还带着余温，她软着音地说：“你今天也很乖啊。”

贺燃听后，低低地笑。简皙闭着眼睛：“你今天没做措施。”

她用平静的语气粉饰忐忑的等待。贺燃声音沉，缓声说：“老婆，我们要个孩子吧。”

简皙没有睁眼，极轻地应了一声：“嗯。”

贺燃把她抱得更紧：“我去给你打水洗个澡。”

简皙也要起，被他按住：“别动，躺着。”

“为什么？”

“多躺容易受孕。”

简皙一脸无语，贺燃笑出了声儿：“你上网查的都是这些，我都能背了。”

简皙嘟囔：“这理论一点都不科学。”

贺燃给拎了两大桶热水进来，卫生间只有冷水淋浴。两个人窝在几平方米的小地方，贺燃站着淋冷水，简皙蹲着洗温水，她仰着头，对着贺燃的好身材直舔唇。

贺燃笑死：“你演小狗呢。”

“对啊，演你呢。”

“贫嘴玩意儿。”贺燃乐了，拿起香皂蹲下，“靠近点，我给你擦擦背。”

起了玩心，简皙用水泼他满脸。

“蹲好，擦背。”贺燃做凶状，但手上的力气还是放柔和，生怕刮疼她。洗完后，筋疲力尽一扫而光，两个人又抖擞来劲儿了。贺燃把今天挣到的三千一交给简皙，“拿着。”

简皙哇的一声，伸出大拇指，往贺燃额头上一按：“给你点个赞。”

贺燃靠着床头，抽出一根烟咬在嘴里，没点燃，过干瘾。自从结婚后，他已经有意识地减少抽烟次数。简皙穿着贺燃的T恤，小脸白净，正在美滋滋地数钱：“以后，日入三千，给你吃排骨；日入两千，给你吃肉，少了就吃小白菜。”

贺燃坐直了，光溜溜的大长腿盘住简皙，他叼着烟勾嘴笑：“那我挣多少，能吃你？”

“你这人简直了！”简皙怒道。

“嗯？”贺燃眼缝微眯，语气危险，“简直什么？”

简皙激灵一抖，立刻放软，往他怀里一栽：“简直让人如获至宝。”

墙壁上的老风扇，还在不遗余力地摇头晃脑，清风送爽。两人挤在窄窄的木板床上，守着这方寸之间，却好像拥抱到了整个世界。

贺燃凌晨三点就醒了。他轻手轻脚地下床，尽量不吵到还在熟睡的妻子。但他前脚刚下地，简皙扑腾一下就坐直了，吓得贺燃眉间一跳：“怎么了？做噩梦了？”

简皙揉着眼睛，费劲儿地眨了眨，力求清醒：“我跟你一块儿去。”

贺燃赶紧安抚住：“我要跟车，路上累，你今天自己去商场逛一逛，明天老公陪你去玩好不好？”

简皙眯着瞌睡眼，雷厉风行地掀开被子：“没事，我不困，我想跟你去。”

“慢点慢点，衣服在这儿。”贺燃扶住她，勾手把胸衣递给她。

简皙两下脱了T恤，迅速穿衣：“我保证，不吵你，当个合格的跟屁虫。”

贺燃被逗笑，想了想，答应了。就这样，简皙也当了一回“镖师”。今天这趟货，距离不算远，从深圳到虎门的一个小镇，如果中途顺利，下午四点就能回。

贺燃先去货运站搬货，后半夜的空气混着新鲜的露水味道，贺燃穿着短袖，动作之间，肌肉拉伸有型，姿态蓬勃。

“简皙，上车。”贺燃隔着距离吆喝，中气十足。

“来啦。”简皙兴奋地跑过去，货车太高，爬上座位不容易，贺燃怕她摔着，索性把她给抱了上去。

周围许多人，看着直笑。

简皙不好意思，贺燃坦荡大方：“我又没抱别的女人，抱媳妇天经地义。”

披着晨昏夜色，货车开动。贺燃要帮司机盯着情况，所以没敢睡觉。简皙补了个瞌睡，再醒来，阳光万里。下了虎门高速，一路往西，再绕一段盘山路，目的地是半山腰上的货运站。就在行程即将顺利完成的时候，问题出现了。

行驶至虎门寨一段山间路的时候，他们的车被一伙人给拦了下来。领头人是一个老婆婆，呼天抢地地抱出一只大母鸡，非说是他们给轧死的。她呼天抢地，卖力表演：“我一个老太婆，就靠着这只鸡下蛋卖钱啊！死了可怎么办啊！”

紧接着，就是一群“围观路人”纷纷赶来，帮着吆喝指责。贺燃一看就明了，这是遇上碰瓷团伙了。

“待着别动，不许下车。”他交代简皙，并让司机看住，然后自己跳了下来。司机眼明手快地锁了车，简皙紧张地看着贺燃朝他们走去。

“大娘，这鸡，不是我们轧的，你看，轮胎上连血都没有。”贺燃微笑和气地解释。

对方炸了：“就是你们的车！非得有血才是证据吗！我可亲眼看见了！欺负我人老是不是！”

贺燃往后退了退，躲开老太婆的唾沫星子。他耐着脾性，把话往好地儿说：“大娘，你看这样好不好，我呢，给你两百块，就当向你买了这只鸡。”

“两百块？你打发叫花子呢！”老太婆一哭二闹，嗓门破天，“可怜呀！不讲理呀！”

那些青年“路人”，也开始打抱不平，纷纷指责起贺燃。贺燃沉着静气，依旧笑脸，从裤袋里摸钱夹。那老太婆眼尖地盯着他的手，一个劲儿地瞧。贺燃掏出钱夹，打开亮了底：“大娘你看，我一个跟车的，就带了三百路上吃饭，挣点儿辛苦钱不容易，你都拿了去吧。”

他把钱递过去，老太婆手一挥，把钱打到了地上，往地上一坐，撒起泼来。贺燃冷眼看着闹剧，凉凉地看着地上的老太婆：“那你要多少？”

老人暂停打滚，声音洪亮：“三千！”

周围的人立刻言辞激烈地把贺燃围在中间，叫嚣着：“赔三千！没三千别想走！”

老太婆更加卖力地尖叫：“我要死了啊，车轱辘轧死我了啊！”

贺燃拂去和气的面具，戾气一点一点涌上眼底。他往后退两步，然后迅速捡起地上的实心红砖，作势要砸人。这突然的动作，让他们措手不及，本能地躲开。贺燃就抓着这道出口，奋力往车上跑！

“小张！开车门！往后倒！”

司机机灵，赶紧换挡踩油门，简皙恐惧地看着贺燃即将被那些人追上。她来不及多想，摸出包里的防狼喷雾，利索地跳下了车。

“哎！嫂子！”司机惊叫，“燃哥！嫂子下车了！”

贺燃吓得魂飞魄散：“简皙！”

他已经被人赶上，他们凶神恶煞地要打他。贺燃手脚麻利，一招一式都带着凌厉的气势。但寡不敌众，很快落于下风。简皙铆着一股劲儿，捡起路边的粗木棒，逮着最近的一个用力打：“滚开！别碰他！”

有了助力，贺燃要轻松得多，他打架从来不服输，很快就撂倒三四个。简皙像个女战士，除了贺燃，闭着眼睛谁都打。有人扑向她，贺燃骂了一声，拎着那人的衣领就往地上甩。简皙丢了棒子，拿出防狼喷雾，跟杀虫剂似的对着那群刁民喷。

痛叫声连天，贺燃牵起她的手："跑！"

两人麻溜地爬上车，车门嘭地一关，加速驶走。简皙惊魂未定，头发乱得像个小疯子。与贺燃一对视，两人扑哧两声，同时笑了出来。

贺燃后怕，咬牙切齿地抬高简皙的下巴："再不听男人话，老子就不要你了。"

简皙眨巴眼睛，喘着气做保证："就不听话。"

贺燃无奈。

"谁欺负我老公，我就跟他拼命。"

一旁的司机竖起大拇指，强行抢戏："嫂子，牛！"

贺燃剧烈的心跳渐渐平复下去，放软了语气："受伤了没？"

简皙摇头："没有这一次，我真不知道自己打架这么厉害。"

贺燃哭笑不得："你还觉得光荣啊？"

简皙顿时苦了脸，认怂道："其实我脚现在还在发抖。"

这一趟，有惊无险，回深圳的时候，他们绕了一段国道才上高速。贺燃和司机换着开，简皙软绵绵地陪他聊天解闷。太阳渐落西山，余晖柔软，贺燃的身子浸在其中，五官仿佛润了色，更显深刻。

简皙知道，东山再起谈何容易，贺燃的每一次努力，都是在拼命。下了高速，遇到路口红灯。贺燃的手探了过来，把她拽紧。

简皙侧头："干吗？"

贺燃认真道："两小时没牵了，怪想的。"

简皙冲他笑，相视无须多言，反手将他握得更紧。

三天假期很快结束。

临走的时候，简皙到底舍不得，趴在贺燃肩头哭得稀里哗啦。哭够了，还是懂事地不让他担心，稳住情绪去登机。两个小时后，飞机平安落地。简皙刚到出口，陶星来的车就等在那儿："姐，这里。"

上车后，陶星来惊呼："怨妇脸呢。"

"去你的。"简皙还沉浸在分离两地的忧伤里。

"我贺贺哥怎么样啊？是不是晒黑了？晒黑就好了，颜值可以减一分，我可嫉妒他了。”陶星来脑补想象，特欢欣。

简皙剥了一粒糖，直接塞进陶星来嘴里：“闭嘴。”

“还有最后一句话。”陶星来吧唧吧唧舔着糖，“香蕉味儿的，我不爱吃。”

“等等，我还有一句话。姐，你还没告诉我，贺贺哥变黑了没。

“不行，忘了一句，咱妈要……嗯。”

简皙快烦死，又给他喂了一颗糖。这回闭嘴了，因为草莓味儿的，陶星来喜欢。

贺燃不在身边，简皙的生活变得规律单调。上班下班，回家陪爸妈的次数增多，尤其这个礼拜，顿顿回家蹭饭，而且每一次，上午就打电话给陶溪红，把晚上想吃的菜报备。晚饭时，简皙把酸汤鱼的汤汁都给喝干净了。陶溪红心思细，谨慎问：“你一直不太爱吃鱼，这一段时间，口味发生变化了？”

简皙捧着盆的手一顿，若无其事道：“嗯，去同事家吃饭，觉得还不错。”

饭后，简皙没多停留，回了公寓。在洗手间，她拿出之前剩下的验孕棒，毕竟这个月的经期，就在这几天该来了。

她没抱太大希望，随手验了验。洗完手后，随意一瞥，验孕棒上，两条红杠，明明白白地出现了。

冬去春来，神奇的阳春三月，果然有着神通广大的新生力量。

如梦所愿，简皙怀孕了。

保险起见，再次测一次。这一次，她换了个不同的牌子。她盯着试纸，没错过颜色加深的过程。两条杠真真的，怀上了。

简皙看了很久，挑眉，笑得像个小姑娘。

她自己是妇产科医生，对身体变化这种事情还是有一定的敏感度。推算了下时间，就是和贺燃在深圳的那次一招击中的。这男人，知道后又要嘚瑟了。

这段时间医院事情多，简皙忙起来就没什么时间回家，第一个知道的，竟然是陶星来。那天傍晚，陶星来约简皙吃晚饭，简皙不想去："我都叫了外卖了，不来了。"

"姐，你不爱我。"陶星来在电话里唠叨，"来嘛来嘛，我请客。"

"每次你都这样说，可哪次不是我买单。"简皙才不信他的邪。

"我就在你家楼下，快点，你不知道我很红吗？万一被粉丝认出可麻烦了。"

简皙撩开窗帘往下瞅，穿着早春新款的陶星来，倚着白色吉普，还戴着墨镜凹造型。

"你可以再骚包一点，生怕别人认不出你是吧？"简皙打开窗户，陶星来对她夸张招手。

"等着，换个衣服就下来。"

挂断电话，简皙换了套休闲装，穿着平底鞋就下楼了。

陶星来给她拉开车门："吃泰国菜好不好？"

简皙坐上副驾："行，我想吃菠萝饭了，反正你请客，我没带钱包。"

"不用这么现实吧，咱俩一个爹妈呢。"陶星来绕上驾驶座，边系安全带边叨叨，"我这一颗心，你就看着伤。"

简皙笑道："今天怎么有空过来？"

"戏拍完了，放假半天，明天转场进别的剧组。"陶星来说，"就在深圳，我还能见一见贺贺哥呢，他肯定想死我了。"

"行了啊，你就别给自己强行加戏了，他想谁都不会想你。"

"胡说，不信现在给他打电话。"

"你别闹他，他最近忙得很，长途跟车很累的。"简皙叮嘱。

贺燃最近的运输事业慢慢趋稳，又搞定了一条省外线路，每天都是忙到凌晨。陶星来开车上路："你们两个这样子长期分居也不是办法啊，其实去咱妈公司当个小官，舒舒服服不用想事，这样多好。"

"他做什么决定我都支持，只要他人平平安安的就行。"简皙平静说，"哪怕他没成功，混不下去了，我养着他。"

陶星来有点感动："姐，今天你有一米八呢。"

简皙笑：“什么破比喻。”

陶星来下巴抬了抬：“姐，给我来颗糖，草莓味儿的，别拿错。”

简皙故意地，剥了糖纸，伸过手：“张嘴。”

陶星来没在意，一口下去差点呕吐：“天！榴梿味儿！谋杀我！”

简皙乐得往后一仰，优哉地调大了电台声音。

到了餐厅，两人找了个偏僻的位置。姐弟俩都是能吃的人，点了一满桌，服务生询问有没有特殊要求时，简皙抢先说：“我那份多搁点儿辣椒。”

陶星来没在意，扎水果吃：“咦，你不是不爱吃辣吗？”

简皙“嗯”了声：“现在爱了。”

“为什么？口味突变？”

“有原因。”简皙低头喝汤，“嗯！这汤不错。”

陶星来张嘴：“我尝尝。”

简皙换了个勺子，喂进他嘴里：“就这一口，多了没有。”

“对了，啥原因？”陶星来喝了一勺，不太喜欢，“酸死了。”

简皙吹凉汤水，语气十分平静：“我怀孕了。”

陶星来一激动，咬到了自己的舌头：“咝——”他睁大眼，“真的啊？”

简皙点点头：“真的。”

“姐夫知道吗？”

“他最近好忙，我没想让他分心，暂时没告诉。”

陶星来特高兴：“几个月了？”

“两个月。”

“那你可得好好注意啊。”陶星来赶紧把好吃的都推给她，“吃吃吃，不用干掉熊猫，你现在就是国宝。”

简皙嗤笑：“没那么娇气，我会注意的。”

想着顺其自然，等贺燃忙完这一段时间再说。但陶星来第二天随剧组去深圳拍戏，抽空见了趟贺燃。贺燃刚跟车回来，穿了件纯色T

恤，宽松适度，勾出上半身的好身材，陶星来可兴奋了：“姐夫！你黑了！”

贺燃笑着跟他击了个掌：“晒的。”

“姐夫，你想不想我？”

贺燃给他递了瓶水：“我一个男人想你干吗？”

“你都不爱屋及乌啊。”陶星来叽叽喳喳，“那我自作多情了。”

贺燃心情挺好：“走，带你去吃饭。”

“点多点儿菜。”陶星来心情说好就好，“贺贺哥，你这裤子哪儿买的？挺有型的。”

“批发市场。”

贺燃不再逗他，笑着问：“你姐最近好吗？”

陶星来沮丧着脸：“不太好。”

贺燃脚步慢下来，语气都紧了些：“怎么了？病了？我前天跟她打电话，她在值夜班。”

“别说了，可不好了。”陶星来飙起演技，苦苦的一张脸，“上班那么忙，可能会累死。天天吃外卖，可能会难吃死。还时刻想着，有个这么帅的弟弟，可能会苦恼死。”

贺燃态度认真：“好好说话。”

“开不起玩笑呢，没劲儿。贺贺哥，我姐最近特别辛苦，驮着个小人儿，反应可大了。”

贺燃乍一听，有点糊涂，眉头皱了皱。

“一个人的寂寞，两个人的错。”陶星来扮深沉，一只手搭在贺燃肩膀上，老气横秋地放低声音，“贺先生，恭喜你，当爹了。”

贺燃头皮一爹，领悟到字面意思。

简皙有了。

市一院。

自从二胎政策开放以来，妇产科变得更加忙碌。护理科在年初扩招，新增了五六名新同事。简皙上次手好了以后，又恢复了手术室的工作。今天早上九点进去，到下午四点还没出来，就连午饭都是轮换吃，每人二十分钟，囫囵吞枣。

简皙接生了五个，到第六个时，碰到了点儿麻烦。这是位三十五岁的高龄产妇，第一胎，试管婴儿才怀上，特别不容易。产妇扯着嗓子嗷嗷大叫，简皙安抚她："别乱呼吸，别紧张，按着我的指示，慢慢来。"

终于安静了些。简皙说："用嘴呼气，深吸一口，分三四次短呼出来。"

助产士观察情况，做了个手势，简皙叮嘱产妇："好了，大口呼吸，憋住。"

助产士配合喊道："用力！"

产妇表情痛苦，额头上大汗淋漓，小孩的头还是没出来。简皙走过去，内检了一番："耻骨弓低，扶她起来，换蹲位。"

只有两名助产士，简皙也得上去帮忙，三人扶起产妇，把她固定住，又开始新一轮的接生。几番折腾，简皙已经累得快要虚脱。她交代护士："你去通知家属，把产妇耻骨弓低的情况解释一下，给八楼手术室打电话，做好剖宫产的接待准备。"

门外守着一大家子人，这家男人是独子，孩子要得不容易，所以特别激动。

"你们搞什么啊！临时说要改剖宫产，要是有危险，你们赔得起吗？！"

护士是新来的，耐着心解释："请你不要激动，产妇耻骨位置有偏移，这只能在生产过程中才能临时发现。我们医生会尽力的，只是让你做好转剖宫的准备。"

"我不签字！我要见简医生！"家属情绪激烈。

护士有点被唬住了："简……简医生在里面接生呢。"

家属还在骂骂咧咧，突然，一个男音打断他："喂。"

"你谁啊你？"家属转过头，没好语气。

但贺燃身材高大，自带气场，虽然无神无色，但那一个单音节，威胁的意味十足。他语气凉，挑起嘴角，指着产房门："我老婆也在里头。"

家属一副关我什么事的表情，继续威胁小护士："让医生放机灵点，不然我不会放过她。"

贺燃揪住他的后衣领，把人往后拖。

"哎哟，你干吗干吗？！"

"小子，"贺燃把他定在墙面，眸色阴冷，"你再骂一个试试看。"

家属不寒而栗，不敢回嘴。贺燃逼近，下巴线条紧绷，眯缝眼睛警告道："你老婆生孩子，我老婆也怀着孩子，在里面累死累活了两小时。"他声音缓，如同薄薄的刀刃，"你老婆出事，你找医院。我老婆要是出事，老子干死你。"

那男人本就有些理亏，欺软怕硬，彻底歇菜。贺燃松开他，小护士赶紧插嘴："签不签字啊，不签字后果可就自负了。"

"签。"男人哆嗦了句，𡱁成了一包子。

"哎，护士。"贺燃叫住人，飞快地问，"简医生还好吗？"

"简医生好累啊。"护士说，"今天太忙了，她吃饭都是站着的。"不能久待，护士说了两句就去忙了。

最后，在经历蹲位、站位、膀胱截石位还是生不出的情况下，简皙果断采用为产妇侧切的方法，会阴三层皮肤撕裂后，孩子终于生了出来。

男孩，哭声洪亮。

那位产妇，把手叠在简皙手背，极其虚弱地用口型表示："谢谢你。"

简皙对她竖起大拇指："你真棒。"

其实她自己都快晕倒了，浑身跟虚脱一样，靠着墙，缓了好久才去换衣服。走出手术室，她一脸疲惫，无精打采地盯着地板。

贺燃慢慢靠近，一步，两步，轻声说："孩子妈。"

简皙一愣，抬起头。贺燃的笑脸近在眼前。她张着嘴，以为看花眼：“你……你怎么回来了？”没等回答，她使劲儿扑过来，搂着贺燃的脖颈撞进他怀里，“喂，这个惊喜犯规了啊！”

“慢点慢点。”贺燃护紧了她，声音染笑，“你更犯规，还不告诉我。干吗？想搞事啊？”

简皙心里明了，抿嘴偷乐：“弟弟告诉你的？”

“嗯。”贺燃把她松开，目光柔和，“简医生，恭喜你啊。”

简皙喜悦拂面，礼尚往来地说：“燃哥，同喜哟。”

然后两人相视一笑。

“下班吗？”贺燃问。

“还有个病历要写。”简皙说，“你等等我。”

“去吧，我就在门口。”贺燃说，“晚上去陆悍骁那儿蹭饭。”

简皙比了个“OK”的手势：“绝不手软。”

等了半小时，简皙打卡下班。贺燃递给她一瓶热牛奶：“先垫垫肚子。”

“刚买的啊？”简皙接过，放手里转了转。

贺燃揽过她，往前走：“嗯。等会儿想吃什么？”

简皙侧头，一本正经地说：“吃你行不行？”

贺燃揉揉她的脑袋：“别惹事。”

简皙可怜巴巴地望着他：“哦。”

“‘哦’是什么意思？”

简皙挺淡定：“字面意思。”

贺燃浑身一燥：“我发现你这思想有点脱缰了。”

简皙无辜极了：“我什么都没说，你自己乱想还怪我呢。伸手。”

贺燃不情不愿地把右手掌心伸过去。简皙眉目温情，握着低头，在他手背落了一个吻，贺燃心都酥了。

到了约好的餐厅，陆悍骁抱怨连连：“超难等，我酸萝卜都吃了三碟了。”

“你又吃萝卜。”贺燃都要怀疑了，“你是不是有点特殊嗜好啊？”

陆悍骁不屑，自黑道：“我晚上和萝卜睡觉一起打飞机呢。你有意见啊？”

贺燃赶忙捂住简皙的耳朵：“注意胎教。”

简皙笑死：“你们俩能别一见面就互炸地雷吗？”

陆悍骁“哇”一声：“胎教？”

贺燃得意扬扬：“老子当爸了，你一边儿哭去吧。”

陆悍骁吃味极了：“顶多低你半级，我是干爹。哎哟，老天保佑一定生个小公主，像小皙。”

简皙纠正：“遗传学里很大概率，女孩像爸爸。”

陆悍骁神色复杂地看了一眼贺燃的五官，极其为难道：“那还是生个男孩吧。”

“你大爷，我是有多丑啊？啊？”贺燃怒了。

陆悍骁比了个暂停的动作，笑不露齿：“贺先生，请注意胎教。”

简皙懒得听他俩贫嘴，走向座位，看见有个年轻女孩坐在那儿，安安静静的，十分乖巧。

她好奇：“你还带了朋友？”

陆悍骁走过来，一语概括：“没，亲戚家的小孩，准备考研。”他压低声音，“爸妈闹离婚呢，跟我混着，一日三餐管饱，巨麻烦。”

女孩清秀，眸色深，瞄向陆悍骁时清冷又通透。简皙对她很有好感。

“真是物以类聚，奇葩一家亲。”陆悍骁感慨地摇头，碰了碰贺燃的肩，“怎么样啊，死深圳了没？”

“凑合，能活。”菜还没上齐，两人走到外边聊天。

陆悍骁问：“没碰着什么麻烦吧？”

“经常。不过都能解决。”贺燃拿出一支烟，咬在嘴里没点燃，闻着烟草味过干瘾。

陆悍骁喜欢浓烈的雪茄，他叼了根，漫不经心地听。

“我有事让你帮个忙。”贺燃说，“我准备打通深圳到这里的货运线路。办线路的时候，得靠你和相关部门疏通一下。”

“行，找找我那在公安厅扛把子的老爷子。”陆悍骁说，“你放手干就是。”

贺燃“嗯”了声，很平静。

陆悍骁等了会儿：“你咋不跟我说谢谢呢？”

“哦。”贺燃极敷衍，“谢谢呢。”

这敷衍的态度，连烟圈都没心思吐了。

贺燃想把业务扩张，权衡考虑，首站选择本市，一是人脉资源的优势，二是回家方便，他能有更多的时间照顾简皙。

“陆悍骁，你家小孩找你。”简皙的声音从里头传来。

陆悍骁一听头大，阴郁着一张帅脸暗骂：“气死人的跟屁虫，烦死。”

话是这么说，脚步还是迈到最大往里头走。贺燃轻声嗤笑：“口是心非。”

他起身，去洗手间。洗手间在走廊最当头，贺燃踏出小天台，转弯。他边看手机里的货运短信边走路，没几步，有人在喊他的名字。

“贺燃？”一个女人的声音。

贺燃脚步渐慢，熟悉感充斥耳膜。那人又叫了声：“贺燃。”

这回，是无比肯定的句式，惊喜的语气里还有藏不住的冲动。贺燃终于停住，眼睛从手机屏幕上移开，缓缓抬眼。

两三米之外的女人，和他对立而站，红唇，艳丽精致的妆容，一笑起来，妩媚横生。姚怡芝喜色难掩，向他走近：“好久不见，这么巧！”

贺燃站稳，面上无波动，看不出是喜还是怒。他波澜不惊的样子，让姚怡芝微觉不甘，于是勾着眼神，笑得更软。她又近了几步，看着贺燃："怎么呀？分手就不认人啦？"

就在这时，背后简皙的声音由远及近："陆悍骁催了好几遍问你怎么还没来，老……"

简皙的目光定在姚怡芝身上，说了一半的话便戛然而止了。

姚怡芝看着简皙，弯嘴对她笑。贺燃往后一步，把人挡在身后，转过身，对简皙说："我们进去吧。"然后手搭着她的肩膀，迈步要走。

姚怡芝叫他："贺燃。"

简皙仰着头："你朋友在叫你。"

"不是朋友。"贺燃声音淡，不大不小，刚够姚怡芝听见。

她快步上前，稍稍拦了下，笑容不减地说："我这段时间都在这边，我们有几年没见了，有空叙叙。"

姚怡芝递过一张名片，但贺燃没接，气氛十分尴尬。简皙出来打圆场，接受名片，礼貌地点点头。姚怡芝的目光落在她身上，打量了番，似笑非笑的样子，然后便走了。

简皙往后瞧了眼，然后捏住贺燃的下巴："咦？你今天有点奇怪啊。"

贺燃脸不红心不跳："哪里怪？"

"对待美女朋友这么冰山。"

"她不是朋友。"贺燃再次强调。

简皙有点迷糊："但也不像认错人呀。"

这时，陆悍骁咆哮声传来："你俩还吃不吃啊，饿死了都。"

"我倒来看看你饿死了没，没死也要把你揍死。"贺燃牵着简皙进去，自然而然地结束刚才的话题。

"尝尝这个鸭掌，巨有弹性。"陆悍骁往简皙碗里夹了个。

简皙吃了几口，皱眉："没什么味儿，不够辣。"

"你口味一直很清淡啊。"陆悍骁纳闷。

贺燃把她咬过的鸭掌夹到自己碗里，又给她换了道菜："吃这个。"

陆悍骁夹了个给挨着他坐的亲戚家女孩："给，你吃。他们品位堪忧。"

那小女生长得白净，标准的鹅蛋脸，软乎乎地一直埋头苦吃。简皙看得很有趣，给她盛了碗汤递过去："你多大？"

"二十二。"

"毕业了？"

"嗯。"

"在哪所学校？"

这回陆悍骁帮着答："跟你校友，师妹。"

简皙惊喜："你也是医大？哪个专业？"

女孩放下汤勺，转过头看着陆悍骁，一本正经地说："我念的是金融，你记错了。"

陆悍骁挺尴尬。

贺燃嗤声笑了出来。陆悍骁跟熟人聊天向来没遮没拦，开点儿混账段子也是时有的事。但今天，他跟贺燃约法三章："不许聊黄赌毒，健健康康聊人生。"

"做作。"贺燃受不了。

陆悍骁的脚在桌子底下踹了踹他的鞋，小声道："严肃点，注意胎教，再说了，这儿还有小女孩在，高才生呢。"

简皙不由得笑，对女孩儿低声说："他平时挺烦的吧？"

她认真想了想，说："看见漂亮小姐姐就特别容易爆血管。"

"喂喂喂！"陆悍骁手指翘在半空中，"人小鬼大，一日三餐还想不想跟我混了？"

小姑娘郑重其事地摇了摇头："不想。"

她眼里像是耀着清清淡淡的光："我是爷爷交给你的任务，你必须管我。"

陆悍骁脸都气白了，简皙乐得不行："你也有怕的人了。"

"换只跟屁虫二十四小时跟着你，看你怕不怕。"陆悍骁没好气，夹了一只鸡腿给小姑娘，凶巴巴地说，"快吃！"

简皙扭过头，委屈地看着贺燃：“燃哥，我也要吃鸡腿。”

小姑娘眼明手快，细白的手一伸：“姐姐你吃吧。”

“喂喂喂，吃你的。”陆悍骁筷子一挡，“一只腿还要两个人分，也太看不起我的钱包了，服务员。”

“不用不用，”简皙忙拦住，“开玩笑的。”

陆悍骁瞥了眼贺燃：“你今天不对劲儿，演什么沉默如山？”

贺燃懒得理，没说话。陆悍骁凑近了，手撑着下巴分享经验：“哎，给你叫盘酸萝卜吧？开胃提神，酸酸甜甜找回自我。”

贺燃终于赏了个正眼给他，淡淡说了句：“滚。”

陆悍骁哈哈笑，边笑边对他的小姑娘说：“好好吃你的鸡腿，别剩下。”

简皙吃着凉菜，若有所思地看了眼贺燃。察觉到目光，他的手从桌子下面把她握住，十指相扣，紧紧的。简皙和贺燃开车来的，吃完饭，陆悍骁说要搭顺风车。

“稀奇。”简皙仿若见识新大陆，“你竟然会八点前回家？”

陆悍骁无奈又嫌弃：“我那不叫玩，是应酬！”然后往餐厅门口一指，“小孩还有作业没写完。”

“你改行当老师了？”简皙捂着胸口，“可怕。”

“我真是从小白疼你了。”陆悍骁不服气，“好歹我也是名校金融专业毕业的。”

贺燃把车开出来，按了两下喇叭：“你花二百五买假毕业证这事，别以为我不知道。”

陆悍骁踢了脚车轮胎：“姓贺的，夺妹之仇我还没报呢！你想死就说一声。”

“不说。气死你。”贺燃关上车窗。

人到齐了，先把陆老师和小朋友送回家，再绕道回公寓。坐车上久了，简皙这会子的反应上来了，刚才吃饭的油味使劲儿上涌，贺燃滑了点窗户透风，尽量把车开稳当。

下了车，简皙就蹲在地上干呕。贺燃从后面把人半抱着，心疼地说：“臭丫头，就开始折腾你妈了。”

简皙听得好笑，忍过不适，问：“你怎么知道是女孩？”

“我想要闺女。”贺燃把她扶起，“好些了吗？”

简皙点点头：“没事，我没那么娇气，孕期正常反应，你也别紧张。”

贺燃牵着她走进电梯：“要不别上班了，跟医院请假休息一段时间。”

简皙按了楼层：“不用，我撑得住，科里有规定，妊娠期不上夜班。”

贺燃皱着眉，盯着她的肚子。简皙不是滋味：“老看它干吗？”

“神奇。”贺燃慢悠悠地说。

简皙笑出了声：“是吧？”

贺燃用力点头：“这里面竟然装了我的娃。”

简皙也觉得幸福感爆棚，撑腰抚腹，纠正道：“是我们的。”

到家后，贺燃在卧室换裤子，桌上的手机亮了，是条新短信。贺燃拿起一看，是个陌生号码，一句话：“有时间吗？出来坐坐。”

不用署名，贺燃知道是谁。他没理，直接给删除了。

简皙叼着苹果，窝沙发上看一部古装剧。贺燃走过去：“这不是星来吗？”

简皙看得十分认真：“他扮古装还蛮好看的。”

贺燃也跟着一起，两人挤在沙发上：“他演的什么？”

“皇太子。好像这一集就要领盒饭了。”

“这是第几集？”

“第一集。”

贺燃笑：“够快的。”

简皙喂了块苹果到他嘴边：“张嘴，啊——”

贺燃低下眼睛，偷亲了口她脸颊，再把苹果咬走。

“什么嘛。”简皙心里欢喜得很，摸了摸脸，烫手。

这时候，贺燃的手机又响了，发短信的那个号码直接打来了电话。简皙边看电视边问："怎么不接啊？"

"骚扰电话。"挂断后，他摁了两下屏幕，把号码给拉进了黑名单。

贺燃这一次待的时间可以长一点，深圳那边的货运挂名在老李公司，头两个月已经让业务上道，逐步稳定。他回来，是想在本地成立一个自己的物流公司。第二天清早，他就出门办事。成立个公司手续复杂，加上行业特殊，牵扯了很多部门。陆悍骁帮着打过招呼，所以前期筹备还算顺利，只是在办理道路运输许可证的节点，遇了点儿坎坷。

贺燃的上证货车是租赁来的，他资金计划暂时不够，所以没法儿买新车，交通局卡着这个模棱两可的点，愣是没给批复。这事情一旦往后再走流程，那一系列的证明材料可能都要重新受理。

贺燃打电话给陆悍骁，结果这不靠谱的哥们儿近日和他家老爷子闹别扭，水火不容宁死不屈来着。政府有关的事，没点儿门路，很难速成。贺燃有他的顾虑，所以没告诉简皙。但简皙心思细，在一次听他打电话的时候，隐隐猜到了。

第二天，相关部门就主动联系他，说审核通过。原来，简皙找了简严清，给自家人开了点儿情理之中的后门。贺燃想得全面，不是很想动用岳父这层关系。

简皙笑他："老正经。你猜爸爸是怎么说的？"

贺燃略感担忧："我怕他。"

"他说，你早该去找他了。"简皙学简严清的语气，模仿着，"贺燃比陶星来懂事，吃过苦，知道分寸。"

贺燃心里美死了，但还是装作淡定："哦。还是爸有眼光。"

"喂，"简皙点了点他的额头，"最有眼光的是我好不好？"

贺燃满意，对她竖起大拇指："识货。"

就这样，贺燃的公司终于在有惊无险的努力下，顺利成立。简皙怀孕已经四个多月，五月步入了初夏，衣裳穿得薄，已能隐隐看出微隆的线条。这边的事刚落定，贺燃就得赶回深圳处理事情。结果当天晚上，不速之客就来了。

贺燃忙了一天，刚洗完澡，就听到有人敲门。自生意稍有起色，他便搬离了最初的地下室，找了个稍好的公寓。以为是秦生，贺燃没多问，拉开门。

“嗨。”门外，姚怡芝踩着细高跟，摇曳生姿。

贺燃的脸色拉闸，不作任何感想地关门。

“哎！你就是这样招待客人的？”姚怡芝把门抵住，逮着空隙，灵活地闪进了屋。

贺燃站在门口，眸色冷：“出去。”

“我还没吃晚饭。”

“出去。”

姚怡芝转过身，手环着腰，对贺燃笑：“别这样啊，都是老熟人。”

贺燃语气凉凉的：“我跟你不熟。”

“对，我们比老熟人要亲密得多。”姚怡芝款款走近，微微仰头，眼神里有难以名状的留恋，“这么多年了，你过得好吗？其实我一直牵挂你。”

贺燃微眯双眼，盯着她那张艳丽的脸庞。姚怡芝被他看的，一颗心仿佛开起了碰碰车。

不得不承认，这个男人，是她见过的男人里，最精品的一个。苦难和磨砺竟没让他一蹶不振，反而更加有味道。

姚怡芝又向前两步，香水味迷离勾人：“我给你打了那么多电话，你为什么不接？”

贺燃冷哼：“拉黑名单了。”

姚怡芝解释：“我知道你怪我，但是当年的项目合同不是我偷给你堂哥的。”

“别睁眼说瞎话，我房子的钥匙，你敢说第二个人有？”贺燃逼问。

姚怡芝张了张嘴："我……"

"别废话，听得我恶心。姚怡芝，我话跟你说白了，当年你偷合同，偷男人，那是你的事，我贺燃瞎过一次眼是我的事。我顾着从小长大的情分，没让你太难看，你给我识趣点，抱着你的男人——有多远滚多远！"

姚怡芝脸色泛白，维持着楚楚可怜的弱势姿态："贺秦他对我不好。"

贺燃拿出根烟，叼在嘴里点燃："关老子屁事。"

姚怡芝深吸气，看着他："我和你从小认识，你会忘了我？"

贺燃笑出了声，由上往下鄙视着她："谁给你的自信？嗯？"他呼出一口烟，微眯眼，"我结婚了。"

姚怡芝一怔，咬着唇，泪光闪闪，声音扬高了些："就是上次在餐厅的那个女人？"

贺燃瞥她一眼："你管不着。"他指着门，"你自己走，还是我赶你走？"

姚怡芝脸色青红难辨，发现这男人是真的对她毫不在意了。她走到门口，又站住，问："听说你又成立公司了？"

贺燃抽着烟，没理。

"贺秦的集团也有运输分公司，也在那座城市。"

姚怡芝的话刚落音，贺燃忍了半天，终于爆发："那是老子的集团！你们要点儿脸行吗！"

姚怡芝被唬得抖了抖。贺燃厉声道："滚！"

人走后，贺燃打开窗户透气。他一根接一根地抽着烟，直到浓烈的烟草气完全掩盖住外来者遗留的香水味。贺燃碾熄最后一个烟头，转头看窗外。

黑夜连天，一颗星星也没有。

简家。

明天就是周末，简皙今天下班后，就被陶溪红亲自接了回来。

“小晢，过来喝燕窝。”陶溪红的声音。

“就来。”简晢刚洗完澡，头发吹到七成干。

她收好吹风机，走去餐厅，刚坐下，手机就响了。简晢拿起一看，是个151开头的陌生号码。她没有多想地接听：“喂？哪位？”

那头先是没出声，简晢又问了一遍，才有个女声说话：“哦，打错了。”

电话挂断。简晢奇怪地看了看屏幕，没当回事。燕窝吃了几口，她脑子里像是有一条线，神奇地串联起一幅画面。

刚才那个人的声音，和上次在餐厅碰见的女人好像啊。简晢拿起手机又看了一遍那个号码。然后记下来，输到拨号拦里，显示归属地是遥省。

贺燃的老家也在那儿。不用太费脑筋，到这份上了，简晢也猜到是怎么一回事。前女友都找到她这儿来了，想必男主角那边早就鸡飞狗跳了。

简晢敛下眉目，把手机翻了个边合在桌上。陶溪红在客厅叫她：“小晢，过来吃水果。”

简晢把剩下的燕窝两口喝完，走过去说：“又是草莓啊？”

“你弟寄过来的，喏，那两大箱子猕猴桃也是。”陶溪红递给简晢，“多吃点儿也好。”

她坐下，捏了一个塞嘴里，边嚼边说：“星来这两天就要回来了，昨天给我发了短信。”

“随他吧，这孩子，从小就闹腾，长大了也欢脱。你们姐弟俩性格真是截然相反。”陶溪红说起儿子，简直是甜蜜的负担。

母女俩又闲聊了一阵，简晢的手机有电话进来，响了两声，又挂了。简晢看着那串数字，没犹豫，直接一条短信发过去。

“你找我什么事？”

等了几秒，那边回：“贺燃在不在？”

“不在。”

“他上次有东西落在我这里了，让他过来拿。”

“不用了。”

“是件呢子衣，要不你发地址给我，我送过来。”

姚怡芝满心以为，简皙会怀疑，会乱想，会质问，但等来的回复竟然是：“深圳近日气温全是三十度以上，你穿个外套试试看？”

简皙用理智的思维去分辨她话里的拙劣漏洞，不紧不慢地戳穿，然后心平气和地打出“姚小姐，请你自重”这句话。

她把手机丢手边，又吃了一颗草莓，对陶溪红说：“特别甜。”

手机自此安静了，谅她也不敢再回。

两天后，陶星来从深圳拍完戏回来，皮肤黑了一个色号，斜斜地戴了顶鸭舌帽，看起来像个收保护费的。陶星来一听这评价，立刻对简皙翻脸：“放眼市委大院，你再找一个比我帅的人出来，算你赢！”

简皙这回看清楚了：“你皮肤怎么了？”

陶星来控诉：“杀千刀的李小强，给我上妆的时候肯定偷工减料用的劣质货，过敏了。”

李小强是他的经纪人，据说极其不靠谱。简皙后来一想，陶星来进圈两年了，也没上过一次微博头条，这个经纪人确实不太靠谱。

“明天去我们医院看看吧，我帮你说一声，你不用挂号直接去。”

“再说吧，我在擦芦荟胶。”陶星来往沙发上一躺，“总算能休一礼拜了。姐，我发现你肚子还挺大。”

“都五个多月了。唉，你休息会儿吃饭。”

陶星来说：“你手机呢，给我用一下，记个号码。”

“给。”简皙递给他，走去厨房倒水喝。

陶星来熟练地输入密码，解锁，一看，眼珠子都瞪圆了。简皙刚才在给科室同事发信息，所以就停在了短信页面。陶星来往下拉看三四条，就是上次简皙和姚怡芝的对话。

他气炸：“这女人谁啊，太嚣张了吧！”

简皙在厨房里，没听到，握着水杯走出来。陶星来演技自如，立刻风平浪静，认认真真地记号码，顺便把那个小三电话也给记住。他是个正义使者，很烦有人欺负他姐。

已经步入初夏，也就早晚气温稍低，到了中午，都能穿短袖了。衣裳一薄，简皙从腰身看还是苗条，所以就显得肚子比同期孕妇要大。贺燃人还在深圳，下个星期就能回来，把事业重心正式转移到本市。他不在的这个月，陆悍骁对简皙颇为照顾，没事就喊她去家里吃饭。

那个亲戚家的小孩威力还挺大，陆悍骁都快成居家叔叔了，下厨做饭煲汤，吃完又变身辅导老师。

简皙看得直乐，等他忙完，评价道："我都快不认识你了。"

陆悍骁给她洗了个苹果："我认识你就行。来，吃。"

简皙推开："不吃整个，你去切成一小块一小块的。"

"瞧贺燃把你惯的。"

简皙挺着肚子，倚在门口看他切苹果。陆悍骁想到一件事，说："星来最近是不是休假啊？"

"对，怎么了？"

"他前几天跟我借了根双节棍。"

简皙抬起头："他要双节棍干吗？"

"我估计是练肌肉。"

简皙越想越不对劲儿，给陶星来发了个信息："你在哪儿呢？"

在金景小区。

陶星来戴着鸭舌帽，手握双节棍，从下午四点等到晚上十点，窝在草丛堆里日晒雨淋。

他可是雇用了一个私家侦探，把姚怡芝这几天的出行情况摸得一清二楚。说是今晚，那女人有饭局，喝了点儿酒，目前正在回家的路上。

陶星来觉得这是个下手的好机会。直到晚上十点，姚怡芝终于出现，她从出租车上下来，一个人，提着小皮包，脚步有点飘。这个地方是监控死角，鸟不拉屎。陶星来戴上口罩，卸下偶像包袱，唰唰唰地冲上去。

姚怡芝还没搞清楚状况，就被一根双节棍从后面钳住脖子。陶星来把人往草堆里拖，用准备好的透明胶把她嘴巴缠了四五圈。姚怡芝酒醒了大半，支支吾吾地说不出话。

“你是不是姚怡芝？！”陶星来压低声音，耍了两下双节棍。

对方拼命摇头。

“那就对了！我就不找姚怡芝。”陶星来继续耍着双节棍，显示自己下手很厉害的样子。

“我还以为多漂亮呢，长得太违章了。就你这样子，还想追男人？我呸！”陶星来双节棍也不玩了，叉腰怒怼，“我给你摄像了，名字就叫‘当街暴打小三’，微博上的大V营销号都归我管，想出名？让你红！”

陶星来不解气：“我可不是吓你，我爸是屠夫，我哥是混社会的，我昨天还拿了双节棍大赛第一名。”

他蹲下去，撕开透明胶，把姚怡芝的头发给乱七八糟地粘住，最后放大招：“知道我是谁吗？我是他真爱！”

不能待太久，毕竟陶星来还有偶像包袱在。姚怡芝惊慌极了，这一切像做梦，哪里逃出来的神经病！而最让她不明白的地方，贺燃什么时候变成，性别男，爱好也是男了？回到家后，陶星来仔细回顾了一下刚才的实操演练，觉得很多细节还有待加强，但一想到精彩的地方，又忍不住地傻笑。

坐沙发上看电视的简皙朝他丢了一个核桃：“神经呢？”

陶星来嘿嘿嘿，磕起了核桃。简皙放下钳子：“你晚上干吗去了？”

“练双节棍。”

简皙又扔了一个核桃：“赶紧回剧组拍戏。”

“你催我，你赶我，你不爱我。”

“知道就好。”

简皙懒得理他，正好这时手机响，有电话进来。她一看屏幕，脸色变了变，等了几秒，还是接了。简皙没说话，姚怡芝有备而来，开口就问：“简小姐，我们之间是不是有什么误会？”

简皙起身，往窗边走，声音平静：“什么误会？”

“我和贺燃。”姚怡芝咬着这几个字，故意加重语气。

她控制着气氛，企图用沉默来给简皙施压。简皙无神无色，极敷衍的一个字：“哦。”

姚怡芝被她的镇定弄得有些焦躁：“我和贺燃清清白白，你不问青红皂白就找人来打我，这样做是不是有点不地道？”

“打你？”

陶星来时刻注意着这边的动静，一听关键字，立刻蹦出来：“姐，给我！我来说！怼她！”

简皙伸手堵住他的嘴巴，声音淡，态度淡，问姚怡芝：“你受伤了？”

“对！”

“伤得严重吗？”

“严重！”

“严重到什么程度？”

“……”

“要死了？”

姚怡芝终于绷不住了，大声叫：“简小姐！”

简皙把手机拿远了点，掏了掏耳朵，再继续：“什么事？”

这种软绵绵的回应，最让挑事者耐不住，姚怡芝的算盘都被打乱，先行暴露居心叵测，语气也激烈起来。

“你是不是害怕啊？害怕我抢走贺燃？都是女人，我挺能理解你。但你也没必要弄些不入流的手段来打击报复吧？”

陶星来贴着耳朵听着呢，肺都要爆炸了！简皙一点也不恼怒，笑着说：“姚什么芝是吧？作为女人，其实我也挺能理解你，毕竟长得一般，心眼也一般，所以丑人多作怪这句话，还是有点道理。”

姚怡芝气坏了：“你什么意思？！”

“那先问问你自己是什么意思。”简皙眸色收敛，语气也变得锋利，“你算个什么东西？敢跟我叫板？对，是我叫人打的你，你自己照照镜子，就知道我为什么要打你！”

姚怡芝浑身发抖：“我要报警。我要报警！”

“你报。”简皙冷笑，“我怕你？你给我听清楚，再惦记我男人，弄死你！”

陶星来热血沸腾，忍不住拍手：“好！”

简皙咄咄逼人：“姚小姐，这句话你给我记住了，你是什么货色，我对你就是什么脸色。”

然后不给对方说话的机会，简皙亲自给这场小丑闹剧画上句号。

她和贺燃爱得不容易，经历那么多才走到一起。在捍卫家庭上，简皙绝不当软柿子任人拿捏。

“哇，姐，我爱死你了。”陶星来一脸迷恋。

简皙眼神凉，落向他：“你今天去打那女人了？”

陶星来点头，模仿挥舞双节棍的动作，边动边说：“把她吓得五官移位。”

简皙痛苦地扭过头，不太想看：“你就会惹事。”

“谁惹你，我就揍谁。”陶星来这姐控的毛病从小养成，一生难改，“等姐夫回来，让他跪地上磕头认错，瞎搞关系呢！”

“喂喂喂，”简皙看着他，“我可警告你，别惹你姐夫。”

“都这样了，你还不怪他？”陶星来费解。

“我怪他干什么？”

“他和前女友纠缠不清。”

“是前女友拎不清，他也是个受害者。”

“但他也有错。”

简皙撑着肚子，刚才那一番发飙到底伤神，陶星来赶紧扶着她：“姐，你坐沙发，垫个软垫。”

简皙问陶星来：“贺燃哪里有错？”

陶星来是出于护姐本能，把责任摊出去才舒坦。这会儿被细问，他还真说不出个所以然来。

简皙抿了抿唇，思路十分清晰：“贺燃错在出轨了？”

“没出轨。”

“错在主动招惹前女友？”

“没主动。”

“错在被女人背叛？”

“是那女人品格低下。”

“那不就得了。”简皙连着三问，靠在沙发上，“你说，他还有什么错？”

陶星来不说话。简皙微微叹气：“我和他走到一起不容易，成为夫妻更不容易，我不会无理迁怒。他是我的丈夫，哪怕这个世界都在否定他，排挤他，我也始终肯定他，拥抱他。”

简皙声音轻，对弟弟说出了真心：“男人不必一直坚强一直硬扛，他想休息的时候——来我怀里就好啦。”

陶星来张大了嘴巴，听傻了。他机械地举起右手，晃了晃手机：“刚才那段话，我已经给你录下来发给贺贺哥了。”

陶星来的微信页面停在与贺燃的对话框上，真发过去了。简皙扔了个抱枕给他：“你真烦。”

半个月后，贺燃终于从深圳回来。

进入孕晚期，简皙的肚子长得飞快，她已经换了两个号的白大褂，孕期只长肚子，四肢腰身依旧纤细。这天，简皙在门诊坐班，科室很照顾她，把她的诊疗号减少了四分之一。

贺燃连公寓都没回，直接跑来医院。他推门进来的时候，最先反应的是护士：“产妇姓名，怀孕周数请报……”

话说到一半，护士抬起头。贺燃手指比画在嘴边：“嘘。”

简皙低头写病历，没察觉异常，边写边问：“叫什么名字？”

“贺燃。”

她笔尖一顿，抬眼。贺燃面容带笑，眉间全是温柔。这惊喜有点大，简皙蒙劲儿没消：“什么时候回来的？”

“刚刚。”贺燃笑着说，“货车直接把我放医院门口。”

简皙拿起钢笔，轻轻敲了下他的头：“又搞突袭。”

贺燃咧嘴，握着她的手挠了挠，凑近说：“太想你了，忍不住。好好上班，我就在外面等你。”

简皙从抽屉里拿出两包饼干塞他手心：“先吃点儿。”

贺燃轻轻笑起来：“好。”

人走后，小护士感叹道：“哇，简医生，你老公好帅啊。”

简皙低调地说：“一般般吧。”心里却克制不住地冒出喜色难挡的小泡泡。

之后的看诊，每一次病人进诊室，开关门的时候，她都能一眼看见贺燃站在走廊上，他同样地望着里面。两个人的视线在门缝里短暂交合，然后心照不宣地微笑。

终于下班，简皙的心都快飞出来了。贺燃见她脚步急，忙说：“慢点慢点，老公在这儿呢。”

简皙索性不走了，待在原地，张开手要抱抱。贺燃边笑边走近，单手按着她的后背，把人轻轻带进了怀里。他沉声说：“孩子妈，辛苦了。”

简皙心热，“嗯”了声，想到不久前的姚怡芝，心里多少有点泛酸，于是手移到贺燃腰上，不轻不重地一掐：“再不回来，我醋坛子都要翻了。”

贺燃鼻音微颤，笑了出来：“我有补偿。”

简皙抬起头：“嗯？”

贺燃没说话，牵起她的手，很快地，往她手心放了一样东西。冰凉，手感硬，还很小。

简皙低头，摊开掌心一看，是把钥匙。

“我们结婚看中的那套房子，我买下来了。”贺燃很平静，“全款，精装，什么时候搬进去都可以。”

简皙怔然。贺燃说：“欠了你的，我一样样还，你把后半生当赌注，我一定不会让你输。”

简皙突然皱了下眉：“哎。”

“怎么了？”

她指着肚子：“踹我。”

贺燃的目光落下去，小心翼翼地将掌心覆盖。

简皙轻声：“没事，你贴紧点。”

她抓起贺燃的手，往上移了些，里头的小小人儿还挺配合，拱了两三下。

贺燃表情惊喜：“力气大！”

简皙笑：“每天到了饭点，就动个不停。吃完饭就安生了。”

贺燃总觉得，女人的身体天生柔软，他一身糙老爷们的蛮劲儿，特怕下手没个轻重，于是不敢再摸肚子，规规整整地收回了手。他牵着简皙：“想吃什么？”

“肯德基。”

“不行。”

“那就没什么想吃的了。”简皙无所谓地说。

贺燃瞥她一眼：“别以为我不知道，你成天一门心思往炸鸡汉堡上飘。”

“陆悍骁这个告状精。”简皙兴致低落，“吃个鸡腿怎么了，我都好久没吃了。”

贺燃一副没的商量的表情：“待会儿给你点个鸡汤。”

简皙不情不愿，到了餐厅，这人还真点了一整只炖鸡。

“两个鸡腿都归你。”贺燃说。

简皙兴致不高，眼珠一转，咳了两声说：“我去一趟洗手间。”

他们的位置在餐厅门的侧边，简皙转个弯就看不见了人影，贺燃没在意，继续低头看菜单。简皙溜出来，目标直指斜对面的KFC。

“两对烤翅，一对辣翅，再来一杯可乐，小杯就行，别加冰。”这串名字简皙惦念了好久，背书都没这么流利过。闻着这股肉香，简皙就有点受不了。肚子里的小屁孩儿连环踢腿五六下，简皙低头笑，“你也馋啦？妈先吃，你再吃。”

商场中间是电梯和栏杆，简皙就靠在栏杆上，喝着可乐，咬着鸡腿，好不痛快。手机响的时候，她差点把可乐的盖子挤飞，是贺燃打来的。简哲心脏都快跳到了嗓子眼，赶紧吞下嘴里的鸡翅，接通。

“怎么这么久？有没有事？要不要我过来？”贺燃直接问。

简哲声音淡定：“不用不用，人多排队呢，我马上就好。”

“还要排队？”

“嗯！超多的。”简哲舔了舔唇，余味也不带浪费。

贺燃声音变得慢了些，长长的尾音拖出意味深长的两个字：“是吗？”

简哲狂点头，也不管他看不看得见：“是！”

“你前面还有几个人？”贺燃突然问。

“两……两个！”

“男的女的？”

“有男有女啊。”简哲一本正经地胡说八道，说完就后悔了，赶紧纠正，“开什么玩笑呢，女厕所当然都是女的。”

“呵呵。”

这是几个意思？简哲觉得这个笑声有点毛骨悚然，还有点现场直播的特效。

“呵呵。”

又笑了，简哲如临大敌，寒气袭背，她缓缓转过身，仰头看清来人，差点哭出声儿。

贺燃握着手机搁耳朵边，慢条斯理地放下来，要笑不笑地盯着她和她手里的鸡翅可乐，问道：“好吃吗？”

简哲皱巴了一张脸，摇头：“不好吃。”

贺燃微抬下巴，伸出手掌心朝上，指头勾了勾。简哲自知理亏，恋恋不舍地交出所有，可交到一半就后悔了，她缩回手，低头再吸一口可乐，牙齿还没碰到鸡腿呢，就被贺燃挡开了。好气啊！

简哲好委屈：“我太想吃鸡腿了，真的特别想，就一口，吃一口就行了。”

贺燃看着她哭笑不得：“装可怜呢？嗯？”

“哪用装，是真可怜。”简皙眉头皱着，“偶尔吃一顿垃圾食品，又不是真的就变垃圾了。”

贺燃忍着笑，佯装凶状。简皙瞄他一眼，又垂下脑袋，低声不服气：“眼睛瞪着也没我的大。不吃就不吃。”

这女人真是……算了。贺燃心软，把剩下的一对辣翅还给她，正儿八经的语气：“可乐就不许喝了。”

简皙立刻眉开眼笑，眼神俏生生地对他表示崇拜：“燃哥，我爱死你了！”然后勾住他的脖子，飞快亲了一口。

“满嘴油！”

吃完饭，两人去了新房子那儿看了看。十六楼，四室房型，简欧式装修风格，大气耐看。简皙估摸了一下价格，难免生疑，她问贺燃：“这么短时间，你能挣这么多钱？”

“我问陆悍骁借了点儿，既然买了就连装修一块儿弄，这房子已经晾了两个月，等到孩子出生，搬进来也就差不多了。”

“其实，真的不用买这么急，你公司刚起步，以后要花钱的地方还很多。”

贺燃转过身，两手轻轻搭在她的肩膀上：“我赚钱就是为了你。再说，孩子就要出生了，你们娘俩总得有个家。放心，这些我给得起。”

简皙看着他的眼睛，认真又迷人，里头装的全是她的样子。她笑了笑：“燃哥，今天你好威猛啊。”

“我哪天不猛？”贺燃微弯着腰，跟她额头碰额头，“不猛能有这小东西？嗯？”

简皙无力反驳。

第七章 香

一个星期后，贺燃又跑了趟深圳处理点儿事，他把事业重心完全迁到了本市。深圳那边的短线货运是他起跳的踏板，做得相当稳当，他走后，就把线路交给老李和秦生，自己从中提分成。而这里是省会，看似市场广阔，实则竞争也大。就这几日，贺燃得到了一个信息，一家做冶炼的央企在对外招标，为企业的原料运输做服务。

生意人都热衷与国资背景的企业合作，资金有保障，手续齐全正规，而且档次也潜移默化地提升。贺燃是个机灵人，只要陆悍骁给了他一份人际关系，他就能顺藤摸瓜，顺流而上，撕开更大的关系网。曾经一蹶不振，只不过是沟壑难平，而今东山再起，也不过是因为有了要疼爱的人。

贺燃十分懂套路，租赁了二十余辆十吨货车放入公司名下，这一份规模资料交上去，正规又漂亮。但就在一切进展顺利，进入资料审核阶段的时候，问题出现了。

这家央企委托了一家专业的审计公司来处理前期审核工作。贺燃在看到这家审计公司的总经理名字时，心里骂了一声娘。

陈青，冤家路窄。那个勾引贺燃未遂，反倒被他拍了偷情照片威胁的美女老总。

于是第一次审计会议，两冤家就这么狭路相逢了。陈青作为公司直接负责人，有绝对的否决权。散会后，陈青故意让贺燃留下来。

“小半年不见，贺总别来无恙。”陈青一脸笑，装没事人，“你说世界小不小，风水轮流转，转起来都是熟人啊。”

贺燃客气应对：“陈总事业百花齐放，不管转到哪里，你都是角色。”

陈青笑笑，没说话，看着他的眼神，意犹未尽。后来几家竞标公司一块儿吃饭，都是竞争对手，说话带炸，随时防着。贺燃擅长这种酒桌文化，人生磨砺衬托出他天生的老板气势，话说三分，留三分，假三分，真一分，游刃有余。

陈青倒没多加为难，碰着这种精品男人，不睡一下简直可惜。

贺燃中途去洗手间，出来就碰到了她。他淡淡招呼：“陈总。”

陈青给他递了瓶水：“我看你喝得挺多啊，醒醒酒。”

贺燃没接：“我不喝水。”

陈青闻言一笑，故意拨了下卷发到肩后，举手投足都是妩媚：“贺总，其实你的公司，在里面算不上很有竞争力，我特意留意了你的资料哟。”

贺燃抬眼：“那还不是美女陈总一句话的事。”

陈青被他的眼神勾得心神荡漾，听出了他语气里的松动，于是往前一步，挨近了些。

“贺总，还有一些细节，完善好的话，成功率更高。要不，等会儿我们找个地方单独喝一杯？”她轻启唇，笑着说，“边喝边聊。”

贺燃微微挑眉：“好啊。”他挺直背脊，凑近，声音落在陈青耳边，“顺便聊聊，你包小白脸的事，啊，那些照片我还留着呢，肯定很多人想看。”

陈青脸色骤变：“你！”

贺燃语调轻佻，不急不缓地说：“对，我就是个流氓。半年前是，现在变本加厉，成为了一个更出色的流氓。”他突然拔高音调，“听出来了没，老子就是在威胁你——敢公报私仇，捣我公司的乱子，我就让你身败名裂！”

说完，贺燃冷脸，刚硬地转身要走。陈青气得咬牙切齿：“就凭你，也想吞下这笔大单？我告诉你，就算你能进复选，结果也早就内定了。”

贺燃脚步停住。

“贺秦。”陈青慢悠悠地说出这个名字，扳回一局的得意口气，“这个人，贺总应该很熟吧。他可是在政府有后台的人，你争不过的。哟，说起来，你们好像都姓贺呢。”

贺燃没再搭理，走得头也不回。散了饭局，贺燃没有马上回家，而是到江边吹了会儿风。

贺秦。

这个名字就像一把刀，刀刃是拿贺燃的血开的锋。

如果当年不是他从中作梗，贺燃依旧是个堆金积玉的公子哥。但，如果那年的失利和破败，能用来交换与简皙的相遇，贺燃扪心自问，那真是一桩价值连城的买卖。想到这儿，他弹了弹烟灰，低头笑了起来。

罢了，命数如果真的就是这样，逃不开的就别去躲，挣不到的业务，尽力就行。

竞标最终定夺日，贺燃轻松上阵。

在会场，他和贺秦也打了个照面。形同陌路，意料之中，谁也不低头相认。贺秦身边跟着的助理是姚怡芝，她见到贺燃，心思动了动，眼神藏不住事儿。贺燃全程盯着招标书，完全视而不见。

他坐西头，贺秦坐东头，中间隔着好几家企业的代表。挨个走完常规流程，最后等待相关部门的最终审议结果。贺秦和一个企业负责人看起来十分熟稔，谈笑风生的样子彰显着他的优势。姚怡芝的目光不遗余力地跟着贺燃跑，好几次想过来说话，都被贺燃的冷眼给逼退了回去。

半个小时后，重回会议室，等待结果宣读。贺燃心里有数，没抱希望，所以心理压力不大，就等着快点弄完，回去给已经休假待产的简皙做饭。招投标部的领导在一大段客套冗长的感谢说辞之后，终于宣布："下面我宣布，中标公司是——"

贺燃抬眼扫了下贺秦，势在必得的表情。

"鹤希货运公司！"

贺燃怔住，这不是自己的公司名吗？

他带着一种"你丫是不是念错了别给老子开玩笑"的眼神看向台上那位矮胖的领导。

小胖胖用温暖和煦的目光给了他肯定："贺总，恭喜！"

贺燃才回过神，中标了。

贺燃去到胖领导办公室，把接下来的工作大概交流了一番，最后拟定后天过来签合同。忙碌告一段落，贺燃试探地套话："黎总，感谢你看得起。"

那位黎总大手一挥，笑得十分豪迈："哎哟，这功劳我可不敢当。"他悄声透露，"要谢就谢我们主管经营的谭总。"

"谭总？"

"对，就是谭总。"

贺燃听得云里雾里，这位谭总到底是谁？他走出办公室的时候，看见墙上挂着一幅企业领导简介的专栏。贺燃站定，仰头仔细看，第一位是董事长，第二位是总经理，谭宗。

而贺燃在看到照片时，恍然大悟。

是他！

贺燃还在当要债老大时，某次心软放过的欠债人，谭宗。

这个世界，真是神奇，做错事有报应，同样，做好事，有报答。贺燃开车出大门的时候，和贺秦他们擦肩而过。贺秦盯着那辆奥迪，咬牙切齿地对副驾的姚怡芝说："要不要我把你眼珠子挖出来，丢他身上去？”

姚怡芝不寒而栗。贺秦转过头，语气很凶：“别以为我不知道，你看了他一下午！怎么？还想玩旧情复燃？啊！”他扬起手，扯着她的头发往后用力，“臭婊子！”

姚怡芝痛苦难忍，哭着求饶：“秦哥我不敢了，真的不敢了，疼，疼！”

贺秦反而更用力，阴狠狠地威胁：“他算个什么东西，被我踩在脚底的失败者！”

姚怡芝被他一阵推搡，头皮都快扯紧了。贺秦这几年生意不顺遂，迷上了嗑药，神经亢奋，十分可怖。姚怡芝对当年的选择后悔死了，放着那么好的贺燃不要，跟了这么个男人。

她揉着发疼的头，不甘心，太不甘心。

七月的天气已经跟烤炉一样。简皙两天前便正式休产假，预产期就在这几天，主任让她随时准备。到了孕后期，子宫下移导致耻骨疼痛，简皙很难再睡一个好觉，晚上翻来覆去，睡眠质量极差。自她休假，外婆也过来了，全心全意做饭备战。

贺燃公司有应酬，今天没回家吃晚饭。刚过七点，简皙洗了点儿草莓当零食。门铃响的时候，她以为是去超市买东西的外婆回来了。

“来了来了。”简皙挺着肚子，步履慢，去开门。

“这么快啊，平时这个点收银台那儿人可多了。”简皙边开门边说。

但话到一半，在看清来人后，她便收了嘴。

简皙皱眉：“你来干吗？”

门口的姚怡芝，似笑非笑：“贺燃在吗？”

简皙冷着脸，没回话，就要关门。但姚怡芝啪的一声，抵住了门板。

“你干什么？”

“我问你，贺燃在不在？”姚怡芝目光下移，定在她的肚子上。

简哲往后退了一步，飞快地说了声“不在”，然后再次关门。

“他在外面做生意，你也放心？”

简哲眸光凉，对视她，一秒，两秒。姚怡芝咽了咽喉咙，继续刺激：“别傻了好吗？你也不想想，你怀着孩子，他当然要去外面解决需要了，看在我俩有些交情的分儿上，我才来告诉你的。你得注意贺燃，他可不老实。”

简哲听后，嗤声笑了出来。姚怡芝恼火：“你笑什么？”

简哲语调懒懒的：“姚小姐，这是我和我先生的家，你不请自来，在这里胡言乱语，我没拿扫帚赶你走是我的素质，请你自重！”

姚怡芝面色变得铁青：“你！”

“再不走，我就报警了。”

她边说边拿手机，作势按号码。姚怡芝气急败坏地伸手去抢：“如果没有你，贺燃还是我的！”

简哲保护着自己的肚子，手机任她抢了去：“神经病，离开我的家！”

“贺燃以前很爱我，我们很好很好。”姚怡芝开始失控，眼泪满眶。

简哲气极：“你要搞清楚，我和他是合法夫妻！”

“你把他让给我，我什么都给你。”姚怡芝抓着简哲的手，声泪俱下。

简哲挣扎：“你放开我！”

“我后悔了，后悔了。”姚怡芝神经错乱一般，越来越用力。

简哲被扯得直踉跄，扶着门栏稳住身体：“疯子，你疯了！别拉我，我怀着孩子！”

姚怡芝力气大，啊的一声尖叫。简哲害怕地喊：“外婆！外婆！”同时，她去掰姚怡芝的手，两个人你我不让，纠缠到最后，也不知是谁先松的劲儿。简哲没了平衡，直接摔向地板！

疼。

太疼了。

简皙半天没缓过来，伏在地板上，手护住肚子。她眼泪唰地一下就出来了，恐惧和疼痛支配情绪，简皙清晰地感觉到，尖锐的痛感从腹部顶端开始阵阵发难。然后大腿一热，有液体往下流。简皙伸手摸，羊水破了。她稳住自己，忍着痛大口呼吸，但很快，专业的呼吸方法已经挡不住密密麻麻的疼了。

简皙终于崩溃大哭，厉声喊叫："外婆，外婆！"

姚怡芝恍若梦醒，看着眼前的画面浑身发抖："我不是故意的，我不是故意的。"她往后退，嘴唇打着哆嗦，然后夺门而逃。

简皙声嘶力竭，看着羊水顺着膝盖流到了小腿，清澈的透明变成了淡红。外婆刚出电梯就听到了呼喊。她丢了手里的菜，矮胖的身子摇摆着冲出来。

"小皙！"

市一院，产科手术室。

主任满额头的汗，亲自接生："小简，用嘴呼气，张大了呼！"

简皙咬着毛巾，眼睛通红，她憋着劲儿，手上青筋明显隆起，努力了一次又一次。护士长在她耳朵边打气："小简，喝点儿糖水，加油，一定要加油。"

小护士递近水杯，捏着吸管让她含着。简皙逼着自己喝了半杯，腹部急促收缩的疼痛让她边喝边哭。

主任调整她的体位："再来！"

简皙重新咬住毛巾，哼声使劲儿，太疼了，五脏六腑都跟打了结似的，就像绑了一块巨大的石头在往下拖。

"小简，呼气！对！"

助产的同事跟着一起焦心："简医生，别闭眼，孩子的头已经摸到了！"

生了一个小时，简皙觉得自己要死了。

"小简，"主任绕到前头，在她耳边说，"听好了，就差一口气，为了宝宝，你撑住！我们再努力一下，好不好？"

简皙费劲儿地撑开眼，用嘴型说："好。"

主任把她汗湿的碎发抚到一边，湿着眼眶吩咐助产士："再来。"

简皙强打精神，手死死揪住床单，按着指示，呼气，吸气："3，2，1……"她自己心里默数，配合着腹部的疼痛，拼尽全力，最后这一下，她哭着大喊出声，喉咙都破了音。

体内像是被洪水席卷过境。

汹涌波涛之后——

世界安静了。

简皙闭紧眼睛，听见了天籁。

手术室外，围满了人。推开门，护士长悦色满脸地走了出来："恭喜，女孩，七斤二两！"

"我女儿好不好？"

"我孙媳妇怎么样？"

"我姐疼不疼啊？"

陶溪红、外婆、陶星来几乎异口同声地发问。护士长笑着说："母女平安。"

这句话落音，一直靠着墙沉默如木的男人，双膝一软，扑通一声跪在了地上，四肢百骸像是回了血，贺燃瞬间泪流满面。

"姐夫你快起来。"陶星来赶紧跑过去扶着贺燃，第一次看见这么硬气的男人哭，陶星来都快跟着一块儿哭了。

贺燃稳住情绪，问护士："我老婆什么时候能出来？"

"还在做缝合，宝宝个头大，有点撕裂。"护士长认识贺燃，宽慰道，"简医生很好，就是太累了，月子里把元气补起来。"

贺燃道谢，护士长进手术室的时候，他伸长了脖子向门缝里张望。陶溪红松了气："平安就好，平安就好。"

外婆在窗户边，双手合十嘴里念念有词，谢天保佑。

陶星来也挺激动："我们家第三个小公主！"

贺燃侧头："第三个？"

“第二个是我姐。”陶星来嘿嘿笑，“第一个是我妈呀！”

贺燃心情总算放松了些。

剩下的人都回病房等，只有贺燃留在门口，守着他的大心肝出来。半个小时的等待里，贺燃脑子跟炸烟花似的，噼里啪啦连环响。

他当爸爸了，有了个小闺女。

七斤二两还挺重，小吃货挺会争营养。

以前孑然一身，在这世间游走潇洒，如今有妻有女，成就了男人生命中的仪式感。

贺燃盯着手术室的门，眼眶还有微红未消。

没多久，人就被推了出来，贺燃赶紧上前，可一看到脸色苍白的简皙，他心又揪着疼了。

简皙手上扎着吊瓶，头发被汗湿透黏在额头上，因为体力消耗严重，她连眼睛都睁不开。贺燃不敢碰她，只跟着车走，伏腰在她耳边：“老婆。”

喊了三声，简皙眼皮动了动，终于睁开看了他一眼，然后极委屈地哼声：“老公，疼死我了。”

贺燃用力点头：“我知道，我知道，委屈你了。”

送到病房，宝宝还在新生儿科做基本体检，陶溪红和外婆去那边忙活，陶星来去医院门口接陆悍骁。科室为简皙开了福利，安排了单人间给她。贺燃守在病床边，余痛一阵阵的，简皙的眉头一蹙，贺燃也跟着紧张。

“哪里不舒服？疼得厉害吗？我去叫医生。”他心急火燎得像个炸药包，简皙疼得一哼唧，他就快要引体爆炸。

“你别急。”简皙小声，手指挠了挠他掌心，“生孩子就是这样的，没关系，我撑得住。你陪陪我吧。”

“好，我哪里都不去。”他意有所指，说了句，“老婆，对不起。”

简皙极淡地弯了弯嘴：“两口子之间不说这三个字。”

贺燃握着她的手更紧了些：“你是英雄。”

简哲抿嘴笑："你让我当了英雄。看到宝宝了吗？"

"还没。"贺燃说，"还在做体检，妈妈和外婆守着，你放心。"

简哲轻轻地"嗯"了声，叫他："老公。"

"嗯？"

"我不许你做蠢事。"

贺燃怔了片刻，眉间藏着的凶戾是抚不平的暗涌。简哲一眼看穿，知他所想。她语速慢，脑子却清晰："我不许你打架，不许你找事，不许你野蛮，不许你学陆悍骁没人性。"

贺燃沉默了一会儿，半死不活地笑了笑，企图敷衍过去。简哲挠他掌心的手指，突然变了方向，用指甲戳得他有了痛觉。

"当爸爸的人了，你还要和以前一样不乖吗？"

听到这句话，贺燃终于抬起眼睛，"爸爸"这个新称谓，瞬间烙平他骨子里的不甘心。

"我闺女呢？怎么就生了啊，不是说还要几天吗？"陆悍骁的声音跟开火车似的，哐当哐当刺耳。

贺燃起身，冷冰冰地说："要点儿脸行不行？这是我贺家的种。"

"了不起啊。"陆悍骁翻了个白眼，好吧，确实很了不起。

"姓陆的你好意思，空手过来，我连椅子都不给你坐。"

"你滚蛋。"他走到床边，端详了一会儿简皙，"哎哟，这小脸蛋白的，一点儿血色都没有了。"

简哲别过头："你有点吵。"

贺燃揪着陆悍骁的衣领就往门口拖："别烦我老婆。"

"别碰我脖子，巨痒！"陆悍骁怕挠，老实了。

这时，护士推着宝宝床进病房："家属过来签个字。"

贺燃跟过去，听护士交代一些注意事项，陶溪红和外婆，围着孩子打理。陆悍骁故意气他："皮肤白，像妈，双眼皮，像妈，嘴巴小，像妈，耳朵嫩嫩的，也像妈。哥们儿，这闺女没你啥事啊。"

陶溪红笑着说："小哲刚生下来皱巴巴的，长大后皮肤才白的。"

外婆也附和："贺燃就更不用说了，整个一块小木炭。"

陶星来指着自己："我，我！像我！我从小就白，六一儿童节会演，班里少女生，拉我去凑数，我俩小辫儿一扎，演的白雪公主呢！"

一屋子的笑声哄然。

护士交代的事情终于弄清，贺燃站在门口，看着那张小推床。粉嫩一团的被子耸得又高又软。陶溪红温和带笑："来，看看你女儿。"

贺燃迈步，慢而紧张。人生从未有过一刻像此时，还没看清她的小模样，心便软得一塌糊涂。他走近小床边，第一感觉，有点丑。脸可能还没他巴掌大，不过肉乎乎的，眼睛是闭着的，但眼廓特别长，应该是双大眼睛。贺燃看着直笑，忍不住伸手，用指腹蹭了蹭她的肉肉脸。

这孩子嘴巴歪了下，似是嫌弃。贺燃的手一拿开，她又恢复睡眠状态。

陆悍骁笑得直哆嗦，压低声音说："你闺女嫌你丑。"

贺燃搓了搓指尖，感受刚才的美妙触感，他心甘情愿："一家三口，就我最丑，我乐意，你管得着吗？"

陆悍骁戳戳他的手臂，真心实意道："我今天真嫉妒你，我们可能要绝交半个月，才能平复我的怨气。"

简皙听他俩幽默打诨，侧过身，看着那团小人儿，心生一种功德圆满的感慨。

只要挨过这个坎儿，后面的事情便十分顺利。简皙身体素质不错，细皮嫩肉，饮食规律，养了几天，体力就渐渐跟上来了。陶溪红请了月嫂，十分专业给力，除了亲自喂母乳，简皙休息得还算不错。

出院这天，简皙已能下地麻溜地跑步了。贺燃把工作尽可能地往外摊，简皙心里吊着事，只有看着他人在身边，才能完全放下一颗心。只是陶星来最近有点古怪，往简皙这儿跑的次数增多。

"满月之后，萌萌长得特别快啊。"陶星来越看越喜欢，极其专业地抱着小娃，来了个自拍，"我发个微博炫耀一下。"

“宝宝长得快，一天一个样，你发微博的时候打上马赛克。”

“放心，我还不想被姐夫追杀呢。”陶星来修了一下图，完事往微博一发，“点赞数秒破五百。”

简皙也拿起手机：“是吗，我看看。”

她刷了几条评论，笑出了声：“你粉丝还挺好玩啊，你看这条‘陶老公，跟我生吧，我有一米九，咱俩的孩子以后可以去参加奥运会’，哈哈。”

陶星来美滋滋：“真是爱如潮水呢，对了，姐夫什么时候回？我想念他做的红烧猪蹄了。”

“快了吧，去和客户做结算了。”

“他现在干这个一个月能挣多少钱？”

“上个月是七万多，这个月可能少一点。”

陶星来抬起头：“身价还没我高，我贺贺哥可不止这个价。”

简皙无所谓：“我不给他压力，再说，够用就行。”她边聊天边刷微博，突然“咦”了声。

陶星来嚼着草莓吧唧吧唧：“怎么了？”

简皙睁着眼睛，看了两三遍，然后缓慢抬起头：“有人转了你微博。”

还以为什么事呢，陶星来垮下肩膀：“毕竟我当红。”

“不是。”简皙语气有点迷离，“乔影后转了。”

一听那个“乔”字，陶星来一盘草莓哐当一声全撒地上。他惊恐万分：“乔殊？她转我的干吗！有毛病！”

听这语气，怎么像是有过节。简皙茫然了片刻，如果说，陶星来这种叫当红，那乔殊，就是红出宇宙。她为人相当清冷，一直是圈内的清流，有背景，有逼格，有实力，凭着一部打戏拿了影后。就连陶溪红的中老年仙子团，都是她的“老粉条”。

陶星来顾不上捡草莓，手忙脚乱地拿手机：“这女人是个麻烦，是不是怼我了！我得赶紧打电话给李小强，让他给我买点儿水军。”

话还没说完，陶星来划开手机后，傻眼了。两分钟前，乔殊转发了陶星来抱小宝宝的那张照片，并且评论了两个字："生吗？"

热评第一，是粉丝把这两个字做了扩展后的一句话："陶星来，我想给你生孩子。"更搞事的是，乔殊还亲自点赞了这一条热评。

简皙当起了小广播："你的微博粉丝数，比刚才多了二十万。"

炸了！

他的手机就跟轰炸机一般响个不停。经纪人李小强的，经纪公司老总的，还有数不清的媒体平台。陶星来蒙了，他没敢多留，怕狗仔跟来打扰简皙，直接翻墙从小区的后门跑掉了。

贺燃赶着晚饭的点回来，一进门就来看女儿。简皙正在喂奶，宽大的衬衫往下拉了些，露出右肩的锁骨。她抱着萌萌，手轻轻拍，低头满是温柔。贺燃动作轻，赤脚走进卧室，先是亲了一口简皙的脸，又弯腰亲了一下宝贝闺女。

简皙抬头，对他笑。贺燃目光自觉下移，停在她一大片绵软胸脯上，咽了咽口水，问："闺女，好喝吗？"

贺燃语气赤诚："羡慕。"

他保证，天地可鉴，真心的。

贺燃凑过去，没法儿舔奶，就舔她嘴唇过干瘾，一本正经道："医生说了，顺产六周就可以了。"

"哪个医生说的？"

贺燃拉起她空着的那只手，特不要面儿地说："贺医生。"

简皙简直无言以对。她把萌萌放进小床，摇了两下，等她深眠了，才起身转过背。贺燃堵在后面，直接把人打横抱起。

"别叫，萌萌会醒。"简皙所有的抗议就都乖乖堵在了嗓子眼。

贺燃得逞，整个人跟打了鸡血似的，抱着她往床上躺。简皙偏开头："没洗澡。"

贺燃捏住她的下巴，给脸掰正道："要接吻。"他眼里有火，在跃跃欲试。简皙抬起头，亲了一下他的嘴唇，这一尝就不得了，身体诚实地有了反应。贺燃反倒放松了，也不动作，就这么直勾勾地看着她，似笑非笑。

这种以静制动，真是让人受不了。简哲等了半天也没等来他的吻，气得笑：“狡猾。”

然后搂住贺燃的脖颈，把他往自己身上压，唇齿轻车熟路地撬开，贺燃不再无动于衷，按着简皙的后脑勺，亲得又凶又急。

“疼！”简皙叫痛，抵着贺燃的肩，“你别压太紧。”

贺燃赶紧撑起自己的身子，视线往下移，咽了咽喉咙，问：“又长了？”

简皙不自然地咳了声：“你倒是经验丰富啊。”

贺燃特别自豪：“我见证了你的逆袭。”

“什么意思？”

贺燃憋着笑，压低声音，咬着她的耳朵说：“一直到结婚，老婆，你内衣都换了两个尺寸了。”

那还真是功德无量。看着他的表情开始绷紧，下巴微收，呼吸也开始加急。她知道，这是贺燃要耍流氓的预兆，刚想说“先去洗下澡”，就看到贺燃直挺的鼻子下，两道红色液体缓缓流了出来。

鼻血！贺燃反应过来，捂着鼻子往后一仰。

简皙本能反应地伸手帮他：“别动！我给你拿纸巾！”

贺燃真想去死一死，大丈夫形象就此灰飞烟灭。简皙领着他去洗手间，沾了点儿冷水拍他的后颈，起先她还能憋着，后来看他帅气的鼻子上卷了张纸塞着，就再也忍不住笑出了声。

贺燃警告道：“简皙。”

“干……干吗？哈哈哈。”

“我不是开玩笑！”

“是吗？”简皙忍住，扑哧一声，“对不起，忍不住。”

贺燃单手勾着她的腰，往身上一带，压低声音恐吓：“再笑一个你试试。”

简皙举手投降：“好好好。”她眨巴眼睛，特别认真地盯着贺燃的鼻子，“我以前怎么没看出来，你这么容易爆血管？”

“废话！我一个三十岁的正常男人，又不是禁欲系。”

简皙笑着往他身上一扑，哎呀哎呀地撒娇："知道啦知道啦，你的鼻血已经告诉我了。"

贺燃笑骂："贫嘴玩意儿。"

简皙抬起头："还流吗？"

贺燃把纸团拿出来，再用手蹭了蹭："止住了。"

简皙抿唇，眉飞色舞，小声问："那还做吗？"

贺燃故意沉默，漫不经心。简皙被勾得心痒痒，搂住他的脖子踮起脚，催促问："嗯？"

她的手摸向贺燃的尾巴骨，低声说："给你喝奶好不好？"

贺燃的脸当即一撂，满口答应："好，做。"

简皙闭眼，微微嘟唇，等着他的吻。

"我这就去给你做鸡蛋面。"贺燃直接往厨房走。

简皙一脸蒙地站在原地，差点就摇摇欲坠了。好气啊！谁要你做鸡蛋面？

说起来，萌萌算是十分好带养，生下来就能吃能睡，肚子饿了哼哼抽抽，简皙喂饱她，往摇床里一放，又呼噜呼噜睡大觉。最难得的是零点以后，只要喝一顿奶，就能睡到太阳升。

每天深夜那一顿，都是贺燃去哄闺女。结了婚之后，他便习惯裸睡，光着上身和大腿去抱萌萌。

贺燃一八五的身高，一身紧致肌肉加持，尤其腹肌和人鱼线最为勾人。而简皙喂完母乳，就靠着软绵绵的枕头，欣赏着硬汉抱着闺女在卧室轻轻走动。荷花造型的小夜灯光亮适宜，贺燃腰胯上那道经文图案的文身，格外耀眼。他小心谨慎、温言软语，呵护着怀里的小世界。

简皙觉得，贺燃最大的本事，就是带她见识了一个又一个幸福的样子。贺燃抱了十来分钟，就把萌萌放进小床，然后两下蹦跶进被窝："抱完小的抱大的。"

简皙笑着看他，脑袋搁在自己肚子上，蹭啊蹭跟只撒娇狗似的。她摸了摸这个"狗头"："别往上蹭了。"

贺燃闻着她的体香：“饿。”

简皙被他拱得实在有点难受：“饿了就去下面吃，你鸡蛋面不是做得挺拿手吗？”很快，她所有的无言都被贺燃吞噬入腹。

第二天，陆悍骁在江山路上的一家咖啡馆等了贺燃半小时。

“不好意思，来晚了。”贺燃迟到，一身黑色T恤和休闲裤很随意。

陆悍骁原地造反：“你个垃圾，我最讨厌等人！”

贺燃瞥他一眼，声音淡淡的：“哦。”

陆悍骁一见他的脸便立马歇气，撑着下巴玩味打量：“啧啧啧，这欲求不满的老脸。”

贺燃白他一眼。

“哥们儿，你是不是那功能开始出现问题了？”陆悍骁热心肠，“我可跟你说啊，男人三十分水岭，你得注意保养，不然容易痿。”

“痿你个头！”贺燃烦他，“陆悍骁，你一天到晚能不能有个正形？”

“不能，我歪了，我从小就向着东边生长。”

贺燃无言，就听他瞎说：“因为太阳在东边，哈哈哈。”

贺燃长叹一口气，掐着眉心使劲儿揉，真心累。陆悍骁给他叫了咖啡，说起正事：“姚怡芝你打算怎么处理？”

贺燃绷着脸，没作声。陆悍骁说：“贺秦这人，把你阴了，拿到公司之后，人太膨胀喜欢瞎搞。再加上，他肚子里没什么做生意的本事，就是一个四流小商人，你那公司这几年被折腾得也差不多了。”

陆悍骁缓了一口气，说：“遗憾。”

当年，贺燃大刀阔斧地奔着上市去，嚣张得让人生畏。

“我找人查过，姚怡芝跟着贺秦，也没什么好日子过。那男人，表面谦和热情，但人品十分有问题，在外面乱搞关系，哦，就在去年，姚怡芝还流产过。”

贺燃倾身，拿起桌上的烟盒，抽出一根咬嘴里，闻了闻烟味，静心。他淡淡说：“人在哪里？”

陆悍骁说："金景小区，贺秦最近动作明显，可能想把公司往这边迁。"

贺燃没说话，把烟收进烟盒，打火机一并丢桌上。陆悍骁点到即止，兄弟默契不再刨根问底，转了话题，殷勤地介绍起咖啡："尝尝，我亲自给你点的，好喝，这咖啡师巨有才。"

贺燃看都没看："下次你再选咖啡馆，我就不来了。"

"你要点儿脸行吗？"陆悍骁怒，"喝我的咖啡，看我的帅脸，还听我的消息，你好意思摆架子？信不信下次去散打馆，我一脚踢飞你。"

贺燃冷笑："用不着去散打馆，咱俩现在上外面打。"

"那我不。"陆悍骁识时务，"你又野又流氓，我吃不消。"

虽然不喜欢喝咖啡，但贺燃还是给面子地拿起杯子，和陆悍骁碰了碰："别浪费，干杯。"

买完单，两个人走出咖啡厅。

"哟，都快五点了，我得回去教小孩写论文了。"陆悍骁甩下贺燃，"别太想我。"

看着他的车走了，贺燃才开车上路。金景小区在城南，中档小区，老城改造后，这里的地段优势已经丧失。贺燃把车停在马路边，拿着陆悍骁给的地址，看了又看。

十二楼，1206，贺燃敲门。

咔嗒一声解锁，门缝变宽，姚怡芝惊喜又急切："贺燃！"

她化了妆，很浓，头发散在肩后，在家还穿着高跟鞋。脸色能用脂粉修饰，但精气神没法伪装。贺燃看了她一眼，说："我想和你谈谈。"

"好，好，我们谈。"姚怡芝很开心，忙着让出路，"你进屋。"

贺燃踏进这间房，装潢一般的公寓，面积也很小。

姚怡芝正准备关门。

贺燃说："别关了，敞着。"

她的手顿在门板上，一秒的尴尬之后恢复如常，脚步轻快地朝他走来："你坐，坐沙发，喝点什么？要不来点红酒吧？"

姚怡芝一头热，自顾自地去柜子里拿酒，顺手放了一张CD。钢琴曲，悠然勾回忆。贺燃冷淡地喊话："不用了，我开车来的。"

姚怡芝倒酒的动作进行到一半，瞬间顿住。但她还是继续把酒满上，一整杯，仰头一口喝尽，然后笑着转过身，眼睛里好像装了水："你终于来看我了，贺燃，我很想你。"

"打住。请你记住自己的身份。"

姚怡芝摇头："贺秦他是个人渣，他变态，你知道吗，他对我一点也不好。"

"那是你们的事。"

姚怡芝情绪失控，眼里有泪："贺燃，我还爱你，真的，当年一分手我就后悔了，我不想失去你。"

贺燃声音像是降了温："这不是你伤害简皙的理由。"

"我一看到你，我就跟疯了一样，我受不了。"

"她当时怀着孕，姚怡芝，你也是女人，你怎么就下得了手？"贺燃忍着不爆发，这件事，是他最大的自责和介怀。

姚怡芝疯狂摇头："我不是故意的，我很激动，我求她把你还给我，她自己摔倒，我什么都不知道。"

贺燃绷着脸，嗓子里像是压着一口血，字字碾牙："她要是出事，我一定杀了你。"

姚怡芝怔住，她没忽略贺燃太阳穴上的青筋暴跳。这种献祭一般的语气，就像见血封喉的利剑。姚怡芝心寒又不甘，自顾自地笑起来，眼里含着绝望，激他，刺他："那你为什么不杀我？我就站在这儿，你杀啊！"

沉默的贺燃气势如印刻，几秒之后，他嘴角忽然向上，弯出了浅弧。

"只要这个世间有她，除非是死，不然她缺胳膊断腿哪怕残废，我也要她当老婆。"

姚怡芝愣了片刻，神情崩溃："如果她死了呢？"

“死了？”贺燃更加平静，“那我就随她一起，哪怕下的是地狱，我也挡在她前面，替她下油锅。”

姚怡芝捂着头，声泪俱下：“那你还来找我干什么！”

贺燃平淡道：“我有一个问题。”

姚怡芝渐渐安静了些，看着他，泪眼婆娑。贺燃咽了咽唾沫，这就像是一块压在心口好多年的石头。他慢慢抬头，终于有机会问出口：“当年，你为什么要背叛我？”

姚怡芝突然失声痛哭，蹲在地上，抱着自己。贺燃低声道：“我自问，对你仁至义尽。”

姚怡芝抽泣许久：“是贺秦他骗我，说只要我帮他偷你的印章和合同，公司调整后，他让我做副总，还给我分股份。”

贺燃嘴唇干涩，动了动：“为了钱。”

她摇头，边哭边说：“贺秦甜言蜜语，把我捧到了天上。”

“姚怡芝，”贺燃也蹲了下来，打断她，与之对视，“你有没有想过，如果我们好好的，我的一切，都会是你的。”

我的人，我的钱，我的未来，我的人生。

都是你的。

姚怡芝恍若梦中初醒，抓着他的手像是最后一根救命稻草：“贺燃，贺燃。”

贺燃没有半分犹豫，把她拽紧的手用力挡开，站起身，说：“自己选的路，跪着也要走完，你好自为之。”

他的背影像是电影的慢镜头，定格在最锋利的那一幕。姚怡芝情绪崩溃，无论多少眼泪，结局已定，都换不来这个男人的回头了。

贺燃离开金景，坐进车里抽了根烟，这一刻，好像所有的事情都给出了答案。

有得有失，说到底，他是幸运的。想到简皙和萌萌，贺燃不由得笑了起来，然后看了看时间，驱车赶去简家。

按简家不成文的规定，每周六都有一次家庭聚餐。这次稀奇，陶星来也回来了。贺燃乍一看，吓了一跳：“哎哟，你怎么瘦了啊？”

陶星来蔫了，翻个身不想说话。简皙走下楼，十分紧张地问陶星来："哎，你回家的时候没人跟着吧？没狗仔拍吧？把窗帘赶紧拉上，还有，你吃完饭从后面爬墙出去，别走正门。"

陶星来委屈死了："姐，你的人性呢？我都快被逼疯了。"

简皙走过来，端着桌上的水果盘吃得优哉："什么时候带乔影后来见家长啊？"

陶星来怒："都怪乔殊，发神经呢，虽然喜欢上我真的不是一件什么难事，但是，也不用这么野啊！"

贺燃不太懂："你拒绝就是了。"

陶星来憋屈："她练过，一个劈叉能把我踢晕，我打不过她。"

"哎呀你们给我点儿家庭温暖好不好？"陶星来走向餐桌，"尤其是你，姐，尊重一下我的盛世美颜行不行？"

简皙端着果盘，吃着新鲜龙眼："我不管，反正等下你从后门爬墙走。"

"这是市委大院，有武警巡逻，狗仔进不来。"陶星来烦死，"妈！我要吃鸡腿！两个！"

简皙继续吃水果，然后把手伸向贺燃："老公，张嘴。"

以为是喂他，贺燃不做多想，乖乖照做。简皙掌心贴着他的唇，把东西塞进嘴里。贺燃觉得口感不对，皱眉："你给我吃的什么？"

吐出一看，吃剩的果核！

简皙偷偷溜走，偷偷笑。贺燃抓住她肩膀，压低声音："欠收拾！"

简皙皱眉，回头，拖出一个语调长长的警告："嗯？收拾谁？"

贺燃立刻认屃："收拾我自己。"

十分钟后开餐。简严清和贺燃边吃边低声交谈，陶溪红给简皙盛了一碗鱼汤，小床放在身边，萌萌在里头乖乖睡觉。陶星来凶残地啃着鸡腿，估计是把鸡腿当成某影后。正准备吃第二个，他手机有新短信提示。

来自乔殊："出来，我在你家门口。"

陶星来鸡腿一扔，炸了："怎么进来的？"

像是听到了他的疑问，乔殊的短信十分及时，回："爬墙。"

陶星来的出格举动引起简严清的不满。隔着桌子，简严清问："怎么回事？"

陶星来脑门通红，握着手机呈口吐白沫状态，放空许久之后，才拿起剩下的半个鸡腿，一点也不浪费地啃完，然后起身说："我出去打个架。"

陶溪红皱眉："吃饭的时间，一点儿规矩也没有。"

简皙帮他说话："你让他去吧，留这儿才闹腾呢。"

陶星来走了几步，回过头若有所思："爸，你能把徐队长借给我用一用吗？"

此人是护卫部的队长，擒拿格斗水准极高，长得一表人才，相当英俊。简严清咳了一声："胡闹。"

"不借就不借，还凶人，一点也不关心普通市民。"陶星来一路哼哼唧唧出了门。

八月盛夏夜，出个门热浪滔天。乔殊说她是爬墙进来的，那应该在后院。陶星来拿着手机给她打电话，等接通的时候，感叹道："糟，后院起火，要完。"

通了，陶星来一顿劈头盖脸地指责："我发现你就是个趣多多，仗着有点身手了不起还是咋的？你又不是小狗，还爬洞，羞羞脸。"

乔殊好半天才开口："不是爬洞，是墙。"

"洞长在墙上，你就是爬洞。"

"是啊，爬洞来见狗。"

陶星来一个激动，扯了花园里的一根狗尾巴草握在手里："骂我，我可跟你说，幸亏你是女人，不然我就要用我的双节棍在你身上烙下伤痕了。"

有风，一阵阵的，混着风声，乔殊的声音十分淡。她低低一声笑："陶星来，看不出，你嗜好还挺特殊，这么喜欢用道具，嗯？"

每一个字都透着居心不良，陶星来琢磨着，自己可能是被调戏了。他一时语噎，不知怎的，心荡荡又痒痒。

乔殊说：“喂，回个头。”

陶星来愣了愣，转过身。几米之外，乔殊举着手机对他笑。

她今天穿着休闲，白T热裤，两条腿又直又长，脚踝上戴着民族风的珠串，走一步，铃铛声特别脆耳。

“你头发跟个鸡窝一样。”陶星来见到她的第一句话。

乔殊扎了个马尾，有树叶有枯草，有碍观瞻。她抿了抿唇，指着身后那堵墙，情绪不佳：“你试试，你陶星来能爬过来，我跟你姓。”

只听见刺激和挑衅，陶星来当即炫耀：“我十八岁一成年就爬过去了，哪像你，一头鸡窝。”

乔殊也不恼，笑盈盈：“好，那我跟你姓。”

回顾了一下两人的对话，有陷阱。这可不是闹着玩，陶星来正经语气：“你以后可别干这事，我不想搞对象。”

乔殊走近：“为什么？”

“我小。”

“你哪儿小？”

“哪里都小。”

乔殊顿了下，微皱眉头，目光在他身上游离下移：“没事，只要技术好。”

乔殊逼得更近：“我不漂亮？”

“那倒不是。”

“那你为什么？”

陶星来被她绕晕了都：“哪有为什么，就是不想搞对象。”

“我又不叫‘对象’。”

陶星来惊了，这样也可以？“喂喂喂，你离我远一点。”

“我不。”乔殊把他逼退到墙角，沉声叫他，“陶星来，你答不答应，嗯？”

她的眼眸清亮，像是住进了一颗星星。陶星来眼睛一眨，气息不稳：“干……干吗，想……想打我？”

“有点想。”

“那你别打脸。”

陶星来一副死皮赖脸的样子，看得人真是牙痒痒。乔殊有点生气，不过平心而论，女神生气也是女神。陶星来便咧嘴冲她一笑。乔殊一声叹气，就在陶星来以为她知难而退的时候，乔殊突然倾身，飞快地亲了一下他嘴角，亲完还说：“你晚上吃鸡腿了？好香。”

陶星来蒙了。乔殊用大拇指的指腹，轻轻抚了抚他的唇：“你别误会。我就是想见你一面，明天要去欧洲拍戏，我两个月不能回，你会不会给我打电话？”

陶星来摇头。乔殊点头：“行，那我给你打。那，我走了。”

她松开手，往后退了两步，有些不舍，有些期待：“走了。”

陶星来的目光落在她的膝盖上，有擦伤，红红的。肯定是刚才爬墙弄的。乔殊转过身，表情失望，刚走几步……

“等等。”陶星来声音干巴巴，不情不愿。

乔殊停步，等着。陶星来清咳两声，语气老成，下巴仰着，目光涣散，过于能装。

“墙就别爬了，那上面有玻璃碴。你坐巡逻车出去——我可不是在关心你。”陶星来正经脸，“昨天新来了个司机，技术好像不咋样，正好试一试。”

乔殊挑眉，望着他，也不说话。就听她笑着说：“下次别穿这条裤子了。”

陶星来全身起鸡皮疙瘩，猛地低下头自检。这条裤子怎么了？谁还没个牛仔裤？李小强那个王八蛋，肯定是在批发市场买的。乔殊似笑非笑地经过他身边，撂话道：“你穿三十二码的裤子吧，最多不超过三十三。”

陶星来又蒙了，原来大小指的是裤子尺寸。闪瞎眼。

回屋的时候，晚饭已经吃完了。陶溪红看着儿子上楼，随口一问：“给你留了一碗白米饭，你要不要再吃点儿？”

“不想吃。”陶星来情绪低落。

“哦，那好。”陶溪红听后，对在厨房切水果的简皙喊，“小皙，你弟弟不吃了，他不吃就喂狗吧。”

简皙答应：“知道了。”

陶星来一脸问号，觉得自己受到了来自家人的伤害。九点多，贺燃从简严清书房出来，走进卧室。简皙叠衣服，萌萌醒着，在床上睁着眼睛吐泡泡。贺燃逗她玩，又笑又做鬼脸，咿咿呀呀学婴儿说话。简皙有点吃不消：“你能正常一点吗？”

“你说，咱女儿怎么这么好看？”贺燃越看越喜欢，“老贺家强大的基因。”

“得了吧。”简皙嗤笑，“两个多月的小孩能好看到哪里去？五官还没长开呢。你看，萌萌是不是单眼皮？”

“单眼皮也美。”

他捧着萌萌的小胖脚，呵在手心，用牙齿轻轻啃。

萌萌扭动得厉害，心情蛮好的样子。该换尿片了，贺燃自告奋勇：“我来！”

简皙“嗯”了声，把叠好的衣服放进衣柜。贺燃把旧尿片扯掉，一双大手几乎是翘着兰花指去弄，生怕蹭到女儿的小嫩肉。简皙站在衣柜前：“换之前先给她擦点儿护臀霜。”

贺燃边弄边自夸：“你说我这男人，是不是打着灯笼也难找，生的女儿也这么漂亮，还会换尿片，老婆，我……”

说得正起劲儿，萌萌一泡尿毫无防备地向他发起袭击。不偏不倚，贺燃被尿了一手。简皙笑疯，半天停不下来。贺燃憋着嘴，没敢乱动，不忘给萌萌把尿片换好。

简皙赶紧：“我来抱，你快去洗洗。”

贺燃走去洗手间，这清新别样的幸福，太带感。刷了牙，顺便洗了个澡，腰间松垮垮地裹着条浴巾就出来了。

简皙刚喂完奶，小家伙睡得可香了。贺燃坐在床上，从后头搂住简皙，这个姿势，他大腿张开，夹着她，浴巾早就掉了，门户大开。

简皙懊恼："哎。"

贺燃吹她耳朵："特殊爱好，不可以啊？"

简皙心想，那您的爱好还真多。贺燃意犹未尽，提议说："等闺女断奶，咱俩去补个蜜月。"

简皙趴在他胸口，懒懒地"嗯"了声："去哪儿？"

"你想去哪儿？"

"哪里都好，只要有你。"

他笑："这么会哄我了？"

"你是我丈夫，用得着哄？"简皙把头抬起了些，看着他的眼睛，"你喜欢海吗？"

贺燃想了想："喜欢。"

"那我们去海岛玩。"简皙说，"傍晚在沙滩散步，还能潜水、钓鱼。"

贺燃笑："好。"

简皙碰了碰他的鼻子："你这么爱光屁股，给你一个展现的机会。"

"裸泳啊？"贺燃啧了声，"我无所谓啊，我又不吃亏，腹肌被看又不会飞。"

"再说，海边女人也多，你能大方，我就配合。"贺燃问，"老公乖吗？"

乖个屁。

贺燃大腿一抬，就把简皙压在下面，要笑不笑地说："急了吧？吃醋了吧？再出馊主意，我让你有的受。"

"爸妈都在呢。"

"憋死了。"贺燃郁闷。

简皙摸摸他的尾巴骨，有点无语："你一个男人，哪来的这么多戏？"

"不喜欢？"贺燃眯缝双眼。

"不害臊。"简皙偏头，一想到那画面，身体都快烧起来了。

贺燃哼了声："我乐意，行不行？"

简皙点头："行行行，你是一家之主，你说什么都行。"

"真的行？"贺燃捏住她的下巴，掰正了，面对面，"那你上来。"

"干吗？"

"一家之主想看你浪。"

简皙忍住笑："不行。"

"小骗子。"贺燃低头，轻轻咬住她下巴，用牙齿碎碎细细地磨。

简皙痒得直乐："你狗啊。"

"汪汪汪。"

"……"

比不要脸，他输过？

夫妻两人腻歪之后，安静下来。简皙翻了个边，被贺燃从背后抱着，两颗心沿着同一轨迹，悄声碰撞到一起，谁都不说话。沉默了一会儿，贺燃嘴唇贴着她背上的蝴蝶骨，沉声说："简皙。"

"嗯？"

"你怪我吗？"

一室安静，落针可闻。许久，简皙轻声说："不怪。"

贺燃声音微颤："我没有处理好以前的事，让你受到好多伤害，跟我在一起，苦不苦？"

"女儿都有了，你还问这个。"简皙捏了捏他环在腰间的手，"燃哥，你不乖呀。"

贺燃闷声："嗯。"

"我不苦。从前不苦，现在不苦，以后也不会苦。"简皙轻轻地呼吸，很平静，"跟你在一起的时候，我就知道你是个什么样的人。你的过去，你的经历，你的性格，我做好了准备，就会跟你一起面对。"

贺燃依旧闷声，一个颤抖的单音节："嗯。"

“姚怡芝伤害过你，也找过我麻烦。如果你为我出气，把她弄伤了，弄死了，弄残了，你逃不掉，一样要负责任。燃哥，你是我丈夫，是萌萌的爸爸。”

她缓了缓才说：“我不允许你出事。我宁愿用‘万幸’做宽慰，也不愿逼你偏激、犯错。我能平安生产，是老天厚爱，如果我真的出事……”

贺燃很快打断，接话道：“你去哪儿，我就去哪儿。”

你生，我陪你好好活。

你死，随你上天入地绝不多说。

贺燃声音淡，像是命里认定的一种仪式，结果好坏，全凭你。简皙动容，翻过身，把贺燃搂在了怀里。

“以后遇到再大的事，不许轻易动手打架。”

“嗯，我会给萌萌树榜样。”

“有事不要自己扛。”

“没关系，男人的肩膀就是用来扛女人的。”

简皙轻轻笑出了声：“我不会离开你。”

“我知道。”贺燃笃定，“你离不开我。”

“嗬，这么自信？”简皙问，“凭什么？”

“凭我这份胸肌你爱不释手。”

得了，难得正经一回，又原形毕露了。

简严清难得地有个周末，两天时间在家，和陶溪红一块儿养花除草。陶星来现在很大牌，威胁经纪人李小强给他放假，不然就换经纪人。反正现在他很红，多的是资源。简皙带着萌萌在家小住，聊起天问：“你和乔影后到底是怎么回事儿啊？网上传得真真假假。”

“别提了，可烦。”陶星来大喊，“就没见过这种绝世牛皮糖。”

简皙乐的：“别这么说，乔殊演技好赞，眼神特别漂亮，她有这么好的条件，还往打戏上发展，真挺不容易的。”

“她家是家族生意，巨大巨有钱，毛病，还进娱乐圈。”陶星来不屑。

“你爸还是市长呢。”简皙嗤一声，“你毛病更重。”

“说得也是。”陶星来吃草莓，一颗接一颗，“我上次听到老简和秘书谈事，咱爸可能要升官。”

“不准议论。”简皙提醒，“家规。哎，继续说你和乔殊的事。”

陶星来陷入痛苦的回忆：“我俩过节有点大，第一次见面就打了一架。

“我还没打赢。那女人身手了得，草上飞。”陶星来激动死了，放下草莓，开始胡编一通，“一个劈叉把我天灵盖都能踢裂，一个扫堂腿，我胸口都青紫了一大块！”陶星来两只手合在一起，比画出一个圆，“瘀青有这么大呢！疼得我嗷嗷叫。谁娶她谁倒霉。让我拭目以待，看看谁倒霉。”

简皙叹了口气：“算了，你们娱乐圈的事我也不懂，总之，你自己注意安全，也注意一下舆论影响。”

晚上，贺燃回来，一家人吃过晚饭后，坐在客厅沙发上。今天有件最重要的事，便是给萌萌取名字。小名一早定了，但全名迟迟未决。

简严清说：“贺燃，你和小皙是父母，以你们的意见为主。”

简皙翻开笔记本，清了清嗓子：“我想了几个，给大家念念，第一个，贺天赐，寓意感谢上天，怎么样？”

察觉到大家表情为难，简皙说：“没事，我这儿还有呢。贺福临，寓意吉利，福到家。”

贺燃攀着简皙的肩膀，犹豫片刻，问：“福临。咱们女儿，是要去当皇帝吗？”

陶星来哈哈笑：“超土超复古，姐，你人还挺时髦，怎么回事啊，取个名字就成考古了？”

简皙愁眉苦脸，仰头看贺燃：“不好听啊？”

贺燃笑起来，眼角边的笑纹微微褶皱，小声安慰道：“老公觉得好听就行了。”

简严清问贺燃：“你呢？”

“我的想法比较简单。”贺燃说，“两个字，就叫贺晳。”

陶星来眼睛一亮：“这个好，你和姐，一人一个谁都不吃亏。”

陶溪红也很满意：“寓意也不错，简单大方，解释起来，也很有感情。”

简严清点头，问：“小晳，你觉得呢？”

简晳心尖儿跟沾了蜜糖一般，这就是所谓的以你之姓，冠我芳名。

她应声：“好。”

贺萌萌小朋友终于有了伴之一生的名字，贺晳。而往后的岁月，每次需要自我介绍，她都是大声又自豪：“我叫贺晳，贺燃的贺，简晳的晳！”

名字定下来后，贺燃的手机响，是一个本地座机号。他走到一边接听：“喂？哪位？”

那头是个男声：“你好，请问是贺先生吗？”

“对，我是。”

“我们是市公安局刑侦大队，我姓方。”

电话持续两分钟便结束。挂断后，贺燃缓缓垂手。简晳走过来：“怎么了？”

贺燃声音平静，说：“姚怡芝死了，在公寓自杀。”

姚怡芝的死亡，是被每天过来做保洁的阿姨发现的。割腕，在床上，被子床单都湿透了，死得相当惨烈。警察让贺燃过去，说是有遗物要转交，他本不想过多干涉，但简晳宽慰道：“你去一趟吧，死者为大。”

贺燃八点半赶到警察局。

“贺先生，这是我们在死者房间里发现的信件。落款时间为事发前半小时，是写给你的。”

办案人员交给他一封信。贺燃接过，放手上看了看，并没有打开，而是把它还回去，说：“如果非必要，我不看。”

办案员解释：“作为证据，我们已经审核过，内容是死者对于生前某些事情的反悔认错。”

贺燃点点头：“谢谢。”

见他确实没有打开的意思，办案员也不再勉强，收好后，又问了一些基本情况，不痛不痒，正常流程。贺燃一一回答，不到五分钟，他便可以离开了。办案员对他致谢：“谢谢您的配合。”

“不客气，应该的。”

事情刚完，就听到一阵零碎的脚步声，几个男的出现在门口。

“请问你们找谁？”办案员目光一掠。

一个男音：“接到电话，是你们通知我来的。”

贺燃背对着，眉目微皱。是贺秦。

“哦，贺先生，请您跟我来。”办案员绕过桌子，走向他。

贺燃转过身，面无表情，若无其事。但贺秦堵在门口，并没有让路的意思。贺燃停步，抬眼，也不说话。两个人就这么僵持着，一个不退，一个不进，气氛飘着若有似无的汹涌无言。

贺秦先开口：“啧，我听说你结婚了，看来，还是挺多情。”

这话里带刺，贺燃听得不爽，但还是耐着性子不冷不热地回：“配合调查而已，你收尸吧，没人跟你抢。”

那个“抢”字就像飞镖，嗖的一声往贺秦心口扎，明里暗里地提醒他，你算个什么东西，没有本事只能靠抢。

贺秦面容瞬间冷下去，然后无声地笑起来，法令纹极深：“抢你的怎么了？手下败将。”

贺燃也不恼，瞥了他一眼，轻嗤：“那祝你当一个常胜将军，永远别摔下马。”

自贺秦夺权后，公司的发展方向变调，他不是个做大生意的材料，小打小闹还凑合，真到了决策者的位置，思想跟不上节奏，能力捉襟见肘。早已不是贺燃在时的那个公司了。贺秦本就对他耿耿于怀，这下吃了个闷亏，终于先失分寸。

“你算个什么东西，现在有什么资格跟我叫板？”

贺燃横眉冷对，一触即发之际，办案员适时叫唤：“贺秦，到这边来录口供。”

贺秦甩手，走时还狠狠撞了一下他的肩。贺燃敛下脾气，算了，眼不见为净。刚迈步，走廊上又是一阵骚动，紧接着是哭天喊地的号叫。

“我的女儿啊！怎么就这么没了啊！”

姚怡芝的父母从老家赶来，被人搀扶着，痛心疾首老泪横流。两家人算是老邻居，自小认识，所以一见到贺燃，姚母几乎崩溃，扑过来抓住贺燃的手：“小贺，小贺。”

贺燃有点懊恼没早点走，这会儿又脱不开身了。他安慰二老：“阿姨，请节哀。”

姚母泪眼婆娑：“怡芝太不懂事了，你是个多好的孩子啊，她太不懂事了。”

贺燃还是那句话：“您注意身体，别太伤心。”

“她之后跟的那个男人，根本不是好人，不提结婚，还打她，甚至还要她去打胎。”姚母声泪俱下，控诉道，“怡芝糊涂，她太糊涂！”

贺燃没有动静，权当倾听。贺秦在里头听得一清二楚，走出来冷冰冰的：“哟！这是几个意思啊？阿姨，你这样说是不是有点不厚道啊？”

“你这个小畜生！”姚父激动，抡起拳头朝他冲来。

贺秦也不让，挥手一推，老人家踉跄后退，差点摔地上。姚母更加悲愤：“你把我女儿害成这样，你有没有良心？怡芝要分手，你直接找黑社会恐吓她，说要杀我们全家，你到底是不是人！”说罢，她不顾一切地朝贺秦冲去。

贺燃没拉住：“哎！”

贺秦人高马大，抬脚就要踹过去。但腿伸到一半，腿肚子一痛，被贺燃抢先一步踢开了，贺秦歪着倒向一边，姿态狼狈，回头怒瞪：“你！”

贺燃皱眉，眼神不耐烦：“一个老人，你至于吗？”

贺秦冷笑："当什么英雄。替她家出头？啊？！"

贺燃蹲在地上，两手耷拉在膝盖前，懒懒散散地看着他："这么多年，除了仗势欺人，你真是一点儿长进也没有。"

贺秦气得脸色一变。

"我的公司，你拿去，是你的本事。"贺燃无声地笑起来，"对，你用卑鄙无耻，赢了我一次。但那又怎样？你看看你现在的样子，算什么东西？嗯？"

他这一笑，让贺秦背上汗毛倒立："你想干什么？是不是要把公司抢回去？别以为我怕你。"

"嗬。"贺燃笑得抖擞，眼角的笑纹轻轻向上斜飞，十分闲淡。他逼近，一字一字地说，"老子真要来抢，你以为你挡得住？"

贺秦无言，大喘气，不甘心。贺燃揪住他的衣领，往面前一抬，拳头的指节抵住了他的下巴。

"你给我听好了，抢到手，不叫真本事，把它做大做强，才是男人。你把公司搞成什么鬼样，用不着我介绍，你怕我，因为你比不过我。"贺燃的声音低缓，又透着强硬的执着，"你玩剩的东西，老子不稀罕。我要你亲眼看着，什么叫东山再起！"

贺秦硬撑着不肯服输，但身体早就发了软。贺燃手一松，没了支靠，他便一屁股坐在了地上。没再理这些烂摊子，贺燃提步转身。

"你以为你厉害？"贺秦咄咄逼人，在背后叫嚷，"女人、事业，你通通败给了我！连你爸都不认你，你哪来的底气跟我横！"

贺燃不停留，视而不见，充耳不闻。贺秦笑声疯狂："你爸那么大的家业，都不给你这个儿子，什么玩意儿！"

贺燃的脚步终于停住，如刺鲠在喉咙，他缓缓转头，侧目冷眼，真正地流露出了情绪。

扳回一局的快感让贺秦得意，挑衅地与贺燃对视。贺燃拳头捏得死死，可一想到简皙，他顿时冷静，所有的气血都压了下去，不再冲动了。

从警察局出来，坐上驾驶座，贺燃连抽两根烟败火静心。最后一口烟直接燃到了烟屁股，他烦躁地碾熄。贺燃开动车子，转弯掉头，但没几米，就看到路边有人在招手拦车。贺燃眯缝了眼睛，看仔细了，吃惊道：“岳师傅？”

车身停住，贺燃赶紧下车：“老岳，你怎么在这儿？”

中年男人年近五十，身材中等，一见贺燃，就抓着他的手不放：“贺总，我可见着你了！”

“你不是在遥省吗？怎么到这儿来了？”

老岳叹了口气：“在这边设立了分公司，调了一拨人过来。”他直摇头，痛心疾首，“说是和什么集团合作，本部早就连年亏损，这是胡闹！”

贺燃静静听着，不做评价。

“贺总，我们……”

“不要这样叫我。”贺燃打断，“我已经不是公司的人。”

老岳又气又急，抓着他更紧了：“你是不知道，贺秦根本不把公司当回事，乱搞，乱来，什么三教九流的项目都敢往里拉，全是赔钱货。公司那些老功臣，都被他开走了。”

见贺燃无声无色，老岳更加情急：“贺总，公司是我看着你做大的，现在沦落到这种程度，你就不心痛吗？”

痛，这个字，就像一根铁销，划了一下贺燃心尖儿上的那根弦，弹出来的都是躁动的音符。一个男人，一生能有几次机遇和热情。说不痛，不可能。

贺燃缓缓垂眼，沉默了好久才说：“老岳，对不起。”

“贺总，我知道这个请求很不厚道。但是，还有那么多跟着你一块儿打江山的老同事。”老岳动容，继续游说，“贺秦找了一帮门外汉身居要职，狐假虎威，搞得乌烟瘴气。我们可都是在等你回去啊！”

贺燃点头：“谢谢你们看得起，但我已经成家在这边定居。我已经不是当年的贺燃了，我承担不起这份责任，请你理解。”

老岳失望地垂下头，苍老的手不停抹眼角。贺燃暗暗深吸一口气，压下了心口那不怎么坚决的态度，转换话题说："走吧，我请你吃个饭。"

聊天叙旧进行到十一点，深夜，风温热，城市喧嚣退去，贺燃把老岳送回宾馆。从这儿到家得一个多小时，贺燃给简皙打了电话，说今晚睡仓库。简皙听出了他情绪不高，但也没多问，只嘱咐他注意安全。

随着运输生意越做越顺畅，贺燃已经能自主囤货，他在城南和城西各租了一间厂房做根据地。最近的那家，车程不过十分钟。贺燃躺在木板床上，闻着满房的纸箱味，盯着天花板发呆。手边的烟已经拆了第二盒，一根接一根，食不知味。

早几天和陆悍骁约了今天聚餐。贺燃一夜没睡，早上四点又去搬货发车。自从事业上轨道，这种辛苦活他便不再亲力亲为。今天一现身，倒叫那些小年轻员工们兴奋异常。到点后，他直接赶去约好的地方。

陆悍骁已经顺道接了简皙，简皙留了母乳储起来，所以没带萌萌外出。只见贺燃一身黑T迷彩中裤，戴着墨镜从车上下来。冷峻不笑的模样，堪比走台模特。

"骚包。"陆悍骁评价，"我也有墨镜，还会发彩光呢。"

简皙受不了："连个墨镜都要攀比，你已经三十岁了好不好？"

"三十怎么了？"陆悍骁说得理所当然，"三十的年龄，十八的身体，他比得上吗？"

贺燃走近，一把揽住简皙的肩膀："十八岁还能长身高，但你一辈子都别想长到一米八八了。"

"滚你的。"陆悍骁可气，"一米八三碍着你了？不就比我高两公分，能当饭吃？啊？"

贺燃拖出一个长长的尾音："不能当饭吃，但能比你先娶到老婆。"

"绝交！"

简皙笑死："你俩别一见面就掐，跟俩小孩儿似的。对了，你家小孩儿呢？”

“考研复习呢。”陆悍骁似乎不太想多说。

贺燃低声告诉简皙：“别戳他痛处，表白失败了。”

简皙惊呼：“他俩什么时候的事？”

贺燃还没说话呢，陆悍骁冷飕飕的：“八卦夫妻，别往我伤口撒盐了成吗？”

贺燃笑着走过来，攀住他的肩膀：“哥们儿，别怕，这事我有经验。”

“说说。”陆悍骁当真了。

“要领就一个字。”

“哪个字？”

“上。”

陆悍骁踢他一脚：“去你大爷的馊主意。”

贺燃笑了笑，没接话。

这是个农庄，陆悍骁朋友开的，主要针对高端客户，开业前，请他们来提前体验。一下午，三个人钓钓鱼，斗斗地主，过得好不惬意。陆悍骁向来是个能侃的角色，嘴巴就没停过，自嗨得特别过瘾。反观贺燃，虽然保持一贯的高冷形象，偶尔骂两句“傻子”，但简皙知道，他今天状态有点不对劲儿。

晚饭是农家宴，一桌的蔬菜瓜果深得简皙钟爱。俩男人都是肉食动物，清汤寡水挺磨人。陆悍骁说：“回去路上，我要去烧烤店买几个鸡腿。贺贺你要不要啊？”

贺燃轻轻嗤笑：“不用。我回家有肉吃。”

这小心机色色的，陆悍骁一听就懂，又被喂了一嘴的玻璃碴子。

简皙牵挂萌萌，所以聚会散得早。去简家接回闺女，不到六点，简皙和贺燃便到了家。

“老公，你吃不吃水果啊？”简皙在厨房，把从农场带回来的草莓拿出来。

贺燃“嗯”了一声，没了下文。

简皙从厨房出来，就看到贺燃靠在沙发上，头仰着，闭目养神。她脚步放轻，捧着水杯走近："老公？"

贺燃睁眼："嗯？"

"你今天很累。"简皙把水杯放他手里，"是碰到什么事吗？"

贺燃笑了笑："没有，今天起得早，搬货累着了。"

简皙敛下眼眸，想了想，又抬起看着他："是不是因为姚怡芝的事？"

"傻瓜。"贺燃直接打断，"别胡思乱想。"他微微叹气，"在警察局的时候，碰到了一些以前认识的人，闹了不愉快，挺糟心的。"

简皙挨着他坐下，轻轻搭着他的手腕："如果你愿意说，我可以倾听。"

贺燃心里，就这么升起一团温柔的烟，有着以柔克刚的伟大力量。他看着简皙，点了点头："嗯。"

于是，贺燃把下午发生过的事，大致地说了一遍，贺秦、姚怡芝的父母，还有偶遇的老岳。他语调平常，语气平静，用词也平和，仿佛那些激烈和纠结，都被轻描淡写地一笔带过。听完，简皙等他平复了些才问："那你呢？你是怎么想的？"

贺燃揽过她的肩，两人的脑袋靠在一起："我只想保持现在的生活，你和萌萌好好的，我多挣钱，给你们娘俩花。"

简皙说："现在就很好，我很满足。"

贺燃笑的时候，鼻音微颤："嗯，你满足，我就满足。"

简皙下巴蹭着他的肩，看了看他的脸，那微皱的眉头，还是将贺燃的情绪出卖了。

"我先去洗澡。"贺燃拍拍她，起身。

简皙坐在沙发上，想了想，心里有了主意。二十分钟后，贺燃套了件黑背心，光着大腿走出来。

"简皙？"客厅没人，贺燃边擦头发，边往卧室去。

"嘘。"简皙从里头出来，换了一身毛绒青蛙造型的睡衣。

她搭着贺燃的手臂，把人往客厅推。贺燃不明所以："干吗？"

他被简皙按在沙发上坐下。简皙站着，两人视线相对，她深吸一口气，说："逗你开心。"

贺燃看着眼前的这只"小青蛙"，乐不可支："什么？"

简皙走到矮柜边，打开了CD机，曲目早就选好，跳跃的前奏瞬间入耳。她转过身，看着贺燃："我要跳舞给你看。"

贺燃蒙了片刻。这首歌叫*Marry You*，情境欢跃。简皙跟着节奏动了起来，凭着小学六年的舞蹈基础，自由发挥，现编现演。

这身毛绒青蛙，是她的压箱底，帽子一戴，就是一个立体的卡通头，十分有喜感。简皙蹦蹦跳跳，扭腰动胯，相当可爱。

贺燃被这猝不及防的"甜宠"哄得极其开心。"小青蛙"在对他耸肩，耸完还抛了个媚眼和飞吻，然后又跳到客厅中央，勾手指，抚屁股，故意扮丑的幽默舞姿，让贺燃笑得合不拢嘴。跳得正起劲儿，简皙的"青蛙头"蹦掉了，她无奈地吐舌头，然后重新戴好，手比画出一颗心的形状，送向贺燃。

贺燃配合地伸出掌心，隔空接住，死死地按在自己的胸口。

两个人眼神对视，笑得像个孩子。

音乐渐进尾声，简皙举起右手，当成一把枪，对着贺燃砰一声。贺燃抱着自己，演技上线，哐当一声倒在沙发上。

音乐停住，八月的天气，简皙被毛绒睡衣捂得大汗淋漓。她跑过去，蹲下，下巴垫在贺燃的大腿上，还在喘，汗珠顺着脸颊流。

简皙轻声问："老公，你现在心情好些了吗？"

贺燃一动不动，也不吭声。简皙抬起头，眼巴巴地望着他，忽然愣住。

贺燃看着她，微红的眼眶里，有泪在闪。

男人的眼睛微微眯缝，被泪光一衬，少了分硬气，多了分让人疼的冲动。简皙握住他的手，无声地安慰。

贺燃说："在你面前老是脆弱，一点也不爷们儿了。"

简皙笑，歪着头看他："那你心情好些了吗？"

贺燃点了下头："好了。"他伸手把人扶起，"太热，快去把衣服换掉。”

简皙一边扇风一边拉拉链，脖子上全是汗。贺燃瞅着这身青蛙睡衣：“你什么时候买的？”

“好多年了，在国外上学的时候，朋友送的。”简皙起身，顺着一路把衣服扒下来，“本来想捐出去，后来想想，这种衣服别人也不会穿，就留那儿了。想不到，今天物尽其用。”

贺燃去卧室，给她整了套换洗衣服，走出来递给她：“去洗个澡。”

简皙接过：“桌上有草莓，你吃点儿。”

贺燃拿了一颗，从后面伸过手：“张嘴。”

简皙被喂了一颗最大的，巨甜。她侧头，冲他笑。贺燃低头亲了她一口：“甜死你。”

简皙站定，食指往他亲过的嘴唇上抹了抹，然后放嘴里舔了两下，语气夸张：“哇！有奶味！”

贺燃都快笑死了，按着她的肩膀把人往洗手间推：“洗你的澡去。”

简皙抱着衣服，溜溜进去，但没多久，她又伸出脑袋，对贺燃直眨眼睛。

“怎么了？”

简皙又是对他抛媚眼，又是舌尖舔唇：“燃哥，我不关门哟。”

贺燃愣愣的。

简皙哈哈笑，还是把门关上了。

贺燃盯着门板，眉毛一挑，低头淡笑：“傻媳妇儿。”

简皙洗到一半，在里头喊：“燃哥，没有沐浴露了！”

贺燃没多想，去储物柜里拿了瓶新的，推开门。简皙伺机在门口等着，他一露面，简皙就往他脸上甩水。贺燃“啧”了声，偏头躲。简皙搂着他的脖子，往左脸右脸各亲一口：“太帅了，忍不住。”

接二连三地哄，贺燃真心实意地笑开了心。简皙熟悉他脸上的每一种表情，这回，是真正舒坦了，于是放了心，拍拍他的屁股：“及格，出去吧。”

贺燃飞快伸手，在她胸上捏了一把：“谢谢简老师悉心开导。”

两个人又闹又笑，日子在点点滴滴的相处里，变得自然而生动。

洗完澡出来，简皙边吹头发边说：“萌萌下周满百日，妈妈问我们的意思。”

贺燃问：“你的意思呢？”

简皙想了想：“就家里这些人一块儿吃个饭吧，不用搞得太复杂。”

贺燃无条件同意：“好。”

吹风机呼呼在响，待头发吹到一半，简皙终于以试探的语气，问出口：“除了外婆，你还要不要通知别的人？”

贺燃乍一听没反应过来：“嗯？”

简皙关掉吹风机，走到他面前，声音轻，语速慢：“你爸爸和妈妈，他们……”

贺燃的脸色微变，简皙立刻小心翼翼地闭了嘴。她故作轻松，岔开话题：“没事，我就问问。对了，你还吃草莓吗？我去把剩下的也洗掉。”

贺燃却一把握住她的手腕，把人给拽了回来。简皙低头垂眸，静静地看着他。贺燃的脸色有点僵硬，还有一点难以启齿的失落。

他呼吸轻，说：“我爸妈在我很小的时候就离婚了，我跟着我爸。”

简皙挨着他坐下，顺着话：“那我们把爸爸请过来，让他也看看萌萌？”

贺燃经历了一番挣扎，最后点了点头：“好，我给他打电话。”

简皙忙道：“我打吧，我乖巧，招长辈喜欢。”

她心如明镜，虽然两人结婚没有办酒席，但于情于理，都该和双方长辈通个气。贺燃对她万般宠爱，却始终没提这茬。简皙体贴，不问，但这事一直存在了心里。

贺燃笑了笑，平静地说：“不用，我给他打就行了。”

这时，萌萌醒了，在卧室里哼哼直哭。简皙连忙过去，贺燃一个人坐在客厅。他脑袋卡了一会儿壳，才拿起手机起身，走到阳台上，翻出了那个通话记录在一年前的号码。

换作早年，贺燃这暴脾气一点就燃，跟炸药包似的，与贺正安一个德行。上一次通话，是他和简皙结婚，他秉着礼数到位便主动通知，做足了思想斗争，好不容易鼓起勇气拨过去，却得来一个“您的号码有误”的冰冷回音。

贺正安把他给拉进了黑名单。这种讽刺，把他浑身划的都是洞，有气都给漏没了。贺燃联想了一下过去，对现在便不再抱什么希望。他按下那个号码，开了免提，心里倒数，做好了“还在亲爹黑名单里”的情绪铺垫。

短暂的转接等待，手机“嘟——”的一声长音。

贺燃手抖，竟然通了？

“嘟——”

“嘟——”

每一声，都把他的心往高空抬，贺燃握紧手机，心脏怦怦跳。五声之后，音调节奏一变，短促而尖锐，挂断了。

贺燃那颗已经升到三千米高空的心，就这么哐当一声自由落体，在地上砸开了一个深洞，贺燃陷了进去，从身到心，都震得七零八落。

贺燃忍不住低骂：“有本事一直锁黑名单，放出来干吗！”他深呼吸，把手机塞回兜里，转身回房间。

庆贺萌萌百日那天，就连陶星来也特地从无锡片场飞了回来。陆悍骁一见他就号叫：“大明星，来给哥哥签个名。”

陶星来摘了墨镜，闪亮登场：“老病弱残优先，陆陆哥，你肯定排第一。”

陆悍骁顺势把身边的贺燃往前一推：“你去。”

“比我帅的才不给签。姐，我萌萌呢？给我玩一玩。”

简皙洗了一盆草莓，走过来说：“睡了，哇，你要不要这么夸张啊，戴了根这么粗的金链子。”

陶星来低头：“哦，戏服上的，忘记摘了。”

自从上次乔殊转发微博，两个人的话题热度居高不下。借着这股东风，陶星来的人气可耻地上升，各种综艺邀约接连而至。最近他还接了个大IP电影的男二号。

陆悍骁好奇：“你那部电影的女主角是谁？”

陶星来捏了个草莓，嚼得可欢快了：“周尧。”

“不认识。”

“就是圈内第一美腿。”

“哦！那我知道了！”陆悍骁只认腿，不记名儿，“我摸过，不咋样，皮肤挺粗糙，还没我家小孩的细嫩。”

这年头，吹牛皮也不要成本了。

陆悍骁没事人一样，说：“怎么是周尧啊，我还以为是和你闹绯闻的乔殊当女主呢。”

陶星来扬扬得意：“我跟经纪人说了，接戏，基本条件就是，不和乔殊搭台子。”

“哟，你这么大牌。”

“那叫有骨气，我不靠女人，我有实力。”

“陶儿，你什么时候也这么无耻了？跟你姐夫学的吧？”

旁边的贺燃一听，揉了个纸团砸向陆悍骁：“老子惹你了？”

就在这时，陶星来的手机响，李小强来电。他接通：“啥事儿啊？”听着听着，陶星来的脸色就从晴转阴，阴转雪了，冷得跟冰碴子似的，他崩溃，“临时换演员也就算了！干吗把女一号换成乔殊啊！！”

李小强还在那头叨叨。陶星来一把鼻涕一把泪：“你个小牲口，我炒你个鱿鱼鲫鱼胖头鱼！”

陆悍骁八卦地凑过来：“怎么了陶儿？乔妹跟你演对手戏了？”

“才没。”陶星来细想一番，又觉得事情还有救，“我是男二，和女一的对手戏没多少。”他回忆了一下剧本，“都是一些日常戏份，不碍事。”

刚自我宽慰，手机又响，这回是短信，李小强大概也不敢再电话通知了。

“刚接到片方电话，让你改演男一号。”

陶星来心跳呈直线状，而接下来的新信息，更是让他直接崩溃。

“还有那场打戏，直接改成你俩的亲密戏了，明天进组，带好牙膏，第一场是舌吻。”

乔殊，我上辈子大概是偷了你内裤，你丫今生来讨债了！

萌萌的百日家宴，合家欢聚。按习俗，给小娃剃了头发，外婆留了一撮，放在福袋里，给萌萌随身携带。陶溪红十分直接，给了外孙女一个红包，里头一张银行卡。陶星来送了一套金镯子和平安锁，他很有心，在无锡找了个老匠人，全手工打磨，上面还刻着萌萌的名字与出生日期。

简皙的奶水很养人，萌萌三个多月，已经变成一个小胖娃。而一家三口，终于有了第一张正式的全家福。家宴过后，贺燃和陆悍骁、陶星来斗地主。简皙找了个机会，避开他们，去找外婆。

“小皙啊，这段时间可辛苦你了。”

外婆拍着她的手，两个人坐在侧厅的小茶室里。简皙一边烹茶一边说：“不辛苦，萌萌很好带，外婆，我托人带了点儿虫草，待会儿给您带回去。”

外婆直夸她懂事，接过她泡好的茶，吹凉。简皙看了眼客厅玩牌正起劲儿的贺燃，轻声说：“外婆，我想跟您打听个事。”

“嗯？好，好，你说。”

简皙敛下眉目，手指细细地搓着杯壁，问：“贺燃和他爸爸的关系，是不是不太好？”

外婆没想到她会问这个。简皙抬眸：“我从来没有听他提过家里的事。”

“小皙，”外婆捧着茶杯，语重心长，“你是不是怪他？”

“不不不。”简皙连忙摇头，“怎么可能，我就是想知道其中的心结到底是什么。”

沉默了一会儿，外婆微微叹了口气，说道：“其实啊，真的没什么生死大事，说到底，还是为了我这个老太婆。”

“为了您？”简皙一怔。

外婆点点头，语气似能穿透岁月暮霭，不无感慨：“我女儿和他爸爸离婚，当时闹得很难看。”

“为什么离婚？”

“感情不和，忙事业，忙赚钱，顾不上陪伴，就离了。”

外婆继续：“贺燃那时十二岁，两个人都争他的抚养权，他也愿意跟妈妈走。但谈不拢，贺正安就把抚养权闹上了法庭，贺燃判给了他。贺燃很叛逆，处处和他爸爸作对，不好好念书，成天惹祸，父子俩关系很不好。”

简皙能够想象，少年时的贺燃，一定戾气逼人。外婆悠悠地说：“这些都可以忍耐，但后来，他母亲出车祸死了，我一个老太婆，也算没根没盼了。”

简皙飞快握住她的手：“您别伤心。”

“你乖。”外婆反握住她，岁月悠长，她早看淡了，继续道，“贺正安让贺燃来给母亲磕个头，尽尽孝，他是一个好孩子，舍不得我一个孤家寡人孤独终生，就跟他爸说，要搬出来和我一起住。”

外婆笑了笑：“贺正安的性格我知道，父子俩关系本来就僵，再这么一闹，就崩了。说实话，事情有很多种解决办法，但他俩谁也不让步，一点儿鸡毛蒜皮，都能变成打雷地震。”

简皙明白：“其实只是一个导火线，他们的矛盾由来已久，外婆，您也不需要自责。”

“唉。”老人家长叹气，“贺燃重情义，是个好苗子。可惜啊，贺正安也是个老顽固。”她转过头，看着简皙，提点说，“你就当听了个家长里短的故事，别在贺燃面前说，他心里介意，可别影响你们夫妻俩的感情。”

简皙答应："我知道分寸。"

客厅里，陶星来的号叫声不断："我又输了，你俩是不是嫉妒我帅啊，合起伙来碾压我智商啊？"

简皙侧头，望过去，如同心有灵犀，贺燃顺着目光也看了过来。两个人的视线在低空交汇，他的眼里，全是和煦的温柔。陆悍骁是个事儿妈，把牌往桌上一扑，伸手挡住贺燃的眼睛：秀恩爱的都得挖眼珠子！

从夏入秋，由秋转冬。

小区里的梧桐树落叶纷纷堆地的时候，简皙的产假也结束了。医院工作太忙，就算哺乳假期内不用倒夜班，她也做不到亲自喂母乳。坚持了一段时间，在萌萌十个月的时候，简皙狠心地把母乳给断掉。断奶的时候，大人十分遭罪，抬个手都疼。萌萌倒是还自然，叼着奶瓶毫无压力，咿咿呀呀，语言天赋初显。

婴儿期还看不出长相更像谁，现在，抱出去溜一圈，别人一看就知道是贺燃的闺女。眼见着，下个月就是萌萌的周岁宴。简皙在心里筹划着一件事，几经推敲和犹豫，她终于下定了决心。

陶星来接到指令的时候，还挺兴奋："姐，咱俩这是要去出任务啊？有点像特务，我超爱！"

"你能有这反应，姐很欣慰。"

"我早就想抗议了，萌萌都快一岁了，连爷爷的面都没见过。我们明天去姐夫老家，是不是姐夫开车啊？"

"你开车，我带萌萌，你姐夫不去。"

遥省离这边有三百多公里。全程高速，也得三个半小时。简皙这一次，确实是瞒着贺燃，她挑了个贺燃出差的时间，抱着女儿，和陶星来打头阵，给萌萌认祖归宗来了。

"姐，喂我个草莓。"陶星来开车，嘴巴停不住，"挑个最好看的。"

后座的萌萌发音不标准："鸡鸡，鸡鸡。"

“宝贝儿，不是鸡鸡，是舅舅。”陶星来可糟心了，“普通话跟谁学的。”

“行了吧，她在同龄宝宝中，说话算早了。”简皙把草莓递过去，“张嘴。”

陶星来一口接住，含糊问：“亲家知道我们要去吧？我可饿死了，不知道有没有猪蹄吃。”

“他不知道我们要去。”

陶星来一脚刹车：“啥？”

“对，我们是不请自来的。”

“刺激。”陶星来说，“姐，我爱死你的幽默感了。”

想到正事，简皙凑近：“这一趟行程，咱们可能会受气，我带你来，就是看中你的缺心眼，不，是看中你的乐观积极想得开。”

“难道亲家还会把我们扫地出门？”

“那倒不至于。”简皙舔了舔唇，斟酌用词，轻声说，“因为很可能，连门都不会让我们进。”

下了高速，简皙照着从外婆那儿套来的地址，设了导航。

正安高科。

陶星来略有印象：“做农副产品的大集团啊，挺厉害的呢。”

简皙早就查过了：“我们先去公司，找秘书传个话，再见机行事。”

“万一亲家不肯见呢？”

“那就一直守在门口，上班下班，总有逮着人的机会。”

陶星来郑重地点头：“正好我车厢后面有根双节棍，以防万一。”

简皙笑着说：“咱俩这像什么？”

陶星来俊眉一挑：“上山打虎。”

两姐弟哈哈大笑。

安全座椅上的萌萌，极其兴奋地凑热闹：“鸡鸡，鸡鸡。”

陶星来回头，佯装凶状：“是舅舅。”

进入市区，开了十来分钟，很快就到了正安产业园的地盘。简皙想了一路，突然叫："不行！"

"吓我一跳。"陶星来拍着胸脯，"什么不行啊？"

简皙看着他："不能硬碰硬，也不能闹太僵。万一，我是说万一，事情到了尴尬不已的程度，我就打苦情牌。"

陶星来赞同："好啊，怀柔政策，事半功倍。说说看，怎么个苦情法？"

"你就假装是弱智，我拖家带女，还要照顾一个弱智弟弟，应该能博取同情。"

陶星来心里不是滋味："再看吧。"

停车，下车。正安集团宏伟的办公大楼近在眼前。陶星来感慨："比老简的市政府还雄伟。"

说完，他瞬间入戏，吐舌头，眼神呆滞，脑袋偏瘫，还翻着两个小白眼儿。

简皙一身鸡皮疙瘩："……你干什么？"

陶星来流着哈喇子："演……演弱智儿童。"

最怕空气突然安静。几秒之后，两姐弟都没绷住，大笑出了声。笑够了，简皙抱紧萌萌，看着正安集团的大门，低声说："走，找爷爷去。"

简皙抱着极大热情，像一个奔赴沙场的排头兵。陶星来恢复正常，演技暂时不外泄。他戴好墨镜，在原地摆弄半天。

简皙回头："快点儿啊。"

"别催。"陶星来说，"我这不是怕人认出来吗，特地换了个大点的墨镜。"他跟上去，"哎呀，姐，我双节棍落车里了。"

"不用，真以为我们上山打虎呢。"

进入正安集团的大门，有保安迎过来，例行询问："请问找哪位？"

陶星来说："把你们老大叫出来。"

简皙重重咳了声，笑着说："我们和销售部联系好的，过来谈合同。"

保安将信将疑："请稍等，我电话通知。"

简哲赶紧说："不用不用，领导出差了，约好了，我们在这儿等他回来就行。"

公司员工多，保安也不一定记全，简哲瞎掰胡扯应付了过去，好歹是能留在大厅等人了。陶星来纳闷至极："不可能啊。"

"什么不可能？"

"他不可能认不出我啊。"陶星来摘了墨镜，"我最近这么红。"

简哲翻了个白眼："你也不看看他什么年纪，指望一个五十岁的大叔追星？"

"说得也是。"陶星来心里舒坦了些。

"搭把手，给萌萌冲一下奶粉。"简哲说。

陶星来从包里掏出奶瓶和温水杯，边捣鼓边问："先加水还是先放奶粉啊？"

"水。"在简哲的指导下，陶星来可算提前实习了奶爸角色。

萌萌喝完奶就能睡一下午，这娃太重，由陶星来抱着："我觉得我抱了一头猪。"

简哲伸手弹了弹他脑门："那你就是猪的舅舅。"

"这孩子看着跟贺贺哥长得一模一样，我都快有心理阴影了。"

简哲好笑："贺燃怎么你了？"

"我第一次见他，是你俩在摩托车上兜风玩情趣呢。"陶星来陷入美好回忆，"那时候他狂跩酷炫，骑着个大机车，路子可野了。"

简哲稍稍回想了番："嗯，是挺非主流的。"

"姐，看不出来啊，你还有这特殊嗜好。"陶星来感慨，"审美成谜。"

"去你的。"简哲骂他。

"那你为什么会对贺贺哥动心？"陶星来坐近了些，"今天我是妇女之友陶主任。"

简哲低头很认真地想了想，说："他身上有一种很硬的气质。不会哄女人，脾气也不好，但对一个人好的时候，你能感受得到。"

“是一种踏实感。”简皙终于找到了一个精准的词去描述，“跟他在一起，就像在过日子，很简单，但也很真实。”

简皙接着说：“我不年轻了，也不需要太多如梦似幻的东西。我想要一个男人，一个家，踏踏实实过下去。可能，这就是返璞归真。”

越简单，越难得。陶星来似懂非懂，十分精辟地总结：“我觉得贺贺哥最大的本事，就是特别坚持，不怕事儿，狗皮膏药气质好带感！”

简皙笑：“可不是，跟你的乔殊一样。”

“能不提她吗？”陶星来瞬间阴云压顶。

“我前段时间看新闻，说你俩拍的那部电影，激情戏份特别多。”

“别提了。”陶星来一想到和乔殊拍吻戏的时候，她又是笑场，又是小动作，本来可以一条过，硬是拍了十几遍。舌头都被她亲得打结，这女人绝对是故意的。一想起，现在还浑身燥热！再过两个月，电影就要上映，到时候网友肯定又刷屏站CP，陶星来的少男水晶心都要碎裂了。

就这么坐了一下午，终于到了下班的点。简皙严阵以待，紧紧盯着电梯门。员工下来了一拨又一拨，小年轻穿着丝袜秀美腿，陶星来关注点挺歪：“姐，那人的袜子勾丝了，羞羞脸。”

简皙皱眉：“你别捣乱行吗，看清楚人。”

电梯门再次打开，这回，人头稀少。

“来了来了。”陶星来激动，“亲家，老帅哥呢。”

简皙不用对比照片确认，因为贺正安的五官上刻了四个字：贺燃老子。

父子俩长得真是太像了。

贺正安身后还跟了两个副总，往门外停车坪的方向走去。简皙手一挥：“跟踪！”

陶星来扛着萌萌，三人飞快地跟了上去，始终保持五米清晰可见的爱的距离。贺正安上了一辆奔驰，陶星来转动方向盘，感慨：“人说，开奔驰的都是农民企业家。”

“他本来就是做农产品的啊，卖土豆，种水稻。”

陶星来缓缓跟在后头：“没准昨天晚上我吃的酸辣土豆丝，就是亲家种的。”

正安集团由于产业的特殊性，所以司址无法设在市区，这个工业园是国家示范性基地，一半都是正安集团的产园。贺正安住处距这儿有二十来分钟的车程，稍靠近闹市，动静皆宜。

“姐，高档别墅区，前边就有门禁了，咱们进不去，怎么办？”陶星来目测了一下这片豪宅的配置，得出一个“贵得不要脸”的结论。

简皙当机立断：“弟，超车！”

“行，你把萌萌抱紧喽。”陶星来油门一踩，“就没你陶影帝超不过的车。”

一脚急刹，贺正安抬眸：“怎么回事？”

司机也极为恼怒，汇报道：“贺老，抢道的。”

他按了两下喇叭，催促前面的车快点走。贺正安瞥眼看了下，是辆白色的吉普，这车没有要走的意思，车门还开了，从里面下来了两个人。简皙快步走近，神色微紧，她来到车前，弯腰敲了敲车窗。隔着玻璃，贺正安只看见她在念念有词，说的什么却听不见。

简皙见他没有要搭理的意思，也不放弃，手扒拉在车门上，握着不让走。司机为难地征询：“贺老？”

贺正安点了下头，司机会意，滑下了半边车窗。车窗滑下的瞬间，简皙差点喜极而泣，她声音急切，语速极快：“老爷子对不起，以这种方式接近你。我叫简皙，是贺燃的……”

这个名字一露馅，贺正安便毫不留情地要关车窗。简皙一见形势不对，直接把手臂伸了进来，卡在玻璃上，不让它关上。夏天衣裳薄，她两条细胳膊被夹得又红又痛：“哎哟！”

贺正安皱眉，让司机停住。简皙顾不上疼，也舍不得把手从车窗上扒开：“您别误会，我不是。”

贺正安中气十足，平声质问：“那人让你来的？”

简皙摇头：“不是不是，您知道吗，贺燃生了个孩子，叫萌萌，她现在就在这里，您要不要见见她？”

贺正安一时没发言。他眉浓目深，额间纹路如岁月刀刻，实干家的气场十分强硬。几秒之后，他说：“如果你想讹钱，找错人了。”

简皙无语。

“这位女士，我不知道你是如何找到我的，我也不知你从何而来的底气，认为我会收下这个摊子。”贺正安目光渐变森冷，用微妙的讥诮给简皙下了判定，“至于我和那个人，早就断绝父子关系了。请你自重。”

简皙的话都被堵回去了，她料想不到，贺正安会如此决绝偏执。

“开车。”

“等等。”

车子开动，简皙不得不跟着车跑，她一只手还不死心地扒着车窗，另一只手从包里掏出一沓照片，飞快地塞进车里。车速渐快，简皙脚步跟不上，夹红的右手不得不松开。

照片随着风，掉在车里，散落在皮座上。贺正安敛目，视线微垂。那些照片拍的都是同一个人，或笑，或哭，眼神纯真。

其中一张背面朝上，白底上，是娟秀小楷写的两个字：贺皙。

看着车子毫无留恋地驶远，简皙束手无策。陶星来这才抱着萌萌下车，惊慌道：“姐，吓死我了，刚才有多危险你知道吗？”

简皙揉着夹红的手臂，眉头深皱。

“这个老人家超级不可爱，有机会，得跟咱家老陶学一学。”陶星来问，“我们现在怎么办？”

简皙觉得事情还没到绝境：“我把萌萌的照片给他了，他肯定不会冷眼旁观的。”

“姐，你就是个聪明蛋。”陶星来说，“六点了，我需要吃个煲仔饭。”

简皙想了想，先答应：“行。”

两人找了家颇具特色的餐厅，陶星来点了两盘红烧猪蹄。

“馋死我了，在新疆拍了大半年，一肚子蔬菜瓜果，说句话我都能给你吐出个哈密瓜。”陶星来用筷子戳了戳桌上的美味猪脚，“超Q超弹超有肉欲。”

简皙兴致不高，喂萌萌吃鸡蛋羹。

“姐，想什么呢？”陶星来夹了个最漂亮的给她，“吃，这个配你。今晚我们回不回去啊？”

情况远比简皙想象中要艰难，她放下调羹：“住酒店吧。”

“贺贺哥出差去几天？你不怕被他知道？”

“他去南通了，明天晚上才能回。没事，发现不了。”简皙对陶星来说，“待会儿，你抱萌萌别下车，我再去努力一下。”

吃完饭，简皙顺道去一家超市里买了个中号大小的娃娃。再用陶星来车上的外套包住，抱在怀里，夜色作掩，难辨真假。

贺宅灯火亮，贺正安在书房。宅子里的阿姨泡好茶送进来：“贺老，外面那个姑娘，抱着孩子等了足足四十分钟。”

贺正安面不改色，吹凉茶水，抿了一口。阿姨等了一会儿便出去了。贺正安放下茶杯，目光掠到台灯下的那沓照片上。

这个小人儿啊，大眼睛，薄嘴唇，鼻子是五官之王，虽然还没长开，但也初见挺傲的雏形。

贺正安盯了一会儿，冷声哼。女儿像爸，活脱脱的小兔崽子。他伸手，拿起照片，一张一张慢慢翻看，都是日常抓拍，连流哈喇子的瞬间都照了下来。

贺正安把最后那张翻过来，盯着背面的名字：贺皙。

他起身，走到窗户边，撩开窗帘一角，薄纱透光，外面夜静蝉鸣。楼下的人又是踢石子，又是转圈，倒是挺有耐心。

贺正安回想了一下，叫什么来着，简皙？

“不像话，大晚上的，还抱着孩子一块儿受罪。”贺正安走回书桌前，叫来阿姨，态度松动，“让她进来吧。”

第八章 甘

简皙差点三跪九叩，就知道，哪有不心疼孙女的。阿姨说："贺老让你进去坐，外面黑，别吓着孩子。"

"不吓不吓。"简皙把手里的娃娃一甩，就给扔在了地上。

一见这个毛绒狗，阿姨噎住了。简皙不好意思地笑了笑："对不起，我也没别的办法了。"

终于踏进贺宅，贺正安就坐在沙发上。简皙走过去，叫了声："老爷子。"

不太敢叫爸爸，别的称呼也疏远，这三个字，恰恰好。贺正安抬眸，从眼神到表情，都是寡淡的。

"你为什么来找我？"

简皙声音清："萌萌快一岁了。哦，就是贺皙。"

贺正安看着她，不说话。

"她很乖，也有股比同龄孩子早熟一点的聪明劲儿。"简皙笑了笑，语气自然，“而且很早就能说话，爸爸妈妈都会叫，现在还会有意识地叫爷爷。”

简皙停顿了一会儿，笑容沉入嘴角：“如果她以后问，爸爸，为什么别人都有爷爷，我爷爷在哪里的时候……”简皙轻声说，“我不想让她失望。”

纵使贺正安表情依旧冷淡，但他眼角，还是清晰可见地跳了一下。简皙在等，几秒之后，却等来一句嗤笑和反问：“我和他已经断绝父子关系，这孙女，我干吗要认？”

简皙不慌不乱，从容应答：“您做的慈善，排名数一数二，对陌生人尚且能关心尽责，为什么对家人反而如此严苛？”

贺正安情绪泛动，拔高音调：“你一个小丫头懂什么？”

“我是没您见多识广，但我至少懂得，血脉相承之间，没有什么过不去的坎，只是不肯给对方一个摊开说话的机会。”

贺正安的语气比刚才又烈一分：“那是你没见识过那小畜生的混账德行！”

简皙不否认：“是，他以前一定有做得不对的地方，可能十个巴掌也打不回来，估计还要踹上几脚才解气。”

贺正安意外，没料到她会这样说。

“可是，老爷子，您就真的不想再看看吗？”

“看什么？”

“他在改变，在变好。”简皙抿了抿唇，说，“他也当了父亲。”

不再尖锐，不再偏激，少年时戾气逼人的性格，已经沉淀于世间深海，如今，他经历了你的角色，或许口不择言，但内心的平顺和对岁月的俯首，足够提供重修旧好的契机。

贺正安直视简皙，看她不躲不藏，十分坦荡。而内心有东西在碰撞，无声又激烈。贺正安问：“我凭什么相信你？”

简皙抬起头，一字一句答得清晰：“因为我是除了您和外婆，最了解他的人。”

贺正安微怔，看着眼前这个白净秀气的姑娘，不客气地直评：“傻大胆。”

冰冷冷的三个字，简皙愣是从里面听出了个春色探头。她挺乖地点了下头：“如今傻大胆也不好当了，拖家带口，老远奔过来跟您进行辩论赛。我都快虚脱了。”

一旁的阿姨，听着偷偷笑了起来。贺正安腔调十足地重咳一声，阿姨立刻老实。他看向简皙，态度高冷，不情不愿地吩咐道：“去给她泡杯茶吧。现在的年轻人，脑子里都是歪点子，买个娃娃假装小孩的事也想得出。”

他痛心疾首，直摇头，极力塑造忧国忧民的正义气质。简皙拣着话里的漏洞，见缝插针十足讨好：“老爷子，您不用遗憾，萌萌就在车上，您想见的话，我可以马上。”

话还没说完，贺正安就急不可耐地撇清：“谁遗憾了？谁想见了？你这个小姑娘，不要太有意思。”

简皙连忙点头，背脊挺直站得正，神色忧伤地暗自嘀咕：“那可就惨了，我弟弟不会带孩子，这么久也不知道有没有事。”

“你弟弟？”贺正安耳朵尖，很快问，“小青年怎么带得好孩子？”

简皙佯装叹气，长长一口吐出来：“别的倒没事儿，饿了就哭一会儿，尿湿了就等着我回去换，车里开了冷气，也不会捂出疹子。”

简皙幽幽道：“就是我弟他脑子不太好使，小时候得过小儿麻痹，间歇性地发病，弱智没法儿治。”

之前尚能强装高冷的贺正安，此刻终于破功，急声喊道：“你也是心大，贺皙才一岁，怎么能跟个智力有问题的人待在一起！”

简皙眼睛一亮，高兴说：“老爷子，您竟然记住了她的名字？”她暗搓搓地窃喜，心想，还说不在乎。

贺正安没空跟她拿腔：“快把孩子接到屋里来。”

车里，陶星来跷起二郎腿，优哉游哉地吃着草莓。萌萌的胖手也捧着一颗，用才冒出的四颗乳牙又嚼又舔，十分专心。陶星来看着她的吃货样，忍不住感慨："宝贝儿，舅舅看好你哟。"

听到熟悉的词，萌萌条件反射一般地变成了复读机："鸡鸡，鸡鸡。"

"是舅舅。"陶星来凑近，张嘴，字正腔圆发音，"跟我念，帅——舅——舅——"

萌萌也不知被按了哪个开关，笑点迷离，咯咯咯地乐个不停，然后避重就轻，用小奶音学舌道："逼逼鸡，逼逼鸡。"

这时，一道车灯霸道直刺而来。陶星来赶紧伸手挡住萌萌的眼睛，怒骂："哪个小王八！"

他眯缝双眼，看清了来人，顿时惊恐："不会吧？"

隔着挡风玻璃，对面车里的人夹风带雨，跳下路虎，面色阴沉难堪。陶星来揉了揉眼睛："我天，地狱使者贺贺哥？！"

贺燃眉冷目怒，像要提刀杀人一般。陶星来吓得腿软，赶紧抱住萌萌这道护身符，滚下了车，差点没跪地磕头认错。

没等贺燃开口，他就麻溜地出卖了亲姐："姐夫！我姐超不乖！我拉不住！她在屋里和大爷吵架呢！"

贺燃一听，人就急了，老头儿的脾气他知道，简皙肯定要吃亏。他撸起袖子，提步向前，像是踩着风火轮，杀气逼人。

"你俩的账等会儿算，谁敢欺负我女人，老子跟他没完！"

陶星来好怕怕，捂着胸口嘀咕："可不就是你老子吗。"

贺燃怒气逼人的模样，头发都快烧着了。陶星来稍稍理智下来，觉得这样可能会把事情搞砸，于是抱着萌萌："姐夫，姐夫！"

贺燃大步向前没回头。萌萌眼睛一眨，扑腾胖手："爸。"

听见女儿爱的呼唤，贺燃来了个急刹车，转头，低眸，抱起萌萌放手里掂了掂，然后还给陶星来："抱着。"

"姐夫你可千万别打架。"陶星来语重心长，"打不赢的，他们人多。"

贺燃脸色没融冰，还是那句话："你俩的账等会儿算！"

陶星来一愣，演技上线，眼泪都快出来了，对着萌萌说："孩子，舅舅帮不了你了，你爸要找你和你妈算账，可怜你才二十五斤，一巴掌下去就能成猪肉饼。”

望着人远去的背影，陶星来惺惺作态：“姐夫，要不要我帮你打架啊？”边说边坐回车里，抱着萌萌继续吃起了草莓。

贺家。简晳与贺正安聊完，正准备去接萌萌，手放门把上刚拧动，一股大力就从外推来。

简晳躲闪不及，被门板给弹在了地上。额头实打实地砰一声响，她眼前就这么黑屏了。

“咝，疼！”

还没来得及叫出声，就听见贺燃嗓音一震：“简晳！”

简晳背脊惊出了一层汗，顾不上痛地睁开眼，脑子瞬间打了死结：“你……你怎么来了？”

还好，还认得人，还能说话，证明没碰伤脑子。贺燃冒头的担心顷刻间又被怒意替代。

简晳刚才在开门，一个人，脸色不好，这房子，一如既往地不近人情。贺燃把这些信息一综合，得出了个偏执结论——贺正安一定训斥了简晳！

他眼色一沉，迈步就要往屋里冲。简晳反应迅速，扑过去抱住他的大腿：“贺燃。”

被拦了个正着，贺燃蹿高的火焰稍稍浇灭了些。贺正安将这一切看在眼里，然后一声冷哼，又恢复了不近人情的人设，毫不客气地点评：“本性难移。”

贺燃侧脸打了霜，线条绷紧，不发一语，甚至没看他一眼。他弯下腰，拽着简晳的手臂，将她扶起。简晳心惊肉跳，反手握住他，生怕他一个脱缰就上去搞事了。好在贺燃还拎得清，唇齿颤出一个字：“走。”

简晳吞了吞喉咙，试探道：“萌萌她在外面，想看看爷……”

“爷爷”两字还没说完整，贺燃一声怒吼：“走不走！”

记忆里，这种摆上台面的暴脾气，对简晳，还是第一次。深知事情严重性，简哲识时务地赶紧点头：“走走走。”

两个人踏出贺家，贺燃漠然的脸依旧没暖过来。夜色里，身后的灯火越来越远淡。简哲被半拖半迫，忍不住开口：“你把我抓疼了。”

贺燃脚步不停，手劲儿到底是松动些。简哲趁热打铁，可怜兮兮地喊了声“老公”。

贺燃猛地停步，回头看了她一眼，又爱又恨地牙痒痒：“简哲，很好玩是吧？”

“我不是在玩。”简哲看着他，“我带女儿来看看爷爷。”

“她没有爷爷！”贺燃厉声打断。

简哲一时无言，心思一转，知道这不是一个谈事的恰当时机。贺燃憋了一肚子火，看到她可怜巴巴低头的样儿，理智回归一半，压下尖酸躁动，缓了缓语气道歉：“对不起，不该凶你。”

简哲重新抬头，低声说：“我也对不起，不该瞒着你。”

贺燃停了会儿，暂没动作。

简哲猜，他可能是在等她解释，于是重新组织语言，慢声道：“老爷子没有为难我，他请我进屋喝茶，我们聊了一些话，除了刚开始的磨合，过程还是愉快的。”

贺燃极轻地嗤了一下。

简哲伸手捧住他的脸：“喂。”

贺燃看着她。

“你面瘫呢？”简哲皱眉。

贺燃一用力，蹭开了她的手，转过背，沉默无言地往车边走。这男人，心结死死的。

简哲深呼吸，拔腿小跑跟上：“等等我。”

车里，陶星来把最后一个草莓分成两半，对萌萌说：“一半给你，舅舅可爱你了。”

萌萌又在那儿像复读机似的叫鸡鸡了。陶星来觉得这娃不得了：“你是女孩儿，矜持点。哟，你爸妈来了。”他赶紧下车迎接，“贺贺哥，你受伤了吗？我这儿有云南白药，让我给你疗疗伤。”

贺燃不吭声，坐上副驾，抱起萌萌，紧紧地不松手。简皙推开陶星来：“你坐后面，我来开。”

陶星来很机灵，一看两口子就是吵架了，他趴着贺燃的椅背：“贺贺哥，我订好酒店了，今晚咱俩睡一间房，我能帮你盖被子。”

“有你什么事？”

“你这个罪恶滔天的女人，一边儿去吧。”陶星来美滋滋，“贺贺哥，可别轻易原谅她，来个冷暴力唬唬她，让她不听话。”

这种反话刺激其实还挺有效，贺燃终于忍不住说：“我不跟你睡。”

“你对我姐的爱真是感天动地呢。”陶星来拍拍简皙的肩，贱兮兮地说，“就冲这份宽大胸肌，晚上再疼，你也要忍着。”

简皙知道弟弟是在给他俩缓和气氛，十分懂事地就着台阶下：“好！”

陶星来忙着往贺燃耳边凑，小声亢奋：“姐夫，用泰拳，疼得她嗷嗷叫才解气。”

贺燃暗骂一句，终于破功笑了出来。这姐弟俩，组个节目上春晚，没准能拿个全国观众最喜爱奖。

简皙见他笑，终于松口气。到了下榻酒店，陶星来回房睡大觉，贺燃霸着萌萌，父女俩玩得不亦乐乎。简皙在一旁漫不经心地收拾行李，没一点被搭理的意思。她舔了舔唇，主动找话题：“你喝不喝水啊？”

贺燃没反应，对萌萌扮鬼脸，小胖娃哈哈哈。简皙不放弃：“那你吃不吃饭？我叫夜宵呀。”

只有萌萌的哈哈哈回应她。简皙鼓起腮帮，把气从左脸鼓到右脸，不死心：“老公，我脑仁儿疼，那门板力气好大呀。”

贺燃挠着萌萌的脚丫子，也不知是在对谁说：“疼啊，疼就对了，长长记性过夏天。以后每个季节都用门板撞下脑子。”

简皙放下手里的衣服，走过去：“好好说话。”

贺燃别过头，把萌萌换了个方向，继续逗。简皙脱掉拖鞋，抬起脚，对趴跪在地上的男人屁股轻轻踢了踢。

贺燃冷冰冰：“别给暗示，我没这嗜好。”

简皙泄气了：“不说别的，他一个老人家，守着那么大的一个房子，你不觉得很可怜吗？”

“不觉得。”

“那是你爸爸，又不是血海深仇的冤家，至于吗？”简皙绕到他前面，蹲下，平视贺燃，“我是说万一，万一他病了……”

“自己治。”

“万一是癌症……”

“他有钱，可以向天再借五百年。”

“那如果他去世了呢？你也打算老死不相往来吗？”简皙严肃地问，“是不是连块碑你也不打算给他立？”

贺燃搜肠刮肚好一会儿，明明有满腹的说辞，这会子，一个字也蹦不出了。简皙窥探到他眼里一闪即逝的犹豫，一鼓作气继续道：“不就是那么点儿事吗？老爷子性格硬，你也不软，你们棋逢对手这么多年，就算是上辈子欠了的钱，这辈子也该还清了。”

简皙指着萌萌：“还有你闺女，你不想给他树榜样了吗？”

贺燃眼里的神色就这么软了一下。简皙还说：“如果以后我们生了个儿子……”

她话只提半句，却像一根刺，轻易挑破贺燃心里的屏障。他几乎毫不犹豫地脱口而出：“我不会。”我不会和他站在对立面，我不会允许父子关系变崩塌，我不会冷他骂他，我不会让他看到亲情里的割裂。

简皙握上贺燃的手，轻声道：“我知道。”

贺燃深深呼吸，揽着她的后脑勺，把人按在了怀里：“老婆，对不起。”

简皙闻着他胸怀里的味道：“我也不该先斩后奏，可是老公，我希望这一家子好好的。你跨不出的这一步，我来帮你，你做不到的妥协，我来牵线，你只要站在原地，不往后逃就好。”

贺燃把她抱得更紧了些，无声地回应。

简皙捏了捏他的手："你别怕，有我在，我不让老爷子凶你。"

贺燃鼻子埋在她的发香里，闷声笑："女超人。"

简皙"嗯"了声："老爷子应该会喜欢我。"

"谁会不喜欢你。"贺燃给予了她最高肯定。

安静了数秒，贺燃说："我不能做到马上冰释前嫌，我也不会主动迈出这一步，但我会克制，会尽量地平心静气，我答应你，不和他吵架，我会让着他。"

这是他最大的让步。

简皙抬起头，递给他一个温暖欣喜的笑容。贺燃凑近，低下头，在她的眼角眉梢处，用舌尖轻轻地舔了舔，声音沉到了嗓子眼："简皙，你真甜。"

有点痒，有点酥，简皙踮起脚，在他耳朵边说："甜味只给你一个人尝。"

贺燃手往下，掌心贴着她的臀，打着圈地揉："咱们什么时候生儿子？"

"我刚才只是举个例子而已。"

贺燃不语。

简皙憋笑："有了萌萌还不够吗？"

"不够。"贺燃的气息热热一层洒在她脖颈间，"儿子像妈，我想看看男版的你。"

简皙抬起头，笑道："你还没看够陶星来呀？"

贺燃说不出话来。

"对了，你怎么知道我们在这里？"

"李小强说的。"

简皙皱眉："他不是我弟的经纪人吗？"

"我特地早点办完事，从南通提前回来想给你一个惊喜，结果人去楼空，后来碰见了他，被我套出了话。"

陶星来现在是当红炸子鸡，私人行动也得跟经纪人报个备。贺燃奇怪："他这一路，没人找他要签名？"

"自己开车，和外面接触得少，而且他帽子墨镜装备齐全，还真没被人认出来。"简皙看了看时间，十点，萌萌差不多该睡觉了。

这时，贺燃手机响。一看，是陶星来。接通后，只听一声："姐夫！"

这嗓门吼的，贺燃问："怎么了？"

"我起火了，我发烧了，烫手！"

隔了这么远，简皙也听见了他的号叫："白天还好好的，怎么发烧了呢？"

贺燃挂断："我去看看，你带萌萌早点睡。"

陶星来在隔壁房间脆弱了，躺在床上，气息奄奄："姐夫，我病了，都赖我姐，是她让我这么辛苦这么操劳。"

贺燃用手背试了试他的额头："行了，别什么事都怪你姐，我看你就是草莓吃多了。"

"姐夫，你护妻狂魔呢。"陶星来顺便感慨，"啧啧，你的手，好宽，好厚，好温暖。"

贺燃笑："都烧成这样，还有精力耍嘴皮。"

"不说话可会死。"陶星来全身虚弱，"姐夫，我没点儿力气。"

"你这样子，真得去医院。"贺燃问，"起得来吗？"

"要是起不来呢？"

"那我就扶你。"

"能申请一个公主抱吗？"

贺燃快笑死："你认真的？"

陶星来摇头："嘴巴寂寞，就喜欢贫，我不要你抱，我是男孩子。"

贺燃乐的："快点啊，我先去热车。"

陶星来挣扎着从床上爬起，还给自己配音打气："此刻我叫陶坚强。"出门前还不忘职业素养，抓起墨镜帽子穿戴齐整。

到了医院，下车前，贺燃说："你这墨镜别戴了吧，大晚上的，戴了更醒目。"

"有道理，听你的。"陶星来跟蔫了的茄子一样，脸蛋烧得通红，把棒球帽往脑袋上一搭，"姐夫，我可能真的需要你的公主抱了。"

贺燃把他扶住："你找个地方坐坐，我先去挂号排队。"

陶星来挑了个角落的位置，看着贺燃的背影匆匆，感慨道："我终于知道我姐为什么会爱上他了，超有安全感。有他在，我打针的时候一定不哭。"

大医院的急诊，永远人多，这灯火通明跟白天似的。贺燃挂了号，打电话给陶星来，在第三诊室。算好时间，等人过来，正好轮到他。五分钟后，贺燃开始看时间，怎么还没到？

就在这时，一阵号叫声隐隐传来。贺燃皱眉，听了会儿。叫嚷声越来越大，清晰地传出"陶星来"的名字。贺燃当即眼皮一跳，完蛋！肯定是被哪个粉丝认出来了！

急诊大厅里，人群都向一个点靠拢。

"我好喜欢你演的皇太子！"

"星星，给我签个名，要正楷！"

"一米八五没差呢，真的没穿增高鞋垫！"

然后不知怎的，有人喊起了："乔殊！乔殊！"

陶星来被逼到了角落，退无可退，强颜欢笑，身上还在发烧，但是偶像包袱又不能丢。他都快要崩溃了。

贺燃见势不妙，赶紧去找医院保卫科，最后值夜班的保安全体出动，才勉强疏散人群。

陶星来不敢再逗留，麻溜地跑了出去。回到车上，他对贺燃说："姐夫，你再摸摸我额头，是不是快要火山喷发了。"

陶星来委屈地给简皙打电话："如果还有来生，我一定还要当你的弟弟。"

发烧四十度，诉苦两分钟。陶星来在电话里向简皙撒娇，把事情始末重新还原。好不容易结束通话，贺燃掏了掏耳朵，被“陶琼瑶”的演技所震撼：“走吧，我带你去找个诊所，不退烧可不行。”

正准备踩油门，陶星来的电话响，简皙打来的。说了几句，陶星来连忙叫停：“贺贺哥等一下。我姐说，她找到医生了。”

贺燃皱眉：“这里人生地不熟，她上哪里找的？”

陶星来晃了晃手机，贼兴奋：“我亲家。”

贺正安的私人医生。

他们到酒店的时候，医生也到了，就等在楼上。电梯每跳动一层，贺燃的心就跟着紧一分。万一贺正安也来了，三句不和又吵起来怎么办？万一他还和以前一样蛮横霸道不讲理怎么办？

贺燃神色复杂，眉头深锁，叮的一声，电梯门划开。穿过走道，转弯第四间就是。刚走几步，就听到浑厚的笑声，还有孩子奶声奶气的咯咯叫。敞开的房间门，像是一个取景框，贺正安一身棉麻材质的衣着，颇有民国时期当家人的风韵气质。

他抱着萌萌，慈眉善目，笑得像个老小孩。而一旁的简皙，温顺乖巧。巧的是，萌萌睡意全无，笑容堆脸，胖乎乎的手揪着爷爷的小胡须，十分来劲儿。

陶星来虚弱地感慨：“含饴弄孙，人间极美。”

声音惊动了屋里的人，简皙眼睛发亮：“你们回来啦。”

抱着萌萌的贺正安，身形一僵，暂未回头。陶星来最爱凑热闹，发个烧也能身残志坚，他像小火车似的跑过去：“亲家好！我叫陶星来！今年二十四！我想跟你握个手。我天，你比老简长得还要帅呢。”

简皙哭笑不得，这个弟弟，可能是高烧上身，有点热情过头了。而身后的贺燃，不情不愿地，别别扭扭地发了一个最低音：“爸。”

由于声音太小，陶星来大喇叭：“姐夫你在说什么呀？”

贺燃的舌尖，抵着门牙，来回涮了好几遍，想把陶星来的脑袋给拧下来。全场安静，都在等他。贺燃的情绪在忐忑和强装之间起承转合，最后臣服于后者，平平静静道：“哦，我刚在说，粑粑。萌萌是不是拉粑粑了？”

简皙差点吐血，而一直背对贺燃的贺正安，可能也是魔鬼附身，莫名其妙地应了一声：“嗯。”

妙啊。

简皙对着陶星来，眼色一使，他立刻会意，手扶着脑门儿，开始哼哼唧唧起来：“姐夫你给摸摸，是不是可以煮鸡蛋？”

贺燃用手背敷衍一试，“嗯”了声：“炸油条也够了。”

有了别的话题，好歹把这一幕给搪塞过去。贺正安的私人医生装备齐全，连吊瓶架都带上了。陶星来回自己的房间，躺在床上一脸脆弱。

“医生您贵姓？”

“免贵姓王。”

陶星来一听：“王子殿下，您扎针的时候能不能轻一点？我有点怕疼。”

医生乐得眼角纹都往上飞了：“放心，我技术不错的。”

“一看您就是拿过奖学金的。”陶星来说，“跟我姐一样。对了，您吃草莓吗？我这儿还有一盆呢，可别跟我客气。我喜欢和好学生交朋友。”

这医生可能一辈子也没碰见过打个针，戏还这么多的人。可见陶星来是真的害怕打针。

涂碘酊的那一刻，他已经直哆嗦：“轻一点，轻一点，疼疼疼！”

医生戴着大口罩：“我还没打呢。”

陶星来别过头一看：“是吗？”

那针，就在这一瞬间被推进皮肉里。陶星来一声暴吼：“我要上天了！”

站在门口的贺燃，适时地捂住了耳朵，保护耳膜。影帝的戏份太多，好不容易缓过劲儿，陶星来看向贺燃：“姐夫，你杵这儿干吗啊？”

贺燃的脸上写着显而易见的逃避，他不自然地说：“我帮你看吊瓶。”

“那不用，我生病从来不睡觉，最喜欢数着点滴玩。”

贺燃咳咳两声：“你这爱好真特殊。”

“可不是，谁还没个小爱好呢。”陶星来冲他挤眉弄眼，“姐夫，你红烧猪蹄做得那么好吃，没点儿对腿的爱好，可达不到那样的水平啊。”

贺燃心不在焉地“嗯”了声：“你姐的腿是很好看。”

“你都不跟我贫嘴了，没劲儿。别守着我了，去我姐那儿吧。”

贺燃用鞋底蹭地板，磨来磨去，最后还是不情不愿地走了。陶星来摇摇头：“熟男的心思真是太难猜。”

贺正安抱着萌萌，和简皙聊着天，倒是有说有笑，气氛和谐。贺燃一出现，画面暂停了一下。贺正安低头看萌萌，演了个视而不见：“时间不早了，我也该走了。”

简皙忙说：“谢谢您费心。”

“你机灵，知道向我求助。”贺正安把萌萌还给简皙，“人啊，在困境的时候，总要有人拉一把。”

最后这句意有所指，话里有话。贺燃绷着脸，站在门口也没有动作。简皙接过萌萌：“那我送送您吧。”

“不用，你把孩子带好，我自己开车。”贺正安提步，向门口走。

贺燃退避三舍，飞快让到一边，眼神乱飞，盯着墙上的壁画，像在欣赏什么世界名作似的。简皙见机行事，走过来把贺燃往外一推，大声说：“那让他开车，送您。”

贺燃头皮发麻，对简皙无声怒目。简皙推他：“快去啊。”

贺正安停住，没回头，也没吭声，几秒之后，留了个沉默背影，往电梯处走。这是默认的意思。贺燃进退两难，犹豫和混乱抓心挠肝，简皙一声低斥：“贺燃！”

似乎只要一个推动，那藏于本心的决定，便猝不及防地冒出了头，促使贺燃迈开脚步，紧跟而上。

电梯楼层未到，两父子默声并排而站。贺正安的脸比方才更加严肃，下一秒就要崩断似的。贺燃心想，多大岁数了，至于吗？

两人先后进入电梯，一个站左边角落，一个在右边角落，有多远隔多远。贺燃双手插袋，咳了声，主动向前，按了一楼。

距离靠近了些，便闻到贺正安身上的药味。到底上了年纪，身子骨不似年轻，早年也是白手起家，根苗到了老年，一个个发了芽，小病小痛不断，常年用药养着。

贺燃有印象，贺正安痛风时的脆弱模样历历在目，到如今，也有近二十年了。想到这儿，他抵着牙槽舔了一圈，咽了咽唾沫。走出电梯，贺正安的脚步明显慢下来，贺燃走过去，丢下一句："等着，我去开车。"

贺正安没应，站在原地，听了他的话。贺燃一路小跑，从停车坪把车给开了出来，他坐在车里，滑下车窗，按了一下喇叭。贺正安轻飘飘地瞄了眼，假装没听见，又转过了身。

"嗬！小老头儿还挺摆架子啊。"贺燃抬高下巴，也不恼，耐着心地又按了两声。

这回，贺正安才满意地朝车走来。绵绸垂料的衣裳风流写意，高傲了几十年的老脸，一如既往地嚣张跋扈。贺燃极淡地嗤笑："说老子本性难移，你个老家伙不也一样。"

他眉峰一挑，把车窗关闭，顺便锁了车门。贺正安绕到副驾，手放在车把上，拉了两下，没反应。他又拉了一下，锁了。贺燃吊儿郎当地双臂枕着后脑勺，吹起了口哨，心想，我就不信你不主动跟我说话。

贺正安连拉三下，最后负手环胸，站在车外要动不动。贺燃心情瞬间变好，口哨吹得更响亮。

咚咚咚，指节磕向玻璃的响声，贺正安背脊笔直，跟机器人一样，机械地敲着车窗，不情不愿地发声："开门。"

贺燃心里头舒坦了，解了门锁，放他上车。贺正安下巴抬得老高，把他这一生最冷漠的表情给使上了。贺燃转动方向盘，硬邦邦地开口："怎么走？"

小畜生，连家都不记得，混账。贺正安在心里把儿子从头到尾骂了个遍，冷声说："往右，春喜路。"

电台在放午夜歌曲，是这车厢里的唯一动静。

驶入春喜路，贺燃问："然后呢？"

贺正安干巴巴的："左。"

惜字如金，贺燃冷哼："你就这么不想跟我说话？"

贺正安面无表情："你这态度，我不想跟你吵架。"

"以为我想跟你吵？"

"那你就闭上嘴。"

贺燃吃了个不大不小的憋屈，他滑开半边车窗，让风吹醒脑袋，再一次陷入了沉默。

贺正安心情略躁，掏出烟，摸了一根抽，但掏遍裤袋，也没找到打火机。他眼睛一瞟，就看到仪表盘上躺了一个打火机。贺正安刚要伸手去拿，就被贺燃抢先一步，唰地一下给抓走了。

"得了几十年的支气管炎还不够是吧，想换个更严重的病尝尝？"

贺燃没个好语气，话里带刺，不中听。贺正安却微愣，没料到他还记得。本以为老死不相往来，生了等于没生的混账东西，却用凶巴巴的态度表达着别扭的关怀。

"关怀"这个定义，是贺正安一厢情愿地认为。这股沉默，让贺燃十分焦躁，他把打火机反手丢过去："抽抽抽！"

贺正安冷笑，毫不在意地捏起，重新丢回了仪表盘，再不动声色地把烟收进了盒子里。

这个动作，像是凿开了一条康庄大道，贺燃心情变得豁然。贺正安咳了声，别开眼看窗户外，看了一会儿，又转过头。

"那姑娘是做什么的？"

这突然的主动，让贺燃心感意外，问的是简晳，他说："产科医生。"

"医生？总算找个有正经职业的了。"

贺燃抠紧方向盘，没作声。

"她家是做什么的？"

"好人。"

"她那个弟弟呢？"

"演戏的。"

贺正安微微皱眉："这个职业不好，轻浮。"

这固执己见的老毛病又来了。但贺燃学聪明，不再似年轻时，与他面对面地别扭。他装没听见，自动忽略。贺正安对他这种息事宁人的态度倒是很满意，于是话闸放开了些，继续问："你是不是还在外头混？"

"搞运输。"

贺正安语气又软几分："业务做得怎么样？"

"凑合，饿不死。"

贺正安将话题带上正道，又开始老生常谈："你如果一个人，饿不死也就算了，现在有了家室，可别再混账犯糊涂。"

贺燃沉默。

"给你妻女一个好的生活环境，才像个男人。说白了，你那点儿钱算什么？经不起一点儿折腾。"贺正安语气虽还严厉，但情绪里的殷切期盼，还是显了山，露了水。他说，"这份家业，你如果……"

"我不会回来的。"贺燃打断，坚决果断。

贺正安的一厢情愿被堵得死死，毫不留情面。他怒意翻涌："你小子，自大成瘾，不知天高地厚！"

贺燃声音淡淡的："我一直如此，你不是早该知道吗？"

贺正安扬高声音："我只知道，狗改不了吃屎！"

贺燃一脚急刹，面色如霜降。父子俩好不容易缓和的那么点儿契机，就被三言两语给勾销干净了。贺正安身居要位多年，脾性刚直，多少有点老革命家的偏执劲儿。贺燃也是个不信邪的，这两年压下来的血性，这会子直冲脑门。

他转过头，吊儿郎当地说：“你还想打我吗？用铁棍还是用皮鞋？”

贺正安指着他：“你！”

“又要骂我畜生了？”贺燃嗤笑，“那你可得抓紧时间，别浪费一分一秒，因为过了今晚，我再也不会来这儿了。”

贺正安气极：“开门，我要下车！”

“大马路上，你确定？”贺燃冷飕飕地问。

“开门！”

这声怒吼，贺正安是真火了。贺燃握着方向盘的手，关节绷成了青白色。经历一番生煎油炸般的纠结后，他理智尚存，没搭理，继续开车。

贺正安还在嚷：“你个小畜生，听没听见，我要你……”

“嘭！”贺燃猛地举起拳头，捶向车窗，发出惊声闷响。他转过头，咬牙切齿：“闭嘴！”

大晚上的，一个老头儿在马路上游荡，还以为自己年轻呢。贺燃没把想法说出来，铁青着脸，把人送回了贺宅。贺正安刚下来，车就跟吃了火药似的，尾气扑了他一脸，撒野而去。

怒归怒，贺正安一想，这小子，不是不知道回家的路吗，怎么刚才不问他，都知道怎么开？

回程的路上，贺燃跟漏了气的皮球一样，整个人都被掏空了。他哪里是不知道路，不过是找个蹩脚的理由，能跟父亲说上话而已。夜灯无眠，一盏接一盏，活生生地将贺燃心里的怒火滔天，浇成了个透心凉。

回到酒店，萌萌已经睡着，简皙坐在床上，给他留了个灯。一见门响，她飞溜坐起：“你回来啦？爸爸到家了吗？”

贺燃放低声音，不吵醒女儿：“嗯。弟弟怎么样了？”

简皙说：“打了三瓶吊水，烧退了。”

贺燃点点头：“我去洗澡。”

他弯腰，从箱子里找换洗衣服，十分沉默。简皙走过来，也蹲下，轻声问：“老公？”

贺燃吸了吸鼻子，抬头冲她笑：“我没事。”

简皙就这么看着他。

笑着笑着，贺燃的嘴角就收拢了，他微低头，手里捏着T恤：“对不起，我做不到。”

简皙一听就明白，她没有半分犹豫，伸手就把贺燃揽进了怀里：“老公乖啊，不难过了。”

贺燃闻着她身上的清淡香味，索性把头埋得更深：“我不是难过，我只是觉得无能为力。其实我们之间，真的没有深仇大恨。”

“我知道的。”简皙有节奏地，轻拍他的背，“只是性格不合，你少年时期太叛逆，爸爸呢，习惯强势，你们都没有做错什么，只不过是没有找准沟通的点位。”

贺燃“嗯”了声，闷闷的：“让你失望了。”

简皙把他抱得更紧：“不急，我们慢慢来。”

“我不会再来了。”贺燃心力交瘁，“这么不愉快的相处，简皙，算了吧。”

一夜无言的拥抱过后，第二天，三人便起程返家。陶星来已经退烧，嘚瑟地要自己开车：“长得帅的人，连身体都特别好呢。”

简皙抱着萌萌，在等拿行李的贺燃：“你回去后干吗？”

“电影进入宣传期，早上李小强发短信给我，说后期制作已经完成。”陶星来忧心忡忡，“乔殊又不知要如何为难我了。”

简皙对她倍感兴趣：“你们的事儿到底是不是真的？弟，跟姐说个真心话，你对乔殊什么感觉？”

“瞧你说的，好像我说过谎似的。我幼儿园天天拿大红花，不信你去问我妈，我一年级就自愿加入少先队，带着国旗的一角，每天用肥皂洗一遍，我这样的男孩，你在市委大院找出第二个，我让你拔腿毛。”

夸完自己，陶星来才肯回答问题：“乔殊这人呢，漂亮，有名，影后。”

简皙点点头，赞同。陶星来摸着下巴：“她喜欢上我特别正常，毕竟帅成我这样的，除了贺贺哥，哦，悍骁哥也勉强算一个，就真的找不出第四个了。”

“喂，说重点。”

“这就是重点啊。”陶星来挑眉，“一个少妇，成天八卦，像什么话。放心吧，我和乔殊没啥事，她再红，也需要话题炒作，过了这个电影宣传期就尘埃落定了。”

简皙语重心长：“其实，你找个圈内的对象，爸爸妈妈也不会反对的。”

“我不找，四舍五入我才二十岁，我还没拿影帝呢。”

简皙笑：“那行，祝你早日走上人生巅峰。”

“姐，我爱死你了。”陶星来坐上驾驶座，戴上臊气的墨镜，看着贺燃推着行李箱走出酒店，连忙探头招手，“贺贺哥，你这墨镜好奇特呢，戴上像个算命的。”

简皙乐得往他头上一敲：“不要贫嘴了，开车慢点。”

这段旅程结束得不算愉快，遗憾满满，下周便是萌萌的周岁生日，简皙忧心，也不知道老爷子会不会来。

回来后，贺燃和简皙先是去了一趟简家，陶溪红早几天就说了，让他俩把萌萌放这儿玩一段时间。离家近，来回看孩子也方便，把萌萌送回之后，两口子回了公寓。贺燃下午在公司忙了一天装货，风尘仆仆，正准备洗澡，刚把衣服脱了，有客户电话进来。他边接边脱裤子，单手不方便，动作极慢。

简皙从后面贴过来，手从他的腋下穿插而过，探向皮带。贺燃一愣，就听她咬着耳朵轻声说：“我帮你。”

简皙的手很软，两三下就把扣子给解了，裤腰松垮，露出了隐隐的人鱼线。贺燃还在讲电话，态度正儿八经，心里已经火烧火燎。他对客户说：“对，从静山区出发，可以经过你们店，材料有多少？需不需要包装？”

简皙用牙齿轻轻啃着贺燃裸着的宽肩，贺燃呼吸急了，话也忘记怎么说了。简皙在他另一只耳朵边哼：“继续啊，客户等着呢。”

贺燃狠狠地瞪了她一眼，欲如火焰。简皙嘴角弯了弯，无辜又真诚，舌尖舔了舔他耳郭。

贺燃身子一僵，匆匆结束电话，手机一挂，转过身就把她凌空抱起，吐着火一样："今天你不哭，老子跟你姓。"

这一晚上，萌萌不在，两个大人放纵恣意，这当了爸的人，真是相当无耻不要脸到登峰造极了。折腾了小半宿，贺燃也累得腰身发麻，喘气不停。

简皙实在是佩服他："你就不怕伤身。"

"为了你，我可以。"贺燃瘫在床上，背朝上，肩胛骨耸起硬邦邦的一团，"简医生，明天给我带点儿枸杞回来补补肾。"

简皙笑得乱颤，拿着枕头往他头上一盖："看你还得不得意。"

"给我半小时休整一下，这种事太烧肾了。"贺燃侧过脸看着她。

简皙被他看得有点久："怎么了？"

贺燃弯嘴："我媳妇真漂亮。"

简皙的心尖儿就这么被挑了一下，满意地说："这话好听。"

贺燃伸手，摸了摸她的脸："爱我吗？"

简皙点头："特别爱。"

贺燃笑得更深："爱哪里？"

"爱你对我一心一意。"简皙俯下去，和他额头碰额头，"爱你给了我一个家。"

贺燃吹了一声口哨："我以为你会说，爱我的活儿好呢。"

简皙伸出食指，往他脑门上一戳："好吧，这也算一个。"

贺燃神色一动，抓住她的手，顺势含进了嘴里，粗粝的舌尖打着圈地舔了一轮才说："其实我对你是一见钟情。"

简皙微怔。

"在那个KTV，你被人欺负，傻乎乎的，拿个酒瓶也不敢往人头上砸。"贺燃声音平静，每一帧细节都记得，"我看到你第一眼，觉得这女人真好看，好白菜都被猪拱了。"

简皙无声，嘴角弯起。

“后来又见了你几次，说真的，我也想当一头猪了。”快两年了，贺燃不再是一身匪气的叛逆青年，他沉稳，内敛，在浮沉历练里，扛起这个家。

简皙听后，眼眶轻轻地湿了。

贺燃在她手背上落了一个吻：“好姑娘让我来爱，我这辈子都行大运。”

很快，就到了萌萌周岁生日这一天。陶溪红和简严清商量后，还是请几个平日走动密切的亲戚一块儿庆祝。碍于简严清的身份，加之简皙也不想劳师动众，所以他和贺燃结婚没有办酒席，这一次，亲戚们正好借着机会，红包给得厚。

贺燃算是第一次正式以女婿的身份走场，虽然是小宴，但他里外打点周全，迎客接待得体有章法，很得简家人的好印象。

陶星来电影宣传期，正好在本市，下午参加了一场试片映礼，忙完也过来了。

“我天，姐夫你今天好有慈父光环，脑上一圈亮闪闪，小仙女呢。”

贺燃笑得半死：“姐夫求你了，别对我开炮，陆悍骁在里头，去烦他，烦死他我给你大红包。”

陶星来摘了墨镜，理了理领结：“什么嘛，都听不出我在夸你，我一点也不爱你了，找我悍骁哥玩去。”

他把红包塞给贺燃：“超大的，有没有，超厚的，爱不爱？”

贺燃接住：“爱爱爱。”

萌萌被三姑六婆围着逗，小丫头一看到舅舅，就可劲儿呼唤：“逼逼鸡，逼逼鸡。”

陶星来对着她一指，做了一个打枪的手势：“哔哔哔哔。”

萌萌圆脸一瘪，嘴角一压，哇的一声就哭了出来。陶星来目瞪口呆：“你才是影后呢。”

这一哭，陶星来引来了群起围攻，陶溪红皱眉走过来：“星来，你都多大的人了，还跟萌萌过不去？”

“我俩互动呢。”

陶溪红看了他一眼，眉头更皱：“你呀，都二十四的人了，也跟个孩子一样。”

简皙在边上：“不对吧妈，他今年二十六。”

陆悍骁被哭声勾来，特别有底气：“别胡说，我星明明二十三岁半。”

陶星来都成化石了，他捂住胸口，阻挡那翻涌的气血，忧伤道：“你们真的是熟人？我二十五岁啊，亲妈。”

简皙和陆悍骁看着他受到暴击的表情，良心有些过不去。倒是陶溪红，平平淡淡地“哦”了声：“你不是1993年出生的吗？”她嘀咕着，心里还想不清，去门口招呼客人了。

1992年出土的陶星来，拉着简皙的手，一脸问号：“我觉得我需要叫上老简，一家四口做一下滴血验亲。”

简皙抱歉地笑：“对不起啊，姐生了萌萌之后，记性没以前好了。”

陶星来立刻反问：“贺燃出生年月？”

简皙飞快：“1987年4月20日，丙寅年属兔。”

陶星来沉默片刻，真心实意地说：“如果不是萌萌周岁宴，我真的会哭给你看。”

简皙摸摸他的脑袋：“不能哭，你要记住你的小名。”

陆悍骁好奇：“陶儿你还有小名啊？”

陶星来侧目，委屈脸：“干吗，小名陶坚强，你有意见啊？”

陆悍骁站原地，回味了两秒：“啧啧啧，妙啊。”

市委有事，简严清姗姗归迟，从车上下来的时候，手里还拿着一个小玩意儿。贺燃陪着他进来，这才是真正的大牌，在场的小辈都起身打招呼，陶星来还没从方才的打击里缓过劲儿，坐在那儿不动，两手撑着下巴目光呆滞。

简严清问：“星来怎么了？”

陶溪红说：“没事，他啊，一个月总有二十九天不舒服。”

一屋人哄堂大笑。陶星来太气愤了：“我要记住你们的每一张脸，到时候签名的时候想都别想。”

有个小堂妹，古灵精怪：“哥，你帮我问乔殊要张签名照好不好啦？”

哪壶不开提哪壶，陶星来郁闷极了：“不好，不熟。”

小堂妹少女音脆耳：“新闻上写，拍戏的时候，你对她不停流哈喇子呢。”

“这是诽谤，市长，抓她，可不能让这害群之马破坏我市和平稳定！”

简严清难得地笑了起来。陶星来不屑：“你办公室钥匙我复制了十几把，放床头当风铃呢。”

简严清不与傻瓜论短长，他走到简皙身边：“来，给我抱抱孩子。”

萌萌的小胖手，张开直抓：“外外公，外外公。”

简严清把人抱起，拿出手里的拨浪鼓，轻轻一摇，鼓声脆脆：“小家伙，周岁安康。”

这种传统的小玩具，萌萌很是喜欢，捧着就往嘴里啃。简皙拂开她的手：“闺女，这个咱不吃，摇摇响。”

萌萌还真的挺配合，拽着直扑扑，鼓点一响，她就咯咯地笑出了声。离开宴还有一会儿时间，小辈们聚在一块儿打牌玩，贺燃陪简严清与年长的叔辈聊天，陶溪红则抱着萌萌和女亲戚闲聊去了。

陆悍骁和陶星来组队，两个人口若悬河，跟演相声似的。简皙拿了两瓶QQ星，走过去一人发了一瓶：“来，解解渴。”

于是，俩大帅哥咬着吸管，边说边喝更有感觉。简皙哭笑不得，手机正好响了起来，拿出一看，她愣了愣，贺正安的电话。

简皙瞄了眼贺燃，然后走到窗户边，小声接听：“老爷子。”听了几句，简皙皱眉，“您过来了？那我来接你。”

贺正安拒绝了，报了个地址便挂断。简皙想到他在电话里的再三叮嘱，思量半天，握紧了手机。屋里热闹，各忙各事，简皙轻手轻脚，没有惊动任何人，走了出去。

贺正安在慕林酒店，离这里过个马路的距离。简皙一路小跑赶到，找着5106房间。门虚掩着，贺正安正站着泡茶。简皙心思一转，斟酌片刻，推门而入，叫了声“爸爸”。

这个称呼让贺正安手猛地一抖，倾斜的水柱也跟着偏移，洒到了杯子外面。简皙深吸一口气，没事人一样走进来：“我来帮您倒。”

贺正安松了手，任她。简皙把茶端给他：“正好快开宴了，您跟我一块儿去。”

贺正安面色沉静，抿了一口茶才说：“不去了，我和那小子是天生的仇人，见面就吵架，不要让你家里人看笑话。”

“没有谁是天生的仇人，其实你们……”

“好了，不用再说。”贺正安抬手打断她的话，“几十年了，改不掉。有机会再去拜访你父母。”

简皙张了张嘴，有话难言。贺正安折身到矮柜边，拿起上面的包，从中掏出两样东西，

一样是红包，一样是一个灰黑色的精致小木盒。

“萌萌一岁，我这个做爷爷的，比路人还陌生。”贺正安微叹一口气，说，“红包是图个吉利，这盒子里面，是一块玉坠子，传了好几代，就交给你吧。”

简皙顺从地接过，不死心，坚持游说：“爸爸，今天都是自家亲戚，挺热闹的，萌萌也特别开心，您跟我一块儿去吧，就吃个饭，我陪您，不让贺燃靠近，行吗？”

贺正安感叹道：“我要是有你这么个乖女儿，都能多活几年。”

“我就是您女儿啊。”简皙笑得乖巧，“一家人不说两家话，贺燃，真的在改变，如果你愿意再给他一次机会。”

贺正安的手抬至半空，往下压了压，打断她：“你去忙吧，我也走了。”

简皙知道，多说无益，她搀着贺正安，默然下楼。司机早就等在

酒店门口，扶贺正安坐上去，简皙忙喊：“等一下。”

她从包里拿出一瓶出来时顺手塞的牛奶，伸进车窗：“爸，这都要吃午饭了，您先垫垫肚子，别饿着。”

贺正安无论是五官还是气质，都偏锋利严肃，就连眼角的皱纹都像刻印的一般。但此刻，他眼角眉梢全是动容。简皙生怕他又高冷拒绝，于是直接丢过去：“慢点开车。”

她走了几步，发现车没动，于是又转过身，带着希望再次询问：“要不，您跟我去看萌萌，菜是我点的，特别好吃。”

贺正安微微颔首，然后让司机开车。简皙看着车尾消失在街头，心里怅然若失。

贺燃的电话打了过来：“要开席了，你去哪儿了？”

简皙边说边往回走：“有点事儿，就过来。”

回到宴席，贺燃的目光不放心地在她身上溜达巡视，简皙抬头，递给他一个“放心”的微笑，然后抱着萌萌，咿咿呀呀地逗弄着。贺燃总觉得哪里不对劲儿，但也没来得及深究，一屋子亲朋齐齐举杯，欢声笑语满堂。

简皙脸上带笑，但心里始终记挂着，贺正安从遥省悄然而来，只为给孙女偷偷塞一个周岁红包，又孤身而去，一个老人家，坐在奔驰车里，高高在上却也万分孤寂。

“星星哥，你能帮我拿一张《快乐小本营》的门票吗？我好想去看现场呀。”几个年纪稍小的妹妹，开始撺掇起陶星来。

“那你们去我微博下，每人评论十条夸我的话。”陶星来模仿数钱的动作，“帮我省点儿买水军的钱。”

陆悍骁拍着胸脯：“我去，陶儿，我夸你。”

“悍骁哥，去你的。”陶星来还记得，“你上回在我一张自拍下面是怎么留言的，说我的腹肌没你的美。我当场就生气了。”

陆悍骁眉毛一挑：“忠言逆耳，实话都不好听。”

“去年夏天，我只有四块，今时不同往日，六块在手，型男我有。”

陆悍骁都快要笑死了，指着贺燃道："咱哥仨回头比一比，看谁的腹肌漂亮，我让你们没脸掀衣服。"

"哇哦，我好怕怕。"陶星来才不会服气，"择日不如撞日，等会儿就去洗手间，记住，第二个茅坑，不见不散。"

贺燃赶紧撇清关系："你俩玩，我这当爸的人就不去凑热闹了。"

陶星来还想说，手机响，是微信。估计是李小强，他点进去，竟然是乔殊。她问："你头像怎么换了？"

陶星来贼溜溜地回复："你可管不着，我妈才能管我。"

乔殊回："儿子。"

哇，挺野啊。

"你生不出这么帅的后代。"

"你不试试，怎么知道？"

又是一个语言陷阱，拐着弯地占他便宜呢。陶星来一眼看穿："你别意淫我，我今天穿的可是牛仔裤。"

聊天页面显示"对方正在输入"，但信息迟迟没发来，陶星来看了又看，纳闷了。手机振的那一下，他觉得心脏都颠出来了，赶紧看。

"我不意淫你，难道还淫你，我没问题，随时可以。你要洗香香一点。"

陶星来意识到自己大概又被调戏了，十分愤怒地回复："你是不是女孩子啊，真不文明，都什么年代了，你还想跟我玩QQ爱呢！告诉你，别说没门了，连狗洞都没有！"

才不跟你文爱呢。陶星来气呼呼地把手机搁桌上，想想不解气，又把屏幕给翻过去，眼不见为净。信息很快来了，振得旁边的陆悍骁到处找："什么动静这是，陶儿弟，你是不是偷偷藏了个电动跳蛋啊？调的最大频率吧。"

"没救了。你们这些从小不爱学习的坏学生！"陶星来拿起手机，愤愤离席，"爸，妈，姐，我去洗手间。"

他边走边看刚才的新信息，乔殊这次只发了两个字："出来。"

陶星来头皮一奓，又来了？这可不是开玩笑，他这一家子人都在，万一被狗仔骚扰，简市长可能要发飙。陶星来戴上墨镜，赶紧跑出去，站在酒店门口东张西望。突然肩膀被人拍了下，陶星来警惕地回头，就看见一身黑色紧身T恤的乔殊，酷酷地望着他。

陶星来急坏了："你你你，赶紧地躲起来，咱俩保持三十米安全距离，被拍到就完蛋了！"

乔殊轻抬下巴，模样清冷逼人："我是有多配不上你？"

"你太那啥了，我都不好意思那啥了，我老师从小就教我，女孩子不能那啥的。"

乔殊有条不紊，问："什么老师教的？"

陶星来瞎掰胡扯可高明了："陶星来老师呀。"

乔殊清了清嗓子，问："你想不想我？"

陶星来爆炸："咱俩下午才同台宣传电影四小时，我干吗要想你？"

乔殊低声，语气低落："是吗，可是我很想你，才分开就想得不得了。"

陶星来鸡皮疙瘩立正稍息，全身跟过电似的，后劲儿还挺酥酥麻麻，蛮舒服的。就在这时——

"啊啊啊！乔殊！那不是乔殊吗！"

"对对对！旁边那个，哇！陶星来！"

糟糕，被粉丝认出来了。

"都怪你！"陶星来恼怒，"你不知道你又漂亮又出名吗？"

乔殊蓦地，被他凶得红了脸。粉丝的叫声有点大，围观侧目的越来越多，陶星来想也没想，牵起乔殊的手就往反方向跑。

陶星来的手指长而有力，紧紧的，特别有存在感。他的背脊挺直，跑起步来也不弯曲。乔殊的目光下移，宽肩窄臀，人虽幼稚，身材却男人。陶星来牵着她，逆着人群，躲开车流，跑过花坛，绕过喷水池，树影在倒退，这个速度刚刚好，每一幕都像电影的慢镜头在回放。

不，比电影还要美。

乔殊看着他的背影，偷偷弯起了嘴。

两人跑进小巷里，终于停住，陶星来撑着膝盖喘粗气：“陶飞人快累死了。”

乔殊没吭声，很安静。陶星来纳闷：“你怎么不喘气啊，你肺活量大，了不起啊？”

他边说边抬头，但迎接他的，是一个亲吻。

乔殊的脸近在眼前，皮肤跟剥了壳的蛋白一样，真好看。陶星来浑身僵硬，完蛋，他的初吻。好半天，他才涨红了脸，憋出一句：“你这人真是的，动手动脚也就算了，怎么还动起嘴来了……”

萌萌的周岁生日宴渐近尾声，小丫头在推车里睡着了。贺燃和简皙送客，两口子站在门口，画面和谐。

陶溪红对简严清说：“老简，这俩孩子，看起来真般配。”

简严清闻言一笑：“你那时候，还坚决反对他们，现在看看，是不是决断错误？”

陶溪红微微一声叹息：“我是太为小皙着想了，希望她找个好人家，有个靠谱的依靠。”

简严清说：“也难怪，贺燃这小伙子，当初看，的确有些不让人放心。老同志也是关心则乱，不怪你，可以原谅。”

陶溪红笑道：“女人啊，婚姻就是第二次生命，是我以偏概全了。”

简严清微微颔首：“你就放心，我们家的女同胞，命都好着。”

陶溪红心口一热，携手走了大半辈子，一起看过的风景都沉淀在了岁月里。

她说：“老简，这段时间，我公司事情多，会比较忙。”

“嗯？”简严清想了一番，“你都退居二线了，还要你亲力亲为，老陶，多注意身体。”

陶溪红点点头，笑着说：“知道。”

送走最后一位姑妈，陶星来也没见着回来。贺燃说："给他打个电话吧？"

简皙说："不打了，他成天草上飞，来去无踪的。"

陆悍骁看了看腕表，一点了："年轻人就是没诚信，说好一起比腹肌的。"

贺燃冷冷望他一眼："这么多年我咋没看出来，你还有这爱好？"

"我爱锻炼怎么了？哪像你。"陆悍骁说，"陶星来早告诉我了，你对长腿有着不可描述的嗜好。"

贺燃无所谓："我老婆，我爱哪儿，你管得着吗？"

"生气了。"陆悍骁转个背，摇了摇车钥匙，"走了，改天一块儿喝酒。"

简皙指着道："喂喂喂！"

陆悍骁回头，比了一个"OK"的手势："放心，我和他每次喝酒，只喝菠萝啤。"

陶溪红也从后面走来："贺燃，小皙，这段时间我公司事多，忙完了，再把萌萌接过来。"

简皙奇怪："妈妈你又开始忙啦？"

陶溪红去年就退居二线，已不直接参与公司决策，这会子也不知是有什么事，让她一而再地交代。陶溪红解释说："公司弄了个培训，我去捧捧场。"

简皙揽着她的肩膀："陶老师好。"

陶溪红笑了笑，拍拍她的手："我先带萌萌回去，你们忙完了，晚上过来接。"

把宴席这边的琐事都忙完，三点多，贺燃和简皙驱车去了一趟商场。简皙坐副驾，归纳着等会儿要采购的东西："花露水、沐浴露，还要买块桌布，萌萌的纸尿裤也该换个号了。"

贺燃开着车，手搭在方向盘上轻轻敲："那个也用完了，记得拿。"

简哲眉微皱："不是才买了吗？"

"那个系列我不喜欢。"

"真受不了你。"

贺燃笑了起来："受不了也是我老婆，这辈子跑不掉了。"

到了商场，简哲先去平日常去的那家专柜买沐浴露，贺燃跟后头，看她几乎没怎么考虑，直接要两瓶樱花味的。贺燃在柜台前看了看，拉住简哲，说："试试这个，挺好闻。"

贺燃看中的是玫瑰香氛："闻着就有点来劲儿。"

简哲心里骂他，骚包。

大概是被香味勾了魂，贺燃突然来了兴致，付完款，就拉着简哲去旁边那家店。

"哎哎哎，你干吗？"

"逛逛。"

"逛逛？"简哲神色复杂地看着那家店名，怕他不识字，提醒说，"那是卖情趣用品的。"

贺燃舔了舔唇："我知道。"

简哲无语。

"就看看，不买。"他信誓旦旦地保证，俊脸真诚，简哲几乎是被他拖进去的。

店铺门面不大，装修倒是有风格，灯光都是暧昧色，东西价格不低。贺燃颇感兴趣，指着模特身上的那套内衣："简哲，简哲。"

简哲顺着看过去，黑色薄纱，还配套了渔网袜，挺妖娆。往里走，一个矮柜货架，里面放的东西闪闪惹人爱。

简哲盯着一串毛看了好久："这是什么？"

贺燃压着声音："狐狸尾巴啊。"

简哲还是不懂："又没有腰带，怎么固定？"

贺燃低低笑了起来："前面有个塞子，往那儿一塞不就行了？"

简哲顿时红了脸。贺燃乐得不行，跃跃欲试："媳妇儿，来一个吗？配上那套内衣，咱们玩猎人与狐狸。"

“我还大灰狼和小白兔呢。”

“不错，这个角色扮演也带劲儿。”贺燃臊气地说，“你演大灰狼，我演小白兔，简医生，我好怕怕呀。”

简皙快笑死，推了他一把：“走开点。”

到了简家，一进门就闻到了鱼香，简皙鼻子灵：“剁椒鱼头。”

贺燃看了眼桌上：“狗鼻子都没你的灵。”

简皙去抱萌萌，轻飘飘地丢下一句：“你还挺有自知之明。”

贺燃反应过来，觉得这姑娘晚上大概是不想活了。萌萌刚睡醒，睡醒就要吃，简皙把她抱起，放在爬行垫上玩，再塞给她一颗草莓，小家伙压根不用人管。

简皙冲厨房说：“妈，爸回不回？”

“市里开会，不回来。”陶溪红端出汤，“吃饭吧。”

贺燃把萌萌抱到餐椅里：“宝儿，你的鸡蛋羹。”

简皙夹了块糖醋排骨先试味：“好吃。”

一家人刚坐下，就听到门铃响。陶溪红拿着筷子的手一顿，侧过头，盯着门。简皙奇怪：“咦，谁会这个点过来啊？是不是爸爸回来了？”

她离门最近，起身走去开门。两名身穿制服的人，出现在门外。简皙不明所以：“请问你们找哪位？”

其中一人出示证件：“你好，我们是国税稽查局的，陶溪红女士在吗？”

简皙有点蒙。

“小皙。”陶溪红的声音从背后传来，她走近，把女儿拦在身后，对办案人员微微颔首，“我就是。”

“陶女士，我们需要您接受调查，牵涉两年前御丰园项目的一些资金情况。”

陶溪红十分平静，似乎一点也不意外：“好，我会配合。”

简皙下意识地抓紧她的手臂：“妈。”

萌萌由阿姨看着，贺燃也走了过来，他向前，刚要说话，陶溪红就说："贺燃，把小哲带屋里去。"

简哲一听，手抓得更紧，她脑子跟上紧的发条似的，惴惴不安。

"放心，我没事。"陶溪红拍拍她的手背，亲自把那只黏在自己胳膊上的手给拂了下去，然后目光掠向贺燃，说，"别慌，照顾好她。"

贺燃看这架势，心里已经七分清明。多说无益，他干脆点头，以示交接。简哲还想坚持，被贺燃拦了下来。陶溪红换了鞋，拿好包，跟人走了出去。

"你别急，这只是税务局的稽查，很大可能只是去了解情况，等情况问清之后，自然就会放回来。"贺燃安慰她，"你先吃饭，萌萌还在呢。"

简哲本就心乱，被他一宽慰，也就心神不定地照做。贺燃把人安抚好，去厨房拿汤匙，他隐隐猜到事情绝不简单，没有犹豫，一通电话打给了简严清。

陶溪红被带至稽查局，她穿戴精神，神态平淡，有条不紊地面对问话。办案人员起先只是问了些常态问题，陶溪红如实回答，自若如常。之后话题一转，谈到御丰园项目。

"御丰园是当年我市重点扶持项目，您是重要资方代表，请问，当年的会计账目，是否由您公司负责？"

陶溪红点头："是。"

"是否依照国家法律和政策，依法纳税？"

"是。"

办案人员提出疑问："我们收到举报信，反映洁犀日化在御丰园项目上，利用'账簿'做文章，重计材料入库、重列成本，并且少提折旧，导致账面收入与实际支出之间出现巨大落差。请问，是否属实？"

陶溪红面色微沉："不，核查有误，我个人表示否认。"

办案人员拿起桌上一份调查材料："这是举报信附送的证据，是洁犀日化的真实账面，请问你有什么异议？"

陶溪红看向投影，只几行字，心里便有了数。任何一家企业，更别说是洁犀日化这种较有规模的，明里暗里都会达成一种共识，触碰法律是自取灭亡，但灰色地带擦边球，谁也不能说谁真的就干净清白。

陶溪红心里有本账，知分寸，她不慌不忙，逐条阐明解释。

深夜十点，调查持续两小时。

“那么请问，您名下的房产，投资分红，包括君山北苑一处别墅……”

“对不起。”陶溪红打断，“我需要纠正，这些房产和投资获利人，均不在我名下，都是我女儿和儿子的。而且，这些家产，是我个人分红获利的收入所购买，我认为，说这些没有实质意义。”

陶溪红常年位居要职，人情世故通透，自我防御的危机感十分超前，面对琐碎以及绕着圈子的问话，她回答得滴水不漏，合情得体。但要说她的公司完完全全干净，没人能保证。

有人写这封举报信，证明是有备而来。陶溪红沉沉呼吸，办案员又把事情绕回到御丰园项目上。

“陶女士，举报信上反映的第二个疑点。”

“请说。”

短暂的安静后——

“请问，御丰园项目招标之初，作为一家毫无房产行业经验的日化公司，能够竞标成功，是否与时任副市长的严清书记有关联？”

陶溪红心一沉，冷冷答：“我否认。”

简家。

贺燃打了那通电话之后，简严清并没有马上回来，甚至，他在电话里的声音很平静，没有丝毫为之所动的波澜。

简严清在处理好公事之后才回到家。他进屋的时候，一肩风尘。简皙飞快迎上去：“爸爸。”

简严清手一抬，示意她打住，然后问：“萌萌呢？”

贺燃回答：“她睡了，阿姨先陪着。”又碰了碰简皙，“去帮爸爸倒杯水。”

简皙点点头，转身进了厨房。

简严清开了一天会，神色略显疲倦：“电话里已经说清楚了，你们别担心，小皙妈妈很快就会回来。”

他撩开衣袖，看了看时间：“差不多了。”

正说着，门锁有动静，咔的一声轻响，果然是陶溪红。她进门一愣：“哟，干吗呢这是，杵门口凑一桌打麻将啊？”

还能开玩笑，神情也算自得。贺燃粗略一扫，得出判断后，心里也稍稍放松。简皙听见声音，从厨房急急跑出：“妈妈。”

“慢点慢点，茶水都洒出来了。”说完，陶溪红弯腰换鞋，把手提包搁在鞋柜上。

简严清接过简皙手中的茶杯，面色无异，说：“小心烫手。”

有几滴溅在了简皙手背，刚才一急也没在意。陶溪红走过来，抓起她的手看了看：“烫红了，去拿芦荟膏擦一擦。”

“妈妈。”简皙抽回手，眉色有忧。

陶溪红笑笑：“没什么事儿，税务那边每季度都有抽查指标，年年都有，前年我也去过。”

简皙将信将疑，脑子迅速运转，似在回忆“前年”是否有其事。陶溪红指了指鞋柜上方：“回来的时候路过一家饼店，买了点儿当夜宵，去吃吧。”

饼还热乎，简皙的心到底舒缓了些。

一家人相处如平常，简严清也难得地吃了一块，又与贺燃闲聊片刻，才与陶溪红上楼。

“你们也早点休息，太晚了，明天再走吧。”陶溪红交代。

简皙收拾好碗筷，回卧室时经过爸妈门前，里头有微薄的光亮匀匀洒出，是简严清的台灯，他睡前有看书的习惯。一切都安宁照旧，简皙放了心，踏踏实实地去睡觉了。

零点已过，简家熄灯入眠。借着窗外的亮光，简严清和陶溪红都清醒着。一个靠着床头，一个侧躺着，简严清一声微叹：“这件事，瞒起来天衣无缝，我也是事发当时才得到的消息。”

陶溪红单手枕着侧脸，说：“那些资料很有说服力，那张账单，我印象不深，但印章和签名，确实是相关部门领导经手。”

“我们两口子交个心，溪红，这么多年走过来了，你给我一个底，公司有没有事，有，事有多大？”

陶溪红很快回答：“至少，我经手的，不乱分寸。”

简严清明白了，暗箭难防，陶溪红看不见的背后，也许有人花数年窥探、准备，抓住不是她导致的漏洞，添油加醋一番，就能呈现一份淆乱视听的证物。

陶溪红躺久了，也撑着坐起来，和简严清肩并肩地靠在床头。

她声音轻：“老简，其实事情背后，你我都知道。找我开口子，顺着往血肉里撕，到底了，就是你。”

简严清何尝不知。

陶溪红看事拎得清，把接下来的可能抽丝剥茧层层还原，继续说：“我不过问你工作上的事，但我也知道，目前的省级职位空缺，你是最有可能的人选。”

简严清是典型的实干家，从基层做起，一路脚踏实地，加之政绩卓越，口碑极佳，正当年，前途远远。

“不说这个。”简严清沉声，微哑的嗓音在宁静的空气里，倒听出了深远。

他缓缓道：“且不说，我身上没有他们想要的污点，就算有，这些年，我积攒下来的人脉圈子，谁输谁赢也未可知。”

“如果，事情真的到了一发不可收拾的地步。”简严清抬起眼眸，说，“为了你和这个家，我可以让步。”

陶溪红心惊：“老简。”

“行了，别多想，休息吧。”简严清拍拍她的手背，躺平，合上了眼睛。

接下来几天，陶溪红完全配合稽查小组的调查工作，有问必答，有疑必解，她的铁娘子气质在这场对局里展现得淋漓尽致。洁犀日化成立时间长，业务量大，确实有许多钻空子的小细节，最终，以御丰园这一陈年项目上，三笔工程建设提前在建材这块报决算，得出虚增成本，减少利润的违规处分。

陶溪红深知，这种鸡蛋挑骨头的态度，背后一定有人撑腰。相关处罚文件迅速下达至企业本部，并且在官网公榜昭示。

一时间，舆论哗然。

洁犀日化荣登搜索头条，百姓对这种官商之事向来严苛敏感，加之证据确凿，口水如潮水喷来。尽管洁犀日化在第一时间做了公关工作，发长文向公众致歉，承认错误的同时，附上已补交税款与罚款的单据证明。

可惜，网友并不买账。

“抵制洁犀日化！”

“再也不用洁犀洗发水了！”

“我用沐浴露刷厕所！”

简皙这几天刷着网上的评论，都快吐血了。

陶星来在外地宣传电影回不来，视频连线吐槽：“什么玩意儿啊，漏税五万块，这结论也是相当奇葩，简直臭不要脸呢！”

简皙也头疼：“妈妈这个礼拜都没回过家，公司也不知道出什么事了。”

贺燃还算镇定，很多事情简严清没办法出面，只能他去撑起这个家。

贺燃很理性，把事情始末梳理了一遍，得出结论：“企业的不良行为被曝光的不在少数，比这严重的更是信手拈来，为什么妈妈的公司事情一出，就被送上头条？”

陶星来激动：“水军！有人雇水军！炒作！太卑鄙了！”

简皙心一沉，看着贺燃。贺燃眉也皱着，从烟盒里摸出一根烟，叼在嘴里不点燃。陶星来浑身都要烧着了：“我这就去找李小强，他邪门歪道最多了，我也雇水军，反正我钱多人傻，让敌人溺水！”

简皙忙劝阻：“行了，你别添乱，自己什么身份不知道啊？你现在也是红人了，万一闹出来，还想不想演戏了？”

陶星来今晚气场三米八：“不演了，转幕后我也是电视台一枝花！”

贺燃叼着烟，拿起打火机，走到窗户边，终究还是把烟给点着。第一口烟雾随风散，他眯缝了双眼，把所有事情又串了一遍。都是有江湖经验的人，不难发现，一切就是一个局，背后推手实力还不小。能有这个胆量和手段，一定是老辣之人。

商业敌人，不会涉政，那么唯一可能的，就是道中道。目标是简严清。贺燃怕的是，这只是一个开始。

陶溪红的公司果然出事了。因为恶评事件持续发酵，好几个主要资方都提出撤资诉求，洁犀日化年前启动的一个大项目进行到一半，资金链断裂便等同夭折。

为了这件事，陶溪红头发都愁白了一层。简皙太心疼，请了两天假，在家守着她：“妈妈，您别太心急，总会解决的。”

言语力量有限，但此刻，除了安慰，简皙不知道还能做什么。

“傻孩子。”陶溪红故作轻松地笑，藏不住神色的疲惫，“你好好上班，好好带萌萌，妈妈还撑得住。”

简皙眼眶红透，握着陶溪红的手，紧紧地。

陶溪红问：“贺燃呢？”

“出去了。”

这几天，他也没闲着，在外面四处走动。

“唉。”陶溪红一阵叹气，语重心长地说，“让他也歇一会儿，事情真要来，挡不住。小皙，你爸爸能走到这个位置，很不容易。”

简皙一听就懂，简家的家训，从小起就淡化父亲的身份，她和陶星来从不以此炫耀。

“有时候，清廉争来的风头，却被视作出头鸟，还不止一把枪。”陶溪红笑笑，语气自嘲又无奈。

简皙眼泪掉了下来：“妈。”

陶溪红伸手，用指腹拭了拭她眼角的泪：“当妈的人了，还跟闺女一样。小晳，妈妈很抱歉，那个时候，固执己见，反对你和贺燃。”

“我知道您是为我好。”简晳哑着声音。

“缘分天注定，你用坚持给自己挣来了一份好姻缘。有贺燃照顾，妈妈放心。”

“不说这个话，我们不说这些。”简晳不停摇头，受不了任何藏着蛛丝马迹的诀别语气。

母女俩的聊天时间都变得格外奢侈，公司的电话又打了来。陶溪红强打精神，边接边穿衣：“好，我就来。”

贺燃和陆悍骁也是想着法子地打探，基本验证了贺燃的猜测，的确，是针对简严清而来。

“我家老爷子查到，透了些口风。”陆悍骁说，“对方是一个群体，上面有人，不怕事。”

贺燃烦躁地抽烟，一根又一根，烟盒都空了两个。陆悍骁十分认真：“事情发展到现在，只有两个解决办法。第一，简叔撂态度，放弃竞争；第二，找个山外山，人外人，大吃小，给压下去。”

贺燃没作声，在袅袅升空的烟雾里眯缝了双眼。

“还有，陶星来的身份，说不定很快会被挖出来。”陆悍骁眉头紧皱，“一个一个来，挺狠的。对了，萌萌最好也别外出。”

贺燃暴躁地碾熄烟蒂：“他×的！”

事情他看得清，陆悍骁说的全是硬道理，贺燃没耽误，第二天就把萌萌送到了外婆那儿。外婆信佛，索性带着小娃去几十公里外的古寺小住去了。陶星来很怀疑：“寺庙吃斋，我大萌萌没有肉吃，她肯干？”

他正和简晳视频，边视频边翻微博，翻着翻着，他惊呼一声：“不会吧？！”

简晳草木皆兵：“怎么了？又出事了？”

陶星来立刻嘿嘿笑起来：“没有，有粉丝夸我帅过梁朝伟。”

简晳松了口气，心脏都快被吓出来了。结束视频，陶星来没敢说，在他微博评论里，已经出现“你就是洁犀日化陶总的儿子吧”“漏税狗滚蛋”的言辞。

虽然只寥寥数条，但从发出来起，就以肉眼可见的点赞速度被疯狂顶至热评。李小强的电话随后杀到：“陶儿，怎么回事，这个时候可千万不能撞枪口，好几个大品牌正在谈你的代言呢！”

陶星来一听就火了：“那是我妈！我是她亲儿子！”

李小强也火大：“你有合同在身，又在电影宣传期，如果出现严重的负面影响，你是要违约赔钱的！”

“强儿，你明天不用来上班了。我告诉你，我马上就发微博怼人！”

掐断电话，陶星来气势汹汹地敲打键盘。第一句话还没打完，娱乐新闻推送框唰地一下冒了出来。陶星来一看傻眼，标题是《影后乔殊力挺陶星来，点名怒怼造谣者》。

原来，两分钟前，乔殊六千万粉丝的微博大号，直接转发一条点赞数最高的辱骂陶星来的水军评论，并且高冷地写了三个字：“你大爷！”

该条微博，一分钟，粉丝评论破万。陶星来战战兢兢，拿起手机，找出乔殊的号码拨了过去。乔殊很快接听：“哟，稀奇啊，头回主动找我呢。”

“你疯了吧，乔殊！”陶星来劈头盖脸一顿吼，“这事儿要你出什么头！你这御姐形象还要不要了！你知不知道这样对你的影响有多差大！！”

那头很安静，浅绵绵的呼吸。几秒之后，乔殊轻声说：“你在关心我。”

“关心个屁！”陶星来气死了，“赶紧删掉，听见没！你团队的公关呢，死了啊！”

乔殊就这么笑出了声音：“对啊，死了啊。”

乐够了，乔殊清了清嗓子，好像是贴着陶星来的耳朵一般，语调都变得热气腾腾。她说：“我很喜欢你，任何时候，我都为你而战。”

陶星来两眼一黑，脑子直接被这甜言蜜语给烧成傻了。

事态都轰动到娱乐圈了，这玩得太大。然而，头疼的事永远不止眼前。这日中午，纪委的调查小组上门，找到了简严清。他们态度温和，用词委婉，“举报信”三个字，还是坐实了贺燃的猜测。

他最担心的事情，发生了。

“简市长，请您谅解，我们没有别的意思，只是常规程序，对外绝对保密。”

简严清听后，不感意外：“好，但我需要五分钟时间。”

待对方退到门外等候，简严清转过身，对贺燃说：“不要乱找人，不要乱听消息。”

贺燃郑重点头，他知道，困境里的任何一根橄榄枝，都可能是裹着蜜糖的砒霜。简严清神色微松，沉默了两秒，重新抬眸，看着贺燃，说：“小皙和星来，就拜托你多照顾了。”

贺燃没说一句话，但他的眼神有力，无声承诺。简严清这一走，基本上就是这场局的最高潮。

简皙知道消息后，差点哭崩。贺燃把她死死抱在怀里：“不怕，老公在。”

简皙抓着他的衣襟，眼泪把布料浸透，哽咽地胡言乱语：“爸爸会不会出事？”

贺燃的手，一下一下，有节奏地抚摸着她的背。然后给出定心丸，字字铿锵：“不会。”

简家现如今乱成一团，对方太厉害，从证据到设计，一环扣一环，是把人往死里逼的决心。贺燃想起陆悍骁说过的话：“找个山外山，人外人，大吃小，把事情给压下去。”

于是，他在简严清出事的当天下午，没有犹豫，开车南下，直奔遥省。

今夜变天，暴雨将至。

遥省贺宅，光亮通屋。

夜色里，贺燃独自站立于室外，一动不动，盯着大门。第三个小时，门终于开了，门缝由窄变宽，屋里的灯光争先恐后地往外涌。

贺正安一身棉麻布料的中山装，手背在身后，踱步而来。贺燃咽了咽唾沫，叫了一声“爸”。

贺正安丝毫未见动容，五官硬挺，气质犀利。站了太久，贺燃背脊酸胀，他顾不上疼痛，把事情始末简明扼要地说了一遍。

贺正安听后，良久，讥讽地笑道：“你不是很能耐吗？天王老子也镇不住你。怎么，现在竟然求起我来了？”

贺燃深深地吸了口气：“父亲，我就是来求你的。要打要骂，我受着。看在萌萌和简皙的分儿上，请你出个面。”

“凭什么？”贺正安语气嫌恶，“你算个什么东西？”

贺燃张了张嘴，话在舌尖打了个转，又悉数咽了回去。

多年父子不和，贺正安怨气难平，发泄一通后，稍感痛快，但还未完全解气，于是说：“求人，就要有求人的样子，你看看你，不情不愿，像什么话！”

话刚落音，贺燃就双膝一弯，扑通一声，跪在了地上。

天空阴云遮月，贺燃的眼神疲惫又执着。

“爸，求您了。”

为了简皙，贺燃可以跪天跪地。

盛夏夜的风声里，有暴雨将至的泥土味，空气闷热，压榨了贺燃连日以来所剩不多的精力。他就这么跪在地上，膝盖被鹅卵石硌得隐隐作痛。

贺正安负手而立，神色未明。父子俩一高一低，此情此景，像是时光倒流。那时的贺燃简直就是草包里的极品，父母离异，亲情缺失，贺正安的顽固与铁血性格，让少年的叛逆因子发挥得淋漓尽致。

两人一唱一和，让本就敏感的父子关系，终于变成横眉冷对的敌人关系。每次贺燃惹事，贺正安懒费口舌，让他跪地，挨打，皮带都抽断了好几根，像极了现在。只不过，那张戾气逼人的少年脸，已经了无踪影，贺燃为人子，也为人父，眉宇间有万丈丘壑，也有了隐忍坚毅。

贺正安片刻失神。贺燃等得不安，抬起头忍不住叫他：“父亲？”

贺正安敛下情绪，恶语与打击就要脱口而出，但一看到贺燃的眼神，就什么都说不出了。

时间静默，贺正安终于问：“你愿不愿意回来继承家业？”

举家搬迁，重回遥省。贺燃几乎没有犹豫：“愿意。”

他不想再看到简皙哭，他什么都愿意。贺正安一语不发的样子，简直让人心口血倒流。

有雨落下。

贺正安转过背，任他跪着，往家门口走去。这一刹那，贺燃真正体会到了绝望的感觉。

贺正安的背脊挺直依旧，像嶙峋的苍枝，到底是老了，被这夜色一衬，孤独又寂寥。

雨点越来越大，如斜飞的刀刃，扑了贺燃满脸。贺正安抬步上阶梯，贺燃没起身，跪在风雨里。

突然，贺正安停下动作，目视家里的光亮，丢下一句：“简家现在就你撑着，病了，全体完蛋。”

贺燃心底有火苗微蹿，耳根子瞬间起立，就听贺正安说：“十几年没进过家门，不像话。待会儿别坐沙发，席垫新买的。”

贺燃蒙了。而门口留意动静的阿姨，拿起早准备的伞，小跑到他边上。

“快快快。”阿姨来贺家也有二十余年，心疼贺燃，给他举着伞，“你爸爸让你进屋呢，我就说，父子哪有仇成这样的。”

贺燃连忙起身，脚步踉跄了一下，差点摔倒。

“哎！怎么了！”阿姨扶着他。

贺燃摆手：“没事，跪得太久，麻了。姨，你怎么长这么好看！”

阿姨笑得胖身子直颠：“行行行，今天你最大。”

贺燃舔了舔牙：“老头儿开窍的样子，还挺顺眼。”

“要不要我搀着你啊？”

“搀搀搀，姨，借个手臂。”贺燃看着自己跪出血丝儿的膝盖，“失策，早知道就换个长裤来了。”

时隔十余年，贺燃终于第一次，正式踏进自己家。贺正安坐在侧厅的茶室，手边的木盒里是一小捧碧螺春。贺燃连忙走过去，老老实实地坐在对面：“我来。”

他把茶叶夹到匙里，放炭火上小烤，然后烫茶具，瓷杯在热水里咕噜翻腾。贺正安看他泡茶的手艺有板有眼，贺燃主动解释：“简皙的妈妈喜欢喝茶，我跟简皙学的。”

贺正安冷哼一声：“女儿就是比儿子可靠。”

“他们家也有个儿子，您上回见过的。”

贺正安幽幽道：“那你是找到同伙组织了。”

贺燃沏茶的动作没停，静了两秒，笑了出来。贺正安提高音调：“你还笑。”

贺燃收敛嘴角，忍着。过了一会儿，贺正安也像被点了笑穴，弯起了嘴角。贺燃把茶水双手奉上，贺正安大方接过，父子俩在对视里，实践了一回“一笑泯恩仇”。

贺正安凉了凉茶，问：“她家老头儿，在那个位置上也有近十年了吧？”

贺燃一愣：“您知道？”

贺正安咳了一声：“他动静闹得这么大，想不知道都难。”

贺燃点头，把事情始末说了一遍。简严清受到匿名举报，但举报材料薄薄几页，事实论据乏善可陈，但先将陶溪红拖下水，再借此做文章，哪怕没犯事，舆论威慑力也足够吓人。

贺正安听了个大概，手一抬，贺燃还想说：“他们……”

“我知道了。”贺正安似乎不愿再多听，起身去书房，“你要不想睡这儿，就趁早出去找酒店，这两天在开农博论坛会，没房你就睡大街。”

贺燃也起身，冲着他的背影：“睡咱家庄稼地行吗？”

贺正安嗤笑：“现在有个屁的地给你睡。还以为是以前的乡村农田？早就高科技现代化了。”

说起这种东西，老爷子表现得也不像刚才那么冷漠，颇有兴致地多赏了几句话给他。

“我就跟你打个赌，你闺女，吃的那什么土豆泥、玉米泥，也都是我老贺种的。”

贺燃颇讨巧，顺着话说：“我不赌，我认输。”

贺正安心情又好了几分，得意地仰着下巴，上了楼：“你卧室一直留着，被褥干净，洗个澡再睡，别给我弄脏。”

蒙尘多年的家，好像一下子清晰明朗起来。贺燃站在客厅，重重地应了一声：“行。”

简家。

这段时间鸡飞狗跳，陶溪红的眩晕症又犯了，躺在床上根本没法儿起来。简皙向医院请了年假，在家打点照顾。简严清配合调查后，直接去了市政府，他的日常工作照旧，随时等待第二轮配审。

陶星来推了两个电影宣传的通告，从北京飞了回来：“姐，我妈呢？”

简皙赶紧跑出来，比了个嘘声的动作：“别嚷，妈睡着了。”她看着陶星来手里提着的东西，“你拿着什么？”

“绿皮甘蔗。”陶星来把塑料袋往桌上一放，“咱妈爱吃的，我从机场回来，瞧见路边有，戴着个大墨镜就去买了。想想可生气了，那老板竟然没认出我来。”

“老板年轻吗？”

“不是特别年轻了。”陶星来欣赏着自己选的甘蔗，“七十来岁吧，看着就怪可怜的，想到了我爷爷。”

简严清是孤儿。简皙脑仁儿疼：“你这想象力也够天马行空的。”

陶星来嚼着甘蔗，汁水在嘴里乱撞：“小学三年级写作文，老师让写‘我最喜欢的人’，我写的就是爷爷呢！”

“见都没见过，你怎么写？”

陶星来吐掉甘蔗渣渣：“我全程代入刘德华。”

简皙无话可说。

“姐，发什么呆啊，过来吃甘蔗，一个人啃好没劲儿。”陶星来递了一袋给她，“放心吃，我买了三袋，对了，我贺贺哥呢？”

“出差了，他公司事情也多。”简皙说，“你姐夫比你乖，你整个一草包。”

“你别草包歧视。”

沉默了一会儿，他又说：“下周电影正式上映，也不知道能不能一家人去电影院看。”

甘蔗再甜，也补不足现实的苦。简皙没吭声。陶星来这张脸，长得十分向阳，精神面貌永远郁郁葱葱。如今，连他的眉头都刻着一个愁字，可见乌云压顶。

简皙微微叹气：“待会儿妈妈醒了，你多陪她说说话。”

陶星来吸了吸鼻子：“知道了，我给她演相声。”

陶溪红没睡多久，眩晕症正发病，一起身就往地下栽，所以她醒了也是靠着床头休息。

房间门响了响，然后被推开，陶星来的脑袋瓜子冒了出来。

“老陶，小陶来给你送温暖了，你最爱的绿皮甘蔗，意不意外，惊不惊喜，开不开心？”

陶溪红当即笑开了眼：“哟，我们家影帝回来了。”

陶星来换了身白T恤，眉眼干净像少年：“臭妈，你生病一点也不洋气，可得快点好起来。”

他把甘蔗放桌上：“都给我把它吃了，我要甜得你发慌。”陶星来坐在床边，“不许伤心，不许多想，不许消极，我和姐都长大了，我们能挣钱养着你和爸。累了大半辈子，是该退休了，不怕，我给你发养老工资。”

陶溪红笑道：“臭小子。”

“妈，我膨胀，我快乐。”陶星来伸出大拇指，往自己额头上一按，自行点了个赞。

陶溪红缓了缓，说：“你别闹腾，娱乐圈复杂难走，做出成绩不容易。”

“我把经纪人炒鱿鱼了。”陶星来嫌弃道，“他叨叨咕咕的可烦人了，开什么玩笑，我爸妈出事，我能袖手旁观？都对不起我刚才给自己点的那个赞了。”

陶溪红皱了下眉：“你别任性，经纪人同志也不容易。”

陶星来却轻声说：“正是因为你们给我创造了条件，我才能一直任性做自己。”

他与简皙，接受最好的教育，物质、精神从未贫瘠，不需赚钱，不需养家，所以陶星来才能选择自己喜欢的行业，恣意到底。

“傻孩子。”陶溪红眼眶微红，“你和你姐，是爸爸妈妈一辈子的骄傲。”

陶星来点头，挺用力：“那当然，老简制造，质量三包。”

一说到简严清，陶溪红又惆怅了：“你爸爸那边的情况很复杂，如果他真的出事，我会变卖我手上的全部股权，想方设法保住他。”

“我愿意拿出这几年拍电影赚的钱，一定要救爸爸。”

母子两人，心意都往着一处指。连日来的重压，在这两句话里，悄然地释放。这一刻，陶溪红泪流满面。

陶星来握住她的手，很紧：“妈，有我和姐夫在，您别怕。如果真的能用钱解决，我就拼命拍片儿，武侠的，言情的，演渣男，我不挑，坚决霸屏，闪瞎观众的眼睛。”

他在心里默默补充：哪怕是三级片，我也愿意。

说来也是神奇，这个想法刚在心里走了个场，手机就响了，一条微信，来自乔殊：“刚刚莫名其妙连打三个喷嚏，你是不是又骂我了？”

陶星来手一抖，不可控制地脑补起来。乔殊这么霸道女总裁，他演男主角，她就要黏过来演女主角，而那些不可描述的内容……啧啧啧。

陶溪红看着儿子，奇怪地问：“脸怎么这么红？不舒服吗？”

陶星来陷在脑补里，恋恋不舍地出不来，不好意思地低下头：“挺舒服的。”

没空多问，因为陶溪红的手机也响了。她看到来电人，神色又变得紧绷：“老简？出什么事儿了？”

简严清的声音：“调查组通知我二次谈话。”

陶溪红的紧张开始升级：“怎么还有第二次？昨天不是没查出个所以然吗？”

“不说这个。我就是让你知道这个事，万一有……”

“没有万一。”陶溪红严词打断。

简严清以可闻的叹息，在电话里难得地泄露了情绪，心有千千结，最后只道出一句：“老夫老妻这么多年，溪红，辛苦你了。”

陶溪红坐直，迅速冷静下来，问：“老简，你是不是得到了什么消息？”

那边安静了一阵，有细微的风声，简严清换了个地方，声音比之前低：“我不能跟你多说，但这次对方有备而来，十余年前，御丰园的招标是由我负责，他们咬定我徇私枉法，从人证到物证，样样俱全。”

陶溪红崩溃：“你明明就没有！当年洁犀日化按流程办事，决不逾矩！”但很快，她的慷慨激昂，在简严清的沉重回答里，瞬间冷成了冰。

“可是溪红，你有没有想过，如果这个局，从十几年前便开始筹谋……”

话只要说一半，余下的不难懂。

层层密网，请君入瓮。

清正在德，廉洁在志。这是简严清的一生信奉。

“老伴，身不由己，很多时候，我都靠傲气铁骨硬撑。”他的叹息在电话里显得悄然寂静——

“这一次，也不知道能不能撑过去了。”

简严清没有说太久便挂断了。陶溪红紧接着，拨了另一个号码，待对方接通后，她干脆利落地给出指示："小郑，跟银行打个电话，我明天要从账户走现金。"

小郑是她的理财专员，问："陶总，金额多少？"

陶溪红没犹豫："所有。"

陶星来一听，特别紧张："妈，爸怎么了？要用钱了吗？钱可以解决吗？差多少？我来凑！"

推门而入的简皙，也听到了："差钱？对方开口了？卡都在我这儿，我现在就去取。"

陶溪红顿了一下，看着一双儿女，说："你们谁都不许动。小皙，贺燃是一家之主，不管以后遇到什么事，你一定要和他商量，征求意见，互相尊重是夫妻之道的根本。"

她又转向陶星来，语气软了些："你跟没断奶的孩子似的，你姐，至少有贺燃，你呢，妈是真的不放心。"

"可别不放心，其实，"陶星来有点羞，"我也可以马上有对象的。"

简皙戳了戳他肩膀："喂，别乱来啊，就算乔殊不是影后，是个普通女孩，你也不能去玩弄别人感情。"

"说什么呢，真是不害臊。"陶星来都快不喜欢姐姐了，"我才不玩弄感情，顶多玩弄一下身体。"说完，他自己先笑了起来，"哈哈哈。"可能也意识到了自己智商感人吧。

忧愁当头，女儿暖心，儿子暖场，倒真让陶溪红心里放松不少。可如果简严清真的出事，钱肯定马上要用，陶溪红权衡再三，还是决定共渡难关。

"星来，你能拿多少？"

"百来万，我这部电影的片酬还没到位呢。"

"小皙，你和贺燃商量一下。"

"我们早就商量好了，卡里的钱，为了家里，无条件动用。"简皙说，"里面有两百万，我现在马上打电话预约明天取。"

“我的天，姐夫这么能挣钱？该不会是萌萌的嫁妆吧？”

简皙白了他一眼：“他一直很厉害的好不好，你脑子里装着什么，看到的就是什么。”

这话有深意，陶星来恍然大悟举一反三：“难怪呢，我一直只看到贺贺哥身上的流氓气质。”

“再说了，萌萌的嫁妆可以再挣，但是爸爸只有一个，无论如何，我们都要保他。”

陶溪红心里涌上万般滋味，此时沉默，胜却无数言语。陶星来说去洗手间，关上门，给乔殊打了个电话。很快，她接了：“第二次主动打我电话了哟，Hello。”

“别跟我跩啦吧唧地说洋文，我文盲。”陶星来惯性地耍嘴皮子。

“呵呵。”乔殊的笑声，像珍珠落玉盘。

陶星来耳朵听热了：“你……你笑什么呢？”

“笑你像个二百五。”

“我哪里像了？！”陶星来怒极，“我本来就是。”

“你本来就是。”

下一秒，两人异口同声，跟踩对了节奏的双人舞一样。陶星来怪不好意思的：“你怎么这么实诚啊，我牺牲自我，活跃气氛来着。”

乔殊乐得喘气：“找我什么事？”

“聊天呗。”

“天有什么好聊，聊别的。”

“行啊，你借我一点儿钱呗。”

陶星来紧张兮兮，如此顺畅地提出了非分之想。他就是来找乔殊借钱的，万一爸爸的事情闹大，有备无患总是好的。乔殊似乎也愣了一下：“陶星来，你不是不食人间烟火的男仙吗？”

“仙人堕入凡尘了不可以啊，借不借？”

“借。”

这回轮到陶星来愣住：“这么爽快，你就不问我借多少？”

“借多少都值。”乔殊慢悠悠地开口，“聘礼嘛，放点儿血也是应该的。”

陶星来一言难尽：“你一个女孩子，怎么这么男人呢？”

乔殊笑声更低沉：“我还有马甲线呢。”

陶星来听得浑身燥热，模仿主播腔：“说人话。”

乔殊“嗯”了声儿：“我喜欢你。”

“你还是别说人话了。”

“我还是很喜欢你。”

隔着电话，都能想象乔殊轻轻咬唇的模样：“有感觉吗？”

陶星来捂着心脏：“我把卡号发你，要钱到再告诉你，可不许反悔。”

“哦，你好冷漠。”

“是你太热情。不说了，挂了。”

“等等。”乔殊偷弯嘴角，像是在对他的耳朵放电，“聘礼都下了，你什么时候从了我？”

陶星来脸倏地一烫：“我跟你说，我不是不会耍流氓，主要你是女孩子，我有绅士风度，你吃不消，男人的荤……”

“段子”两个字，被堵死在他喉咙眼。乔殊极有个性地挂断他电话。陶星来觉得自己今晚上可能睡不着，左脑老简，右脑乔殊。

亲情有点沉重，爱情也有点突然。

这突然的沉重太要命了。

客厅里，简皙在翻看网上评论。洁犀日化的负评愈演愈烈，官博上的致歉微博，前排的几十条热评都被“祝公司倒闭普天同庆”这种内容所霸占，而且源源不断地有人跟风点赞转发。

陶溪红不说，简皙也知道，公司里怕也是乱成了一锅粥。最致命的不是内部人心难安，而是一两个重大项目的资方，都提出了撤资。外资相当看重企业口碑和风评，这么一搅和，陶溪红没睡过一个囫囵觉。

财务部刚刚又打了电话过来，项目资金没办法跟进，几家供应商已经不满。再后来，那些供应商直接打给了陶溪红，明里牢骚，暗里威胁。

陶溪红最后一口气再也忍不住了，喷薄爆发：“停吧！最好明天起就别送货了！敢跟我横，我让你一毛钱结算款都拿不到！”

那头声音也扬高，简皙坐边上，都能听见火药味。陶溪红的这根弦绷紧到极致：“不信你就试试看！”

她把手机丢到沙发上，揉着太阳穴往沙发背靠。简皙赶紧宽慰：“妈，您千万稳住，注意身体。”

陶溪红掐着眉心，疲惫和无力再也不藏着，说：“资金一断，公司就撑不下去了。”

再抬头，她眼圈通红。洁犀日化是她几十年的心血，怎么容易说舍得？简皙也难受，十指拽紧了裙子。

这一夜，一家三口守在客厅，数着墙上的时针一分一分地过，直至天色露鱼白，而简严清一夜未归。屋里弥漫着压抑透顶的低气压，七点半，陶溪红的手机铃声突然响起。

像是一个暗示，所有人心照不宣，这个时候的消息，只怕是最坏的结果。简皙甚至起身，拿起包准备出门取钱。陶星来也找出乔殊的号码，正欲拨通。

“注资？”陶溪红声音陡升，还带着一夜未眠的沙哑，“正安集团？！”

助理在那边兴奋重复：“对！陶总，就是贺老的正安集团！”

陶溪红不敢马虎大意：“你把事情原原本本说一遍。”

“五分钟前，我们接到正安集团总经理的电话，明确提出，要投资洁犀日化目前的三个大项目，具体的，需要与您详细沟通。”

陶溪红沉住气，冷静问：“有没有身份证明，这个时候，不能脑子发热。”

“有的有的。”助理说，“加盖正安集团公章的函件，已经扫描传真至本部，签发人正是贺老，贺正安。”

陶溪红边说边往门口走：“好，我十五分钟后到公司，通知各部门一把手，立刻召开紧急会议。告知行政部，做好接待工作准备，必须最高标准。”

挂断电话，陶溪红转过身，对一双儿女说：“小皙，你和星来先去银行，随时等我电话。”

陶星来急急追问：“怎么了妈？又出什么事了？”

“没事。”陶溪红长长松了口气，“总算等来一个好消息。”

正安集团的突然注资，让洁犀日化如同朽木逢春。这家企业太有名，主营农副产品，水稻、小麦、蔬菜，什么都种，不仅是中东部地区粮食供给的大户，每年向国家粮仓的贡献也不在少数。旗下数家科技研发中心，是贯彻国家发展现代化农业这一政策的示范标杆。

贺正安，把一个企业经营成了一种精神，颇受政府领导敬重。

陶溪红没解释太多，急着往公司赶。她走到门口，突然停住，回过头皱眉问：“贺正安是不是……”

简皙听到这个名字，心跳猛烈，印证了猜测：“他是贺燃的爸爸。”

陶溪红沉默了一会儿，似乎是在消化这个信息。公司电话又催促而来，她才迈步离家。

简严清这边。

举报信的附加材料，事无巨细，还原了御丰园招标案所谓的“假公济私”，人证、物证、时间线甚至精确到了小时、分钟。简严清条理清晰地解释，言辞间找不到一点儿漏洞，与所呈材料，相去甚远。

调查组按流程规定，将把案件移交上级检察院。

“简市长，抱歉，请您理解。”

简严清微微颔首：“我无条件配合。”

如果说，从特别调查组的设立之快和严密，已经不难看出背后撑腰的人能翻云覆雨，那么现在，则更能确定对方的目的了。简严清已然能料想，不久之后，满城风雨，而自己清廉一世，很快将毁于一旦。

就在这时，敲门声响。一个穿着制服的人，匆匆进来，在调查组组长的耳朵边说着什么。组长的表情从平静到骤起波澜，变化之大，用了不到一分钟。

简严清神色自若，背脊端正，八风不动。很快，组长随那人走了出去，并交代下属暂停移交的手续办理。

简皙和陶星来等在银行，坐在VIP室的第一排沙发上焦急等待。

“贺贺哥肯定是去搬救兵了，我要爱死他了。”陶星来比了个十字架在胸前，“一定是他说服了老爷子。”

简皙打他电话不通，短信也没回，很担心：“他们父子关系不太好。”

“你怕贺贺哥吃亏？”

“父子间，没有吃亏这一说法。”简皙是怕贺燃受委屈，违心做自己不喜欢的事。

原来出差，是去找老爷子了。

“幸亏有姐夫，至少妈妈的公司有救了。”

陶星来刚说完，简皙的手机猛地一振。她心里碾过千军万马。来通知了？爸爸出事了？要用钱去打点了？真的没有希望了？

这一瞬间，心思百转千回。她抖着手，目光落向屏幕。结果一愣，来电人竟是简严清。

简皙颤着声音，语调都变了音：“爸爸？！”

陶星来两手握拳，手指扣着掌心，大气不敢喘。简皙的眉头，从紧到松，演了个天上人间。

“怎么说的？爸爸好不好？快告诉我啊，急死我了！”陶星来忍不住，连连发问。

简皙垂下手，不可置信地转过头，看向弟弟：“爸爸说，他回家了，什么事都没有，一切平安。”

两人迅速赶回家，陶溪红接到消息，比他们早一步到。

“爸，妈！”陶星来破门而入，“我天，真的是老简，真回来了！”

简严清眉眼疲倦，但难掩悦色：“小子。”

“爸爸爸，快给我摸一摸，我天，体温三十六度五，超级标准。”陶星来激动死了，“活的，活的。”

简皙眼泪都出来了：“爸，这怎么，突然就没事了？”

陶溪红也觉得奇怪：“是啊，老简，难道他们调查清楚了？”

简严清一时半会儿也说不明白：“上面有人干预了这件事，据我所知，在军区名望颇高。”

“我天，那得有多高啊，竟然这么快就能平息风波。”陶星来眨眼，不敢想。

简严清说：“事发突然，我还没有得到更具体的消息。”

陶溪红心里石头落了地：“不管怎样，平安就好。”

沉默的简皙，飞快地回忆了一下，猛地想起一件事。

“小皙？”简严清看出了她的不对劲。

“爸爸。”简皙缓缓抬头，声音慢，“我听贺燃提起过，萌萌的爷爷，以前当过兵。会不会是他帮忙找的关系？”

这一个闪光点，仿佛可以把所有事情串成一条线。陶溪红公司得到正安集团的资金盘活，简严清能在这种高压逼迫下，突然被松绑……一定是贺燃的父亲，贺正安帮的忙。

这时，门铃响，清脆的一声丁零。陶星来动作飞快：“我去开门！”

门把拧动，门缝变宽，陶星来夸张叫嚷：“姐夫！你回来啦！”

简皙心头一震。陶星来的语气比方才更激烈：“天啊！你的膝盖怎么青紫成这样了？该不会是玩了什么特殊姿势吧！”

贺燃被陶星来咋咋呼呼的迎接弄得半天没缓过气。

“爸妈回来没有？你姐呢？”

“倍儿棒地健在呢。”

简皙跑过来，目光定在他膝盖上。贺燃动了动腿：“你们两个怎么回事，老往那儿看。”他对简皙说，“别看了，浑身上下都是你的。喜欢就拿去，晚上随你怎么玩。”

陶星来一听，脸都红了：“姐夫，我还在场呢，流氓气质收一收。”

简哲盯着贺燃，眼珠一转不转。贺燃就站在门口，也不动，长手展开，下巴微仰。他的怀抱就像一块吸铁石。简哲冲过来往他身上一蹦，声音带着笑："老公！"

"在这儿呢！"贺燃托住她的腰，人就紧紧黏在了身上。

贺燃抱住她，原地转了两三圈。简哲搂紧他的脖颈，笑得眉眼成弯月。陶星来看着挺刺激，假装伸手："姐夫，我也要举高高。"

贺燃嗤他："老子不抱男人。"

简哲落地，手还不肯撒："爸爸是不是你找来的？你怎么不跟我说呢？我和你一块儿去也好。"

贺燃笑："太远了，坐车难受，家里也需要人照顾。"

简哲牵着他的手，往屋里走："爸，妈，贺燃回来了。"

陶溪红甚为欣喜，忙问："你父亲呢？"

贺燃说："在遥省。"

简严清说："这样，你把号码给我，于情于理，我都要亲自道谢。"

陶溪红一声长叹，现在想起，后怕的劲儿依旧有余威。

贺燃表情轻松："不用了，都是一家人，他老人家也就和老战友打了个电话，不费什么周折。"

简严清抬眸："贺老以前参过军？"

"对。"贺燃，"年代太久远的事，他也没跟我细说，是我父亲的一位挚交，正好能够搭把手。"

他轻描淡写地略过，可哪里是搭把手这么简单。贺正安只说，和那位老司令一块儿参军的时候，冬天下黄河洗澡，夏天爬树掏鸟蛋，打仗上前线，还替他挨过子弹。退伍后，一个继续涉足政圈，一个下海经商，但出生入死的情分，烙在岁月里，坚不可摧。

陶星来都快感动死了："贺贺哥，你是落难王子，怎么不早说呢？"

贺燃笑道："见过这么粗糙的王子吗？别瞎说。"

"我摸摸你的头，看看皇冠掉没掉。"

“别摸，刚做的造型，发胶喷了一瓶。”

“你这寸头，再做个造型，就是光头了。不过，检验帅哥真假，就得看板寸头。”

他对贺燃竖起拇指：“你是我见过最大的帅哥。”

贺燃“啧”了一声：“谢了啊，我也觉得还不错。”

简哲真想对他俩翻白眼，她把陶星来推开：“你有点吵。”

“姐，你又对我动手动脚了。”陶星来往贺燃身后躲，“贺贺哥，揍她，用泰拳！”

陶溪红看不下去了，沉声提醒：“星来。”

“知道了知道了。”陶星来可委屈了，“真是翻脸不认人呢，简市长，市民小陶需要关爱。”

简严清说：“好，你跟我去书房，背一遍党章。”

陶星来默默坐在沙发上，盯着客厅的吊灯假装冥想，什么都没听见。

简哲看着一家人有说有笑，心里热成一团。她向贺燃站近了些，勾了勾他垂在腿侧的手，小拇指挠了挠。得到暗示，贺燃毫不犹豫地一把抓住她，掌心又热又硬，把她完全包裹住。

简哲眼底热，侧头看过来，贺燃回报目光，轻声问：“嗯？”

简哲没说话，又低下了头。

贺燃像是猜到了她的心思，说了一句：“没事，老婆，不用谢。”

在家吃了晚饭，陶星来赶去公司，明天还要飞广州宣传电影，贺燃和简哲驱车回自己住处。一进家门，简哲就把医药箱搬了出来。

“你坐沙发。”

“干吗？”

“上药。”简哲指着他的膝盖，挺心疼，“爸爸让你跪了多久？”

“没多久，一晚上吧。”贺燃往沙发上大剌剌地一坐。

简哲一听，眼圈儿都疼红了。贺燃忙说：“逗你的，没多久，半小时左右，老头子嘴硬心软。我不演点儿苦情戏，他可就没那么好搞定了。”

简哲抱着药箱，垂眸低眼：“委屈吗？”

贺燃没听清：“什么？”

“向爸爸服软，委不委屈？”

简哲抬起眼睛，重新看着他。

贺燃真的很认真地在思考，嘴角轻轻掀了几下才说：“不委屈。真的。”

再怎样，那也是他父亲，长大了，懂得了把棱角收放自如。纵然有别扭，有针锋相对，有过老死不相往来的狠话，但到了搏命的时刻，第一个挺身撑腰的，还是自己的亲人。

贺燃愿意放下戾气，做一个率先握手言和的人。

简哲点了点头：“我给你上点儿药。”

贺燃坐着，简哲蹲着，拿出一管药膏，轻轻柔柔地抹。客厅的灯，照出薄薄一层暖光，打亮了贺燃帅气逼人的侧脸。

“简哲。”

“嗯？”

“像不像？”

“什么？”

“这个姿势。”贺燃冒出一脑袋的邪门歪道。

简哲沉默了。

贺燃看着她的表情，顿时乐得不行，手劲儿一紧，把人给拽了起来：“别擦了，我抱抱。”

后面的事情自然而然，小半宿云雨过后，简哲依偎在贺燃怀里，贺燃半坐着，靠着床，从烟盒里拿了一根烟叼在嘴里没点燃。

“小哲。”

“嗯？”

“我有件事要跟你说。”

简哲睁开眼：“怎么了？”

“如果，我要回遥省……”贺燃顿了一下，“你同意吗？”

“回遥省？”简皙坐直了些，不太明白。

“爸爸年纪大了，公司做得也大。”贺燃把烟从嘴里拿下，放回柜上，“我是家里唯一的儿子，可能会去接管公司。”

简皙一时怔然。回遥省，管公司，就意味着，要么分居两地，要么她从医院辞职，离开这个生活了二十余年的城市。贺燃故作轻松，摸了摸她的头：“别多想，我也要征询你的意见。如果你不喜欢，这件事就不提了。”

简皙把头重新埋进他的怀抱，静了几秒，问：“是和爸爸谈好的条件吗？”

贺燃笑：“没这么正式，于情于理，我也该回去接管，他敢交给我，勇气可嘉。”

简皙没回话，只是把他搂得更紧。

贺燃拍拍她的肩：“行了，这事就当没提过，睡觉吧。”

贺正安是在第二天下午来到简家的。

简严清从政多年，思维逻辑严谨，出口成章，愣是在电话里把贺正安说动，亲家终于正式会面。

简家家宴，陶溪红亲自下厨，简皙在旁打下手。萌萌还和老外婆在东山古寺清修，得明天才回。

“贺老，尝尝这个碧螺春。”简严清与贺正安齐坐茶室，相谈甚欢。

“嗯，好茶。”贺正安连品三口，由衷赞叹。

“这个，是贺燃在太湖出差的时候带回来的。”简严清难得地夸赞，“他年轻，做事却越来越沉稳。”

贺正安瞥了一眼在一旁烹茶的儿子：“有了家室，是该懂事，都是简皙的功劳。”

简严清不认同：“他是一个拎得清的人。换作别人，也不一定有他这个心性。我也有个儿子，您见过的。”

“见过见过。”贺正安有印象，“和简皙长得很像，呵，小年轻，穿着打扮时髦得很。”

简严清笑道：“我那儿子，可不比贺燃啊。”

“我听小哲提过，他是唱歌的？”

“好像是演电视剧。”

简市长也不是很了解。

“那不行，浮夸，不务实。”贺正安马上提出反驳，“老简，你可不能任他这样下去啊。”

简严清眼眸微闪，笑了起来：“只要遵纪守法，他喜欢做什么，就去做。”

“你就没想过也把他往仕途上培养？”贺正安放下茶杯，很是不解。

简严清端起烧开的水，往他杯子里加满，和着水声说：“这条路看起来风光，走起来未必舒坦。如果这次没有您帮忙……”简严清笑着摇了摇头，“那就随时可能是终点。”

贺正安皱眉，不语。

“这帮孩子，成人之后就会懂得，成年人的世界里没有容易二字。”简严清说得风轻云淡，“前路凶险，我一个人冲前面担待着就行了，不缺吃喝，就让孩子去做点儿自己喜欢的事吧。”

年轻岁月就那么十来年，简严清人生迂回，劳心费力，他希望一双儿女，能够在太平盛世里，欣赏世间一切美妙。

“贺老？”简严清叫他。

贺正安回神，“啊”了一声，指着陶瓷茶杯：“好茶！”

中老年天团话题倒是无数，聊完茶叶，聊国学、京剧，十分融洽。陶星来最爱凑热闹，宣传完电影，又飞了回来，赶上了晚上的家庭KTV聚会。

包厢里灯光迷离，贺正安和简严清唱起了《红军二万五》，忆苦思甜很是投入。

“我的天，简市长唱歌好难听啊。”陶星来趴在吧台上，“我得给他录个音。”

简皙抢过他手机：“别闹！”

陶星来伸手抢：“姐你犯规！把手机还给我！”

简皙无意一瞄，瞬间瞪大眼睛，屏幕停在微信聊天页面上，五分钟前，陶星来和乔殊聊得火热。而乔殊发来的最新信息，竟是一张穿着超短水手服的照片。

这角色扮演，可够美少女战士的。简皙一言难尽：“弟，你是不是准备扮演夜礼服假面？”

陶星来拿过手机：“你怎么知道，不过快递还在路上呢，明天就能收到了。”

他看着乔殊的cosplay照片，十分自觉地往不可描述的方向脑补。贺燃挑眉，伸手往他额头上一摸：“哟，我还以为你发烧了呢。”

陶星来偏开头：“男男授受不亲，别碰我，是姐夫也不可以。”

而不远处，握着话筒的贺正安，看着三个年轻人，心里不免泛起一丝疑惑。陶星来傻白傻白的，可他快乐，朝气蓬勃。贺燃不过比他大几岁，却老练沉静许多。贺正安眉间有波澜，回想在喝茶时简严清说过的话。

自己这种“硬要绕远路，宁死不低头”的执念，是不是真的跟不上时代了？

简皙和贺燃夫妻联合，成功把陶儿气跑。贺燃心情很好，跟着两个爸，哼起了《红军二万五》。

突然，他转过头：“简皙。”

“嗯？”

“我们去旅游吧。”

简皙笑了下：“听歌听入迷啦？行啊，是想去爬雪山，还是过草地？”

贺燃很认真，说：“我想和你浪。”

他立刻纠正：“冲浪，去海边。”

旅游的想法，被列入了两人的计划里。晚上九点多的时候，老年团们便要离开。一车坐不下，贺燃就开着陶星来的车，载着贺正安。

贺正安滑下车窗，拿出火机要点烟。

“少抽点儿。”贺燃说，“一把年纪，还以为自己是二十几岁的勤务兵啊——给。”他空出一只手，递给他一盒薄荷片，“这玩意儿没含糖，烟瘾犯了，就吃一片消消瘾。”贺燃说，“你儿媳妇从医院拿的。”

贺正安撇开眼：“我不吃。”

贺燃懒得跟他争论，直接塞向他怀里：“爱吃不吃，反正不许抽烟。”

“臭小子。”贺正安暗暗嘀咕一声，不情不愿地拿起，抽出一片，高冷酷炫地放进了嘴里，“什么东西，真难吃。”

“难吃的东西才对身体有好处。”

贺燃从后视镜里瞄了一眼，只见贺正安嘴上逞强，但还是不动声色地将薄荷糖放进了衣兜。

贺燃勾了勾嘴，看着前面的路：“爸。”

“嗯。”贺正安被他这声叫唤提了神。

贺燃说：“回家的事，我跟简皙得再商量。她工作在医院，就算愿意跟我回遥省，交接也需要时间。”

贺正安没吭声。

“萌萌还小，如果她不愿意去，那我也把手头上的事安排一下。”贺燃十分平静地陈述，“你给我一个月，弄好这边，我就回公司学习。”

贺正安还是没说话。

贺燃等得有点不耐烦：“爸？”

也不知是不是自己的错觉，他仿佛听到了叹气声。前面路口遇红灯，车身缓停。贺燃手搭在方向盘上，有一下没一下地敲。自家老头儿向来不按常理出牌，不知道又哪里惹他不如意了。

“您是不是觉得一个月时间太长了？但我也没法，需要……”

“算了。”贺正安突然开口。

贺燃敲着的手指停住，侧过头：“什么算了？”

霓虹透过车窗玻璃，匀匀洒了进来。贺正安的眼眸从这个角度看，精亮有光。

“公司那边，你不用回去了。”

贺燃愣住。

“你从小就皮劣，咱家往上祖宗几代，都没出过一个混世魔王，到你身上，可是都实现了。我现在一想起你小时候，就记得两个字，打架。”

贺正安略为心烦地压了压眉峰：“一说这事儿，我就后悔，后悔当年没多揍你几下。”

贺燃笑了出来：“皮带打断五根，这还不叫多？”

“那是你该打。”贺正安薄唇绷紧，倏地松了口气，“这么些年，我确实没管过你，创业、生活、结婚，甚至事业受打击的时候，我这个做父亲的，也没有伸手拉你一把。”

贺燃的笑，也渐渐收拢，挂在嘴角，有点酸。

“小皙是个好姑娘，你该感谢她，我也该感谢她。”贺正安转过头，与儿子对视，“她让你浪子回头，不容易。”

简皙二十几年的人生里，最大的苦，都是在贺燃身上吃的，无缘无故挨过打，生产的时候也差点丧命。

贺燃低头，夜色作掩，眼眶子发紧：“我会对她好，一辈子给她拼命。”

贺正安点点头：“你知道就好。家里的公司，做的都是大米土豆，好在这些年，发展稳定，有章有法，我也不需操太多心。你回去，也是个捣蛋的，甭想指望你尽孝。”

曾经，贺正安固执坚硬，规定一切事情都必须按照他设定的条框去进行。如今，他好像有点动摇，觉得自由发展也是美事一桩。比如贺燃，臭石头一样的小子，两人不共戴天这么多年，没有他，正安集团不也一样蓬勃发展吗？

贺正安甚至想，他不回来，按照目前的状态，世界和平也挺合适。

贺燃别过头，像是要把车窗盯出一朵花。

“哑了？”贺正安急躁不安，没个好语气。

贺燃深吸一口气，压下翻涌的情绪，硬邦邦地说：“您可别后悔。”

“我会后悔？”贺正安冷哼一声，“老子比你会赚钱，有本事你就赶上我。”

贺燃眼底有水色在闪，哪怕他三十而立，从少年成长为男人，这一刻凶巴巴的亲情，也能瞬间催软他的坚硬。

第二天，贺正安便要返回遥省。简严清再三挽留，但贺正安晚上还要去国外出席一个农业论坛，实在没法多留。萌萌被接回来了，走之前，贺正安抱了抱她，老严肃瞬间变成老顽童。

“你这个小胖手，像米其林轮胎。”贺正安乐呵呵地逗孙女，“爷爷种了好多蔬菜，都给你吃。”

萌萌的语言天赋尽显，比同龄孩子说话要早，两手直摇晃：“不呲菜菜，要呲肉肉。”

一家人笑开了心。

贺正安满口答应：“好！爷爷这就回去让人养猪养牛养羊。”

贺萌萌嘴巴张成“O”形：“还要养舅舅！”

简皙惊喜，对贺燃说：“呀！闺女总算发对了音。”

她拿出手机打开微信，走到贺老身边，对萌萌说：“女儿，再叫一声舅舅。”

简皙按了语音，准备录给陶星来。小家伙鬼得很，一本正经地又叫起了“逼逼鸡，逼逼鸡”。

就连贺正安，也笑得爽朗大声。贺燃放低声音，对他说：“爸，我每个星期，都带萌萌回来看您。”

“千万别。”贺正安挺傲娇，“我忙得很，满世界邀请我参加活动，别耽误我事。”

简皙凑过来：“爸，我带萌萌来。”

“那行啊！”贺正安变脸速度堪比火箭，“家里阳台，都是我亲自种的蔬菜瓜果，摘给你吃。”

贺燃有点吃味：“您不是满世界飞吗？”

“你还让不让我休息了！我一把年纪，总要放假的吧！”

周六。

陶星来在群里直嗷嗷，语音一条又一条地轰炸。

“你们一定要记得看直播啊！

“苹果直播就能看！

“怎么没人理我呢，是不是没收到！”

简皙被贺燃折腾了一宿，趴在床上懒得动，一看时间才六点半。她说：“陶星来，你嗓子破音了，难听。”

贺燃睁开眼，翻身压上来：“你还好意思说别人？自己嗓子都哑成什么样了。”

简皙责怪：“都怪你。”

“啧，爽完就不认人。”贺燃，“你昨晚怎么叫的，我给你学学。”

陶星来又在群里叫唤了：“晚上八点，直播正式开始，你们最好七点半就守着，看看广告陶冶一下情操。”

陆悍骁也回复了一条语音：“陶儿，苹果直播要会员才能看，三十块一个月，太贵了。”

陶星来怒了：“陆陆哥，一大早的，你脸就掉了？咱们群里，最有钱的就是你，我在你心里难道连三十块都不值吗！”

“别嗷了，手机都被你嗷死机了。我当然会亲眼见证陶儿拿影帝。”

一听“影帝”这两个字就紧张到想放屁，陶星来不再说话。

五分钟后，他们每个人的手机都收到一条信息：“感谢您开通苹果直播VIP会员，免费观看金鹿奖颁奖典礼。”

陶星来给亲友团每位成员都充了三十块钱会员。

陆悍骁说：“老子第一次当会员，感觉自己巨光荣。不要笑，会员的皇冠会掉。”

贺燃轻飘飘地丢出去一条两个字的语音：“傻子。”

陆悍骁说：“燃燃，你声音好淫荡啊，我都无法呼吸了。”

陶星来说：“陆陆哥，我这儿有氧气罐，你来吸两口呗。”

简皙说：“喂喂，你这也太㞞包了吧，至于紧张成这样吗？还要吸氧？”

陶星来发了几百个心碎的表情，成功刷屏。

他与乔殊主演的电影，上映后口碑票房双丰收，他们拍的是青春片，用最朴实的情感演绎了少男少女的爱情成长，没有堕胎，没有算计，纯粹真实，更得人心。陶星来也借着男一号的角色，成功入围今年的金鹿奖最佳男主角。

晚上八点，颁奖典礼开始。

陶星来今天造型十分简单，白色衬衫将他的气质衬托得出类拔萃。走红毯的时候，粉丝团庞大，呼声特别高：“星星永远守护你！”

陶星来双手合十，比在唇边，是感恩，是祈祷。而这个动作，被公关团队完美抓拍，往网上一放，清爽虔诚的模样，俘获了不少路人粉。

宣布最佳男主角的时候，颁奖人上台，引起了全场轰动。竟是两年前就拿下影后的乔殊。

电子屏幕滚动播放入围者的介绍，最后一位是陶星来。场下掌声如潮，倒有点推波助澜的意思。

乔殊淡定地念道：“第二十八届金鹿奖最佳男主角，获奖的是——”

与此同时，台下两人的粉丝团高呼：“陶星来！”

乔殊抿嘴，轻轻地翘起嘴角：“对，陶星来。”

镁光灯，音乐声，尖叫声，顿时席卷。

全场灯光，都集聚于陶影帝。而先前的紧张，都神奇地退散，挂在他脸上的，是从容得体的微笑。

他起身，在万众瞩目里，走向舞台。

乔殊目光灼灼，迎接他的到来。

两人终于同台合体，惊呼掌声一浪高过一浪。

“抱一个！抱一个！”震天呐喊，最后演变成了，“在一起！在一起！”

陶星来接过奖杯，乔殊轻声说：“恭喜。”

乔殊一身白色长裙，与他的白衬衫相得益彰。陶星来迟迟没说话，现场缓缓安静下来，都在等待。许久，他弯起嘴角，竟然对乔殊张开双手，等着她投怀送抱。

台下，热浪又翻涌。乔殊眼里竟然有泪在闪，他们抱在一起的瞬间，是璀璨今夜的最高潮。

已经抱了，离在一起还远吗？

电视机前，简皙都快哭成泪人了。贺燃给她递纸巾：“媳妇儿，这是好事，家里终于出土了一个影帝。”

陆悍骁特别兴奋：“影帝在手，资源我有。”

“你大爷。”贺燃踢了踢他的拖鞋，“成天那点儿心思。”

“滚，别弄脏我的拖鞋。”陆悍骁闪开大长腿，“我姑娘亲手给我买的。”

简皙不留情面地揭示真相：“哦，那天我和她一块儿逛超市，结账的时候找不开零钱，就顺手拿了双打折拖鞋，凑整数。”

贺燃乐得不行，拍了拍他肩膀：“哥们儿，别流泪，三十块的会员皇冠会掉。明天我让外婆给你勾一双毛线的，温暖你的脚丫子。”

陆悍骁高贵冷艳，吐出一句“神经病”。

看完陶星来得奖，三个人出去吃火锅。

陆悍骁说：“对了，三亚那边的车我已经安排好了，你俩机票订了吗？”

“订了，后天早上。”贺燃夹了片海带给简皙。

“玩几天啊？”

“五天。”简皙说，“我假期不多，所以让你帮忙找个车，我们到那边自驾游。”

“放心吧，我公司在当地有接待，有问题随时找我。”陆悍骁伸手招呼，“服务员，我的酸萝卜怎么还没来啊？”

贺燃受不了：“我日，你是萝卜精变的吧？”

陆悍骁“嗨”了声：“你咋知道！对了，查过天气预报吗？别玩的时候下大雨。”

“查了，好着呢。”

“带我一个呗。”陆悍骁说，“我家姑娘考试呢，不理我，她们那大学，男学生一个个可臊气了，搞得我超没安全感。”

“我不带你。”贺燃果断拒绝，“带只狗都不带你。”

陆悍骁脸皮厚，当即学了三声狗叫：“汪汪汪，这回肯带了吧？”

如同天气预报所说，出发那日，是个好天气。飞三亚，两个半小时，上午十一点，飞机落地。贺燃可喜欢这里的阳光了，觉得自己离麦色皮肤又近了一步。简皙比较怕晒，防晒霜带了好几管。

“你竟然没有看过大海？”简皙倒是惊奇。

“真没看过。”贺燃戴着墨镜，侧脸轮廓清晰好看，“以前出差，都在路上跑，哪有时间去玩。”

简皙得意地说：“我比你厉害，在英国念书的时候，把欧洲差不多都玩遍了，见多识广呢。”

贺燃脸不红心不跳：“嗯，幸亏见多识广，才选了我当老公。”

简皙难得地没有反驳，笑得温柔，往他脸上亲了一口。贺燃侧眼：“急什么，还没到晚上呢。”

他订了一套贼贵的房子，把行李收拾好，两人背着相机就去玩了，一路拍拍走走，听风声，听海声。简皙穿着白裙子，贺燃穿着白T恤。简皙看东西入了迷，落远了些的时候，贺燃便头也不回地喊一声：“老婆。”

他背在身后的手，指头勾了勾。简皙就自觉追上来，把手心交给他。两个人，慢悠悠地走，随心意地看，晚上又懒洋洋地一起去海边散着步。

海滨之城，有着独特的清新气质。浪一堆堆地涌上沙滩，简皙光着脚丫，逐浪跑。贺燃双手插兜，立在一边静静地看，她笑，他也笑，牵动的嘴角，连弧度都一模一样。

他们第一次见面，简皙狼狈又凤包，但还是拦不住在他心里的惊艳。

贺燃所有的阴暗面，一个不落地被简皙亲见，从故事开始，彼此便真实坦白。

他们第一次亲吻，简皙的勇气如太阳。

贺燃带她飙车骑摩托，几年过去，她还记得那晚的风声有多动人。

他用男人的方式，实践着什么叫努力与担当。

两人在深圳那间破旧的地下室里，彻夜欢爱。

回忆就像一帧帧的慢镜头，轰轰烈烈地碾过脑海。

逐浪的简皙，裙摆沾湿，笑声落耳。

贺燃大声喊她："简皙。"

"嗯？"她回头，笑容在嘴边，"怎么了？"

贺燃没出声，只用嘴型说了三个字："我爱你。"

月色里，夜色里，都不及他在眼里。简皙脚步一颤，扑腾一下坐在浪里。天啊，把她给激动的。

白裙子湿透了，贺燃脱掉T恤，给她围在腰间。他光着膀子，一身的肌肉线条暗自炫耀。

两人手牵手，踩着光亮，压马路，逛大街。

简皙来了兴致："待会儿我们去吃烧烤好不好？"

"好，你想吃什么？"

"大虾、扇贝，对了，还想吃烤火腿肠。"

贺燃笑了笑："别的都行，火腿肠就算了。"

简皙捶了他一下：“大街上呢，声音也不小点。”

“火腿肠有什么错？街上还不能说？”

“你老是耍流氓。”

“老子不是流氓，老子是个好东西。”

“知道了，知道了，好东西早就是我的了。”

“简皙你抢了我台词。”

“你浑身上下都是我的，还用什么抢啊？”

“对，都是你的，说吧，今晚怎么吃，红烧还是清蒸？”

“我看你是讨打。”

“真下手呢，哎哎哎，别挠我腰，怕痒！”

一路笔直，路灯做伴，一眼看不到头，两个人笑笑闹闹，踩着光影——

朝夕是你。

百年，也是你。

【正文完】

番外一 余生殊荣都是你

陶星来一到化妆间，又挨骂了。

“你昨天微博，发的是什么玩意儿啊？我不是给你选好了照片吗！”公司一小领导，指甲都快戳他脸上了。

陶星来嬉皮笑脸，站着听训，偶尔解释一句：“我觉得，那张照片不太合适，毕竟六一儿童节要到了，影响不太好。”

“儿童节关你什么事！”领导脾气可大了，“你咋不扯过春节呢？”

“我想扯。”陶星来垂眸低眼，眼观鼻，嘀咕道，“这不是拜年还有点早吗？”

领导的脸，瞬间现出了个彩虹。事情是这样的，前几天，公司交代陶星来，让他选一张裸着上身，秀腹肌和胸肌的照片，发个微博，用来博博眼球。结果早上一看，他发了张穿着羽绒服，看雪景的日常照，没有任何爆点。这几天领导心情不太好，公司一个代言被抢了，陶星来这是撞在了枪口上。

"公司尽心尽力包装你，去推广你，就等你微博照片一发，我们马上买头条，让你上上榜，混个脸熟，你倒好，私自胡乱瞎搞，发的什么破照片？"

陶星来玩着衣角，卷着手指又松开："哪里破了，我那身羽绒服新买的呢。"

眼见领导又要发飙，一旁的经纪人强哥赶紧打圆场："徐总说得是，怪我没和他说清楚，待会儿我们就补发，选张更劲爆的，一定配合公司宣传。"

领导发泄一通，便走了。

陶星来"嘁"了声。

"嘁你个头！"强哥怒了，"你这不是讨骂吗？为什么不按要求发照片？"

"那可是裸照。"陶星来一想起就辣眼睛，"这不是毁灭我清纯人设吗？"

强哥翻白眼："放心，现在还没人来关心你纯不纯。"

因为陶星来并不红。

公司能签他，是一时被外表迷惑，长得确实帅，气质也上得了台面。但这年头，小鲜肉路线几近饱和，陶星来没资源，公司也没那个营销实力，他顶多算个四线艺人，电视剧一集死的那种。

强哥掏出手机："我给摄影师打电话，马上拍个照，发出去。"电话接通，"喂？唧唧，我阿强，对，拍片，陶星来，不用带造型，脱光了，骚一点，浪一点，迷离一点就成。"

总结一下，就是要拍出性取向扑朔迷离的感觉。陶星来可生气了："你是不是不想混了，我腹肌还没练出来呢！"

强哥来火："你也太没职业道德了吧？连腹肌都没有，当什么小鲜肉，我两个月前就让你健身了！"

陶星来可烦了："你别嚷了，声音跟牛牛一样。我这不是休了个假吗，在家天天吃炖大鹅，两块腹肌都喂鹅了。"

强哥从这段话里愣是听出了一个动物世界。他顺口问："牛牛是谁？"

陶星来对镜喷发胶，吹了一声俏皮的口哨："我家养的金毛。"

强哥真的很不喜欢和他说话，太容易脱缰放飞了。他冷着一张脸："待会儿给我好好拍照。"

"别拍了，反正都挨过骂，算了呗。"陶星来不太想肉搏。

"别废话！你都两个月没接戏了！老子每月只能领一千五的保底工资！"强哥气死了，他可是每天要吃两只鸡腿的人。

陶星来一听，心里确实有点愧疚。

"十分钟后，你去C间找化妆师，人等会儿就到。"强哥交代完，还有事，便先走了。

陶星来掀开衣摆，看了看自己的小腹。平是平，就是没点儿线条，有点对不起观众。

隔壁休息间里。

"小殊，这是等会儿访谈的问题，你熟悉一下。"李昭瑶把稿子递给正在化妆的乔殊，吩咐化妆师，"口红换个色号，她上节目的服装是白色。"

一旁的助理小妹，帮她端起稿件，放在与她视线平行的位置。乔殊的眼妆已经化完，一眨眼，眼角跟桃花飞似的，很是勾人。

她边看边问："刚才是谁在那边吵？"

李昭瑶翻行程，头也不抬："这公司的艺人吧，不清楚。抓紧点，还有四十分钟就要去五楼演播厅候场。"

乔殊弯了下嘴："能说会道，挺好玩的。"像是听了一场小型单口相声。

这一排化妆间，都是用木板隔开，所以隔音效果并不好，乔殊化妆的时候，把隔壁陶星来和经纪人的对话听得一清二楚。李昭瑶标注好重要工作，提醒道："这周三有LS的新品墨镜棚拍，会有几个男模做陪衬。"

乔殊"嗯"了一声，微扬下巴。李昭瑶俯身，仔细确认她的妆容。乔殊自身底子不差，五官精巧，是浓妆淡抹总相宜的类型。她出道不算早，但接戏不马虎，质量高，连着三部都是大制作的动作片。不仅有脸，更有实力，甩了同龄女明星一大截距离。

等乔殊化好妆，李昭瑶需要去跟节目制作方确认一些事项。

“你先休息会儿，等我电话。”

乔殊对镜戴耳环，应了声：“去吧。”

休息室里，只剩她一个人。乔殊走到一旁的沙发边，坐下，拿起手机翻了翻微博。评论转发提醒都关闭了，她为数不多的动态下，都是破万的留言。

乔殊点进搜索框，输入“陶星来”三个字。页面一蹦出，她就笑了。陶星来的热门微博，第一条是：“今天喝醉酒了，拿了三块钱数了一晚上。”

虽然热门，但评论数也不超过一百条，再往上翻。

“又喝醉了，给自己充了二十年的QQ会员，还是超级的。”

乔殊笑出了声，又看到一条他点赞的粉丝留言。粉丝发了一条：“心情不好，想出去散散心，去哪儿好呢？”

陶星来回复：“客厅就挺好。”

乔殊心想，这人，真的很好玩啊。就在这时，有人敲门。三声敷衍的咚咚咚，也没等里头答应，门就推开来。陶星来手搭在门把上，嘀咕道：“没人啊，化妆师呢？李小强这个大屁眼子又骗我。”

他视线一转，瞄到了侧边沙发上的人儿，吓得一滚：“活物！”他纳闷了，“怎么不吭声呢，怪让人恐慌的。”

乔殊微拧眉，看清楚来人后，心想，还挺邪门啊。她轻轻直起背脊，两手交叠在胸前，随意搭着。陶星来反手关上门，走到镜子前，边拉椅子边说：“你就是化妆师吧，来吧，麻烦你给随便化一化。”

乔殊心里一惊：眼盲？

“怎么了？坐久了，腿麻？”陶星来边照镜子，边催促，“快点，我还赶时间呢。”

陶星来觉得自己盛世美颜，感叹道：“其实你们做模仿秀的，也挺不容易啊。”

“上回，我也碰到一个，他模仿的是刘德华，太像了，不过我一眼就看出来，鹰钩鼻是整的。”陶星来捋了捋自己的莫西干发型，“不过你很能干，又当化妆师，又参加模仿秀。”

乔殊憋着笑，挑眉起身：“那你觉得我像谁？”

“乔殊呗。”

“我像吗？”

“不太像。”陶星来说，“你比她好看多了。”

乔殊憋住笑，眼角上挑：“谢谢夸奖，坐吧，我给你化妆。”

说实在的，陶星来只在电视上见过乔殊，他这种格调，还不足以和她同台合作。加之最近苹果卫视搞了个明星模仿秀节目，火爆得很，有的人长得跟明星真的十分相像。公司顶层租出去做演播厅，而模仿秀的节目恰好也在这儿录，陶星来以为，她是模仿乔殊的明星脸。

“我跟你说下要求啊。”陶星来心安理得地坐在椅子上，“眉毛眼睛就不用……”

“我知道。”乔殊打断，走近了，身上淡香扑鼻，“你经纪人跟我说了。”

“那行。”

乔殊伸出食指，戳了戳他肩膀：“站起来。”

“干吗？”

“化妆啊。”

陶星来不明所以，但还是照做，一米八六的身高往乔殊面前一站，够高大威猛的。

“脱衣服。”

陶星来眨眼睛，以为听错了。乔殊演技上线，抬了抬下巴，回忆了一下他经纪人的名字：“强哥交代的。说你腹肌喂了鹅，怕拍照效果不佳，所以要修饰一下。”

这话倒是对路，陶星来将信将疑，手犹豫地伸向衬衫扣：“怎么修饰啊？”

乔殊不说话。

陶星来“哦”了一声，自觉脱衣服。

脱完了，乔殊拿起眉笔，蹲下去。

“哎哎哎，这姿势挺高难度啊。”陶星来有点紧张，“怪不好意思的。”

乔殊在上戏上学的时候，最拿手的就是哭戏和形体，什么时候都能不笑场。她正儿八经地说：“很简单，画出腹肌就行了。”

陶星来惊了，真是开启新世界大门啊。乔殊拔下笔盖，凑近了些，她的呼吸不自觉地洒在陶星来的皮肤上，有点若有若无地痒。陶星来的皮肤白，小腹平坦干净，虽然腹肌不明显，但没点儿赘肉，腰线利落干净，收弧入胯。

他穿了条牛仔裤，皮带是朋克款，乔殊心想，还挺时髦啊。目光再往下，底裤的裤腰露出极窄的一条，是鲜艳的橙色。

大概是橙色太耀眼，乔殊分了一小会儿的心。陶星来垂眸：“喂。”

“嗯？”乔殊回神，抬头对视。

一高一低，两个人的目光，轻轻碰了碰。

乔殊正色：“肚子挺出来点。”

陶星来屁股一翘，人就往前面送。

她没含糊，还挺认真地给他画起了腹肌线条。左边两道杠，右边两道横，中间心连心，写了一个大“田”字。

“好了。”乔殊把笔盖盖上，“穿衣服吧。”

陶星来对着镜子照了照，深刻怀疑：“你家是不是种水稻的？”

乔殊手上动作一停，嘴角微微抽动起来，李昭瑶的电话打了过来：“小殊，上来候场吧，走A座电梯，保安马上就到。”

乔殊懒懒地应了声：“嗯。”

陶星来还在欣赏身上的“水稻田”，头也不回地说：“祝你拿第一啊，奖金好像有五千块。”

乔殊走到门口，耳坠无风自摇，背对着，所以可以不掩藏地笑：“拿第一了，请你吃饭。”

十分钟后，陶星来也入棚拍照。

摄影师是老挝回来的摄影大咖，参赛无数，次次拿第十名。没办法，李小强只请得起她。

“举手，对，叉腰，好的，摸一下臀部。”老师指导陶星来摆Pose。

其他的都好办，就是这个摸臀也实在是……陶星来太喜欢了。

“咔嚓！”

“咔嚓！”

百连拍之后，老师比了个“OK”的手势：“完美。”

强哥立刻凑上来：“我看看。”

“都挺符合骚浪要求，腹肌效果明显。”老师遮盖住屏幕，“原片暂时不给，抱歉。”

陶星来裸了半天上身，挺没安全感。他边穿衣服边说：“强哥，你蛮有经验的，让化妆师画了一个腹肌。”

“什么玩意儿？”强哥说，“我可没让人画，我还以为是你自己出的馊点子呢。”

“这不是你交代的？”陶星来手指头一顿，眉头紧皱。

“废话。”强哥手一挥，“下午有通告，可别走远了。”

夜幕，江澜公馆。

圈子里的小型聚会，李昭瑶没事儿就喜欢搞这种交际活动。乔家属于世家财团，东皇娱乐是乔殊亲哥开的，旗下超一线艺人十几个，拽着娱乐圈的半壁江山。乔殊出道时，根本没搭理他哥，自己出来成立了工作室，照样混得风生水起。

几个小明星，顺着裙带关系来这聚会上，不太敢看乔殊。对她们来说，乔殊就是金字塔尖端上的人儿。

“那女的，想问你要个签名。”李昭瑶坐过来，喝了一圈，脸色泛红。

乔殊懒懒地坐在沙发上，手里举着酒杯，红色液体微微晃荡：“嗯，你拿来吧。”

李昭瑶伸了伸脑袋："一晚上都在看手机，什么好看的？"

乔殊也没不遮掩，任她。

"刷微博呢？咦，陶星来？"李昭瑶念出名字，脑子里搜索了一番，印象不深，"我们最近没和他有戏约啊？"

乔殊眼睛微弯如月："他好玩。"

"有什么好玩的？"

乔殊眼角斜飞，就是正宗的桃花眼，声音拖出长长的尾音，带着侃意："哪儿都好玩。"

李昭瑶一听不对劲儿："怎么了？"

"没怎么。"乔殊的目光，停在陶星来那张穿着羽绒服的照片上，轻轻笑道，"六月天，发个冬装照，你说好不好玩？"

李昭瑶冷漠地摇头："不好玩。"

乔殊却像按了笑穴开关，心情极好："我今天见过他。"

"是吗？在哪儿？"

"化妆间。"

"哟，觉得他帅啊？"

"一般般吧。"乔殊抿着唇，盯着杯中酒，"不辣眼。"

李昭瑶顿时警惕，坐近了些，问："你对他不会真的有想法吧？"

乔殊淡淡瞥她一眼："这么严肃干什么？我对他没想法，就是觉得……"

"觉得什么？"

乔殊弯起嘴角的时候，眼角眉梢都染了笑："他的胸，挺好看的。"

陶星来的腹肌照片在第三天修了出来。强哥选了九张："发你微信了，下周三八点，你发微博。"

陶星来一张张地翻："强儿，这照片有点不对劲儿啊。"他指着屏幕，"我屁股缝都露出来了？我不是穿了裤子的吗？"

强哥干脆利落地说："P掉了。这样更有看头。"

"看你个头。"陶星来都快惆怅死了，"你这不是毁我人生吗？我上有老，下有姐的，被熟人看到，他们会打我的。"

强哥嫌弃死他了："如果你再接不到戏，我就真的要打你了。而且你养家糊口，牺牲一点儿皮肉算什么。"

"你太坏了，一看就是从小没好好学习的人。"陶星来看着这些辣眼睛的照片说，"发出去，应该会被网警盯上吧。"

"盯你干吗？"

"因为好看啊。"陶星来想了想，"我这些，可不就是淫贼造型吗？"

强哥快疯了："又没给你露隐私部位！好看你个仙人板板！记住了啊，晚上八点发，我们买头条的时间都订好了。"

陶星来不情不愿，寻思着用美图秀秀给遮挡一下。屁股缝是肯定不能露的，这不是明目张胆地要流氓吗？

强哥电话响，是老板，赶紧接通："喂？徐总，有何指示？"听了一会儿后，强哥睁大了他的牛眼，"什么？LS的广告？我知道我知道，好好好，一定会准时的。"

陶星来嘀咕说："一惊一乍的，一点都不成熟，放牛排店里，你也顶多五分熟。"

强哥挂断电话，激动地抱住陶星来："陶儿！广告找上门了！"

陶星来一听："我天，我要红了！"

"这……"强哥不忍心打击他，委婉道，"还是有这个可能的。"

"什么广告啊？"

"LS，最新季的墨镜！"强哥现在还有点不可置信，"国际品牌，怎么找上你了呢？"

"你这话说得也太没水平了。"陶星来可不服气，"我从小就穿阿迪达斯与国际接轨。"

强哥冷静了一些，奇怪道："而且他们是先联系的公司，点名道姓要的你。”

其实陶星来对拍广告没太大兴趣，他的终极目标是影帝。

“约的什么时间你就瞎答应，也不看看我有没有档期。”

强哥说：“到端午节前，你都是闲的，我没好意思告诉你，如果明天还没活儿干，我就给你报个名。”

“报什么名？”

“端午节，龙舟大赛，我二叔的船队。”

陶星来欢天喜地：“强儿，你对我太好了！我也是这样认为的，我特别适合当船队的吉祥物！”

LS的广告照拍摄，在周三下午。虽然早就知道，是和几个男模当配角，但陶星来到现场后，还是有点不是滋味。另外四个男模，金发碧眼，高大帅气，最重要的，是他们个个有八块腹肌！

他陶星来，是自认的盛世美颜，却在腹肌面前低了头。因为他没有，这不是逼他当羞耻boy吗？由于品牌需要对新品代言人保密，所以在拍摄之前，他们都签订了保密协议，代言人的真实面目，一直保留到拍摄开始。陶星来按要求，脱光了上衣，穿着松垮的牛仔裤，露出四分之一的底裤裤腰。

首先拍摄男模硬照，站位，打灯光，微调角度。

“陶星来，你往后面站，不要挡住托尼的腰身。

“你再往后站一点，不要挡着汤姆的腿。

“你侧着站，对，把脸侧过去，我不想拍你的脸。”

因为他没腹肌，所以遭人嫌弃，这个看肉的世界，陶星来好绝望。休息的时候，他向强哥吐槽：“早知道这样，他们直接找五个男模就好，找我干什么？长得帅的人，就一定要受这样的歧视吗？”

“哎呀呀，我最烦你不管说什么，都要带上一句夸自己的话。这不是大品牌吗，多难得的机会。谁让你不锻炼的，肌到用时方恨少吧。”

陶星来有小情绪了：“他们欺负人，不让我露脸，不让我露大腿，腹肌我是没有，但我胸肌还挺美，心好累。”

聊得正高兴，传来一声轻轻的笑，是个女的。陶星来警惕地回头："谁？"

强哥嘴巴张大，看清前面的人，这不是乔殊吗！乔殊站在两米之外，双手懒懒搭着，一身白色紧身裙，简单样式突出气质。她正似笑非笑地望着陶星来。

陶星来见着了老熟人，特开心："哟，又碰见你了，来这儿化妆呢？今天不用上模仿秀了？"

李小强倒吸一口气，乔殊笑容放大："对啊，帮你化妆，老规矩行吗？"

陶星来不想再受伤害了，满口答应："行得不得了。"

他熟练地掀开衣服。李小强快窒息了，敢对影后耍流氓？但，乔殊很是熟练地走过来，掏出早就准备好的眉笔。陶星来屁股一翘，腹部一挺，跟开大炮似的。

"上回忘记跟你说，你中央美院毕业的吧，水稻田画得美死了。"

乔殊笑声很好听，珍珠落玉盘一样："是吗？喜欢的话，我以后经常给你画。"

"那不用了，前阵子休假，吃多了炖大鹅，给我半个月，我要这些鹅把我的腹肌给吐出来。"

乔殊乐得手抖，抬起头看他，缓缓呼气："你真好玩。"

一旁的李小强，都快石化了，这两人什么时候勾搭上的？！

陶星来问："你上回，模仿秀拿第几名啊？"

乔殊俏皮扬眉，没说话。李小强看不下去了，狠狠掐了把陶星来，压低声音耳语："你是不是活腻歪了！知道她谁吗！乔殊乔殊乔殊！"

陶星来嫌弃地偏过脸："强儿，你中午又吃大蒜。"

乔殊画完腹肌就离开，拍摄继续进行。陶星来和四个男模光着膀子站一块，等候代言人。

助理突然跑过来："小陶，待会儿你和代言人拍合照，这个是要上海报的，可得认真点啊。”

陶星来纳闷：“我？”

摄影棚入口，一堆人的动静，代言人出现了！陶星来伸长脑袋，差点傻眼。

“乔殊真身？”那可好啊，把那位模仿秀化妆师叫来，可以现场认亲了。可是这衣服、造型，跟刚才的化妆师一模一样。

陶星来揉了揉双眼皮：“我的天，不会吧。”

乔殊走到他面前，表情平静：“翻脸不认人了？”

陶星来眨巴眨巴眼睛。他个头高，乔殊得微微仰头，才能对上他的视线，然后弯嘴：“意不意外？惊不惊喜？开不开心？”

陶星来怪她：“你怎么回事儿啊，都不说一句实话，是不是有什么特殊角色扮演的嗜好啊？”

乔殊挑眉，淡淡地吩咐道：“开拍吧。”

“乔姐，先暖暖场，你的手可以搭在男模的肩膀上。”摄影师热情提示。

乔殊却直接把手伸向了陶星来的下面，摸上了他的腰。陶星来一个激灵抖。乔殊的十指轻轻蜷曲，捏了捏他的劲腰，轻声说：“紧张呀？都起鸡皮疙瘩了。”

陶星来只觉得她身上好香，这组造型的主题是大自然，所以乔殊的衣装十分清凉。陶星来裸着上身，两人迅速进入角色。

乔殊贴着陶星来，面对面。

咔嚓！

咔嚓！

陶星来从后面把乔殊搂在怀里。

咔嚓！

咔嚓！

乔殊的掌心，突然地，摸上陶星来的胸。陶星来呆住：“我……我们要用这个动作吗？”

乔殊点了下头：“嗯。”

她工作的时候，整个人严肃专业，十分清冷。手在他身上，不断地变换角度，力求找到最精准的拍摄位置。乔殊的手很软，手心也有点烫，陶星来的胸肌，都被她试了个遍。

最后，乔殊把手按在了他心脏处。

热烈地跳动。乔殊抬眼：“你热？”

陶星来脑门上一圈的汗，他甩头：“不，不热。新陈代谢比较快而已。”

乔殊说：“我手就放这儿，拍摄效果更出彩，你戴上墨镜，我的手往上移，然后把它勾下来，挂在指尖上。”

陶星来不得不佩服，影后就是影后，多专业。乔殊沿着胸肌开始，一路往上，锁骨，喉结，轻轻撩，慢慢动。最后食指划过他的下巴，几不可见的胡楂，微微磕手。陶星来呼吸有点乱，气喘得也有点粗。

乔殊突然凑近，借了个位，擦脸而过。那若有若无的碰触，就像一圈茸毛扫在心尖。陶星来都蒙了。

乔殊弯起嘴，意有所指，放低声音说：“手感不错哟。”

就像往火炉里加炭，陶星来的脸唰地一下就起了火。摄影师比手势：“特别好看！休息一下，再拍下一组。”

直到乔殊软着腰肢，背影走远，陶星来才意识到，他好像被调戏了。

全片拍摄完成，已到晚上十点。乔殊被前呼后拥，甚至没来得及跟陶星来说上话。李小强已经下班回家打电游，反正陶星来不红，公司没给他专车接送待遇。他吹着口哨，去停车场取车。

停车场很安静，走到车门边，突然一个声音：“嘿！”

陶星来吓得抱紧了自己的胸：“谁啊？”

乔殊从车尾后冒出头：“意不意外？惊不惊喜？开不开心？”

“我的天！影后，你童心未泯躲猫猫呢。”

乔殊取笑他的姿势：“你干吗啊？还护着胸。”

“刚才被你弄得都有心理阴影了。”陶星来觉得好羞羞，“对了，你怎么在这儿？你的保镖们呢？”

乔殊歪着头，笑着说：“下班了呀。你带我去吃东西吧，我饿了。”她自来熟地绕到副驾，拉开车门坐了上去。

陶星来都眩晕了：“你可是影后！”

“我想喝奶茶，还想吃炸里脊肉。”

陶星来没办法，载她上路，吉普驶向市中心。乔殊皱眉：“我不能去人多的地方。”

陶星来靠边停：“知道，你影后嘛，坐着，我去给你买。”反正他不红。

乔殊看着他的背影，渐行渐远在夜宵一条街，市井喧闹，油烟阵阵，陶星来两手叉腰，看那架势，可能是在和老板讨价还价。乔殊隔着车窗，倒映的光亮，都凝聚在她弯起的嘴角上。

人间最美的，还是烟火气息啊。

陶星来提着满满一袋子回来：“奶茶，烤肉串，鸡腿，里脊肉。”陶星来说，“赶紧吃，吃完我送你回去。”

乔殊没应声。陶星来问：“对了，你第一次为什么要骗我？”

“是你自己认错的。”乔殊慢条斯理地喝着奶茶，“你是不是圈内人？”

“我又没和你同过台。”陶星来说，“楼上那个演播厅，一屋子的山寨，我以为你是跑出来的呢。”他唠叨个没完，嘴里突然地，被塞进一个东西。

乔殊伸长胳膊，把奶茶递到他嘴边，吸管正好怼了进去。陶星来倒吸气，哗哗哗地吸了一大口奶茶。

乔殊轻描淡写：“不好喝。”

陶星来咕噜一声，咽入肚子。他才反应过来，这奶茶，乔殊刚刚喝过，他们这是间接接吻了！

影后的心思，有点难猜啊。陶星来转移话题，清咳两声：“我忘了，我还有照片没发微博呢。”

经纪人交代给他的流氓照。乔殊侧头，目光落向他的手机，一眼就看到露出半边的屁股缝。她皱眉，下意识地伸出手，食指一撩，陶星来的手机就被撩到了地上。

“你干吗？！”陶星来恐慌。

乔殊声音淡淡的：“你想红？”

“废话。”陶星来弯腰去捡手机，“女孩子可别粗鲁，一阳指少用。”

乔殊没说话。她趁陶星来打开微博，逐一添加照片的时候，也拿出了手机。两人各干各的事。

最后一张，陶星来添加完整，刚准备发出，手机突然疯狂振动。

“天！”陶星来被振得手心发麻。

微博下方的点赞评论提示，以每秒几百条的速度疯狂累加。这种眼界，他可从来没开过。

一旁的乔殊，很淡定，安安静静地啃鸡腿。陶星来颤颤巍巍地点开评论，眼睛睁大。

一分钟前，乔殊点赞了他那张穿羽绒服看雪景的清纯照片，并且留言：“人比景色好看。”

乔殊的微博，可是有六千万的死忠铁粉，她动态不多，就连新电影也甚少宣传，高冷酷炫，人设十分有品位。这么暧昧的主动，让她的粉丝都爆炸了。陶星来的手机电量，瞬间就给振得只剩百分之二十。

他张大嘴：“你……你想干吗？”

乔殊也不知道自己要干吗，只是在看到他要发露屁股的照片给公众看时，心里一团火就冒了出来。她继续啃鸡腿，轻飘飘地说：“你不是想红吗？”

陶星来早有耳闻，乔影后特立独行，真是百闻不如一见。

乔殊突然放下鸡腿，平静地问：“你不觉得我很特别吗？”

陶星来还蒙着呢：“哪里特别？”

乔殊眉头微拧，这一瞬间的冲动，直涌心头。她转过头，直视着他，似笑非笑，亦真亦假，轻声说：“特别喜欢你啊。”

陶星来内心一场海啸平地起。

自从这一夜之后，陶星来总算体会了一把青春期的烦恼。想想今晚的情节可有点曲折多变。乔殊先是冒充化妆师，一而再地给他画水稻田。拍摄的时候，还摸他引以为傲的胸肌。拍完了，耍无赖坐他副驾驶，还要吃鸡腿。陶星来一想起可惆怅了，刚才在夜宵摊面前，跟老板讨价还价，愣是少了三块钱。

乔殊摸他的胸，吃他的鸡腿，还看不起人一般地说："你不就是想红吗？"

这话听着就让人生气。他陶星来是这么肤浅的人吗？

答案显而易见，他是。

送乔殊回她那贵到不要脸的高级公寓后，陶星来坐在车里，也不开车，盯着微博上那两万的点赞数，膨胀成了一只热气球。

"美滋滋，美滋滋。"陶星来暗暗感叹，"原来，这就是爆红的感觉啊。"就在他欣赏得正起劲儿时，有人敲车窗，咚咚咚。

陶星来吓得转头一瞧，乔殊又返回来了。

"你干吗啊你，一天到晚，非要弄得我心理阴影面积一百二十平方米才高兴是不是？"

乔殊觉得这就是个小傻子，但每次听小傻子聊天，心情都美翻了。她凑近，挑了挑他的手机："坐车里傻笑什么呢？"

陶星来把屏幕盖住："你怎么老用侮辱性的形容词呢？我笑就笑，哪里傻了？"

乔殊有一点点烦："你是不是就爱和人顶嘴？"

"那倒也不能以偏概全。"陶星来说，"我不是爱和人顶嘴，我只是爱和美人顶嘴。"

乔殊一愣，陶星来说完，也嗝了下。他的惯性贫嘴，这会子，让气氛不自然了。陶星来瞄了一眼："你怎么还脸红了？"

乔殊别过头，冷冷的："是你眼睛红了。"

陶星来一听，又找到了新话题："小时候，我妈老唬我，说有人得了红眼病，千万不能看他眼睛。"

“为什么？”

“因为看一眼，就会被传染。”陶星来回忆道，“搞得我相当长的一段时间，都不敢和人对视。哈哈哈，你说我妈是不是特坏蛋。”

静了静，乔殊突然说：“有点羡慕你。”

“羡慕我干吗啊？你比我红多了。”

“羡慕你妈妈，能这样唬你。”乔殊漫不经心的样子，却还是被陶星来捕捉到她一闪而过的真情实意。

乔殊重新抬眸：“不说了。慢点开车。”

“你就是来跟我说这个的啊？”陶星来嘀咕，“还以为落东西了呢。”

乔殊也不知道自己为什么又要返回来，都走进小区大门了，可见着他的车杵在那儿一动不动，挺碍眼。现在被他一问。乔殊心里有点烦，她弯腰，双手撑在车窗上，漂亮的脸近在眼前。

陶星来手心又冒汗了。乔殊浅吸一口气，看着他的眼睛：“不要发了。”

“什么？”

“我说，不要发那张露屁股的照片了。”

乔殊咬字清晰，加重了些语气：“听到没有？”

陶星来对她眨眼睛，乔殊很认真：“如果你要靠这个博眼球，我有更简单的。”她看了看时间，“现在是交接班，三分钟后，换班的狗仔上岗，我们可以保持这个姿势，明天上头条。

“这帮人，我不放假，他们也不放假，熟得很。”

“还有……”乔殊边说边伸手，细白的食指一划，就拿走了陶星来捧着的手机。

“喂，你干吗？”

乔殊站得远离车窗，陶星来伸出脑袋，双手直扑腾：“还来，我手机。”

乔殊立在原地，充耳不闻，风轻云淡地打开他相册，将那几张半裸照全部发到了自己的号码上。陶星来惊呆了。乔殊弄完，将手机丢回车窗，然后转身：“还有半分钟，你要等狗仔吗？”

陶星来黑着脸，油门一踩，飞快地把车开走。乔殊看着尾灯，笑骂了一句：“小没良心的。”

回到公寓，乔殊卸妆沐浴。她泡在大浴缸里，看着陶星来那些辣眼照片，轻轻笑了起来。

乔殊想了想，打了个电话给李昭瑶。

对方接通：“我正好要打给你，明天早上新片发布会，得准时。”

乔殊“嗯”了声：“在谈的代言有几个？”

“筛选出九个，还在谈价格。”

“价格不重要，”乔殊空出的右手，撩了撩水花，说，“加一条吧。”

“你说。”

“合作对象必须是陶星来。”

“陶儿，你走狗屎运了吧？”强哥刚接完电话，又是一个找上门求代言的厂商。

陶星来蔫儿巴拉的，一点都不兴奋。

“你给我老实交代，你和乔殊是不是在那啥？”强哥搬了个小板凳，往桌上放了瓜子、可乐、矿泉水，审讯开始。

陶星来一听嗑瓜子的声音，火气大：“你别嗑了，听这声音就想排泄。”

强哥正色道：“半个月前，乔殊干吗点赞你的微博？”

“我盛世美颜，也就你这种瞎子不会欣赏。”

强哥拧开瓶盖，把水递给他：“喝点儿。”

陶星来一看：“我不喝怡宝，给我来瓶农夫山泉，我心里苦，我想让它有点甜。”

强哥笑得不行：“好好说话，真的，乔殊这么个大腕，竟然看上了你？”

“你人丑，就少说话。”

强哥跟他透露小道消息：“圈里盛传，乔殊家是大财团，牛得很，按道理，这种条件，不应该走娱乐圈啊？”

“人丑话还多的李小强老师，请开始您的表演。”

强哥压低声音：“据说，她家关系挺复杂，大家族嘛，老一辈都可以演两百集的狗血电视剧了，乔殊的妈妈，去世得早，他爹娶了个后妈，反正闹得挺掰。”

陶星来心想，这就是传说中的爹不亲，娘不爱？如果真是如此，那就挺好解释乔殊特立独行的性格了。

谁都靠不住，为争一口气，拼死不服输。这么一想，乔殊那高冷清冽的气质，还真是靠人生经历练成的。

“陶儿，你又在思考什么呢？”强哥问。

“你这么八卦，给你一个话筒喊个麦好不好？”陶星来心情有点烦，起身走远，“瓜子壳收一下。”

强哥冲他喊：“高层领导特意嘱咐，要你见机行事。”

陶星来顿住脚步，转过身，匪夷所思道：“见到了鸡，不都只想着是吃红烧还是清蒸这档子事吗？”

强哥无语片刻，他走近，挺严肃地说：“多少人等不到这样的机会啊，乔殊对你有点意思，你得放聪明点，都是混圈子的人，谈个恋爱对你人气有帮助，说不定你就翻身了！”

陶星来拒绝造假：“我可不玩弄感情和身体，会被市长抓起来的。”

“市长怎么可能认识你，别逗了好吗？”强哥哈哈笑，拍拍他肩膀，“你就听我的，炒作一波，公司在背后给你运作，保证比现在更红。”

陶星来没说话，因为他知道，乔殊可能是动真格的。这样家庭的女孩子，看起来清清冷冷，其实心灵可脆弱了。他从一年级就加入少先队，年年三好学生，怎么能犯浑呢？强哥还在啰里吧唆，陶星来心思缥缈，羽化成仙去了乔殊那儿。

其实说起来，这半个月时间，乔殊的确给他找了不少“麻烦”。比如，他那天去姐姐家，抱着外甥女贺萌萌拍了个照发微博。乔殊便立刻转发并评论：“生吗？”

比如，半夜三更，时不时地收到乔殊的微信：“你的那张屁股缝，修歪了。”想起就觉得羞羞。

陶星来确实借着这个话题，引起了关注。他拍了不少电视剧，虽然都是配角，但演技经得起锤炼，有一场坏人坠楼一集死的戏，五楼速降头倒挂，他愣是没用替身，脑充血三天才好。

乔殊这些做法，着实给他带来了不少好处和麻烦。陶星来转念一想，乔影后可能是用最直接简单的方式，去满足他说的“想红”的愿望。陶星来眯眯眼睛，这影后，还挺傻乎乎。

他拿出手机，打开微信，手指下滑，不知怎的，就停在了乔殊的名字上。犹豫了几秒，陶星来发了一条：“你今天又点赞我微博了？”

乔殊很快回：“嗯。”

“为什么？”

“明知故问。”

陶星来沉默了，啧，这尬聊啊。

乔殊又发过来：“因为喜欢你，所以竭尽所能地帮你实现你想要的。”

陶星来脸都红了，这被人宠爱的感觉，简直了。

乔殊继续发：“给你代言你也不要，给你影视资源你也不接，陶星来，你再这么作，以后怎么养活我？”

陶星来一肚子尖酸刻薄的话，到了手指尖，全部化作了过云雨。

乔殊又问：“你在哪儿？”

陶星来没回。一分钟后，乔殊发来：“我一个人在家，胃好疼。”

一个小时后，陶星来开车，载着乔殊。他怒火腾腾：“哦，我的上帝，你真是个爱骗人的姑娘，能真诚一点吗？像成年的土拨鼠那样，我想我无法原谅你。”

乔殊被他这国外影片译制腔，逗得大笑，高冷气质瞬间崩盘。陶星来没好气：“笑笑笑，得‘笑喘’。还胃疼呢，你说谎话咋不上天呢！”

乔殊放松的表情，像冬雪初融，十分好看。她说：“不骗你，你怎么愿意来见我？我好不容易放一天假，想你一个白天了。”

陶星来激动，急刹踩得哐哐哐。乔殊很淡定：“你也可以不来，可你还是来了。”

陶星来瞬间心虚：“我……我顺路。”

乔殊心情很好：“晚饭我想吃烧烤。”

“又吃烧烤，你要不要保持体形了？”

“那得看你的意思。”乔殊凑过去，看着开车的陶星来，“你喜欢胖一点，还是喜欢瘦一点的？”

乔殊瘦。陶星来就说：“我喜欢胖的。”

“那我今晚更要多吃了。”

两人第一次吃烧烤，是陶星来去买的，因为他不红，没人认识。但这一次，好像有点棘手，他也是有点名气的小鲜肉了。乔殊失望地说：“吃不成了。”

“你等着。”陶星来推开车门，跳下去。

他逮住一个迎面走来的小学生，蹲下笑眯眯地说着什么。

没多久，他上车：“搞定，让小孩儿帮忙去买。”

乔殊问：“他愿意？”

“愿意啊，我说给他二十块钱打电游，先付一半，买回来后再给剩下的。”陶星来可膨胀了，“小时候，我和我姐经常这样做。”

乔殊抬眼：“你还有姐姐？”

“有啊，我姐大美人，腰下全是腿，白花花的，迷死我姐夫了。”陶星来可是名副其实的姐控。

乔殊有点吃醋，问：“你爸妈干吗的？”

“我妈卖洗洁精的，我爸他市……”陶星来闭了嘴，咳了咳，

“我爸他是市里的交警叔叔。”

乔殊心想，这一家子，还挺有烟火气息。没多久，那小孩便屁颠颠地把烧烤买了回来，拿着二十元大钞，美滋滋地打电游去了。

“走吧。”陶星来说，“找个地方吃。”

乔殊闻着香气，直流口水：“就在车上吧，被人围观可不好。”

“没事，带你去个没人的地方。”陶星来跟练太极似的，夸张地甩了把方向盘。

乔殊“哎哟”一声，轻轻倒向了车窗，脑袋被砸得咚的一声响。

陶星来哈哈笑：“意不意外？惊不惊喜？开不开心？”

乔殊无言以对。小傻缺吧？

车子开向市郊，绕了一段盘山公路，陶星来带她来到祈岳山。

“大多数来玩的，都跑去山顶，其实这个山腰就有一块大坪，视野可好了。”陶星来下车，伸了个懒腰，招呼乔殊，“下来呀，吃烧烤。”

乔殊按职业习惯，下车前瞄了瞄四周，确实没人。这里不是山顶，但也能俯瞰整座城市。夜幕里，灯火接替白昼，这个角度看去，像无数颗夜明珠镶嵌在玉盘上。乔殊深呼吸。陶星来还伸着懒腰，一看她：“你放松点啊，又没镁光灯和记者，累死了都。看我。”

他夸张地学起猩猩来，嗷呜嗷呜扮起了鬼脸。

这小白眼翻的，乔殊咧嘴笑。

“快快快，”陶星来突然痛叫，“救命救命！”

乔殊瞬间紧张：“怎么了？”

陶星来哼哼唧唧：“我的白眼翻不回来了。”

乔殊哈哈笑，听到笑声，陶星来放了心，眼珠子摆正，恢复正常，轻声说：“笑了就好。”

乔殊一愣。

“你啊，就是高冷，情绪不外露，憋在心里，就得多笑笑，放开自己。”

陶星来打开一次性饭盒，拿了个鸡腿给她：“哪天去我家感受感受欢乐气氛。我和我姐搭档，可以给你讲一晚上相声小品。”他说得自然而然，丝毫没有觉得尴尬。

但乔殊，沉默了，低头了，盯着鸡腿不吭声了。

“怎么不说话呀，我一个人多没意思。”陶星来偏头看向她，呆住。

乔殊哭了：“对不起，我……我……”乔殊吸了吸鼻子，使劲儿忍泪。

陶星来赶紧说：“没事没事，你哭，别忍。女孩子啊，不哭才不正常。”

乔殊泪眼汪汪地望着他，这梨花带雨的模样，让人怪心疼的。陶星来酝酿了一下，一本正经地说：“今天影后心情不好，是时候给大家表演一下狂风暴雨了，演得又美又逼真，今年水稻田肯定大丰收。”

他啪啪啪地鼓起了掌：“安可，安可，安可！”

乔殊立马破涕为笑。陶星来说：“我姐哭的时候，我就是这样哄她。我没哄过别的女孩，没经验。”

乔殊没说话，突然拉起他的手。陶星来可生气了，又动手动脚了，太不矜持了吧，怎么能这样呢，也不问他愿不愿意，搞毛线呢，怎么回事儿啊。一想起真是气坏了，他愤怒地赶紧主动把手伸过去。

想要膀子，说就是了，他又不是不愿意给。

乔殊不知道他的这些自行脑补，眼角还有泪，牵起陶星来的手，低下头，把脸埋在了他手臂上，呜咽沉闷的声音格外脆弱：“别动，让我擦擦泪，一会儿就好。”

陶星来都快脆弱死了，他最受不了女孩子哭，索性一把将人轻轻搂住：“别哭了，现在社会离婚率那么高，家庭不和谐很常见，对了，你还不知道我小名儿吧。我叫陶坚强，你得跟我学习。乐观，积极，向上。”

乔殊埋在他怀抱里，肩膀抖动得更厉害。陶星来好害怕：“怎么越哭越厉害。我跟你说，你性格古怪，行事固执，爱好奇葩，审美成谜，这都不是大事儿，其实你也有很多优点，比如，漂亮，漂亮，漂亮。可别因为家庭的问题而自暴自弃。”

乔殊这下不仅是肩膀，浑身都在抖了。陶星来一想不对劲儿，把她推开：“你竟然一直在笑！”

乔殊乐得不行，早就没了悲伤的影子。陶星来太受伤害了：“这不是浪费少男感情吗，可不厚道。”

乔殊接着笑：“哈哈哈！”

她恣意做自己的样子，真的很迷人。陶星来看着她，竟然分了一小会儿的神。乔殊看着满城灯火，眼眸里好像也有火苗在蹿，她脸上是淡淡的微笑：“今天，是我笑得最多的一天。”

陶星来不敢接话。乔殊轻轻呼气：“那部电影，如果你不想演，可以拒绝。”

是一部青春影片，大制作，大导演，女主角是乔殊，她指名道姓要陶星来当男一号。

“我……我没说不演。”陶星来小声道。

“是吗？”乔殊侧过头，仰视着他，然后慢慢勾起嘴角，“第一场戏，就是吻戏呢。”

陶星来的脸，顿时跟着了火似的：“我……我不怕。我专业。”

乔殊慢慢走向他，逼近他：“听说，张导特别严苛，为了少挨骂，我们对一对戏吧。”

她故意放低的嗓音，配着身上幽淡的香水味，简直就是迷药效果。陶星来被引诱得找不着北，瞎答应：“好，好啊。”

乔殊双手搭上他的肩膀，很轻，声音更轻：“星来，看这儿。”

陶星来飘忽的神情按着指令，磕磕巴巴地对上了她的眼睛。两个人视线相碰，有闪电和火花。乔殊搂住他的脖颈，踮起脚，吻上了他薄湿的嘴唇。陶星来脑子轰一声响。算是实践了不仅是电影，更是他人生里的第一场吻戏。

乔殊的舌尖很软滑，撬开他的唇齿，轻轻舔：“我有没有告诉你，第二场戏，是床戏。”

乔殊吻得都不敢分开了，因为怕彼此尴尬。陶星来没办法，咬了她舌头一下。乔殊咝一声痛呼。

陶星来涨红了脸：“我……我嘴巴都肿了。”

乔殊眉头皱着，强装淡定。陶星来瞄了她一眼，责怪道：“你一个女孩子，怎么这么开放啊，都没经人同意就动起嘴来，这可不是第一回了啊。”

上次，萌萌周岁宴的时候，乔殊也亲了他，不过就一口，可不像今晚这么垂涎欲滴。乔殊不说话，装高冷，眼睛看着虚空。

陶星来说：“明明也紧张得要命，心跳都蹦到我胸口了。”

乔殊淡淡地瞥他一眼：“那不是心跳，是胸。”

我的妈呀，往事不堪回首呢。乔殊看着陶星来别扭的站姿，说：“你扯吧。”

“我扯什么？”

“裤子。”乔殊很平静，“扯一下裤子又没什么，正常的生理反应，我理解。”

影后懂得很多嘛。

他小声嘀咕：“不用扯，我直直的，不歪。”

乔殊无语。

“好了，这戏也对完了，鸡腿也吃了，夜景也看了，我们该打道回府了。”

“等一下。”

乔殊把人叫住。陶星来回头：“干吗？先说好，不许耍流氓。”

乔殊站在原地，两人之间隔开了点儿距离，她高挑清瘦，在夜色里，身披月光。

“你能不能，考虑一下我？我们两个，试试看。”

陶星来暗搓搓地数了数，这可是她第三回表达爱意了，蛮有诚意的。此刻的乔殊，眼神虽淡，但掩不住紧张，到底是女孩子，看着怪可怜的。

陶星来用他的大小脑想了又想，慎重地说：“我没想好，贸然答应是玩弄你，当这样的坏蛋，是会被市长抓起来吃牢饭的。”

乔殊巴巴地望着他，欲言又止。陶星来撇了撇嘴：“其实我也不知道，我不讨厌你。”但好像也没那么喜欢你。

后半句不用说，乔殊也能懂。她又低下了头，小声说：“考虑清楚了，再告诉我。”

陶星来还点了下头：“嗯！”

送乔殊回去后，陶星来当晚就失眠了。主要是长到二十五岁，虽然被很多女孩子喜欢过，但他还真没对谁动过心。

陶星来觉得，那些女生都没简皙好看，烦死了，都赖简皙。他在床上已经裹着被子，旋转了三百六十度。午夜时分，少男有心事。陶星来又想起了半山腰的亲吻，小舌头又细又滑，还有一股烤鸡腿的味儿。

接下来的日子，过得很忙碌。有了和乔殊的那波互动，陶星来逐渐走入大众视野。凭借那部青春大电影拿下影帝后，这日子不要太舒服。公司已经给他配了专车接送，李小强再也不用拿每月一千五的保底工资，他现在的提成，足够装凯子泡妞了。

“今天晚上有个圈内聚会，有制作人和导演，资源挺多的，高层让你参加。”李小强提醒他行程，“七点半就出发，八点开宴。”

陶星来不喜欢应酬：“我想请假，我大姨妈来了。”

“你找个好点的理由行吗？”

“小狗骗你，我大姨妈真来了。”

下午的时候，陶溪红给他打电话，让他有时间就回家吃个饭，说是乡下的大姨妈来做客。

李小强拒绝：“No，这个聚会你必须参加。”

陶星来不喜欢应酬是有原因的，圈内的聚会，没劲儿，全程赔笑恭维。陶星来一圈酒下来，人都虚脱了。他躲到侧厅沙发休息，顺便侦查一下敌情。只见一个年龄挺小的女星，被经纪人带着，几乎跟全场人都敬了酒。她脸都喝红了，还要强颜欢笑。

陶星来依稀见到了刚出道的自己。

“社会不好混啊。”他默默感慨。感慨完，就见那女星朝自己走了过来。经纪人领衔："星来你好，我和强哥关系可不一般，这位是苏钱钱，十八岁，籍贯江苏，出生地是湖南长沙。"

天，这位经纪人大概也想上天了。陶星来全程只关心他和李小强有什么非一般的关系呢，毕竟他看起来这么娘，该不会是……

天啊！陶星来脑补一出大戏，苏钱钱软糯的声音拉回他："星哥，恭喜您夺得影帝，我敬你啊。"

满满一杯红酒，太实诚了这孩子。她经纪人去和熟人打招呼，陶星来忙说："不用喝，倒掉吧，都是小透明，别敬我了，酒挺贵。"

苏钱钱笑起来，有梨窝，她对陶星来的印象，好到起飞，一点也没有明星架子，真亲切。

就这样，两人闲聊了一阵。等宴会散场，陶星来回住处洗完澡，睡前惯例当个网瘾boy。

刷开微博，哟，苏钱钱关注了他？陶星来点开她的主页，都是些美美自拍和心灵鸡汤。为表礼貌，陶星来也关注了她。没想到，苏钱钱跟着发了一条："好开心，星来哥关注了我，晚上他教了我许多人生哲理，聊得很动情，谢谢你，我会不负你的期望。@陶星来"

"这姑娘挺会写剧本啊。"

陶星来点开评论，一水儿的都是：

"心疼我乔妹。"

"你俩在聊马克思吗？恩格斯第一个不服。"

"为乔殊点蜡。"

陶星来心里不是滋味，什么嘛，才不想闹绯闻。他可是市长的儿子，身体沐浴在阳光下，全程无黑点。陶星来懒得搭理，关掉微博睡大觉。可刚酝酿起睡意，手机哐哐哐地天打雷劈。

"谁啊，大半夜的，周扒皮都没你行呢。"陶星来抱怨连连，拿起手机一看，乔殊来电。

他接通："你不睡觉的啊？"

"陶星来你找死是吧？"

劈头盖脸一顿骂，陶星来好气："死字多不文明，至少要修饰一下，可以用不想活了表达。”

“你和那女的什么时候认识的？”

“晚上啊。”

乔殊声音很急，全无平日的淡定：“你为什么跟她聊天？”

这话说得，太不好听了。陶星来也是有脾气的，直接反问：“我为什么不能和她聊天？”

“你！”乔殊气极，短暂的停顿后，她憋出一句，“你不能这么欺负我。”

“好笑。”陶星来觉得她太霸道了，“你这是恶人先告状，咱俩谁先欺负谁的，用你那个聪明的脑瓜好好想一想。”

乔殊没吭声，只是在喘，控诉着他的辣手无情。陶星来要向老天证明，他不认输，继续反驳：“男未婚，女未嫁，我谈个朋友多正常，又不是搞对象。再说了，你也不是我什么人。”

“你还说！”乔殊突然厉声，陶星来吓得手机差点摔地上。

“你从来不找我聊人生，明明知道我喜欢你，你还勾搭别人。”乔殊哽咽了，好委屈地说，“你真是太坏了。”

这话听得陶星来心痒痒。他不认输：“干吗呢你这是，兴师问罪啊？我又没怎么样。”

“你敢怎么样，我就封杀她。”

“天，好害怕。你杀了她，都不关我的事。”

电话里，传来乔殊强忍的抽泣。陶星来泄气：“好了好了，真是怕死你了。”他放软态度，哄女人嘛，应该的。

“我对她没兴趣，长得还没我姐好看，跟你比更是人间天上。”

乔殊不情不愿地“嗯”了声。

陶星来躺在床上，跷起二郎腿，欣赏自己的五指袜：“乔殊，你为什么喜欢我？我虽然长得帅，但我也有钱，你怎么看上我的？”

那头的乔殊，被这话的逻辑绕晕了头，这陶星来，是职业鬼画符小能手吧。她抱紧自己，晚上风还是挺凉的。

“你真想知道？”

“我可以承受任何赞美。”

乔殊弯嘴，无声地笑了笑，给出一个有点自私却十分真实的答案：“虽然你有点傻，有点理想化，有点不现实。”乔殊停了停，浅浅地呼吸，说，“但你活得很阳光，而我，需要这一份温暖，你知道的，我成长环境不算好。”

可陶星来，从小衣食无忧，家庭和睦，父母把他培养得积极向上，元气满满。乔殊渴望哪怕一点点的阳光，足够让她发光发热。陶星来听后，沉默了片刻，最后才说：“原来，你想找我进行光合作用。我身价好高。”

乔殊轻轻笑出了声。陶星来，心也跟着轻轻地疼了起来。

“你真的这么喜欢我？”

乔殊答得干脆：“喜欢。”

“我家没你家有钱。”

“没关系。”

“我妈是卖洗洁精的，你在乎吗？”

“没关系。”

“我爸虽然是交警，但工资可低了。”

“没关系。”

“还有我姐，搞计划生育的。”

乔殊想了想，说：“我们以后，不超生，支持她的工作。”

这思想觉悟，够可以的。

陶星来心脏扑通扑通跳，已经语无伦次起来：“我姐夫很可怕，混的可是黑社会，没事就喜欢拎个家里人出来，练练拳。”

乔殊直接逼问：“究竟怎么样，你才能答应我？”

陶星来胡言乱语：“两分钟内，你出现在我家里，我就答应。”

下午听李小强提起过，乔殊飞巴黎拍广告去了。这个理由，简直聪明绝顶。陶星来忍不住想给自己点个赞，他太行了。

这时，突然传来敲门声。乔殊的声音在电话里同时响起：“开门。”

陶星来蒙了。

“我在你家门口。”

陶星来赶紧滚下床，拖鞋都没穿，赤着脚奔过去。门把拧动，哗啦一声拉开。乔殊举着电话，摇了摇：“嗨。”

陶星来实在不明白：“你不是在巴黎吗？”

“航班取消了。”乔殊淡淡地说，“你要说话算话。”

哦，上帝，我的眼睛，辣死它了。陶星来拍向自己的脑门，拍够了，他深呼吸，重新抬头看向乔殊。一肚子的话在舌头尖打了个圈儿，在对视的这一瞬间，竟然又全部吞了下去。几秒之后，两人扑哧一声，竟同时笑了出来。

陶星来挺不好意思：“你也太那啥了。”

乔殊眉眼温婉：“意不意外？惊不惊喜？开不开心？”

陶星来没忍住，再次笑出了声。

气氛松动缓和，他让出门：“进来吧。”

乔殊半开玩笑，边走边说：“进来我就不走了。”

“那可好，我这房租贵到不要脸，正好你分摊一半。”

他关上门，转过身，瞬间就被乔殊推到了墙上。陶星来舔了舔嘴唇，小声说：“我先替你尝一尝，我刷了牙，西瓜味的，蛮好吃。”

“是吗？”乔殊眼睫毛很长，距离近，看起来跟小刷子似的。

她仰着头，靠近他，说：“我不相信。”

陶星来眨巴眼睛：“那你试试啊。”

那个“啊”字，消失在乔殊的唇齿里。有过第一次的经验，这一次，两个人轻车熟路，天雷勾地火。陶星来的手从她衣摆往上伸，越摸越起劲儿。乔殊喘得都快不行。

长夜漫漫，这简直太酷了。

对吧，老伙计们？

番外二 百年好合

简哲与贺燃在一起以来的第一次吵架，发生在今年入夏。贺燃和同事喝酒晚归，凌晨一点，他进家门的时候，发现简哲睡在客厅沙发。客厅里只点了一盏精油灯，很香，灯光暖暖地映在墙上，像温柔的浪。

贺燃蹲在沙发边上，轻轻拍了拍简哲："媳妇儿。"

简哲蒙眬着一双睡眼，见着人，瞌睡醒了大半。

贺燃说话的时候，沾着酒气："回卧室睡。"

简哲没说话。贺燃撑着下巴，吊儿郎当地问："要我抱你啊？"

简哲起先还能平静："你去哪里了？"

贺燃说："和老赵他们聚了聚，公司这个月做得不错，把福州的线路也打通了。"

没等他说完，简哲已经提高了声音："你哪有那么多应酬啊！这个月都是第几回了，你自己说！"

贺燃没料到她会动气，认真回想了一番，巴巴地解释说：“第三回。”

简皙掀开绒毯，情绪激动地坐了起来：“你如果不想回来，就睡仓库好了，还能省点儿汽油费。对了，你那么喜欢喝酒，怎么不去种葡萄！”

这接二连三地丢爆竹，噼里啪啦地把贺燃也给炸蒙了。他眼睛微眯，克制自己的语气：“媳妇，怎么了？心情不好？跟老公说说。”

“说说说！有什么好说的，你是不是天天盼着我心情不好？”

静了片刻，贺燃抿紧浅薄的唇，像在磨刀片。简皙怒着双眼，丝毫没有息事的意思。贺燃扯上半边嘴角，声音也冷了下去：“种葡萄干什么，我只喝白酒。”

简皙抓起被子，劈头盖脸地往他脸上砸。贺燃躲开不及，被这举动弄得火气直蹿：“就不能好好说话吗？”

“你自己做错了，凭什么要我好好的？”

“我今天和公司人吃个饭，叫你来你又不来，回来晚了点而已，又不是去偷人，你在这里发什么脾气？”

简皙眼眶子一下就红了，喉咙哽咽发紧：“你凶，你再凶！”

酒劲儿跟着一块儿兴风作浪，浪得贺燃心烦冲动，他愤愤起身，带着一身火气进了浴室。简皙坐在沙发上，一个人，红透眼睛盯着关紧的浴室门，盯着盯着，她突然掩面痛哭，把头埋在毯子里，一抽一抽的，可伤心了。而隔着门板的贺燃，侧着脸，耳朵紧紧贴在门上，仔细分辨门外的动静。

不好，有抽泣。简皙肯定在哭。

刚才的怒意被这个认知瞬间扫得一干二净，纵然心里还有不平，但心疼还是比较多。

出去认个错？贺燃很快不服气，老子又没错。

假装忘拿东西出去？贺燃很忧伤，等会儿她又骂我怎么办？

纠结了半天，他一想，我要向苍天证明，我贺燃才不轻易向无名火认输！

于是决定，先当十分钟的大老爷们儿，洗完澡再去哄。贺燃三五下脱光衣服，内裤一扒拉，脱到脚踝，单脚离地，右脚一甩，内裤就飞到了地上。他站在花洒下，刚准备洗，突然看到储物架上的东西。瓶瓶罐罐的沐浴用品后头，有一张塑料包装纸，上面是一根……验孕条。

贺燃拿起一看，瞬间就什么都明白了。验孕条上一条杠，没有怀孕。简皙情绪失控的原因，如此简单直接。

半年前，两人就开始计划要二胎，一直没要上。这件事，贺燃并不是太在意，觉得是迟早的事。但简皙的心态不及格，她是典型的，看上的人，就奋不顾身地爱，想做的事，便要执着地迅速达成。

“这媳妇儿……”

真是智慧树下你和我，贺燃在吃智障果。他随便冲了个澡，浴巾往腰上随便一裹，突突突地跑了出去。

简皙回卧室了，关着门。贺燃酝酿了一肚子的甜言蜜语，收腹，提气，一句“老婆”已经绕到了舌尖。他抬起手，正欲敲门。

吱的一声，门竟然先开一步。简皙垂头丧气地出现在门口。

“老……”

“对不起。”

两人同时说话，简皙的语速快，三个字毫无保留。

“我不该冲你发脾气。”简皙低着脑袋，两手抠裙摆。

贺燃垂眼，没说话。简皙发自肺腑地认错：“我错了。”

贺燃声音淡淡的：“再抠裙摆，马上就知道你穿的是黑色了。”

简皙一愣，手松了松，小声道：“嗯，是你上个星期帮我买的那条。”

贺燃挑眉：“胡说，我买的明明是系带款。”

系在腰胯间，一扯，就羞羞的那种。简皙兴致不高，愁眉苦脸小可怜。贺燃突然伸出手，一把将她搂紧。

他压着声儿：“小蠢蛋，急什么？”

简皙带着哭腔：“原来你知道啊。”

贺燃“嗯”了声：“浴室里的，我看到了。”

简哲数月来紧绷的忧虑，在他一句温言软语里，开了闸。

“我也不想的，可是都这么久了，为什么还是怀不上，是不是我身体有问题？我明天再去做一次检查。”

“胡闹。”贺燃低低呵斥，“你乱想些什么玩意？萌萌都两岁多了，你能有什么问题？”

“那为什么一直……”

“是我不够卖力呗。”贺燃一笑而过。

这毫无技术含量的安慰，让简哲直抽泣。他还要怎么卖力，最激烈的时候，皮带全让简哲给藏了起来。贺燃简直一言难尽。

简哲说：“其实我知道这样不好，可我就是心急。”

“首先，你这么想给我生孩子，作为男人，我真的感谢你。”贺燃清了清嗓子，心里美滋滋，“其次，老公要告诉你，这生孩子啊，真没什么讲究，该来就来了，他不来，你急也没用。”

贺燃想了想，心里有了计划：“以后他出生了，我替你多揍他两下。”

贺燃佯装凶状，对着空气表演：“兔崽子，你让你妈流过的眼泪，今天都给我补回来！”

简哲扑哧一声，终于笑了。贺燃目光专注的样子，极其英俊逼人。他看着简哲：“这样多漂亮。”

简哲抿嘴，低下头觉得还是心有亏欠。

“其实有没有孩子，我没有那么在乎。”贺燃换了个姿势，躺床上，头枕着简哲的大腿。

“我皮糙肉厚，没那么多敏感心思，你榨干了我本来就不多的温柔，有时候我都快变成青春期男孩了。”

贺燃顺手摸了一下简哲的大腿内侧：“这手感，没谁了。”

贺燃继续道：“所以从根本上来说，在这是非世界里，让我想一起过日子的人，是你，也只是你。别的，钱、名利、孩子，一切的一切，都是你之外的附加值。”

贺燃吹了一声痞气的口哨，很多事情，他在最开始，就已经拎了个清：“简皙，只要你跟我过日子，就是全部。”

你是我的雪中送炭，更用一往无前的热情和爱，让我原本贫瘠的生命锦上添花。贺燃舔了舔嘴唇，伸手往上面，又摸了一把。

简皙扭了扭，没吭声。贺燃侧躺着，所以没法看到她的表情。

“什么东西漏水？”贺燃皱眉，摸了摸自己的脸，湿漉漉的。

反应过来，他仰头一看，简皙早就泪流满面。

“媳妇儿，你今晚演的是水龙头吗？”贺燃伸出刚刚蹭过眼泪的食指，在她面前贱兮兮地晃了晃。

“我刚刚舔了一下，人甜，连眼泪都是甜的。”

六月中旬的时候，贺燃回了一趟遥省老家。可烦的是，陆悍骁这个事儿妈，联合休假的陶星来一块儿，死皮赖脸地蹭上了他的车，并给出一个风雨同行的理由：“我想念陶渊明了。”

贺燃问：“你想他就去找他，跟着我干吗？”

陆悍骁说：“我想去你老爹的田园洗礼洗礼。”

贺燃一声冷笑：“他那儿只有农药和化肥，管饱。”

陶星来是草莓的忠实粉丝，酷爱二十六年，良心比陆悍骁要好。他把一盆草莓抱得紧紧的：“陆陆哥，你空着点肚子，农药化肥在等你，待会儿就别和我抢草莓了。我爱你。”

“去你的。”陆悍骁两眼一白，“你的爱能上天，我不接受。”

“嫌弃我呢，没劲儿。贺姐夫，从此以后，我只对你一心一意，感天动地。”

贺燃也不太愿意：“我开车呢，为了一车人的安全，弟你乖，就别恶心我了。”

陆悍骁大笑：“哈哈哈。”

陶星来好生气：“你们两个糙汉子，怎么跟影帝说话的！我跟你们说啊，我家乔殊打架可厉害，一个劈叉，从上往下，能让你们垂直入土，明年就能发芽开花。”

贺燃说："对，然后开出一朵食人花，叼走你的脑袋。"

陆悍骁说："嘎吱嘎吱脆，不会吐骨头哟。"

陶星来继续抱紧他的草莓："不跟你们玩了。"什么人啊，真是的。

三个话痨一路精分演戏，嘴皮子跟放机关枪似的，突突突地到了目的地。陆悍骁下车后，评价了一番面前的别墅："不错，地势平坦，助运，大门正对东方，纳光吸精气，楼层两层，寓意风生水起。妙啊。"

陶星来一脸崇拜："我天啊，陆陆哥，你竟然还会看风水，太全能了吧。我都要升你的官儿了。"

陆悍骁满心期待地问："升什么官？"

"升你做我的指明灯，我算算啊。"陶星来掰着手指，"乔殊、李导、李小龙、梁朝伟、刘德华……嗯！你荣升为我第二百五十位偶像了！"

陆悍骁说："陶儿，你可能需要回炉重造一下。"

"我倒想，不过我妈和我市市长，可能有点吃不消了。"

贺燃停好车，跳下来，墨镜一摘，挂在食指上吊儿郎当地晃："你俩够了啊，说话就好好说，耍什么流氓。嘴上功夫厉害没用，关键是实际操作。"

这话一下子掀开了陆悍骁的逆鳞："你什么意思你，有老婆了不起啊，我也有！"

"你单方面的决定，没用。"

好气啊。陆悍骁觉得心脏开裂了："谁说我没用，一日两次，质量达到欧洲标准。"

陶星来赶紧捂住耳朵："我不听、我不听、我不听，羞羞脸吗这不是。"

贺燃挑眉，气定神闲地走到前面。陆悍骁垂头丧气，揪着自己贵到臭不要脸的衬衫衣角，心里可失落了。陶星来追着贺燃："姐夫，等等我，扶着我。"

贺燃脚步没停，稍稍侧头："干什么？"

"怕等会儿见到我姐，我会高兴得晕过去。"

简皙怀孕四个月了，这一胎头三个月的反应十分强烈，她连喝水都能吐五分钟，于是请了病假，在家熬过了艰难的孕早期。上个星期，和外婆一块儿带着萌萌来到老家。开门的时候，陶星来站在第一个："姐，抱我，抱我！"

简皙脸上含笑，气色较之前好了不少。她慢慢走过来，一掌推开陶星来，对身后早就张开双臂的贺燃，抱了上去。贺燃拥抱的姿势很霸道，抱完了，在她脸颊亲了亲。

简皙很乖地说："我现在能吃能睡，简直脱胎换骨。"

贺燃笑，目光移到她小腹，然后弯下腰，对着肚子佯装凶状："臭小子，再敢折腾你妈，出来揍你。"

简皙揉了揉他的头，笑不露齿，温柔地说："贺老板，再凶一句，你这样是会被打的，知道吗？"

陆悍骁拍手称快："我练过，小皙，选我，选我。"

简皙让出路，把人往屋里领："自个儿找地方坐，我就不招呼了，水果什么的，要吃自己洗。"

贺燃问："爸和萌萌呢？"

"去试验田了。"简皙看了看时间，"去了有一个小时。爸爸说，今天好像有什么东西要种。"

贺燃估摸着是种晚稻。

"姐夫，我想去看看你家的三亩良田。"陶星来放下草莓。

"行啊，一起去吧。"贺燃戴上墨镜，换了双拖鞋，顺便丢给陶影帝和小陆总一人一双。

简皙开车带路，比贺燃还熟悉。陆悍骁忍不住疑问："你是你爹亲生的吗？家里有些什么都不知道。"

"废话，我十来年没回过家，这两年才回得勤快些。老头儿的地那么多，我哪里弄得清楚。"

陶星来一脸迷离："姐夫，你还当过叛逆狂野少年呢，好带感。"

陆悍骁说："所以说，这上天的性格，由来已久。哪像我，温柔多金又有素质，陶儿，让简市长给我颁个奖。"

"我看给你搬个砖更适合。"简皙突然说。

贺燃一听，弯起嘴角，接着媳妇儿的话补充道："对，一板砖对着头砸下去，轰轰烈烈开出一朵带血的玫瑰。"

陆悍骁坐后排，伸手就去勒副驾上贺燃的脖子："我得给你整个容。"

陶星来臭美地凑过去："照着我的模样整，不收版权费。"

简皙好烦，心里暗暗地对肚子里的小娃儿说："儿子，乖，睡你的觉，别听他们瞎掰胡扯，可别影响胎教。"

二十分钟后，到了正安集团的试验田产园。放眼一片，飘香十里，而且规划相当齐整，每隔三米，都有一块标牌备注。

"辣椒，茄子，这个是黄瓜。"陶星来看了几块，"品种太多了！"

陆悍骁站在种了黄瓜的那块田里，饶有兴致地研究起来。

贺燃走过去，问："看什么呢？"

"这个。"陆悍骁指着藤上的一根黄瓜，贼兮兮地说，"我看到它很亲切。"

"亲切什么？"

陆悍骁摸了摸那根黄瓜："你不觉得，它长得很壮实吗？"

贺燃说："你真恶心。"

"恶心个屁，你懂不懂啊。没文化就少说话。"陆悍骁咔嗒一声把那根黄瓜摘下来，用手心搓了搓，直接放嘴里啃。

汁水横流，吃相也够难看的。贺燃忍不住提醒："好歹你也是个老总，你家老爷子还在省公安厅当一把手，注意点儿形象可不可以？"

陆悍骁纠正："我家老头儿升官了，往帝都发展吃烤鸭可嗨了。我要形象干什么？我有钱又有颜，你管得着吗你？"

贺燃被堵得哑口无言，心想，真是个二愣子。陶星来回头一看：

“陆陆哥，这黄瓜打了农药！完蛋了你。”

陆悍骁优哉：“没文化就少说话。铭牌上写着呢，纯生态，无污染。陶儿，你在这儿瞎抖什么机灵？”

被戳穿，陶星来直呼没劲儿。简皙怀着孕，就在田边坐着看风景。这时，远处一阵突突突的柴油发动机声，声响震天。贺燃眯缝眼睛，用手遮太阳光，循声而望。

陶星来眨巴眨巴眼睛：“我的天，这也太酷了吧！”

陆悍骁也看呆了，感叹道：“我仿佛看见老了之后的我自己。”

只见农田无垠，绿油油的，充满生机，贺正安开着敞篷拖拉机，一副超大墨镜架在鼻梁上，头上一顶草帽，边上坐着穿吊带的贺萌萌。

爷孙俩，并排而坐，萌萌站起来，奶胖的小手往前一指：“向爸爸前进！”

贺正安不苟言笑，单手驾车，冲孙女比了个“OK”的手势，然后扶正拖拉机的车头，加速突突突。贺正安的车技了得，在崎岖田野上，宛若开飞机，转角处还潇洒地秀了一把飘移，看得贺燃心惊胆战。

最后一个完美急刹，敞篷拖拉机停在众人面前。萌萌把手伸向贺燃：“爸爸抱，爸爸抱。”

贺燃单手在她小肚腩上环了圈儿，直接把人给夹在腋窝下。萌萌兴奋地大叫，手里还拽着一根狗尾巴草：“我是小仙女，我要飞天啦。”

田边上的简皙，脸上始终有微笑。贺燃抱起萌萌，指向陶星来：“闺女，这是谁？”

“我舅舅。”

“这个呢？”

陆悍骁一听，满脸期待地凑近些。萌萌想了想，“哇哦”一声：“这个是爸爸每天睡觉前都要骂几遍的人。”

萌萌表演起来，模仿贺燃的语气：“他呀，真是好蠢呢。”

贺燃乐得不行，往闺女脸上亲了一口。萌萌也侧过头，捧住爸爸的俊脸，吧唧一下。陶星来接过孩子：“走，舅舅带你摘果果去。”

两人走远，陆悍骁感叹：“萌萌一看就是你的种。”

贺燃一脸自豪：“那当然，我基因强大，哪里都强，能不像我吗？”

陆悍骁有点失落：“我也想要一个闺女。”

这话不假，陆家算是大家庭，但奇葩的是，父辈这一代，生的都是男孩，没有姓陆的女孩。从小在男人堆里成长，陆悍骁觉得自己都快硬如顽石了。贺燃拍拍他的肩：“在你有女儿之前，请把你的宠爱都给萌萌。钱什么的，别太多，一个月十来万就行。”

“去你大爷的。”陆悍骁才不想和他说话，热情地迎向贺正安，“贺老，有什么需要帮忙尽管差遣。”

贺正安戴着墨镜，与贺燃站一块儿，父子俩的气场极其类似。他指着其中一块田：“插秧吧。”

陆悍骁还挺稀罕，从来没有过当农民大佬的体验，于是兴致勃勃地卷起裤管，扑通一声跳进了泥巴里，跳进去就歇菜了：“怎么这么深！”

贺燃太嫌弃了：“陆悍骁，以后出门别说是我哥们儿。”

他弯腰，腰腹露出精壮一截，麻溜地卷起裤腿，然后把拖鞋脱掉，光着脚慢慢下田。阳光下的贺燃，身材一级棒，五官一级棒。

他抬头，对着简皙勾嘴：“老公有范儿吗？”

还没等媳妇儿回答，陆悍骁就接了话：“饭？这才几点你要吃饭了？饭在锅里还没煮呢。再忍忍。”

贺燃恶狠狠地盯了他一眼。

陆悍骁不明所以，无辜道：“怎么了？你这眼神，让我觉得自己好像是被卖片儿的盯上了。你可别不务正业。”

贺燃无话可说，骂了他一句，想想还觉得不解气，于是伸手一推，陆悍骁重心不稳地跪在田里：“阴险！”

幸好他长得高，不然就吃一嘴泥。侥幸的感觉还没持续十秒，贺燃按住他的后脑勺，稍一用力，人便四仰八叉地睡在了泥巴里。

陆悍骁可不是任人拿捏的软柿子，他倒下去的瞬间，脚往贺燃腿上一勾。不是好哥们儿吗？那就一块儿鸳鸯戏泥巴。萌萌拍着手，边蹦跶边扯着陶星来的裤子激动道："舅舅，舅舅，我爸爸变非洲人了，黑乎乎的，他脸上是黑芝麻糊吗？"

陶星来急死了，捂着自己的裤腰带："大萌萌，舅舅裤子都快被你扯掉了，手松点，松点！"

萌萌一听，手拿开，跺着脚说："哼！你羞羞！我不跟你玩了！"

简皙笑着对闺女招手："萌萌来。"

听到妈妈的召唤，小家伙拔了根狗尾巴草，握在手里举向天："小仙女又要起飞喽！"

贺燃和陆悍骁，两个三十岁的大男人，已经在泥巴堆里干起了架。陶星来拿出手机，拍了一张照片发给乔殊："带你见识一下，什么是活体智障团队。"

而一旁的贺正安，皱眉厉声道："胡闹！别弄坏我的田！"

贺燃拽住陆悍骁的手臂，陆悍骁就擒拿他的小腿，两个人都快拧成天津小麻花儿了。这群帮倒忙的，贺正安好生气。

田间待了两小时，一群人浩浩荡荡地回去贺宅。简皙不许一身泥巴球的贺燃与陆悍骁坐车，他俩只能开着拖拉机，一路打着嘴炮到了家。

午饭时，萌萌吵着要吃西瓜，不吃饭。简皙不允许，唬了她一下。小家伙怕妈妈，眼睛含泪，捧着饭碗自觉地进了小黑屋。

陶星来好心疼："姐，你咋这样呢？"

简皙很有原则："有些生活习惯，一定要从小纠正，我们家，有你这个例子还不够吗？"

陶星来一脸委屈。

贺燃笑死了，夹了个鸡腿给媳妇，又夹了个鸡腿给弟弟："吃肉，吃肉。"

陆悍骁眼红：“我的呢？”

贺燃挑眉，大方地也给他夹了块：“吃吧。这个鸡屁股足以和你相配。”

陆悍骁后悔了：“刚刚在田里的时候，我怎么没弄死你呢！”

趁着大家说话的工夫，陶星来默默地溜走了。他轻手轻脚地来到关禁闭的“小黑屋”，对哭唧唧的萌萌说：“我的天，看你这狠心的妈，把你凶的，回家我们向市长告状，治她个杀头之罪。”

萌萌泪眼迷离，吸了吸鼻涕，“嗯”了一声。然后指着小餐桌上的一大盆饭，可怜地呼唤：“舅舅，我最爱的舅舅。”

陶星来心软了：“放心，交给舅舅。”说完，他捧起饭碗，低头猛吃。

半分钟，饭碗亮得能照出他的帅脸。陶星来咽下最后一口饭，喜滋滋地说：“看吧，舅舅是不是很爱你，是不是很厉害？”

萌萌竖起小胖手：“超级‘腻害’。”然后，她伸出脑瓜子，对着门外喊，“妈妈，舅舅作弊，帮我把饭吃完了，看，一粒都没剩下哟！”

陶星来蒙了。

最后的结果，一大一小，通通跪在了小黑屋里。

到了晚上，大帮人坐在院子里，支起一张小木桌，玩起了斗地主。简皙在和萌萌讲道理，母女俩可和谐了。陶星来现在膝盖还有点疼，可能影响了手气，连输三局。和他一块儿当“农民”的陆悍骁都要发飙了：“陶儿，专心点行吗？别惦记你的膝盖，跪姿玩多了吧？”

陶星来蒙着一张脸，眼神崇拜：“我天，你怎么知道？”

陆悍骁也蒙了。

贺燃快笑死了：“王炸有没有人要啊？”

“要你妹啊，都王炸了，谁还要得起，别做作好吗？”陆悍骁生气。

贺燃又出牌：“一对咪咪。”

陶星来和陆悍骁都愣愣的。

他眯眼一看，顿时无语："能不能好好说话，明明是一对Q。"

贺燃审美成谜，笑着说："你不觉得长得很像吗？"

"像你个蛋。"

"也对。"贺燃恍然大悟，"是挺像一对蛋的。"

陶星来有点崩溃，掏出手机："你们做一下准备，我可能要报警了。"

贺燃抽出一根烟，放嘴里叼着，吊儿郎当地说："那地方，我熟。"

陆悍骁说："我也熟。去局子里捞你，起码有五回。"

陶星来听完，默默地将手机放回原处。简皙和萌萌，腻乎在一起，她眸光温柔，时不时地瞄向贺燃。

这个她生命中最为重要的男人，笑起来的模样，与初见时一模一样。简皙起身去洗手间，出来的时候，贺燃就在门口。

简皙问："打完牌了？"

"没。"贺燃说，"我知道你在偷看我。"

简皙笑了。贺燃伸手抱住她："看我的时候，你在想什么？"

简皙眉间一团温柔的和煦，她没说出口。

院子里，有微风，有清月，有老友，有爱人。这些最细微平凡的东西，赐给了一个女人一生中，最完整的甜。

简皙低头，抿嘴往上扬："老公。"

"嗯？"

"我很爱你。"

贺燃一怔，手臂收得更紧，轻声说：

"我知道，我抱很紧的。"

番外三 相爱十年

2007年5月24日，星期四

刚立夏就热成这样，遥城的天气越来越混蛋了。今天严利民那小子写的作文竟然被当作范文当众诵读——“我的姐姐一米七，是市队的花样游泳选手，长年泡在水池里，四季如一，不畏严寒，完成每一次的高难度训练。她的腿很长，长期被水滋润，皮肤白皙细腻，她总是教导我，坚持不懈才能对得起自己。我姐姐真美，由内散发的气质不可取代，就像我最敬爱的班主任语文老师一样。”

靠，我竟然能默写出来，后来和三儿他们一合计，不对啊，没听说这小子有个搞游泳的姐姐啊。一问，严利民这臭不要脸的说，是他杜撰的，精华全在最后一句话，把老师哄高兴了，期末让他及格。

好的，明天就跟他绝交。

2007年9月22日，星期六

开学半个月了还是这么热，例行吐槽一下。这学期的晚自习时间竟然延迟了一小时，我可去他的吧。姚儿那小妖精今天穿的衣服一言难尽，高三约个会容易吗？其实她穿白色的那条裙子最好看。女生真奇怪，说句实话还能给你哭上半小时。

2008年3月6日，星期四

人到这个世界上来的意义是什么，我希望贺总不要围绕这些云山雾罩的大命题进行说教。来到这个世界非我所愿，非我自主，非我决定，你们既然把我造了出来，能不能多一份担当。今天把贺总上周天价拍到的那尊花瓶给砸了，骂我没教养。骂得好，可不就是你教的嘛，爽。

2008年6月23日，星期一

高考出成绩了，659分，老贺，打脸了没？也好，走得远远的，眼不见为净，大家都敞怀舒坦。别留，不稀罕。

2010年12月19日，星期天

还没到圣诞节呢，车票就这么难买，跟春运似的绝了。见着小姚儿了，上回见面还是国庆节，她叽叽喳喳说自己胖了，一点都不胖，满是骨头抱起来多磕人。这小丫头还想着替我付钱呢，着实可爱，不能让她破费，否则要男朋友有什么用？酒店二十九搂能看到城市的半边夜景，窗外的月色很美，窗里的人更美。

2012年7月2日，星期一

天戴其苍，地履其黄，纵有千古，横有八荒，前途似海，来日方长。

毕业了，再见，华科。

2013年8月9日，星期五

税务局那帮软蛋儿真心服气，执政为公，执政为民，丫的喊口号呢，占着职位不办事儿，创业难，可相比没钱吃饭，这不算什么。不过争口气，拼把气力，外婆还等着呢。姓贺的给我来点劲儿！

2014年1月1日，星期三

与浮科的合同终于签下来了，三年，年逾千万的订单总值，那帮小子一个个都喝高了，抱着人爹妈不认地喊，也罢，辛苦了三个月，值当。有时候回头看看，人生不就是酸甜苦辣搅和在一块，管它难不难吃，一口吃下去就对了。不是我们想吃，而是别无选择。小姚儿有情绪了，我理解，顾此失彼难免的。得了，晚上带她去看电影，望她莫生气。

新年了，一年又过去了。

2014年4月5日，星期六

累，不想写。

2015年12月14日，星期一

今天李春瑶同志递给我日记本的时候，我以为是幻觉。这破本子还没阵亡呢，当初不是随着一把火都烧光了吗。靠，大半年没摸笔，字儿都不会写了。呵，写得一手好字又能怎样，时间两个字最能兴风作浪，这么快就一年了，三百六十五天跟沙漏似的，抓不住的，留不下的，都跟指间沙似的，

什么都没有了。

外婆怕我走极端，她想多了。我已经没力气再折腾一回。即将三十而立，一个男人最好的十年，再没有了。

2016年3月1日，星期二

今天拉了两车煤气罐，从一百涨了五块，最高的送上了七楼，没有楼梯的那种老式建房。住户是一对儿八十岁的老夫妻，挺不容易

的。李春瑶又买了鸡，信誓旦旦说要给我补身体，得了吧她老人家，连鸡都不会杀，每次还不是我动刀。林加晚上约我抓泥鳅，也行，一晚上能抓个五六斤，明儿也能卖个两百块钱。都三月了啊，感觉过年才没多久，就又立春了。

2016年10月1日，星期六

国庆，地摊生意不错，下午躲城管的时候跑丢了一只鞋，特别应景地想起一句话，光脚的不怕穿鞋的。我现在一无所有，我也没什么好怕的。老李跟我说的要债的活，我还是考虑一下，毕竟赚得多。入冬的时候，给李春瑶换个好点的住处，一楼太潮了，老太太风湿病愈发厉害。今天看见姚怡芝了，开着红色宝马，敞篷的，她似乎又胖了，偏偏还喜欢穿掐腰的裙子，很丑。

所以，忘了她。

2017年1月27日，星期五

除夕夜，这一年的最后一天，醉了，就能睡场好觉了。没别的远大志向，也不追求什么远大前程，外婆平安，就好。

2017年12月6日，星期三

今天林加问我，为什么那么多人明知自己还不起，还要不断借钱。其实人骨子里都有那么几分赌性，只不过有的人克制压盖，有的人宁愿纵虎出山。人性是世上最难的一道辩论题。善、恶、美、陋，都不足以完全概括。它本身就是没有规则可言，它本身就是矛盾与真理共存的一个伪命题。它无解，所以永恒。当然，接地气一点说，没有“赌性”，也就用不着我们去收债了，虽然痛恨，但也感谢这群祖宗，让我有口饭吃。

今天这家KTV装修忒浮夸，全是镜子，整个就一万花筒。明天还得守一天，希望大获全胜，后天就能带李春瑶出去溜达了。

2017年12月7日，星期四

我原本以为对方有多硬气呢，刀还没拿出来就认了尿，说是明儿个早上还，估计没戏，还得跑一趟。以及，现在渣男一个个很畅销？怎么全是漂亮姑娘上道儿？今儿在包厢遇见一女的，本来还指望着她能反套路，没想到有心没胆，拿着瓶啤酒还不敢往前砸，帮她撑了一把腰，林加说我多管闲事。他知道什么，我本来就闲得慌，不行啊？

不过那女人盘正条顺，一双眼睛尤其好看，跟星星一样。

2017年12月10日，星期天

老赵媳妇儿生了，有惊无险，男孩儿。老赵笑得脸上褶子又深了几道，可劲儿炫耀吧，值得。多亏了简医生，不得不说，她当机立断做急救的那一瞬间，真的美呆了，身上像有光，一束一束的。这么年轻就能当主治医生了，吃啥长大的？

今天天气不错，推开窗户，月亮正当头，够圆够亮。

2018年1月1日，星期一

林加出的什么馊主意，简皙明显不喜欢那根破香港项链。再也不相信他了，我的眼光比他强一万倍。琢磨着简皙的态度，虽然表面拒绝，但我觉得她对我还是挺来劲儿的，说不出个所以然，但是情绪这种东西用不着说，几个眼神就能确认了。晚上闲聊，老赵问我，是空窗太久，还是真有了心思？我问，你看呢？他给了我一个特玄乎的笑，说了句特玄乎的话，你小子，拎得清。拎不拎得清是生而为人的基本功。老赵是个明白人。

2018年3月4日，星期天

&%￥#@（*&~

2018年6月2日，星期六

简皙是个好女人，好到我很多时候都会恍神，是不是自己那些混蛋过去压根就配不上她。她值得更好的人，值得这个人给她更好的人生。睡个囫囵觉又想明白了，去他的更好的人，我一定要为她变成更好的男人，绝不拱手让人！

2018年7月10日，星期二

今儿简医生穿的衣裳太好看了，想脱。

2018年9月4日，星期二

忒忙了，快俩月没动笔了。这几天跟着跑车，秋高气爽，从北入南，倒也领略了祖国的大好河山了，路上跟小哲发微信，这姑娘有时候挺使坏，会挑时间撒娇，偏偏拿她没辙。李春瑶去华山烧香，小老太太脚力不输年轻人，李姨给我发的照片儿，几个老年团对着镜头比耶，够自在。行吧，自在平安就好。

现在的生活我很喜欢，有劲儿，有奔头，有目标。多谢简医生，说句矫情的，曾经人生酸辣苦，有了她之后，便凑齐了甜。这一味甜，我藏心里了，绝不辜负。以后日记搁笔，不写本上了，因为这样的幸福，朝朝夕夕，都是我的了。

番外四 天下无双

2008那一年，热议程度最高的喜庆事儿当属北京奥运。甭管是谁，都会开着CCTV5看看比赛转播。陶星来是个半吊子体育迷，虽然下学期就要文理分科考试，一整个暑假都贡献给了补习班，但他总有法子把感兴趣的比赛一个不落地看完。

“陶儿，你的黑眼圈有A罩杯呢。”

“你可拉倒吧。”陶星来可烦和他们说话，都是一块儿化学考试不及格的兄弟情，至于这样辣手摧草吗?

“昨天的三米跳板你看了吗？”

“看了，有一个短发妹子的腿特长，我特喜欢。”陶星来回味无穷。

“我去，你盯着人哪儿看呢？”

“我家的电视机，我想盯哪儿就盯哪儿。”

陶星来才不跟他们杠，他可是最爱学习的人，摊开书说：“我要搞学习了。”

那人想起件事儿：“对了，你上周的作文获奖了，高二年级第二十八名呢。”

另一人说：“参赛的一共就三十篇吧。”

陶星来喊了一声：“二十八名怎么了，离第一名只差二十七名了，四舍五入就是冠军了。我天啊，你们可别说话了，嫉妒让你们看起来好丑陋。”

戴眼镜的学习委员是个蘑菇头女生，扶正眼睛，颇有官方发言人的气势：“恭喜你，小陶同学，获奖作文中午就会张贴在校门口的宣传栏里。”

大家自发鼓起了掌：“扬名天下，我心融化。”

陶星来把脸一转：“偷学我陆陆哥的押韵绝学，可真臭不要脸。”

散学后，校门口的宣传板前围了好多人，一篇篇绝美作文，把好多颗心都融化了。陶溪红今天从海关办完事回来，路过时让司机停车，凑过去一看，高二（18）班陶星来，洋洋洒洒八百字儿小作文写得可真像个人样。

为人父母，心里感动，陶溪红把作文拍下来，回到家还挺高兴：“快来看你儿子写的，榜上有名，我觉得写得还不错。”

简严清还有公务在身，临时回来拿一份文件，随意看了几眼，面色稍显凝重：“这个，就别让小哲看了。”

陶溪红乐得点点头：“也对。”

这么说吧，作文前半段还像个人，后半段就是牲口了。大二的简哲假期生活充实多姿，同学朋友的聚会一天轮一个，回来已经是傍晚。

脚步声巨响，正在啃鸡腿的陶星来还以为是打雷呢。

“你过来，我问你。”简哲敲敲他脑袋，一脸不悦，“你写的都是什么作文？”

陶星来说：“《我的家人》啊。”

“你乱写的什么呀？”

简哲是名副其实的软妹，简家父母育人很有一套，姐弟俩出落得知书达理，哪怕真遇上了烦心事，那份克制力与分寸感总能不乱阵脚。陶星来明白，姐姐这个语气，已经是生气到极致了。

不过他觉得自己有理：“我从不乱写，我只乱来。”语罢，自己先哈哈大笑起来。

简哲抄起手边的书，往他脑门上狠狠一弹：“要不要我给你念念？”

来了啊——

“我的妈妈姓陶，我随她姓，为什么不跟我爸姓呢，因为老简说，男孩子应该不简单，就别姓简了。自从姓了陶以后，我变得可淘气，我的童年生活就是淘淘乐。

“接下来是我的爸爸，我爸爸是城管大队的一名普通公务员，普通到什么程度呢？这个城市不管什么事儿，大大小小，脏活累活，哪里有需要，哪里就有他。地球爆炸了老简也不放假，在他身上，我见识到了社会主义一块砖是什么模样。哪里需要哪里搬，真的很带劲儿。

“最后是我的姐姐，我的姐姐姓简，她随我爸姓，她是我爸妈爱情的结晶，只有她能配得上老简的姓，由此可见，我们家重女轻男之风气有多恶劣了。不过你们不需要为我心伤，因为我姐姐人蛮好的。长得还行，没有拖我后腿，说话可温柔了，像是三月春风拂面，舒服得不要不要的。”

到这里还算能入眼，想到接下来的行文，简哲脸色又差了几分。

“她最爱干的事儿就是化妆，逢年过节的压岁钱全部买化妆品了，有两个粉红色的蛋蛋使用频率很高，在脸上抹啊抹，我不知道那是什么，不过可能有消肿止痛功效，女人都想让自己的脸小一点。化完妆后的我姐姐，脸很好看，唇红齿白就像小时候，妈妈带我去生态动物园看到的猩猩屁股一样，红彤彤的，惹人怜爱。”

简哲说不下去了，双手往桌面一按：“你才猩猩屁股呢，你才粉红色蛋蛋呢，那叫美妆蛋。”

陶星来眨眨眼：“美妆蛋不也是个蛋吗？”

简哲委屈，看着他不说话。陶星来慌了："怎么还要流眼泪了？"

"别管我。"

"我没打算管你呀。"

简哲气乐了，扬手作势要打他："都赖你。"

姐弟俩笑起来的时候眉眼中的精气神如出一辙，一笑泯恩仇，这点儿不痛快随即烟消云散。简哲疙瘩的不是他这堆破铜烂铁一般还能得奖的小作文，而是张贴公示，任谁都能看到。陶星来知她所想，问："你是不是担心你学长看见呀？"

心事一戳即中，简哲恨恨道："那么醒目。"

这位学长是简哲喜欢的男生，个儿高，穿衣服也很港派，复古圆眼镜儿一架，就是实至名归的清新文艺范儿，还能写一手好字，社团活动月的某天，陆平南一身民国风式样的棉麻衬衫，一手背在身后，一手握着小狼毫挥笔疾书："涧户寂无人，纷纷开且落。"

真真儿的写意风流。

陶星来见过他一次，印象不是很好，总觉得有点装腔拿势。简哲说："都是熟人，看了你的作文，还以为我浮夸爱臭美呢。"

陶星来可不满："你就是担心陆逼王，你为了他可以辱骂自己的亲弟弟，这不公平的命，你伤了我的心。"

简哲抓起一颗草莓塞他嘴里，头疼地转身离开了。

说起这个弟弟，当年差点就没能活着出土。简严清是公职人员，那时计划生育抓得紧，陶溪红怀孕的时候，简严清正在竞选市委办副秘书一职，进退维谷，实属犯难。权衡再三，陶溪红无不可惜，说，老简，这孩子跟咱们没缘。

简严清却说，他能来，就是缘。

陶溪红嫁给简严清时，老简一穷二白，西南贫困村里走出来的孤儿，真正的孑然一身。陶家老爷子激烈反对，这一家子都是刚烈性子，最后还是陶溪红大获全胜，嫁给了爱情。但犟老爷子的态度没那么容易改变哪，哪怕女婿往后人生一路开挂，从政利民，也总觉得不够好。

陶星来的到来，焉知非福呢。

陶溪红非常果断，与父亲摊牌，这个孩子不管男女，都跟陶家姓。然后立刻跟简严清办理了离婚，又想方设法给陶星来领了个孤儿证，半岁一过，两人立马复婚。陶溪红从商多年，为人处世总有点不符合女性特质的匪气。这一路操作下来，虽少不了关系打点，但能做出这个决定，也算叹为观止。

陶星来出生那天，护士说是儿子时，陶老爷子乐坏了，简严清也乐坏了，一颗心落了地，感叹道："幸亏是儿子，随便姓什么吧。"

简家小女，最受宠爱。

这么一总结，陶星来也算是命途多舛。年少时简皙和他拌嘴，总会风轻云淡地来一句："好了好了，不跟你争了，让着你，谁让你是孤儿呢。"

陶星来眼泪都快掉下来了，大半夜的蹲在门口角落，把晚归的简严清吓了一跳："你怎么了？"

陶星来委屈巴巴地说："别理我，孤儿要耍脾气了。"

简严清点点头："行吧，耍完再进来吧，记得敲门。"然后毫无怜惜之心地把门关上了。

陶孤儿惊呆啦，神魂抽离地嚷了句："我要去市委上访，这一届的市长很差劲儿！"

这话恰好被下车的陶溪红听见，走过来就是一顿敲脑壳："不许说你爸爸坏话。"

陶星来身心俱伤："我生气啦！我不开心啦！你们再不哄我我就要闹啦！我明天要饿肚子了！我决定只吃三碗饭！心疼死你们！"

砰，门关，落锁，陶溪红接电话去了。

再过十分钟，眼泪都流干了，简皙从屋里走出来，在他面前蹲下。

陶星来把脸转去右边："哼。"

简皙戳戳他的脸蛋。

陶星来把脸转去左边："哼，别碰我的盛世美颜。"

简皙乐坏了，捧着他的脸一顿猛揉："谁家的弟弟啊，这么可爱？"

陶星来面色稍缓，就爱听人夸奖：“孤儿，别惹。”

“还生气呢？”简皙软了声儿哄。

“孤儿现在很生气。”

“张嘴。”简皙说。

陶星来把嘴唇抿得死紧，我不。

“听话啦。”简皙低着头看他，“好不好？”

最受不了软妹温柔以对，陶星来瞬间张开血盆大口：“嗷嗷嗷。”

舌尖一甜，一颗草莓递进了嘴里。

简皙笑着问：“好吃吗？”

陶星来嗯声：“不够，还要。”

“喏。”变戏法似的，简皙从背后端出一大盆儿，鲜红欲滴，草莓颗颗饱满。姐弟两人肩并肩，一起坐在台阶上，陶星来捧着草莓，简皙看天上的星星，顺手一指：“那颗星好亮。”

小陶说：“那是户猎星，距离地球四点五万光年，银河系的中段。”

简皙扭过头：“你还懂这个？”

“我懂啊，我考试差四十分就是全班第一，正宗的学霸呢。”

简皙弯嘴笑：“最亮的星是哪一颗？”

一本正经答：“陶星。”

“哪个tao？”

“近在眼前的陶啊！”

简皙反应过来，推了他一把：“顽皮！”

陶星来索性侧头，在姐姐肩膀上拱来拱去：“嗷呜嗷呜嗷呜。”

简皙任他闹，拍拍他的脸放软了声音：“乖啊。”

今天月色很美，姐弟俩并肩看星空的每一个以后，都很美。

后记

写这个故事的机缘很简单，那个时间段要考职称，压力巨大，人都颓靡了，成天浑浑噩噩地背资料，刷试题，状态不好，实则效率特别低。于是改变方式，心想总要有一个情绪的宣泄平衡点才好，于是萌生了写一个轻松爱情故事的念头。这个故事很简单，历经千帆、体会了人生之中横折竖勾的男人，温软善良、忠于内心的勇敢女人，这是一对很大众的CP，可以存于现实里的任何一个城市、一条街道。爱情很抽象，但总结下来无非就是相遇，相识，相爱，这是功德圆满，最为皆大欢喜的结果。

显然，我给了燃哥和小哲一个好结局。

贺燃有点糙，有点混，有点痞，如果要用一个词来定义，我个人觉得“狂妄”也很贴切，少年时期的叛逆因子在他身上体现得淋漓尽致，原生家庭的不和谐，更加辅助了他身上傲气的养成，追溯我塑造这个男主性格的根源，大概就是从成长经历开始。我始终觉得，不管什么样的男人，稳重的，矜持的，内敛的，外放的，不可一世的，能成功，一定有一样东西是同质的——勇。

无畏天地神明，无惧人间沉浮，

简单而言，就是不信宿命，不服困境，无论身处多深的沟壑之中，都能奋发图强，拼一个美好明天。贺燃兴许体会更加深刻，他有富实的家庭，有民心所向的父亲，有年轻时便取到过的骄人成绩，有青梅竹马顺心顺意的女友，种种起跑线，镶金带钻，足够骄傲。在设定之初，我也想过让这个光环一直伴随他，以风流贵少爷的形象开场，后来觉得乏善可陈，倒不如以一个落魄平凡的开局有延展性。

简皙是我很喜欢的一类女主，她身上的品质非常正点，没什么攻击性，但门儿清，知道自己要什么，包括她和陆平南之间那段无疾而终的暗恋，虽然悲惨，但也壮烈。感情由己不由人，作为旁观者，我们惋惜，愤恨，忍不住的言论：简皙你笨蛋啊，这种陆渣男也喜欢！这种发言，我在连载期间就见过很多很多。无可厚非，每个人都有自己的看法，但其实我挺理解，每一份喜欢上头，一定有值得的风景。我没有费太多笔墨去描述那段暗恋岁月，但对小皙而言，也是感情道路上浓墨重彩的一笔。

因为，只有有过横竖竖弯钩的起起伏伏，才能加速落笔成字后的那份领悟，才能在下一次练字时，笔劲苍穹，飘逸爽然。

遇见贺燃，就是更好的开始。

他带她领略人生之中不同的风景，带她感受男女身心里那份极致的快乐。与有情人，做快乐事，一场恋爱能谈出这份感悟，就是天造地设，值得的。

《甜妻》这个故事，萌生得轻而易举，敲打得愉悦舒心，完成得尚算满意，再回望时，也有诸多不如意的地方。但它简单纯粹，没有悬壶济世的高尚主题，也没有跌宕惊险的剧情安排，更没有过多的人生阴暗面。这就是我的初衷，以文鉴心，能让大家感受到勇气、坚韧、相信，哪怕只有一点点，就够了。

MEMORY
HOUSE